40

改革开放
四十年文学丛书

历史文化散文

陈晓明 主编

作家出版社

出版说明

今年是改革开放40周年。40年来，当代中国发生了翻天覆地的变化，社会经济繁荣发展，人民生活幸福美好，当代文学硕果累累。为了庆祝这一盛大的节日，展示改革开放40年来的文学创作成就，进一步树立文化自信和文学自信，推动中国文学创作的大发展大繁荣，根据中宣部和中国作家协会的部署，我们特别策划了这套规模宏大的"改革开放40年文学丛书"。

文学是时代的一面镜子。40年来，中国当代文学在反映时代变化和人民精神面貌上做出了突出贡献，一大批反映改革开放伟大历程和人民精神风貌变化的作品涌现出来，真实地记录了改革开放40年来我们伟大祖国和人民所走过的不平凡的道路。因此，这套丛书的编辑出版一方面在展示当代文学40年的光辉历史，同时也展现改革开放40年的伟大成就。

在体例上，丛书以文学思潮和重大题材为纲，选取了改革开放40年中出现的比较有典型性和影响力的文学思潮和重大题材，以此为中心，遴选最能代表该文学思潮的作家作品。需要说明的是，这些文学思潮是历时性地交叉出现的，有一个更迭演变的过程，彼此之间在文学理念上各不相同又有诸多联系。受此文学环境的影响，作家们的创作也多是穿插于这些文学思潮之间的，许多作家在不同的文学思潮中有多个优秀的作品出现。但出于丛书体量和编排体例的整体考虑，我们每位作家只选取了一部作品并放置于某一个文学思潮的类目之下，这绝不是说该作家只有这一种类型的文学创作，而是为了显示其对某一个文学思潮的突出贡献，展现其创作的独特性。

入选丛书的作品经过了论证委员会的认真评审，专家评审从文学性、时代性、影响力等多方面进行综合考察，选取了最具代表性的作品。在一定意义上，这些作品构成了一部特殊形态的当代文学史，代表了当代文学40年的伟大成就。

40年来，中国文学始终与人民同心，与时代同行，文学既植根于时代生活的沃土，又以自身的发展融入时代的洪流，推动历史的前进。我们期待，丛书的出版能够实现对于当代文学40年光辉历程的展示，能够实现对于改革开放40年伟大成就的留影。更期待当代文学能够继续为人民美好生活的需要提供更多更优秀的精神食粮，为中华民族伟大复兴中国梦的实现贡献力量。

由于丛书体量有限，遗珠之憾在所难免，恳请读者朋友理解并谅解，同时更盼批评指正。

作家出版社
2018年10月

目 录

文学的根

韩少功

我以前常常想一个问题：绚丽的楚文化到哪里去了？我曾经在汨罗江边插队落户，住地离屈子祠仅二十来公里。细察当地风俗，当然还有些方言词能与楚辞挂上钩。如当地人把"站立"或"栖立"说为"集"，这与《离骚》中的"欲远集而无所止"吻合，等等。除此之外，楚文化留下的痕迹就似乎不多见。如果我们从洞庭湖沿湘江而上，可以发现很多与楚辞相关的地名：君山，白水、祝融峰、九嶷山……但众多寺庙楼阁却不是由"楚人"占据的：孔子与关公均来自北方，而释迦牟尼则来自印度。至于历史悠久的长沙，现在已成了一座革命城，除了能找到一些辛亥革命和土地革命的遗址之外，很难见到其他古迹。那么浩荡深广的楚文化源流，是什么时候在什么地方中断干涸的呢？都流入了地下的墓穴吗？

两年多以前，一位诗人朋友去湘西通道县侗族地区参加了一次歌会，回来兴奋地告诉我：找到了！她在湘西苗、侗、瑶、土家所分布的崇山峻岭里找到了还活着的楚文化。那里的人惯于"制芰荷以为衣兮，集芙蓉以为裳"，披兰戴芷，佩饰纷繁，萦茅以占，结茝以信，能歌善舞，呼鬼呼神。只有在那里，你才能更好地体会到楚辞中那种神秘、奇丽、狂放、孤愤的境界。他们崇拜鸟，歌颂鸟，模仿鸟，作为"鸟的传人"，其文化与黄河流域"龙的传人"有明显的差别。后来，我对湘西多加注意，果然有更多发现。史料记载：在公元三世纪以前，苗族人民就已劳动生息在洞庭湖附近（即苗歌中传说的"东海"附近，为古之楚地），后来，由于受天灾人祸所逼，才沿五溪而上，向西南迁移（苗族传说中是蚩尤为黄帝所败，蚩尤的子孙撤退到山中）。苗族迁徙史歌《跋山涉水》，就隐约反映了这段西迁的悲壮历史。看来，一部分楚文化流入湘西一说，是不无根据的。

文学有"根"，文学之"根"应深植于民族传统文化的土壤里，根不深，则叶难茂。故湖南的作家有一个"寻根"的问题。这里还可说一南一北两个例子。

南是广东。人们常说不久前的香港是"文化沙漠"，这恐怕与现代商品经济瓦解了民族文化主体有关。你到临近香港的深圳，可以看到蓬勃兴旺的经济，有辉煌的宾馆，舒适的游乐场，雄伟的商贸大厦，但较难看到传统文化遗迹。倒常能听到一些舶来词：的士、巴士、紧士（工装裤）、波士（老板）以及 OK。岭南民间多信天主教，且重商甚于重文。对西洋文化的简单复制，只能带来文化的失血症。明人王士性《广志绎》中说：粤人分四，"一曰客户，居城郭，解汉音，业商贾；二曰东人，杂处乡村，解闽语，业耕种；三曰俚人，深居远村，不解汉语，惟耕垦为活；四曰（疍）户，舟居穴行，仅同水族，亦解汉音，以探海为生。"这介绍了分析广东传统文化的一个线索。将来岭南的文化在商品经济的熔炉中再生，也许能在"俚人""东人"和"（疍）户"之中获取不少特异的潜能吧。

北是新疆。近年来新疆出了不少诗人，小说家却不多，当然可能是暂时现象。我到新疆时，遇到一些青年作家，他们说要出现真正的西部文学，就不能没有传统文化的骨血。我对此深以为然。新疆文化的色彩丰富。白俄罗斯族中相当一部分源于战败东迁的白俄"归化军"及其家属，带来了欧洲的东正教文化；维、回等族的伊斯兰文化，则是沿丝绸之路来自波斯和阿拉伯世界等地域；汉文化及其儒教在这里也深有影响。各种文化的交汇，加上各民族都有一部血淋淋的历史，是应该催育出一大批奇花异果的。十九世纪的俄罗斯文学以及二十世纪的日本文学，不就是得天独厚地得益于东、西方文化的双重双面影响吗？如果割断传统，失落气脉，只是从内地文学中"横移"一些主题和手法，势必是无源之水，很难有新的生机和生气。

几年前，不少作者眼盯着海外，如饥似渴，勇破禁区，大量引进。介绍一个萨特，介绍一个海明威，介绍一个艾特玛托夫，都引起轰动。连品位不怎么高的《教父》和《克莱默夫妇》，都会成为热烈的话题。作为一个过程，是正常而重要的。近来，一个值得欣喜的现象是：作者们开始投出眼光，重新审视脚下的国土，回顾民族的昨天，有了新的文学觉悟。贾平凹的"商州"系列小说，带上了浓郁的秦汉文化色彩，体现了他对商州细心的地理、历史及民性的考察，自成格局，拓展新境；李杭育的"葛川江"系列小说，则颇得吴越文化的气韵。杭育曾对我说，他正在研究南方的幽默与南方的孤独。这都是极有兴趣的新题目。与此同时，远居大草原的乌热尔图，也用他的作品连接了鄂温克族文化源流的过去和未来，以不同凡响的篝火、马嘶与暴风雪，与关内的文学探索遥相呼应。

他们都在寻"根"，都开始找到了"根"。这大概不是出于一种廉价的恋旧情绪和地方观念，不是对方言歇后语之类浅薄地爱好，而是一种对民族的重新认识、一种审美意识中潜在历史因素的苏醒，一种追求和把握人世无限感和永恒感的对象化表现。

丹纳在《艺术哲学》中认为：人的特征是有很多层次的，浮在表面上的是持续三四年的一些生活习惯与思想感情，比如一些时兴的名称和时兴的领带，不消几年就全部换新。下面一层略为坚固些的特征，可以持续二十年、三十年或四十年，像大仲马《安东尼》等作品中的当令人物，郁闷而多幻想，热情汹涌，喜欢参加政治，喜欢反抗，又是人道主义者，又是改革家，很容易得肺病，神气老是痛苦不堪，穿着颜色刺激的背心等等……要等那一代过去以后，这些思想感情才会消失。往下第三层的特征，可以存在于一个完全的历史时期，虽经剧烈的摩擦与破坏还是岿然不动，比如说古典时代的法国人的习俗：礼貌周到，殷勤体贴，应付人的手段很高明，说话很漂亮，多少以凡尔赛的侍臣为榜样，谈吐和举动都守着君主时代的规矩。这个特征附带或引申出一大堆主义和思想感情，宗教、政治、哲学、爱情、家庭，都留着主要特征的痕迹。但这无论如何顽固，也仍然是要消灭的。比这些观念和习俗更难被时间铲除的，是民族的某些本能和才具，如他们身上的某些哲学与社会倾向，某些对道德的看法，对自然的了解，表达思想的某种方式。要改变这个层次的特征，有时得靠异族的侵入，彻底的征服，种族的杂交，至少也得改变地理环境，迁移他乡，受新的水土慢慢感染，总之要使精神气质与肉体结构一齐改变才行。丹纳几乎是个"地理环境决定论"者，其见解不需要被我们完全赞成，但他至少从某一侧面帮助我们领悟到了所谓文化的层次。

作家们写住房问题，写过很多牢骚和激动，目光开始投向更深的层次，希望在立足现实的同时，又对现实进行超越，去揭示一些决定民族发展和人类生存的谜。他们很容易首先注意到乡土。乡土是城市的过去，是民族历史的博物馆。哪怕是农舍的一梁一栋，一檐一桷，都可能有汉魏或唐宋的投影。而城市呢，上海除了一角城隍庙，北京除了一片宫墙，那些林立的高楼，宽阔的沥青路，五彩的霓虹灯，南北一样，多少有点缺乏个性；而且历史短暂，太容易变换。于是，一些表现城市生活的作家，如王安忆、陈建功等等，想写出更多的中国"味"，便常常让笔触越过这表层文化，深入到胡同、里弄、四合院或小阁楼里。有人说这是"写城市里的乡村"。我们不必说这是最好的办法，但我们至少可以指出这是凝集历史和现实、扩展文化纵深感的手段之一。

更为重要的是，乡土中所凝结的传统文化，更多地属于不规范之列。俚语，野史，传说，笑料，民歌，神怪故事，习惯风俗，性爱方式等等，其中大部分鲜见于经典，不入正宗，更多地显示出生命的自然面貌。它们有时可以被纳入规范，被经典加以肯定。像浙江南戏所经历的过程一样。反过来，有些规范的文化也可能由于某种原因，从经典上消逝而流入乡野，默默潜藏，默默演化。像楚辞中有的风采，现在还闪烁于湘西的穷乡僻壤。这一切，像巨大无比、暧昧不明、炽热翻腾的大地深层，潜伏在地壳之下，承托着地壳——我们的规范文化。在一定的时候，规范的东西总是绝处逢生，依靠对不规范的东西进行批判地吸收，来获得营养，获得更新再生的契机。宋词，元曲，明清小说，都是前鉴。因此，从某种意义上说，不是地壳而是地下的岩浆，更值得作家们注意。

这丝毫不意味着闭关自守，不是反对文化的对外开放，相反，只有找到异己的参照系，吸收和消化异己的因素，才能认清和充实自己。但有一点似应指出，我们读外国文学，多是读翻译作品，而被译的多是外国的经典作品、流行作品或获奖作品，即已入规范的东西。从人家的规范中来寻找自己的规范，模仿翻译作品来建立一个中国的"外国文学流派"，想必前景黯淡。

外国优秀作家与某民族传统文化的复杂联系，我们对此缺乏材料以作描述，但至少可以指出，他们是有脉可承的。比方说，美国的"黑色幽默"与美国人的幽默传统和"牛仔"趣味、与卓别林、马克·吐温、欧·亨利等是否有关呢？拉美的"魔幻现实主义"，与拉美光怪陆离的神话、寓言、传说、占卜迷信等文化现象是否有关呢？萨特、加缪的存在主义哲学小说和哲理戏剧，与欧洲大陆的思辨传统，甚至与旧时的经院哲学是否有关呢？日本的川端康成"新感觉派"，与佛教禅宗文化，与东方士大夫的闲适虚净传统是否有关呢？希腊诗人埃利蒂斯与希腊神话传说遗产的联系就更明显了。他的《俊杰》组诗甚至直接采用了拜占庭举行圣餐的形式，散文与韵文交替使用，参与了从荷马到当代整个希腊诗歌传统的创造。

另一个可以参照的例子来自艺术界。小说《月亮和六便士》中写了一个画家，属现代派，但他真诚地推崇提香等古典派画家，很少提及现代派的同志。他后来逃离了繁华都市，到土著野民所在的丛林里，长年隐没，含辛茹苦，最终在原始文化中找到了现代艺术的支点，创造了杰作。这就是后来横空出世的高更。

"五四"以后，中国文学向外国学习，学西洋的、东洋的，俄国和苏联的；也曾向外国关门，夜郎自大地把一切洋货都封禁焚烧。结果带来民族文化的毁灭，还有民族自信心的低落——且看现在从外汇券到外国的香水，都在某些人那里成了时髦。但在这种彻底的清算和批判之中，萎缩和毁灭之中，中国文化也就能涅槃再生了。西方历史学家汤因比曾经对东方文明寄予厚望。他认为西方基督教文明已经衰落，而古老沉睡着的东方文明，可能在外来文明的"挑战"之下，隐退后而得"复出"，光照整个地球。我们暂时不必追究汤氏的话是真知还是臆测，有意味的是，西方很多学者都抱有类似的观念。科学界的笛卡尔、莱布尼兹、爱因斯坦、海森堡等，文学界的托尔斯泰、萨特、博尔赫斯等，都极有兴趣于东方文化。传说张大千去找毕加索学画，毕加索也说：你到巴黎来做什么？巴黎有什么艺术？在你们东方，在非洲，才会有艺术……这一切都是偶然的巧合吗？在这些人注视着的长江、黄河两岸，到底会发生什么事呢？

这里正在出现轰轰烈烈的改革和建设，在向西方"拿来"一切我们可用的科学和技术等等，正在走向现代化的生活方式。但阴阳相生，得失相成，新旧相因。万端变化中，中国还是中国，尤其是在文学艺术方面，在民族的深层精神和文化物质方面，我们有民族的自我。我们的责任是释放现代观念的热能，来重铸和镀亮这种自我。

这是我们的安慰和希望。

在前不久一次座谈会上，我遇到了《棋王》的作者阿城，发现他对中国的民俗、字画、医道诸方面都颇有知识。他在会上谈了对苗族服装的精辟见解，最后说："一个民族自己的过去，是很容易被忘记的，也是不那么容易被忘记的。"

他说完这句话之后，大家都沉默了，我也沉默了。

商州又录

贾平凹

小　序

　　去年两次回到商州，我写了《商州初录》。拿在《钟山》杂志上刊了，社会上议论纷纷，尤其在商州，《钟山》被一抢而空，上至专员，下至社员，能识字的差不多都看了，或褒或贬，或抑或扬。无论如何，外边的世界知道了商州，商州的人知道了自己，我心中就无限欣慰。但同时悔之《初录》太是粗糙，有的地名太真，所写不正之风的，易被读者对号入座；有的字句太拙，所旨的以奇反正之意，又易被一些人误解。这次到商州，我是同画家王军强一块旅行的，他是有天才的，彩墨对印的画无笔而妙趣天成。文字毕竟不如彩墨了，我只仅仅录了这十一篇。录完一读，比《初录》少多了，且结构不同，行文不同，地也无名，人也无姓，只具备了时间和空间，我更不知道这算什么样的文体，匆匆又拿来求读者鉴定了。

　　商州这块地方，大有意思，出山出水出人出物，亦出文章。面对这块地方，细细作一个考察，看中国山地的人情风俗，世时变化，考察者没有不长了许多知识，清醒了许多疑难，但要表现出来实在是笔不能胜任的。之所以我还能初录了又录，全凭着一颗拳拳之心。我甚至有一个小小的野心：将这种记录连续写下去。这两录重在山光水色、人情风俗上，往后的就更要写到建国以来各个时期的政治、经济诸方面的变迁在这里的折光。否则，我真于故乡"不肖"，大有"无颜见江东父老"之愧了。

一

最耐得寂寞的，是冬天的山，褪了红，褪了绿，清清奇奇的瘦，像是从皇宫里走到民间的女子，沦落或许是沦落了，却还原了本来的面目。石头裸裸的显露，依稀在草木之间。草木并没有摧折，枯死的是软弱，枝柯僵硬，风里在铜韵一般的颤响。冬天是骨的季节吗？是力的季节吗？

三个月的企望，一轮嫩嫩的太阳在头顶上出现了。

风开始暖暖的吹，其实那不应该算作风，是气，肉眼儿眯着，是丝丝缕缕的捉不住拉不直的模样。石头似乎要发酥呢，菊花般的苔藓亮了许多。说不定在生产时候满山竟有了一层绿气，但细察每一根草，每一枝柯，却又绝对没有。两只鹿，一只有角的和一只初生的，初生的在试验腿力，一跑，跑在一片新开垦的田地上，清新的气息使它撑了四蹄，呆呆的，然后一声锐叫，寻它的父亲的时候，满山树的枝柯，使它分不清哪一丛是老鹿的角。

山民挑着担子从沟底走来，棉袄已经脱了，垫在肩上，光光的脊梁上滚着有油质的汗珠。路是顽皮的，时断时续，因为没有浮尘，也没有他的脚印；水只是从山上往下流，人只是牵着路往上走。

山顶的窝洼里，有了一簇屋舍。一个小妞儿刚刚从鸡窝里取出新生的热蛋，眯了一只眼儿对着太阳耀。

二

这个冬天里，雪总是下着。雪的故乡在天上，是自由的纯洁的王国；落在地上，地也披上一件和平的外衣了。洼后的山本来也没有长出什么大树，现在就浑圆圆的，太阳并没有出来，却似乎添了一层光的虚晕，慈慈祥祥的，像一位梦中的老人。洼里的梢林全覆盖了，幻想是陡然涌满了凝固的云，偶尔的风间或使某一处承受不了压力，陷进一个黑色的坑，却也是风，又将别的地方的雪扫来补缀了。只有一直走到洼下的河沿，往里一看，云雪下是黑黝黝的树干，但立即感觉那不是黑黝黝，是蓝色的，有莹莹的青光。

河面上没有雪，是冰。冰层好像已经裂了多次，每一次分裂又被冰住，明显着纵横横的银白的线。

一棵很丑的柳树下，竟有了一个冰的窟窿，望得见下面的水，是黑的，幽幽的神秘。这是山民凿的，从柳树上吊下一条绳索，系了竹筐在里边，随时来提提，里边就会收获几尾银亮亮的鱼。于是，窟窿周围的冰层被水冲击，薄亮透明，如玻璃罩儿一般。

山民是一整天也没有来提竹筐了吧？冬天是他们享受人伦之乐的季节，任阳沟的雪一直涌到后墙的檐下去，四世同堂，只是守着那火塘。或许，火上吊罐里，咕嘟嘟煮着熏肉，热灰里的洋芋也熟得冒起白汽。那老爷子兴许喝下三碗柿子烧酒，醉了。孙子却偷偷拿了老人的猎枪，拉开了门，门外半人高的雪扑进来，然后在雪窝子里拔着推，无声地消失了。

一切都是安宁的。

黄昏的时候，一只褐色的狐狸出现了。它一边走着，一边用尾巴扫着身后的脚印，悄没声地伏在一个雪堆上。雪堆上站着一只山鸡，这是最俏的小动物了，翘着赤红色的长尾，欣赏不已。远远的另一个雪堆上，老爷子的孙子同时卧倒了，伸出黑黑的枪口，右眼和准星已经同狐狸在一条线上……

三

西风一吹，柴门就掩了。

女人坐在炕上，炕上铺着四六席；满满当当的，是女人的世界。火塘的出口和炕门接在一起，连炉沿子上的红椿木板都烙腾腾的。女人舍不得这份热，把粮食磨子都搬上来，盘腿正坐，摇那磨拐儿，两块凿着纹路的石头，就动起来，呼噜噜一匝，呼噜噜一匝，"毛儿，毛儿。"她叫着小儿子，小儿子刚会打能能，对娘的召唤并不理睬；打开了炕角的一个包袱，翻弄着五颜六色的、方的圆的长的短的碎布头儿。玩腻了，就来扑着娘的脊背抓。女人将儿子抱在从梁上吊下来的一个竹筐子里，一边摇一匝磨拐儿，一边推一下竹筐儿。有节奏的晃动，和有节奏的响声，小儿子就迷糊了。女人的右手也乏疲了，两只手夹一个六十度的角，一匝匝继续摇磨拐儿。

风天里，太阳走得快，过了屋脊，下了台阶，在厦屋的山墙上磨蚀了一片，很快就要从西山峁上滚下去了。太阳是地球的一个磨眼吧，它转动一圈，把白天就从磨眼里磨下去，天就要黑了？

女人从窗子里往外看，对面的山头上，孩子的爹正在那里犁地。一排儿五个山头上，山头上都是地；已经犁了四个山头，犁沟全是由外往里转，转得像是指印的斗纹，五个山头就是一个手掌。女人看不到手掌外的天地。

女人想：这日子真有趣，外边人在地里转圈圈，屋里人在炕上摇圈圈；春天过去了、夏天就来；夏天过去了，秋天就来；秋天过去了，冬天就来。一年四季，四个季节完了，又是一年。

天很快就黑了，女人溜下炕生火做饭。饭熟了，他一边等着男人回来，一边在手心唾口唾沫，抹抹头发。女人最爱的是晚上，她知道，太阳在白日散尽了热，晚上就要变成柔柔情情的月亮的。

小儿子就醒了，女人抱了他的儿子，倚在柴门上指着山上下来的男人，说："毛儿爹——叫你娃哟！——哟——哟——"

"哟——哟——"，却是叫那没尾巴的狗的，因为小儿子屎拉下来了，要狗儿来舐屎的。

四

初春的早晨，没有雪的时候就有着雾。雾很浓，像扯不开的棉絮，高高的山就没有了吓人的巉石，山弯下的土原上，梢林也没有了黝黝的黑光。河水在流着，响得清喧喧的。

河对岸的一家人，门拉开的声很脆，走出一个女儿，接着又牵出一头毛驴走下来。她穿着一件大红袄儿，像天上的那个太阳，晕了一团，毛驴只显出一个长耳朵的头，四个蹄腿被雾裹着。她是下到河里打水的。

这地面只有这一家人，屋舍偏偏建得高，原本那是山嘴，山嘴也原本是一个囫囵的石头，石头上裂了一条缝，缝里长出一棵树。用碎石在四周帮砌上来，便做了屋舍的基础。门前的石头面上可以织布，也可以晒粮食。这女儿是独生女，二十出头，一表人才。方圆几十里的后生都来对面的山上，山下的梢林里，割龙须草，拾毛栗子，给她唱花鼓。

她牵着毛驴一步步走下来，往四周看看，什么也看不清，心想：今日倒清静了！无声地笑笑，却又感到一种空落。河上边的木板桥上，有一鸡爪子厚的霜，没有一个人的脚印。

在河边，她蹴下了，卸下了毛驴背上的木桶，一拎，水就满了，但却不急着往驴背上挂，大了胆儿往河那边的山上、原上看。看见河水割开的十几丈高的岸壁，吃水线在雾里时隐时现。有一棵树，她认得是冬青木的，斜斜在壁上长着。这是一棵几百年的古木，个儿虽并不粗高，却是岸上原头上的梢林的祖爷子。那些梢林长出一代，砍伐了一代，这冬青还是青青地长着，又孕了米粒大的籽儿。

她突然心里作想：这冬青，长在那么危险的地方，却活得那么安全呢。

于是，也就想起了那些唱给她的花鼓曲儿。水桶挂在毛驴背上，赶着往回走，走一步，回头看一下，走一步，再回过头来。雾还没有退，桥面上的霜还白白的。上斜坡的时候，路仄仄的拐之字形，她却唱起一首花鼓曲了：

后院里有棵苦李子啊，小郎儿哟，

未曾开花，亲人哪，谁敢尝哎，哥呀嗳！

五

秋天里，什么都成熟了；成熟了的东西是受不得用手摸的，一摸就要掉呢。四个女子，欢乐得像风里的旗，在一棵柿树上吃蛋柿。洼地里路纵纵横横，似一张大网，这树就在网底，像伏着的一只大蜘蛛。果实很繁，将枝股都弯弯地坠下来，用不着上树，寻着一个目标，那嘴轻轻咬开那红软了的尖儿，一吸，甜的香的软的光的就会到肚子里。只需再送一口气去，那蛋柿壳儿就又复圆了。末了，最高的枝儿上还有一棵，她们拿石子掷打，打一次没有打中，再打一次，还是不中。

树后的洼地里，呜哇哇有了唢呐声，一支队伍便走过来了。这是迎亲的；一家在这边的山上，一家在那边的山上，家与家都能看见，路却要深入到这洼地，半天才能走到。洼地里长满了黄蒿，也长满了石头，迎亲的队伍便时隐时现，好像不是在走，是浮着漂着来的。前面两杆唢呐，三尺长的铜杆，一个碗大的口孔，拉长了喉咙，扩大了嘴地吹。后边是两架花轿，轿简易却奇特，是两根红桑碾杆，用红布裹了，上边缚一个座椅，也是铺了红布的，一走一颠，一颠一闪；新郎便坐了一架，新娘便坐了一架。再后边，是未婚的后生抬了柜，抬了箱，被子，单子，盒子，镜子。再后边是一群老幼。女人们衣服都浆得硬硬的，头上抹了油，一边交头接耳，一边拿崭新的印花手帕撩撩，赶那些追着油香飞的蜂。

吃蛋柿的女人忙隐身在树后，睁一只眼儿看，看见了那红桑木碾杆上的新娘，从头到脚穿得严严实实，眼睛却红红的，像是流过泪。吹唢呐的回头看一眼，故意生动着变形的脸面，新娘扑地笑了。但立即就噤住。脸红得像烧了火炭。

一生都在山路上走，只有这一次竟不走路啊。被抬着，娘生她在这个山头上长大了又要到那个山头上去生去养了。

村后的女子都觉得有趣，细嚼起来，却不知道这是怎么回事。

她们很快被迎亲的队伍发现了，都拿眼光往这里瞅。四个女子羞羞的，却一起仰起头儿盯那高枝儿上的蛋柿。她们没有用石子去打，蛋柿也没有掉下来。

迎亲队伍没有停，过去了，他们走过了一条小路，柿树下同时放射出的，通往四面八方山头的小路上，便都有了唢呐的余音。

六

高高的山挑着月亮在旋转，旋转得太快了，看着便感觉没有动，只有月亮的周围是一圈一圈不规则的晕，先是黑的，再是黄的，再灰，再紫，再青，再白。洼地里全模糊了，看不见地头那个草庵子，庵后那一片桃林，桃林全修剪了，出地像无数的五指向上分开的手。桃林过去，是拴驴的地方，三个碌碡，还有一根木桩；现在看不见了，剪了尾巴的狗在那里叫。河里，桥空无人，白花花的水。

一个男人，蹲在屋后阳沟的泉上，拿一个杆杖水里搅，搅得月亮碎了，星星也碎了，一泉的烂银，口中念念有词。接着就摸起横在泉口的竹管。这竹管是打通了节的，一头接在泉里，一头是通过墙眼到屋里的锅台上。他却不得进屋去。他已经从门口走过来，又走到门口去，心里痒痒的，腿却软得像抽了筋，末了就使劲敲门。屋里有骂他的声音。

骂他的是一个婆子，婆子正在搬弄着他的女人；女人正在为他生着儿子。他要看看儿子是怎样生出来的，婆子却总是把他关在门外。

"这是人生人呢！"

"我是男子汉；死都不怕呢！"

"不怕死，却怕生呢。"

他不明白，人生人还这么可怕。当女人在屋里一阵阵惨叫起来，他着实害怕了。他搅着泉水祈祷，他想跑过那桃林，一个人到河面的桥上去喊，他却没了力气，倒在木桩篱笆下，直眼儿只看着月亮，认作那是风火轮子，是一股旋风，是黑黑的夜空上的一个白洞。

一更过去，二更已尽，已经是三更，鸡儿都叫了。女人还在屋里嘶叫。他认为他的儿子糊涂；来到这个世界竟这么为难。山洼里多好，虽然有狼，但只要在猪圈上画白灰圈圈，它就不敢来咬猪了。这里山高，再高的山也在人的脚下。太阳每天出来，怕什么，只要脊背背了它从东山到西山，它就成月亮了。晚上不是还有疙瘩柴火烤吗？还有洋芋糊汤呢，你会是有媳妇。还有酒，柿子可以烧，苞谷也可以烧，喝醉了，唱花鼓。

女人一生锐叫，不言语了。接替女人叫的是一阵尖而脆的哇哇啼声。

门打开了，接生的婆子喊着男人："你儿子生下了，生下了！"催他进去烧水，打鸡蛋，泡馍。男人却稀软得立不起来。天上的月亮没有了，星星亮起来，他觉得星星是多了一颗。"又一个山里人。"他说。

七

路到山上去，盘十八道弯，山顶上一棵栗木树下一口泉，趴下喝了，再从那边绕十八道弯下去。山的两面再没有长别的树，石头也很分散，却生满了刺玫，全拉着长条儿覆衍石上，又互相交织在一起。花儿却嫩得噙出水儿，一律白色，惹得蝴蝶款款地飞。

十八道弯口，独独一户人家，住着个寡妇，寡妇年轻，穿着一双白布蒙了尖儿的鞋；开了店卖饭。

公路上往来的司机都认识她，她也认识司机，迟早在店里窗内坐着，对着奔跑的汽车一抬手，车就停了。方圆三十里的山民，都称她是"车闸"。

山里人出到山外去，或者从山外回到山里来，都在店里歇脚。谁也不惹她，谁也没理由敢惹她。她认了好多亲家，当然，干儿子干女儿有几十，有本乡本土的，有山外城里的。为了讨好她，送给她狗的人很多；为了讨好她，一走到店前就唤狗儿喂东西吃。十几条狗都没有剪尾巴，肥得油光水亮。

八月里，店里店外，堆满了柿子、核桃、黄蜡、生漆、桐油；山民们都把山货背来交给她。她一宗一宗卖给出外来的汽车。店里说话的人多，吃饭的人少。营业的时间长，获取的利润短。她不是为了钱，钱在城乡流通着，使她有了不是寡妇的活泼，使一些外地来人都知道了她是寡妇，她不害羞，穿的那双有白布的鞋儿，整头平脸，拿光光的眼睛看人，外地来人也就把她这个寡妇知道了。也有讨好的掰了干粮给那狗儿吃。也只有给狗儿吃。

满山的刺玫都开了，白得宣净，一直繁衍到店的周围。因为刺在花里，谁也不敢糟蹋花，因为花围了店屋，店里人总是不断。忽一日，深山跑来一只美丽的麝，从那边十八道弯里跑上，从这边十八道弯里跑下，又在山梁上跑。山里的一切猎手都不去打。他们一起坐在店里往山头上看，说那麝来回跑得那么快，是为它自身的香气兴奋呢。

八

你毕竟是看见了，仲夏的山上并不是一种纯绿，有黄的颜色，有蓝的颜色，主体则是灰黑的，次之为白，那是枸子和狼牙刺的花了。你走进去，你就是你梦中的人，感觉到了渺小。却常常会不辨路径，坐下来看那峡谷，两壁的梢林交错着，你不知道谷深到何处，成团成团的云雾往外涌，疑心是神鬼在那里出没。偶然间一棵干枯的树站在那里，满身却是肉肉的木耳。有蛇，黑藤一样缠在树上。气球大的一个土葫芦，团结了一群细腰黄蜂。蹑手蹑脚地走过去，一只松鼠就在路中摇头洗脸了。这小玩意儿，招之即来，上了身却不被抓住，从右袖筒钻进去了，又从左袖筒钻出去了。同时有一声怪叫，嘎喇喇的，在远处的什么地方，如厉鬼狞笑。

你终于禁不住了寂寞，唱起来；一旦唱起来，就不敢停下，想要使所有的东西都听见，来提醒它们：你是有力量的，是强者。但唱得声越来越颤了。惊恐驱使着你突然跑动，越跑越紧，像是梦中一样，力不从心。后来就滚下去，什么也不可能得知了。

人昏了，权当是睡着了；但醒来，却是忍不住的苦痛；腿上的血还在流呢。

一位老者，正抱着你，你只看见那下巴上一窝银须，在动，不见那嘴，末了，胡子中吐一团烂粥般的草，是蒐蒐芽。敷在腿上的伤口，于是血凝固，亦不再疼。你不知道他是谁，哪儿来的？

"采药的。"他说。

"采药的？就在这山上，成年采吗？"

他点点头，孤独已经使他不愿再多说话吗？扶着你站起来，他就走了。

你是该下山了，但你不愿意；想陪陪他，心里在说：山上是太苦了。正是太苦，才长出了这苦口的草药吗？采药的人成年就是挖着这苦，也正是挖着了这草药的苦，才医治了世上的人一生中所遇到的苦痛吗？

你一定得意了你这话里的哲理，回头再寻那采药人，云雾又从那一丛黑柏下涌过来了，什么也没有了响动，你听见的是你的呼吸声。

九

一座山竟是一块完整的石头，这石头好像曾经受了高温，稀软着往下墩，显出一层一层下墩的纹线。在左边，有一角似乎支持不住，往下滴溜，上边的拉出一个向下的奶头状，下边的向上壅一个蘑菇状，快要接连了，突然却凝固，使完整的石头又生出了许多灵巧，倒疑心此山是从什么地方飞来的。

河水就绕着这山的半圆走，水很深，是黑的液体，只有盛在桶里，才知道它是清白的，清白到了没有。沿着河边的石砭，人家就筑起屋舍，屋舍并不需起基础，前墙根紧挨着石砭沿，屋下的水面，什么地方在石砭上凿出坑儿，立栽上石条，然后再用石头斜斜垒起来，算作是台阶。水涨了，台阶就缩短，水落了，台阶就拉长。水也是长了脚的，竟也一年走到门槛下，鸡儿站在门墩上能喝水。

现在，水平平地伏在台阶下，那里是码头，柏木解成了一溜长排，被拴在石嘴上。船儿从峡谷里并没有回来，女人们就蹲在那捶打一种树皮。这树皮在水里泡了七七四十九天，用棒槌砸着，囊出麻一样的丝来，晒干了可以拧绳纳鞋底。四只五只鸭子在那里浮，看着一个什么就钻下去啄，其实那不是鱼，是天上落下的还没有消失的残月。

一只很大的木排撑下来，靠近了对面的山根，几十人开始抬一个棺材往山上去，唢呐咿咿呜呜的。这是河湾上一个汉子要走了，他是在上游砍荆条，然后扎排运到下游去卖，已经砍了许多，往山下扛的时候，滚了坡。在外的人横死了，尸首不能进家门。棺材上就缚了一只雄鸡，一直要运到河那边山头的坟地去。熟人死了一个，新鬼多了一名。孝子婆娘在唢呐声中哭，有板有眼。这边砸树皮的女人都站起来，说那汉子的好话，看着那儿子在河里摔了孝子盆，就拿一块手帕，捂了鼻子嘴的流眼泪。

在水里钻了一生，死了却都要到山顶上去，女人们不明白这是为什么，或许山上有荆条，有龙须草，有桐子，有土漆，河里只是运往的路吧。唢呐吹得这么响，唢呐是人生的乐器呢，上世的时候，吹过一阵，结婚的时候，吹过一阵，下世的时候，还是这么吹。

一个女人突然觉得肚子疼，她想了想，才六个月，还不是坐炕的日子呀？就怀疑是那汉子的阴魂要作孽了，吓得脸色苍白。夜里，女人的男人偷偷从门前石阶上下去，坐船到了对岸山上，浇了一壶酒，将削好的四个桃子橛子钉在坟头，说："你不要勾了我的儿子，让他满满月月生下来，咱山上河里总盼着一个劳力啊！"

一切很安静。住人家的那块完整的石头的山上，月亮小小的，水落了，门下斜斜的台阶，长长的，月亮水影照着像一条光光的链条。

十

一群乌鸦在天上旋转，方向不固定的，末了，就落下来；黑夜也在翅膀上驮下来了。九沟十八岔的人，都到河湾的村里来，村里正演电影。三天前消息就传开，人来得太多，场畔的每一棵苦楝子树，枝枝丫丫上都坐满了，从上面看，净是头，像冰糖葫芦，从下面看，尽是脚，长的短的，布底的，胶底的。后生们都是二十出头，永不安静在一个地方，灰暗里，用眼睛寻着眼睛说话。

早先地在一起，他们常被组织着，去修台田，去狩猎，却护秋，男男女女在一起说话，嬉闹，大声笑。现在各在各家地里，秋麦二料忙清了，袖着手总觉得要做什么，却不知道做什么，肚子饱饱的，却空空的饥饿。只看见推完磨碾后的驴，在尘土里打滚，自己的精神泄不出去，力气也恢复不来。

场畔不远，就是河，河并不宽，却深深的水。两岸都密长了杂木，又一层儿相对向河面斜，两边的树枝就复交纠缠了。河面常被这种纠缠覆盖，时隐时现。一只木排，被八个女子撑着，咿咿呀呀漂下来。树分开的时候，河是银色的，钻树的防空洞了，看不见了树身上的蛇一样裹绕的葛条，也看不见葛条上生出茸茸的小叶的苔藓。木排泊在场畔下，八个女子互相照看了头发，假装抹脸，手心儿将香脂就又一次在脸上擦了，大声说笑着跳上场畔。

后生们立即就发现了。但却正经起来，两只眼儿都睁着，一只看银幕，一只看着场畔。

八个女子，三个已经结了婚，勾肩搭背的，往人窝里去了，她们不停地笑，笑是给同伴听的，笑也是给前后的人听的。前后有了后生，也大声说话，说是说明电影上的事，话也是给他人说明自己的能耐的。都知道是为了什么，都不说是为了什么。

五个女人是没有订婚的，五个女子却并不站在一起，又不到人窝去，全分散在场河边上，离卖糟的小贩摊，不远不近，小贩摊上的马灯照身上，不暗不明。有后生就匆匆走过去，又匆匆走过来，忙乱中瞅一眼，或者站在前边，偏踩在一块圆石头上，身子老不得平衡，每一次从石头上歪下来，后看一眼，不经意的。女子就吃吃地笑，后生一转身笑声便噤，身再一转，吃吃又响。目光碰在一起了，目光就说了话，后生便勇敢了，要么搭讪一句，要么挪过步来，女子倒忽地冷了脸，骂一声"流氓!"热热的又冷冷了，后生无趣地走了。女子却无限后悔，望着星星，星星蒙蒙的，像滴流着水。再换过地方，站在卖糟的那边一只手儿托着下巴，食指咬在牙里。

一场电影完了，看了银幕上的人，也看了看银幕下的人，也被人看了。八个女子集合在场畔，唱了一段花鼓，却说：别唱了，那些没皮脸的净往这儿看呢! 就爆一阵笑声，上了木排，从水面上划走了。木排在河里，一河的星星都在身下，她们数起来，都争着说哪颗星星是她的，但星星老数不清。说："这电影真好!"奋力划桨。

木排上行到五里外的湾里，八人女子跳下去，各自问一句"几时还演电影呢?"各自走进八个岸边的山洼。已经听见狗在家门口汪着了，一时间，脚腿却沉重起来，没了一丝儿力气……

十一

冬天里沟深，山便高，月便小，逆着一条河水走，水下是沙，沙下是水，突然水就没有了，沙干白得像漂了粉，疑惑水干枯了，再走一段，水又出现，如此忽隐忽现。一个源头，倒分地上地下两条河流，山在转弯的时候，出现一片栲树，树里是三间房，房没有木架，硬打硬搁，两边山墙上却用砖砌了四个"吉"字。栲树叶子都枯了，只是不脱落，静得没声没息。门前一溜石板下去，是一处场面，左边新竹，每一片细叶都亮亮的，像打了蜡光。竹子是石磙子碾子，碾盘上卧着一条狗，碾杆上挂着一副牛的暗眼套。右边是十三个坟墓，坟墓前边都有一个砖砌的灯盏窝。这是百十年里这屋里的主人。十三个主人都死去了，这屋还没有倒，新主人正坐在炕上。

这是个老婆子，七十多岁了，牙口还好，在灯下捏针纳扣门儿，续线的时候，线头却穿不到针眼，就叹口气坐着，起身从锅台上抱了猫儿上来。猫是妖媚的玩物，她离不得它，它也离不得她，她就在嘴里嚼馍花，嚼得烂烂的了，拿在手里喂它吃。

孙子还没有回来。黄昏时到下边人家喝酒去了。孙子是儿子的一条根，儿子死了，媳妇也死了，她盼着这孙子好生守住这个家。孙子却总是在家里坐不住，他喜欢看电影，十里外的地方演也去，回来就呆呆痴几天。他不愿留光头。衣服上不钉扣门儿。两年前就不和她一个炕上睡，嫌她脚臭。早晚还刷牙呢。有男朋友，也有女朋友，一起说话，笑，她听不懂。

她总觉得这孙子有一对翅膀，有一天会飞了。灯光幽幽的，照在墙角一口棺木上，这是她将来睡的地方，儿子活着的时候就做的，但儿子死了，她还活着；每一年就用土漆在上边刷一次，已经刷过八次了。她也奇怪自己命长。是没有尽到活着的责任吗？洋芋糊汤疙瘩火，这么好的生活，她不愿离去，倒还收不住她的心呢！

心想：现在的人，怎么就不像前几年的人了，一天不像一天了。她疑心是她没在门框上挂一个镜儿。上辈人常是家里有灾有祸了，要挂一块镜子的。她爬起来，将镜子就挂上了，企望一切邪事不要勾了孙子的魂，把外界的诱惑都用镜收住吧。

半夜里，门外有了脚步声，有人在敲门。老婆子从窗子看出去，三个人背着孙子回来了，打着松油节子火把，说是孙子喝醉了。白日听说县上要修一条柏油公路到这里来，他们庆贺，酒就喝得多了。老婆子窸窸窣窣下来开门，嘟囔道："越来越不像山里人了！"

门框上的镜亮亮的，在坟头上照下一点白；天上的月亮分外明，照得满山满谷里的光辉。

一个王朝的背影

余秋雨

一

我们这些人，对清代总有一种复杂的情感阻隔。记得很小的时候，历史老师讲到"扬州十日""嘉定三屠"时眼含泪花，这是清代的开始；而讲到"火烧圆明园""戊戌变法"时又有泪花了，这是清代的尾声。年迈的老师一哭，孩子们也跟着哭，清代历史，是小学中唯一用眼泪浸润的课程。从小种下的怨恨，很难化解得开。

老人的眼泪和孩子们的眼泪拌和在一起，使这种历史情绪有了一种最世俗的力量。我小学的同学全是汉族，没有满族，因此很容易在课堂里获得一种共同语言。

好像汉族理所当然是中国的主宰，你满族为什么要来抢夺呢？抢夺去了能够弄好倒也罢了，偏偏越弄越糟，最后几乎让外国人给瓜分了。于是，在闪闪泪光中，我们懂得了什么是汉奸，什么是卖国贼，什么是民族大义，什么是气节。我们似乎也知道了中国之所以落后于世界列强，关键就在于清代，而辛亥革命的启蒙者重新点燃汉人对清人的仇恨，提出"驱除鞑虏，恢复中华"的口号，又是多么有必要，多么让人解气。清朝终于被推翻了，但至今在很多中国人心里，它仍然是一种冤孽般的存在。

年长以后，我开始对这种情绪产生警惕。因为无数事实证明，在我们中国，许多情绪化的社会评判规范，虽然堂而皇之地传之久远，却包含着极大的不公正。我们缺少人类普遍意义上的价值启蒙，因此这些情绪化的社会评判规范大多是从封建正统观念逐渐引申出来的，带有很多盲目性。先是姓氏正统论，刘汉、李唐、赵宋、朱明……在同一姓氏的传代系列中所出现的继承人，哪怕是昏君、懦夫、色鬼、守财奴、精神失常者，都是合法而合理的，而外姓人氏若有觊觎，即便有一千条一万条道理，也站不住脚，真伪、正邪、忠奸全由此划分。由姓氏正统论扩而大之，就是民族正统论。这种观念要比姓氏正统论复杂得多，你看辛亥革命的闯将们与封建主义的姓氏正统论势不两立，却也需要大声宣扬民族正统论，便是例证。民族正统论涉及几乎一切中国人都耳熟能详的许多著名人物和著名事件，是一个在今后仍然要不断争论的麻烦问题。在这儿请允许我稍稍回避一下，我需要肯定的仅仅是这样一点：满族是中国的满族，清朝的历史是中国历史的一部分；统观全部中国古代史，清朝的皇帝在总体上还算比较好的，而其中的康熙皇帝甚至可说是中国历史上最好的皇帝之一，他与唐太宗李世民一样使我这个现代汉族中国人感到骄傲。

既然说到了唐太宗，我们又不能不指出，据现代历史学家考证，他更可能是鲜卑族而不是汉族之后。

如果说先后在巨大的社会灾难中迅速开创了"贞观之治"和"康雍乾盛世"的两位中国历史上最杰出帝王都不是汉族，如果我们还愿意想一想那位至今还在被全世界历史学家惊叹的建立了赫赫战功的元太祖成吉思汗，那么我们的中华历史观一定会比小学里的历史课开阔得多。

汉族当然非常伟大，汉族当然没有理由要受到外族的屠杀和欺凌，当自己的民族遭受危难时当然要挺身而出进行无畏的抗争，为了个人的私利不惜出卖民族利益的无耻之徒当然要受到永久的唾弃，这些都是没有异议的。问题是，不能由此而把汉族等同于中华，把中华历史的正义、光亮、希望，全都押在汉族一边。与其他民族一样，汉族也有大量的污浊、昏聩和丑恶，它的统治者常常一再地把整个中国历史推入死胡同。在这种情况下历史有可能做出超越汉族正统论的选择，而这种选择又未必是倒退。

《桃花扇》中那位秦淮名妓李香君，身份低贱而品格高洁，在清兵浩荡南下、大明江山风雨飘摇时期保持着多大的民族气节！但是，她万万没有想到，就在她和她的恋人侯朝宗为抗清扶明不惜赴汤蹈火、奔命呼号的时候，恰恰正是苟延残喘而仍然荒淫无度的南明小朝廷，作践了他们。那个在当时当地看来既是明朝也是汉族的最后代表的弘光政权，根本不要她和她的姐妹们的忠君泪、报国心，而只要她们作为一个女人最可怜的色相。李香君真想与恋人一起为大明捐躯流血，但叫她恶心的是，竟然是大明的官僚来强逼她成婚，而使她血溅纸扇，染成"桃花"。"桃花扇底送南朝"，这样的朝廷就让它去了吧，长叹一声，气节、操守、抗争、奔走，全都成了荒诞和自嘲。《桃花扇》的作者孔尚任是孔老夫子的后裔，连他，也对历史转捩时期那种盲目的正统观念产生了深深的怀疑。他把这种怀疑，转化成了笔底的灭迹和苍凉。

对李香君和侯朝宗来说，明末的一切，看够了，清代会怎么样呢？不想看了。

文学作品总要结束，但历史还在往前走。事实上，清代还是很可看看的。

为此，我要写写承德的避暑山庄。清代的史料成捆成扎，把这些留给历史学家吧，我们，只要轻手轻脚地绕到这个消夏的别墅里去偷看几眼也就够了。这种偷看其实也是偷看自己，偷看自己心底从小埋下的历史情绪和民族情绪，有多少可以留存，有多少需要校正。

二

承德的避暑山庄是清代皇家园林，又称热河行宫、承德离宫，虽然闻名史册，但久为禁苑，又地处塞外，历来光顾的人不多，直到这几年才被旅游者搅得有点热闹。我原先并不知道能在那里获得一点什么，只是今年夏天中央电视台在承德组织了一次国内优秀电视编剧和导演的聚会，要我给他们讲点课，就被他们接去了。住所正在避暑山庄背后，刚到那天的薄暮时分，我独个儿走出住所大门，对着眼前黑黝黝的山岭发呆。查过地图，这山岭便是避暑山庄北部的最后屏障，就像一张罗圈椅的椅背。在这张罗圈椅上，休息过一个疲惫的王朝。奇怪的是，整个中华版图都已归属了这个王朝，为什么还要把这张休息的罗圈椅放到长城之外呢？清代的帝王们在这张椅子上面南而坐的时候想些什么呢？月亮升起来了，眼前的山壁显得更加巍然怆然。北京的故宫把几个不同的朝代混杂在一起，谁的形象也看不真切，而在这里，远远的，静静的，纯纯的，悄悄的，躲开了中原王气，藏下了一个不羼杂的清代。它实在对我产生了一种巨大的诱惑，于是匆匆讲完几次课，便一头埋到了山庄里边。

山庄很大，本来觉得北京的颐和园已经大得令人咂舌，它竟比颐和园还大整整一倍，据说装下八九个北海公园是没有问题的。我想不出国内还有哪个古典园林能望其项背。

山庄外面还有一圈被称之为"外八庙"的寺庙群，这暂不去说它，光说山庄里面，除了前半部有层层叠叠的宫殿外，主要是开阔的湖区、平原区和山区。尤其是山区，几乎占了整个山庄的八成左右，这让游惯了别的园林的人很不习惯。园林是用来休闲的，何况皇家园林大多追求方便平适，有的也会堆几座小山装点一下，哪有像这儿的，硬是圈进莽莽苍苍一大片真正的山岭来消遣？这个格局，包含着一种需要我们抬头仰望、低头思索的审美观念和人生观念。

山庄里有很多楹联和石碑，上面的文字大多由皇帝们亲自撰写，他们当然想不到多少年后会有我们这些陌生人闯入他们的私家园林，来读这些文字。这些文字是写给他们后辈继承人看的。朝廷给别人看的东西很多，有大量刻印广颁的官样文章，而写在这里的文字，尽管有时也咬文嚼字，但总的来说是说给儿孙们听的体己话，比较真实可信。我踏着青苔和蔓草，辨识和解读着一切能找到的文字，连藏在山间树林中的石碑都不放过，读完一篇，便舒松开筋骨四周看看。一路走去，终于可以有把握地说，山庄的营造完全出自一代政治家在精神上的强健。

首先是康熙，山庄正宫午门上悬挂着的"避暑山庄"四个字就是他写的，这四个汉字写得很好，撇捺间透露出一个胜利者的从容和安详，可以想见他首次踏进山庄时的步履也是这样的。他一定会这样，因为他是走了一条艰难而又成功的长途才走进山庄的，到这里来喘口气，应该。

他一生的艰难都是自找的。他的父辈本来已经给他打下了一个很完整的华夏江山，他八岁即位，十四岁亲政，年轻轻一个孩子，坐享其成就是了，能在如此辽阔的疆土上、如此兴盛的运势前做些什么呢？他稚气未脱的眼睛，竟然疑惑地盯上了两个庞然大物，一个是朝廷中最有权势的辅政大臣鳌拜；一个自恃当初诱汉奸领清兵入关有功、拥兵自重于南方的吴三桂。平心而论，对于这样与自己的祖辈、父辈都有密切关系的重要政治势力，即便是德高望重的一代雄主也未免下得了决心去动手，但康熙却向他们、也向自己挑战了，十六岁上干脆利落地除了鳌拜集团，二十岁开始向吴三桂开战，花八年时间的征战取得彻底胜利。他等于把到手的江山重新打理了一遍，使自己从一个继承者变成了创业者。成熟了，眼前已经找不到什么对手，但他还是经常骑着马，在中国北方山林草泽间徘徊。这是他祖辈崛起的所在，他在寻找着自己的生命和事业的依托点。

他每次都要经过长城，长城多年失修，已经破败。对着这堵受到历代帝王切切关心的城墙，他想了很多。他的祖辈是破长城进来的，没有吴三桂也绝对进得了，那么长城究竟有什么用呢？堂堂一个朝廷，难道就靠这些砖块去保卫？但是如果没有长城，我们的防线又在哪里呢？他思考的结果，可以从1691年他的一份上谕中看出个大概。那年五月，古北口总兵官蔡元向朝廷提出，他所管辖的那一带长城"倾塌甚多，请行修筑"，康熙竟然完全不同意。

他的上谕是：秦筑长城以来，汉、唐、宋亦常修理，其时岂无边患？明末我太祖统大兵长驱直入，诸路瓦解，皆莫能当。可见守国之道，惟在修得民心。民心悦则邦本得，而边境自固，所谓"众志成城"者是也。如古北、喜峰口一带，朕皆巡阅，概多损坏，今欲修之，兴工劳役，岂能无害百姓？且长城延袤数千里，养兵几何方能分守？

说的实在是很有道理。我对埋在我们民族心底的"长城情结"一直不敢恭维，读了康熙这段话，简直是找到了一个远年知音。由于康熙这样说，清代成了中国古代基本上不修长城的一个朝代，对此我也觉得不无痛快。当然，我们今天从保护文物的意义上维修长城完全是另外一回事了，只要不把长城永远作为中华文明的最高象征就好。

康熙希望能筑起一座无形的长城。"修得安民"云云说得过于堂皇而蹈空，实际上他有硬的一手和软的一手。硬的一手是在长城外设立"木兰围场"，每年秋天，由皇帝亲自率领王公大臣、各级官兵一万余人去进行大规模的"围猎"，实际上是一种声势浩大的军事演习，这既可以使王公大臣们保持住勇猛、强悍的人生风范，又可顺便对北方边境起一个威慑作用。"木兰围场"既然设在长城之外的偏远地带，离北京就很有一点距离，如此众多的朝廷要员前去秋猎，当然要建造一些大大小小的行宫，而热河行宫，就是其中最大的一座；软的一手是与北方边疆的各少数民族建立起一种常来常往的友好关系，他们的首领不必长途进京也有与清廷彼此交谊的机会和场所，而且还为他们准备下各自的宗教场所，这也就需要有热河行宫和它周围的寺庙群了。总之，软硬两手最后都汇集到这一座行宫、这一个山庄里来了，说是避暑，说是休息，意义却远远不止于此。把复杂的政治目的和军事意义转化为一片幽静闲适的园林，一圈香火缭绕的寺庙，这不能不说是康熙的大本事。然而，眼前又是道地的园林和寺庙，道地的休息和祈祷，军事和政治，消解得那样烟水葱茏、慈眉善目，如果不是那些石碑提醒，我们甚至连可以疑惑的痕迹都找不到。

避暑山庄是康熙的"长城"，与蜿蜒千里的长城相比，哪个更高明些呢？

康熙几乎每年立秋之后都要到"木兰围场"参加一次为期二十天的秋猎，一生参加了四十八次。每次围猎，情景都极为壮观。先由康熙选定逐年轮换的狩猎区域（逐年轮换是为了生态保护），然后就搭建一百七十多座大帐篷为"内城"，二百五十多座大帐篷为"外城"，城外再设警卫。第二天拂晓，八旗官兵在皇帝的统一督导下集结围拢，在上万官兵齐声呐喊下，康熙首先一马当先，引弓射猎，每有所中便引来一片欢呼，然后扈从大臣和各级将士也紧随康熙射猎。康熙身强力壮，骑术高明，围猎时智勇双全，弓箭上的功夫更让王公大臣由衷惊服，因而他本人的猎获就很多。晚上，营地上篝火处处，肉香飘荡，人笑马嘶，而康熙还必须回帐篷里批阅每天疾驰送来的奏章文书。康熙一生身先士卒打过许多著名的仗，但在晚年，他最得意的还是自己打猎的成绩，因为这纯粹是他个人生命力的验证。1719年康熙自"木兰围场"行猎后返回避暑山庄时曾兴致勃勃地告谕御前侍卫：

朕自幼至今已用鸟枪弓矢获虎一百五十三只，熊十二只，豹二十五只，猞二十只，麋鹿十四只，狼九十六只，野猪一百三十三口，哨获之鹿已数百，其余围场内随便射获诸兽不胜记矣。朕于一日内射兔三百一十八只，若庸常人毕世亦不能及此一日之数也。

这笔流水账，他说得很得意，我们读得也很高兴。身体的强健和精神的强健往往是连在一起的，须知中国历史上多的是有气无力病恹恹的皇帝，他们即便再"内秀"，也何以面对如此庞大的国家。

由于强健，他有足够的精力处理挺复杂的西藏事务和蒙古事务，解决治理黄河、淮河和疏通漕支等大问题，而且大多很有成效，功泽后世。由于强健，他还愿意勤奋地学习，结果不仅武功一流，"内秀"也十分了得，成为中国历代皇帝中特别有学问、也特别重视学问的一位，这一点一直很使我震动。而且我可以肯定，当时也把一大群冷眼旁观的汉族知识分子震动了。

谁能想得到呢，这位清朝帝王竟然比明代历朝皇帝更热爱和精通汉族传统文化！

大凡经、史、子、集、诗、书、音律，他都下过一番功夫，其中对朱熹哲学钻研最深。他亲自批点《资治通鉴纲目大全》，与一批著名的理学家进行水平不低的学术探讨，并命他们编纂了《朱子大全》《理性精义》等著作。他下令访求遗散在民间的善本珍籍加以整理，并且大规模地组织人力编辑出版了卷帙浩繁的《古今图书集成》《康熙字典》《佩文韵府》《大清会典》，文化气魄铺地盖天，直到今天，我们研究中国古代文化还离不开这些极其重要的工具书。他派人通过对全国土地的实际测量，编成了全国地图《皇舆全览图》。在他倡导的文化气氛下，涌现出一大批在整个中国文化史上都可以称得上第一流大师的人文科学家，在这一点上，几乎很少有哪个朝代能与康熙朝相比肩。

以上讲的还只是我们所说的"国学"，可能更让现代读者惊异的是他的"西学"。

因为即使到了现代，在我们印象中，国学和西学虽然可以沟通，但在同一个人身上深潜两边的毕竟不多，尤其对一些官员来说更是如此。然而早在三百年前，康熙皇帝竟然在北京故宫和承德避暑山庄认真研究了欧几里得几何学，经常演算习题，又学习了法国数学家巴蒂的《实用和理论几何学》，并比较它与欧几里得几何学的差别。

他的老师是当时来中国的一批西方传教士，但后来他的演算比传教士还快，他亲自审校译成汉文和满文的西方数学著作，而且一有机会就向大臣们讲授西方数学。以数学为基础，康熙又进而学习了西方的天文、历法、物理、医学、化学，与中国原有的这方面知识比较，取长补短。在自然科学问题上，中国官僚和外国传教士经常发生矛盾，康熙不祖护中国官僚，也不主观臆断而是靠自己发奋学习，真正弄通西方学说，几乎每次都做出了公正的裁断。他任命一名外国人担任钦天监监副，并命令礼部挑选一批学生去钦天监学习自然科学，学好了就选拔为博士官。西方的自然科学著作《验气图说》《仪像志》《赤道南北星图》《穷理学》《坤舆图说》等等，被一一翻译过来，有的已经译成汉文的西方自然科学著作，如《几何原理》前六卷，他又命人译成满文。

这一切，居然与他所醉心的"国学"互不排斥，居然与他一天射猎三百一十八只野兔互不排斥，居然与他一连串重大的政治行为、军事行为、经济行为互不排斥！

我并不认为康熙给中国带来了根本性的希望，他的政权也做过不少坏事，如臭名昭著的"文字狱"之类；我想说的只是，在中国历代帝王中，这位少数民族出身的帝王具有超乎寻常的生命力，他的人格比较健全。有时，个人的生命力和人格，会给历史留下重重的印记。与他相比，明代的许多皇帝都活得太不像样了，鲁迅说他们是"无赖儿郎"，确有点像。尤其让人生气的是明代万历皇帝（神宗）朱翊钧，在位四十八年，亲政三十八年，竟有二十五年时间躲在深宫之内不见外人的面，完全不理国事，连内阁首辅也见不到他，不知在干什么。没见他玩过什么，似乎也没有好色的嫌疑，历史学家们只能推断他躺在烟榻上抽了二十多年的鸦片烟！他聚敛的金银如山似海，但当清军起事，朝廷束手无策问他要钱，他也死不肯拿出来，最后拿出一个无济于事的小零头，竟然都是因窖藏太久变黑发霉、腐蚀得不能见天日的银子！这完全是一个失去任何人格支撑的心理变态者，但他又集权力于一身，明朝怎能不垮？他死后还有儿子朱常洛（光宗）、孙子朱由校（熹宗）和朱由检（思宗）先后继位，但明朝已在他的手里败定了，他的儿孙们非常可怜。康熙与他正相反，把生命从深宫里释放出来，在旷野、猎场和各个知识领域挥洒，避暑山庄就是他这种生命方式的一个重要吐纳口，因此也是当时中国历史的一所"吉宅"。

三

　　康熙与晚明帝王的对比，避暑山庄与万历深宫的对比，当时的汉族知识分子当然也感受到了，心情比较复杂。

　　开始大多数汉族知识分子都是抗清复明，甚至在赳赳武夫们纷纷掉头转向之后，一群柔弱的文人还宁死不折。文人中也有一些著名的变节者，但他们往往也承受着深刻的心理矛盾和精神痛苦。我想这便是文化的力量。一切军事争逐都是浮面的，而事情到了要摇撼某个文化生态系统的时候才会真正变得严重起来。一个民族，一个国家，一个人种，其最终意义不是军事的、地域的、政治的，而是文化的。当时江南地区好几次重大的抗清事件，都起之于"削发"之争，即汉人历来束发而清人强令削发，甚至到了"留头不留发，留发不留头"的地步。头发的样式看来事小却关系文化生态，结果，是否"毁我衣冠"的问题成了"夷夏抗争"的最高爆发点。

　　这中间，最能把事情与整个文化系统联系起来的是文化人，最懂得文明和野蛮的差别，并把"鞑虏"与野蛮连在一起的也是文化人。老百姓的头发终于被削掉了，而不少文人还在拼死坚持。著名大学者刘宗周住在杭州，自清兵进杭州后便绝食，二十天后死亡；他的门生，另一位著名大学者黄宗羲投身于武装抗清行列，失败后回余姚家乡事母著述；又一位著名大学者顾炎武比黄宗羲更进一步，武装抗清失败后还走遍全国许多地方图谋复明，最后终老陕西……这些一代宗师如此强硬，他们的门生和崇拜者们也多有追随。

　　但是，事情到康熙那儿却发生了一些微妙的变化。文人们依然像朱耷笔下的秃鹫，以"天地为之一寒"的冷眼看着朝廷，而朝廷却奇怪地流泻出一种压抑不住的对汉文化的热忱。开始大家以为是一种笼络人心的策略，但从康熙身上看好像不完全是。他在讨伐吴三桂的战争还没有结束的时候，就迫不及待下令各级官员以"崇儒重道"为目的，朝廷推荐"学问兼优、文词卓越"的士子，由他亲自主考录用，称作"博学鸿词科"。这次被保荐、征召的共一百四十三人，后来录取了五十人。

其中有傅山、李颙等人被推荐了却宁死不应考。傅山被人推荐后又被强抬进北京，他见到"大清门"三字便滚倒在地，两泪直流，如此行动康熙不仅不怪罪反而免他考试，任命他为"中书舍人"。他回乡后不准别人以"中书舍人"称他，但这个时候说他对康熙本人还有多大仇恨，大概谈不上了。

李颙也是如此，受到推荐后称病拒考，被人抬到省城后竟以绝食相抗，别人只得作罢。这事发生在康熙十七年，康熙本人二十六岁，没想到二十五年后，五十余岁的康熙西巡时还记得这位强硬的学人，召见他，他没有应召，但心里毕竟已经很过意不去了，派儿子李慎言作代表应召，并送自己的两部著作《四书反身录》和《二曲集》给康熙。这件事带有一定的象征性，表示最有抵触的汉族知识分子也开始与康熙和解了。

与李颙相比，黄宗羲是大人物了，康熙更是礼仪有加，多次请黄宗羲出山未能如愿，便命令当地巡抚到黄宗羲家里，把黄宗羲写的书认真抄来，送入宫内以供自己拜读。这一来，黄宗羲也不能不有所感动，与李颙一样，自己出面终究不便，由儿子代理，黄宗羲让自己的儿子黄百家进入皇家修史局，帮助完成康熙交下的修《明史》的任务。你看，即便是原先与清廷不共戴天的黄宗羲、李颙他们，也觉得儿子一辈可以在康熙手下好生过日子了。这不是变节，也不是妥协，而是一种文化生态意义上的认同。既然康熙对汉文化认同得那么诚恳，汉族文人为什么就完全不能与他认同呢？政治军事，不过是文化的外表罢了。

黄宗羲不是让儿子参加康熙下令编写的《明史》吗？编《明史》这事给汉族知识界震动不小。康熙任命了大历史学家徐元文、万斯同、张玉书、王鸿绪等负责此事，要他们根据《明实录》如实编定，说"他书或以文章见长，独修史宜直书实事"，他还多次要大家仔细研究明代晚期破败的教训，引以为戒。汉族知识文化界要反清复明，而清廷君主竟然亲自领导着汉族的历史学家在冷静研究明代了，这种研究又高于反清复明者的思考水平，那么，对峙也就不能不渐渐化解了。《明史》后来成为整个二十四史中写得较好的一部，这是直到今天还要承认的事实。

当然，也还余留着几个坚持不肯认同的文人。例如康熙时代浙江有个学者叫吕留良的，在著书和讲学中还一再强调孔子思想的精义是"尊王攘夷"，这个提法，在他死后被湖南一个叫曾静的落第书生看到了，很是激动，赶到浙江找到吕留良的儿子和学生几人，策划反清。这时康熙也早已过世，已是雍正年间，这群文人手下无一兵一卒，能干成什么事呢？他们打听到川陕总督岳锺琪是岳飞的后代，想来肯定能继承岳飞遗志来抗击外夷，就派人带给他一封策反的信，眼巴巴地请他起事。

这事说起来近乎笑话。岳飞抗金到那时已隔着整整一个元朝、整整一个明朝，清朝也已过了八九十年，算到岳锺琪身上都是多少代的事情啦，还想着让他凭着一个"岳"字拍案而起，中国书生的昏愚和天真就在这里。岳锺琪是清朝大官，做梦也没想到过要反清，接信后虚假地应付了一下，却理所当然地报告给了雍正皇帝。

雍正下令逮捕了这个谋反集团，又亲自阅读了书信、著作，觉得其中有好些观念需要自己写文章来与汉族知识分子辩论，而且认为有过康熙一代，朝廷已有足够的事实和勇气证明清代统治者并不差，为什么还要对抗清廷？于是这位皇帝亲自编了一部《大义觉迷录》颁发各地，而且特免肇事者曾静等人的死罪，让他们专到江浙一带去宣讲。

雍正的《大义觉迷录》写得颇为诚恳。他的大意是：不错，我们是夷人，我们是"外国"人，但这是籍贯而已，天命要我们来抚育中原生民，被抚育者为什么还要把华、夷分开来看？你们所尊重的舜是东夷之人，文王是西夷之人，这难道有损于他们的圣德吗？吕留良这样著书立说的人，连前朝康熙皇帝的文治武功、赫赫盛德都加以隐匿和诬蔑，实在是不顾民生国运只泄私愤的。外族入主中原，可以反而勇于为善，如果著书立说的人只认为生在中原的君主不必修德行仁也可享有名分，而外族君主即便励精图治也得不到褒扬，外族君主为善之心也会因之而懈怠，受苦的不还是中原的百姓吗？

雍正的这番话，带着明显的委屈情绪，而且是给父亲康熙打抱不平，也真有一些动人的地方。但他的整体思维能力显然比不上康熙，口口声声说自己是"外国"人，"夷人"，尽管他所说的"外国"只是指外族，而且也仅指中原地区之外的几个少数民族，与我们今天所说的外国不同，但无论如何在一些前提性的概念上把事情搞复杂了，反而不利。他的儿子乾隆看出了这个毛病，即位后把《大义觉迷录》全部收回，列为禁书，杀了被雍正赦免的曾静等人，开始大兴文字狱。康熙、雍正年间也有丑恶的文字狱，但来得特别厉害的是乾隆，他不许汉族知识分子把清廷看成是"夷人"，连一般文字中也不让出现"虏""胡"之类字样，不小心写出来了很可能被砍头。他想用暴力抹去这种对立，然后一心一意做个好皇帝。除了华夷之分的敏感点外，其他地方他倒是比较宽容，有度量，听得进忠臣贤士们的尖锐意见和建议，因此在他执政的前期，做了很多好事，国运可称昌盛。这样一来，即便存有异念的少数汉族知识分子也不敢有什么想头，到后来也真没有什么想头了。

其实本来这样的人已不可多觅，雍正和乾隆都把文章做过了头。真正第一流的大学者，在乾隆时代已不想做反清复明的事了。乾隆，靠着人才济济的智力优势，靠着康熙、雍正给他奠定丰厚基业，也靠着他本人的韬略雄才，做起了中国历史上福气最好的大皇帝。承德避暑山庄，他来得最多，总共逗留的时间很长，因此他的踪迹更是随处可见。乾隆也经常参加"木兰秋狝"，亲自射获的猎物也极为可观，但他的主要心思却放在边疆征战上，避暑山庄和周围的外八庙内，记载这种征战成果的碑文极多。这种征战与汉族的利益没有冲突，反而弘扬了中国的国威，连汉族知识界也引以为荣，甚至可以把乾隆看成华夏圣君了，但我细看碑文之后却产生一个强烈的感觉：有的仗迫不得已，打打也可以，但多数边境战争的必要性深可怀疑。

需要打得这么大吗？需要反复那么多次吗？需要这样强横地来对待邻居们吗？需要杀得如此残酷吗？

好大喜功的乾隆把他的所谓"十全武功"镌刻在避暑山庄里乐滋滋地自我品尝，这使山庄里回荡出一些燥热而又不详的气氛。在满、汉文化对峙基本结束之后，这里洋溢着的中华帝国的自得情绪。江南塞北的风景名胜在这里聚会，上天的唯一骄子在这里安驻，再下令编一部综览全部典籍的《四库全书》在这里存放，几乎什么也不缺了。乾隆不断地写诗，说避暑山庄里的意境已远远超过唐宋诗词里的描绘，而他则一直等着到时间卸任成为"林下人"，在此间度过余生。在山庄内松云峡的同一座石碑上，乾隆一生竟先后刻下了六首御诗表述这种自得情怀。

是的，乾隆一朝确实不算窝囊，但须知这已是十八世纪（乾隆正好死于十八世纪最后一年），十九世纪已经迎面而来，世界发生了多大的变化！乾隆打了那么多仗，耗资该有多少？他重用的大贪官和珅，又把国力糟蹋到了何等地步？事实上，清朝乃至中国的整体历史悲剧，就在乾隆这个貌似全盛期的皇帝身上，在山水宜人的避暑山庄内，已经酿就。但此时的避暑山庄，还完全沉湎在中华帝国的梦幻中，而全国的文化良知，也都在这个梦幻边沿或陶醉，或喑哑。

1793年9月14日，一个英国使团来到避暑山庄，乾隆以盛宴欢迎，还在山庄的万树园内以大型歌舞和焰火晚会招待，避暑山庄一片热闹。英方的目的是希望乾隆同意他们派使臣常驻北京，在北京设立洋行，希望中国开放天津、宁波、舟山为贸易口岸，在广州附近拨一些地方让英商居住，又希望英国货物在广州至澳门的内河流通时能获免税和减税的优惠。本来，这是可以谈判的事，但对居住在避暑山庄、一生喜欢用武力炫耀华夏威仪的乾隆来说却不存在任何谈判的可能。他给英国国王写了信，信的标题是《赐英吉利国王敕书》，信内对一切要求全部拒绝，说"天朝尺土俱归版籍，疆址森然，即使岛屿沙洲，亦必划界分疆各有专属"，"从无外人等在北京城开设货行之事"，"此与天朝体制不合，断不可行！"也许至今有人认为这几句话充满了爱国主义的凛然大义，与以后清廷签订的卖国条约不可同日而语，对此我实不敢苟同。

本来康熙早在1684年就已开放海禁，在广东、福建、浙江、江苏分设四个海关欢迎外商来贸易，过了七十多年乾隆反而关闭其他海关只许外商在广州贸易，外商在广州也有许多可笑的限制，例如不准学说中国话、买中国书，不许坐轿，更不许把妇女带来，等等。我们闭目就能想象朝廷对外国人的这些限制是出于何种心理规定出来的。康熙向传教士学西方自然科学，关系不错，而乾隆却把天主教给禁了。自高自大，无视外部世界，满脑天朝意识，这与以后的受辱挨打有着必然的逻辑联系。乾隆在避暑山庄训斥外国帝王的朗声言词，就连历史老人也会听得不太顺耳。这座园林，已羼杂进某种凶兆。

四

我在山庄松云峡细读乾隆写了六首诗的那座石碑时，在碑的西侧又读到他儿子嘉庆的一首。嘉庆即位后经过这里，读了父亲那些得意扬扬的诗后不禁长叹一声：父亲的诗真是深奥，而我这个做儿子的却实在觉得肩上的担子太重了！（"瞻题蕴精奥，守位重仔肩"）嘉庆为人比较懦弱宽厚，在父亲留下的这副担子前不知如何是好，他一生都在面对内忧外患，最后不明不白地死在避暑山庄。

道光皇帝继嘉庆之位时已四十来岁，没有什么才能，只知艰苦朴素，穿的裤子还打过补丁。这对一国元首来说可不是什么佳话。朝中大臣竞相效仿，穿了破旧衣服上朝，一眼看去，这个朝廷已经没有多少气数了。父亲死在避暑山庄，畏怯的道光也就不愿意去那里了，让它空关了几十年，他有时想想也该像祖宗一样去打一次猎，打听能不能不经过避暑山庄就可以到"木兰围场"，回答说没有别的道路，他也就不去打猎了。像他这么个可怜巴巴的皇帝，似乎本来就与山庄和打猎没有缘分的，鸦片战争已经爆发，他忧愁的目光只能一直注视着南方。

避暑山庄一直关到1860年9月，突然接到命令，咸丰皇帝要来，赶快打扫。

咸丰这次来时带的银两特别多，原来是来逃难的，英法联军正威胁着北京。咸丰一来就不走了，东走走西看看，庆幸祖辈留下这么个好地方让他躲避。他在这里又批准了好几份丧权辱国的条约，但签约后还是不走，直到1861年8月22日死在这儿，差不多住了近一年。

咸丰一死，避暑山庄热闹了好些天，各种政治势力围着遗体进行着明明暗暗的较量。一场被历史学家称之为"辛酉政变"的行动方案在山庄的几间屋子里制定，然后，咸丰的棺木向北京启运了，刚继位的小皇帝也出发了，浩浩荡荡。避暑山庄的大门又一次紧紧地关住了，而就在这支浩浩荡荡的队伍中间，很快站出来一个二十七岁的青年女子，她将统治中国近半个世纪。

她就是慈禧，离开了山庄后再也没有回来。不久又下了一道命令，说热河避暑山庄已经几十年不用，殿亭各宫多已倾圮，只是咸丰皇帝去时稍稍修治了一下，现在咸丰已逝，众人已走，"所有热河一切工程，著即停止。"

这个命令，与康熙不修长城的谕旨前后辉映。康熙的"长城"也终于倾塌了，荒草凄迷，暮鸦回翔，旧墙斑驳，霉苔处处，而大门却紧紧地关着。关住了那些宫殿房舍倒也罢了，还关住了那么些苍郁的山，那么些晶亮的水。在康熙看来，这儿就是他心目中的清代，但清代把它丢弃了，于是自己也就成了一个丧魂落魄的朝代。

慈禧在北京修了一个颐和园，与避暑山庄对抗，塞外朔北的园林不会再有对抗的能力和兴趣，它似乎已属于另外一个时代。康熙连同他的园林一起失败了，败在一个没有读过什么书，没有建立过什么功业的女人手里。热河的雄风早已吹散，清朝从此阴气重重、劣迹斑斑。

当新的一个世纪来到的时候，一大群汉族知识分子向这个政权发出了毁灭性声讨，民族仇恨重新在心底燃起，三百年前抗清志士的事迹重新被发掘和播扬。避暑山庄，在这个时候是一个邪恶的象征，老老实实躲在远处，尽量不要叫人发现。

五

清朝的灭亡后，社会震荡，世事忙乱，人们也没有心思去品咂一下这次历史变更的苦涩厚味，匆匆忙忙赶路去了。直到1927年6月1日，大学者王国维先生在颐和园投水而死，才让全国的有心人肃然深思。

王国维先生的死因众说纷纭，我们且不管它，只知道这位汉族文化大师拖着清代的一条辫子，自尽在清代的皇家园林里，遗嘱为"五十之年，只欠一死；经此事变，义无再辱"。他不会不知道明末清初为汉族人是束发还是留辫之争曾发生过惊人的血案，他不会不知道刘宗周、黄宗羲、顾炎武这些大学者的慷慨行迹，他更不会不知道按照世界历史的进程，社会剧变乃属必然，但是他还是死了。我赞成陈寅恪先生的说法，王国维先生并不死于政治斗争、人事纠葛，或仅仅为清廷尽忠，而是死于一种文化：

> 凡一种文化值衰落之时，为此文化所化之人，必感苦痛，其表现此文化之程量愈宏，则其所受之苦痛亦愈甚；迨既达极深之度，殆非出于自杀无以求一己之心安而义尽也。（《王观堂先生挽词并序》）

王国维先生实在又无法把自己为之而死的文化与清廷分割开来。在他的书架里，《古今图书集成》《康熙字典》《四库全书》《红楼梦》《桃花扇》《长生殿》，以及乾嘉学派、纳兰性德等等都把两者连在了一起，于是对他来说衣冠举止，生态心态，也莫不两相混同。我们记得，在康熙手下，汉族高层知识分子经过剧烈的心理挣扎已开始与朝廷产生某种文化认同，没有想到的是，当康熙的政治事业和军事事业已经破败之后，文化认同竟还未消散。为此，宏才多学的王国维先生要以生命来祭奠。他没有从心理挣扎中找到希望，死得可惜又死得必然。知识分子总是不同寻常，他们总要在政治军事的折腾之后表现出长久的文化韧性，文化变成了生命，只有靠生命来拥抱文化了，别无他途；明末以后是这样，清末以后也是这样。但清末又是整个中国封建制度的末尾，因此王国维先生祭奠的该是整个中国传统文化。清代只是他的落脚点。

王国维先生到颐和园这也还是第一次，是从一个同事处借了五元钱才去的，颐和园门票六角，死后口袋中尚余四元四角，他去不了承德，也推不开山庄紧闭的大门。

今天，我们面对着避暑山庄的清澈湖水，却不能不想起王国维先生的面容和身影。我轻轻地叹息一声，一个风云数百年的朝代，总是以一群强者英武的雄姿开头，而打下最后一个句点的，却常常是一些文质彬彬的凄怨灵魂。

我与地坛

一

我在好几篇小说中都提到过一座废弃的古园，实际就是地坛。

许多年前旅游业还没有开展，园子荒芜冷落得如同一片野地，很少被人记起。地坛离我家很近。或者说我家离地坛很近。总之，只好认为这是缘分。地坛在我出生前四百多年就坐落在那儿了，而自从我的祖母年轻时带着我父亲来到北京，就一直住在离它不远的地方——五十多年间搬过几次家，可搬来搬去总是在它周围，而且是越搬离它越近。我常觉得这中间有着宿命的味道：仿佛这古园就是为了等我，而历尽沧桑在那儿等待了四百多年。

它等待我出生，然后又等待我活到最狂妄的年龄上忽地残废了双腿。四百多年里，它一面剥蚀了古殿檐头浮夸的琉璃，消退了门壁上炫耀的朱红，坍塌了一段段高墙又散落了玉砌雕栏，祭坛四周的老柏树愈见苍幽，到处的野草荒藤也都茂盛得自在坦荡。

这时候想必我是该来了。十五年前的一个下午，我摇着轮椅进入园中，它为一个失魂落魄的人把一切都准备好了。那时，太阳循着亘古不变的路途正越来越大，也越来越红。在满园弥漫的沉静光芒中，一个人更容易看到时间，并看见自己的身影。

自从那个下午我无意中进了这园子，就再没长久地离开过它。

我一下子就理解了它的意图。正如我在一篇小说中所说的："在人口密聚的城市里，有这样一个宁静的去处，像是上帝的苦心安排。"

两条腿残废后的最初几年，我找不到工作，找不到去路，忽然间几乎什么都找不到了，我就摇了轮椅总是到它那儿去，仅为着那儿是可以逃避一个世界的另一个世界。我在那篇小说中写道："没处可去我便一天到晚耗在这园子里。跟上班下班一样，别人去上班我就摇了轮椅到这儿来。园子无人看管，上下班时间有些抄近路的人们从园中穿过，园子里活跃一阵，过后便沉寂下来。"

"园墙在金晃晃的空气中斜切下一溜荫凉，我把轮椅开进去，把椅背放倒，坐着或是躺着，看书或者想事，撅一权树枝左右拍打，驱赶那些和我一样不明白为什么要来这世上的小昆虫。""蜂儿如一朵小雾稳稳地停在半空；蚂蚁摇头晃脑捋着触须，猛然间想透了什么，转身疾行而去；瓢虫爬得不耐烦了，累了祈祷一回便支开翅膀，忽悠一下升空了；树干上留着一只蝉蜕，寂寞如一间空屋；露水在草叶上滚动，聚集，压弯了草叶轰然坠地摔开万道金光。"

"满园子都是草木竞相生长弄出的响动，窸窸窣窣片刻不息。"这都是真实的记录，园子荒芜但并不衰败。

除去几座殿堂我无法进去，除去那座祭坛我不能上去而只能从各个角度张望它，地坛的每一棵树下我都去过，差不多它的每一米草地上都有过我的车轮印。无论什么季节、什么天气、什么时间，我都在这园子里待过。有时候待一会儿就回家，有时候就待到满地都亮起月光。记不清都是在它的哪些角落里了。我一连几小时专心致志地想关于死的事，也以同样的耐心和方式想过我为什么要出生。这样想了好几年，最后事情终于弄明白了：一个人，出生了，这就不再是一个可以辩论的问题，而只是上帝交给他的一个事实；上帝在交给我们这件事实的时候，已经顺便保证了它的结果，所以死是一件不必急于求成的事，死是一个必然会降临的节日。这样想过之后我安心多了，眼前的一切不再那么可怕。比如你起早熬夜准备考试的时候，忽然想起有一个长长的假期在前面等待你，你会不会觉得轻松一点？并且庆幸并感激这样的安排？剩下的就是怎样活的问题了，这却不是在某一个瞬间就能完全想透的、不是一次性能够解决的事，怕是活多久就要想它多久了，就像伴你终生的魔鬼或恋人。所以，十五年了，我还是总得到那古园里去、去它的老树下或荒草边或颓墙旁，去默坐，去呆想，去推开耳边的嘈杂，理一理纷乱的思绪，去窥看自己的心魂。

十五年中，这古园的形体被不能理解它的人肆意雕琢，幸好有些东西任谁也不能改变它的。譬如祭坛石门中的落日，寂静的光辉平铺的一刻，地上的每一个坎坷都被映照得灿烂；譬如在园中最为落寞的时间，一群雨燕便出来高歌，把天地都叫喊得苍凉；譬如冬天雪地上孩子的脚印，总让人猜想他们是谁，曾在哪儿做过些什么、然后又都到哪儿去了；譬如那些苍黑的古柏，你忧郁的时候它们镇静地站在那儿，你欣喜的时候它们依然镇静地站在那儿，它们没日没夜地站在那儿，从你没出生一直站到这个世界上又没了你的时候；譬如暴雨骤临园中，激起一阵阵灼烈而清纯的草木和泥土的气味，让人想起无数个夏天的事件；譬如秋风忽至，再有一场早霜，落叶或飘摇歌舞或坦然安卧，满园中播散着熨帖而微苦的味道。味道是最说不清楚的。味道不能写只能闻，要你身临其境去闻才能明了。味道甚至是难以记忆的，只有你又闻到它你才能记起它的全部情感和意蕴。所以我常常要到那园子里去。

二

现在我才想到，当年我总是独自跑到地坛去，曾经给母亲出了一个怎样的难题。

她不是那种光会疼爱儿子而不懂得理解儿子的母亲。她知道我心里的苦闷，知道不该阻止我出去走走，知道我要是老待在家里结果会更糟，但她又担心我一个人在那荒僻的园子里整天都想些什么。我那时脾气坏到极点，经常是发了疯一样离开家，从那园子里回来又中了魔似的什么话都不说。母亲知道有些事不宜问，便犹犹豫豫地想问而终于不敢问，因为她自己心里也没有答案。她料想我不会愿意她跟我一同去，所以她从未这样要求过，她知道得给我一点独处的时间，得有这样一段过程。她只是不知道这过程得要多久，这过程的尽头究竟是什么。每次我要动身时，她便无言地帮我准备，帮助我上了轮椅车，看着我摇车拐出小院；这以后她会怎样，当年我不曾想过。

有一回我摇车出了小院，想起一件什么事又返身回来，看见母亲仍站在原地，还是送我走时的姿势，望着我拐出小院去的那处墙角，对我的回来竟一时没有反应。待她再次送我出门的时候，她说："出去活动活动，去地坛看看书，我说这挺好。"许多年以后我才渐渐听出，母亲这话实际上是自我安慰，是暗自的祷告，是给我的提示，是恳求与嘱咐。只是在她猝然离世之后，我才有余暇设想。当我不在家里的那些漫长的时间，她是怎样心神不定坐卧难宁，兼着痛苦与惊恐与一个母亲最低限度的祈求。现在我可以断定，以她的聪慧和坚忍，在那些空落的白天后的黑夜，在那不眠的黑夜后的白天，她思来想去最后准是对自己说："反正我不能不让他出去，未来的日子是他自己的，如果他真的要在那园子里出了什么事，这苦难也只好我来承担。"在那段日子里——那是好几年长的一段日子，我想我一定使母亲做了最坏的准备了，但她从来没有对我说过："你为我想想。"事实上我也真的没为她想过。那时她的儿子，还太年轻，还来不及为母亲想。他被命运击昏了头，一心以为自己是世上最不幸的一个，不知道儿子的不幸在母亲那儿总是要加倍的。她有一个长到二十岁上忽然截瘫了的儿子，这是她唯一的儿子；她情愿截瘫的是自己而不是儿子，可这事无法代替；她想，只要儿子能活下去哪怕自己去死呢也行，可她又确信一个人不能仅仅是活着，儿子得有一条路走向自己的幸福；而这条路呢，没有谁能保证她的儿子终于能找到。——这样一个母亲，注定是活得最苦的母亲。

有一次与一个作家朋友聊天，我问他学写作的最初动机是什么？他想了一会说："为我母亲。为了让她骄傲。"我心里一惊，良久无言。回想自己最初写小说的动机，虽不似这位朋友那般单纯，但如他一样的愿望我也有，且一经细想，发现这愿望也在全部动机中占了很大比重。这位朋友说："我的动机太低俗了吧？"我光是摇头，心想低俗并不见得低俗，只怕是这愿望过于天真了。他又说："我那时真就是想出名，出了名让别人羡慕我母亲。"我想，他比我坦率。我想，他又比我幸福，因为他的母亲还活着。而且我想，他的母亲也比我的母亲运气好，他的母亲没有一个双腿残废的儿子，否则事情就不这么简单。

在我的头一篇小说发表的时候，在我的小说第一次获奖的那些日子里，我真是多么希望我的母亲还活着。我便又不能在家里待了，又整天整天独自跑到地坛去，心里是没头没尾的沉郁和哀怨，走遍整个园子却怎么也想不通：母亲为什么就不能再多活两年？为什么在她儿子就快要碰撞开一条路的时候，她却忽然熬不住了？莫非她来此世上只是为了替儿子担忧，却不该分享我的一点点快乐？她匆匆离我去时只有四十九呀！有那么一会，我甚至对世界对上帝充满了仇恨和厌恶。后来我在一篇题为《合欢树》的文章中写道："我坐在小公园安静的树林里，闭上眼睛，想，上帝为什么早早地召母亲回去呢？很久很久，迷迷糊糊的我听见了回答：'她心里太苦了，上帝看她受不住了，就召她回去。'我似乎得了一点安慰，睁开眼睛，看见风正从树林里穿过。"小公园，指的也是地坛。

只是到了这时候，纷纭的往事才在我眼前幻现得清晰，母亲的苦难与伟大才在我心中渗透得深彻。上帝的考虑，也许是对的。

摇着轮椅在园中慢慢走，又是雾罩的清晨，又是骄阳高悬的白昼，我只想着一件事：母亲已经不在了。在老柏树旁停下，在草地上在颓墙边停下，又是处处虫鸣的午后，又是鸟儿归巢的傍晚，我心里只默念着一句话：可是母亲已经不在了。把椅背放倒，躺下，似睡非睡挨到日没，坐起来，心神恍惚，呆呆地直坐到古祭坛上落满黑暗然后再渐渐浮起月光，心里才有点明白，母亲不能再来这园中找我了。

曾有过好多回，我在这园子里待得太久了，母亲就来找我。她来找我又不想让我发觉，只要见我还好好地在这园子里，她就悄悄转身回去，我看见过几次她的背影。我也看见过几回她四处张望的情景，她视力不好，端着眼镜像在寻找海上的一条船，她没看见我时我已经看见她了，待我看见她也看见我了我就不去看她，过一会我再抬头看她就又看见她缓缓离去的背影。我单是无法知道有多少回她没有找到我。有一回我坐在矮树丛中，树丛很密，我看见她没有找到我；她一个人在园子里走，走过我的身旁，走过我经常待的一些地方，步履茫然又急迫。我不知道她已经找了多久还要找多久，我不知道为什么我决意不喊她——但这绝不是小时候的捉迷藏，这也许是出于长大了的男孩子的倔强或羞涩？但这倔强只留给我痛悔，丝毫也没有骄傲。我真想告诫所有长大了的男孩子，千万不要跟母亲来这套倔强，羞涩就更不必，我已经懂了可我已经来不及了。

儿子想使母亲骄傲，这心情毕竟是太真实了，以致使"想出名"这一声名狼藉的念头也多少改变了一点形象。这是个复杂的问题，且不去管它了罢。随着小说获奖的激动逐日暗淡，我开始相信，至少有一点我是想错了：我用纸笔在报刊上碰撞开的一条路，并不就是母亲盼望我找的那条路。年年月月我都到这园子里来，年年月月我都要想，母亲盼望我找的那条路到底是什么呢？

母亲生前没给我留下过什么隽永的哲言，或要我恪守的教诲，只是在她去世之后，她艰难的命运，坚忍的意志和毫不张扬的爱，随光阴流转，在我的印象中愈加鲜明深刻。

有一年，十月的风又翻动起安详的落叶，我在园中读书，听见两个散步的老人说："没想到这园子有这么大。"我放下书，想，这么大一座园子，要在其中找到她的儿子，母亲走过了多少焦灼的路。多年来我头一次意识到，这园中不单是处处都有过我的车辙，有过我的车辙的地方也都有过母亲的脚印。

三

如果以一天中的时间来对应四季，当然春天是早晨，夏天是中午，秋天是黄昏，冬天是夜晚。如果以乐器来对应四季，我想春天应该是小号，夏天是定音鼓，秋天是大提琴，冬天是圆号和长笛。要是以这园子里的声响来对应四季呢？那么，春天是祭坛上空漂浮着的鸽子的哨音，夏天是冗长的蝉歌和杨树叶子哗啦啦的对蝉歌的取笑，秋天是古殿檐头的风铃响，冬天是啄木鸟随意而空旷的啄木声。以园中的景物对应四季，春天是一径时而苍白时而黑润的小路，时而明朗时而阴晦的天上摇荡着串串杨花；夏天是一条条耀眼而灼人的石凳，或阴凉而爬满了青苔的石阶，阶下有果皮，阶上有半张被坐皱的报纸；秋天是一座青铜的大钟，在园子的西北角曾丢弃着一座很大的铜钟，铜钟与这园子一般年纪，浑身挂满绿锈，文字已不清晰；冬天，是林中空地上几只羽毛蓬松的老麻雀。以心绪对应四季呢？春天是卧病的季节，否则人们不易发觉春天的残忍与渴望；夏天，情人们应该在这个季节里失恋，不然就似乎对不起爱情；秋天是从外面买一棵盆花回家的时候，把花搁在阔别了的家中，并且打开窗户把阳光也放进屋里，慢慢回忆慢慢整理一些发过霉的东西；冬天伴着火炉和书，一遍遍坚定不死的决心，写一些并不发出的信。还可以用艺术形式对应四季，这样春天就是一幅画，夏天是一部长篇小说，秋天是一首短歌或诗，冬天是一群雕塑。以梦呢？以梦对应四季呢？春天是树尖上的呼喊，夏天是呼喊中的细雨，秋天是细雨中的土地，冬天是干净的土地上的一只孤零的烟斗。

因为这园子，我常感恩自己的命运。

我甚至现在就能清楚地看见，一旦有一天我不得不长久地离开它，我会怎样想念它，我会怎样想念它并且梦见它，我会怎样因为不敢想念它而梦也梦不到它。

四

现在让我想想，十五年中坚持到这园子来的人都是谁呢？好像只剩了我和一对老人。

十五年前，这对老人还只能算是中年夫妇，我则货真价实还是个青年。他们总是在薄暮时分来园中散步，我不大弄得清他们是从哪边的园门进来的，一般来说他们是逆时针绕这园子走。男人个子很高，肩宽腿长，走起路来目不斜视，胯以上直至脖颈挺直不动；他的妻子攀了他一条胳膊走，也不能使他的上身稍有松懈。

女人个子却矮，也不算漂亮，我无端地相信她必出身于家道中衰的名门富族；她攀在丈夫胳膊上像个娇弱的孩子，她向四周观望似总含着恐惧，她轻声与丈夫谈话，见人走近就立刻怯怯地收住话头。我有时因为他们而想起冉阿让与柯赛特，但这想法并不巩固，他们一望即知是老夫老妻。两个人的穿着都算得上考究，但由于时代的演进，他们的服饰又可以称为古朴了。他们和我一样，到这园子里来几乎是风雨无阻，不过他们比我守时。我什么时间都可能来，他们则一定是在暮色初临的时候。刮风时他们穿了米色风衣，下雨时他们打了黑色的雨伞，夏天他们的衬衫是白色的裤子是黑色的或米色的，冬天他们的呢子大衣又都是黑色的，想必他们只喜欢这三种颜色。他们逆时针绕这园子一周，然后离去。

他们走过我身旁时只有男人的脚步响，女人像是贴在高大的丈夫身上跟着漂移。我相信他们一定对我有印象，但是我们没有说过话，我们互相都没有想要接近的表示。十五年中，他们或许注意到一个小伙子进入了中年，我则看着一对令人羡慕的中年情侣不觉中成了两个老人。

曾有过一个热爱唱歌的小伙子，他也是每天都到这园中来，来唱歌，唱了好多年，后来不见。他的年纪与我相仿，他多半是早晨来，唱半小时或整整唱一个上午，估计在另外的时间里他还得上班。我们经常在祭坛东侧的小路上相遇，我知道他是到东南角的高墙下去唱歌，他一定猜想我去东北角的树林里做什么。我找到我的地方，抽几口烟，便听见他谨慎地整理歌喉了。他反反复复唱那么几首歌。文化革命没过去的时候，他唱"蓝蓝的天上白云飘，白云下面马儿跑……"我老也记不住这歌的名字。"文革"后，他唱《货郎与小姐》中那首最为流传的咏叹调。"卖布——卖布嘞，卖布——卖布嘞！"我记得这开头的一句他唱得很有声势，在早晨清澈的空气中，货郎跑遍园中的每一个角落去恭维小姐。

"我交了好运气，我交了好运气，我为幸福唱歌曲……"然后他就一遍一遍地唱，不让货郎的激情稍减。依我听来，他的技术不算精到，在关键的地方常出差错，但他的嗓子是相当不错的，而且唱一个上午也听不出一点疲惫。太阳也不疲惫，把大树的影子缩小成一团，把疏忽大意的蚯蚓晒干在小路上。将近中午，我们又在祭坛东侧相遇，他看一看我，我看一看他，他往北去，我往南去。日子久了，我感到我们都有结识的愿望，但似乎都不知如何开口，于是互相注视一下终又都移开目光擦身而过；这样的次数一多，便更不知如何开口了。终于有一天——一个丝毫没有特点的日子，我们互相点了一下头。他说："你好。"我说："你好。"他说："回去啦？"我说："是，你呢？"他说："我也该回去了。"我们都放慢脚步（其实我是放慢车速），想再多说几句，但仍然是不知从何说起，这样我们就都走过了对方，又都扭转身子面向对方。

他说："那就再见吧。"我说："好，再见。"便互相笑笑各走各的路了。但是我们没有再见，那以后，园中再没了他的歌声，我才想到，那天他或许是有意与我道别的，也许他考上了哪家专业文工团或歌舞团了吧？真希望他如他歌里所唱的那样，交了好运气。

还有一些人，我还能想起一些常到这园子里来的人。有一个老头，算得一个真正的饮者；他在腰间挂一个扁瓷瓶，瓶里当然装满了酒，常来这园中消磨午后的时光。他在园中四处游逛，如果你不注意你会以为园中有好几个这样的老头，等你看过了他卓尔不群的饮酒情状，你就会相信这是个独一无二的老头。他的衣着过分随便，走路的姿态也不慎重，走上五六十米路便选定一处地方，一只脚踏在石凳上或土埂上或树墩上，解下腰间的酒瓶，解酒瓶的当儿眯起眼睛把一百八十度视角内的景物细细看一遭，然后以迅雷不及掩耳之势倒一大口酒入肚，把酒瓶摇一摇再挂回腰间，平心静气地想一会什么，便走下一个五六十米去。还有一个捕鸟的汉子，那岁月园中人少，鸟却多，他在西北角的树丛中拉一张网，鸟撞在上面，羽毛刨在网眼里便不能自拔。他单等一种过去很多但现在非常罕见的鸟，其他的鸟撞在网上他就把它们摘下来放掉，他说已经有好多年没等到那种罕见的鸟，他说他再等一年看看到底还有没有那种鸟，结果他又等了好多年。早晨和傍晚，在这园子里可以看见一个中年女工程师；早晨她从北向南穿过这园子去上班，傍晚她从南向北穿过这园子回家。事实上我并不了解她的职业或者学历，但我以为她必是学理工的知识分子，别样的人很难有她那般的素朴和优雅。当她在园子穿行的时刻，四周的树林也仿佛更加幽静，清淡的日光中竟似有悠远的琴声，比如说是那曲《献给艾丽丝》才好。我没有见过她的丈夫，没有见过那个幸运的男人是什么样子，我想象过却想象不出，后来忽然懂了想象不出才好，那个男人最好不要出现。她走出北门回家去。

我竟有点担心，担心她会落入厨房，不过，也许她在厨房里劳作的情景更有另外的美吧，当然不能再是《献给艾丽丝》，是个什么曲子呢？还有一个人，是我的朋友，他是个最有天赋的长跑家，但他被埋没了。他因为在"文革"中出言不慎而坐了几年牢，出来后好不容易找了个拉板车的工作，样样待遇都不能与别人平等，苦闷极了便练习长跑。那时他总来这园子里跑，我用手表为他计时。他每跑一圈向我招下手，我就记下一个时间。每次他要环绕这园子跑二十圈，大约两万米。他盼望以他的长跑成绩来获得政治上真正的解放，他以为记者的镜头和文字可以帮他做到这一点。第一年他在春节环城赛上跑了第十五名，他看见前十名的照片都挂在了长安街的新闻橱窗里，于是有了信心。第二年他跑了第四名，可是新闻橱窗里只挂了前三名的照片，他没灰心。第三年他跑了第七名、橱窗里挂前六名的照片，他有点怨自己。第四年他跑了第三名，橱窗里却只挂了第一名的照片。第五年他跑了第一名——他几乎绝望了，橱窗里只有一幅环城赛群众场面的照片。那些年我们俩常一起在这园子里待到天黑，开怀痛骂，骂完沉默着回家，分手时再互相叮嘱：先别去死，再试着活一活看。现在他已经不跑了，年岁太大了，跑不了那么快了。最后一次参加环城赛，他以三十八岁高龄又得了第一名并破了纪录，有一位专业队的教练对他说："我要是十年前发现你就好了。"他苦笑一下什么也没说，只在傍晚又来这园中找到我，把这事平静地向我叙说一遍。不见他已有好几年了，现在他和妻儿住在很远的地方。

这些人现在都不到园子里来了，园子里差不多完全换了一批新人。十五年前的旧人，现在就剩我和那对老夫老妻了。有那么一段时间，这老夫老妻中的一个也忽然不来，薄暮时分唯男人独自来散步，步态也明显迟缓了许多，我悬心了很久，怕是那女人出了什么事。幸好过了一个冬天那女人又来了，两个人仍是逆时针绕着园子走，一长一短两个身影恰似钟表的两根指针；女人的头发白了许多，但依旧攀着丈夫的胳膊走得像个孩子。"攀"这个字用得不恰当了，或许可以用"挽"吧，不知有没有兼具这两个意思的字。

五

我也没有忘记一个孩子———一个漂亮而不幸的小姑娘。十五年前的那个下午，我第一次到这园子里来就看见了她，那时她大约三岁，蹲在斋宫西边的小路上捡树上掉落的"小灯笼"。那儿有几棵大梨树，春天开一簇簇细小而稠密的黄花，花落了便结出无数如同三片叶子合抱的小灯笼，小灯笼先是绿色，继而转白，再变黄，成熟了掉落得满地都是。

小灯笼精巧得令人爱惜，成年人也不免捡了一个还要捡一个。小姑娘咿咿呀呀地跟自己说着话，一边捡小灯笼；她的嗓音很好，不是她那个年龄所常有的那般尖细，而是很圆润甚或厚重，也许是因为那个下午园子里太安静了。我奇怪这么小的孩子怎么一个人跑来这园子里？我问她住在哪儿？她随便指一下，就喊她的哥哥，沿墙根一带的茂草之中便站起一个七八岁的男孩，朝我望望，看我不像坏人便对他的妹妹说："我在这儿呢"，又伏下身去，他在捉什么虫子。他捉到螳螂、蚂蚱、知了和蜻蜓，来取悦他的妹妹。有那么两三年，我经常在那几棵大梨树下见到他们，兄妹俩总是在一起玩，玩得和睦融洽，都渐渐长大了些。之后有很多年没见到他们。我想他们都在学校里吧，小姑娘也到了上学的年龄，必是告别了孩提时光，没有很多机会来这儿玩了。这事很正常，没理由太搁在心上，若不是有一年我又在园中见到他们，肯定就会慢慢把他们忘记。

那是个礼拜日的上午。那是个晴朗而令人心碎的上午，时隔多年，我竟发现那个漂亮的小姑娘原来是个弱智的孩子。我摇着车到那几棵大梨树下去，恰又是遍地落满了小灯笼的季节；当时我正为一篇小说的结尾所苦，既不知为什么要给它那样一个结尾，又不知何以忽然不想让它有那样一个结尾，于是从家里跑出来，想依靠着园中的镇静，看看是否应该把那篇小说放弃。我刚刚把车停下，就见前面不远处有几个人在戏耍一个少女，做出怪样子来吓她，又喊又笑地追逐她拦截她，少女在几棵大树间惊惶地东跑西躲，却不松手揪卷在怀里的裙裾，两条腿袒露着也似毫无察觉。

我看出少女的智力是有些缺陷，却还没看出她是谁。我正要驱车上前为少女解围，就见远处飞快地骑车来了个小伙子，于是那几个戏耍少女的家伙望风而逃。小伙子把自行车支在少女近旁，怒目望着那几个四散逃窜的家伙，一声不吭喘着粗气，脸色如暴雨前的天空一样一会比一会苍白。这时我认出了他们，小伙子和少女就是当年那对小兄妹。我几乎是在心里惊叫了一声，或者是哀号。世上的事常使上帝的居心变得可疑。小伙子向他的妹妹走去。少女松开了手，裙裾随之垂落了下来，很多很多她捡的小灯笼便洒落了一地，铺散在她脚下。她仍然算得漂亮，但双眸迟滞没有光彩。她呆呆地望那群跑散的家伙，望着极目之处的空寂，凭她的智力绝不可能把这个世界想明白吧？大树下，破碎的阳光星星点点，风把遍地的小灯笼吹得滚动，仿佛暗哑地响着无数小铃铛。哥哥把妹妹扶上自行车后座，带着她无言地回家去了。

无言是对的。要是上帝把漂亮和弱智这两样东西都给了这个小姑娘，就只有无言和回家去是对的。

谁又能把这世界想个明白呢？世上的很多事是不堪说的。你可以抱怨上帝何以要降诸多苦难给这人间，你也可以为消灭种种苦难而奋斗，并为此享有崇高与骄傲，但只要你再多想一步你就会坠入深深的迷茫了：假如世界上没有了苦难，世界还能够存在吗？要是没有愚钝，机智还有什么光荣呢？要是没了丑陋，漂亮又怎么维系自己的幸运？要是没有了恶劣和卑下，善良与高尚又将如何界定自己又如何成为美德呢？要是没有了残疾，健全会否因其司空见惯而变得腻烦和乏味呢？我常梦想着在人间彻底消灭残疾，但可以相信，那时将由患病者代替残疾人去承担同样的苦难。如果能够把疾病也全数消灭，那么这份苦难又将由（比如说）相貌丑陋的人去承担了。就算我们连丑陋，连愚昧和卑鄙和一切我们所不喜欢的事物和行为，也都可以统统消灭掉，所有的人都一样健康、漂亮、聪慧、高尚，结果会怎样呢?! 怕是人间的剧目就全要收场了，一个失去差别的世界将是一潭死水，是一块没有感觉没有肥力的沙漠。

看来差别永远是要有的。看来就只好接受苦难——人类的全部剧目需要它，存在的本身需要它。看来上帝又一次对了。

于是就有一个最令人绝望的结论等在这里：由谁去充任那些苦难的角色？又有谁去体现这世间的幸福、骄傲和快乐？只好听凭偶然，是没有道理好讲的。

就命运而言，休论公道。

那么，一切不幸命运的救赎之路在哪里呢？设若智慧的悟性可以引领我们找到救赎之路，难道所有的人都能够获得这样的智慧和悟性吗？我常以为是丑女造就了美人。我常以为是愚氓举出了智者。我常以为是懦夫衬照了英雄。我常以为是众生度化了佛祖。

六

设若有一位园神，他一定早已注意到了，这么多年我在这园里坐着，有时候是轻松快乐的，有时候是沉郁苦闷的，有时候优哉游哉，有时候恓惶落寞，有时候平静而且自信，有时候又软弱又迷茫。其实只有三个问题交替着来骚扰我，来陪伴我。第一个是要不要去死？第二个是为什么活？第三个，我干吗要写作？现在让我看看，它们迄今都是怎样编织在一起的吧。

你说，你看穿了死是一件无须着急去做的事，是一件无论怎样耽搁也不会错过的事，便决定活下去试试？是的，至少这是很关键的因素。为什么要活下去试试呢？好像仅仅是因为不甘心，机会难得，不试白不试，腿反正是完了，一切仿佛都要完了，但死神很守信用，试一试不会额外再有什么损失。说不定倒有额外的好处呢是不是？我说过，这一来我轻松多了，自由多了。为什么要写作呢？作家是两个被人看重的字，这谁都知道。为了让那个躲在园子深处坐轮椅的人，有朝一日在别人眼里也稍微有点光彩，在众人眼里也能有个位置，哪怕那时再去死呢也就多少说得过去了，开始的时候就是这样想，这不用保密，这些现在不用保密了。

我带着本子和笔，到园中找一个最不为人打扰的角落，偷偷地写。那个爱唱歌的小伙子在不远的地方一直唱。要是有人走过来，我就把本子合上把笔叼在嘴里。我怕写不成反落得尴尬。我很要面子。可是你写成了，而且发表了。人家说我写的还不坏，他们甚至说：真没想到你写得这么好。我心说你们没想到的事还多着呢。我确实有整整一宿高兴得没合眼。我很想让那个唱歌的小伙子知道，因为他的歌也毕竟唱得不错。我告诉我的长跑家朋友的时候，那个中年女工程师正优雅地在园中穿行；长跑家很激动，他说好吧，我玩命跑，你玩命写。这一来你中了魔了，整天都在想哪一件事可以写，哪一个人可以让你写成小说。是中了魔了，我走到哪儿想到哪儿，在人山人海里只寻找小说，要是有一种小说试剂就好了，见人就滴两滴看他是不是一篇小说，要是有一种小说显影液就好了，把它泼满全世界看看都是哪儿有小说，中了魔了，那时我完全是为了写作活着。结果你又发表了几篇，并且出了一点小名，可这时你越来越感到恐慌。我忽然觉得自己活得像个人质，刚刚有点像个人了却又过了头，像个人质，被一个什么阴谋抓了来当人质，不定哪天被处决，不定哪天就完蛋。你担心要不了多久你就会文思枯竭，那样你就又完了。凭什么我总能写出小说来呢？凭什么那些适合做小说的生活素材就总能送到一个截瘫者跟前来呢？人家满世界跑都有枯竭的危险，而我坐在这园子里凭什么可以一篇接一篇地写呢？你又想到死了。我想见好就收吧。当一名人质实在是太累了太紧张了，太朝不保夕了。我为写作而活下来，要是写作到底不是我应该干的事，我想我再活下去是不是太冒傻气了？你这么想着你却还在绞尽脑汁地想写。我好歹又拧出点水来，从一条快要晒干的毛巾上。恐慌日甚一日，随时可能完蛋的感觉比完蛋本身可怕多了，所谓不怕贼偷就怕贼惦记，我想人不如死了好，不如不出生的好，不如压根儿没有这个世界的好。可你并没有去死。我又想到那是一件不必着急的事。可是不必着急的事并不证明是一件必要拖延的事呀？你总是决定活下来，这说明什么？是的，我还是想活。人为什么活着？因为人想活着，说到底是这么回事，人真正的名字叫作：欲望。可我不怕死，有时候我真的不怕死。有时候，——说对了。不怕死和想去死是两回事，有时候不怕死的人是有的，一生下来就不怕死的人是没有的。我有时候倒是怕活。可是怕活不等于不想活呀？可我为什么还想活呢？因为你还想得到点什么、你觉得你还是可以得到点什么的，比如说爱情，比如说价值之类。人真正的名字叫欲望，这不对吗？我不该得到点什么吗？没说不该。可我为什么活得恐慌，就像个人质？后来你明白了，你明白你错了，活着不是为了写作，而写作是为了活着。你明白了这一点是在一个挺滑稽的时刻。那天你又说你不如死了好，你的一个朋友劝你：你不能死，你还得写呢，还有好多好作品等着你去写呢。这时候你忽然明白了，你说：只是因为我活着，我才不得不写作。或者说只是因为你还想活下去，你才不得不写作。是的，这样说过之后我竟然不那么恐慌了。就像你看穿了死之后所得的那份轻松？一个人质报复一场阴谋的最有效的办法是把自己杀死。我看出我得先把我杀死在市场上，那样我就不用参加抢购题材的风潮了。你还写吗？还写。你真的不得不写吗？人都忍不住要为生存找一些牢靠的理由。你不担心你会枯竭了？我不知道，不过我想，活着的问题在死前是完不了的。

这下好了，您不再恐慌了不再是个人质了，您自由了。算了吧你，我怎么可能自由呢？别忘了人真正的名字是：欲望。所以您得知道，消灭恐慌最有效的办法就是消灭欲望。可是我还知道，消灭人性最有效的办法也是消灭欲望。那么，是消灭欲望同时也消灭恐慌呢？还是保留欲望同时也保留人生？我在这园子里坐着，我听见园神告诉我，每一个有激情的演员都难免是一个人质，每一个懂得欣赏的观众都巧妙地粉碎了一场阴谋，每一个乏味的演员都是因为他老以为这戏剧与自己无关。

每一个倒霉的观众都是因为他总是坐得离舞台太近了。

我在这园子里坐着，园神成年累月地对我说：孩子，这不是别的，这是你的罪孽和福祉。

七

要是有些事我没说，地坛，你别以为是我忘了，我什么也没忘，但是有些事只适合收藏。不能说，也不能想，却又不能忘。它们不能变成语言，它们无法变成语言，一旦变成语言就不再是它们了。它们是一片朦胧的温馨与寂寥，是一片成熟的希望与绝望。它们的领地只有两处：心与坟墓。比如说邮票，有些是用于寄信的，有些仅仅是为了收藏。

如今我摇着车在这园子里慢慢走，常常有一种感觉，觉得我一个人跑出来已经玩得太久了。有一天我整理我的旧相册，一张十几年前我在这圈子里照的照片——那个年轻人坐在轮椅上，背后是一棵老柏树，再远处就是那座古祭坛。我便到园子里去找那棵树。我按着照片上的背景找很快就找到了它，按着照片上它枝干的形状找，肯定那就是它。但是它已经死了，而且在它身上缠绕着一条碗口粗的藤萝。有一天我在这园子碰见一个老太太，她说："哟，你还在这儿哪？"她问我："你母亲还好吗？""您是谁？""你不记得我，我可记得你。有一回你母亲来这儿找你，她问我您看没看见一个摇轮椅的孩子……"我忽然觉得，我一个人跑到这世界上来真是玩得太久了。有一天夜晚，我独自坐在祭坛边的路灯下看书，忽然从那漆黑的祭坛里传出一阵阵唢呐声；四周都是参天古树，方形祭坛占地几百平方米，空旷坦荡独对苍天，我看不见那个吹唢呐的人，唯唢呐声在星光寥寥的夜空里低吟高唱，时而悲怆时而欢快，时而缠绵时而苍凉，或许这几个词都不足以形容它。我清清醒醒地听出它响在过去，响在现在，响在未来，回旋飘转亘古不散。

必有一天，我会听见喊我回去。

那时您可以想象一个孩子，他玩累了可他还没玩够呢。心里好些新奇的念头甚至等不及到明天。也可以想象是一个老人，无可置疑地走向他的安息地，走得任劳任怨。还可以想象一对热恋中的情人，互相一次次说"我一刻也不想离开你"，又互相一次次说"时间已经不早了"，时间不早了可我一刻也不想离开你，一刻也不想离开你可时间毕竟不早了。

我说不好我想不想回去。我说不好是想还是不想，还是无所谓。我说不好我是像那个孩子，还是像那个老人，还是像一个热恋中的情人。很可能是这样：我同时是他们三个。我来的时候是个孩子，他有那么多孩子气的念头所以才哭着喊着闹着要来，他一来一见到这个世界便立刻成了不要命的情人，而对一个情人来说，不管多么漫长的时光也是稍纵即逝，那时他便明白，每一步每一步，其实一步步都是走在回去的路上。当牵牛花初开的时节，葬礼的号角就已吹响。

但是太阳，它每时每刻都是夕阳也都是旭日。当它熄灭着走下山去收尽苍凉残照之际，正是它在另一面燃烧着爬上山巅布散烈烈朝晖之时。那一天，我也将沉静着走下山去，扶着我的拐杖。

有一天，在某一处山洼里，势必会跑上来一个欢蹦的孩子，抱着他的玩具。

当然，那不是我。

但是，那不是我吗？宇宙以其不息的欲望将一个歌舞炼为永恒。这欲望有怎样一个人间的姓名，大可忽略不计。

怀念孙犁先生

铁凝

20世纪60年代后期，因为时局的不稳定，也因为父母离家随单位去做集体性的劳动改造，我作为一个无学可上的少年，寄居在北京亲戚家。革命正在兴起，存有旧书、旧画报的人家为了安全，尽可能将这些东西烧毁或者卖掉。我的亲戚也狠卖了一些旧书，只在某些照顾不到的地方遗漏下零星的几册，比如床缝之间，或角落里的一张桌子腿儿底下……我的身高和灵活程度很适合同这些地方打交道，不久我便发现了丢落在这些旮旯里的旧书，计有《克雷洛夫寓言》《静静的顿河》电影连环画等等，还有一本书脊破烂、作者不详、没头没尾的厚书，在当时的我看来应属于长篇小说吧。我胡乱翻起这本"破书"，不想却被其中的一段叙述所吸引。也没有什么特别，那只是对一个农村姑娘出场的描写。那姑娘名叫双眉，作者写她"哧哧的笑声"，写她抱着一个小孩用青秫秸打枣，细长身子，梳理得乌黑明亮的头发披在肩上，红线白线紫线合织的方格子上衣，下身是一条短裤，光脚穿着薄薄的新做的红鞋。她仰头望着树尖，脸在太阳地里是那么白，眼睛是那么流动……细看，她脸上搽着粉，两道眉毛那么弯弯的，左边的一道却只有一半，在眼睛上面，秃秃地断了……以我当时的年龄，还看不懂这小说的时代背景是土改时期，不知道这双眉因为相貌出众，因为爱说爱笑，常遭村人的议论。吸引我的是被描绘成这样的一个姑娘本身。特别是她的流动的眼和突然断掉一半的弯眉，留给我既暧昧又神秘的印象，使我本能地感觉这类描写与我周围发生的那场革命是不一致的。正因为不一致，对我更有一种"鬼祟"的美的诱惑。那年我大约十一岁。多年以后我才知道这本"破书"的作者是孙犁先生，双眉是他的中篇小说《村歌》里的女主人公。

我产生要当作家的妄想是在初中阶段。我的家庭鼓励了我这妄想。父亲为我开列了一个很长的书目，并四处奔走想办法从已经关闭的市级图书馆借出那些禁读的书。在父亲喜欢的作家中，就有孙犁先生。为了验证我成为作家的可能性，父亲还领我拜会了他的朋友、《小兵张嘎》的作者徐光耀老师。记得有一次徐光耀老师对我说，在中国作家里你应该读一读孙犁。我立即大言不惭地答曰：孙犁的书我都读过。徐光耀老师又问：你读过《铁木前传》吗？我说，我差不多可以背诵。那年我十六岁。现在想来，以那样的年龄说出这样一番话，实在有点不知深浅。但能够说明的，是孙犁先生的作品在我心中的位置。

时至今日，我想说，徐光耀是我文学的启蒙老师。他在那个鄙弃文化的时代里对我的写作可能性的果断肯定和直接指导，使我敢于把写小说设计成自己的重要生活理想；而引我去探究文学的本质，去领悟小说审美层面的魅力，去琢磨语言在千锤百炼之后所呈现的润泽、力量和奇异神采的，是孙犁和他的小说。

那时还没有"追星族"这种说法，况且把孙犁先生形容成"星"也十分滑稽。我只像许多文学青年一样，迷恋他的文字带给我们的所有愉悦，却没有去认识这位大作家的奢望。但是一个机会来了。1979年，我从插队的乡村回到城市，在一家杂志社做小说编辑，业余也写小说。秋天，百花文艺出版社准备为我出版第一本小说集，我被李克明、顾传菁二位编辑热情请去天津面谈出版的事。行前作家韩映山嘱我带封信给孙犁先生。这就是我的机会，而我却面露难色。可以说，这是我没有见过世面的本能反应；也因为，我听人说起过，孙犁的房间高大幽暗，人很严厉，少言寡语，连他养的鸟在笼子里都不敢乱叫。向我介绍孙犁的同志很注意细节的渲染，而细节是最能给人以印象的。我无法忘记这点：连孙犁的鸟都怕孙犁。韩映山看出了我的为难，指着他家镜框里孙犁的照片说："孙犁同志……你一见面就知道了。"

我带了信，在秋日的一个下午，由李克明同志陪同，终于走进了孙犁先生的"高墙大院"。这是一座早已失却规矩和章法的大院，孙犁先生曾在文章里多次提及，并详细描述过它的衰败经过。如今各种凹凸不平的土堆、土坑在院里自由地起伏着，稍显平整的一块地，一户人家还种了一小片黄豆。那天黄豆刚刚收过，一位老人正蹲在拔了豆秸的地里聚精会神地捡豆子。我看到他的侧面，已猜出那是谁。看见来人，他站起来，把手里的黄豆亮给我们，微笑着说，"别人收了豆子，剩下几粒不要了。我捡起来，可以给花施肥。丢了怪可惜的。"

他身材很高，面容温厚，语调洪亮，夹杂着淡淡的乡音。说话时眼睛很少朝你直视，你却时时能感觉到他的关注或说观察。他穿一身普通的灰色衣裤，当他腾出手来和我握手时，我发现他戴着一副青色棉布套袖。接着他引我们进屋，高声询问我的写作、工作情况。我很快就如释重负。我相信戴套袖的作家是不会不苟言笑的，戴着套袖的作家给了我一种亲近感。这是我与孙犁先生的第一次见面。

其后不久，我写了一篇名叫《灶火的故事》的短篇小说，篇幅却不短，大约一万五千字，自己挺看重，拿给省内几位老师看，不料有看过的长者好心劝我不要这样写了，说"路子"有问题。我心中偷偷地不服，又斗胆将它寄给孙犁先生，想不到他立即在《天津日报》的《文艺》增刊上发了出来，《小说月报》也很快做了转载。当时我只是一个刚发表几篇小说的业余作者，孙犁先生和《天津日报》的慷慨使我对自己写作"路子"更加有了信心。虽然这篇小说在技术上有着诸多不成熟，但我一向把它看作自己对文学的深意有了一点真正理解的重要开端，也使我对孙犁先生永远心存感激。

我再次见到孙犁先生是次年初冬。那天很冷，刮着大风。他刚裁出一沓沓粉连纸，和保姆准备糊窗缝。见我进屋，孙犁先生迎过来第一句话就说："铁凝，你看我是不是很见老？我这两年老得特别快。"当时我说："您是见老。"也许是门外的风、房间的清冷和那沓糊窗缝用的粉连纸加强了我这种印象，但我说完很后悔，我不该迎合老人去证实他的衰老感。接着我便发现，孙犁先生两只祆袖上，仍旧戴着一副干净的青色套袖，看上去人就洋溢着一种干练的活力，一种不愿停下手、时刻准备工作的情绪。这样的状态，是不能被称作衰老的。

我第三次见到孙犁先生，是和几位同行一道。那天他没捡豆粒，也没糊窗缝，他坐在写字台前，桌面摊开着纸和笔，大约是在写作。看见我们，他立刻停下工作，招呼客人就座。我特别注意了一下他的袖子，又看见了那副套袖。记得那天他很高兴，随便和大家聊着天，并没有摘去套袖的意思。这时我才意识到，戴套袖并不是孙犁先生的临时"武装"。一副棉布套袖到底联系着什么，我从来就说不清楚。联系着质朴、节俭？联系着勤劳、创造和开拓？好像都不完全。

我没有问过孙犁先生为什么总戴着套袖，若问，可能他会用最简单的话告诉我是为了爱护衣服。但我以为，孙犁先生珍爱的不仅仅是衣服。为什么一位山里老人的靛蓝衣裤，能引他写出《山地回忆》那样的名篇？尽管《山地回忆》里的一切和套袖并无瓜葛，但它联系着织布、买布。作家没有忘记，战争年代山里一个单纯、善良的女孩子为他缝过一双结实的布袜子。而作家更珍爱的，是那女孩子为缝制袜子所付出的真诚劳动和在这劳动中倾注的难以估价的感情，倾注的一个民族坚忍不拔、乐观向上的天性。滋养作家心灵的，始终是这种感情和天性。所以，当多年之后，有一次我把友人赠我的几函宣纸精印的华笺寄给孙犁先生时，会收到他这样的回信，他说："同时收到你的来信和惠赠的华笺，我十分喜欢。"但又说："我一向珍惜纸张，平日写稿写信，用纸亦极不讲究。每遇好纸，笔墨就要拘束，深恐把纸糟蹋了……"如果我不曾见过习惯戴套袖的孙犁先生，或许我会猜测这是一个名作家的"矫情"，但是我见过了戴着套袖的孙犁，见过了他写给我的所有信件，那信纸不是《天津日报》那种微黄且脆硬的稿纸就是邮局出售的明信片，信封则永远是印有红色"天津日报"字样的那种。我相信他对纸张有着和对棉布、对衣服同样的珍惜之情。他更加珍重的是劳动的尊严与德行，是人生的质朴和美丽。

我第四次与孙犁先生见面是去年10月16日。这时他已久病在床，住医院多年。我知道病弱的孙犁先生肯定不希望被频频打扰，但是去医院看望他的想法又是那么固执。感谢《天津日报》文艺部的宋曙光同志和孙犁的女儿孙晓玲女士，他们满足了我的要求，细心安排，并一同陪我去了医院。病床上的孙犁先生已是半昏迷状态，他的身材不再高大，他那双目光温厚、很少朝你直视的眼睛也几近失明。但是当我握住他微凉的瘦弱的手，孙晓玲告诉他"铁凝看您来了"，孙犁先生竟很快做出了反应。他紧握住我的手高声说："你好吧？我们很久没有见面了！"他那洪亮的声音与他的病体形成的巨大反差，让在场的人十分惊异。我想眼前这位老人是要倾尽心力才能发出这么洪亮的声音的，这真挚的问候让我这个晚辈又难过，又觉得担待不起。在四五分钟的时间里，我也大声说了一些问候的话，孙犁先生的嘴唇一直嚅动着，却没有人能知道他在说什么。在他身上，盖有一床蓝底儿小红花的薄棉被，这不是医院的寝具，一定是家人为他缝制的吧。真的棉布里絮着真的棉花，仿佛孙犁先生仍然亲近着人间的烟火，也使呆板的病房变得温暖。

这是我最后一次见到孙犁先生。

"我们很久没有见面了！"直至今年7月10日孙犁先生逝世，我经常想起孙犁先生在病床上高声对我说的话。

我想，我已经很久没读孙犁先生的小说了，当今中国文坛很久以来也少有人神闲气定地读孙犁了。春天的时候，我因为写作关于《铁木前传》插图的文章，重读了《铁木前传》。我依然深深地受着感动。原来这部诗样的小说，它所抵达的人性深度是那么刻骨；它的既节制又酣畅的叙述所成就的气质温婉而又凛然；它那清新而又讲究的语言，以其所呈现的素朴大美使人不愿错过每一个字。当我们回顾《铁木前传》的写作年代，不能不说它的诞生是那个时代的文学奇迹；而今天它再次带给我们的陌生的惊异和真正现实主义的浑厚魅力，更加凸现出孙犁先生这样一个中国文坛的独特存在。《铁木前传》的出版距今四十五年了，在四十五年之后，我认为当代中国文坛是少有中篇小说能够与之匹敌的。孙犁先生对当代文学语言的不凡贡献，他那高尚、清明的文学品貌对几辈作家的直接影响，从未经过"炒作"，却定会长久不衰地渗透在我的文学生活中。

以我仅仅同孙犁先生见过四面的微薄感受，要理解这位大家是困难的。他一直淡泊名利，自寻寂寞，深居简出，粗茶淡饭，或者还给人以孤傲的印象。但在我的感觉里，或许他的孤傲与谦逊是并存的，如同他文章的清新秀丽与突然的冷峻睿智并存。倘若我们读过他为《孙犁文集》所写的前言，便会真切地知道他对自己有着多少不满。因此我更愿意揣测，在他"孤傲"的背后始终埋藏着一个大家真正的谦逊。没有这份谦逊，他又怎能甘用一生的时间来苛刻地磨砺他所有的篇章呢。1981

年孙犁先生赠我手书"秦少游论文"一帧：

> 采道德之理述性命之情发天人之奥明死生之变此论理之文
> 如列御寇庄周之作是也别黑白阴阳要其归宿决其嫌疑此论事之
> 文如苏秦之所作是也考同异次旧闻不虚美不隐恶人以为实录此
> 叙事之文如司马迁班固之所作是也

　　我想，这是孙犁先生欣赏的古人古文，是他坚守的为文为人的准则，他亦坦言他受着这些遗产的涵养。前不久我曾经有集中的时间阅读了一些画家和他们的作品，我看到在艺术发展史上从来就没有自天而降的才子或才女。当我们认真凝视那些好画家的历史，就会发现无一人逃脱过前人的影响。好画家的出众不在于轻蔑前人，而在于响亮继承之后适时的果断放弃。这是辛酸的，但是有欢乐；这是"绝情"的，却孕育着新生。文章之道难道不也如此吗？孙犁先生对前人的借鉴沉着而又长久，他却在同时"孤傲"地发掘出独属于自己的文学表达。他于平淡之中迸发的人生激情，他于精微之中昭示的文章骨气，尽在其中了。大师就是这样诞生的吧。在前人留给人类宝贵的文化遗产和丰富的文学遗产面前，我再次感到自己的单薄渺小，也再一次对某些文化艺术界的"狂人"那种前无古人、后无来者的莫名其妙的自大生出确凿的怀疑。

　　在我为之工作的河北省作家协会，有一座河北文学馆，馆内一张孙犁先生青年时代的照片使很多人过目不忘。那是一张他在抗战时期与战友们的合影，一群人散坐在冀中的山地上，孙犁是靠边且偏后的位置。他头戴一顶山民的毡帽，目光敏感而又温和，他热情却是腼腆地微笑着。对于今天的我们，对于只同他见过四面的我，这是一个遥远的孙犁先生。然而，不知为什么，我越来越相信病床上那位盖着碎花棉被的枯瘦老人确已离我们远去。切近真实，就在眼前的，是这位头戴毡帽、有着腼腆神情的青年和他那些永远也不会颓败的篇章。

东林悲风

夏坚勇

一

　　江南的仲秋还是丰腴健朗的，大略望去，草木仍旧苍郁葱茏，只是
色泽不那么滋润饱满，有如晚间落尽铅华的少妇，稍稍显出疲惫和松
弛，那当然需得细看。但茂林秋风的磅礴却是四时独有的，要说肃杀，
那不光是山水的意味，更多的可能是一种由憔悴人生而触发的心境。

　　东林书院的名字会令人想到秋林古色的气韵，只是眼下林木已不多
见，而且那横贯在"东林旧迹"石牌坊后的大红会标也过分耀眼了，很
有点艳帜高悬的做派。书院刚刚修葺一新，有一个揭幕仪式要等到下
午。四周很静，只有飒飒的秋声，渲染出秋风入户、秋草绕篱的冷寂。
正是上午巳牌时分，一个老人在书院内踽踽独行，枯瘦的身影映在铺地
的方砖和嵌着联语的门柱上，庭院深深，廊庑曲折，老式的布底鞋缓缓
地蹀来又悄悄地逸去，有如微风中瑟瑟飘动的落叶。最后，他站在回廊
上一块不大的碑刻前，指着上面的一个名字，说："这就是我。"

　　这是一块民国三十六年募捐重修东林书院的纪事碑，密密麻麻地刻
满了捐款者的名字和钱款数。老人指点的那个名字是这次活动的首倡
者，叫"顾希炯"。博物馆的同志跑过来介绍道：这位顾老先生是顾宪

成的第十四代孙，今年八十三岁。

我不禁肃然。顾宪成这个名字，是与一个天崩地坼的历史大时代，与一代文化精英的探求、呼喊、抗争和彪炳千古的气节，与一场冷风热血、洗涤乾坤的改革壮举和悲剧维系在一起的。这些年来，我因为留意于文化史方面的资料搜集，曾有幸见过不少历史名人的后裔，其中有几位的祖先甚至是中国历史上有相当影响的大人物。例如，就在离我住所不远的一个乡村里，两年前发现了苏东坡的家谱和后裔，我曾专程探访，在树影婆娑的农家小院里与一位苏姓乡民进行过相当愉悦的交谈。在南方某省，我也曾见过民族英雄岳飞的三十几代孙，那位文质彬彬的政协委员据说是岳锺琪一系的嫡亲传人。岳锺琪是清雍正年间的川陕总督、奋威将军，在平定青海时立过大功的。但说实话，那几次我的心灵都不曾像今天这样颤动过。那不仅因为过分遥远的血缘流泽多少冲淡了我的景仰，我无法把一个农家小院里的乡民和历史上铜琶铁板唱大江的文坛巨星联系在一起；也不仅因为岳锺琪曾协助雍正制造出那桩震惊朝野的文字大狱——曾静、吕留良案，那件事情的历史背景比较复杂，我们不能用僵化的民族意识来评判他的气节；更因为今天这种特殊的情境，我和他——顾宪成的十四代孙——面对面地站在东林书院的回廊里，握着老人枯骨棱棱的大手，我仿佛握住了一段冷峻的历史，在这一瞬间，自己也似乎和这座书院产生了某种庄严的联结。秋色满目，秋声盈耳，漫天的浮躁已经消退，化作了凝重的思索，眼前恰是那副脍炙人口的对联：

风声雨声读书声声声入耳
家事国事天下事事事关心

古往今来的书院联或许成千上万，其中亦不乏大师名流们运思精巧的杰作，但我敢断言，没有哪一副比眼前这副对联更加深刻地楔入了我们民族的政治文化史。再看看落款："公元一九八二年廖沫沙书。"一般来说，落款是用不着这么冗繁的，他完全可以简略得很潇洒，例如，用"壬戌"或"壬戌年"便足矣。之所以这么不潇洒地写出"公元一九八二年"，其中的意味恐怕不难揣测。是的，在整个人类文明的大坐标上，"公元"比天干地支的"壬戌"更具有严格的确定性。在这里，"公元"体现的是一种恢宏而沉重的历史感，而刚刚从一场浩劫中苏醒过来的"公元一九八二年"是多么需要这种历史感的提示！众所周知，那场人类文明的浩劫恰恰是从这副对联开始发难的。对联的落款没有名章，也没有闲章，只有淋漓的墨迹。廖公显然不想让它太艺术化，太艺术化会排斥艺术以外的负载，因而显得太轻飘，不足以体现"尺牍书疏，千里面目"的情怀。

这副对联的作者就是顾宪成。当初，他把这两句大白话写在东林书院门前时，或许没有想到它会千古不朽，也没有想到日后它会惹出那么多的政治事端。

时在明万历三十二年。

二

明史上的万历三十二年并不十分引人注目，完全可以用上一句旧小说中的套话："当日四海升平，并无大事可叙。"几位曾播扬过轰轰烈烈的一代天骄都已匆匆离去。最先是张居正的病殁，皇帝本来就烦他那些改革，人一死，马上变脸，差点没把故太师从棺材里拖出来枭首戮尸。接着是威风八面的戚继光在贫病交加中死去，这位有明一代的军事奇才逝去前，连结发妻子也遗弃了他，可见晚景之凄凉。将星西陨，也就没有人再磕磕碰碰地说剑谈兵了。孤傲狂悖的思想家李贽则在狱中用剃刀割断了自己的喉管，他那惊世骇俗的狂啸自然也就成了一个时代的绝响。改革夭折了，武事消弭了，思想自刎了，只剩下几个不识相的文臣在那里吵闹着"立国本"，结果一个个在庭前被打烂了屁股，又摘下乌纱帽发配得远远的。于是皇帝从万历十四年就不上朝了。还有什么值得操心的呢？昌平的陵墓早已修好，内府的银子发霉了，自有人搬出来过太阳，干脆躺在深宫里，让小老婆侍候着抽大烟得了。皇帝带头躺倒不干，几十年不上班，这样的现象在中国漫长的封建社会绝无仅有。一个庞大的王朝也就和他的主人一样，躺在松软的云锦卧榻上昏昏欲睡。

君王高卧，朝野噤声，大概只有读圣贤书才是不犯天条的。那么就读书吧。

万历三十二年九月九日，无锡东门苏家巷，顾宪成领着一班文化人走进了东林书院。

这场面也许不很醒目，特别是和午朝门前那经邦济国的大场面相比，更谈不上壮观。但历史将会证明，正是这座并不宽敞的小小书院，这群彬彬弱质的文化人，给柔靡委顿的晚明史平添了几分峻拔之姿和阳刚之气。

顾宪成已经五十五岁了。一个经历了宦海风涛的老人归隐故里，走进书院讲学，这样的归宿在由文人出仕的官僚中并不鲜见。一般来说，到了这时候，当事人的火气已打磨得差不多了，讲学与其说是一种造福桑梓的善举，不如说是一种消遣，至多也不过是一种仕途不得意的解脱。但顾宪成还没有修炼到这般境界，他是个使命感很强的人。万历十五年，他因为上疏得罪了朝廷，被贬谪到湖广桂阳州。南国的蛮荒烟瘴之地，历来是朝廷安置逐臣的所在。说起来令人惊栗，这些逐臣中有些甚至是中国文化史上的第一流人才。桂阳附近的永州是柳宗元生活过的地方，而苏东坡的晚年差不多有十六个年头是在岭南度过的。如今，顾宪成也来了，追循着先贤们生命的轨迹，他的心情比较复杂。青衫飘然，孤愤满胸，他在历史的大坐标上寻找人生的定位。他把自己的书斋命名为"愧轩"，含有高山仰止的自愧之意。但敢于把自己与柳宗元和苏东坡一流人物放在一起，又不能不说是一种自负。在那个天崩地坼的时代里，这种自负往往体现为仗义执言和力挽狂澜。那么就让他自负吧，甚好，从广西回京后，他担任了吏部文选司郎中。文选司郎中品级不高，但肩负的却是考察和选拔官员的重任。明代的官场中有一句说法："堂官口，司官手。"可见司官的实权是很大的。这样一个权柄在握的文选司，主政的偏又是自负而使命感极强的顾宪成，其悲剧性的结局是可以想见的。万历二十二年，在会推阁臣中，他又得罪了朝廷，比他更自负的君王从烟榻上微微欠起身，御笔一点，顾宪成忤旨为民，回到了无锡张泾的老家。

张泾在无锡东北乡，如今，顾宪成故居的"端居堂"犹在，青石柱础上的楠木覆钟柱质和月梁间的飞云纹饰，都是典型的明代建筑风格。却不很高敞，可以想见当初那个卖豆腐起家的门庭并不十分富有。穿过门前的弄堂，步下石级码头就是泾水，这条宽不过数丈的小河是无锡到东北乡的主要通道。顾宪成中举入仕以后，停在这埠头的大小船只想必不会少，雕窗朱栏的画舫中夹着几条简陋的乌篷船，煞是闹猛。四面八方的官吏、文士、亲朋故旧在这里系好船缆，整一整衣冠拾级上岸。来客了，家人忙前忙后地一溜小跑，弄堂里的麻条石板上响得热烈而风雅。这响声一直在泾水上漂得很远，引得过往的艄公船娘倚舵停篙，向这座临河的宅院投以意味深长的一瞥，一边想象着当初这河房里的读书声和那副很有意思的对联。说的是某个夜晚，有一艘官船经过这里，受阻于风雨靠岸停泊。主人推窗看景，但闻风吹梧桐，雨打新篁，映衬着临河茅屋里的琅琅书声，不由得触景生情，随口吟出一句："风声雨声读书声声声入耳。"不想茅屋里书声稍息，即飞出一句下联："家事国事天下事事事关心。"这茅屋里深夜苦读的少年即顾宪成，而关于官船的主人则说法颇多，有陈阁老、陈御史、陈布政史等，总之不是等闲人物。接下来自然是陈阁老（或陈御史、陈布政史）慧眼识英才，顾宪成腾达有期。这是中国俗文化中的一种思维定式，大凡一个布衣寒士出息了，总会连带着不少传奇性的说法，这些说法又不外乎"寒窗苦读"和"得遇贵人"之类，至于这中间的真实程度，也就不去追究了。波光桨声中，小船已悠然远去，连同那些意味深长的目光和想象，一并溶入了如梦的烟水之中。

站在顾家门前的小石桥上，我很难想象，这条柔姿袅袅的泾水曾负载过那么多铁血男儿的聚会和气吞万里的抱负。当年顾宪成在东林书院讲学时，经常坐着小船回到张泾，就是从这条小河上来往的。这是一幅极富于软性美的水乡归舟图，小桥、流水、桂楫、晚钟，还有沿途那风情绰约的江南村镇，曾激发了多少文人学士的才思和遐想，多少华章文采从这里流进了中国文学的皇皇巨帙。但顾宪成倚在窗前，此刻想到的大约不是"急橹潮痕出，疏钟晚色生"那样的清词丽句，而是朝政、时事和民生疾苦，是经济天下的宏愿大志。四方学子慷慨纵横的议论犹在耳畔，忧时救世的紧迫感填满了胸襟，心情自不会那样恬淡闲适。张泾离无锡大约四十里，经常早出晚归，总有好一段时间要盘桓在这条水路上的。小船在一座座缺月弯弓的石桥和扑朔昏黄的渔火间行进，橹桨过处，搅起一道道轻波银涟，中国晚明史上的一系列大事就在这波涟中闪现出最初的光影。

现在，我们该随着顾宪成的小船驶进无锡东门水关，走进东林书院了。

中国的书院，大致始于初唐而盛于南宋，像朱熹、张栻、吕祖谦、王阳明这样一些大学者都与书院有着终身的联结。但在中国文化史上，无锡东门的这座书院却有着独特的光彩。东林书院与传统的聚徒式书院不同，它实际上是一个文人沙龙，这里的"丽泽堂"内有一幅"会约仪式"很有意思，好在行文并不古拗，且摘几章看看。

> 每会推一人为主，说"四书"一章。此外，有问则问，有商量则商量，凡在会中，各虚怀以听，即有所见，须俟两下讲论已毕，更端呈请，不必搀乱。

可见这沙龙里的学术气氛相当宽松，亦相当活跃。讲学、切磋、研讨、辩论，真正的群言堂。连首席讲师的交椅也是轮着坐的，并不定于一尊。

下面一章就更有意思了：

> 各郡同志临会，午饭四位一席，二荤二素。晚饭荤素共六色，酒数行。第三日之晚，每席加果四色、汤点一道。亦四位一席，酒不拘，意浃而止。

完全是"工作餐"的标准，即使第三天晚上的告别宴会（东林会讲每月一次，每次三日），也只是加几碟果品意思意思，并不铺张。酒可以喝一点，却不准闹，"意浃而止"，很实惠的。

一群文化人，在这种宽松活跃的氛围中，吃着"工作餐"，睡着硬板床，开始了他们悲壮的文化远征。这里不是遗老遗少们的"诗酒文会"，不是空谈心性的象牙之塔，也不是钻营苟且的名利之场。这里是一群血性男儿神圣的祭坛。在这里，他们讽议朝政，裁量人物，指陈时弊，在风雨飘摇中为一片明朗的天空而大声疾呼；他们躬行实践，高标独立，研究经世致用之学，于万马齐喑中开启了明清实学思潮的先河；

他们还留心剖示地方事宜，以民生疾苦为忧，以乡井是非为念。万历三十六年，太湖流域遭遇特大水灾，洪涝被野，灾民流离，锦绣江南在淫雨中呻吟。东林学子忧心如焚，琅琅书声沉寂了，滂沱大波中流淌着一群文化人伤时忧世的泪水。顾宪成一面写信给巡抚江南的地方官周怀鲁，因周怀鲁比较体察民情，有"善政满江左"之誉，请他代呈灾情，上达朝廷，以便及时赈恤灾民，同时又致函同为东林党人的李三才，通报了"茫茫宇宙，已饥已溺"的灾情。信中说得很动情：

> 此非区区一人之意，实东南亿万生灵之所日夕嗷嗷，忍死而引颈者也，努力努力！此地财赋，当天下大半，干系甚大，救得此一方性命，茧丝保障，俱在其中，为国为民，一举而两得矣。

这封信几乎是蘸着泪水写成的。东林书院门前的那副对联或许已在漫天秋雨中凋零，但家国天下之事却时刻念念于怀，片纸尺牍背后凸现出的强烈的忧患意识，令人五内沸然。顾宪成已经罢官归里，既没有直接上书朝廷的资格，也没有部署赈灾的权势，君门万里，殿阙森严，一介寒儒，何以为力？他只能动用自己的人际关系来通融接济。他的声音或许很微弱，却贯注着巨大的人格力量。当京城的中枢大员们从奏章的附件中读到这些时，不知该做何感想。而那位在烟榻上已经躺了二十二年的皇帝是不是该欠起身，向江南大地看上几眼呢？

皇帝当然是要看的，而且那目光相当机警睿智，但关注的却不是那里疮痍满目、民不聊生的灾情，那没有什么了不起，中国这么大，每年总免不了有点水旱失调，区区小事，自有下人去处置，何用寡人劳神？他关注的是那里一座不大的书院，聚集着一群狂悖傲世的文化人。"当是时，士大夫抱道忤时者，率退居林野，闻风归附，学舍至不能容。"这么多文化人扎堆儿在一起干什么？很值得注意！更有甚者，一些学者竟从北京、湖广、云贵、闽浙等地千里趋附，他们乘着一叶扁舟，风餐露宿、颠沛荒野，历经一两个月赶到东林书院去赴会。似乎全中国的政治中心不是皇帝的金銮宝殿，而是东林的熙熙学馆；似乎全中国都在倾听一个削职司官的声音，这如何了得？既为书院，你们读书便读书得了，研习八股，穷章究句，那都是正经学问，读读读，直读成十三点二百五神经病痴呆症都无妨，竟敢讽议朝政，指陈时弊！朝政和时弊岂是由得你们指手画脚的？一定要指手画脚，那好，结党乱政，煽风点火，小集团俱乐部，这些现成的政治帽子随手就可以赏给你一顶。

皇帝的目光变得阴冷起来。

三

皇帝阴冷的目光，东林书院里的文化人并没有十分在意，他们太天真，也太自信。在他们看来，自己耿耿忠心可昭日月，之所以指手画脚，目的全在补天。即使有些话说得不怎么中听，也是为了让国家好起来。对于读书人来说，这是一种生命的自觉。况且，自唐宋以来，自由讲学的风气就一直很盛，当局一般也并不干预，有时还题词送匾以示褒奖。不客气的时候也有，例如南宋的"庆元党案"就是冲着岳麓书院和朱熹来的，但时间不长，很快就平反了，而且朱熹从此备受推崇，几乎到了和孔圣人比肩齐名的高度。又如元代，当局担心自由讲学会激发汉人的民族意识，对书院比较忌讳，但采取的手段也只是由官府委派山长，用"掺沙子"使书院官学化，并不曾横加禁毁。这些历朝历代的往事，东林同志记得很清，却偏偏忘记了自己生活在那个以严猛峻酷著称的朱明王朝。从朱元璋开始，历届圣主的目光从来就不曾慈祥过。书院是文化构建，毁书院，杀学人，终究不是什么圣德，因此这些事正史中不载。但翻开地方志，这座书院"毁于洪武某年"，那座书院"毁于永乐某年"，虽语焉不详，含糊其词，却不难闻到那股浓烈的血腥气。就在万历七年，张居正还迫害过讲学的文化人。张居正是改革家，对历史有大贡献的，但中国历代的改革家似乎无一不是铁腕，同样容不得别人指手画脚。常州龙城书院的学子们对张居正父丧夺情提出批评，张居正身为宰相，但宰相肚里不一定都能撑船，他马上以朝廷名义下诏将龙城书院毁废，且进一步殃及天下书院六十四处。张居正指责书院"科敛民财"。他很聪明，整你是因为你有经济问题，并不是我张某人批评不得。顾宪成当时就是龙城书院的活跃分子，在那些关于张居正贪位揽权的议论中，想必他的声音也是不小的。

就在东林学子们天真而自信地讲学议政时，北京的宫廷里也好戏连台，明史上著名的三大案：梃击案、红丸案和移宫案，一幕比一幕热闹，皇帝已经换了好几个，年号亦由万历而泰昌而天启，但皇帝注视东林的目光却越来越阴冷了。

到了天启初年，皇帝决心要晓以颜色了。

事情的起因似乎是关于"外行能不能领导内行"。东林党人周宗建上疏究论权阉魏忠贤。魏忠贤这个人，只要对明史稍有涉猎的人都是不会忘记的，在中国这块土地上，以宦官而位极人臣者不少，但是像魏忠贤那样把权势玩得遮天盖地而又堂而皇之，恐怕不多。东林党人既以天下兴亡为己任，自然不会坐视魏忠贤专权误国。周宗建这封长达千言的奏章的底稿，至今仍然完好地保存在东林博物馆里，透过陈列柜的玻璃，那淋漓的墨迹令人惊心动魄。特别是痛斥魏忠贤"千人所指，一丁不识"那八个字，更透出一股执着的阳刚之气。我相信，每一个对这段历史有所了解的后人站在这里，都会从那龙飞凤舞的章草中仔细找出这八个字，并对之久久端详，生出无限感慨的。中国历代的统治者都标榜以文化立国，一个不识字的太监，凭什么在那里左右朝政、操纵生杀，指挥满腹经纶的六部九卿？周宗建的这八个字实在够厉害的，连魏忠贤本人看了也吓出了一身冷汗。但不久人们将会看到，为了这八个字，上书者将要付出怎样的代价。

皇帝现在面临着一项选择，是站在有文化的东林党人一边，还是支持听话的文盲魏忠贤。他并不急于表态（这是政治家们常用的伎俩），只是态度暧昧地皱了皱眉头，把上书人夺俸三个月，以示"薄惩"。他还要再看看事态的发展。

果然，另一个"有文化"的东林党人又跳了出来，他是左副都御史杨涟。这位监察部副部长在奏章中一口气列举了魏忠贤的二十四条罪状。在他的号召下，"一时东林势盛，众正盈朝"，讨伐魏忠贤的奏章争先恐后，数日之内，竟有一百余疏，大有京华纸贵的气氛。

魏忠贤毕竟是个小人，他沉不住气了，据说他曾暗中用重金收买敢死之士，伺机对杨涟下手。某日，杨涟发现有一不速之客从屋檐上飞蹿至堂前（果然身手不凡），准备行刺。他为之一颤，但马上镇静下来，说："我即杨涟，杀止杀我，毋伤吾母。"该刺客并非人们常说的那种冷面杀手，听了杨涟的话居然为之汗颜，嗫嚅应道："我实受人指派，感君忠义，何忍加害？"言罢即惶惶离去。这样的情节也许太富于传奇色彩，但对于魏忠贤那样的流氓无产者，他是绝对做得出的。

其实魏忠贤是过于紧张了，因为皇帝已经拿定了主意：这么多人抱成一团反对一个人，这很不正常。魏忠贤仅一家奴耳，且目不识丁，即使有点问题，谅与江山社稷无碍。可怕的倒是那些抱成一团的文化精英，你看他们振臂一呼，朝野倾动，招朋引类，议论汹汹，这帮人究竟意欲何为？难道寡人的宫阙也成了他们恣肆纵横的书院不成？得，我且小试刀锋，镇一镇他们的气焰。就是刀下有几个冤鬼，大不了过些年再平反昭雪，给他们立块忠义碑得了。到了那时，岂不又显出寡人的英明大度？

刀还没有砍下去就想到将来给人家平反，这是多么高瞻远瞩的预见！不要以为这是作者的主观揣测，古往今来，这样英明大度的政治家难道还少吗？仅凭这一点，一般的芸芸之辈就玩不成政治家，你缺乏那种超越性的思维，缺乏那种明知不该杀也要坚决杀的大无畏气概，也不可能那样永远占有真理：当初杀你是对的，现在平反也是对的，你还得对我感激涕零呢。

在一本叫《碧血录》的书中，我见到了一份《东林党人榜》。在当时，这是以朝廷名义向全国发布的通缉令，所列钦犯共三百余人，最后的判决是："以上诸人，生者削籍，死者追夺，已削夺者禁锢。"这中间没有说到"处决"，更没有"枭示""戮尸""凌迟"之类，这样的处理似乎还比较文明，"一个不杀，大部不抓"，只是给你一点名誉和人身自由的损失。其实刽子手们的险恶歹毒恰恰就在这里。

我们且来看看在这种文明的背后……

杨涟因上书列数魏忠贤二十四大罪状，被魏忠贤称为"天勇星"，列入东林"五虎将"，此番自然首当其冲。天启四年十月，他和另一位东林主将左光斗被削职，敕令即刻离京。这算不了什么，一个文人，不当官了，正可以流连山水，啸傲烟霞，照样活得很潇洒。但魏忠贤的本意不是要让你潇洒，他有他的打算。你杨涟、左光斗身为朝廷二品大员，这几年的官俸财物一定相当可观，等你们车载船装，珠光宝气地出了京城，我这里令锦衣卫在半路上来个突然拦截，先把证据拿到手，再逮回来慢慢整治。但后来他从杨、左守门的差役那里得知，这二位书呆子堪称两袖清风，并没有什么积蓄。再看到二人出京时，仅青衣便帽，只携带很少几件衣物从容上道时，才感到好生没趣。

经济问题一时抓不到把柄，那就先逮起来再说。天启五年春，已经罢斥归里的杨涟、左光斗等"东林六君子"被押解京师，入北镇抚司收审。

这个北镇抚司俗称诏狱，一听就令人毛骨悚然。说是收审，其实就是棍棒伺候，打你不是没有理由的，因为已认定你贪赃纳贿，要你交出赃款，而且都是天文数字。明知你没有钱，偏要你拿出几万两银子来。这样审下去，你必死无疑。

打！打你个傲骨嶙峋，打你个廉明清正，打你个忧时济世，打你个满腹经纶。

起初，"六君子"还抗辩、痛骂、呼天抢地。杨涟甚至在公堂上大声对家人说："汝辈归，吩咐各位相公，不要读书。"这显然说的是气话，意思是既然自己因读书得罪，那就叫子孙不要读书。这种气话简直天真得有如童话，他以为"不读书"是一种很有力量的反抗，其实那些人根本不稀罕你读书，人家只是轻蔑地一笑，喝令再打，直打得你哀号无声，欲辩不能。不久，"六君子"中的周朝瑞、袁化中、顾大章被活活打死。

到了这时，杨涟才意识到对手其实是要置他们于死地，他私下与左光斗、魏大中商量道："我们如不胡乱招供，必会被他们活活打死。不如暂且屈招，等案子移交法司定罪时，再行翻供，讲出前因后果，或许可以一见天日。"

按照一般的浅层逻辑，这不失为一种权宜之计。但事实上，杨涟又一次犯了天真的错误，其错误就在于自己是监察部副部长，他太相信法律程序，而不知道他的对手是全然不顾那一套程序的。还要移交法司做什么？既然你承认有纳贿行为，那么就追赃，把钱拿出来。拿不出，很好！知道你肯定"拿不出"，要的也就是你这个"拿不出"，来呀，往死里打！

打！天启五年的夏天，整个中国都在呼啸的棍棒下呻吟。棍棒声中，华北和甘陕大地饿殍遍野，昏黄的天幕下，灾民们在拣拾树皮、草根、观音土甚至粪便填充饥肠。那个二十年后将要戴着一顶斗笠闯进京城的李自成，因为借了富绅的"驴打滚"无力偿还，此刻正被木枷铁镣地绑在毒烈的太阳下示众。而山海关外，努尔哈赤正在调动他攻无不克的八旗子弟，向着宁远——这座明王朝在关外的最后一座据点——悄悄地完成了战略包围。

杨涟被打死时，"土囊压身，铁钉贯耳"，打手们又故意拖到几天以后才上报。当时正值盛夏溽暑，赤日炎炎，尸体全都溃烂，等到收殓时，仅得破碎血衣数片，残骨数根。"六君子"中的魏大中死后，魏忠贤拖了六天才准许从牢中抬出，尸体实际上已骨肉分离，沿途"臭遍街衢，尸虫沾沾坠地"。

写下这些惨不忍睹的情景，需要相当大的心理承受力。我实在找不出一个恰当的词句来形容中国文明史上曾经发生过的这一幕暴行，也弄不清这些迫害狂们究竟是什么心态。如果单单为了消灭政治上的对手，那么对一具没有任何意志能力，也构不成丝毫现实威胁的腐尸又何必这般糟践呢？

答案就潜藏在下面这一段更加残忍的情节中。杨涟等"六君子"被残害身死后，打手们遵命用利刀将他们的喉骨剔削出来，各自密封在一个小盒内，直接送给魏忠贤亲验示信。有关史料中没有记载魏忠贤验看六人喉骨时的音容神态，但那种小人得志的险隘和刻毒大约不难想见。《三国演义》中写孙权把关羽的头装在木匣子里送给曹操，曹操打开木匣子，对着关羽的头冷笑道："云长公别来无恙？"我一直认为，这是关于曹操性格描写中最精彩的一笔。但曹操这只是刻薄，还不是刻毒，魏忠贤是要远甚于此的，他竟然把"六君子"的喉骨烧化成灰，与太监们一齐争吞下酒。

为什么对几块喉骨如此深恶痛绝？就因为它生在仁人志士的身躯上，它能把思想变成声音，能提意见，发牢骚，有时还要骂人。喉骨可憎，它太意气用事，一张口便大声疾呼，危言耸听，散布不同政见；喉骨可恶，它太能言善辩，一出声便慷慨纵横，凿凿有据，不顾社会效果；喉骨亦可怕，它有时甚至会闹出伏阙槌鼓、宫门请愿那样的轩然大波，让当权者踯躅内廷，握着钢刀咬碎了银牙。因此，在中国历史上，从屈原、司马迁到那个在宣武门外带头闹事、鼓动学潮的太学生陈东，酿成自己人生悲剧的不都是这块不安分的喉骨吗？禁锢、流放、鞭笞、宫刑，直到杀头，权势者的目的不都是为了最大限度地扼制你的喉骨，不让你讲真话吗？魏忠贤这个人不简单，他对政敌的认识真可谓深入到了骨髓：你们文人其实什么也没有，就有那么点骨气，这"骨气"之"骨"，最要紧的无非两处，一为脊梁骨；一为喉骨。如今，脊梁已被我的棍棒打断，对这块可憎可恶亦可怕的喉骨，我再用利刀剔削之，烈火烧化之，美酒吞食之，看你还有"骨气"不？

这是一群没有任何文化底蕴的政治流氓，一群挤眉弄眼、捏手捏脚的泼皮无赖，一群得志便猖狂、从报复中获取快感的刁奴恶棍。在种种丧尽天良的残暴背后，恰恰透析出他们极度的虚弱和低能。他们不讲人道，没有人格，更没有堂堂正正可言。当初听说杨涟究论他二十四大罪状时，拦在宫门外可怜巴巴地以头触地，哀哭求情的是魏忠贤；如今一旦得势，不惜对死尸大施淫威的也是这个魏忠贤。对于他来说，摇尾乞怜与耀武扬威都没有丝毫人格负担。前面提到的那个首先上疏弹劾魏忠贤的周宗建临死前，打手们一边施刑，一边刻毒地骂道：尚能谓魏公一丁不识否？鞭声血雨中飞扬着一群险隘小人的狞笑，这狞笑浸染了中华史册的每一页，使之变得暗晦而沉重……

这帮险隘小人当然忘不了江南的那座书院。

天启六年四月，正是绿肥红瘦的暮春时节，圣旨由十万火急的快马送到江南："苏常等地书院尽行拆毁，刻期回奏。"昔日学人云集、文风腾蔚的东林书院被夷为一片废墟，不许存留寸椽片瓦，连院内的树木也被砍伐一空。令人深思的是，所拆毁的木料与田土变价作银六百两，被全部赍解苏州，为魏忠贤修建虎丘山塘的生祠去了。

此时顾宪成已死，主持讲会的是高攀龙，面对东林废院，他的愤慨是可以想见的。但信念之火并未熄灭，在《和叶参之过东林废院》一诗中，他的声音仍然朗朗庄严，他倔强而自信地宣告：

纵然伐尽林间木，
一片平芜也号林。

是的，权势者只能废毁有形的构建，但东林的声音已经汇入了整个民族精神的浩浩长河，从这里走出去的一代文化精英将支撑起风雨飘摇的晚明江山，上演出一幕幕惊天地泣鬼神的活剧来。

四

后人一般把对东林党人的迫害归结为"阉党矫旨"，似乎恨东林的不是皇帝，而是几个弄权的太监，这实在是对魏忠贤太抬举了。殊不知，有明一代，由于朱元璋的苦心经营，皇权已到了至高无上的地步，那一套铁桶似的专制模式是历朝天子所无法比拟的。臣子尽管有点权势，甚至可以胡作非为，但还是要看皇帝的脸色；皇帝尽管昏聩无能，尽管躺在深宫里抽大烟泡女人玩方术，但哪怕无意打一个喷嚏，顷刻之间就是满天风雨。从个人品性上讲，天启皇帝确实懦弱，但在一种极端的独裁体制下，君主的懦弱，却无损于他对政治的影响力，而只会把事情干得更荒唐。毁几处书院，杀几个读书人，这便是小小地荒唐了一下。偏偏被杀的读书人却不认皇上这笔账，更谈不上怨恨。这就很值得深思了。

我们先来看看高攀龙临死前的那份遗书。

对于死，高攀龙是有思想准备的，风声越来越紧，校骑已经到了苏州，打探消息的家人回报说，老爷也在黑名单内，一时举家惊惶。高攀龙却与几个门生在后园里赏花谈笑，镇静如常。不久，又有人回报，说缇骑将至。高攀龙这才移身内室，与家人款语片刻，打发他们离去后，自己到后园投水自沉。投水前，用黄纸急草《遗表》一封，略云：

> 臣虽削夺，旧系大臣，大臣受辱则辱国，故北向叩头，从屈平之遗则，君恩未报，结愿来生。臣高攀龙垂绝书，乞使者执此报皇上。

外面大概已听到缇骑的哄闹了，只能打住。

如今，高攀龙投水的遗迹尚在无锡市第七中学内，近旁假山错落，林木依依，站在郭沫若所书的"高子止水"石匾前，我很难想象那么从容的自沉竟发生在这块如此逼仄的小水潭里。一汪涸泉倒映着树影，清则清矣，毕竟不那么浩阔。在离这里不远的五里湖畔，高攀龙不是筑有一所水居吗？在那里，他曾取屈原《渔夫》中的"沧浪之水清兮，可以濯吾缨；沧浪之水浊兮，可以濯吾足"之意，吟过"马鞍巅上振衣，鼋头渚边濯足，一任闲来闲往，笑杀世人局促"的诗句，潇洒放达中透出相当清醒的生死观。如果让他选择的话，他大概更愿意在那里完成自己悲壮的一跃，那里包孕吴越的湖光山色正可以接纳自己孤傲旷达的情怀，纵然是走向死亡，那也是一种人生的大手笔，可以毫无愧色地比之于汨罗江畔屈原的身影，但高攀龙却走向了这块"局促"的小水潭，我想很有可能是最后来不及选择了。在此之前，他或许并没有真正想到会死，皇上圣明，宸衷英断，会在最后一刻觉察阉党的阴谋。但家人送来的消息终于粉碎了他虚幻的侥幸，皇上不会救他了，那么就以死相报吧。因此，当他站在这水潭边时，并不见得很从容，他会想得很多，而且肯定会遗憾地想到烟波浩瀚的五里湖。但这不是皇上的过错，"君恩未报，结愿来生。"到了这时候，想到的仍然是皇上的好处。读着这样的遗书，真令人不知说什么好，在景仰和痛惜之余总有一种深沉的困惑，因此，面对着那个跃向清潭的身影，我们只得悄悄地背过脸去。

其实又何必背过脸去呢？我们面对的就是这样一群历史人物，他们是道德理想主义的献身者，又是在改革社会的实践上建树碌碌的失败者；他们是壮怀激烈的奇男子，又是愚忠循礼的士大夫；他们是饮誉天下的饱学之士，又是疏于权谋的政治稚童。在他们身上，呈现出一种相当复杂的历史和道德评判的二重奏，十七世纪的社会环境使他们走到了封建时代所能达到的最高点，他们却终于未能再跨越半步，只能以惨烈的冤狱和毁家亡身的悲剧震撼人心，激励后辈越出藩篱，迎来新世纪的曙光。

正是基于这样的认识，我们不得不又一次转过脸去，理性地审视如下一幕幕令人难堪的场景。

杨涟被捕时，当地民众数万人奋起援救，打得缇骑四处逃生。肩披钮锁的杨涟也跟着东躲西藏，不是为了逃避逮捕，而是逃避援救他的民众。他老泪纵横地向群众求情，要人们成全他的大节。在他看来，自己个人的生死荣辱无关紧要，万一激起民变，破坏了封建王朝的法统可是塌天大事。这位在金殿上浑身是胆、威武不屈的监察部副部长，这位在奏章中一次次为民请命，正气凛然的青天大老爷，此刻却在民众热切的拥戴中胆战心惊。他步履踉跄，狼狈不堪地到处乱跑，唯恐和逮捕他的缇骑走散，也唯恐失去自己身上的锁链。他以自己毫不矫情的眼泪消弭了民众的反抗，跟着缇骑从容就道，一步步走向京城的诏狱。在他的身后，是乡亲们纷飞的泪雨和悠长的叹息。

这种令人扼腕的情节还在不断发生。不少东林党人在被捕前以自尽维护自己的尊严，却留下遗嘱，要家人典当器物，给执行逮捕任务的缇骑做回京的路费，因为他们毕竟是代表朝廷来的，是皇差。更有甚者，抓人的皇差把朝廷开出的逮捕证搞丢了，被抓的人却自己穿好囚衣，对着京城叩头谢恩，乖乖地跟着他们上路。江南的民风并不算强悍，苏州人更以其吴侬软语般的清柔著称。但在逮捕东林党人周顺昌时，这里却暴发了撼天动地的"开读之变"，十数万市民自发行动起来，声援东林，抗议阉党的暴政。民情汹汹有如干柴烈火，若是东林中有人站出来振臂一呼，他肯定将是李自成、张献忠一流人物，晚明的政治史也极有可能是另外一种格局。但他们没有，当愤怒的市民号呼蜂拥，追打缇骑时，他们只是坐守庭院与亲朋垂泪话别，大谈其"死于王家，男儿常事"的气节。事后，带头闹事的颜佩韦等五人被残害身死，又砍下头颅悬挂在城墙上。这五位义士都是市井小民，并没有受过诗书礼乐的教育。小民的大义并不示于慷慨高谈，而是凝聚在危难之际的奋然一搏。他们死后，苏州民众花五十两银子把挂在城墙上的头颅买下来，与尸身合葬于虎丘山塘。复社魁首张溥为之写了墓碑，这篇很有名的《五人墓碑记》至今依然出现在中学的语文课本里。复社是继东林之后而起的政治团体，其宗旨为"复东林也"，在明清之际的政治舞台上是很有过一番作为的。张溥的这篇墓志铭写得很动情，对五位义士的评价也相当高，但其中有这么一段却颇耐人寻味：

> 而五人亦得以加其上封，列其美名于大堤之上，凡四方之士无不过而拜且泣者，斯固百世之遇也。不然，令五人者保其首领以老于户牖之下，则尽其天年，人皆得以隶使之，安能屈

豪杰之流，扼腕墓道，发其志士之志哉！

给人家写墓碑还忘不了显摆自己那种士大夫的优越感，似乎这五个人之所以有如此大红大紫的荣誉，是沾了东林党人的光。不然，像他们这样的引车卖浆者流，只能"老于户牖之下""人皆得以隶使之"。这样说就好没意思了。

真正有点意思的是，五位义士的墓是拆毁魏忠贤的生祠建造的，而魏忠贤的生祠又是当初用拆毁东林书院的钱建造的，在这繁复的拆建之间，不仅隐藏着一段不平常的政治史，而且昭示着一种相当深刻的历史必然性。东林党人不会揭竿而起，这毋庸苛求；颜佩韦等义士也不会成为李自成和张献忠，面对着一场大规模的血腥报复，他们选择了投案自首以消弭事端，而不是拉起竿子对着干，这也不能简单地归结于江南民风柔弱。李自成和张献忠只能出现在西北的黄土高坡，而东林党那样的文人士大夫，甚至颜佩韦那样的义士，则只能出现在江南的市井巷间。这是一块商风大渐，市民阶层开始显露头角的舞台。但刚刚萌芽的商品经济又深埋在封建经济的土壤之中，市民阶层的脚跟也相当软弱，他们只能附和在别人之中隐隐约约地喊出自己的声音。对着皇权喊一声"反"，他们大概是想都不敢想的。他们只能枕着一块忠义石碑，在秀色可餐的江南大地悄然安息。

东林党人和江南的市民阶层不敢想的事，西北黄土高坡的农民却轰轰烈烈地干起来了。就在张溥为五人书写墓碑时，陕西澄城县的农民高举着棍棒锄头冲进了县衙，揭开了明末农民战争的序幕。差不多也就在同时，努尔哈赤的儿子皇太极开始对宁远发动了第二次攻击，与明王朝的最后一位军事奇才袁崇焕激战于松辽大地。兵连祸结，天崩地坼，距紫禁城不远的一棵老槐树上，已经为疲惫的朱家皇帝预备了上吊的环扣。

五

在顾宪成故居的纪念馆里，我还见到了一幅署名"后学韩国钧"的七绝。韩是我的老家海安人，民国年间当过江苏省省长兼督军。但其一生中最为辉煌的闪光却是垂暮之年不当汉奸，以及新四军东进以后与陈毅的合作。电影《东进序曲》和《黄桥决战》中都有他的艺术形象。这首七绝写得很平朴：

> 东林气节系兴亡，
> 遗墨犹争日月光。
> 二月春风惠山麓，
> 万梅花下拜泾阳。

"泾阳"是顾宪成的号。诗写得不算好，但这位紫石先生站在端居堂前时，鼓荡于心胸的正是东林党人那种高山景行的气节。韩国钧写这首诗时已经六十四岁，二十年后，当他严词拒绝日寇的威逼时，不一定会想到这四句小诗，也不一定会很具象地以历史上的某位英烈作为楷模。但他那凛然正气中，确实贯注着东林先贤的流风。一个封建遗老，在那个民族垂危之秋闪现了自己生命的光华，他以八旬之躯为抗战奔走呼号，在病情弥笃时仍嘱咐家人："抗战胜利之日，始为予开吊，违者不孝。"陈毅将军曾赠他一联："杖国抗敌，古之遗直；乡间问政，华夏有人。"肯定的也正是他身上所体现的那种堪为民族脊梁的气节。韩国钧也是一个文人士大夫，文人自应有文人的一份真性情。魏忠贤说得不错，你们文人其实什么也没有，就有那么点骨气。但反过来说，若什么都有，就是没有骨气，那还不成了一堆行尸走肉？

由此我不禁想到，对于任何一个人物或群体来说，历史评价总是有时限的，而道德评价却有着相当久远的超越性。一座小小的东林书院算什么呢？它是那么脆弱，战乱和权谋可以让它凋零，皇上一个阴冷的眼色可以使它片瓦无存。书声琅琅，似乎很清雅，那只是出自读书人良好的自我感觉；评时议政，似乎很热闹，也只是书生意气，徒然遭人猜忌。但它又那么倔强地坚守在江南的那条小巷里，并在中国文化史上留下了一个相当醒目的坐标。它留给后人的不在当时当地的是非功过，而是为国为民的道义和良知，是中国知识分子那种积极入世、高标独立的人格力量。正是这种人格力量在铁血残阳中鞭霆掣电、拔山贯日，支撑起明末清初一大批雄姿英发的伟丈夫。我们只要随便说出几个，便足以令人肃然起敬。例如，左光斗的节操影响了他的学生史可法，而史可法在扬州殉国的壮举又极大地震撼了江东才俊，松江的陈子龙便是这中间的一个。陈是几社的领袖人物，他和柳如是的交往和热恋不仅是一段才子佳人的风流佳话，更使青楼女子柳如是得到了一次"天下兴亡，匹'妇'有责"的思想升华。陈子龙后来为抗清牺牲，柳如是又用这种思想影响了钱谦益。钱谦益这个人的口碑不怎么好，他身为后期的东林党魁、文坛宗主，却在清兵进入南京时带头迎降。柳如是劝他投水自尽，他说了一句很有意思的话："池水冰冷，投不得。"他不想死，但降志辱身的秽行一直折磨着他的晚年。他和柳如是后来都为抗清做了不少事情，钱谦益因此几乎丢了性命。郑成功从崇明誓师入江时，如是以蒲柳之躯亲自到常熟白茆港迎候，站在冷风中苦苦地远眺故国旌旗。"还期共复金山谱，桴鼓亲提慰我思。"这位原先的烟花女子热切地期盼着像当年梁红玉那样桴鼓军前，报效于抗敌救国的战场。山河破碎，民族危亡，东林党人大多死得很壮烈，受他们影响的后人也大多是爱国的，这是历史上的不争之论。

文章的开头曾提到一块民国三十六年募捐重修东林书院的记事碑，我留意了一下，在募捐者中，以杨、荣、薛三姓居多，数额也最大。这三个家族不仅是无锡巨富，在中国近代民族工业的发展史上也是很值得一提的。我曾粗略地翻阅过他们的家族史，发现其中有一条大致相同的发展轨迹：最初由读书入仕，而后官商兼备成为儒商，到二十世纪初叶开始弃绝官场兴办实业，成为中国民族工业的巨子。也就是说，他们都有着相当深厚的文化底蕴。例如其中的薛家，其父辈即清末著名外交家、思想家和文学家，被称为"曾门四弟子"之一的薛福成，这种现象很值得我们玩味。一般的论者认为，明末东林党人的崛起标志着旧时代的终结。这固然是不错的，但我认为这还不是新时代的起点。终结和起点一步之遥，却不是一两代人所能完成的。今天，当我站在东林书院的回廊里，仔细计算着无锡三大家族的捐款数时，突然产生了一种奇特的联想：中国的民族资本主义为什么首先发端于江南，中国近代民族工业的巨子为什么出现在无锡，是不是与面前的这座书院有着某种割舍不开的渊源呢？或者说，这募捐碑上的杨、荣、薛三姓"大款"是不是可以看作东林后学呢？

出东林书院的后门便是苏家巷。据无锡博物馆朱文杰先生考证，当年顾宪成起居的小辨斋就在这里。有了这处小辨斋，顾宪成才省去了每天乘着小船来回张泾的辛劳。但后来因家境不好，这所房子又以四百两银子典当出去了，可见文人都是很清贫的。小辨斋与东林书院近在咫尺，顾宪成主持东林讲会期间经常止息于此，与门人论学议政。如果说东林书院是十七世纪初的"江南政治学院"，那么这里便是政治学院的"教授楼"。可惜现在知道它的人已经不多了。

　　我徘徊在这条僻静的小巷里，一边想，忘记了小辨斋不要紧，忘记了文人的清贫也不要紧，只要别忘记这里的东林书院就好。

辛亥年的枪声

南 帆

一

许多历史著作记载了辛亥年三月份广州那一阵密集的枪声。那时的广州是搁在中国南部的一座发烫的活火山，革命家和志士仁人穿梭往来，气氛紧张诡异。旧历三月二十九日下午五时许，总督衙门附近砰砰地响成一片，流弹嘘嘘地四处乱飞。枪声并没有持续多久，但是，大清王朝的历史已经被打出了许多窟窿。

一个敢于惊扰大清王朝的书生当场中弹就擒。林觉民，字意洞，二十四岁，福建闽侯人。如今人们只能见到一张大约一个世纪之前的相片：林觉民眉拙眼重，表情执拗，中山装的领口系得紧紧的。他被一副镣铐锁住，当啷当啷地押进总督衙门的时候，这件中山装肯定已经多处撕裂，缠在手臂上作为记号的白毛巾也不知去向。腰上的枪伤剧痛锥心，林觉民还是心有不甘地环视四周。终于跨入了戒备森严的大门，然而，他是一个阶下囚而不是占领者。

时过境迁，不少人都可能表现出了不凡的历史洞见。哪怕仅仅提供三五十年的距离，历史的脉络就会蜿蜒浮现。反之，身陷历史的漩涡，种种重大的局势判断有些像轮盘赌。一种理论，几场骚乱，若干激动人心的口号，还有报纸、杂志和传单，这一切足够说明一个朝代即将土崩瓦解吗？然而，林觉民坚信不疑。他义无反顾地将自己的生命押在这个结论之上——林觉民决定用一副柔弱的肩膀拱翻一个王朝的江山。

不成功，便成仁，他完全明白代价是什么。起义前三天的夜晚，林觉民与同盟会的两个会员投宿香港的滨江楼。夜黑如墨，江畔虫吟时断时续。待到同屋的两个人酣然入睡之后，林觉民独自在灯下给嗣父和妻子写诀别书。

《秉父书》曰："不孝儿觉民叩禀：父亲大人，儿死矣，惟累大人吃苦，弟妹缺衣食耳。然大有补于全国同胞也。大罪乞恕之。"搁笔仰天长叹。白发人送黑发人，心碎的是白发人；可是，自古忠孝难以两全，饱读圣贤书的嗣父分辨得出孰轻孰重。林觉民的《与妻书》写在一方手帕上："意映卿卿如晤：吾今以此书与汝永别矣！"这句话落在手帕上的时候，林觉民一定心酸难抑。孤灯摇曳，一声哽咽，两颊有泪如珠："吾作此书时，尚是世中一人；汝看此书时，吾已成阴间一鬼。吾作此书，泪珠和笔墨齐下，不能竟书而欲搁笔，又恐汝不察吾衷，谓吾忍舍汝而死，谓吾不知汝之不欲吾死也，故遂忍悲为汝言之。"《与妻书》一千三百来字，一气呵成，娟秀的小楷一笔不苟。两封信，通宵达旦，呕出了一腔的热血，内心一下子平静下来。生前身后的事俱已交割清楚，二十四岁的生命一夜之间完全成熟。《秉父书》和《与妻书》是人生的断后文字。必须承认，相对于如此坚决的姿态，总督衙门的战役显得过于短促，甚至有些潦草。林觉民与同盟会员攻入督署，不料那儿已经人去楼空。他们打翻煤油灯点起了一把火，然后纷纷转身扑向军械局。大队人马刚刚拥到东辕门，一队清军横斜里截过来。激烈的巷战立即开始，子弹噗噗地打进土墙，碎屑四溅。突然，一发尖啸的子弹如同一只蝗虫飞过，啪地钉入林觉民的腰部。林觉民当即扑倒在地，随后又扶墙挣扎起来，举枪还击。枪战持续了一阵，林觉民终于力竭不支，慢慢瘫在墙根。清军一拥而上，人头攒动之中有人飞报：抓到了一个穿中山装的美少年。

审讯常常是大规模骚乱的结局。要么统治者审问叛逆者，要么叛逆者审问统治者。现在，主持审讯的仍然是两广总督张鸣歧。林觉民和同盟会的人马抵达的时候，张鸣歧已经越墙而去。一种说法是，张鸣歧手脚利索，望风而逃，他抛下的老父张少堂和妻妾三人瑟缩于内室的一隅，哀声苦求饶命。另一种说法是，张鸣歧事先得到了细作的密报，督署仅是一幢空房子，四面伏兵重重，同盟会中了圈套。不管怎么说，骚乱并没有改变既定的格局。

当然，张鸣歧和林觉民共同明白，大堂上的吆喝、惊堂木、刑具以及声色俱厉的控告都已丧失了意义。身负镣铐的林觉民心怀必死之志。老父牵挂，娇妻倚门，二十四岁的人眼神清澈，步履轻盈，但是，林觉民还是坚定地往黄泉路上走去——那么多的福州乡亲已经在鬼门关那边等他了。半个月之前，林觉民潜回福州，召集一批福州的同盟会会员秘密赴粤。他们在台江码头分搭两艘夹板船抵马尾港，随后换乘轮船出闽江口，沿海岸线南下广州。总督衙门一役，殒命的福州乡亲多达二十余人。林觉民深为敬重的林文已经先走了一步。东辕门遭遇战，林文企图策反李准部下。手执号筒的林文挺身而出，带有福州腔的国语向对方高喊"共除异族，恢复汉疆"，应声而至的是一枚刻薄的子弹。子弹正中脑门，脑浆如注，立刻毙命。冯超骧，"水师兵团围数重，身被十余创，犹左弹右枪，力战而死"；刘元栋，"吼怒猛扑，所向摧破，敌惊为军神，望而却走，鏖战方酣适弹中额遽仆，血流满面，移时而绝。"还有方声洞，也是福州闽侯人，同盟会的福建部长，曾经习医数载，坚决不愿意留守日本东京同盟会："义师起，军医必不可缺，则吾于此亦有微长，且吾愿为国捐躯久矣"，双底门枪战之中击毙清军哨官，随后孤身被围，"数枪环攻而死"。林尹民，陈更新，陈与燊，陈可钧，还有连江县籍的几个拳师，他们或者尸横疆场，或者被捕之后引颈就刃，林觉民又怎么可能独自苟活于天地之间？

想用囚犯的演说打动审讯者，这无异于与虎谋皮。但是，林觉民的灼灼目光与慷慨陈词还是震撼了在座的清军水师提督李准。世界形势，清朝的朽败，孙中山先生的伟大事业，林觉民血脉偾张，嗓门嘶哑，激烈的手势将身上的镣铐震得当啷啷响。即使是一介武夫，李准也能够明显地感受到林觉民身上逼人的英气。他挥手招来了衙役，解除镣铐，摆上座位，笔墨侍候。林觉民揉了揉僵硬的手腕，坦然地坐下，挥毫疾书，墨迹淋漓飞溅。刚刚写满一张纸，李准立即趋前取走，转身捧给张鸣歧阅读。大清王朝忽啦啦如大厦将倾，蝼蚁般的草民茫然如痴，革命者铤而走险，拳拳之心谁人能解？林觉民一时悲愤难遏，一把扯开了衣襟，挥拳将胸部擂得嘭嘭响。一口痰涌了上来，林觉民大咳一声含在口中而不肯唾到地上。李准起身端来一个痰盂，亲自侍奉林觉民将痰吐出。

目睹这一切，张鸣歧俯身对旁边的一个幕僚小声说："惜哉！此人面貌如玉，肝肠如铁，心地如雪，真奇男子也。"幕僚哈腰低语："确是国家的精华。大帅是否要成全他？"张鸣歧立即板起脸正襟危坐："这种人留给革命党，岂不是为虎添翼？杀！"

命运的枷锁并没有打开。

林觉民被押回狱中，从此滴水不肯入口。数日之后，一发受命于张鸣歧的子弹迫不及待地蹦出枪膛，准确地击中了他的心脏。刑场传来的消息说，就义之际，林觉民面不改色，俯仰自如。林觉民死后葬于广州的黄花岗荒丘，一共有七十二个起义的死难者埋在这里。风和日熙，黄花纷纷扬扬，漫山遍野；阴雨绵绵，那就是七十二个鬼魂相聚的时节。坟茔之间啾啾鬼鸣，议论的仍然是国事天下事。

五个多月之后，也就是辛亥年九月，公历一九一一年十月，武昌起义成功。辛亥革命推翻了千年帝制，民国成立。

二

即使结识历史人物，也是需要缘分的。

我长期居住在福州，几度搬家，每一处新居距离林觉民纪念馆都没有超过一公里。尽管如此，我对于这个人物从未产生兴趣。纪念馆是清代中叶的建筑，朱门，灰瓦，曲线山墙，三进院落。附近的高楼鳞次栉比，纪念馆还能在玻璃幕墙之间坚守多久？我对这一幢建筑物命运的关注远远超过了它的主人。一个有趣的历史问题始终没有进入我的视野：一个仅仅活了二十四年的人有什么资格占有一个偌大的纪念馆？现在，历史已经被一大批骚人墨客调弄成下酒菜。他们或者钟情于帝王及其皇宫里的金枝玉叶，或者努力修补富商大贾的家谱。林觉民这种"拼命三郎"式的革命家显然太没有情趣。可是，在我四十八岁的时候，那个仅仅活了二十四年的人突然闪出了历史著作站到跟前。林觉民这个名字鬼魅般地撞开了我的意识大门，种种情结呼啸着在脑子里横冲直撞，令人神经亢奋，夜不能寐。

生当作人杰，死亦为鬼雄。我终于从福州子弟身上也看到了这种掷地有声的性格。

福州是东海之滨的一个中型城市，两江穿城，三山鼎立，长髯飘拂的大榕树冠盖如云。这里气候温润，物产富庶，江边的码头人声如沸，鱼虾的腥味随风荡漾。市区小巷纵横，炊烟弥漫于起伏错落的瓦顶之上。历史记载证明，福州人的祖先多半来自北方的中原。魏晋时期开始，北方的中原烽火连天，一些富庶的名门望族扶老携幼仓皇南逃，其中一部分陆续落脚在这里。可以想象，这些逃跑者的后代性情温和，血液的沸点很高，不到万不得已不会破门而出。据说福州许多女人的日子很惬意。她们戴着满头的卷发器到菜市场指指点点，身后自然有一个拎菜篮的男人跟上付账。另一种更为夸张的说法是，这些男人连涮马桶、倒夜壶也得亲自动手。总之，这些男人的骨头软，胸无大志，撑不起历史的顶梁柱。我在这个城市的一条巷里长大，打架毁墙揭瓦片无所不为，但是，这种市井无赖的形象无助于证明福州男人的高大。现在，林觉民如同一颗耀眼的流星划过这个城市的漫长历史。仰天长啸，壮怀激烈，福州也有这等顶天立地的好汉。我母亲也姓林，一样的闽侯人，我或许可以大胆地将林觉民视为母亲这个谱系的一个先辈。

燕赵多慷慨悲歌之士。相形之下，福州人似乎有些心虚。为什么他们享受不到这种美誉？肯定存在某种偏见。当年林觉民从福州召集了一批乡亲赴粤，他们多半刚烈豪爽，精通拳棒。这些人的种子仍然撒在福州的肥沃土地上。他们的后裔常常四处奔走，抡起一对拳头打遍天下不平事。不少人通过不正规的渠道踏入日本岛国，或者漂洋过海来到美国。他们隐居在东京和纽约的唐人街，只听得懂乡音而不谙日语和英语。某些时候，他们会突然出现在街头，挥拳将不可一世的日本鬼子或者美国佬打得鼻青眼肿。美国的警车冲入唐人街哇哇乱叫，回答他们的一概是福州话。据说，纽约的警察局贴出了一则广告：招募懂得福州方言的警察。当然，我不愿意人们将我的乡亲想象成一伙莽汉。我的另一些乡亲文采斐然。牺牲在东辕门的林文工诗文，音节悲壮，沉郁顿挫：

"极目中原事，干戈久未安。豺狼当道路，刀俎尽衣冠。大地秦关险，秋风易水寒。《雪花歌》一曲，听罢泪漫漫。"如果不是用福州方言诵读，人们肯定会将作者想象成一个关西大汉。

我常常考虑，问题是不是就出在福州方言之上？语言学家可以证明，福州方言恰恰是来自中原的古汉语。那些南迁的名门望族带来了中原的口音，福州方言之中可以发现大量的古汉语用法。这些口音捂在南方的崇山峻岭之中，渐渐与北方中原割断了联系而成为方言。然而，自从中原文化被视为正统之后，方言似乎就是蛮夷之地的鸟语。福州方言多降调，而且保存了许多古汉语的入声，听起来叽里咕噜的一片。北京人说起话来抑扬顿挫，连骂娘的节奏都格外舒缓。他们的言辞之中可以加入那么多的"儿"化，福州人常常觉得自己的舌头笨得不行。即使是能言善辩的福州大佬，遇到一口标准的京腔就像剥了衣服似的自惭形秽。我的想象之中，高大的英雄总是屹立在远处，嘴里肯定不会冒出土气呛人的方言。福州出过另一个大人物林则徐。道光年间，林则徐用漏风的国语命令：给我烧了！于是，虎门的鸦片烧成了一片火海；林则徐又用漏风的国语下达命令：抬出大炮！炮台上的大炮昂起头来，军舰上的英军相顾失色。所以，林则徐林文忠公是近代史上赫赫有名的大英雄，举世公认。尽管如此，福州还是有许多编排林则徐口音不准的小故事。这时的林则徐不是朝廷的钦差大臣，他只是福州人的乡亲，是我们祖上一个可爱的老爷子。

林觉民是一个风流倜傥的才子。他二十岁的时候东渡日本留学。谙熟日语之外，他还懂得英语和德语。林觉民比鲁迅小六岁，是一个现代知识分子，可以从容地出入国际舞台。我的心目中，林觉民的形象将英雄与乡亲有机地统一起来了。

三

辛亥年三月份广州的那一阵密集的枪声夹在厚厚的历史著作之中，听起来遥远而模糊。然而，时隔近一个世纪，这一阵枪声奇怪地惊动了我的庸常生活。我开始在历史著作之中前前后后地查找这一阵枪声的意义。

　　黄花岗烈士殉难一周年之后，孙中山先生在一篇祭文之中流露了不尽的悲怆之情："寂寂黄花，离离宿草，出师未捷，埋恨千古。"时隔十年重提这一场起义，孙中山先生的如椽大笔体现了历史伟人的高瞻远瞩。他在《黄花岗烈士事略》序言之中写道："……是役也，碧血横飞，浩气四塞，草木为之含悲，风云因之变色。全国久蛰之人心，乃大兴奋。怨愤所积，如怒涛排壑，不可遏抑，不半载而武昌大革命以成。"

　　多年以来，清宫戏在电视屏幕之上长盛不衰。康熙、雍正、乾隆和慈禧太后带上他们的臣子和后宫登陆每一户人家的客厅，"万岁爷""娘娘""奴才谢恩"的声音不绝于耳。我常常在电视机前想起辛亥革命。如果没有辛亥革命带来的历史巨变，这些皇帝老儿肯定还要从电视屏幕的那一块玻璃背后威严地踱出来，喝令我们跪拜叩首。辛亥革命如此伟大，以至于开始介绍福州乡亲林觉民的时候，我肯定要证明他在辛亥革命之中的位置。

　　令人遗憾的是，这个意图始终无法完整地实现。我似乎找不到广州起义与武昌起义之间的历史阶梯，二者之间不存在递进关系。没有证据表明，广州起义曾经重创清廷的统治系统，从而为武昌的革命军创造了有利条件。林觉民们的枪声响过之后，两广总督张鸣岐还是人五人六地坐在审判席上发号施令。

　　广州起义是孙中山先生在马来半岛的槟榔屿策划的。庚戌年十一月，他秘密召集南洋各地的同盟会骨干开会，决定再度在广州起事，并且指定由黄兴负责。会议之后半个月，孙中山先生即远赴欧洲、美国、加拿大筹款，他在起义失败的次日才从美国芝加哥的报纸上得到消息。总之，广州起义不像一场深谋远虑的战役镶嵌在历史之中，有时人们会觉得，这更像一件即兴式的行动艺术。

　　武昌起义的导火索必须追溯到清政府的"铁路干线国有"政策。清政府强行接收粤、川、湘、鄂四地的商办铁路公司，各地的保路运动沸反盈天。四川尤为激烈，成都发生血案。清政府急忙调遣湖北新军入川弹压，湖北的革命党乘虚奋勇一击，长长的锁链终于哗地解体。总之，广州起义与武昌起义属于两个不同的段落。孙中山先生所说的"久蛰之人心，乃大兴奋"云云，陈述的是舆论、声势或者气氛造成的影响——

正如孙中山先生在另一封信里说的那样："广州起义虽失败，但影响于全世界及海外华侨实非常之大。"

不过，我时常觉得"影响"这个评语不够过瘾。林觉民应当有更大的历史贡献，他付出的代价是自己的生命。一个二十四岁的生命仅仅制造了某种"影响"，就像点一根爆竹一样？我期望能够论证，林觉民是辛亥革命之中的一个齿轮——哪怕小小的齿轮也是一部机器不可或缺的组成部分。然而，我的虚荣心遭到本地一位业余历史学家的批评。在他看来，将历史想象成一部大齿轮带动小齿轮匀速运转的机器是十分幼稚的。历史是由无数段落草草地堆砌起来，没有人事先知道自己会被填塞在哪一个角落。古往今来，多少胸怀大志的人一事无成。如果不是历史凑巧提供一个高度，即使一个人愿意将自己的生命燃成一把火炬，照亮的可能仅仅是鼻子底下一个极其微小的旮旯。广州起义之前，孙中山还在广东策划了九次失败的起义，屡战屡败，屡败屡战。九次的起义队伍之中可能藏有一些比林觉民更有才华的人，可是，他们早就湮灭无闻。广州起义再度受挫，然而，这是武昌胜利之前的最后一次失败——林觉民因此成为后来的胜利者记忆犹新的先烈。可以猜想，如果还有九十次失败的起义，林觉民恐怕也只能像落入河里的一块瓦片无声无息地沉没。这个意义上，他已经是一个幸运者。这位业余历史学家劝我，不要为"历史贡献"这些迂腐之论徒增烦恼。我们的乡亲林觉民有血有肉，有情有义，他会心高气傲，会口出狂言，会酩酊大醉，也会愁肠百结。心存革命一念，他就慷慨无私地将自己的一百多斤豁了出去。做得到这一点的人就是大英雄。至于有多少历史贡献，这笔账由别人去忙活好了。

四

我曾经说过，林觉民是一个现代知识分子；现在，我又有些怀疑。林觉民的性格之中保存了不少侠气。豪气干云，一诺千金；仰天悲歌，击鼓笑骂；一剑封喉，血溅五步——这是林觉民的形象。

现代知识分子很少有这种颐指气使的性格。鲁迅对于正人君子的虚伪深恶痛绝。他的内心存有深刻的怀疑。既怀疑他人，也怀疑自己。他很难与哪一个人成为刎颈之交，并肩地挽起手臂临风而立。"两间余一卒，荷戟独彷徨"，这种孤独的确是鲁迅的精神写照。美国回来的胡适当然有些绅士风度，温和，大度，自由主义式的宽容，主张多研究些问题少谈些主义。他与陈独秀共同提倡白话文的时候流露出些许霸气，后来就是一个好好先生，闲暇时吟一些"两个黄蝴蝶，双双飞上天，不知为什么，一个忽飞还"之类的小诗。徐志摩呢？"我不知道风／是在哪一个方向吹——"，这个浪漫多情的诗人骨头轻了一些。当然，还有"我是一条天狗呀！我把月来吞了，我把日来吞了，我把一切星球来吞了，我把全宇宙来吞了"——那是一个沸腾的郭沫若，尽管他的激情有余而刚烈不足。另一些打领带的教授就不必逐一细数了吧。他们或者擅长背古书，或者擅长说英文，懂些理论，有点个性，不肯盲从或者迷信，推敲过"to be or not to be"，偶尔也不可避免地有些小私心、小虚伪、小猥琐或者小怪癖，总之都算现代知识分子。但是，他们身上统统删掉了林觉民的侠气。

所以，我倾向于将林觉民归入游侠式的知识分子形象系列。白袍书生，负一柄剑，沽一壶浊酒，行走于日暮烟尘古道，轻财任侠，急公好义，胸怀大志。他们肯定善于歌赋，荆轲当年信口就吟出了一曲千古绝唱："风萧萧兮易水寒，壮士一去兮不复还。"很难猜测他们的剑术如何，但是这些人无不因此而自夸。李白自称"十五好剑术"，辛弃疾"醉里挑灯看剑"，龚自珍"一箫一剑平生意"，谭嗣同"我自横刀向天笑"，一身中山装的林觉民手执步枪腰别炸弹闯入广州总督衙门的时候，人们联想到的多半是江湖上的大侠。

"少年不望万户侯"，这是林觉民十三岁时在考场写下的七个大字。光绪二十五年，林觉民的嗣父命他应考童生。这个桀骜不驯的小子挥笔在试卷上写了七个字之后扬长而去。他自号"抖飞"，又号"天外生"，显然是展翅翱翔的意象。他想去哪里？嗣父有些不安，只得安排他投考自己任教的全闽大学堂。然而，全闽大学堂是戊戌维新的产物，思想激进者大有人在。林觉民有辩才，纵议时局，演说革命，私下里传递一些《苏报》《警世钟》《天讨》之类的革命书刊。嗣父管不住他了，指望校方严加束缚。当时的总教习有一双慧眼："是儿不凡，曷少宽假，以养其浩然之气。"一个晚上，中学生林觉民在一条窄窄巷子里演说，题为

《挽救垂危之中国》，拍案捶胸，声泪俱下。全闽大学堂的一个学监恰好在场。事后他忧心忡忡地对他人说："亡大清者，必此辈也！"中学生林觉民竟然在家中办了一所小型的女子学校，亲自讲授国文课程，动员姑嫂们放了小脚。尽管周围的亲人渐渐习惯了林觉民离经叛道的言行，但是，他们怎么也想象不到，五年以后的林觉民竟然敢手执步枪、腰别炸弹地闯入总督衙门。

至少在当时，周围的亲人并未意识到林觉民身上的侠气。他在福州结交的许多同盟会员都喜欢行侠尚武。黄花岗烈士之中，林文为自己镌刻的印章是"进为诸葛退渊明"；林尹民擅长少林武术，素有"猛张飞"之称；陈更新能诗词，工草书，好击剑，精马术；刘元栋体格魁梧，善拳术；刘六符目光如电，曾经拜名震八闽的拳侠为师；方声洞有志于陆军，冯超骧成长于军人世家。总之，这一批知识分子不是书斋里的人物。驳康有为，斥梁启超，林觉民与这一批知识分子崇尚行动，不仅用笔，而且用枪。如今，许多历史著作提到陈独秀、胡适或者鲁迅、周作人的启蒙思想，另一些风格迥异的知识分子群落往往被忽略了。

侠肝义胆的一个标志就是随时可以赴死。这种人往往不再儿女情长。真正的大侠只能独往独来；如果后面跟一个女人，一步三回头是要坏事的。缠缠绵绵只能消磨意志，多少英雄陷入温柔乡半途而废。英雄手中的长剑，一方面是格杀敌手；另一方面是挥断自己的情丝。儿女情长是柳永、张生、梁山伯或者贾宝玉们的故事，与行走在刀尖上的革命者离得很远。

然而，没有想到，福州乡亲林觉民同时还是一个情种。他不仅一身侠骨，而且还有一副柔肠。

五

现今我已经无从考证滨江楼位于香港何处，也没有这个兴趣。我愿意将滨江楼想象为一幢二层的小楼，楼上听得见隐隐的江涛和不时的虫鸣。辛亥年三月的一个夜晚，一个血气方刚的男子临窗独坐，他在同伴的鼾声里总结自己的情爱历史。

林觉民的大丈夫形象已经得到了历史著作的公认，他的情种形象来自《与妻书》。"意映卿卿如晤"，林觉民的《与妻书》是给他的妻子陈意映做思想政治工作。他要离开自己至爱的女人赴死，他希望陈意映明白他的心意，不要怨他心狠，不要悲伤过度；即使成为一个鬼魂，他也会依依相伴，阴阳相通。天下为公，坦坦荡荡；两情相悦，寸心自知。林觉民的《与妻书》既深情款款，又凛然大义，既刚烈昂扬，又曲径通幽。一个女作家深有感触地说，读《与妻书》犹如一次精神上的做爱，一波三折，最终达到了革命与爱情的双双高潮。我丝毫不觉得这种比喻有什么亵渎的意味。相反，这说明了革命的情操感人至深。

　　　　吾至爱汝，即此爱汝一念，使吾勇于就死也。吾自遇汝以来，常愿天下有情人都成眷属；然遍地腥云，满街狼犬，称心快意，几家能彀？司马春衫，吾不能学太上之忘情也。语云：仁者"老吾老以及人之老，幼吾幼以及人之幼"。吾充吾爱汝之心，助天下人爱其所爱，所以敢先汝而死，不顾汝也。汝体吾此心，于啼泣之余，亦以天下人为念，当亦乐牺牲吾身与汝身之福利，为天下人谋永福也。汝其勿悲！

　　福州的林觉民纪念馆即是林觉民出生的原址。这座大宅院坐西朝东，四面有风火墙，内分南院和北院，北院有一幢二层楼房和一座小花园，大门边即是福州著名的"万兴桶石店"。这座大宅院的主人最早可以查到的是林觉民的曾祖父。林觉民居住大宅院之内的西南隅，一厅一房，一条狭长的小天井，天井的角落种一丛腊梅。

　　许多人习惯于用恒久的时间证明爱情的不朽，海枯石烂，忠贞不渝。但是，真实的爱情要有一个存放的空间。如今，大宅院之中林觉民与陈意映的居室陈设如故。出双入对，同栖同宿，当年这里的一切都曾经烙上两人的体温。林觉民的记忆之中收藏了如此之多陈意映的细节：笑靥，步态，娇语，嗔怒，凝神，含羞……想不到，这里即将成为伤心之地。物是人非，情何以堪？

　　　　汝忆否？四五年前某夕，吾尝语曰："与其使吾先死也，毋宁汝先吾而死。"汝初闻言而怒，后经吾婉解，虽不谓吾言为是，而亦无辞相答。吾之意盖谓以汝之弱，必不能禁失吾之悲，吾先死留苦与汝，吾心不忍。故宁请汝先死，吾担悲也。嗟夫，谁知吾率先汝而死乎？吾真不能忘汝也。回忆后街之屋，入门穿廊，过前后厅，又三四折有小厅，厅旁一室，为吾与汝双栖之所。初婚三四个月，适冬之望日前后，窗外疏梅筛月影，依稀掩映，吾与汝并肩携手，低低切切，何事不语？何情不诉？及今思之，空余泪痕。又忆六七年前，吾之逃家复归也，汝泣告我"望今后有远行，必先告妾，妾愿随君行"。吾亦既许汝矣。前十余日回家，即欲乘便以此行之事语汝，及与汝相对，又不能启口，且以汝有身也；更恐不胜悲，故惟日日呼酒买醉。嗟夫，当时余心之悲，盖不能以寸管形容之。

大宅院里住着林觉民父辈的七房族人。从曹雪芹的《红楼梦》、巴金的《家》《春》《秋》到曹禺的《雷雨》，人们可以在文学史上读到一批大家族的故事。那个时候，生活在大家族之中的年轻一辈压抑，无助，未老先衰。通常，他们只能像土拨鼠似的在长辈之间钻来钻去，竭力找到一个可以自由呼吸的缝隙。由于没有直抒胸臆的机会，这些年轻人往往多愁善感，神经纤细。如果套上一个不称心的婚姻，他们的下半辈子再也产生不了任何激情。大家族内部的不幸，林觉民都看见了。

林觉民的嗣父林孝颖是林觉民的叔叔。他饱学多才，诗文名重一时。考上秀才时，福州的一位黄姓富翁托媒议亲，招为乘龙快婿。不料林孝颖根本不乐意接受这一门父兄包办的亲事。他第一天就拒绝进入洞房，并且因为心灰意冷而从此寄情于诗酒。大宅院之中，黄氏徒然顶一个妻子的名分煎熬清水般的日子，白天笑脸周旋于妯娌之间，夜里蒙头悲泣，嘤嘤之声盘旋在几进院落的墙角。为了安慰黄氏，排遣她的孤单和寂寞，林孝颖的哥哥将幼小的林觉民过继给黄氏抚养。

随着年龄渐长，上一代人的嘤嘤悲泣始终缭绕在林觉民的耳边。他一辈子感到幸运的是娶到了陈意映。也是父母之命，也是媒妁之言，但是，老天爷却让他遇到了情投意合的陈意映："吾妻性癖、好尚与余绝同，天真浪漫女子也！"

但是，情种林觉民就要离开这座大宅院，远赴疆场，九死一生。嗣父一定感到林觉民神色异常，再三询问。林觉民推说日本的学校放樱花假，他约了几个日本的同学要到江浙一带游玩。生母一定也察觉到了什么，但是问不出原因。死何足惧，真正割舍不下的是陈意映，然而她茫然无知——是不是八个月的身孕转移了她的注意力？林觉民肝肠寸断，欲说还休，唯有日复一日地借酒浇愁。所以，《与妻书》之中的这几段话既是说给陈意映，也是说给自己——不说服自己怎么能走得动？

　　吾诚愿与汝相守以死，第以今日事观之，天灾可以死，盗贼可以死，瓜分之日可以死，奸官污吏虐民可以死，吾辈处今日之中国，国中无时无地不可以死？到那时使吾眼睁睁看汝死，或使汝眼睁睁看我死，吾能之乎？抑汝能之乎？即可不死，而离散不相见，徒使两地眼成穿而骨化石，试问古今来几曾见破镜能重圆？则较死为尤苦也。将奈之何？今日吾与汝幸双健，天下人人不当死而死，与不愿离而离者，不可数计；钟情如我辈者，能忍之乎？此吾所以敢率情就死不顾汝也。吾今死而无余憾，国事成不成，自有同志者在。依新已五岁，转眼成人，汝其善抚之，使之肖我。汝腹中之物，吾疑其女也，女必像汝吾心甚慰。或又是男，则亦教其以父志为志，则我死后尚有二意洞在也。幸甚，幸甚！吾家后日当甚贫，贫无所苦，清净过日子而已。

　　吾今与汝无言矣，吾居九泉之下遥闻汝哭声，当哭相和也。吾平日不信有鬼，今则又望其真有；今人又言心电感应有道，吾亦望其言是实。则吾之死，吾灵尚依依伴汝也，汝不必以无侣悲！

　　吾平生未尝以吾所志语汝，是吾不是处，然语之，又恐汝日日为吾担忧，吾牺牲百死而不辞，而使汝担忧，的的非吾所忍。吾爱汝至。所以为汝谋者惟恐未及。汝幸而偶我，又何不幸而生今日之中国？吾幸而得汝，又何不幸而生今日之中国？卒不忍独善其身。嗟夫！巾短情长，所未尽者尚有万千，汝可以模拟得之。吾今不能见汝矣，汝不能舍吾，其时时于梦中得我乎？一恸！

辛亥三月二十六夜四鼓，意洞手书。

家中诸母皆通文，有不解处，望请指教，当尽吾意为幸。

"巾短情长，所未尽者尚有万千"，无限的牵挂和负疚，可是林觉民不得不动身了。没有一个至爱的女人，林觉民的内心一定轻松许多；可是，没有一个至爱的女人，生活还值得喷出一腔的鲜血吗？"汝幸而偶我，又何不幸而生今日之中国？吾幸而得汝，又何不幸而生今日之中国？"长吁短叹，家国不可两全。就是在这一刻，历史无情地撕裂了这个男子。

六

盖棺论定。一个人做了该做的一切，然后问心无愧地进入历史。历史公正地铭记一切。可是，这种观点又一次遭到了那位本地业余历史学家的哂笑。他认为，历史就是遗忘绝大多数人，保存极其个别幸运者的事迹。然而，奇怪的是，这些幸运者根本不能控制自己烙印在历史上的形象，也不清楚自己会在哪一天突然大红大紫，或者在另一天被骂个狗血淋头。

黄花岗烈士之中，福州乡亲有名有姓的计十九名。林文、林觉民、林尹民号称"三林"，林文为首。"独来数孤雁，到处总悠悠"，"露枯野草频嘶马，水满荒塘不见花"，写得出这种诗句的人一定是不凡之辈。可是，除了些许零散的诗篇，林文不再为历史留下什么。福州已经找不到他的故址。他的亲戚后人杳无音讯。林觉民追随孙中山先生，秘密奔走于日本、福建、香港、广州之间，最终手执步枪、腰别炸弹地杀入总督衙门，然而，现在许多人记住他的原因是《与妻书》。

至少在网络上，革命家林觉民已经成为一个没有温度的称号，情种林觉民仍然炙手可热。我利用搜索引擎查到了虚拟空间的一次圆桌讨论，登录网络的众女士曾经深入研究"我生命中的男人"。林觉民榜上有名。当然，许多男人的名字都出现在这个圆桌讨论之中。曾国藩据说适合当父亲，因为他家教甚严；肖峰——金庸小说之中的人物——豪情磊落，适合当大哥；李白做一个浪漫的小弟挺好；周润发风度翩翩，是男朋友的理想人选；至于丈夫当然要找胡雪岩，因为这老儿有的是钱；如果有可能，再要一个比尔·盖茨做儿子，这娃娃脑子好使，孺子可教也，当妈的省心；也有人提出喜欢贾宝玉，原因是公子听话；另一个女士爱上了孙悟空，因为这猴儿能够七十二变，好玩。这些意见多少有些俗。另一个识见不凡的女士发来一个长长的帖子，她提出了三个理想的男子：项羽，林觉民，关汉卿。项羽显然不仅因为他破釜沉舟的豪迈，这个敢做敢当的男人与虞姬的生死之恋永垂千古；林觉民单凭一封《与妻书》就可以征服无数的芳心；关汉卿这家伙落拓不羁，是一粒"蒸不烂煮不熟捶不扁炒不爆响当当的铜豌豆"，顽劣而又风流，叫人如何不想他。这份帖子赢得了不少掌声，尽管另一些女士表示了某种无关紧要的分歧，例如这些男人都过于霸气，如此等等。

必须承认，这些意见视野开阔，一些妙想甚至匪夷所思。即使林觉民再有想象力恐怕也料想不到，多年以后他可以在这种场合与曾国藩、周润发或者比尔·盖茨同台竞技。抱怨播下龙种而收获跳蚤肯定有些自以为是，但是，这至少可以证明，凡人很难预料，神秘莫测的历史会给未来孕育出什么。

大半个世纪之前，人们曾经从鲁迅的《药》读出了深刻的悲哀——革命者上了断头台，一批无知的庸众竟然在兴高采烈地当看客，甚至吮他的血。可是，历史上的大英雄什么时候躲得开寂寞和孤愤？也许，是大英雄自风流，没有必要为这种遭遇而伤感。这时，我又想到那位业余历史学家的观点：人生一世，有幸来到天地之间走一遭，能够认定什么是真理，甚至可以将自己的头颅潇洒一掷，长笑而去，这就是幸运的一生，壮烈的一生。那些蝇营狗苟的凡夫俗子并不是天生猥琐——因为他们找不到值得豁出命的事业。一辈子能够有一回惊天地，泣鬼神，如此快意，夫复何求！做了就做了，至于红尘滚滚之中的后人如何指指点点，褒贬引申，那只能随他去了。留下的历史无非是一些印刷品或者象征符号，笑骂由人，没有必要斤斤计较。

可是，林觉民身后的陈意映呢？林觉民慷慨就义，功德圆满，他是不是将无尽的痛苦抛给了陈意映？

躲不开的一问。

网络上有一篇文章说，林觉民不负天下，但负了一人；他不知道天下人的名字，却恨不得将这人的名字记到来世。陈意映愿意追随林觉民上天入地，林觉民却深挚而残酷地替她选择了独生。铁肩担道义，无论什么时候，林觉民都是一个堂堂男子汉。但是，他挥挥手将陈意映抛在彼岸——他有这个权利吗？

道理说得出千千万万，痛苦依然尖锐如故。即使霓虹灯闪烁的歌舞厅、富有磁性的嗓音或者重金属打击乐也无法覆盖这种人生难题。童安格，这个绰号"学生王子"的歌手居然幽幽地唱起了林觉民，唱起了香港滨江楼的《诀别》：

> 夜冷清　独饮千言万语
> 难舍弃　思国心情
> 灯欲尽　独锁千愁万绪
> 烽火泪　滴尽相思意
> 情缘魂梦相系
> 方寸心　只愿天下情侣
> 不再有泪如你

是吗？"不再有泪如你"？齐豫——齐秦的姐姐——用一个女人的心情回一首：《觉——遥寄林觉民》。她要问的是，刹那是不是永恒——能不能"把缱绻了一时，当作被爱了一世？"

> 觉
> 当我回首我的梦
> 我不得不相信
> 刹那即永恒
> 再难的追寻和遗弃
> 有时候不得不弃
> 爱不再开始
> 却只能停在开始

把缱绻了一时

当作被爱了一世

你的不得不舍和遗弃

都是守真情的坚持

我留守着数不完的夜和载沉载浮的凌迟

谁给你选择的权利

让你就这样的离去

谁把我无止境的付出都化成纸上的一个名字

如今

当我寂寞那么真

我还是得相信

刹那能永恒

再苦的甜蜜和道理

有时候不得不理

　　还能说什么呢，林觉民？即使知道一切如此沉重，即使满心负疚，依然生离死别，能够握在手里的仅仅是一管笔——《意映卿卿》。许乃胜一曲轻吟如诉：

意映卿卿

再一次呼唤你的名

今夜我的笔蘸满你的情

然而

我的肩却负担四万万个情

钟情如我

又怎能抵住此情

万万千千

意映卿卿

再一次呼唤你的名

曾经我的眼充满你的泪

然而

我的心已许下四万万个愿

率性如我

又怎能抛下此愿

青云贯天

梦里遥望

低低切切

千百年后的三月

我也无悔

我也无怨

歌罢无言。我知道，即使那个业余历史学家也不会再说什么。这是历史上不会愈合的伤口，但是，这些问题不会出现在历史著作之中。

七

一个作家对我说过，她很喜欢"意映卿卿如晤"这句话。我想了想，的确，这句话具有私语性质。"意映卿卿如晤"，一个小小的、温暖的私人空间就会随着文字浮现。

陈意映，一个女人的名字，一个收信人，一个林觉民的倾诉对象。现在，她要从纸面上活起来了。那么，她能够走多远呢？

这时，我的叙述半径急剧地收缩。陈意映可能离开她的一厅一房，出去给公婆请安；偶尔也会走出大门，"万兴桶石店"总是那么热闹；是不是还会到门前的那条街上走一走呢？这是福州著名的南后街。一直到今天，这条街上还完整地承传了古街的格局。裱字画的，裁衣服的，卖寿衣的，编藤木器具的，做鞋的，各种小店一溜排开。正月十五过元宵，这条街上的灯笼糊得最好，带轮子的羊、马、牛、鱼，关公刀，小飞机，品种繁多。当然，大多数时光，陈意映肯定是待在她的一厅一房和狭小的天井里。儿子嗷嗷待哺，她离不开多长时间。陈意映出身书香门第，能诗文，父亲陈元凯是一个举人。所以，林觉民留在家里的几册书籍报刊已经足够她打发空闲的日子。她是不是零零星星地听到了革命、共和、光复这些概念？完全可能。但是，她抬起眼睛只能看到天井上方窄窄长长的天空。这是她的世界。历史在很远的地方运行，由丈夫林觉民以及他的一帮朋友操心。陈意映丝毫没有想到，突然有一天，历史竟然不打任何招呼就将如此沉重的担子搁在她的肩上。

"低低切切，何事不语？"陈意映生活在一个低语的小天地里。日子很扎实，只是因为有一个人绵绵情意，肌肤相亲。一个女人的耳边有了这些低语，她还有什么必要听那些火药味十足的大口号呢？

辛亥年的三月初，林觉民意外地从日本回到福州。他竟日忙于呼朋唤友，或者借酒使气，但是，陈意映从不问什么。林觉民是一个做大事的人，白天属于他自己。她已经习惯了将大日子搁在那个男人肩上，自己只管小天井里面的琐事，还有腹中八个月的胎儿。陈意映恐怕永远也不知道曾经酝酿的一个计划：林觉民本来打算让她运送炸药到广州。林觉民在福州西郊的西禅寺秘密炼制了许多炸药。他将炸药藏在一具棺材里，想找一个可靠的女子装扮成寡妇沿途护送。如果不是因为八个月的身孕举止笨拙，陈意映可能与林觉民一起赴广州，并且双双殒命。我猜想陈意映不会拒绝林觉民的要求。她甚至会认为，能够和林觉民死在一块，恐怕比独自活下来更好。

不知道摧毁她平静生活的凶讯是如何传递的？我估计只能是口讯而不是电报。广州起义的日子里，林觉民的岳父陈元凯正在广州为官。得到林觉民被捕的消息，他急如星火地遣人送信。赶在官府的追杀令抵达福州之前，林家火速迁走，偌大的宅院一下子空了。

避开了满门抄捕，陈意映与一家老小隐居于福州光禄坊一条秃巷的双层小屋。秃巷里仅一两户人家，这一幢双层小屋单门独户。陈意映惊魂甫定，巷子外面传言纷纷。一个夜晚，门缝里塞入一包东西，次日早晨发现是林觉民的两封遗书。"吾作此书时，尚是世中一人；汝看此书时，吾已成阴间一鬼。"天旋地转，泪眼婆娑。最后的一丝侥幸终于崩断。更深夜静，独立寒窗，一个女人的低泣能不能传到黄花岗？

一个月之后，陈意映早产；五个多月之后，武昌起义；又过了一个月，福州起义，闽浙总督吞金自杀，福建革命政府宣告成立。福州的第一面十八星旗由陈意映与刘元栋夫人、冯超骧夫人起义前夕赶制出来。当然，革命的成功将归于众人共享，丧夫之痛却是由陈意映独吞。两年之后，这个女人还是被绵长不尽的思念噬穿、蛀空，抑郁而亡。

武昌起义成功之后的半年，孙中山先生返回广州时途经福州，特地排出时间会见黄花岗烈士家属，并且赠给陈更新夫人五百银圆以示抚恤。至于陈意映是否参加，史料之中已经查不到记载。这个女人的踪迹此时已经淡出历史著作。她只能活在林觉民的《与妻书》之中。

八

我站在马路对面的一座天桥上，隔着车水马龙遥看那一幢建筑物：朱门，曲线山墙，曲折起伏的灰瓦曾经遮盖那么多的情节。主角早已谢幕离开，舞台和道具依然如故。民国初期，这幢建筑物旁边的巷子辟为马路，如今是福州最为繁闹的地段。这幢建筑物仿佛注定要留下来似的，它顽强地踞守在两条马路交叉的拐角，矮矮地趴在一大片高楼群落之中。人来熙往，这里始终是一个安静得有些蹊跷的角落。周围的精品屋一茬又一茬，这一幢建筑物忠心耿耿地监护历史，一成不变。

林家仓皇撤离之后，一户谢姓的人家旋即购下了这座大宅院。谢家有女，后来出落成一个大作家，即冰心（谢婉莹）。冰心七十九岁时写成一篇忆旧之作《我的故乡》，文中兴致勃勃地记叙了这座大宅院：门口的万兴桶石店，大厅堂，前房后院，祖父书架上的《子不语》和林琴南译著，每个长方形的天井都有一口井，各个厅堂柱子上的楹联，例如"知足知不足，有为有弗为"，如此等等。两个近代的著名人物一前一后出入这座大宅院，犹如天作之合。然而，令人奇怪的是，冰心丝毫没有提及林觉民。先前读过《我的故乡》，丝毫想不到冰心说的就是林觉民的故居——仿佛是另一座大宅院似的。冰心对于这里上演的悲剧一无所知吗？对于一个如此渊博的作家，好像不太可能。一个小小的谜团。

林家这一脉后来也出过一个女作家，算起来大约是林觉民的远房侄女。她就是后来嫁到梁启超家的林徽因。林徽因出生在杭州，但是回到过福州。她的文字里也没有提到这一座大宅院，不知为什么。

历史的沧桑，世态炎凉，有些事就不必再费神猜想了。

文学的魏晋

李国文

公元584年，隋治书侍御史李谔，认为"当时属文，体尚轻薄"，于是上书隋文帝杨坚，要求领导采取一些措施。从此人职务上的"治书"二字看，显然是政府里主管文化方面的官员了。

大凡帝王跟前的这类文人，特别容易患有意识形态恐惧症，稍有风吹草动，立刻会敏感地东闻西嗅，寻找动向。他说：

> 魏之三祖，崇尚文词，忽君人之大道，好雕虫之小艺，下之从上，遂成风俗。江左齐梁，其弊弥甚。竞一韵之奇，争一字之巧，连篇累牍，不出月露之形，积案盈箱，唯是风云之状。世俗以此相高，朝廷据此擢士。禄利之路既开，爱尚之愈笃……以傲诞清虚，以缘为勋绩，指儒素为古拙，用词赋为君子，故文笔日繁，其政日乱……

李谔，也真是好一个了得，一下子寻本追源，把账算到了二百多年前的"魏之三祖"的魏晋文学上。九泉下的曹操、曹丕、曹睿，被他这样一上纲，实在是一头雾水，很莫名其妙。儿孙不争气，与老祖宗何干？

从历史上看，"左"一点也是要比右一点便宜，李谔因此得名，在《隋书》里，作为正人君子的形象，有传存焉。其实，此公心地不怎么良善，看列传里他的一些作为，估计他是一位面色永远铁青，终日不苟言笑，以整顿世风为己任的清教徒。

这类"左"大爷哪个朝代都会出现的，而且总在上风头站着。

他曾经捣鼓杨坚发布了一个五品以上官员死后，其妻妾不得改醮的命令，居然明文立法，强迫妇女守寡，可见其是多么令人憎恶了。因此，这个道德狂，没事找事，上书隋文帝整风，规范士子，是做文化警察的这类人再正常不过的举动。

要不然，这世界太太平了，他不就失业了嘛！

杨坚本人，生性忌刻，不喜词华，一览李先生的奏章，认为正合孤意，随即下令全国"公私文翰，并宜实录"。不许繁文缛节，玩弄辞藻。凑巧有个倒霉鬼碰上了枪口，"泗州刺史司马幼之文表华艳，付所司治罪"。这位刺史本想露一手，结果却因自己的骈体文、四六句做得太出色，而交付检察机关定罪。玩文学，玩不好，而玩出娄子来，他不是第一个，也不是最后一个。有什么办法呢？司马先生只好为他的漂亮文章蹲班房了。

李谔之所以如此痛心疾首地开展文化批判，也并非绝对的无的放矢。当其时也，文学之矫情造作，华而不实，玄虚无物，夸浮伪饰，已成文人笔下的痼疾，也实在令人摇头。

与他同朝做官的学者颜之推，此人先在南梁为仕，后在北齐做官，最终在隋朝任太子学士，可谓见多识广。他在他的著作《家训》中，讲到南北朝的文风时，也是嗟叹不已，很不赞成的。

他举例说："近在并州，有一士族，好为可笑诗赋，誂擎邢、魏诸公，众共嘲弄，虚相赞说，便击牛酾酒，招延声誉。其妻，明鉴妇人也，泣而谏之。此人叹曰：'才华不为妇人所容，何况行路！'至死不觉。"

"有一士族，读书不过二三百卷，天才钝拙，而家世殷厚，雅自矜持，多以酒犊珍玩，交诸名士，甘为饵者，递共吹嘘。"

因此，颜之推说："音辞鄙陋，风操蚩拙，相与专固，无所堪能。问一言辄酬数百，责其指归，或无要会。邺下谚云：'博士买驴，书券三纸，未有驴字。'使汝以此为师，令人气塞。"

买一头驴的字契，写满了三大张纸，还没有提到一个驴字，若放在今日文坛，各式新潮评论家不赐以这位博士超现实主义大师的桂冠才怪。而从举例中所说的"虚相赞说""招延声誉""交诸名士""递共吹嘘"来看，与时下常见的有偿评论，受雇吹捧，收费叫好，红包文章等等手法，如出一辙。事隔千年，似乎历史被定格了一样，也真令人扼腕。看来，文学虽然进步，但作家们求名自售时的不择手段与无耻无赖，甚至愈到后来愈下作。

但这一切的堕落，与魏之三祖，和以他们为代表的魏晋文学无关，他们并不应负南北朝文风颓靡之责，这是李谔错误的判断。任何事物，包括文学的潮流，哪怕具有极好的开始，也会因缘时会，而产生出完全背离初意的后果。新时期文学的性描写泛滥，就是一个很好的例证。其规律似乎是这样的：

第一个作家刚刚写到女人的脸，第二个作家就会写女人的胸，第三个一定来不及地写女人的性器官，他还未落笔，第四个勇敢者写××的作品就会在地摊上出现。甚至有个老作家也忽然不甘寂寞，竟学起满清遗老辜鸿铭先生，大写女人的秀足，看来不仅弗洛伊德，而且与辜先生同具嗜莲之癖，也算无独有偶了。

文学潮流的变化，常常是每况愈下，虎头而蛇尾的，总是把路越走越狭，倘不弹尽粮绝，无以为继，就是走向自己的反面，而彻底完蛋，这是始作俑者所想象不及的。就看看新时期文学以来，举起多少旗号，打出多少招牌，最后一蟹不如一蟹，全部偃旗息鼓告终。所以，魏晋文学的一代风流，与李谔所指的江左宋齐梁陈的颓废浮艳，已是不相干的两回事了。

但李谔振振有词于大江南北的"体尚轻薄"之风，也不是绝无数据。因为风气既成，就不仅仅表现在文学上，整个社会也随着魏晋以来的清谈玄议而"其弊弥甚"。当时构成社会精英层的士族和知识分子，咸以门阀相重，名士自居，崇尚黄老，追求通脱，做实事者受讥诮，唱高调者被抬举，昏昏然视作智慧，醉醺醺以为清醒。连开创东晋偏安局面的王导也这样说，你们今天说我"愦愦"，将来你们还要怀念我这"愦愦"呢！

以"愦愦"自慰的王导，与登碣石、临沧海、"老骥伏枥，志在千里"的曹操，怎可相提并论呢？《资治通鉴》里载南朝宋时大名士袁粲的事例，便可见江左风气之一斑。这位当朝大臣既无"经世之才"，而且"好饮酒,喜吟讽,身居剧任,不肯当事"。他的下属去向他请示,要他做出决策,他躺在卧榻上,高声咏哦,所答非所问,来一个驴唇不对马嘴,让人家不得要领而归。此类令人匪夷所思的行径,而竟传为佳话,视作风雅。

平日,他只是"闲居高卧,门无杂宾,一无所接",大家认为他很清高。于是,追求名士风度,蔚为风气,遂成了二百多年间南北朝文人的终极目标,社会精英层大率若此,还有什么振作可言!

这些人聚在一起,无非"清谈雅论,剖玄析微,宾主往复,娱心悦耳"。《世说新语》里介绍领导这种清谈新潮流的主要人物王夷甫:"容貌整丽,妙于谈玄,恒捉白玉柄麈尾,与手都无分别。"于是,"谈",便是清议的代名词。一边摇着麈尾,一边大谈黄老,既不顾半壁江山沦于敌手,也不问江南黎庶水深火热;只是寻景探幽,游山玩水,品评人物,竞谈玄理,魏晋文学中那种伤时感世、赋物寄怀的精神,根本就不存在的。

其实,就在魏晋当时,对于空谈误国的现象,也是有微言的:王恭就发过牢骚,虽然他本人也不怎么样。"名士不必须奇才,但使常得无事,痛饮酒,熟读《离骚》,便可称名士。"所以,即使在江左,持反感者也不少。南齐的将领陈显达任江州刺史时,他儿子为郢府主簿,上任,路过九江,去拜望老爹。老爷子一看他手里拿着的麈尾蝇拂,火冒三丈,一把抢过来,说这些东西,"是王谢家物,汝不须捉此"。当着面给烧了。隐居茅山的陶弘景,忧虑"士大夫竞谈玄理"会带来的消极后果,曾经写过一诗:"夷甫任散诞,平叔坐论空,岂悟昭阳殿,遂作单于宫。"不幸而中的,侯景就是在昭阳宫里活活饿死了梁武帝萧衍。

任何事物风行起来,成为民众时尚,社会潮流,就如颜之推形容的:"递相夸尚,景附草靡。"便具有诱惑力,所向披靡了。名士豪族,权贵高门,达官要员,文人清客,倡导于上。街头巷尾,市井巷闾,蝇营狗苟,等而下之者流,呼应于下。清谈玄议造成的民风颓废,世俗恶浊,人情奢靡,事理败坏,便不可抑制了。

颜之推说:"梁朝全盛之时,贵游子弟,无不熏衣剃面,傅粉施朱。驾长檐车,跟高齿屐,坐棋子方褥,凭斑丝隐囊,列器玩于左右,从容出入,望若神仙。明经求第,则顾人答策,三九公宴,则假手赋诗。"

那些"士大夫，皆尚褒衣博带，大冠高履，出则车舆，入则扶持"。不但思想精神颓败，身体四肢也荏弱下去。有个叫王复的建康令，身为都市长，一辈子不但没骑过马，大概连马也没见过。有一次，手下人给他牵来一匹，请他上马，那马受惊，嘶鸣跳跃，把他吓坏了。他责备下属："这不是老虎吗！你怎么把它叫作马呢？"所以，梁武帝时的侯景之乱，围困建康数月，这些坐而论道、空谈误国的名流，"肤脆骨柔，不堪行步，体羸气弱，不耐寒暑，坐死仓猝者，往往而然"。哪怕打开台城大门，放他们逃生，也走不动，跑不脱了，只有坐以待毙，朽死而已。

李谔所指责的南北朝"文笔日繁，其政日乱"，这笔账算不到魏晋文学的头上。应该说，魏晋文人个性精神的张扬，是中国文人发展史上的重要转折期。在此以前，屈原、宋玉之于楚怀王，贾谊之于长沙王和梁怀王，邹阳、枚乘之于梁孝王，司马相如、司马迁之于汉武帝，王褒之于汉宣帝，扬雄之于汉成帝……他们虽然在文学上有不朽的建树，但他们作为文人的个性，很大程度上要服从于他们作为侍从的职业需要，他们的文人人格，是并不完整的。所以，当屈左徒放逐，太史公痍毙，贾长沙失意，司马长卿冷落，斯时斯刻，他们的心理状态，更多是做臣下的诚惶诚恐，谦谨卑微，而缺乏文人应有的自由质素，大概是可以断定的。要不然，他们就不会产生"忽驰骛以追逐兮，非余心之所急；老冉冉其将至兮，恐修名之不立"的幽怨感、失落感了。这种实际自视"臣仆"的思想特征，一直到了魏晋文人身上，才开始大大淡化。

且不说祢衡像红卫兵小将一样，跳出来公然批判曹操了，也不说孔融敢于组织裴多菲俱乐部，在许都搞个"红三司"什么了，文人意气可谓淋漓尽致地表现出来。虽然这两位先生最后弄掉了脑袋，但他们被砍下的，却是一颗颇为自负的文人的头。由此开始，中国文人才由秦汉时依附于统治者的从属地位，成为独立的能够与统治者分庭抗礼的自由思想主体，是文学史上值得大书特书的一笔。一个作家意识到他不是谁的下级、附庸、奴仆，而是自己作品的上帝，这一点觉醒，实在是难能可贵。

尽管"晋文王功德盛大，坐席严敬，拟于王者"，在这位操生杀大权的司马昭大将军面前，连曹姓皇帝都要视其眼色行事，但作为文人的"阮籍在座"，却"箕踞啸歌，酣放自若"。令人为之侧目。甚至在今天，也很难想象在一间会议室里，有某作家于别人讲话时吹口哨、抠脚丫，但魏晋文人却敢这样行事，不能不对他表示钦佩。这当然不值得仿效，而且也未必表示他对司马昭多么不买账，只是他有勇气坚持了一个文人的通脱不羁的自由品位，便载之史册，流传至今。

如果说，文人地位由附属体变为主体，始自魏之三祖，倒也不错。特别是曹操和曹丕，他们既是帝王，又是文人，而且还是不用花钱雇吹鼓手，就很伟大的文人。固然他们以帝王之威，"设天网以该之，顿八纮以掩之"来统治这些文人，但也总是以其中一员的姿态与众多文人平等交往的。

从曹丕《与朝歌令吴质书》中所写："每念昔日南皮之游，诚不可忘，既妙思六经，逍遥百氏，弹棋闲设，终以六博，高谈娱心，哀筝顺耳；驰骋北场，旅食南馆，浮甘瓜于清泉，沉朱李于寒水。白日既匿，继以朗月，同乘并载，以游后园，舆轮徐动，参从无声，清风夜起，悲笳微吟，乐往哀来，怆然伤怀。"我们可以想见他与吴质友之笃厚，交往之平等，看不出身为王储，任五官中郎将要职的曹丕，有一丝王孙公子的娇气傲势，而只不过是一个很有趣、会风雅的文人罢了。若是再想到王粲死后，曹丕领着诸位文友，到坟头上去祭奠，他提议，王先生生前喜好作驴鸣，如今走了，我们大家都叫两声为之送行吧！仅这一细节，可以看出他把自己视同众人，毫无特殊的。

虽然，魏晋文人有许多疏狂狷介的表现，诸如纵酒作乐，长醉不醒，服散行发，佯狂痴癫；裸裼披发，长啸驴鸣，女服傅粉，扪虱玄谈……这些荒诞不经的举止，为后世所诟病。其实，很大程度上是文人对于当时险恶政治环境的消极抵抗。

因为曹氏篡汉为魏，司马氏篡魏为晋，都伴随着腥风血雨的大屠杀，因此，或逃避，或装疯，或沉醉，或隐逸，只是斗争手段。但到了南北朝，文人们继承其消极的表象部分，并未把握其抵抗的实质，余风所及，谬种流传。治书御史李谔的责怪始起者，就完全没道理了。

其实，这个道德狂并未认识到，打出"礼岂为我辈设也"旗号的阮籍，那些惊世骇俗的行为背后，所具有的反礼教的革命意义。而在《与山巨源绝交书》中公然发出"非汤武而薄周孔"的声音，触犯了司马氏父子，以致招来杀身之祸的嵇康，那种敢于反主流的精神，开创了与统治者背道而驰的非正统文学，那才是对提倡孔孟之道的如杨坚之流的帝王，构成真正的威胁呢！

所以，文学的魏晋，确立了文人自由个性，开辟了非正统文学的天地，在这场文学的变革中，曹氏父子、建安七子始于前，竹林七贤继其后，这种开风气之先的勇气和行为，与二百八十六年的战乱中，南北朝消极的、遁世的、颓废的、萎靡的文学，毫无共同之处。曹操若知后人想指责他，肯定会说："正如西谚所云：我播下的是龙种，哪想到收获的却是一帮跳蚤呢？"

看来，这位隋代的"左"派李谔先生，智商实在不高，"左"得也不是地方。其实，从历史唯物观点看，隋的建立，隋的灭亡，与"文笔日繁，其政日乱"是风马牛不相及的。不过，他吃这碗饭，管这份事，不上书又有什么可干的呢？

最后的梵高

冯骥才

　　我在广岛的原子弹灾害纪念馆中，见到一个很大的石件，上边清晰地印着一个人的身影。据说这个人当时正坐在广场纪念碑前的台阶上小憩。在原子弹爆炸的瞬间，一道无比巨大的强光将他的影像投射在这石头上，并深深印进石头里边。这个人肯定随着核爆炸灰飞烟灭。然而毁灭的同时却意外地留下一个匪夷所思的奇观。

　　毁灭往往会创造出奇迹。这在大地震后的唐山、火山埋没的庞贝城，以及奥斯威辛与毛特豪森集中营里我们都已见过。这些奇迹全是悲剧性的，充满着惨烈乃至恐怖的气息。可是为什么梵高却是一个空前绝后的例外，他偏偏在毁灭之中闪耀出无可比拟的辉煌？

　　法国有两个不起眼的小地方，一直令我迷惑又神往。一个是巴黎远郊瓦涅河边的奥维尔；一个是远在南部普罗旺斯地区的阿尔。它们是梵高近乎荒诞人生的最后两个驿站。阿尔是梵高精神病发作的地方，奥维尔则是他疾病难耐，最后开枪自杀之处。但使人莫解的是，梵高于1888年2月21日到达阿尔，12月发病，转年5月住进精神病院；一年后出院前往奥维尔，两个月后自杀。这前前后后只有两年！然而他一生中最杰出的作品差不多都在这最后两年、最后两个地方，甚至是在精神病反反复复发作中画的。为什么？

　　于是，我把这两个地方"两点一线"串联起来。先去普罗旺斯的阿尔找他那个"黄色小屋"，还有圣雷米精神病院；再回到巴黎北部的奥维尔，去看他画过的那里的原野，以及他的故居、教堂和最终葬身的墓地。我要在法国的大地上来来回回跑一千多公里，去追究一下这个在艺术史上最不可思议的灵魂。我要弄个明白。

在梵高来到阿尔之前，精神系统里已经潜伏着发生错乱和分裂的可能。这位有着来自母亲家族的精神病基因的荷兰画家，孤僻的个性中包藏着脆性的敏感与烈性的张力。他绝对不能与社会及群体相融，耽于放纵的思索；在自己的世界中孤军奋战为所欲为。然而，没有人会关心这个在当时还毫无名气的画家的精神问题。

在世人的眼里，一半生活在想象天地里的艺术家们，本来就是一群"疯子"。故此，不会有人把他的喜怒无常，易于激动，抑郁寡言，看作一种精神疾病的早期征兆。他的画家朋友纪约曼回忆他突然激动起来的情景时说："他为了迫不及待地解释自己的看法，竟脱掉衣服，跪在地上，无论怎样也无法使他平静下来。"

这便是巴黎时期的梵高。最起码他已经非常神经质了。

梵高于1881年11月在莫弗指导下画成第一幅画。但是此前此后，他都没有接受任何系统性的绘画训练。1886年2月他为了绘画来到巴黎。这时他还没有确定的画风。他崇拜德拉克洛瓦、米勒、罗梭，着迷于正在巴黎走红的点彩派的修拉，还有日本版画。这期间他的画中几乎谁的成分都有。如果非要说他的画有哪些特征是属于自己的，那便是一种粗犷的精神与强劲的生命感。而这时，他的精神疾病就已经开始显露出端倪——

1886年他刚来到巴黎时，大大赞美巴黎让他头脑清晰，心情舒服无比。经他做画商的弟弟迪奥介绍，他加入了一个艺术团体，其中有印象派画家莫奈、德加、毕沙罗、高更等等，也有小说家左拉和莫泊桑。这使他大开眼界。但一年后，他便厌烦巴黎的声音，对周围的画家感到恶心，对身边的朋友愤怒难忍。随后他觉得一切都混乱不堪，根本无法作画，他甚至感觉巴黎要把他变成"无可救药的野兽"。于是他决定"逃出巴黎"，去南部的阿尔！

1888年2月，他从巴黎的里昂车站踏上了南下的火车。火车上没有一个人知道他的名字。更不会有人知道这个人不久就会精神分裂，并在同时成为世界美术史上的巨人。

我从马赛出发的时间接近中午。当车子纵入原野，我忽然明白了一百年前，初到阿尔的梵高那种"空前的喜悦"由何而来。普罗旺斯的太阳又大又圆，在世界任何地方都见不到这样大的太阳。它距离大地很近，阳光直射，不但照亮了也照透了世上的一切，也使梵高一下子看到了万物本质——一种通透的、灿烂的、蓬勃的生命本质。他不曾感受到生命如此地热烈与有力！他在给弟弟迪奥的信中，上百次描述了太阳带给他的激动与灵感。而且他找到了一种既属于阳光也属于他自己的颜色——夺目的黄色。他说"铭黄的天空，明亮得几乎像太阳。太阳本身是一号铭黄加白。天空的其他部分是一号和二号铭黄的混合色。它们黄极了！"这黄色立刻改变了梵高的画，也确立了他的画！

大太阳的普罗旺斯使他升华了。他兴奋至极。于是，他马上想到把他的好朋友高更拉来。他急欲与高更一起建立起一间"未来画室"。他幻想着他们共同和永远地使用这间画室，并把这间画室留给后代，留给将来的"继承者们"。他心中充满一种壮美的事业感。他真的租了一间房子，买了几件家具，还用他心中的黄色将房子的外墙漆了一遍。此外又画了一组十几幅《向日葵》挂在墙上，欢迎他所期待的朋友的到来。这种吸满阳光而茁壮开放的粗大花朵，这种"大地的太阳"，正是他一种含着象征意味的自己。

在高更没有到来之前，梵高生活在一种浪漫的理想里。他被这种理想弄得发狂。这是他一生最灿烂的几个月。他的精神快活，情绪亢奋。他甚至喜欢上阿尔的一切：男女老少，人人都好。他为很多人画了肖像，甚至还用高更的笔法画了一幅《阿尔的女人》。梵高在和他的理想恋爱。于是这期间，他的画——比如《繁花盛开的果园》《沙滩上的小船》《朗卢桥》《圣玛丽的农舍》《罗纳河畔的星夜》等等，全都出奇的宁静、明媚与柔和。对于梵高本人的历史，这是极其短暂又特殊的一个时期。

其实从骨子里说，所有的艺术家都是一种理想主义者。或者说理想才是艺术的本质。但危险的是，他把另一个同样极有个性的画家——高更，当作自己理想的支柱。

在去往阿尔的路上，我们被糊里糊涂的当地人指东指西地误导，待找到拉马丁广场，已经完全天黑。这广场很大，圆形的，外边是环形街道，再外边是一圈矮矮的小房子。黑黑的，但全都亮着灯。几个开阔的路口，通往四外各处。我四下打听拉丁马广场2号——梵高的那个黄色的小楼。但这里的人好像还是一百年前的阿尔人，全都说不清那个叫什么梵高的人的房子究竟在哪里。最后问到一个老人，那老人苦笑一下，指了指远处一个路口便走了。

我们跑到那里，空荡荡一无所有。仔细找了找，却见一个牌子立着。呀，上边竟然印着梵高的那幅名作《在阿尔的房子》——正是那座黄色的小楼！然而牌子上的文字说这座小楼早在二战期间毁于战火。我们脚下的土地就是黄色小楼的遗址。这一瞬，我感到一阵空茫。我脑子里迅速掠过1888年冬天这里发生过的事——高更终于来到这里。但现实总是破坏理想的。把两个个性极强的艺术家放在一起，就像把两匹烈马放在一起。两人很快就意见相左，跟着从生活方式到思想见解全面发生矛盾。于是天天争吵，时时酝酿着冲突，并发展到水火不容的境地。于是理想崩溃了。那个梦幻般的"未来画室"彻底破灭。潜藏在梵高身上的精神病终于发作。他要杀高更。在无法自制的狂乱中，他割下自己的耳朵。随后是高更返回巴黎，梵高陷入精神病中无法自拔。他的世界就像现在我眼前的阿尔，一片深黑与陌生。

我同来的朋友问："还去看圣雷米修道院里的那个精神病院吗？不过现在太黑，去了恐怕什么也看不见。"

我说："不去了。"我已经知道，那座将梵高像囚徒般关了一年的医院，究竟是什么气息了。

在梵高一生写给弟弟迪奥的八百封信件里，使我读起来感到最难受的内容，便是他与迪奥谈钱。迪奥是他唯一的知音和支持者。他十年的无望的绘画生涯全靠着迪奥在经济上的支撑。迪奥是个小画商，手头并不宽裕，尽管每月给梵高的钱非常有限，却始终不弃地做这位用生命祭奠艺术的兄长的后援。这就使梵高终生被一种歉疚折磨着。他在信中总是不停地向迪奥讲述自己怎样花钱和怎样节省。解释生活中哪些开支必不可少。报告他口袋里可怜巴巴的钱数。他还不断地做出保证，决不会轻易糟蹋掉迪奥用辛苦换来的每一个法郎。如果迪奥寄给他的钱迟了，他会非常为难地诉说自己的窘境。说自己怎样在用一杯又一杯的咖啡，灌满一连空了几天的肚子；说自己连一尺画布也没有了，只能用纸来画速写或水彩。当他被贫困逼到绝境的时候，他会恳求地说："我的好兄弟，快寄钱来吧!"

但每每这个时候，他总要告诉迪奥，尽管他还没有成功，眼下他的画还毫不值钱，但将来一定有一天，他的画可以卖到两百法郎一幅。他说那时"我就不会对吃喝感到过分耻辱，好像有吃喝的权利了"。

他向迪奥保证他会愈画愈好。他不断地把新作寄给迪奥来作为一种"抵债"。他说将来这些画可以使迪奥获得一万法郎。他用这些话鼓舞弟弟，他害怕失去支持；当然他也在给自己打气。因为整个世界没有一个人看上他的画。但今天——特别是商业化的今天，为什么梵高每一个纸片反倒成了"全人类的财富"？难道商业社会对于文化不是充满了无知与虚伪吗？

故此在他心中，苦苦煎熬着的是一种自我的怀疑。他对自己"去世之后，作品能否被后人欣赏"毫无把握。他甚至否认成功的价值乃至绘画的意义。好像只有否定成功的意义，才能使失落的自己获得一点虚幻的平衡。自我怀疑，乃是一切没有成功的艺术家最深刻的痛苦。他承认自己"曾经给一种不可抗拒的力量挫败过"。在这种时候，他便对迪奥说"我宁愿放弃画画，不愿看着你为我赚钱而伤害自己的身体!"

他一直这样承受着精神与物质的双重摧残。

可是，在他"面对自然的时候，画画的欲望就会油然而生"。在阳光的照耀下，世界焕发出美丽而颤动的色彩，全都涌入他的眼睛；天地万物勃发的生命激情，令他战栗不已。这时他会不顾一切地投入绘画，直至挤尽每一支铅管里的油彩。

当他沉浸在绘画里，会充满自信，忘乎所以，为所欲为；当他走出绘画回到现实，就立刻感到茫然，自我怀疑，自我否定。他终日在这两个世界中来来回回地往返。所以他的情绪大起大落。他在这起落中大喜大悲，忽喜忽悲。

从他这大量的"心灵的信件"中，我读到——

他最愿意相信的话是福楼拜说的："天才就是长期的忍耐。"

他最想喊叫出来的一句话是："我要作画的权利!"

他最现实的呼声是："如果我能喝到很浓的肉汤，我的身体马上会好起来! 当然，我知道，这种想法很荒唐。"

如果着意地去寻找，会发现这些呼喊如今依旧还在梵高的画里。

梵高于1888年12月23日发病后，病情时好时坏，时重时轻，一次次住进医院。这期间他会忽然怀疑有人要毒死他，或者在同人聊天时，端起调颜色的松节油要喝下去；后来他发展到在作画的过程中疯病突然发作。1889年5月他被送进离阿尔一公里的圣雷米精神病院，成了彻头彻尾的精神病人。但就在这时，奇迹出现了。梵高的绘画竟然突飞猛进。风格迅速形成。然而，这奇迹的代价却是一个灵魂的自焚。

他的大脑弥漫着黑色的迷雾。时而露出清明，时而一片混沌。他病态的神经日趋脆弱；乱作一团的神经刚刚出现一点头绪，忽然整个神经系统全部爆裂，乱丝碎絮般漫天狂舞。在贫困、饥饿、孤独和失落之外，他又多了一个恶魔般的敌人——精神分裂。这个敌人巨大，无形，桀暴，骄横，来无影去无踪，更难以对付。他只有抓住每一次发病后的"平静期"来作画。

在他生命最后一年多的时间里，他被这种精神错乱折磨得痛不欲生，没有人能够理解。因为真正的理解只能来自自身的体验。癫痫、忧郁、幻觉、狂乱，还有垮掉了一般的深深的疲惫。他几次在"灰心到极点"时想到了自杀。同时又一直否定自己真正有病来平定自己。后来他发现只有集中精力，在画布上解决种种艺术的问题时，他的精神才会舒服一些。他就拼命并专注地作画。他在阿尔患病期间作画的数量大得惊人。一年多，他画了二百多幅作品。但后来愈来愈频繁地发病，时时中断手头的工作。他在给迪奥的信中描述过：他在画杏花时发病了，但是病好转之后，杏花已经落光。神经病患者最大的痛苦是在清醒过来之后。他害怕再一次发作，害怕即将发作的那种感觉，更害怕失去作画的能力。他努力控制自己"不把狂乱的东西画进画中"。他还说，他已经感受到"生之恐怖"！这"生之恐怖"便是他心灵最早发出的自杀信号！

然而与之相对的，却是他对艺术的爱！在面对不可遏止的疾病的焦灼中，他说："绘画到底有没有美，有没有用处，这实在令人怀疑。但是怎么办呢？有些人即使精神失常了，却仍然热爱着自然与生活，因为他是画家！""面对一种把我毁掉的、使我害怕的病。我的信仰仍然不会动摇！"

这便是一个精神错乱者最清醒的话。他甚至比我们健康人更清醒和更自觉。

梵高的最后一年，他的精神世界已经完全破碎。一如大海，风暴时起，颠簸倾覆，没有多少平稳的陆地了。特别是他出现幻觉的症状之后（1889年2月），眼中的物象开始扭曲，游走，变形。他的画变化得厉害。一种布满画面蜷曲的线条，都是天地万物运动不已的轮廓。飞舞的天云与树木，全是他内心的狂飙。这种独来独往的精神放纵，使他的画显示出强大的主观性；一下子，他就从印象派画家马奈、莫奈、德加、毕沙罗等所受的客观的和视觉的约束中解放出来。但这不是理性的自觉，而恰恰是精神病发作所致。奇怪的是，精神病带来的改变竟是一场艺术上的革命；印象主义一下子跨进它光芒四射的后期。这位精神病患者的画非但没有任何病态，反而迸发出巨大的生命热情与健康的力量。

对于梵高这位来自社会底层的画家，他一生都对米勒崇拜备至。米勒对大地耕耘者纯朴的颂歌，唱彻了梵高整个艺术生涯。他无数次地画米勒《播种者》那个题材。因为这个题材最本质地揭示着大地生命的缘起。故此，燃起他艺术激情的事物，一直都是阳光里的大自然，朴素的风景，长满庄稼的田地，灿烂的野花、村舍，以及身边寻常和勤苦的百姓。他一直呼吸着这生活的元气，并将自己的生命与这世界上最根本的生命元素融为一体。

当患病的梵高的精神陷入极度的亢奋中，这些生命便在他眼前熊熊燃烧起来，飞腾起来，鲜艳夺目，咄咄逼人。这期间使他痴迷并一画再画的丝杉，多么像是一种从大地冒出来的巨大的生命火焰！这不正是他内心一种生命情感的象征吗？精神病非但没有毁掉梵高的艺术，反而将他的全部能量一起诱发出来。

或者说，精神病毁掉了梵高本人，却成就了他的艺术。这究竟是一种幸运，还是残酷的毁灭？

令人匪夷所思的是，这种精神病的程度"恰到好处"。他在神志上虽然颠三倒四，但色彩的法则却一点不乱。他对色彩的感觉甚至都是精确至极。这简直不可思议！就像双耳全聋的贝多芬，反而创作出博大、繁复、严谨、壮丽的《第九交响乐》。是谁创造了这种艺术的奇迹和生命的奇迹？

倘若他病得再重一些，全面陷入疯狂，根本无法作画，美术史上便绝不会诞生出梵高来。倘若他病得轻一些，再清醒和理智一些呢？当然，也不会有现在这个在画布上电闪雷鸣的梵高了。

它叫我们想起，大地震中心孤零零竖立的一根电杆，核爆炸废墟中唯一矗立的一幢房子。当他整个神经系统损毁了，唯有那根艺术的神经却依然故我。

这一切，到底是生命与艺术共同的偶然，还是天才的必然？

1890年5月，梵高到达巴黎北郊的奥维尔。在他生命最后的两个月里，他贫病交加，一步步走向彻底的混乱与绝望。他这期间所画的《奥维尔的教堂》《有杉树的道路》《蒙塞尔茅屋》等等，已经完全是神经病患者眼中的世界。一切都在裂变、躁动、飞旋与不宁。但这种听凭病魔的放肆，却使他的绘画达到绝对的主观和任性。我们健康人的思维总要受客观制约，精神病患者的思维则完全是主观的。于是他绝世的才华，刚劲与烈性的性格，艺术的天性，得到了最极致的宣泄。一切先贤偶像、艺术典范、惯性经验，全都不复存在。人类的一切创造都是对自己的约束。但现在没有了！面对画布，只有一个彻底的自由与本性的自己。看看《奥维尔乡村街道》的天空上那些蓝色的短促的笔触，还有《蓝天白云》上那些浓烈的、厚厚的、挥霍着的油彩，就会知道，梵高最后涂抹在画布上的全是生命的血肉。唯其如此，才能具有这样永恒的震撼。

这是一个真正的疯子的作品，也是旷古罕见的天才的杰作。

除了他，没有任何一个神经病患者能够这样健康地作画；除了他，没有任何一个艺术家能够拥有这样绝对的非常态的自由。

我们从他最后一幅油画《麦田群鸦》中已经看到他的绝境。大地乌云的倾压下，恐惧、压抑、惊栗，预示着灾难的风暴即将来临。三条道路伸往三个方向，道路的尽头全是一片迷茫与阴森。

这是他生命中最后一幅逼真而可怕的写照。也是他留给世人一份刺目的图像的遗书。他给弟弟迪奥的最后一封信中说："我以生命为赌注作画。为了它，我已经丧失了正常人的理智。"在精疲力竭之后，他终于向狂乱的病魔垂下头来，放下了画笔。

1890年7月27日，他站在麦田中开枪自杀。被枪声惊起的"扑喇喇"的鸦群，就是他几天前画《麦田群鸦》时见过的那些黑黑的乌鸦。

随后，他在奥维尔的旅店内流血与疼痛，忍受了整整两天，29日死去，离开了这个他疯狂热爱却无情抛弃了他的冷冰冰的世界，冰冷而空白的世界。

我先看了看他在奥维尔的那间住房。这是当年奥维尔最廉价的客房，每天租金只有三点五法郎。大约七平方米。墙上的裂缝，锈蚀的门环，沉黯的漆墙，依然述说着当年的境况。从坡顶上的一扇天窗只能看到一块半张报纸大小的天空。我忽然想到《哈姆雷特》中的一句台词："即使把我放在火柴盒里，我也是无限空间的主宰者。"

从这小旅店走出，向南经过奥维尔教堂，再走五百米，就是他的墓地。这片墓地在一片开阔的原野上。使我想到梵高画了一生的那种浑厚而浩瀚的大地。他至死仍旧守望着这一切生命的本土。墓地外只圈了一道很矮的围墙。三百年来，当奥维尔人的灵魂去往天国之时，都把躯体留在这里。梵高的坟茔就在北墙的墙根。弟弟迪奥的坟墓与他并排。大小相同，墓碑也完全一样，都是一块方形的灰色的石板，顶端拱为半圆。上边极其简单地刻着他们的姓名与生卒年月。没有任何雕饰，一如生命本身。迪奥是在梵高去世半年后死去的。他生前身后一直陪伴这个兄长。他一定是担心他的兄长在天国也难以被理解，才匆匆跟随而去。

一片浓绿的常春藤像一块厚厚的毯子，把他俩的坟墓严严实实遮盖着。岁月已久，两块墓碑全都苔痕斑驳。唯一不同的是梵高的碑前总会有一束麦子，或几朵鲜黄的向日葵。那是来自世界各地的人们献上去的。但没有人会捧来艳丽而名贵的花朵。梵高的敬仰者都知道他生命的特殊而非凡的含义，他生命的本质及其色彩。

梵高的一生，充满世俗意义上的"失败"。它名利皆空，情爱亦无，贫困交加，受尽冷遇与摧残。在生命最后的两年，他与巨大而暴戾的病魔苦苦搏斗，拼死为人间换来了艺术的崇高与辉煌。

如果说梵高的奇迹是天才加上精神病，那么梵高至高无上的价值，是他无与伦比的艺术和为艺术而殉道的伟大的一生。

真正伟大的艺术，都是作品加上他全部的生命。

鲁镇的黑夜与白天

迟子建

　　名人的故居，最辛劳的要数门槛了。它要承载参观者或轻或重的步履，这脚印当然比不得落叶抚过来得温存，更比不得风儿漫过来得清爽。又何况，这老门槛迎来的并不是它旧日的主人，它听到的大抵是游人的感慨和照相机快门跳动的"咔嚓"声。稍好一些的，也无非是怀着凭吊情怀的人发出的几声叹息。我想这门槛在寂静的深夜，也许会为自己身上无端地沾染了陌生人脚上的尘土而感到难过，它也许会捂着被践踏得伤痕累累的脸，对着屋顶的残瓦或者天井中的老树哭泣。

　　我是迈过鲁迅故居的门槛的，我不敢踩它，怕那像历史卷轴一样的门槛会被踏碎。天色本来就阴沉，再加上人多嘈杂，已经消去了我对这老屋的兴趣。只记得它很大，门是一重接着一重的，所有的房间都陈设着古旧的家具和器皿，它们就像老人们历经沧桑的眼睛一样，沉静而又略嫌冷淡地望着我们。屋子没有大窗口，那栗色的窗子又一律是木格的。木格很细碎，仿佛是横在窗上的一把把剪刀一样，把进屋的阳光给凭空剪得零落而黯淡，所以几乎很难看到一间阳光充足的屋子。当年的"迅哥"流连在这样的深宅大院里，住在这样永远暮气沉沉的房子里，他对外部世界的关注就会更为迫切吧。而由这寂静和昏暗生发出的幻想，也会像河里游荡的小鱼一样活跃。

　　这是绍兴，而绍兴在我的心目中就是鲁镇。在听过了一场让人失望的"社戏"后，我与几位朋友寻到了一处大排档，已是子夜时分了。没有星星，也没有月亮，大排档正在高潮上。那排档是南北向的一条长巷，有些歪斜，而正是这歪斜，使它显出了随意、世俗和浪漫的气息。巷子里湿漉漉的，这当然不是雨的滋润，而是摊主洗菜时泼出的水。摊位一座连着一座，清一色的塑料棚顶，每个棚子放四五张圆桌，每张桌都能容七八个人。摊前的煤火通红通红的，炒菜的声音和着摊主招徕客人的声音，让人觉得亲切和温暖。我们要了炸臭豆腐干、咸蛋黄炒南瓜丝、爆炒黄泥螺、辣椒鳝丝、盐水煮茴香豆等菜，叫了一壶酒。酒不用说，一定就是孔乙己和阿Q都喝过的黄酒。酒被温过，未放城市里时尚喝法中要加的话梅、姜丝、冰糖等调味品，因而纯正醇厚。我们先前还比较文雅地吃酒谈天，后来酒喝得人情绪飞扬，几个人就开行酒令，又笑又叫着，好不快活。这种时刻，我心中鲁镇的影子一闪一闪地呈现了，我嗅到了一股旧时中国生活的气息。我仿佛看到了孔乙己穿着长衫站着喝酒的情形，他用尖细的手指在柜台上排出一文一文的铜钱；我还看到了吕纬甫在酒楼上讲述两朵剪绒花故事时怅惘的神情。我甚至想，如果不远处的护城河下泊着一条船，我们登得船上，在夜色中划桨而行，一定能够看到真正的社戏，喝到戏台下卖的豆浆。如果碰到一个老旦坐在椅子上咿咿呀呀地唱个不休，我也一样会烦得撑船就走。如果偷不成别家的豆子在船上煮着吃，就姑且偷一缕月光来当发带，束着我随风飘扬的长发。夜越来越深了，已到凌晨时分，我们却毫无睡意。这时忽然来了一个瘦弱的孩子，胸前斜挎的吉他比他还要高。他手里拿着一个用小学生的练习本写就的歌本，老练的请求我们点歌。他眼睛很大，但却像少了少年的那种天真之气。我问他几岁了，他说六岁。再问他点一支歌多少钱。他用生意人惯用的口气告诉我，一支四元，但如果点三支的话，只收十元钱。我说，那就点三支。第一首歌是《三个老婆》，歌词是什么"三个老婆不嫌多""老婆多了有人疼"之类，甚至形象地给三个老婆所司其职做了分工，什么做饭的、捏脚的、陪睡觉的。他这一唱，大家的心一下子沉了下来。在这个鲁镇少年身上，我看不到少年闰土身上的天真、朝气和童趣，反而感觉相遇的是成年的闰土，那个被沉重生活压迫得几近麻木的闰土。没等他唱另外两首歌，我们便付了他十元钱，打发他走了。他挎着吉他离去的背影有些摇晃，倒像那吉他是一头蛮力十足的怪兽，死死地拖着他走，在黑夜里把这卖唱的少年的瘦小身形拖得支离破碎。

次日我起得很迟，把早饭和午饭放在一块吃了。天色仍然寡白寡白的，三两朋友聚集在一起，都说不想到安排好的景点去参观，我说那不如到绍兴的老街走一走。以我的经验，看一卷历史书，也许不如在一个有历史感的老街上走上一程更能领会历史的含义。因为老建筑会透出一股清秋般的苍凉，你能在其上看到岁月抚过的痕迹，触摸到历史心音的脉搏。

沿着绍兴广场的护城河北走，没有多远，老街就出现了。我的眼睛蓦然一亮，感觉它仿佛扭着身子活跃地动了几下。在被高楼簇拥着的宽敞的柏油马路上行走，常常觉得自己走在一具巨大的僵尸上，紧张、空虚、不知所措。而在狭窄的老街上闲走，我会无限地放松和陶醉。这种时刻，你觉得那街分明像河流一样，潺潺地流动着，等着你的脚踏出阵阵水花。街只有两米左右的宽度，两侧是层层叠叠的老房子。门楼各具特色，有的高而窄，有的矮而阔。房子多数是两层的小楼，也有三层的，极少。它们的色彩以栗色和苍灰为基调，屋顶的瓦基本是深灰的，灰得年头久了，就泛黑了。倒与天色极为协调，仿佛它们就是天的底座。你不要小觑了这老街，看着它不长，走起来就长了，长得仿佛没有尽头。而且也不是笔直的，略略地弯着，不是老人的那种透出暮气的驼背，而是一个少女笑得不能自持时妖娆的弯腰，风情万种。街上很少有行人，石板路上干干净净的，明净、妥帖。老屋比比皆是，它们保持房屋原来的状态，格局是老格局，窗户也是老窗户。到这样的屋子走一下，你会嗅到一股散发着隐隐腥气的潮味，仿佛这房子是放置已久的鱼，因离河太久而伤感得落泪，而那气息或许就从它的眼泪而来。如果不是有现代的人闪现在房子里，我会误以为回到了百年前的鲁镇，那里有单四嫂子在空虚寂静的夜晚呼唤宝儿的哭声，有华老栓买来的人血馒头被火焰舔舐过所发出的奇怪的香味，有在祝福声中被主人呵斥凄凉地放下烛台的祥林嫂。这是鲁镇，是鲁迅笔下那个永远的鲁镇。那屋檐上的荒草，那窗棂上弥漫的蒙昧天光，那院子中的桂花树，那天井中的杂物，似乎都透着一样气息，让人伤感和惆怅，又让人有某种辛酸后的喜悦。

在那条老街里，我印象最深的是一个着白衣的盲人。他用一根细而长的竹竿探着走路，走得不急不躁，有板有眼。看来他对这老街熟稔之极，老街也许是他的眼睛仅能看到的一道光。走完老街在一家茶楼坐下时，透过拉起的窗户，我望见护城河上的拱形石桥。那桥是灰色的，上面匍匐着一些绿色藤萝，有棵高高的柳树越过石桥，仿佛一个淘气的少年赤脚站在水里，笑嘻嘻地看着流水。把目光放远一些，再远一些，便可望见老街上的房屋，看见灰瓦和飞檐，像漂浮在鲁镇上空的凝重的浮云，让我失陷于回忆和思索。

我总想鲁迅在骨子里其实是一个浪漫主义者。是我们把他定位在"民族魂"这个高度后，才更多地注意了他作品的现实和批判的精神，而忽略了任何一个伟大的作家内心深处都具有的浪漫主义情怀。从他的故居直至老街，我感受到的是栩栩如生的鲁镇，它闲适、恬静、慵懒、舒缓，这是能让人的想象力急遽飞翔的地方。孔乙己是现实的，但也是浪漫的，只不过那是被苦难压榨出的辛酸的浪漫：他赊账喝酒，他偷了书被人打断腿时为自己的辩解，都体现了鲁迅在其身上倾注的浪漫主义的热情。还有那个让人过目不忘的阿Q，他对革命的无知的游戏态度，他由调戏小尼姑而生发出的对爱情的向往，他自甘其辱的精神上的自我安慰，直至他为自己生命的终结而努力画上的那个圆圈时，都仿佛是神秘的、可爱的，让人憎恨而又同情。而在《故事新编》中鲁迅的浪漫主义情怀体现得淋漓尽致，挥洒自如。《奔月》里吃腻了乌鸦炸酱面的嫦娥，《出关》里骑着青牛的老子，还有《铸剑》里在滚烫的大金鼎里那颗如泣如诉的报仇的人头，不都是些有光彩、有魅力、经得起时间检验的浪漫主义人物嘛！

绍兴似乎总是阴气沉沉的，我心目中的鲁镇因了这特定的天色而一直伫立在眼前。它的白天和黑夜仿佛是没有界限的，白昼有暗夜的气象，而黑夜又有白昼隐约的影子，一如鲁迅作品带给我的气息。当我喝了一杯碧绿的茶，再望护城河的时候，望见了一条乌篷船正从远处荡来。那船黑黑的，就像越出水面的一条青鱼。到得近处，那桨搅起一阵一阵乌黑的淤泥上来，使绿水有了一道道黑色的印痕，就像人的伤疤。待我把目光再转到石桥上时，竟然又看见了先前在老街里遇见的那个盲人，他怀抱着竹竿，坐在石桥上。但又不是沉静地坐着，他不时地转身，用竹竿去抚弄柳树，于是就有一些微黄的柳叶天女散花般被打落，落在水里，向下游荡来，渐渐地接近我们所坐的茶楼。我多想在它们经过的一瞬泼一杯清茶在它们身上，偏又怕同行者笑我痴狂，而且我也不敢肯定，它们确乎能够领受茶的芬芳，于是就只是静静地坐着看着它们一摇一摆地远去。

浩气长存

林非

始终记得在多么遥远的少年时代，朗读着《战国策》里荆轲的故事，吟咏着"风萧萧兮易水寒"这悲怆的曲调，心中竟燃烧出一团熊熊的火焰，还立即向浑身蔓延开来，灼热的血液似乎要沸腾起来，无法再安静地坐在方凳上，双手抚摸着滚烫的胸脯，竟霍地站立起来，绕着桌子缓慢地移动脚步，还默默地昂起头颅，愤怒地睁着双眼，就像自己竟成了这不畏强暴和视死如归的壮士。

当秦国的千军万马正大肆挞伐，践踏着东方多少肥沃的土地，杀戮着无数手无寸铁的民众时，荆轲这壮士竟义无反顾地前往暴君的宫殿，想用自己的意志和力量去制服凶残与暴虐。他虽然悲惨地失败和死去了，然而这种壮士和决绝的精神，永远会像卷起的阵阵狂飙，越过漫长的历史，越过浑茫的旷野和嘈杂的城市，叩打着多少人们的胸腔，询问他们能否也像荆轲那样，为了挽救大家的生命，为了惩罚暴君残酷的罪行，毫无恐惧地去献身和成仁。这穿越历史空间和时间的声音，永远呼唤人们作出响亮的回答。

对于这急迫和严肃的提问，任何一个有血性的男人和女人，似乎都应该责成自己做出像样的回答。自然是不可能人人都佩剑带刀，去拼搏和厮杀的，不过这一种慷慨献身的精神境界，肯定又是人人都应该具备的，只有当人们的心里蕴藏着这样凛然的正气，才能够在面对暴虐的欺凌、贪婪的掠夺和淫逸的泛滥时，勇敢地加以谴责和制止。如果不敢坚持正义，浑浑噩噩地活着，醉生梦死地活着，就会成为十足的苟且偷生。回顾我自己几十年来平庸的生涯，虽然也曾经满腔热血地投笔从戎，想与黑暗抗争，想追求光明，可是在多少回面临独断专横和强迫命令此种沉重气氛底下的荒谬和不义时，却缄默地低头，胆怯地嗫嚅，违心地附和。这是多么痛苦而又微茫的苟活啊！

我常常想起荆轲死去六百多年之后出世的陶潜，他是多么想有所作为，渴望着"刑天舞干戚"这样英勇顽强的精神，然而他置身的仕途实在太肮脏和黑暗了，无法再忍耐着混迹下去，却又不敢像荆轲那样去抗争和搏斗，只好伤心地选择一条逃匿和隐遁的路，似乎在过一种悠闲和飘逸的生活，唱出了"采菊东篱下"和"飞鸟相与还"这些千古传颂的佳句。然而，没有勇气做出一番事业的痛楚，肯定会常常咬啮自己的心灵。他如此动情地讴歌荆轲，不正是痛悼自己无法献身于人世的极大悲哀吗？他所吟唱的"此人虽已没，千载有余情"，恰巧是一种无限的憧憬和向往。他整个的人生历程自然是早已注定好了，不可能像荆轲那样英勇无畏地面对人世，可是荆轲那种决绝、壮烈和高旷的精神，却在他毕生的路途中留下清晰和深邃的痕迹。他毕竟抛弃和超越了卑俗，向着高尚的境界攀缘。

我最敬佩的巾帼英雄秋瑾，也曾经歌唱着荆轲的"殿前一击虽不中，已夺专制魔王魄"，充满了多么豪迈的胆魄和磅礴的气概，我想也许正是荆轲那种一往无前的精神，激励着她去投身革命和从容就义。人们常常用妩媚、温柔、娇嫩和弱小这些字眼，形容世间的多情女子，可是每当想起了蔑视酷刑和斩首的秋瑾，我常常会惭愧得无地自容，为什么自己总是这样胆怯和恐惧呢？我想如果陶潜能够有机会碰见她的话，在内心中肯定会激动得比我更难于自持，因为他是最敢于真诚地审判自己灵魂的诗人。真是可以这样断然地说，如果一个人阅读或听说了荆轲的故事，依旧无动于衷，还纵容自己沉溺在无聊、卑琐和屈辱的日子里面，并不痛下决心去改弦易辙的话，那就确实是一种庸俗和可怕的苟活。

应该说荆轲是一个十分幸运的人，因为他曾经接触和交往过的几位朋友，也都是那样的决绝、壮烈和高旷。郑重地将他推荐给太子丹的隐士田光，只是因为听到太子丹告诫自己，切勿诉诸旁人的那一句嘱咐，竟在催促荆轲赶快晋见太子丹的时刻，决绝地拔出宝剑自刎了。太子丹提醒他不要泄露这个消息，当然是表示对他莫大的信任，他却惧怕这种疑虑的念头，即或像丝线那么细微，也可能会影响轰轰烈烈的义举，于是用死亡之后的永远沉默，表示自己忠贞的承诺。我常常缅怀和思索此种书生的意气，觉得这似乎执着得近于迂腐，却又那样温暖、鼓舞和感动着人们的心灵。正是这种刚烈和浩瀚的气势，激励着荆轲走上抗击强暴的征途。田光的死似乎显得有些轻率，其实却囊括了千钧的重担，因为生命中如果缺乏和丧失了诚实的允诺，变得油滑和狡诈起来，那就会成为毫无意义的存在。而田光以决绝的自刎表达出承诺的重量，整个生命就闪烁出一般逼人的寒光。

英勇而机智的荆轲，正筹划着一个有条不紊的行动方案，为了吸引秦王嬴政上钩，就需要砍下他的仇人樊於期的头颅，作为晋见时奉献的一项礼品。想当初樊於期在行将被嬴政屠戮之际，匆忙逃亡到燕国投奔了太子丹，估计他不会忍心下令去砍杀的，于是执着的荆轲悄悄去谒见樊於期，告诉他一个既可以报仇雪耻，又能够保卫燕国的计划。也是决绝、壮烈和高旷的樊於期，立即撕开胸前的衣襟，紧握着拳头，倾诉出切齿腐心和痛彻骨髓的仇恨。在宣泄了这通心灵的悲愤之后，他也像田光那样决绝地自刎了。每当回顾着这三位义士的时候，我的心弦总会异常激烈地振荡着，多么希望自己也逐渐生活得这样勇敢和昂扬起来。

樊於期的自刎，自然也激励着荆轲的意志和行动，他和太子丹所完成的最后一个计划，连剧毒都已经淬成。这是针对嬴政在自己上朝的宫殿里，为了要杜绝行刺的危险，连警卫的兵甲都得远远地站在殿外，晋见的各色人等更是绝对禁止佩带任何刀枪。荆轲他们怎么能想得如此巧妙，将这把匕首藏在伪称要呈现国土的地图中间？对时刻都想要攫取大片土地的暴君来说，实在是一种最好的引诱。这把匕首只要刺出一缕鲜红的血丝来，就会致人死命。被用来当作尝试的牺牲者，已经在刹那倒下死去，尚未出发就造成了几个无辜者猝然死亡，复仇雪耻和保卫社稷的代价实在是太沉重了，我常常想着也许历史就是如此悲惨地翻开它的每一页的。

所有的准备工作都宣告完成了，荆轲只等候着一位挚友的来临。在荆轲从来都显得很沉稳的心中，不知道是否在猛烈地翻腾和跳荡？我常常躲在黑夜的小屋里，多么想超越时间和空间的阻塞，跟他推心置腹地交谈，询问他当时那种何等紧张的心情。此刻的荆轲自然是不会有心思谈天说地的，正焦急地等待着远方的挚友，忙碌地替他准备着行装，觉得只有他与自己同行，才应付得了秦国宫殿里警戒森严的场面。我总是猜想着荆轲正在做一个兴奋和壮烈的梦：两个人紧紧地挟住嬴政，一把匕首在他头顶挥舞，勒令他赶快答应退还那大片侵占的疆土。

　　急躁难耐的太子丹，既缺乏智慧猜透荆轲周密的计划，又未谦虚和诚恳地向他请教与磋商，却莫名其妙地怀疑他动摇和懊悔了，催促他赶紧动身，说如果他再犹豫不决的话，就将派遣乳臭未干的鲁莽汉子秦舞阳先行上路。这一番毫无头脑和气急败坏的话语，对于豪情满怀和寻觅知音的荆轲来说，实在是一种极端粗暴和无法忍受的侮辱，引起了他愤怒的呵斥。我有多少回读《战国策》里的这段记载时，禁不住扼腕长叹，深感荆轲后来的失败，正是在这儿栽下了灾祸的种子。这娇生惯养和颐指气使的太子，实在太缺乏远见了，太没有涵养了，太不信任跟自己共襄义举的伙伴了。正是他胡乱的猜疑和慌张的催促，刺伤和激怒了荆轲充满尊严的内心，这样就完全扰乱和毁坏了那个周密的计划。唐代散文家李翱所撰写的《题太子丹传后》，指责他把荆轲当成自己所利用的牺牲品，确乎是洞察了这公子王孙自私的内心，不过李翱说荆轲未曾看出来这一点来，却未不符合明显的事实。如果他不看出来的话，怎么会如此愤慨地呵斥往昔多额尊敬的太子丹？不过他尽管看出来了，却绝对不会放弃抵抗暴秦的正义行动。

　　从容沉稳和豁达大度的荆轲，是并不奇怪易发怒的。司马迁编写的《史记·刺客列传》，在抄录《战国策》里有关全部记载时，还刻意地补充和渲染过荆轲的这种性格，描摹他在跟不相干的人论剑或博棋消遣时，每逢那些家伙发怒叫嚣起来，就默默地走开，再也不打照面了。一个怀着远大志向的人，怎么能斤斤计较于那些琐屑的争执？从市井中多少庸人的眼里，也许会认为他胆怯和无能，却哪里懂得他这颗整日整夜都在燃烧的心，只能为着伟大的理想和目标，才会义无反顾地释放和爆发出来。

荆轲对于太子丹燃烧出这种愤懑的怒火，是因为深感他侮辱了自己尊贵的人格，亵渎了曾经引为知音的情谊，所以再也不愿意居住在这座美丽的花园和繁华的台榭里面，连片刻都不能忍耐了，原来想等待那位挚友的来临，虽然这涉及整个壮举成败与否的关键步骤，却也无法再等待下去，于是就怒气冲冲地仓促出发了。每当阅读到这儿时，我总是感到有一种不祥的预兆笼罩在自己周围。

在易水之滨送别的场面，永远会让后世之人心潮澎湃。阴霾的长空中，风不住地呜咽着，好像整个天地都为荆轲的远行低徊和垂泪。高渐离凄厉和悲切的击筑声，引起了荆轲哀伤的歌咏，平常在一起聚会的志士们，都静静地淌着眼泪，有的还动情地啜泣着，他们也会估计到荆轲的失败和英勇牺牲吗？我在默默地背诵《战国策》时，总是鄙夷着太子丹狭隘和浅陋的心胸，如果不是他扰乱了荆轲这完满的计划，那么两个充满谋略和勇气的壮士，也许就能够大功告成，让多少后人惆怅叹息的悲惨结局或者就不会发生。我早已发觉荆轲预感到了前途凶多吉少，否则怎么会高唱"壮士一去兮不复还"这悲怆的歌呢？然而，他既然已经不屑再在这儿敷衍地生活下去，当然就只有冒着生命危险踏上征途，曾经允诺过的誓言就必须履行，哪怕抛弃生命也要完成这庄严的承诺。我猜测着荆轲再放声豪歌时，心里一定会思念自刎的田光和樊於期，悲悼和崇敬着他们高贵的灵魂，才从忧伤的情绪中飞升着自己的绝唱，唱得激昂慷慨和淋漓尽致，像飓风似的敲击着众人的胸膛，叩打得他们睁大滚圆的眼珠，头发茎茎竖立，还悄悄地耸起了雪白的冠冕。

《战国策》和《史记·刺客列传》里描摹的这个场面，曾经感动过多少华夏子孙。我就听到不少朋友诉说过，这雄壮而又凄凉的歌声，总在心弦上振荡，鼓舞和召唤着自己奋发有为，去从事正义和严肃的工作，不该在苟且偷生中浪掷自己的生命。这样的话不是比死亡来得更令人恐惧吗？

当荆轲和秦舞阳步入咸阳宫的阶陛时，一行威严的武将和肃穆的文官，似乎都在怀疑地瞪着他们，而端坐在殿上的秦王，只是轻轻晃动着莫测高深的脸膛，好像已经窥见了他们包藏的祸心。曾经在市井杀人逞凶未见过世面的秦舞阳，吓得浑身颤抖，走路摇摇晃晃的，脸色刚变得灰白，接着又泛出血红的颜色，那些臣子都疑惑和紧张地瞧着他昏眩的神态。胸有成竹的荆轲把这一切都瞧在眼里，不慌不忙地走向秦王的案前，恭恭敬敬地作揖说："这来自北方蛮夷的傻小子，哪里见过上国的天子？一会儿恐怕还会吓得尿滚屎流，请我王宽大为怀，好让他赶紧完成使命！"于是在跟秦王的对答中，乘势从秦舞阳手里递上卷着匕首的地图，在嬴政贪婪与狂喜的目光底下，轻轻地滚动和展开它。有多少回读到这儿，我几乎都要击节朗诵起来，钦佩着荆轲临危不惧的胆魄和化险为夷的本领，凝练成这样的气质和涵养，真可以说是超凡绝俗了，永远受到后世的赞叹和敬仰，自然是并非偶然的事情。

且说荆轲左手揪住秦王的衣袖，右手执着那把可怕的匕首，从秦王的头顶凶猛地向底下戳去。想置他于死地，简直是易如反掌的事情，为什么会耽误了呢？这千古的谜团竟从未有人猜透过。其实在《战国策》和《史记·刺客列传》里，是叙述得清清楚楚的。当太子丹向荆轲布置这个庄严的任务时，明白地交代了两种不同的方案，最好是挟持和胁迫他，勒令他答应退还各国诸侯的土地；如果他胆敢反抗，就只好刺杀了事，这样也可以造成秦国的混乱，然后再以合纵之势攻讨它。

荆轲当然是想心领神会地贯彻这个计划的，所以异常焦急地等待着远方的挚友，因为他一眼就看清了秦舞阳粗蛮背后的颟顸和窝囊，只好独自去抓住和威胁秦王，这样就显得缺乏十足的把握，因为自己的青春年华毕竟已经暗暗消逝了。竭力渲染这段往事的司马迁，曾形容自己努力和认真地"网罗天下，放失旧闻"，这样才能够在《刺客列传》里添加另外的记载：据说荆轲曾将自己的政见向卫元君游说过，却未被采纳。卫元君即位于公元前253年，十二年后被秦国所袭，游说的事情应当发生于期间，如果说荆轲在当时刚过弱冠之年，那么在他行刺秦王的公元前227年，至少已是四十左右的中年汉子了，精力正在缓缓地消退，而嬴政则刚刚三十挂零的岁月，正值血气方刚和行动敏捷的年龄，想在角斗中降服他确实是很艰难的。

荆轲面临着挟持抑或刺杀的抉择，有些类似哈姆雷特"生存还是灭亡"的困惑。因为他首先必须考虑原来计划中挟持的方案，只有等到无法降服时才好去刺杀。这把喂过毒的匕首是让嬴政心惊胆战，答应退还侵占的土地呢，还是立即戳进他的头颅，等待着秦国的大乱呢？也许正是这瞬间的犹豫，耽误了整个行动的时机，才以悲惨的失败告终。

且说灵活和健壮的嬴政，从刹那的惊愕中挣脱出来，飞快地离开了座椅，腾跳着退到远处，撕断的衣袖还扯在荆轲手中。嬴政狠命地从剑鞘中拔着长剑，手掌却颤抖着，怎么也拔不出来，只得边拔剑边绕着柱子躲闪，在昏天黑地般的慌乱中，竟想不起叫唤宫殿底下守卫的武将。多少手无寸铁的大臣也惊慌地张望着，有几个勇敢的就赤手空拳阻拦和包围着荆轲，摆出了搏斗的架势。有个侍医将手中提着的药囊使劲向荆轲掷去。还有的轻轻叫喊着替嬴政鼓劲："大王快从背后拔剑！"

　　嬴政狠狠地打量着被几个臣子缠住的荆轲，终于镇定地拔出剑来，冲上几步砍断了他蹲立着的左腿。荆轲流着鲜血跌倒在地，赶紧将手中的匕首掷向嬴政，嬴政浑身晃动着，在当啷的声响中，匕首钉在柱子上。嬴政又凶狠地挥剑刺去，遍体鳞伤的荆轲在血泊中大声笑骂，无谓地叫喊着，说起了正是首先要挟持秦王，让他答应退还大片领土的计划，才阻碍了行刺的实现。这确乎是一出令人扼腕叹惜的悲剧，映衬着光明磊落和大义凛然的荆轲。太子丹的父亲燕王喜实在太卑鄙和无耻了，这个禽兽不如的龌龊小人，在兵败逃遁的时刻，竟下令搜捕和宰杀自己的亲生儿子，想呈献给侵凌和屠戮自己祖国的敌人。这出丑恶得令人耻笑和唾弃的喜剧，正好也剖开了某些统治者的丑恶灵魂，为了苟且偷生竟可以这样无耻地钻营，甚至出卖自己全部的节操和情感。

　　陶潜在自己的诗里还惋惜荆轲的武艺，说是"惜哉剑术疏，奇功遂不成"，他肯定是根据《史记·刺客列传》中鲁句践私下的议论："惜哉其不讲于刺剑之术"，才做出这个结论的吧。然而荆轲的行刺，并不是仗剑而行，却是暗藏着匕首，因此陶潜这多少带着一些佩服而又惋惜的议论，其实也是以讹传讹的话儿。而且《刺客列传》中分明描写鲁句践是跟荆轲博棋的，盖聂却是评论荆轲的剑术，司马迁的这种写法很值得玩味，是否有点像当今所说的黑色幽默的味道？正是曾说过自己"好读书不求甚解"的陶潜，对此也许是做了一个错误的判断吧？远不如李翱的《题燕太子丹传后》，评论太子丹和荆轲不谙时移势易的道理，认为他们所策划的挟持此种打算，其实是违反了历史进程的荒谬行为。他们只是迂腐地记住了公元前681年曹沫挟持齐桓公，逼他归还鲁国土地的故事，却想不到离他们四百五十年诸侯并立的时代，那些所谓贤明的国君都得标榜自己说话的信誉，以争取人心的归附；而他们所面对的秦王赢政，正穷凶极恶地驱赶着虎狼般残暴的军队，处心积虑地要消灭所有在风雨飘摇中剩余的邻国，就算是挟持成功了，最多也只能换来一个停止侵凌的虚假承诺罢了。我是能够接受李翱此种见解的，却同时又觉得这也是最好地显示出，豪情满怀和注重信义的侠士荆轲，根本就无法理解专制魔王赢政的狡诈与卑劣，才会考虑这样去与虎谋皮，而不是大快人心地把他杀死了事。

无论有过什么样的议论，这一幕喑呜叱咤的历史悲剧，都将会浩气长存，永远激励着百代以下的志士仁人。当然是绝对地不必大家都去扮演刺客的角色，尤其是在像希特勒那样被历史唾弃的专制魔王绝迹后，民主的秩序必将替代个人独裁。刺客是专制魔王的惩罚者，却也是民主秩序的破坏者，因此一般说来也就不再需要刺客去建立正义的功勋了。不过像荆轲那种决绝、壮烈和高旷的精神，将永远鼓舞着大家抛弃苟且偷安的日子，憎恶醉生梦死和声色犬马的堕落，永远憧憬着圣洁和高尚的人生目标，尽量为人类和世界的迈进做出自己的贡献。

蔡伦在历史时空的一幅肖像

卞毓方

大多数的发明都是其时代的产物，它们的问世带有必然性，即使张三没有成功，李四也会成功。但是就造纸而言，性质就大不一样。造纸术的发明远比世人想象的更为艰难。它需要一个发达的国家做背景，并且还需要杰出的个人天赋。

——［美］迈克尔·哈特

自从考取驾照，这是我第一次单独驾车出行。新春撰文谓之开笔，电视首拍谓之开镜，佛像落成谓之开光，在我，初次正式上路，无以名之，姑且谓之"开幕"——揭开人生高速而动感的一幕。驱车于道，人与外界的关系骤然改变，保持距离，乃汽车王国的金科玉律，车速越快，相互的距离应该越大，井水不犯河水，好汉分道扬镳，你跑你的，我跑我的，任何亲密接触，任何冒失碰撞，都不啻是无妄之灾。这当口，就是有百万大奖从天而降，也要暂时抛之脑后，就是有初恋的情人在前方相约，也要强行压制心跳。喏，就像这样：含腹挺胸，凝神绝虑，目光平射，余光兼及两侧后视镜。可是——讨厌的可是！今天我心猿意马，思维刚要收拢，收拢于挡风玻璃前的视野，转瞬又分了神，但觉万象纷纭，如节日的焰火蓬蓬勃勃地炸开。一会儿是你大名的叠印：蔡伦，蔡伦！"蔡"为上蔡之蔡，蔡邕、蔡襄、蔡锷之蔡，"伦"是伦敦之伦，哥伦布、麦哲伦、克伦威尔之伦；一会儿是你古典而阳刚的造型：我不喜欢传统的白描，寥寥几笔线条抽去了多少微妙而又生动的个性，我崇拜古希腊的石刻，以及意大利文艺复兴时期的雕塑。想象中，你就是米开朗琪罗的大卫，以大理石为体，伟岸为姿，坚毅为魂。

魂兮归来，蔡伦！在这公元2002年的元旦，在我的心海之舟车轮之上方向盘之侧。右首的座位虚席以待，柔蓝的坐垫搁了一份剪报，标题的浓眉大眼揭示出内容的耸人听闻：《〈蔡伦〉"身世"引发著作权案》。你知道这事吗，蔡伦？你想站出来调停吗，蔡伦？说的是陕甘两省的数位秀才，贾平凹、杨闻宇们的乡党，为秦腔历史剧《蔡伦》的首创权闹上公堂。让他们去打吧，蔡伦。他们为你而唇枪舌剑，寸步不让，是因为你启动了荣誉和商机。这是审美，不，争美。双方都视你为自己人格的化身，口气未免专横，但也无妨。他们在混合交叉的状态下塑造了你，根据《宦官列传》提供的四十来字的史料，其余均属向空虚构。这也怪不得他们。太短了啊，太短！你为这世界贡献了书之无穷、用之不竭的纸，这世界只用了四十来字就把你敷衍了事。这太不公平！这太出格！光冲这，就值得打一场荣誉权官司。

但是你能找谁去算账？毕竟，已过去了一千八百多年。毕竟，证人证据都已湮没无存。我请沈彦教授帮忙查过《后汉书》卷七十八宦者列传第六十八，有你二百八十二字的小传，前面提到的那份四十来字的史料，估计为小传中的精华部分。二百八十二字就二百八十二字，那也实在太少，太少，以你同朝大师的作品为例，不及扬雄的半篇《解嘲》，更不及张衡《两京赋》的三十分之一！

"这就相当不易了，"你说。肯定是你在说，我听得耳边有人轻轻提醒："居然有二百八十二字的生平介绍传世！"是的，我当然明白，我哪能不明白，只要换一个角度思考。要知道，这是在古代中国，这是在唯官独尊的一元社会。而你之所以能在《汉书》中挤占一席，多半搭帮你官员的身份，咋说也做到中常侍兼尚方令，这是一个在皇帝身边转悠的要职；何况，你还曾主持朝廷的官修经史，即后世称谓的《东观汉记》。在你之前，发明车轮的那位仁兄，绝对是个天才，功劳不在造纸之下。

怎么样，于今听说有谁还在纪念？至于文字，功劳更在车轮之上。轮子转动了世界，文字启蒙了世界。最初想出轮子和文字的，肯定是一个或一帮平头百姓，胼手胝足，粗衣乱服，王侯不屑一顾，史家断然弃之。这就让黄帝的史官仓颉捡了个大便宜。《荀子·解蔽》记述，上古"好书者众矣，而仓颉独传者壹也"。说的就是，文字的发明人很多，仓颉不过是其中之一，但最后的功劳，都归到他一人头上。仓颉何幸？推敲起来，不能不归结于他本身就在圈子之内。

曾经反复把玩你的小传，入眼尽多典型化的细节，难怪陕甘两地的秀才，仅凭四十来字的史料，就结构出一部煌煌大剧。《小传》说："伦有才学，尽心敦慎，数犯严颜，匡弼得失。"寥寥数语，就勾画出你的博学、谨慎、而又锋芒毕露、刚正不阿。接着说，"每至休沐，辄闭门绝宾，暴体田野。"好一个"暴体田野"！《后汉书》在这儿留下了千古悬念，有学者解释这是指"深入民间"，更多的学者则认为这是在行"日光浴"。对此，我不想做进一步考证，姑且从众。你啊，你，一个宫廷内臣，逢到休假，就关门谢客，然后躲去旷野，裸体享受日光的抚摸！这仅仅是字面上的意义，内涵，应远比说出的更为丰富。我想起《草叶集》《桴鼓集》的歌者惠特曼。惠特曼为了强身健体，一度奉行日光浴，大自然裸着身子，他也裸着身子，放浪形骸，自由自在。不仅凭双眸和心灵，而且用四肢百骨去领悟什么叫天籁，什么叫纯洁、健康和美。蔡伦，可叹你生不逢时，也不逢地，没能遇上一代艺术大师米隆、米开朗琪罗或罗丹，因而也就不可能有如《掷铁饼者》，如《大卫》，如《青铜时代》那样元气淋漓、大气磅礴的塑像问世。

让我们静下心来想一想，即使你在野外日光浴的途中，有幸碰到上述任何一位艺术大师，也不会激发古典而阳刚的联想。你的肌腱不会勃怒如奔马，你的身材不会魁梧如金刚，因为你是太监，大"势"已去。势，即睾丸，失去势，你就失去男性的势头、势派、势焰。你从形貌到嗓音，都已扭曲变态如女子。此中酸楚、哀怨，读者只要翻一翻司马迁的《报任少卿书》，便不难感同身受。想当初，司马迁因为替兵败途穷、不得已而降敌的李陵说了几句公道话，触怒汉武帝，罹患宫刑，一腔抑郁，纠缠盘结，二六时中，无有了时，乃愤而著书，究天人之际，通古今之变，终成一家之言。而你之去"势"，性质固然与司马迁不一样，但作为阉者的隐痛，则不难臆测。丈夫立世，雄风消歇，仰愧于天，俯怍于地，长夜耿耿，辗转难眠。因而，你的种种异言异行，包括先前的"暴体田野"，以及而后的创意造纸，不外是一种生命的渴求与呐喊，都可以在弗洛伊德的学说中找到经典的诠释。

今天，前文已经说明，恰值2002年的元旦，离开你的生辰，蔡伦，应该是多少周年？你为什么笑而不答？难道，这也涉及保密？哦，你说，你只能提供史书已经记载的、史料已经证实的，除此而外，一律无可奉告。我想你是对的，史学的游戏规则，人人都得遵守，否则，必然引发天下大乱。我呀，只能恨史官的吝啬，史料的短缺，后汉书只标明你去世的年份，公元121年，你的生辰，千百年来始终是一个谜。对了，今天我出行的第一站，是北京大学，拜谒素所敬重的一位恩师。抵达校门的那一刻忽然想到，作为巍巍学府，北大已矗立起若干伟人的塑像，屈指算来，有老子、严复、蔡元培、李大钊、马寅初、陈岱孙，此外还有西班牙的塞万提斯。那么，能否再添上一座你呢？对，就添上一座你，蔡伦！

塑你的像难道还用得着理由？你发明了纸！大学是用来干什么的？传道授业，培养人才。没有纸，哪来书本？没有书本，哪来近代意义上的大学？纸，是知识的载体。纸啊，你发明的"蔡侯纸"，公元2世纪的高精尖产品，激活了中华文化，奠定了中国书法，中国绘画，中国作风，中国气派。在你之前，幼发拉底河流域的文化，刻写于泥板，尼罗河三角洲的智慧，记录于莎草纸，恒河沿岸如沙数的知识结晶，靠贝叶留痕，爱琴海哺育出的《伊利亚特》和《奥德赛》，仅凭口口相传，而以黄河和长江的涛音为母语的《诗经》与《楚辞》，也只能镌刻在甲骨和竹简上。孔夫子周游列国，一架牛车才装得几本书？传说他晚年酷爱读《易》，乃至"韦编三绝"——串联竹简的牛皮绳，先后被翻断三次，一方面可见阅读之勤，另一方面，不也说明了竹简之笨重！始皇帝日理万机，其中，光批阅的简牍文书就重达一百多斤。东方朔作了一篇美文送呈汉武帝，共用去竹简三千多片，两个武士累得贼死，好不容易才抬进皇宫。汉家天子你就等着劳筋累骨吧，若想一尝阅读的快感，不出它几身躁汗才怪。当然，那个时代已有了缣帛，缣帛是理想的书写材料，轻而且薄，而且绵软，而且结实。但是，缣帛是书写的奢侈品，不要说古代，即使在今天，又有几人消费得起？而现在，好了，公元105年，你，蔡伦，一位经理宫廷御用手工作坊的老板兼工程师，积前人之经验，化树皮、碎布、麻头、破渔网为神奇，制出了漂亮而又实用的纸。《淮南子》说："昔者仓颉作书，而天雨粟，鬼夜哭。"那是神话，我不信。但我相信，蔡伦，当你造出了第一张纸，照耀东都洛阳的太阳，一定更加明亮了几分。

连拂过城头的风，也变得馨香而欢快。这是解放文化的东风，加快信息传播的东风——中国风。公元2世纪，神州大地开创了纸上作业、纸上逐鹿，其意义，不亚于20世纪60年代升空的第一朵蘑菇云。那年头，虽然没有感悟"时间就是金钱"，但文化的加速流转，必然带动滚滚滔滔的财富。虽然没有标榜"效率就是生命"，但知识的空前密集和传递，必然赢得日新日新又日新。纸的台阶，也是文化、文明的台阶。犹如网络时代，你无法拒绝电脑，怎能设想，隋王朝开科取士，少得了试卷的配合？又怎能设想，盛唐的背景音乐，少得了书页的沙沙声？当王羲之笔走龙蛇，砚旁铺开的，岂能是一块块骨版？当李白下笔千言，侍者递上的，岂能是一片片龟甲？边塞海疆的官府告示，吸引了多少蕃客的目光。通都大邑的学宫蒙馆，勾去了多少留学生的魂。越南、朝鲜、日本的遣唐使络绎于道，大西洋沿岸的冒险家，隔着西亚和中亚高原，犹陶醉于纸的芬芳。想此时，欧罗巴海盗的祖先，碧睛还在丛林、荒原间逡巡。文艺在羊皮纸上嗷嗷待哺。莎士比亚、歌德无缘提前出世。《十日谈》尚未开篇。印刷术在人的思维之外酣睡。纸是文化领域的丝绸，纸的流布是一种更为令人感叹的丝绸之路。公元8世纪，唐朝的工匠把造纸术西传至撒马尔汗。而后更一路西传至伊拉克至叙利亚至埃及至摩洛哥……而望纸兴叹、馋涎欲滴的欧洲，以及白种人的马蹄尚未敲响、印第安人的酋长犹在呼风唤雨的美洲，还要分别等上四与九个世纪，才得以分享东方神纸的芳泽。

这不是自炫自夸，20世纪70年代，美国学者迈克尔·哈特出版了《历史上最有影响的一百人》，在这部囊括世界顶尖人物的排行榜上，你，蔡伦，高居第七。前六位，分别是穆罕默德、牛顿、耶稣、释迦牟尼、孔子与圣·保罗。除了科学泰斗牛顿，其余都是各大教派的掌门。孔子也算，儒教。而哥伦布、爱因斯坦、马克思、伽利略、列宁、达尔文、秦始皇、成吉思汗……这些彪炳史册的巨星，统统等而下之，排在你的大名之后。作为科技精英，你排本行业第二！而在中国藉的伟人中，你也是位列第二！当然，这是就当事人在历史上的影响力而言，而不是根据其地位、学问、名誉或财富。按照哈特先生的观点，东西方文化的发展态势犹如跷跷板的两端，公元2世纪之前，西方在上，东方在下，自打蔡伦发明了纸，由汉而唐，由唐而宋，双方的地位发生逆转，东方变得高高上扬，西方几乎一坠到地，及至15世纪，德国的古腾堡在引进造纸术的平台上，推出了现代印刷业，东西方的形势又再度易位。此事不能绝对，一绝对就难免滑入唯技术论的泥沼，但不管如何，文化载体的强弱，肯定是社会前进中一个至关重要的因素。啊，蔡伦！昂藏是什么？风骚是什么？浩然之气又是什么？轰轰烈烈又是什么？曾经让刘邦生出"大丈夫当如是"感喟的，曾经让项羽发出"彼可取而代之"誓言的，那腔热血，始终奔涌呼啸在你的周身，只是，换了一种筋络走向。哈特在卷首引用的那段弗朗西斯·培根的名言，正好可以用来为你树碑勒铭。培根说："随之我们就会看到智慧和学问之碑是怎样远比权力或武力之碑更加长垂不朽。因为荷马诗歌已流传两千五百多年而未失去一个音节或一个字母；而在此期间却有无数座宫殿、庙宇、城堡和市镇已被腐蚀完毕或毁灭殆尽，事实不正是如此吗？"

光荣啊，不朽啊，蔡伦！而我，也正由于上述排行榜，才激起见识见识你的欲望。没想到你的资料是如此残缺不全，填不满任何一页现代程式的档案。没想到，你竟是一名遭阉割的太监，像明代的郑和。郑和据说生得高大而英武，啊，不是据说，是根据典籍记载。而你，史无旁证，只能在我的想象中英武而高大。我曾想，倘若我们效仿哈特，也来编一本"中国历史上最有影响的一百人"，那么，你会排名第几？我敢断言，肯定不会进入前十，极有可能是名落孙山。这块国土历来崇尚王冠与权柄，风流都叫秦皇汉武唐宗宋祖占去。科学每况愈下地失去行政依托。文化反反复复地陷于精神阳痿。浑天仪混同摆设。指南针止于风水。七下西洋的郑和，终了也没能走出天圆地方的樊篱。火药的问世，充其量只是繁荣了爆竹与烟花。"四大发明"虽然人人拿它当歌唱，但真正顶礼膜拜、崇之敬之、仰之慕之的，又有几人？不信请看：撇开蔡伦你，那位发明活字印刷，本应和德国的古腾堡一较高下的毕昇，不是一直被排除在正史之外，仅仅在沈括的《梦溪笔谈》寥存一笔！而指南针与火药的专利权人，千载之下，依然是一笔糊涂账！

时下流行商品"出口转内销"，想不到名声也是。蔡伦，我从小学课本熟知你，却从国际坐标重新定位你。2001年9月8日，你的湖南老家——古称桂阳，今称耒阳——正是在哈特先生的启迪、鼓舞下，召开了首届"蔡伦科技发明节"。耒阳是你的诞生地，城里有你故居的旧址，如今辟为纪念公园。园内保存有蔡侯祠、蔡子池、蔡伦墓，还有唐代焚烧纸钱的宝鼎，以及当年你从都城洛阳返乡，传授造纸术时用作舂捣纸料的石臼。明人胡文壁咏《蔡池夜月》云："茧札分明胜简编，旧池犹为蔡侯传；风清夜籁春声古，日漾寒波藻思鲜。"其景其韵，仍然触目可见，支耳可闻。为配合此番发明节的召开，城内新辟有气势雄伟的"发明家广场"，你的青铜雕像巍然而立，翘首云天，古今中外上百名科技大家陪衬左右，宾主分明。呵呵，蔡伦，你创造了纸，纸也造化了你。在小城两千余年的历史上，你的大名是唯一的亮点。在知名度提升市场经济的今天，你被理所当然地从幕后请到了台前。这是又一部不是排行榜的排行榜，它泄露出故乡人的跃跃雄心，或者说是勃勃野心。唯一煞风景的是：天南海北的与会者，居然绝大多数目不识"耒"（lěi），他们总是将它读作"来"（lái）；犯这错的，还包括中央电视台的播音员。来阳？耒阳？"来""耒"不分，出口成疵。主人难免摇头苦笑。客人也觉出乖露丑。听罢这插曲我不禁哑然失笑。我想，不，我建议：蔡伦，倘若你的故乡，这座位于湘南丘陵的无名小城，立意要冲出千古寂寞，闯荡21世纪的精彩世界，何不干脆脱胎换骨，改"耒阳市"为"蔡伦市"？！这样一来，不仅好读、易记，还管保百分之百发挥出你老人家的名人效应！

哦，梦笔生花，是每个文人的向往，如果上帝也赐我一支彩笔，蔡伦，我愿纵情为你高歌。你必定有一个天真烂漫的童年，那时你是幻想之子，自然之子。你必定也有一个忧郁的青年，鸟翼系上了黄金，骏马拴在了磨道。当青春的激情，不能喷薄向长天，而被迫锁于内心，你是有恨啊！愁多织就千千结，枝头红豆不堪看，看时满眼相思泪。当你创造的天赋，经千回百转，终于在造纸大业上找到突破，你是真正有爱，而又敢爱。仰天一笑山水绿，跬步江山见寥廓。汉和帝刘肇对你欣赏有加，造纸业迅速推向全国。刘肇死后，殇帝刘隆即位，没一年，安帝刘祐登基，封你为龙亭侯。以宦竖之身，博公侯勋爵，这是几人能得的殊荣？蔡伦啊，站在现代人的立场上，我多想为你重新策划进退。可惜前尘已定，这只能是一厢情愿。客观地说，倘若没有在朝廷的高位，尤其是掌管御用作坊的便利，你的造纸术不会如此一帆风顺。但是，有道是成也萧何，败也萧何，可叹你身为小黄门不久，二十郎当的青嫩年纪，就身不由己地卷入了肮脏的宫闱政治，结果，四十年河东须臾转为河西，蓦然回首，你已从侯爵之身，沦为敕令投案待审的囚徒。那时，你正在陕西的封地安度晚年，因为耻于进京受辱，遂沐浴整衣，饮鸩自尽。死得虽然苏格拉底，毕竟不值。幸亏生命的终结不等于创造的终结，创造自己另有日月。

汽车绕过未名湖，再拐两个弯，目的地就到了。再见，蔡伦！当我初次单独驾车出行，有你的目光一路相随，令我倍感轻松和温馨。寂寞而又庸碌的写作生涯，唯温馨可赢得气定神闲，且确保心灵的自由驰骋。啊，我有时也多么想，多么想生活在东汉，与你携手造纸，分享灵感叩门时的心弦急颤，像纤指轻拂下的古筝。但那一切都已远我而去了，纸的发明，已成了一种元素，一脉基因，一缕东风，一道虹彩，我只能仰望，并且呼吸，并且缅想。今天，地球虽然转入了信息产业时代，纸的光芒，仍有增无减。何况，电脑屏幕呈现出另一种纸，鼠标是另一种笔，这是"电子纸张"大行其道的世界，也是继古腾堡之后西方文明的又一次浩荡东征。东方古国呼唤科学、文化复兴，呼唤21世纪的蔡伦。呼吸是清醒的过滤。缅想最终是为了超越。但愿归程，但愿在未来的时日里，你的目光，从公元2世纪射出的创造炬火，仍一往情深地温暖着我。但愿东方古国能从此摆脱文化人格上的自戕与他戕，自萎与他萎。也但愿，下一届在你老家召开的"科技发明节"，我能有幸驱车前往，不是矫情，为的是像老榕那样一路尽情伸展根须，汲取历史与现实交融的质感；同时也为了实地挖掘并且结构，方才在马达的浅咏漫吟里无意间浮上心头的这道题目：《蔡伦在历史时空的一幅肖像》。

沈园悲歌

李元洛

　　天下的名园多矣，有的是帝王的禁苑，如北京的颐和园；有的是官宦的园林，如苏州的狮子林。或堂皇富丽，或典雅幽深。它们大都是以曲水平湖楼阁亭台的自然与人造的景观取胜。而浙江绍兴东南隅禹迹寺南洋河弄内的沈园呢，它本来称为"沈氏园"，是南宋越中大族沈家的私人花园，它虽然不乏小桥流水林木假山等必具的园林之盛，但却是因杰出诗人陆游的一曲悲歌而名动古今，历时八百余年而不废。这在中国的园林中恐怕是绝无仅有的异数，而为其他园林所望"园"莫及的了。

　　绍兴十四年也即公元1144年，年方弱冠的陆游和他的表妹唐琬成婚。一方少年才俊，诗情横溢，一方饱读诗书，秀外慧中；一方是绝世伟丈夫，一方为绝代好女子。何况他们原本青梅竹马，又复亲上加亲，从爱情的性爱、伦理之爱与审美之爱的三层次而言，他们本应该是天地间的绝配，是真正的"天作之合"。然而，他们不是生逢自由开放的现代，而是礼教森严的宋代，唐琬没有得到陆游母亲的欢心，被棒打鸳鸯而终告离婚。这一桩个人的哀史与痛史，最早见之于陆游之后不久南阳人陈鹄的《耆旧续闻》。此书记载汴京故事及宋室南渡后名人言行甚多，其中就说"放翁先室内琴瑟甚和，然不当母夫人意，因出之"，并且记叙了陆游离婚后不久在沈园与唐琬邂逅，唐琬"遗黄封酒果馔，通殷勤"。陆游悲怅交集，写了有名的《钗头凤》一词，"其妇见而和之，有'世情薄，人情恶'之句，惜不得其全阕。未几，怏怏而卒"。虽然语焉不详，但我们仍然要感谢他为这一悲剧写出了最早而可信的剧情提要。陆游之后数十年，周密在《齐东野语》中记载得更为具体详细："唐后改适同郡宗子士程。尝以春日出游，相遇于禹迹寺南之沈氏园。唐以语赵，遣致酒肴。翁怅然久之，为赋《钗头凤》一词，题园壁间。""翁居鉴湖之三山，晚岁每入城，必登寺眺望，不能胜情"。至此，剧情提要已丰富为故事梗概。不过，比周密大四十多岁的诗人刘克庄在他的《后村诗话》中，却向我们透露了一个重要的令人分外怆然伤感的信息：陆游的老师是诗人曾几，曾几的孙子又受学于陆游。对陆游的《沈园二首》，刘克庄"旧读此诗，不解其意，后见曾温伯言其详"，"其详"的内容之一，就是没有他人所述的遣致酒肴互通心曲的细节，而是"一日通家于沈氏园，坐间目成而已"。也就是囿于封建礼法，他们根本无法像现代人一样交谈致意，只能眉目传情，只好此情无计可消除，才下眉头又上心头。陆游十八岁时认识曾几，自称学诗从认识曾几的那一年算起，删定旧作成《剑南诗稿》，第一卷第一首便是《别曾学士》，诗集中多次追述从曾学诗的经过，八十四岁那年还梦见曾几，《梦曾文清公》诗中就有"晨鸡底事惊残梦，一夕清谈恨未终"之句，而诗集中也有赠其孙曾温伯之诗。曾几祖孙对陆游知之甚详也甚深，曾温伯所言，当得之于祖父和父亲的说辞，乃第一手材料，十分可信。"曾温伯言其详"，如此如此，更符合特定时代特定人物的规定情境，也平添了这一悲剧的凄怆色彩，可惜刘克庄限于诗话形式，同时也未能超前预见后人的好奇心态与求索心理，故记录得十分简略，语焉而不详。如果是我，就会对曾温伯实行人盯人式的贴身采访，并且一一记录在案，写出详尽的对话录或访问记，让后世的读者一代代接力般地把卷捧读。

绍兴的沈园，我多年前来瞻拜过一次，写有《钗头凤》一文以记其事。不久前一个秋日的午后，接过八百年前陆游递过来的诗柬与请帖，我又一次远从湘楚而至，旧地再游，重读那至性至情缠绵悱恻的往事，重温作者那刻骨铭心读者感怀不已的诗篇。

一跨进沈园的门槛，恍兮惚兮，我便仿佛回到了千年前的南宋。园中有一泓宋代的池塘，沿岸杨柳依依，枝条垂拂，它们是想从水中捞起遥远的往事和丽人的倩影吗？园内枫叶流丹槲叶已黄，红的仍然是她的心血，黄的仍然是他的哀伤吗？题写《钗头凤》的那堵粉墙呢？世事沧桑，在陆游题壁之后，沈园多次易主，先变成了许氏园，后又成了汪氏的宅第。据陈鹄记载，淳熙间他弱冠之年来游会稽许氏园，看到壁间有陆放翁的题词，笔势飘逸，而数十年间"寺壁犹存，好事者以竹木护之，今不复有矣"。陆游与唐琬相见于沈园并题壁，是在绍兴二十一年（1152）春天，陆游时年二十七岁。"淳熙"，是宋孝宗的年号，从1174年至1189年，此题诗之壁犹在。陆游六十五岁回到山阴故里，六十八岁来游沈园，时在1192年，他写了一首七律，为《禹迹寺南，有沈氏小园。四十年前，尝题小词一阕壁间。偶复一到，而园已三易主，读之怅然》："枫叶如丹槲叶黄，河阳愁鬓怯新霜。林亭感旧空回首，泉路凭谁说断肠？坏壁醉题尘漠漠，断云幽梦事茫茫。年来妄念消除尽，回向禅龛一炷香。"从诗中看来，题词之壁四十年后就已非故物而成"坏壁"了，而陈鹄当时就说"今不复有矣"，我又到哪里去寻觅那原壁啊原壁，去摩挲顶礼放翁龙飞凤舞的手泽呢？不过，历史已非当年的原版，后人却可以复制，今日沈园正南的围墙边，新筑了一道断垣，其上以草书与行书分别刻有陆游与唐琬的《钗头凤》词，每阕寥寥六十个字：

> 红酥手，黄縢酒，满城春色宫墙柳。东风恶，欢情薄，一怀愁绪，几年离索。错，错，错。春如旧，人空瘦，泪痕红浥鲛绡透。桃花落，闲池阁。山盟虽在，锦书难托。莫！莫！莫！
>
> 世情薄，人情恶，雨送黄昏花易落。晓风干，泪痕残，欲笺心事，独语斜阑。难，难，难。人成各，今非昨，病魂常似秋千索。角声寒，夜阑珊。怕人寻问，咽泪装欢。瞒！瞒！瞒！

这真是令人黯然神伤的悲怆奏鸣曲，苦恋二重唱！据说这一截断墙，是用园中出土的宋代砖石砌成的，难怪那些砖石无一不老态龙钟，极具沧桑之感。然而，在其上再版的，在我心中呜咽轰响的，在中国诗史中永恒如星座的，却是虽然写于八百年前但永远年轻的青春之歌！

风雨如磐的封建时代，由父母之命媒妁之言乱点鸳鸯谱而造成的悲剧太多太多，即使是当今之世，因种种原因而所嫁非偶所娶非俦的也不在少数，正如老托尔斯泰在其名著《安娜·卡列尼娜》的开篇所说：幸福的家庭都是一样的，不幸的家庭各有各的不幸。也许是中外一理吧，明人黎举在《金城记》里移情于物而发奇想，他主张梅花娶海棠，柳橙娶樱桃。清人张潮在《幽梦影》里却表示不同意见，认为清高的梅只宜去聘问梨花，而海棠最好嫁给杏花，樱桃呢？她的上选对象莫过荔枝。而写《鸳鸯牒》的程羽文则由物而人，并且自充红娘，他一厢情愿地把历史上有名人物的既定配对重新打乱，务求英雄美女才子佳人们琴瑟和谐，各得其所。才士不遇，红颜薄命，该是天地间最令当事人抚膺断肠而令旁观者扼腕长叹的吧？人生自是有情痴，生命中总要有一点痴，生命才有所寄托，何况陆游是一个大痴之人。他痴于诗，"三日无诗自怪衰"而"八十年间万首诗"，这一自白就是证明；他痴于国事，梁启超《读陆放翁集》说"集中什九从军乐，亘古男儿一放翁"和"谁怜爱国千行泪，说到胡尘意不平"，这一他白就是写照；他也痴于初恋，痴于爱情。忽然一阵无情棒，打得鸳鸯各一方，而且唐琬在写下《钗头凤》之后不久即郁郁寡欢而辞世，恩爱的鸳鸯成了啼血的杜鹃，原本美好的婚姻短短两年即告离散，虽然美若朝霞却迅如闪电，陆游怎么会不入生长恨水长东地沥血而歌呢？

陆游怀抱恢复中原的雄图壮志，但不能见容更不能见用于机心深险蝇营狗苟的当道。他东漂西泊，屈居下僚，国事天下事占据了整个身心。往日的爱情与创痛深埋在他的心底，犹如一坛陈年的苦酒，他不愿意轻易启封，但有时也仍然不免触景生情，不足为外人道地自斟自饮。陆游的舅舅中有一位名叫唐意，唐琬即是唐意之女，故里在湖北江陵。唐意避难江陵山中贫病交加而逝，唐琬才不远千里投奔山阴陆家。陆游四十六岁入蜀，途经唐琬的故乡江陵，他"谒后土祠"，"求菊花于江上人家"，并赋《重阳》一诗以寄近愁远恨：

照江丹叶一林霜，折得黄花更断肠。

商略此时须痛饮，细腰宫畔过重阳。

寄寓在此诗中的隐情，只有深入了解陆游的爱情悲剧及有关情事，才能领略。这首诗写"折得黄花"，诗人竟为之"断肠"，并只好"痛饮"消愁，如果不是深悲巨痛，何以至此？《剑南诗稿》中写菊花的诗，许多都与陆游、唐琬的爱情有关，如"秋花莫插鬓，虽好也凄凉；

采菊还採却，空余满袖香"（《采菊》）即是。最明显的是《余年二十时尝作〈菊枕诗〉，颇传于人，今秋偶复采菊缝枕囊，凄然有感》二绝，这两首诗写于淳熙十四年（1187），陆游于浙江严州军州事任上，时年六十三岁：

采得黄花作锦囊，曲屏深幌闷幽香。
唤回四十三年梦，灯晚无人说断肠。

少日曾题菊枕诗，蠹编残简锁蛛丝。
人间万事消磨尽，只有清香似旧时！

陆游十九岁与唐琬燕尔新婚，曾经采菊花为枕，并作《菊枕诗》传诵一时，那是多么其甘若醴其甜如蜜的回忆！四十三年后于秋日偶然采菊为枕，却早已物是而人非了。此诗咏菊而实为咏人，我们已无法请陆游向我们细说当年菊花枕的甜蜜故事与旖旎风光了，那本来是不能强求他公之于世的个人隐私，而那首"颇传人"的题菊枕的少作，也未能流传于后世，如同一颗明珠在众人的传赏中突然失踪，使我们今天仍然不胜惋惜。但是，他的回想之情，凄然之感，断肠之痛，刻骨之悲，至今仍定格在上述两首诗中，令我每一讽诵，均不胜低回。而今日的一般读者，大都只知陆游写于沈园的那些追怀之作，而少知上述三首绝句。殊不知这些作品，正是多年前沈园词作最早的后浪，又是不久后沈园诗作最早的潮头。

在地方小吏的位置上沉浮，在西南从戎九年后于东南继续飘荡，在六十五岁那年，陆游终于回到故乡山阴鉴湖边的三山定居，直至八十六岁去世。此地距城内不远，时间是更行更远，空间则愈走愈近，比起以前在东南的福建与西南的巴蜀，现在他与沈园之间几乎是"零距离"了。他每次前去城垣，总不免要到禹迹寺登高临眺，或往沈园追昔抚今。强自尘封的悲怆的岁月一经开启，感情的强自压抑的闸门一经打开，除了也许已经失传的之外，我们听到的是更多的也是至死而不衰的沈园悲歌。前面引述的七律《枫叶初丹槲叶黄》，就是他六十八岁时的作品，而最为人所熟知的，该是庆元五年（1199）他七十五岁时所作的

《沈园二首》了：

> 城上斜阳画角哀，沈园非复旧池台。
> 伤心桥下春波绿，曾是惊鸿照影来。

> 梦断香消四十年，沈园柳老不吹绵。
> 此身行作稽山土，犹吊遗踪一泫然！

"病骨未为山下土，尚寻遗墨话兴亡"，是北宋李邦直题《江干初雪图》的名句，陆游在作品中曾多次化用，此诗亦复如此，虽然一咏家国，一叹私情，却同样感人；而"翩若惊鸿，宛若游龙"，则是曹植《洛神赋》中对洛水之神的绝妙形容，陆游用来赞美唐琬，也是情深一往。在这两首诗中，那抚今追昔之感，至死不渝之情，海枯石烂之意，你即使是铁石心肠，也该会为之心动。你如果本来就是一个多情种子，除了凌云的豪气，也有似水的柔情，那就定然会轻抚陆游的双肩，和他同声一哭了。沈园内有一泓较大的宋代池塘，还有一处其状为葫芦的葫芦池，相传池边桥畔即是陆游与唐琬的邂逅之处。我在柳岸池旁久久地徘徊寻觅，绿柳丹枫今日仍在临水自鉴，但不论是在岸上还是在水中，却再也看不到唐琬翩若惊鸿的身影，只有陆游的歌声不绝如缕，穿过八百年的悠悠岁月隐隐传来，将我的心弦弹奏并敲痛。

前人对陆游的《沈园二首》评价很高，但我以为清人陈衍在《宋诗精华录》中说得最好："无此等伤心之事，亦无此等伤心之诗。就百年论，谁愿有此事？就千秋论，不可无此诗。"其实，不仅是《沈园二首》，陆游在之后的相关作品，同样动人情肠。时间，真是一剂特效或长效的治疗心灵创伤的良药吗？至少对于陆游它是失效的。有的人也重情，但随着时间的流逝与年华的老去也会逐渐淡薄，有如年深月久而褪色的黑白照片，但陆游的这一番痴情却老而愈烈，与他的生命相始终，好似陈年的醇酒，时间越长越是香洌。嘉泰元年（1201）他七十七岁时作《禹寺》一诗："暮春之初光景奇，湖平山远最宜诗。尚余一恨无人会，不见蝉声满寺时。"不久之后，他又有"禹寺荒残钟鼓在，我来又见物华新。绍兴年上曾题壁，观者多疑是古人"之句。日有所思，夜有所梦，陆游八十一岁，他再一次梦到沈园，作《十二月二日夜梦游沈氏园亭二首》：

> 路近城南已怕行，沈家园里更伤情。
> 香穿客袖梅花在，绿蘸寺桥春水生。
>
> 城南小陌又逢春，只见梅花不见人。
> 玉骨早成泉下土，墨痕犹锁壁间尘！

次年，陆游又写了《城南一首》："城南亭榭锁闲坊，孤鹤归飞只自伤。尘渍苔侵数行墨，尔来谁为拂颓墙？"时隔一年，他在八十三岁时作的七律《禹词》中，再一次叹息："故人零落今何在？空吊颓垣墨数行。"上述三首绝句，均以沈园为中心，二为记梦，是"梦文学"中的佳构；一为记实，与记梦之作相映相照。三首诗念兹在兹，如同晚岁回首华年，仍然是年轻时悲剧的晚歌与挽歌。我真要感谢沈园当年的主人，他是出于同享自然福泽的良好愿望呢，还是睦邻友好于乡里？本来是私家花园，却在春天对外开放，既不要介绍信，更无须门票，于是让我们的两位悲剧性的主人公有缘在此不期而遇，让中国的诗歌史平添一段永恒的佳话，一番永不褪色的异彩，让中国人的爱情有了一部绝不逊于罗密欧与朱丽叶的经典。

唐琬改嫁同郡士人赵士程，不久即怏怏去世，陆游则由母命再娶川人王氏，同居五十年，生下六个儿子。陆游对儿子的钟爱有加，其情屡见于诗，但却没有一首给王氏的作品，我只发现"读经妻问生疏字，尝酒儿斟潋滟杯"一联提及，真是名副其实的片言只语。王氏死后，陆游作《自伤》一诗，有"白头老鳏哭空堂，不独悼死亦自伤"之句，虽云"伤人"主要却是别有怀抱地"伤己"，虽然"哭人"，主要却是触景伤情地"哭己"，这从他给王氏所作的《令人王氏圹记》也可见一斑："呜呼！令人王氏之墓。中大夫山阴陆氏妻蜀郡王氏，享年七十有一。封令人，以宋庆元丁巳岁五月早戌卒，七月己酉葬祔君舅少傅，君姑鲁国夫人墓之南冈。有子子虚，乌程丞。子龙，武康尉。子恬、子坦、子布、子聿。孙元礼、元敏、元简、元甫、元雅。曾孙阿喜，幼未名。"不仅简略未及百字，而且未提王氏之名，也见不到任何评价与追怀之语，比起陆游受人之请为不相干的他人妻室写的墓铭圹记，篇幅与分量都差多。我确实有些为这不知名的王氏不平，她其实也是牺牲品，一位悲剧人物，但陆游和她大约始终只有婚姻而没有爱情，只一纸冰冷的婚书而没有两心的热烈相许吧？

陆游的爱国是终其一生的，他对唐琬的爱恋也是终其一生的，这两种内涵不同而同样专注热烈的情感，像两条涌浪飞花的河流，一同奔泻到他生命的终点。前者，是千百年来传唱人口的那首绝笔之作《示儿》；后者，则是临终前一年的《春游四首》之一：

沈家园里花如锦，半是当年识放翁。

也信美人终作土，不堪幽梦太匆匆！

陆游最后一次春游，观赏了绍兴城外兰亭等地的风光，但他仍然不忘去沈园做最后的凭吊，写了这一首永别之诗。在《示儿》里，他还说"王师北定中原日，家祭无忘告乃翁"，他对于恢复中原仍然怀抱坚定的信念和殷切的期望，而对唐琬呢？他知道美人已经作土不能复生，而自己的生命也行将落幕，往事如烟，前尘若梦，日月匆匆而不堪回首。他的深创巨痛虽然因自然生命的消亡而解脱了，但却长留在他的艺术生命——永恒的诗章里，灸痛撞伤后代无数读者多愁善感的心。

正如当前一首流行歌曲所说的：有多少爱可以重来？八百年后，早已换了人间，快餐式的一夜情与逢场作戏的男欢女爱，成了世纪的流行病，不为权势与金钱所左右的两心相悦坚如磐石的爱情，已经像最名贵的钻石那样难以多得，而陆游那种生死恋情在当代也几近绝版了。陆游与唐琬的爱情故事，古往今来也并非绝无仅有，但他们的生死恋之所以分外动人心弦，是因为恋情的真挚、热烈与持久，而且这种恋情随着时间的流逝与对象的香消玉殒，已经超乎男女性爱与夫妻伦理之上，而成为一种与精神的感应、慰藉与追怀相联系的上品乃至极品的爱情，近似于西哲柏拉图所说的"精神恋爱"。除此之外，还因为他们个人的小悲剧有国家的大悲剧为背景，陆游有儿女之私，更有博大的家国民族之爱；他固然儿女情长，却绝非英雄气短，他是一位伟大的爱国者。如果只是一介蝇营狗苟的俗子，如果只是一个纯粹咀嚼儿女之情的凡夫，就绝不可能引起如此广泛而持久的共鸣。同时，陆游又是一代杰出的诗人，他的诗集中爱情诗极少，而且大都是写给唐琬的。他未能挽留逝去的时光，但却以美妙的诗章永远挽留了他专注的美好的情感。他手中如果没有一枝生花的彩笔，就不会有那么动人的情辞绮语芬芳和烫痛后世读者的嘴唇，而他的爱情故事，顶多也只是时间的风中的遥远传说了。

有多少真正的爱可以重来？只要人间仍有超越世俗的真情，只要百姓仍然有超越形而下的对精神的向往，只要民族的心头仍然供奉着永远的诗神，众生就仍然会钟爱陆游的沈园之诗。这难道还有什么疑问吗？一个秋晴的午后，我在沈园久久地独自徘徊，遐思默想。出得园来，时已昏黄，我问愈行愈远的沈园，问城中熙来攘往的行人和相拥而行的情侣，问茫茫大地无数窗口里的朵朵灯光。

一百五十年前的战争

——读赵烈文的《能静居日记》

王开林

赵烈文是曾国藩的及门弟子，是后者倚重过数年之久的机要秘书。同治二年（1863）五月，适值湘军围攻江宁（今南京）的关键时期，钦差大臣、两江总督曾国藩特派赵烈文去湘军主将曾国荃麾下担任首席文案，这一干就是一年零三个月，他正好亲历了那场扭转乾坤、逆袭人性的破城之役。赵烈文襄助曾氏兄弟，颇有功劳，得曾国藩保举。最难得的是，曾国藩视之为交心无隐的忘年好友，两人几乎无话不谈。有时候，他们关起门来聊天，兴之所至，话题很容易涉入某些"深水区"，比如议论两宫皇太后的"才地平常"，点评恭亲王和军机大臣们的性行优劣，预测清朝的存亡命限。赵烈文积学富才，诗情不俗，其长处在于审时度势和知人论世，高妙见解往往令智者折服。一位记录者要胜任愉快，就得拥有便利的观察条件才行，湘军集团给赵烈文提供的机缘不可谓不丰富，唯其如此，他的视野中鲜有盲区和死角。

在湘军大营中，赵烈文广泛交往人雄人杰，多次近距离观察血雨腥风的战事，他将自己的见闻、感受和旁人的忆述融合在一起，逐日记录下来，给后世积累了大量鲜活而又翔实的原始史料。光绪元年（1875），王闿运独力修纂《湘军志》，坚守史德，直书无忌，彻底惹恼和激怒了湘军集团的一众将帅，弄得谤名满天下。一部好端端的史书竟被强行毁版，吃亏之处就在于王闿运手头所掌握的史料太过单薄，缺乏说服力。假若他有机会借阅《能静居日记》，啪啪啪打起湘军贪将们的老脸来，就能够理直气壮一万倍。当然，我们从情理上去推测，赵烈文生前是不会公开这部日记的，也不会将它借给任何史家去参阅。

事核其实，情见其真，理求其直，不为尊者讳，不为贤者隐，赵烈文博观而约取，覃思而竭虑，整部日记所彰显的史胆、史德、史料和史识便弥足珍贵。他记录的战争片段极具现场感，可谓触目惊心。

安庆战役的惨状

咸丰、同治年间，湘军打过不少惨烈的战役，尤以安庆之战、江宁之战最为惊心动魄，这两场战役的军事指挥官均为曾国藩的弟弟曾国荃。曾九爷是朵奇葩，后半生主要靠吃老本，这两场恶战堪称他履历中最辉煌的部分。

咸丰十一年（1861）八月十三日，赵烈文在日记中采取追忆的方式描述安庆之战最惨烈的场面，单看这段文字，就能看得人寒毛直竖，冷汗直流：

> 前月中旬，援贼至石牌，进扎集贤关。二十日、二十一日扑东门外长壕。二十二日巳刻大股扑西北长壕，人持束草，蜂拥而至，掷草填壕，顷刻即满。我开炮轰击，每炮决血衢一道，贼进如故，前者僵仆，后者乘之。壕墙旧列之炮，装放不及，更密排轮放，调增抬（枪）、鸟枪八百杆，殷訇之声如连珠不绝，贼死无算而进不已，积尸如山。路断，贼分股曳去一层，复冒死冲突，直攻至二十三日寅刻，连扑一十二次。攻方急，一勇掷火包，线长未燃，被拾起回掷，时我壕沟内遍地火药，包发轰然，其一二处守者皆溃，奔退十余丈。贼过壕者已七八人，统领曾观察国荃见事急，亲下斫贼数人倒地。溃卒见统领自战，皆复返，枪炮复续，贼见不可攻，其逼胁为前队之众已尽，乃退。凡苦战一日一夜，贼死者万数千人，我军死者百余人，用火药十七万斤，铅子五十万斤。是时，城外贼之陆营先已尽夺得，沿江炮台亦为水师陆续攻取。内贼已在掌握，

惟专力御外而已。

曾国荃统领湘军主力将太平军盘踞已久的安庆城包围得水泄不通，由于补给线被湘军切断，太平军陷入了守城就是等死、突围就是找死的绝境。城外，太平军援军猛攻湘军的围城部队，每人手持一捆稻草，将稻草扔入又宽又深的壕堑，顷刻间即可填平沟堑，但湘军用猛烈的炮火压制他们，弹如雨下，血肉横飞，太平军前仆后继，连续扑向壕沟十二次，结果尸积如山。彼此阵亡的人数相差极为悬殊，湘军大炮、小炮倾泻的火药共计十七万斤，铅子多达五十万斤，你尝试想象一下战场的惨状，会是一个什么样子？最终太平军援军困处一隅，无所作为，安庆城摇摇欲坠。

> 至七月杪，北门地道成，晦夜四鼓，前营开字营官程又忠（本皖城守贼），薄城西北门，缘城而升，城破，会地道亦发，我师蜂拥而入，守贼皆饥倒不能抵御，城上炮架至以铁链锁炮手其上，以防其逸。见军至，跪地乞死而已。逆目张朝爵、叶矮子不知下落，陈某、吴某皆死，杀贼凡一万多人。男子髫龀以上皆死，各伪官眷属妇女自尽者数十人，余妇女万余，俱为兵掠出。房屋贼俱未毁，金银衣物之富不可胜计，兵士有一人得赤金七百两者。城中凡可取之物扫地而尽，不可取者皆毁之，坏垣劚地，至剖棺以求财物。惟伪英王府备督帅行署，中尚存物十七，余皆悬磬矣。贼绝粮已久，通城惟伪目张朝爵私藏米五石余于屋顶，余处信无颗粒。人肉价至五十文一两，割新死者肉亦四十文一两。城破入贼居，釜中皆煮人手足，有碗盛嚼余人指，其惨至此。

太平军饥饿不堪，战斗力锐减，号称固若金汤的安庆城被湘军攻拔，烧杀淫掠的戏码一个不少，数十名妇女自杀，万余名妇女沦为了战利品。湘军搜寻金银财宝，破坏力惊人，"城中凡可取之物扫地而尽，不可取者皆毁之，坏垣劚地，至剖棺以求财物"，长眠于地下的死人也难逃这场浩劫。关于吃人一节，人肉价格之贱，都直接彰显出乱世中人命的微不足道。赵烈文的日记好就好在客观真实，他自始至终都没有打算为湘军隐恶。我相信，许多读者看完这段文字，都会感到困惑，战争中的正义性何在？谁是更残忍的一方？谁是更仁慈的一方？压根就没有一个明确的答案。

> 计是役前后阵诛贼不计外，夏间鲍军门攻破援贼刘玱林，降者四千余，疑其内应，尽杀之。自四月至今，城外各贼营陆续来降，亦皆戮死，又八千余人。前日援贼前队驱胁良民，死于炮火者一万数千人，今城陷复杀贼及万，共死三万余人。军兴以来，荡涤未有如是之酷者矣！闻收城之日，五鼓攻陷，杀戮至辰巳时，城中昏昧，行路尚须用烛，至今阴惨之气犹凝然不散，尸腐秽臭，不可向迩。嗟乎！无边浩劫谁实酿成？闻之非痛非悲，但觉胸中嘈杂难忍而已。

什么叫"杀人如草不闻声"？赵烈文的日记给出了样本。因为怀疑四千名太平军降卒是内应，湘军大将鲍超就下令将他们斩尽杀绝。因为遣散着实令人犯难，曾国荃就下令将安庆城外八千名太平军降卒杀得一个不剩。太平军援军驱胁良民冲锋陷阵堵炮口，被歼灭一万数千人，再加上破城后杀戮的军民，死者共计三万多人。这是湘军成军以来获得的头号大胜仗，直杀得天昏地暗，唯有一个"酷"字可以形容。"无边浩劫谁实酿成"？赵烈文问了个问题，却等于白问。这是多方合力与加成的结果，任何一方都难辞其咎，但任何一方都要推卸自己的罪责。在死神的绞肉机里，几万条生命只是小数目，至于由此酿成的个人悲剧、家庭浩劫，全都被直接无视和仓促清空了，这才是令人细思极恐的事情。

时隔十三天后，赵烈文在日记中描绘出战后尸横遍野的景象。死者各有姓名，谁又不是人子？或为人父，或为人夫，从此化为游魂野鬼，摸不准回家的方向：

> 营后十余步即到外壕，视内壕尤深广。壕以外又有一壕，稍狭。贼二十二日猛扑，在此处略东，暴骨如莽，此间亦有露骸数千具，臭气尚郁勃，飞蝇集处，攒黑成片，望之惨然。

三万多条生命经不起大炮、排枪、利刃的轮番摧残，悉数便宜了逐臭的青蝇。战争推衍的逻辑永远都是这样的：尽快结束战争必须杀戮许多人，延迟结束战争就会杀戮更多人。战争裹挟军民在两难选择的苦海中沉浮挣扎，痛苦的深渊也因此向所有受害者豁然敞开，即使到了和平年代，后人身处安全地带，凝视这座巨大的深渊，仍不免惊魂骇魄。

难民情形

江南战争直接造成的悲剧产物很多，难民就是其中之一。难民的苦楚一言难尽，他们衣食无着，流离失所，几乎每日每夜，甚至每时每刻，都在死亡线上辗转挣扎。战乱时期的救济机制脆弱不堪，要让枵腹空肠的难民保住游丝飞絮样的性命，就必须倚赖官方千方百计的赈济才行，否则难民唯有死路一条。同治二年（1863）正月十一日，赵烈文在日记中写道：

> 江南有沅帅纠合水师捐资给赈，凡采米数千石，受赈者妇孺十万人。先是每人三日一升，至是不给，改为三日五合。虽沾惠者众，而充腹不足。沿江野地、葡匐挑掘野菜草根佐食者，一望皆是。鸠形鹄面，鸟聚兽散，酸楚之状，目不忍视。而江北一带，俱属李世忠管辖，下至仪、六，上抵滁、和，环转数千里，一草一木皆有税取，民至水侧掘蒲根而食，犹夺其镰铲，以为私盗官物。其稍有资本趁墟赶集者，往往为其兵勇凭空讹索，所有一空。民生之艰，诚不啻在水火。

沅帅即曾国荃（字沅甫），他邀集一部分湘军将士捐资放赈，用数千石稻米解救十万难民之饥馁，虽是杯水车薪，毕竟聊胜于无。相比他们的义举，清军将领李世忠则尽显狰狞面目，在其辖区内，"一草一木皆有税取"，老百姓在江边掘食蒲根，也被视为"私盗官物"，稍有资本的小商贩则被兵勇讹索一空。李世忠原名兆受，是皖北巨匪，"纠党二三万，横截官军，以助贼势，勾结北捻以树贼援"，后率众归降绿营军统帅胜保，更名为世忠。李世忠匪性难改，罔顾人道，貌似百姓的解救者，实为加害者，此类邪恶的清军将领给难民带去更多噩梦。当年，吴棠奏淮北防患一折，内称"李世忠盘踞滁、六一带，奸淫掳掠，甚于寇贼"，老百姓碰上这号瘟爷，真是欲哭无泪。李世忠养寇自重，尽管把"救民于水火，解民于倒悬"的漂亮话挂在口头，实际情形却是水益深而火益热，身益倒而颈益悬。

　　读过赵烈文的日记后，我们不妨再用曾国藩的日记和左宗棠的家书、奏折来佐证，难民处境之悲惨愈加一目了然。同治二年（1863）四月二十二日，曾国藩在日记中写道："皖南到处食人，人肉始买三十文一斤，近闻增至百二十文一斤，句容、二溧八十文一斤。荒乱如此，今年若再凶歉，苍生将无噍类矣！乱世而当大任，岂非人生之至不幸哉！"同治二年，南方数省饥馑，饿殍遍地。在家书中，左宗棠写道："浙江夙称饶富，今则膏腴之地尽成荒瘠。人民死于兵燹，死于饥饿，死于疾疫，盖几靡有孑遗。纵使迅速克复，亦非二三十年不能复元，真可痛也。"他还说："浙民死丧流亡之惨为天下所仅见，我入浙以后，日坐愁城，目睹情形，几于泪殚为河矣。一切赈救之策皆从无中生有，黾勉图之，无救十一。方引为惭恨，积为悲伤，而浙民与江、皖之民已相与颂仰之矣。"在奏折中，左公的笔墨更为沉痛，描写得更加细致："人物凋耗，田土荒芜，弥望白骨黄茅，炊烟断绝。现届春耕之期，民间农器毁弃殆尽，耕牛百无一存，谷豆杂粮种籽无从觅购。残黎喘息仅属者，昼则缘伏荒畦废圃之间，撷野菜为食；夜则偎枕颓垣破壁之下，就土块以眠。昔时温饱之家，大半均成饿殍。忧愁至极，并且乐生哀死之念而亦无之，有骨肉死亡在侧，相视漠然不动其心者。哀我人斯，竟至于此！"哀莫大于心死，哀莫甚于人性沦丧，较兽性等而下之，乱世上演的保留剧目总是非"二哀"莫属。人性坠于前，人道毁于后，修复它们需要耗费漫长的岁月，二三十年也不一定够用。

湘军攻破江宁，乱象百出

咸丰十一年（1861）七月，曾国荃领兵攻克安庆，拔除了太平军的重要堡垒，下一个军事目标就直指太平天国的京城。同治元年（1862）二月，新年刚过不久，曾国荃领军东进，直扑江宁。湘军采取合围之势，进一寸得一寸，进一尺得一尺，曾国荃的江湖绰号为"曾铁桶"，真不是浪得虚名。湘军围城两年有余，吃尽了苦头，受尽了挫折，将士伤亡逾万人，终于倾覆了眼前这座坚城。其时，赵烈文在曾国荃麾下担任首席文案，对于眼皮子底下发生的一切知之甚详，他据实记述，毫无故意丑化湘军将士的动机。破城当日，同治三年（1864）六月十六日，赵烈文的日记提供了珍贵的原始史料。

一大早，湘军轰开江宁城墙二十余丈，攻破神策门和聚宝门，焚毁西门营和中关营，全城告陷，两军旋即进入互相绞杀的巷战阶段。曾国荃赶回大本营，"衣短布衣，跣足，汗泪交下，止众弗贺，出传单示余，命作奏"，"……生世不幸，逢此多艰，既以干戈将定为喜，复以昆冈一炫为悲，五中纷乱，惝恍无主"。紧接着，赵烈文写道："傍晚闻各军入城后，贪掠夺，颇乱伍。余又见中军各勇留营者皆去搜刮，甚至各棚厮役皆去，担负相属于道。余恐事中变，劝中丞再出镇压，中丞时乏甚，闻言意颇忤。张目曰：'君欲余何往？'余曰：'闻缺口甚大，恐当亲往堵御。'中丞摇首不答。至戌末，余见龙脖子至孝陵卫一带放炮，知有贼窜。时城虽复，而首逆未就擒，悍党李秀成、林绍璋等皆不知下落，大事未为了当。余复于卧榻摇中丞起，请派马队要截。中丞不以为然。"曾国荃"卧良久"，起床后索看赵烈文草拟的奏稿，要求将诸将战功一一详奏，生怕对他们有所亏负。他交代完毕后，"自复卧"。"至四鼓时，城北来报，有马贼二百余，步贼千计，假冒官军衣装，并携带妇女从缺口冲出，守汛者昆字及湘后左右营精锐大半在城内未返，余皆疲顿，不能阻之，仅杀数十人。出城后由孝陵卫福字李泰山、节字萧孚泗等营卡门出，亦莫能遏，其众投句容路而去云云。报者不敢惊中丞卧，余以意度之，伪酋必在其中无疑。余时观文案，诸友缮折未竟，闻报不禁浩叹。中丞与彭毓橘正闭门酣卧，急叩门请之起，商定折内增数语，为后来地步，中丞称善，并飞札马队营官伍维寿追剿。"破城之日，最令人莫名诧异的事情是主将曾国荃由于兴奋过度和疲劳不堪，居然在营房中"闭门酣卧"，并未亲临前敌，赵烈文反复提醒这位主帅要防止首逆逃窜，他也未能及时下达在各城门各缺口严防死守的命令，总指挥官与攻城部队竟如此脱节和隔膜，反应如此迟钝，态度如此松懈，简直不可思议。半个月后，朝廷算起旧账来，曾国荃"遽回老营"被视为重大过错，遭到厉责和严谴。

六月十七日，破城之后第一天，赵烈文递上条陈，建议曾国荃立刻采取四项紧急措施：一是"请止杀"；二是"设馆安顿妇女，毋使尽遭掠夺"；三是"立善后局"；四是"禁米麦出城"。曾国荃"允后三条，缓前一条"。曾国荃统领湘军主力，打一场偌大的恶仗，而且打了两年多，居然未曾拟定攻破坚城之后的预案，A方案、B方案全都没有，更别提C方案、D方案。"时城中伪天王府、忠王府等尚在，余王府多自焚，贼呼'城中弗留半片烂布与妖享用'。官军进攻，亦四面放火，贼所焚十之三，兵所焚十之七，烟起数十道，屯结空中，不散如大山，紫绛色。亭午，二伪府皆烧。下午，信至，中丞派马队追贼者已回。言贼出实二三千人，官军飞追不及，仅获一人。言伪幼主洪瑱福、伪忠王李秀成已皆去。"双方都在城中放火，太平军占比十分之三，湘军反而占比十分之七，遭殃的主要是城中的老百姓，数座伪王府和大片民居均付之一炬，这座六朝古都也就在两三天之内被焚为了半城瓦砾半城死尸的废墟。幼天王洪瑱福（洪天贵福）和忠王李秀成侥幸逃出了江宁，对于主将曾国荃来说，这绝对是个刺耳揪心的坏消息。

六月十九日，破城之后第三天，赵烈文在日记中写道："城中贼至今犹多驻守者，四伪府官军至者多为所害。缘贼自问必死，设守颇密，而官军图利获，多散行也。今日调大队往攻，尚未得捷。嘉字营武赞臣来候，言及城中事，拽曳妇女，哀号之声不忍闻。"善后事难办，曾国荃委任的善后总办彭毓橘、陈湜、彭椿年、易良虎等文武官员都不愿接手这个极易得罪人的苦差事，"并诋之为不识时务"，最后由赵烈文邀请黄少昆主理善后事宜。"是日文案委员有至城，见人幼子甫八岁，貌清秀，强夺之归，其母追哭数里，鞭逐之。余诸委员无大无小争购贼物，各贮一箱，终日交相夸示，不为厌。惟见余至，则倾身障之。文案宋君生香喟然曰：'此地不可居矣！'"拽曳妇女，抢夺儿童，搜刮财物，湘军卒伍这么干，文员也这么干，军纪无从谈起，人道也惨遭践踏。曾国荃深知部下的心理，他奉行的事理逻辑是：将士跟着他吃了太多苦，受了太多罪，现在该是补偿他们的时候了，至于全城百姓的死活，他哪里顾得了那么多。

身为湖湘雄杰，谭嗣同绝对不肯为湘军讳恶。他在《仁学》中痛下手术刀，批判道："中国之兵，固不足以御外侮，而自屠割其民则有余。自屠割其民，而方受大爵，膺大赏，享大名，瞷然骄居，自以为大功者，此吾所以至耻恶湘军，不须臾忘也。"曾国荃将"止戈为武"的古训抛之脑后，他所统领的究竟是仁义之师，还是虎狼之群？这位主将纵容部下烧杀抢掠，在历史上留下了极不光彩的一笔。

六月二十一日，破城之后第五天，赵烈文在日记中写道："是日城中火渐灭，犹一二处尸骸塞路，臭不可闻。中丞令各营掩敛其当大路者，曳至街旁草中，以碎土覆之，余皆不问。"湘军将士在城中掘地三尺，遍挖陵墓和地窖，搜寻金银珠宝。赵烈文将实情告知曾国荃，后者"饬弁往查"，只不过做做样子。

六月二十三日，破城之后第七天，赵烈文在日记中写道："计破城后，精壮长毛除抗拒时被斩杀外，其余死者寥寥，大半为兵勇扛抬什物出城，或引各勇挖窖，得后即行纵放。城上四面缒下老广贼匪不知若干，其老弱本地人民不能挑担，又无窖可挖者，尽情杀死，沿街死尸十之九皆老者，其幼孩未满二三岁者亦斫戮以为戏，匍匐道上。妇女四十岁以下者，一人俱无，老者无不负伤，或十余刀，数十刀，哀号之声达于四远，其乱如此，可为发指。中丞禁杀良民，掳掠妇女，煌煌告示，遍于城中，无如各统领彭毓橘、易良虎、彭椿年、萧孚泗、张诗日等唯知掠夺，绝不奉行。不知何以对中丞？何以对皇上？何以对天地？何以对自己？又萧孚泗在伪天王府取出金银不赏，即纵火烧屋以灭迹。伪忠酋系方山民人陶大兰缚送伊营内，伊既掠美，禀称派队擒获，中丞亦不深究。本地之民一文不赏亦可矣，萧又疑忠酋有存项在其家，派队将其家属全数缚至营中，邻里亦被牵曳，逼讯存款，至合村遗民空村窜匿，丧良昧理，一至于此，吾不知其死所。"虐杀老幼，劫取金银，淫掠妇女，这岂不是盗匪才干得极欢的坏事吗？湘军却在江宁城内干得更加出色，尽管曾国荃派人在全城各处张贴了煌煌告示，但只是装模作样，他的部下个个心照不宣。如果曾九爷真想严明军纪，杀几个触犯军令的将领，效果势必大不相同。最离谱的是：方山的村民陶大兰将李秀成缚送到萧孚泗营中，非但没有获赏，竟然还遭到萧孚泗的刑讯讹索，要方山百姓交出李秀成存放的金银财宝，弄得村民背井离乡，四处逃匿。赵烈文义愤填膺，记录下这些丧尽良心、违背常理的细节，可明见以萧孚泗为代表的湘军贪将残暴邪恶的面目。

同治三年（1864）七月初五日，赵烈文对破城之役作出小结："所恨中丞厚待诸将，而城破之日，全军掠夺，无一人顾全大局，使槛中之兽，大股逃脱，幸中丞如天之福，民人得忠酋而缚之，方得交卷出场，不然，此局不独无赏，其受谴责定矣。虽章奏一字不认，容能免朝廷之查问邪？况忠酋生得，而民人转被诛求，则伪幼主之得出，安知非民人惩前车而纵之使去，尤足令人眦裂。"赵烈文使用了"全军掠夺，无一人顾全大局"的字样，可见他对湘军失望之深。曾国荃攻克江宁，本是大功一件，但他虎头蛇尾，险些把一手好牌打得稀巴烂，若不是方山百姓捉住李秀成，他将很难"交卷出场"。赵烈文依照情理来推测，萧孚泗刑讯讹索方山村民，令远近闻者无不寒心，就算伪幼天王在别处被民众活捉了，他们也会暗中放行，多一事不如少一事。

李秀成之死

太平天国的军事人才，石达开堪称第一，李秀成堪称第二，两人都很会打仗，也都喜欢赋诗。石达开的诗歌水准较高，他的《答曾国藩诗》五首之三就很耐读："扬鞭慷慨莅中原，不为仇雠不为恩。只恨苍天昏瞆瞆，欲凭赤手拯元元。十年揽辔悲羸马，万众梯山似病猿。我志未成人已苦，东南到处有啼痕。"李秀成的诗作水平参差不齐，头面较好的几首应该是由他人润色而成，比如其《感事诗》之一："举觞对客且挥毫，逐鹿中原亦自豪。湖上月明青箬笠，帐中霜冷赫连刀。英雄自古披肝胆，志士何尝惜羽毛。我欲乘风归去也，卿云横亘斗牛高。"我的这个判断是从研读其《自供状》得来，他的文字表达能力确实不及格，连粗通都还算不上。

李秀成一生最引人注目的事迹，既不是挥师攻下苏州，也不是率军保卫天京，而是他被俘后写下了长达数万字篇幅的《自供状》，有人简单地视之为变节之举。其实，细揣其心迹，他只不过是想给后代留下一段信史罢了，至于细节多有出入，观点不无偏颇，则是不应苛求的。所幸赵烈文给后世读者提供了另外一个视角，从李秀成被捉算起，到李秀成被杀，共十六天，在他的《能静居日记》中，与之相关的所见所闻多次出现。先看他在同治三年（1864）六月二十日的记述：

> 闻生擒伪忠王至，中丞亲讯，置刀锥于前，欲细割之。或告余，余以此人内中所重，急趋至中丞处耳语止之。中丞盛怒，于座跃起，厉声曰："此土贼耳，安足留，岂欲献俘邪？"叱勇割其臂股，皆流血，忠酋殊不动。少选，复缚伪（天）王次兄福王洪仁达至，逆首之胞兄也，刑之如忠酋，亦闭口不一语。余见不可谏，遂退。少刻，中丞意忽悟，命收禁，延余入，问当如何，且言此人缓诛亦可，吾恐有献俘等事，将益朝廷骄也。余言献俘与否，不必自我发。但此系巨首，既是生擒，理当请上裁决。譬如公部将擒之而擅杀之，可乎？不可乎？中丞无以应。因命备文咨曾中堂，言萧孚泗追擒，其实方山百姓所缚也。

李秀成落网后，被关押在特制的大木笼里。曾国荃骄横之态如画，竟然打算用刀锥细割，让朝廷要犯遭受皮肉之苦，可见曾九爷行事之鲁莽。赵烈文急忙以耳语劝阻曾国荃，后者盛怒不戢，一意孤行，非得给李秀成放血不可。李秀成毕竟是一条经历过大阵仗的硬汉，臂股被割，血流不止，仍旧不动声色。洪秀全的胞兄洪仁达也没有屈服求饶。赵烈文见劝阻无效，只好退出刑讯室。稍后，曾国荃恍然大悟，听从赵烈文的建议，备文咨告曾国藩。

同日夜间，赵烈文与周阆山结伴，去李秀成的大囚笼前面对面交谈了一番，所获得的信息值得留意：

晚同周阆山至伪忠王处与谭良久。自言广西藤县人，年四十二，初在家甚贫，烧炭为业，洪逆至广西，诱人入会，拜上帝，从者甚众，皆呼之为洪先生。渠起事时即被掳胁入内，在石达开部下，至金陵七八年后，始封伪王。余询逆首才能及各伪王优劣，皆云中中，而独服石王，言其谋略甚深。余问："在伪朝亦知其不足恃邪？抑以为必成也？"曰："如骑虎不得下耳。"余云："何不早降？"曰："朋友之义，尚不可渝，何况受其爵位。至于用兵所到，则未尝纵杀，破杭州得林福祥、米兴朝，皆礼之，官眷陷城者，给票护之境上，君独无闻乎？"余曰："事或有之，然部下所杀，视所纵者何啻千百倍蓰，为将者当令行禁止，如尔者安得无罪，而犹自言之邪？"曰："此诚某罪，顾官军何独不然！"余曰："以汝自负，故与汝明之，使汝惺悟耳。军中恒情，岂责汝耶？"余又问："十一年秋，尔兵至鄂省南境，更进则武昌动摇，皖围撤矣，一闻鲍帅至，不战而退，何耶？"曰："兵不足也。"余曰："汝兵随处都是，何云不足？"又曰："时得苏州而无杭州，犹鸟无翼，故归图之。"余曰："图杭州，曷不在赴江西之前？而徒行数千里无功，始改计邪？且尔弟侍王在徽，取浙甚便，而烦汝邪？"曰："余算诚不密，先欲救皖，后知皖难救，又闻鄂兵强故退，抑亦天意耳。"余又问："洪秀全今年甫死，而三五年前已见幼主下诏，此何礼也？"曰："使之习事也。"余又问："城中使今日不陷，尚能守乎？"曰："粮尽矣，徒恃中关所入无几，不能守也。"余曰："官军搜城，见米粮尚多，曷云无食？"曰："城中王府尚有之，顾不以充馂，故见绌，此是我家人心不齐之故。"又曰："今天京陷，某已缚，君视天下遂无事耶？"余曰："在朝政清明耳。不在战克，亦不在缚汝。闻新天子聪睿，万民颙颙以望郅治。且尔家扰半天下，卒以灭亡，人或不敢复蹈覆辙矣。"李又言："天上有数星，主夷务不靖，十余年必见。"余征其星名度数，则皆鄙俚俗说而已。余知其无实在过人处。因问："汝今计安出？"曰："死耳，顾至江右者皆旧部，得以尺书散遣之，勉戕贼彼此之命，则瞑目无憾。"言次有乞活之意。余曰："汝罪大，当听中旨，此言非统帅所得主也。"遂俯首不语。

余亦偕众出。

忠王李秀成是苦出身，做过烧炭工，这点与东王杨秀清相同，他年长石达开八岁，做过后者的部下，最佩服的人也是石达开。他清楚太平天国不能久存，但骑虎难下。之所以不早日投诚，情义和爵位都是羁绊。"至于用兵所到，则未尝纵杀"，李秀成管束部下显然比曾国荃更严，军纪也更好。赵烈文还询问了一些军事部署和天朝内部事务的问题，李秀成——解惑。令人感叹的是，江宁城中各王府米粮充足，太平军守城将士却在忍饥挨饿，所以战斗力急骤下降。李秀成给出的解释是"我家人心不齐之故"。李秀成不相信自己被捉、天朝覆灭后，天下就能太平，赵烈文以朝政清明期诸异日，也难以服其心。可贵的是，李秀成打算驰书给旧部下，停止杀戮，各自回家，这个愿望最终也未能实现。李秀成的命运，说是由朝廷决定，却始终由曾氏兄弟掌握。这一点，本文后面会细细道来。

同治三年（1864）六月二十五日，曾国藩抵达江宁，在当天的日记中，他写道："巳初登岸，行二十里至沅弟营内。见弟体虽较瘦而精神完好如常，为之大慰。见客甚多。兄弟晤叙甚久。陆续见客，中饭后又陆续八九次。至戌初，将所擒之伪忠王亲自鞫讯数语，旋吃晚饭。"曾国藩到达江宁，见到九弟曾国荃，心情大好，会客一直忙个不停。晚上九点钟后，他才亲自审讯李秀成，"鞫讯数语"而已，并没有太费工夫。他让李秀成原原本本写个长篇供状，这样办案，较之讯问，既实在得多，也轻省得多。

七月初二日，赵烈文去拜访曾国藩，日记中记录了一项重要内容："晚至中堂处久谭，拟即将李秀成正法，不俟旨，以问余。余答言：'生擒已十余日，众目并睹，且经中堂录供，当无人复疑，而此贼甚狡，不宜使入都。'与中堂意同。"按理说，像李秀成这种级别的要犯，是要押送京城，交刑部审决的，献俘本身也是大显威风的事情，但北方还有强悍的捻军骚扰，水陆三千多里长路，难保不出差池。忠王李秀成已入囚笼，松王陈得风尚且近前跪拜，"其人心未去，党羽尚坚"，都是要谨慎防范的。曾国藩决定将李秀成就地正法，循的是胜保杀陈玉成、骆秉章杀石达开的先例，朝廷也只能照准。赵烈文对曾国藩说的"此贼甚狡，不宜使入都"则话中有话，李秀成不同于陈玉成和石达开，他脑袋里装着江宁城的财富总账，真要是吐露无遗，对曾氏兄弟，对湘军将领，都极为不利。何况御史贾铎已经陈奏，断言金陵城内积有巨款，廷寄也已关注此事，"自系各省脂膏，仍以济各路兵饷赈济之用，于国于民，均有裨益"。曾国藩要让湘军将士舟车囊橐满载而归，不受大清律例制裁，幺蛾子是要避免的，赖账则是必须的。

曾国藩下令处决李秀成不难，采取什么方式处决也不难，全凭他的一个念头。同治三年（1864）七月初六日，赵烈文在日记中写道：

> 伪忠酋李秀成伏法，渠写亲供五六万字，叙贼中事，自咸丰四、五年后均甚详。虽不通文墨，而事理井井，在贼中不可谓非桀黠矣。中堂甚怜惜之。昨日亲问一次，有乞恩之意，中堂答以听旨，连日正踟蹰此事，俟定见后再相覆。今日遣李眉生告以国法难逭，不能开脱。李曰："中堂厚德，铭刻不忘，今世已误，来生愿图报！"云云。傍晚赴市，复作绝命词十句，无韵而俚鄙可笑，付监刑庞省三，叙其尽忠之意，遂就诛。中堂令免凌迟，其首传示各省，而棺殓其躯，亦幸矣。

同治元年（1862），清军统帅胜保下令将太平天国英王陈玉成凌迟处死。同治二年（1863），四川总督骆秉章下令将太平天国翼王石达开凌迟处死。凌迟，是极其残酷的死刑，刽子手当众将一个大活人千刀万剐，受刑者痛不欲生，却速死不得。据史料记载，陈玉成和石达开遭受凌迟酷刑，面无惧色，口无呻吟，确实是罕见的硬汉子。同治三年（1864），曾国藩下令将太平天国忠王李秀成处决，却并未循例采用凌迟，在一点上，他的仁慈之心（且不说人道主义精神）显然超过了胜保和骆秉章。李秀成死得比好兄弟陈玉成、老上司石达开更干脆，没保全首级，至少保全了躯体，得以棺葬，赵烈文称之为幸运，也不算大谬。但仍有一个疑团留了下来，难以索解。

同治三年七月初七日，赵烈文在日记中写道："中堂属余看李秀成供（状），改定咨送军机处，傍晚始毕。折中声明李秀成自知必死，恐中途不食，或审夺逸去，转逃国法，故于当地凌迟处死云云。"瞧见没有，曾国藩对外还是要宣称将李秀成凌迟处决了，以免显示异同，诱发非议。同一天，曾国藩在日记中写道："将李秀成之供分作八九人缮写，共写一百三十页，每页二百一十六字，装成一本，点句画段，并用红纸签分段落，封送军机处备查。"照此处计算，曾国藩上报军机处的李秀成供词，只有二万八千字，与赵烈文亲眼见过的供词原稿五六万字相比，已缩水一半。曾国藩的曾孙曾约农保存的家藏《李秀成亲供手迹》（台湾世界书局影印），字数为三万六千字。也很难断定这是原件还是节本。曾国藩是否将违碍部分抽出销毁了？抽毁的部分究竟写了些什么？不免引人遐想。

几次兵变

军人在战场上流血搏命，吃粮领饷可谓天经地义，倘若他们吃不饱肚子，领不足军饷，后果将十分严重。晚清时期的多次兵变都与欠饷直接相关。

鲍超是晚清湘军体系中有名有数的虎将，他领兵打过不少恶仗，也打过许多胜仗，这支队伍骄悍之极，一旦闹起事来，其凶险程度超乎想象。同治四年（1865）四月二十二日，赵烈文在日记中写道：

> 是日闻鲍军兵变详细。先是鲍帅奉旨赴甘肃，请假由川省本籍绕行。其勇分二起，头起鲍自带，已先入川。二起八千，宋国永带，过江西时，索饷鼓噪，捆缚营官，裸辱其妻女，戕伤粮道段起。西省城门昼闭，搜刮得银二十余万金，与之而后定。由西赴楚，沿途不堪其扰。四月初六日，过鄂省六十里金口地方，各营齐心，不肯开船，必要还清欠饷百余万，方肯赴甘，宋国永无计约束，旋即一哄而溃，并结队大掠，窜至咸宁县，将一县官杀完，闻已至江西义宁州界。楚督、西抚已俱奏报，而中堂得信，既不闻奏，复不遣员招抚，事殊不妥。

鲍超霆字营共计两万名兵勇，他带了一万二千名兵勇入川，还剩八千名兵勇，由总兵宋国永节制。当时西北狼烟四起，霆字营奉命调往甘肃，还得流血拼命，可是积欠的军饷一百多万两白银尚未清盘，于是兵勇路过江西时鼓噪索饷，局面完全失控，"捆缚营官，裸辱其妻女，戮伤粮道段起"，总兵宋国永根本无法约束这群饥饿而又愤怒的野兽。乱兵在南昌搜刮了二十多万两白银，得手之后，沿途滋扰不休，到了湖北境内的金口，仍旧索讨积欠的一百多万两饷银，不见银子不开船。八千乱兵"一哄而溃，并结队大掠"，将咸宁县的官员斩杀殆尽，蹂躏湖北、江西两省的百姓，手段无所不用其极。溃兵为祸甚烈，湖广总督和江西巡抚都向朝廷奏报了，两江总督曾国藩却并未及时采取措施，因为鲍超是其麾下爱将，欠饷太巨而导致兵溃，非将之罪也。此前，曾国藩已多次提醒朝廷，积欠军饷，听任雪球越滚越大，必后患无穷，但朝廷置若罔闻，现在火药桶一点即爆，那些尸位素餐的军机大臣受此震惊，也该睁开睡眼了。

打仗的士兵领不到军饷，既是国家财政困窘所致，也与某些贪将的强行克扣脱不了干系。同治四年（1865）闰五月初八日，赵烈文乘舟赴扬州途中，在日记里写道：

> 闻趁船洪姓副将道刘镇松山之谬：初发皖南，给士卒至芜湖领饷，至芜湖复云须至金陵，至金陵领得五万，乃寄己家至八千金。自哨官以上皆有分，独兵勇无有。复云须过江发饷，且云江口不过三十里，士卒行至螺丝沟，不啻百余里，已拥大舟粮运中流而进，士卒终日不得食，故怒甚而哗。连日来往南北岸调停解说，则已晚矣。又其平时，各勇告假以次偿欠，皆坚勒不许，至勇丁耐苦不得而去，则此款领到后全归于没。旧制勇丁须五百人一营，今则三百人已为满数，故一充营官统领，无不立富，家中起房造屋，水面连大舟，四出营利，而士卒恒半菽不饱，人心思乱，已非一日云云。……自古吏治，悉在中饱，今军中亦然，危哉危哉！

总兵刘松山系湘军名将，其表现竟也如此令人失望。在江宁城，他领到五万两饷银，先给自己家里寄去八千两。哨官以上都有分润，至于兵勇，一个子儿都见不着。刘松山克扣军饷，还有更过分的做法，士兵告假回乡，官长理应偿付积欠，刘松山却坚决不肯发放给他们，勇丁熬不过长官，只好净身走人，这笔饷银就妥妥地被他吞占了。营官捞钱的法子是现成的，满额五百人，只招三百人，多出来的两百人的饷银就归营官中饱私囊，吃空额满满的都是套路，谁也不会去仔细核实。王闿运在《湘军志·营制篇》中替湘军将领算过一笔明细账，最终得出结论："故将五百人，则岁入三千金；统万人，岁入六万金，犹廉将也。"将领廉洁奉公，尚且能够获得这么高额的灰色收入，倘若贪婪成性，收入之丰厚又当如何？因此晚清时期兵变频发，将领和营官克扣军饷也是致乱的主要原因之一。

同治五年（1866）五月二十七日，赵烈文在日记中还追述了一起发生在甘肃兰州的兵变，内容值得留意：

> 接眉生某日信，寄到探条，甘肃省城于三月初三督标兵变，城陷，杨厚庵制军在广阳巡次，留署幕友道员吴贞陜等均被戕，在城文武均被禁胁制。两司具奏，其事因督标兵与楚勇争饷而起。现在其地每面一石，贵至银一百八十两，可为骇然。

赵烈文接到好友李鸿裔（字眉生）的来信，得悉兰州兵变，全城一度陷落。其时，陕甘总督杨岳斌（字厚庵）正在广阳巡视。这次兵变是因为总督府的标兵与湘军将士争饷引起的，挂道员衔的幕僚吴贞陜遇害，城内的文武官员也悉数被胁迫和控制。陕甘总督杨岳斌是湘军名将，打仗是把好手，应对内乱则是外行，当军队饥噪之时，他"急申军令，操纵驾驭未合时宜"，因此乱兵四起，祸患益棘，被迫卸下督篆，接任其职的是最能应对艰危局面的左宗棠。赵烈文还点出了兰州的物价，一石面粉"贵至银一百八十两"，一石约为一百二十斤，一百八十两白银折合今天的人民币约为二万元，价格确实贵得极其离谱了。肚皮总是饥饿着，饷银总是积欠着，兵勇少了想头，没了盼头，不哗变才怪。

当年，兵变还有一个原因，就是哥老会成员在军队中秘密策动。左宗棠坐镇西北时，威风八面，同治八年（1869），他也未能杜绝兵变在眼皮子底下发生，乱兵还戕害了甘肃提督、被左公视为良将的高连陞。无独有偶，驻扎在绥德的湘军也由哥老会成员暗中鼓动，突发兵变，将领刘松山闻警驰回，军心复定。一旬之间，兵变接连发生，共计死伤一千余人，所幸兵变波及的范围不广，很快平定下来，元凶悉数落网，左公"讯毕手刃磔诛以祭"。后来，南路军在岷州还发生过一次兵变，也是哥老会成员煽动的，镇压之后，徒党数千人被分散到各军营中。左宗棠声明：对于军中的哥老会成员既往不咎，一旦再有不轨行为，则格杀勿论。除了兵变，陇军闹饷，还发生过哗溃的恶性事端，溃勇侵扰民间，为祸不浅。左宗棠分析道："倡逃者多旧捻，若辈好吃喝，不耐劳苦，生性如此。又闻穆（图善）军赴陕，如登天堂，相形之下，未免触望。"陕、甘相比，天渊之别，降卒均为旧捻，本就怀有异心，他们怎肯在苦寒之地忍饥挨冻？

六骏踪迹

杨闻宇

折戟沉沙铁未销
自将磨洗认前朝
——杜牧

秦皇汉武，唐宗宋祖，天国之君常常是厉害的。在帝王的序列里，他们是最亮的星辰。

公元6世纪末，延宕千余岁的封建制度在中国孕育成熟。天赐盛世，降其英才，是李世民这位具有"龙凤之姿"的人物将空前繁荣的"黄金时代"推向了富丽堂皇的最高潮。

怀着敬慕的心情，我们来到了浑厚坦荡的渭北高原。朝北眺望，青峦环护之中，有一峰孤耸回绝，昂然崛起，泔水流其前，泾水绕其后，山脉水系命意不俗，这便是李世民狩猎时为自己择定的墓地：昭陵。"因山为陵"，方圆三十万亩，形成东方最大的王者陵寝。一千三百多年的风风雨雨掠了过去，仿佛海潮退跌了似的，眼下是斜阳带雁，夕霞如焚，碑残石裂，繁华消歇，只剩下默仰晴空的几峻峰峦了。登峰纵目，眼前一亮，我忽然惊异南畔还残留着零零落落的陪葬的功臣坟墓（传说一百六十七座）。臣墓矮伏而王陵巍然，尊卑有位，错落分布，仿佛臣僚们仍然罗拜在唐王膝下。

草创天下，戎马倥偬，李世民与将佐臣僚们出生入死，勠力共进；

下世以后，依然是荣辱与共，不昧初衷。"义深舟楫"的珍重情谊能在一代君臣之间一以贯之，这在漫长、黑暗、以背叛滥杀为常规的封建史上是难能可贵的一页。望着眼前依然保持着仪卫之制的一片墓陵，我正为"庶敦追远之义，以申罔极之怀"的君臣之交暗自叹息，陪游的友人忽然说道："唐王寝宫旁以前镌立过六匹战马的青石浮雕，这就是驰名中外的'昭陵六骏'。"

和平岁月里，马在坦荡田野上是勤奋的化身，跃进战争的烟尘，它则纯然是勇士的形象。"唐家创业扫群雄，马上得之为太宗"，"昭陵六骏"仿佛是隋朝末年黄河流域一连串决定性战役的真实投影，是四方豪俊叱咤啸进中形成的另一幅风云画图。

唐军初取关中，薛仁杲父子迅速进据陇右，觊觎长安。初战，唐军失利。618年冬，双方重新结阵。李世民避其锐气。两月不出，直待其粮草殆尽而狂躁如狼时，才以少年兵卒诱之于浅水原，亲率劲旅从后突袭，薛军崩溃，四散如流。李世民不容这些陇外骁悍之徒做丝毫喘息，不听舅父窦轨的阻拦，催动四蹄蘸雪的"白蹄乌"衔尾进击，穷追三百余里。石刻白蹄乌怒目腾空，鬃髭迎风，空旷的黄土高原上仿佛闪烁着四蹄交替所拉开的一道道雪练，蹄击大地，响动着雨点似的鼓声。李世民题赠的赞语是："倚天长剑，追风骏足，耸辔平陇，回鞍安蜀。"

趁着西线有战争，晋南的刘武周逼胁关中。李世民挥戈东进，趋龙门，渡黄河，在鼠雀谷与刘军连打八场硬仗，脍炙人口的秦琼、敬德大战美良川的故事，就发生在这里。李世民二日不食，三日不解甲，跨着黄里沁白的"特勒骠"，杀得刘军失魂落魄，向北逃窜。

李世民清楚，河南河北的王世充、窦建德才是最狠最辣的两大敌手。621年，与王世充会战北邙山。彼此刚刚列阵对峙，一道紫色的闪电掣动数十精骑直透敌营，王世充愣怔过来，才发觉一匹紫色的马背上伏的正是李世民。满营惊骇，戈矛四合，慌忙围追堵截。李世民神威抖擞，挥刃酣战，坐骑突然中箭，哀嘶晃摇，危急万状；大将军丘行恭飞骑冲阵，把自己的坐骑让给李世民，他一手挽住紫马，一手挥刃和李世民一起巨跃大呼，砍开一条血路，突阵而出。这紫马就是"飒露紫"。李世民赞它是"紫燕超跃，骨腾神骏，气凌三川，威凌八阵"。六骏雕刻里唯附一人，仿丘行恭拔箭状，颤抖的紫马以头相偎，湿眸沉沉。箭镞拔出，马也就"噗"地跌倒在尘埃之中。

鏖兵八个月，王世充不支，窦建德忙率十万大军奔赴救援。李世民临机转戈，围洛打援，派骁将抢占虎牢关，生擒了窦建德。王世充无望，只好投降。一战而克二敌，胜则胜矣，不幸又倒下"青骓""什伐赤"两匹坐骑。"青骓"是前体一箭后体四箭，"什伐赤"是臀插五箭，马往前突，迎飞的利镞斜扎体后，显示着马驰的神速与争斗的惨烈。

末后对窦建德之故将刘黑闼的战事，使李世民十分棘手。这次战争中丧失了黄皮黑嘴、身布连环旋毛的"拳毛騧"，一马身带九箭，其筋力的坚韧不言自明。"月精按辔，天马行空，弧矢载戢，氛埃廓清"。李世民盛赞骏马以它的生命集拢住飞蝗式的箭镞，天地间自然就清平了，安宁了。

马的力气在所有动物中属于上乘。一进入血火并作的厮杀氛围，一听到诸般兵器铿锵搏击的金属声响，它立即化成了慷慨以赴的英物，熔龙虎雄姿、壮夫意气于一躯，不桀骜，不凶悍，不声张，所有动作同时凝成了勇敢与豪迈、狂野与轻捷，以敏锐、准确的纵跃起伏执行着主人萌动在心里的每一闪念，每一企图。此时此景，让人想到暴风雨里翻飞于汪洋巨浪间的翩然海燕，想到纵舒于万仞陡崖间的自由阔大的瀑布……古代战争里倘是没有最富于创造性的、最擅长默契的骏马，一切孔武的魂魄和膂力将无所凭依，无从施展，那该是多么笨拙、多么枯燥无聊的一种战争。

李世民是当之无愧的一代天骄。马背上唯有驮起了他，也才鲜花着锦，相映生色，无上的俊逸。六匹骏马彼此递进着将李世民送上了帝王交椅，它们也很自然地化作了古朴雄浑的浮雕，以各自的神态被供奉于昭陵，与主人共享尊荣，同受儿孙辈的香火。

好马逢英主，这才真正是良骥遇伯乐。历史上有无数重大的朝代更迭，其间夹杂着多少霜浓马滑、策马破阵、马革裹尸的生动场面呢？唯有李世民，自战争中提炼出了六匹神骏，镌于昭陵，拟传千古。明主襟怀如镜，眼角含情，由此可见一斑。

浮雕多矣，这不是寻常的浮雕！"森然风云姿，飒爽毛骨开"，即使负伤带箭，仍然是通体洋溢着从万里阵云里提摄出来的向着盛唐迈进的煌煌气象。战争先行，艺术后进，善于将气冲斗牛的征战之风化作继往开来的精神意象，这只有当时的大画家阎立本足以胜任。那样个时代，必然有那样的骏马，也势必出现那样的艺术家，也才足以与慎终追远、不弃本基的王者风范和谐统一。

文武重臣六骏骑，魂兮魂兮长相依……作为王朝创业史上别开生面的一笔，李世民这个美丽的心愿能保持多久呢？下世前，这个聪明过人的帝王似乎察觉出了什么：贞观十年下诏建造宫时，特别指明日后的殉葬品不须金珠宝玉，仅以陶人木棺为之，此等明器"不为世用"，可使"奸盗息心"。可他无论如何也料想不到，石雕六骏在漫长的岁月里会渐渐升级为艺术品，而且是足以压倒金珠宝玉的稀世罕有的艺术珍品。既为珍品，奸盗必窥。1914年，"飒露紫""拳毛䯄"被洋人窃去（今存美国宾夕法尼亚大学博物馆）；又隔四年，其余四碑也被破成数块，窃远至西安附近，好在被老百姓拦截住了（现存陕西博物馆）。如今的昭陵，你只能看到宋代的一尊"昭陵六骏碑"，碑体略矮于人，素画青底，以线刻刀法缩小了六骏的形象。"擒充戮窦西复东，飞镞渐血鬃毛红"，手抚凉凉的碑刻，益发让人生慨。

也许是不甘心吧，下了昭陵，我又去寻访茂陵南坡下的一眼"马刨泉"。二十多年前，那儿泉水汩汩，清流依依，传说那是黄巢与唐军角逐时，喉咙渴得冒火，可附近却无井无水，胯下的战马忽然直立咆哮，前蹄扣下时就地乱刨，所刨处遂涌出一眼清泉。重寻故泉，什么也没有了，一位整菜畦的老农对我说："垫了，早就垫了。"关中土语，"垫"就是埋得不露痕迹的意思。旁边的公路上是来去生风的小轿车，老农哂笑我："你这人也怪，现在啥年月了，连马也不多啦，你还寻什么'马刨泉'哩。"

是噢是噢！马的时代是过去了，"足轻电影，神发天机"，它是无可挽留地过去了。毛主席当年草创天下，整天还骑马哩……自马上得了天下，得天下之人也骑着马似的很快就过去了。无论多么轰轰烈烈的时代，无论什么品种的天赐神骏，联辔齐步，不能不迅速地走过去。在历史的屏幕上，巨人们是一个接一个地走过去，而马，是成群结队地奔过去，是排山倒海地压过去。今岁恰是"马"年，到了下一个马年，尘世这能看到几匹真马、活马呢?!

西欧一位史学家说得好：考察中国封建社会的历史，不进潼关算没入门，不到昭陵不算登堂入室。现在的昭陵呢？"众山忽破碎，突兀一峰青"，就连那石雕们也是"秋风石动昭陵马"了……六骏那翻动的二十四蹄似乎组成了不以任何人意志为转移的历史车轮，生生驮走了一个个辉煌的、壮丽的时代。

在这块岑寂冷落的土地上，眼前的麦浪一层层地起伏着，后浪推前浪，渐渐地远了，远了，低下去了……

驯心

王充闾

一

从前的驭人法、统治术，五花八门，变幻多端，说穿了无非是"驯心"二字。

心，古人视同现在的大脑，看作思维的器官，情感的渊薮。由于它的官能作用特殊复杂也异常活跃，所以对付它十分不易，所谓"征战多方，攻心为上；牢笼有术，驯心实难"。

不过，话又说回来，难题再大总没有人的本事大。猛虎的雄心该是最难驯服的吧？那"百兽之王"一声咆哮，威震山林，哪个不惧怕三分！可是，在我国已经有了几千年驯虎的历史。传说轩辕黄帝就曾驱使熊、罴、貔、貅、䝙、虎六种凶猛的野兽冲锋陷阵。清代诗人黄景仁七言古风《圈虎行》，描述的就是圈养的老虎在驯虎人的指挥棒下，听任摆布、驱使，俯首帖耳，做各种表演以娱乐观众的情态。

> 初舁虎圈来广场，倾城观者如堵墙。
> 四围立栅牵虎出，毛拳耳戢气不扬。

此刻，人们眼中的"山大王"，已经脱尽了昔日兴风狂啸、怒目峥嵘的雄姿，毛卷曲着，耳头耷拉着，一副无精打采，垂头丧气的样子。

接下来就是驯虎人"役使山君作儿戏"了：

> 先撩虎须虎犹帖，以槌卓地虎人立。
> 人呼虎吼声如雷，牙爪丛中奋身入。
> 虎口呀开大如斗，人转从容探以手，
> 更脱头颅抵虎口，以头饲虎虎不受，
> 虎舌舐人如舐穀（音垢，乳虎）。
> 忽按虎背叱使行，虎便逡巡绕阑走。
> 翻身踞地蹴冻尘，浑身抖开花锦茵。
> 盘回舞势学胡旋，似张虎威实媚人。
> 少焉仰卧若佯死，投之以肉霍然起。
> 观者一笑争醵钱，人既得钱虎摇尾。
> 仍驱入圈负以趋，此间乐亦忘山居。

如果这类表演是狗熊、绵羊所为，倒也没得说的，人们看了只觉得新鲜有趣，可是，眼前宛转作态的，竟是万人怵目、有着无限威严的"山大王"。就好像在舞台上看到关老爷败走麦城，韩信受辱胯下，总觉得有些不是滋味。因为"虎踞鲸吞""虎视眈眈""虎啸风生""虎虎有生气"之类成语早已深入人心；"老虎屁股——摸不得"，已经成了人们的口头禅；"探虎口""捋虎须"，向来被认作最大的冒险。所以，乍一接触这种出乎意料的事，必然产生强烈的反应，如同诗人所慨叹的：

> 我观此状意消沮，嗟尔斑奴亦何苦！
> 不能决踾尔不智，不能破槛尔不武。
> ……
> 旧山同伴倘相逢，笑尔行藏不如鼠。

结末语语愤激，字字沉痛，饱含着深沉的意蕴。一个"苦"字道尽了圈虎的凄绝心境和惨痛遭遇，令人觉得可怜、可悲、可叹。然后笔锋一转，以"不智""不武"责之——是呀，虎兄！你也太不明智了，怎么不懂得"断臂全身"的道理呢？宁可扭断那只被缚的脚爪也得拼死逃生啊！你那凶狂、悍猛的天性哪里去了？纵不能破槛而出，撞它个马仰人翻，也不该泰然处之，行若无事啊！即便是失去了活动自由，那你吃饱喝足之后，还可懒懒散散地四下里闲步，或者垂头卧在树荫底下舔舔自己的犊儿，更不妨重温一番昔日咆哮山林的雄威宿梦。这一切你都没做，却是奴性十足地任人作弄，做那种丑态百出的表演，真是太掉价了！说来说去，无非是屈服于困饿、鞭捶之苦，贪享平静、安逸的生活，结果就不惜戕残个性，无视固有的尊严。所作所为，真是连挖窟窿倒洞的老鼠都不如了。

嬉笑怒骂，入木三分，如果老虎有知，也会羞愧难当，无地自容。不过，"斑奴"终究是无知无识的，而号称万物之灵的"一撇一捺"大写的人又怎样呢？像圈中驯顺的老虎那样，奴颜婢膝、俯仰由人的读书士子，难道还少吗？

<h2 style="text-align:center">二</h2>

且看清代著名小说《儒林外史》中的一些人物：

老童生周进已经六十多岁了，一辈子苦读诗书，最后考到胡子花白，却连个秀才也不曾做得。为了找个活路，只好充当私塾先生。这天，正逢举人王惠来到学堂避雨，那副威风凛凛、目空一切的派头，吓得周老头大气都不敢出，只是一个劲地打躬作揖，自称"晚生"，逢迎凑趣。待到举人老爷用过丰盛的晚餐，大快朵颐之后，他才默默地用一碟老菜叶、一壶热水下了晚饭。次日起床，还得昏头昏脑地扫那满地的鸡骨头、鱼刺、瓜子壳。

这个日夜想往爬上科举高梯而不得的可怜虫，终于有一天来到了省城，走进贡院门口，看到了做梦都想进的考生答卷的号舍。一时百感交集，满怀凄楚，便长叹一声，一头撞在号板上，直僵僵不省人事。被人灌醒了以后，又连续猛撞号板，满地打滚，直哭得口里吐出鲜血来。倒是几个商人动了恻隐之心，答应出钱替他捐一个监生资格，以便可以同秀才一起临场赴试。他一听，竟然不顾廉耻地爬到地上磕了几个响头，说："若得如此，便是重生父母，我周进变驴变马，也要报效！"

还有一个范进，从二十岁考到五十四岁，才侥幸取得资格，又跑到省城去考举人，回转来，家里已是两三天没有揭锅了。正当他抱着一只生蛋母鸡在街上叫卖时，一个邻居飞奔而来，告诉他"已经高中了"。起初他还不敢相信，待至回到家中见报帖已经升挂起来，一时悲喜交加，空虚脆弱的神经再也经受不住这突如其来的狂潮起落，竟至达到精神崩溃的地步：

> 自己把两手拍了一下，笑了一声道："噫！好了！我中了！"说着，往后一跤跌倒，牙关咬紧，不省人事。
>
> 老太太慌将几口开水灌了过来。他爬将起来，又拍着手大笑道："噫！好！我中了！"笑着，不由分说，就往门外飞跑，把报录人和邻居都吓了一跳。走出大门不多路，一脚踹在塘里，挣起来，头发都跌散了，两手黄泥，淋淋漓漓一身的水，众人拉他不住，拍手笑着，一直走到集上去了。众人大眼望小眼，一齐道："原来新贵人欢喜疯了。"

吴敬梓笔下的两个儒生佯狂失据、洋相百出的丑态，在实际生活中也是屡见不鲜的。清代顺德县有个名叫梁九图的秀才，乡试之后，觉得自己的卷子答得十分出色，心中有些洋洋自得。发榜的前一天，他把梯子架在贡院的墙上，准备到时候登高看榜。

旧例：乡试填榜习惯从第六名填起，填完后座主退下休息，最后再回过头来补填前五名。梁九图看到座主已经退下，以为是全部填写完了，便赶忙登梯去看，却没有发现自己的名字，再看一遍，还是没有，不禁意冷心灰，嗒然若丧。又加上长时间跨梯登高，有些头昏眼晕。这时，突然听到下面有人唱名："第一名，梁九图！"心中转悲作喜，竟然手舞足蹈起来，完全忘记了自己是架在半空中，结果掉在了墙下。家人赶忙过去搀扶，已经摔成了残废。

这些可怜的举子，其处境的成因同那只圈虎极其相似。司马迁说过："猛虎在深山，百兽震恐；及在槛井之中，摇尾而求食，积威约之渐也。""约"字为文中之眼。正由于它的威严受到制约，日渐积累，才造成这种心态的变化。无论是志行高洁的封建士子，还是咆哮长林的山中大王，在长时期的圈养过程中，自由被剥夺了，天性被戕残了，心态被扭曲了，一句话，经历艰苦的"驯心"磨炼，最后都习惯于这种虽生犹死的屈辱生涯，服服帖帖地跟着主子的指挥棒转。

所不同的是，猛虎入槛出于不得已，是命运把它抛入悲惨的境地；而周进、范进者流，则是为了显亲扬名、立德立功而自投罗网，心甘情愿地觅饵吞钩。因而，其可鄙、可怜、可悲，自是更进一层。

当然，在"哀其不幸，怒其不争"的同时，我们也应该来个刨根问底：这悲惨的结局究竟是怎么造成的？"孰实为之？孰令致之？"

三

"太宗皇帝真长策，赚得英雄尽白头。"

一个"赚"字，把封建统治者通过推行科举制，牢笼士子，网罗人才，诱使其终世沉迷，难于自拔，刻画得淋漓尽致。"以饵取鱼，鱼可杀；以禄取人，人可竭。"科举制度就是以爵禄为诱饵，把读书、应试、做官三者紧密联结起来，使之成为封建士子进入官场的阶梯，捞取功名利禄的唯一门径。

蜗居社会底层的读书士子，要想改变自己和家族的命运，就必须走上这条应举入仕的道路。只是，科举选士制度，无异于层层递减的多级宝塔，无数人攀登，最终能够爬到顶尖的却寥寥无几。许多人青灯黄卷，蹭蹬终生，熬得头白齿豁，老眼昏花，也未能博得一第。临到僵卧床头，一息奄奄，还放不下那颗眷眷的心。

而那些有幸得中的读书种子，一当登上庙堂之高，便会以全副身心效忠王室，至死靡它。这真是一笔大有赚头的买卖。因此，当太宗皇帝李世民看到黑压压的人头攒动，乖乖地拥进监舍应试的时候，不禁喜形于色，毫不掩饰地说："天下英雄尽入我彀中矣。""彀"者，圈套也。封建统治者可以从中收"一石三鸟"之效，因此说它是"长策"：

一是网罗了人才，能够凭借这些读书士子治国安邦；

二是有望获得"圣代无隐者，英灵尽来归"的好名声；

三是把那些在外面有可能犯上作乱的不安定分子吸引到朝廷周围，化蒺藜为手杖。

对于以少数民族入主中原的满清征服者来说，这个问题尤其尖锐。他们清醒地认识到，坐天下和取天下不同，八旗兵、绿营兵的铁骑雄师终竟踏平不了民族矛盾和思想方面的歧义。解决人心的向背，归根结底，要靠文明的伟力，要靠广泛吸收知识分子。他们自知在这方面存在着致命弱点：作为征服者，人口少，智力资源匮乏，文化落后；而被征服者是个大民族，拥有庞大的人才资源、悠久的文化传统和高度发达的文化实力。因此，从一开始就把主要精力放在两件事上：

不遗余力地处置"夷夏之大防"——采取行之有效的民族政策；

千方百计使广大汉族知识分子俯首就范，心悦诚服地为新主子效力。

其实，这两者原是一而二、二而一的。华夷之辨反映着种族的隔阂；但在时间的无情流逝和权力话语的严厉批判中，偏激的民族主义已经失去其合理性，剩下来的更多的只是文化心理的差异。

在牢笼士子，网罗人才方面，清朝统治者后来居上，更是棋高一着。他们从过往的历史经验和现实的特殊环境中悟解到，仅仅吸引读书士子科考应试，以收买手段控制其人生道路，使其终身陷入爵禄圈套之中还不够；还必须深入到精神层面，驯化其心灵，扼杀其个性，斫戕其智能，以求彻底消解其反抗民族压迫的意志，死心塌地做大清帝国的忠顺奴才。

清初的重要谋士、汉员大臣范文程曾向主子奉献过一句掏心窝子的话："治天下在得民心，士为秀民，士心得，则民心得矣。"从"驯心"的角度看，他正是一个理想的制成品，这番话可视为"夫子自道"，现身说法。回过头来，这个"理想的制成品"，又按照主子的意图，在针对其他"秀民"的"驯心"工程中，为虎作伥。

松山战役中，明朝大将洪承畴兵败被俘，起初，骂詈连声，唯求速死。皇太极派遣范文程前去劝降。洪本进士出身，虽久在兵戎，读书不废。范大学士便围绕着出处进退之类话题，同他出经入史，谈古论今。经过一番艰苦的心灵软化，洪承畴的情绪渐渐缓和下来，谈话间，忽见梁上积尘飘落在袍袖上，便随手拂拭两下。机敏的范文程注意到这一细节，马上报告皇太极说："皇上请放心，洪承畴不会死的。连身上的衣服都那样爱惜，何况身躯呢！"果然，很快他就降服了。

借助这类"理想的制成品"的筹谋策划，满族统治者从内外两界加强了思想文化方面的钳制。他们通过用八股取士，把应试者的思想纳入符合封建统治规范的轨道，完全局限在"四书五经"和朱熹集注的范围之内；把知识、思想、信仰范畴的喧哗与骚动控制在固有的格式、现成的语义之中。应试者只能鹦鹉学舌般编串经书，不能联系社会实际，更不准发挥自己的见解，渐渐地成为不再有任何新知灼见和非分想望的"思想植物人"。

与控制内在心理相配合，还要严酷整治外部社会环境。本来，晚明时期一度出现过相当自由的思想空间，书院制度盛极一时，聚社结党，授徒讲学，刊刻文集，十分活跃，思想信仰与日常生活交融互渗，世俗情欲同心灵本体彼此沟通。而清朝立国之后，便把这一切都视为潜在的威胁，全部加以封禁。

在这里，清初统治者扮演着君主兼教主的双重角色，把皇权对于"真理"的垄断，治统对于道统的兼并结合起来；同时强化文字狱之类的高压、恐怖手段，全面实现了对于异端思想的严密控制，从而彻底取缔了知识阶层所依托的逃避体制控制和思想压榨的相对独立的精神空间，导致了读书士子靠诠释学理以取得社会指导权力的彻底消解。应该说，这一招是非常高明，也是十分毒辣的。

四

说起清朝统治者对付知识分子的"驯心"手段，我忽然想到了小时候看过的"熬鹰"场景。

村里一个绰号"二混混"的人，平素不务正业，种地地荒，经商蚀本，唯一的拿手好戏是抓鹰、驯鹰，长年靠着这把身手混饭吃。深秋一到，地面铺上了厚重的霜华，树叶也全都脱落了，这时候，他便背起一张架子网，到平坦的山坳间，拣一块树木稀少的林间空地，把架子网支起来，围成四面带窟窿眼的绳墙，正中间插上一根矮木桩，上边拴上一只毛色鲜亮的大公鸡。当苍鹰在半空掠过时，远远地就能看见它的猎物，经过往复盘旋、侦察，最后下定狠心，扑腾着翅膀自空而下，向公鸡扑去，却又难以叼走。结果，翅膀挂到了网眼上，滑子一动，整个网就"唰啦"一声全部罩了下来，把苍鹰实实地扣住。

苍鹰的脾性非常暴躁，任你怎样拴缚，也要乱闯乱撞，弄得头破血出，还常常一两天绝食、拒饮。待到苍鹰饿得没有多少力气了，"二混混"便开始施展他的驯化功夫。先喂它香喷喷的"热食"，主要是活鸡活兔，任它吃饱喝足，满足其贪馋无度的欲望，使它觉得比在自由状态下吃得更好。这样一连喂上几天，鹰的体重显著增长，此后就开始折腾它了。

第一步，像填鸭那样，掰开老鹰的嘴，往里面生塞硬填。但填鸭用的是玉米面、高粱面，而填鹰用的是线麻或苘麻做成的小手指头般大小的"麻花"，填进去不能消化，结果是越填越瘦。每次填三四个，两个钟头后再扯出来，上边沾满了带血痕的黄色油脂。一连填上几次，再喂它一点用水浸过的兔肉等解饿而不产生脂肪的食物。然后，再往里硬填"麻花"，再一个个扯出，直到见不到丝毫油脂为止。这时候的苍鹰已经瘦得皮包着骨头。

然后开始第二步——"熬神"。连续几个昼夜，不让老鹰闭眼睡觉，两个人换班守着，发现它闭眼了就立刻弄醒。就这样，饥不得食，困不能睡，再猛鸷的雄鹰最后也都"精神崩溃"了，变得驯顺无比，服服帖帖地听人摆布，而且，飞出去之后，能够听从主人调遣，及时返回。这是"驯心"取得成功的主要标志。

驯鹰第三步，叫"抓生"。找来一只活兔或者活鸡，把它的一条腿折断（勉强能跑，但跑不快），放在老鹰面前，让它去捕捉，抓住了就任它饱餐一顿，以示鼓励。然后，再把它拴在架上，狠狠地饿上几天，只给一些水浸过的兔肉，暂可充饥却得不到餍足。这样，它就会时刻想念着前日捕食鸡、兔后的美餐享受，盼望着早日出击，以博一饱。到这种程度，"熬鹰"的任务算是全部完成，只等着上市向玩鹰带犬的富绅或者猎户出售了。

看来，人也真是够残酷、可怕的。在一只苍鹰身上，竟然使出这么多狠毒的心计，而要驯服一条猛虎呢，还不知要施展何等毒辣手段，使出什么样的浑身解数，更不要说对付"万物之灵"的人，对付"人中之英"——知识分子了。其实，只要仔细地剖析一番清朝统治者对付封建士子（换句话说，就是炮制奴才）的不二法门，就会发现，其手段与驯虎、熬鹰极其相似。招法千变万化，但万法归一，都是在"驯心"二字上做文章，都是"大棒加胡萝卜"，屠杀、高压与利诱、笼络相结合。

清朝皇帝对于广大知识分子（主要是汉族士人），有一套高明的策略：

一是发出严厉制裁的信号。大兴文字狱，毫不留情地惩治、打击那些心存异念的桀骜不驯者；

二是寓监视于纂述。组织大批学者纂修《四库全书》，编撰《明史》，把他们集中到皇帝眼皮底下，免得一些人化外逍遥，聚徒结社，摇唇鼓舌，散布消极影响；

三是设饵垂钩。通过开科取士使广大士人堕入功名利禄的圈套；并设博学鸿词特科，吸引天下硕学名儒到京城做官，坐收怀柔、抚慰之效；

四是整合思想。提倡程朱理学，推行八股制艺，扼杀读书人的个性，禁锢性灵，加重道德约束力。

有件小事颇为耐人寻味。一天，顺治帝向弘文院大学士陈名夏发问：中国历代帝王以谁为最好？陈名夏按照过去通常的评价，答说是唐太宗。顺治帝一个劲儿地摇头，说：不对，明太祖才是最好的。这使陈名夏大感意外，但稍加思索也就懂得了，朱元璋通过严刑峻法，包括可怕的文字狱，建立了牢固的大明一统政治，实现了对于读书士子有效的思想钳制。这是清朝统治者所拳拳服膺的。

其实，朱元璋也是"药方长贩古时丹"，真正拥有这项专利权的，是专门为帝王提供对付"游士"权术的战国时的韩非。他有一句十分警策的话，为历代统治者所心仪：驯服那种凶骜的乌鸦，要把它翅膀的下翎折断，这样，它就必须依恃人的饲养而得食，自然就驯顺了。他还率先提出严惩隐逸之士，认为古时候的许由、务光、伯夷、叔齐之流，都是一些不听命令、不供驱使的"不令之民"。他们非常难对付，赏之、誉之，不为所动，处罚、诋毁他也不感到畏惧。这四种通行手段在他们面前全都失效。怎么办？干脆杀掉！后世不少君主都曾接受过韩非的衣钵，明太祖与清初帝王乃其尤者。

开始于顺治一朝的清代文字狱，延续到康熙、雍正、乾隆三朝，步步升级，愈演愈烈。只要发现思想、言论上有越轨的，不管有意无意，或重或轻，立即处以重罪，立斩、绞杀、寸磔，甚至祸延九族，已死的还要开棺戮尸。乾隆在位期间，共兴文字狱七十余起。许多读书士子因为片言只字，遭致身死族灭。一时，阴风飒飒，杀气森森，朝野上下到处充满了血腥味。"避席畏闻文字狱"，确是最典型的概括。

俗话说："打一巴掌给一个甜枣。"清朝统治者也是这样做的。康熙皇帝在大兴文字狱的同时，首次开设博学鸿词科，对那些自负才高，标榜孤忠，或不屑参加科考，隐居山林，又确实有些声望的文人、逸士，由大臣或地方官疏荐上来，经过皇帝直接面试，再分别情况授予爵禄。消息传出，全国震动，吸引了许多士人，连有些称病在家、一旁观望的硕学鸿儒也都报名应试。正像一首讽刺诗所写的：

> 圣朝特旨试贤良，一队夷齐下首阳。
> 家里安排新雀领，腹中打点旧文章。
> 当年深悔惭周粟，此日翻思吃国粮。
> 非是一朝忽改节，西山蕨薇已精光。

最后从一百五十多人中遴选出五十人，授予高官厚禄。得中者自是感激涕零；落第者也不再好意思继续以遗老、孤忠自命了。

了解这些事实，是十分紧要的。鲁迅先生就曾说过，倘有有心人将有关史料加以收集成书，则不但可以使我们看见统治者那策略的博大恶辣，手段的惊心动魄，还可以因此明白，我们曾经"怎样受异族主子的驯扰，以及遗留至今的奴性的由来"。

<h1 style="text-align:center">五</h1>

知识者理应是思想者，专业知识、技能之外，还应具备社会批判精神和心灵的自由度。而我国传统社会中的士，更多的却是奉行儒学传统的修齐治平、立功名世，因而，他们多是专制制度下炮制出来的

精神侏儒。

在两千多年漫长的封建社会中，士是一个特殊的阶层。他们是文化传统的继承者和道义的承担者，肩负着阐释世界、指导人生的庄严使命；作为国家、民族的感官与神经，往往左右着社会的发展，人心的向背。但是，封建社会并没有先天地为他们提供应有的地位和实际政治权利；若要获取一定的权势来推行自己的主张，就必须解褐入仕，并取得君王的信任和倚重；而这种获得，却是以丧失一己的独立性、消除心灵的自由度为其惨重代价的。这是一个"二律背反"式的难于破解的悖论。

古代士人的悲剧性在于他们参与社会国家管理的过程，实际上就是驯服于封建统治权力的过程，最后，必然形成普泛的依附性，只能用划一的思维模式思考问题，以钦定的话语方式"代圣贤立言"。

如果有谁觉得这样太扭曲了自己，不愿意丧失独立人格，想让脑袋长在自己的头上，甚至再"清高"一下，像李太白那样，摆一摆谱儿："长安市上酒家眠，天子呼来不上船"，那就必然也像那个狂放的诗仙那样，丢了差使，砸了饭碗，而且，可能比诗仙的下场更惨——丢掉"吃饭的家伙"。

唐代诗人柳宗元有句云："欲采苹花不自由。"已故著名学者陈寅恪，作为自由知识分子的代表，反其意而用之，改作"不采苹花即自由"，显示他的另一种人生选择，另一种生存状态。然而，谈何容易，即便自愿"不采苹花"，自由恐怕也是难以得到的。

较之盛唐时期，清代的专制要严酷得多，惨烈得多。这样的专制社会越持久，专制体制越完备，专制君主越"圣明"，那些降志辱身的封建士子的人格，就越是萎缩，越是龌龊。难怪有人说，专制制度是孕育奴才的最佳土壤。明乎此，就可以理解：在封建社会中，为什么许许多多智能之士，一经跻身仕宦，便都"磨损胸中万古刀"，泯灭个性，模糊是非，甚至奴性十足了。

史载，康熙皇帝素以骑术专精自诩，一次出郊巡狩，坐骑突然尥起了蹶子，奔突腾跃不止，到底将他掀了下来，使他在众人面前丢了丑，心里觉得特别窝囊。随从大臣高士奇见此情状，立刻偷偷跑到污水坑旁，滚上一身臭泥，然后，踉踉跄跄，走到康熙面前，皇帝被这副狼狈相逗笑了。高士奇随即跪奏道："臣拙于骑技，刚一跨上马鞍就掉了下来，正巧落在臭泥坑里。适才听说皇上的马受惊了，臣未及更衣，便赶忙过来请安。"一副摇尾乞怜的奴才相，跃然纸上。康熙听了，哈哈大笑，说："你们这些南人啊，竟然懦怯到这种地步。你看我这匹烈马该有多么厉害呀，尥了半天蹶子，也没能把我怎么样。"从此，康熙便对他宠爱有加，竟至形影不离。

当然，也还有一些坚贞之士是不肯俯首就范的。黄宗羲、顾炎武等大学者把人格独立看得至高无上，重于功名利禄，甚至重于生命，立志终身不仕，潜心著述，粹然成为一代宗师。黄宗羲在《明夷待访录》中猛烈鞭挞封建君主专制，断言"为天下之大害者，君而已矣"。明确指出，专制王朝的法律是帝王一家之法，非天下之法；法乃天下之公器，应该以天下之法取代一家之法。这比法国启蒙思想家孟德斯鸠在《法意》中论述近代资产阶级民主与法制，提前了一个世纪左右。

康熙年间，陕西有个李二曲，抱定"宁愿孤立无助，不可苟同流俗；宁愿饥寒是甘，不可向人求怜"的志概，称病在家，不去应试博学鸿词，官吏一再催逼，他便以拔刀自裁相威胁，只好作罢。后来，干脆把自己反锁屋中，"凿壁以通饮食"，不与任何人见面，朝廷也拿他没办法。山西的傅青主不肯赴京应试，官员们让役夫抬着他的卧床前往，到了京师，拒不进城，硬被塞进轿子抬着入朝，他仍是不肯出来叩见皇上，被人强行拉出，一跤跌倒，权作伏地谢恩，最后只好放回。

接下来，还有蒲松龄、郑板桥、曹雪芹等文坛巨擘，有的根本就不买这个账，不咬这个钩；有的进到圈子里来，晃了一圈，打个照面，又"遹之乎也"。

吴敬梓不仅本人耻于干禄沽名，而且，对于社会上蝇营狗苟、寡廉鲜耻的举业士子，嗤之以鼻，讽刺为"蠹木虫何苦，钻窗蜂太痴"，明确地表示，宁愿做一个自由解佩的汉皋神女，也不去做那红氍毹上的吴宫舞腰；并运用艺术手法，在《儒林外史》中塑造了"自古及今难得的一个奇人"形象——杜少卿，来体现这种人格追求。

杜少卿出身世家，却鄙弃八股举业，粪土世俗功名，说"秀才未见得好似奴才"，这个社会"走出去也做不出什么事业"。他骂官迷是"匪类，下流无耻极矣"。当马二之流视朝廷征辟为无上荣耀，受宠若惊之际，他却冒着欺君之罪，装病却辞征辟，执意摆脱爵禄的羁縻，声称自已是"麋鹿之性，草野惯了"。最后，索性连秀才籍也放弃了，他高兴地说，从此可以"逍遥自在，做些自己的事"了。表现了一种"不为有国者所羁"（庄子语）的超拔情怀，一种以主体为本体的人生境界。

他敢于向封建权威大胆地提出挑战，在文字狱盛炽之时，竟敢公然反驳钦定的理论标准——"四书"的朱注，敢于依据自己的人生哲学，说《诗经·溱洧》一章讲的只是夫妇同游，并非属于淫乱。他不仅是勇敢的言者，而且还能身体力行。在游览姚园时，他竟坦然地携着娘子的手，当着两边看得目眩神摇的人，大笑着，情驰神纵，惊世骇俗地走了一里多路。那些真假道学先生为之痛心疾首，却又无可奈何。试想，在号称思想解放的"五四"时代，女作家冯沅君与丈夫携手同行，尚且被时人侧目讥笑，更何况二百年前的封建专制时代呢！

当然，杜少卿的这种冒渎行为，充其量只是一种率意的决绝，还算不上新的选择的启示，并没有达到以历史主动性揭橥新时代序幕的高度。但它毕竟是以狂狷的形式和豪纵的侠气，享受着"以情反理"的生动的个性自由，获致一种痛快的情感体验，显示出超凡脱俗的人格魅力。

也许正是这种带有某些理想主义的精神之光，绵延不绝，燎原照野，才使"万马齐喑"的封建社会还有一点人气，还能隆隆地震响着一声声闷雷；令士人在八股制艺之外，还能读到雄踞于中国古典小说巅峰的《红楼梦》，读到"写鬼写妖高人一等，刺贪刺虐入木三分"的《聊斋志异》，欣赏到那"出纸一竿"，怒挺青霄的劲竹；在长林绝涧而不是虎圈里，在大漠晴空而不是鹰架上，人们还能追踪腾身跨涧的虎影和搏击苍空的鹰姿。

何期执手成长别

范　曾

赤橙黄绿、宫商角徵、芳草奇卉、甜蔗苦莲，那有色、有声、有香、有味的事物，斑驳错杂、陆离纷陈于前；宇宙洪荒、龙光牛斗、沧海广漠、崇山峻岭，那至大、至高、至奇、至妙的景象，穷方竟隅，并生遍列于后。迅雷激电、飘风骤雨、兔起鹘落，那是速度的光荣；晨晖暮霭、朝花夕拾、青丝白发，那是时间的慨叹。这一切，佛家说都是"空"，一切的描述都是皮相之判。然而这皮相的背后，有人偶开只眼，看到了"数"，他们之中的大智大慧者称为数学家。

景星祥云，移驻南开，这一天是伟大的几何学家陈省身先生执教五十年的庆典。一时间，欧西、亚太、国中群贤毕至。他们其中有法国高等研究院院长博规农（Bourguignon），英国皇家学会会长阿蒂雅（Atiyah），中科院数学所所长杨乐，数学家严志达、胡国定、吴文俊等等。这都是用方程和数字构建不可思议大厦的俊彦。陈省身先生端坐主席台正中，显得有些兴奋。这其间有一位对数学完全是门外汉的范曾——我奉陪末座，也十分自在地厕身主席台上。这不伦的地位，不是出于虚荣，而仅是由于陈省身先生的坚请。开会伊始，免不了冗长而多余的祝词、介绍等等。我有足够的时间探讨深奥的数学问题。右侧是南开大学原副校长、数学家胡国定，我问他"什么是纤维丛？"胡国定说："数学隔行如隔山，我无法很快捷而准确地回答你这问题。"我在南通中学时代的低一年级的校友杨乐，坐在我的左侧，我们知道，在二十世纪六十年代初他和张广厚因解一个什么了不起的数学问题，曾一跃而为国中光耀的数学新星。我转过头来问他："什么是纤维丛？"杨乐寡于言谈，不无嘲讽地笑着说："给你讲你也听不懂。"彼时大失所望的我对数学的神秘崇拜之心多于被奚落的寂寞之感。同时，因为都相互熟稔，三人相顾而嘻。不熟悉英文的我，听到主持的人念到 FANZENG 时，正傻坐着，微笑着，杨乐说："你讲话。"当掌声和目光都朝着我的时候，我才走向话筒，开始了胡言乱语。我第一句开头劈脸询问："今天会场上谁的数学最好是不用说了，但你们知道今天这大会上谁的数学最差？"全场哄堂大笑，因为台下座的是全国各地的数学家、教授、博士生，最低的是数学系本科生。"从大笑中，我知道了你们的答案，当然很惭愧，是我。然而我要问你们，什么是数学？"这咄咄追问使会场顿时大为活跃，我不免回过头来看陈省身一眼，他正为我刚才的话笑声未止，瞪着他的一双大眼，揣度我又会出什么厥肆之词。我说："数学，无色、无声、无香、无味，看不见摸不着，但它无所不在、无远弗届、无所不包，没有'数'的奇绝的构成，天地不是道家的混沌，便干脆是佛学的一片空白。"雷鸣似的掌声掩盖了我数学知识的浅陋。陈省身先生笑得前仰后合。这还不过瘾，我又问："陈省身先生到底伟大在什么地方，我为讲演计，问过了胡国定先生，他作如此说，我又问过了杨乐先生，他作彼说，总之一句话，不懂别问。啊！我举头望明月，我不懂你，但我可以仰望你，我不懂陈省身，但我可以仰望大师。"又是一阵激雨般的掌声，只见陈省身捂着脸哈哈大乐，主席台上各国的数学家都侧着身，向他鼓掌。我想古罗马的西塞罗，或许曾经享受过类似的听讲者的热烈回报和感应。于是我奉呈一首七律"纤维胡老说奇丛，便使神思入太空。造化沉浮多幻变，天衣散合总趋同。千秋大智穷抽象，一代学人沐惠风。此世门墙无我地，宁园小坐说云峰。"又送上一幅祖冲之的画像，我冲着陈省身说："他不懂几何，他没有你伟大。"对我的演讲有一位持异议的人来到身边，那是极负盛名的大数学家严志达，他是我南通的老乡，他说："陈省身先生和祖冲之一样伟大，他们之间有一千五百年的遥远阻隔。"科学家的严谨和诗人的豪兴大体区别于此。但我告诉严志达，外行话亦若童言之无忌，不能算数。严公颔首。然后又和我谈竹林七贤，他是数学家中对国学最有兴趣的人，这一点，他和陈省身时有龃龉，颇似文人之较劲。

我与陈省身先生的相识应感谢杨振宁先生，没有杨先生的介绍，也许人间没有陈、范的一段因缘。而杨先生的与我相识，则应感谢国务院教委的介绍，杨先生问教委外事处的人，有一位年轻的画家范曾，我喜欢他的画，教委托我作一幅画送杨先生，当时我很觉得荣幸。画毕之后，杨先生竟然亲自到崇文门我的寓所来看望我。杨先生的坦率、真诚、博大、睿智感动了我，第一次相逢，便预伏着永结同好的君子情怀。我拿出了一张大纸请杨先生写几个字留念，他说他不习惯用毛笔，于是拿了一支钢笔，他想了一小会，写了下列的话："我很爱范曾先生的画，杨振宁"，字写得很小很小，而且笔画严谨不苟，于此我想起每逢展览会在签名簿上恣情放大姓名的人，不免用力过猛。文字语言的简洁，透出了杨振宁先生洗尽铅华的大朴无华。因为他研究的宇宙本质，在《老子》书中叫作朴。我又想起在数学上的"拓扑学"三字，那是奇美的名词，这名词是陈省身先生所起。陈省身先生一般对人客气，但"谦虚"，他似乎觉得多此一举，因为应谦虚的地方，他早就做到了，譬如他说，从小不用功，功课不好，觉得数学好玩，在脑中驱之不去，以至上早操的时候，全校同学都作上肢运动时，他会出人不意地、刺眼地高举起一只脚。据陈先生告诉我，在体操场上很容易找到他，那出格的必无第二人。还需要如何才是谦虚！当杨振宁在电视上讲到杨氏理论时，他说这理论可以管到下世纪甚至更远时，我只觉得神圣之自尊乃是任何伟大的人物不可或缺的高尚品德。

有一年元旦，陈先生收到两张贺年片，地址一模一样，是巴黎雪夫汉街十一号，一封是法国数学所前所长伯冉（Berger）的，一封是我的，陈省身大为惊讶，原来我与伯冉（Berger）住在同一座古典大楼之中，我在A门、他在B门，于是又有了我与伯冉（Berger）的一段因缘。伯冉（Berger）先生十分真诚地告诉我，"陈省身先生是大数学家，而我只是小数学家"，他还告诉我曾有一位日本的书法家写了一幅"天下第一"的中文牌匾送他，他不知其意，挂在客厅，后来有中国人来做客，告诉他意思，伯冉（Berger）大笑取下，说，所幸来的人都不识汉字。回国后，我告诉陈省身先生这件事，陈先生说："他太谦虚，很杰出的数学家，至于大、小嘛，嗯，大体如此吧。"对于一位位居数学峰巅的人，他有着孔子"当仁不让"的担当精神。他绝无丝毫的轻忽其他数学家之意，而数学上的"或"这样的符号，就不是在月旦之评中可上下其手的事，那是依象而言，那是真实的存在。在我的记忆之中，陈省身先生一般亲切的称谓是直呼其名，如葛墨林、陈洪，更亲切的称呼是不用姓，这样的人几乎我只听到过一个人，那就是杨振宁，他呼之为"振宁"，所有的人无一例外地都在背后称陈省身为"陈先生"，包括杨振宁先生在内都如此地尊重他。从电话中的"范曾先生"到"范曾兄"到"范曾"绝对经历了二十年之久，其间的亲疏尺度，也有"数"。

我与陈省身先生的初次见面，是在1986年他回国的日子里。杨振宁先生与他同时在南开，陈先生当时并无意回国定居，先生步履健顽，神采奕奕，一双大眼形状与毕加索相似，但其中所储藏则大异其类，毕加索狡黠、凶狠、偏激、自私，而陈省身则慧智、谐谑、宽大、威严，可能所有的人第一次见他之前都诚惶诚恐，宛如他的女婿朱经武先生先把微积分仔细地复习一下。而我则不然，看还看不懂，遑论复习？于是那初生牛犊不畏虎的精神是不缺乏的，加上两个人都爱开玩笑，亦若朱先生谓之"臭味相投"，中国文雅的说法为"葭莩相投"。比第一次见杨振宁似乎更多了相逢恨晚的境界。陈省身先生的相貌，按我对骨相的判断：异相也。除眼大有异彩外，耳奇大——长、厚、阔、深四美具，挺拔、垂珠（耳垂如明珠）二难并，这样的杰出耳朵虽千万人无一焉。某人耳则大矣，然软巴巴地，宛似上帝以余料随意捏就，那街边之卖花生仁的老者耳正不小，气则庸凡。陈先生有垂胆之鼻，可见气息宏大、吐纳不凡，而先生之声有如钟磬一般洪亮清彻，远闻之如深山古寺的梵音法鼓。即使隔八间屋子，那频高速缓的声音都会慢慢传来，那他平生用得最多的一词"好极了"，任何人一听即为之雀跃，至于他称赞的"好极了"的对象则有考证之必要。譬如每年他生日，每次人们都会送涂着彩釉的陶质寿星老给他，以此聚积日多，排列于他的客厅橱上，俗不可耐。相信送来的时候，他一定说"好极了"，这三个字表示了大地般的宽容，你看恢恢地轮上面生长着大木巨柯，也生长着野草闲花，我们难道不觉得冥冥之中大地正在赞赏它们——"好极了"。

我决心将陈省身先生放置于他为南开所建的宁园里这些粗俗的寿礼一扫而空，拿了奇石、东周青铜鼎、雕刻、仿清的硬木高几换下了那

"好极了"的一切，然则扔了于送礼者不恭，于是我设"陈省身奖"，将寿星老作为奖品送给一次家宴中的所有客人：陈洪、葛墨林、张伟平、叶嘉莹，还有几位不熟知的数学家。不过有一绝对奇妙的想法来自我的倡议，让陈省身先生在像底唯一的一小块陶质犹露的地方签名，这一倡议使所有的人大为兴奋。到了为我签的时候才发现像底也上了釉，毛笔字上不去，我却奇想突发，这一位寿星老唯一的陶质却在头部，于是我请陈先生在那脑瓜上签字，先生大乐，欣然应命，这人间独一无二的陈省身先生的签名寿翁，至今立在我的书房，它变得那么高雅，那么珍贵。不约而同的是，陈先生仙逝之后我偶去叶嘉莹先生处，她几乎放在同样重要的位置。物因人贵，人们不能忘记那一晚高人雅士的欢乐聚会。

日与先生熟稔，对数学问题的探讨也渐插垂天之翅，游于无极之门，而我的疑问也越来越多，这印证了"十个智者回答不完一个愚者的问题"的欧谚。而对在数学上配称"愚者"的画家我，陈省身先生绝对做到诲人不倦、有教无类。

我问："人们大概不会知道你在想什么？"

陈省身："那我就可以胡说八道。"

我问："那你比别人为什么高？"

陈省身："我做得简洁、漂亮。"

我问："齐白石画到九十岁还有新意，您呢？"

陈省身："类我类我，我也有新的发现。"

我问："人们对大师之产生各有所说，你做何解？"

陈省身："一半机遇，一半天赋？"

我问："努力其无用乎？"

陈省身略停数秒钟，然后出人意外地回答："每一个人都在努力，与成为大师是关系不大的，成功和成为大师是两回事。"这真是妙语惊人，而且越想越使人钦服，非大师不可作如是说。与此相应的问题，见于一次某记者对陈省身的采访。

记者："大师是怎么出现的？"

陈省身："唔——大师，大师——唔。"先生支支吾吾不知怎样才能使这位十个智者也回答不完问题的提问者满意。

"冒出来的。"在旁听得不耐烦的我真是冒出了一句妙语。

陈省身先生大为赞赏："对，范曾说得'好极了'，冒出来的！冒出来的！"

那记者的眼中露出了不解、茫然，先生习惯性地举起他的左手，做中止提问的示意。

古往今来，大师绝对是少数人、极少数人，既不可限以年月，树以指标，给以条件，他们不知何年、何月、何地、何因，霍然而起，伟然而生，卓然而立，那是无法解释的。以我之体会，大师必具条件有三：智、慧、灵。智，不光是好学可得，这并不有悖《中庸》"好学近乎智"的结论，好学者，只是"近乎"，而达到峰巅的"近"，宛若奥林克匹运动会短跑冠军刘易斯的成绩，恐怕得等一个世纪的努力才能打破。以此知这"近乎"不是"等于"。而慧，则是来源于先天之根性，佛学所谓"慧根"者也，生物学所谓DNA者也，那就是只属慧能而不属神秀的质的分际了。有智矣，有慧矣，而无灵，亦不足为大师；灵者，似有似无的感悟也，忽焉近在睫前，忽焉远在天边；灵者，如梦幻、如泡影，视之不见，听之不闻，搏之不得；灵者，迅捷而来，迅捷而去，绝对留不下一丝痕迹。而灵，绝对是古往今来一切大师不可或缺的光照，它是物质的存在，还是精神的本体？不去详为探讨了吧！灵，在阿基米德浴室的澡盆里，在弗莱明贮葡萄球菌的平皿里，在贝多芬的音符里，在帕格尼尼的琴弦上，在陈省身的公式里，当然也在某些人的画笔下。灵，如晨曦清露、中夜细霰，远望之有，谛视之无。它浸润着慧智之域，带给人们天心月圆、花开满枝的胜景。

陈先生为天津的少年们曾题"数学好玩"，这句话如出自平常人之口，那是素然无味的。而出自陈省身先生之口，那就包含了他的无限深情和他投身其中七十年的漫漫求索。"吾令羲和弭节兮，望崦嵫而勿迫"，在他九十三岁高龄之后，他每天早晨四时起床，要解一个什么世界难题。而且他对下一世纪的数学家们提出新的难题，为此他做了一场令人感佩的讲演。他的思维如静影澄璧，清晰而透彻，闪烁着青年人一般的好奇心和创造欲，在人类的历史上，还不曾有第二位数学家像陈省身先生一样，表现出岁老弥坚的弘毅精神和不屈意志。然而这是苦役般的劳动吗？非也！——"很好玩"。什么是天才？尼采有云："若狂也、若忘也、若游戏之状态也、若万物之源也、若自转之轮也、若第一之推动也、若神圣之自尊也。"我在"王国维和他的审美裁判"一文中曾引用之，这七点今正可验于陈省身先生之生命。"狂者进取，狷者有所不为"（孔子语），陈省身已为人瑞，犹做登数学奇峰之旅，非"狂者进取"而何？"狷者有所不为"，对世上异端怪说，疾恶如仇，有学生杨君持种种特异功能之书，呈于先生面前，先生大怒，推扔满地，下逐客之令，狷介之性时有令人骇异者。对人类文明发展中的垃圾，绝对横扫，毫无商量。我告诉他："您做得对"。陈先生说："你认为这样是可以的？"我说"当然！"陈先生谈话，有时滔滔不绝，有时要言不烦，全看其性质而定。最简洁的时候，往往是十分严重的问题，斩钉截铁，不假任何题外的修饰。有一次我邀陈省身先生和杨振宁先生于东艺楼我的画室小坐，谈得正高兴，走来几位物理学的博士生，滔滔不绝地向杨振宁先生问物理疑难，我听不懂，但从他们的表情和动作上判断出他们的语无伦次。从杨先生不太屑于回答的神态上，看出大师的忍耐力。正好坐在旁边轮椅上的陈省身先生大不耐烦，举起左手，"别问了，你们成不了爱因斯坦"。可见我的判断不错。后来我问陈先生发脾气的原因，他说其中一人既愚蠢而又狂傲，"这样不可以，振宁不会愿意回答这些问题的"。还有一次在叶嘉莹先生的八十大庆上，有一位老而不重的先生于讲坛上訾议无状，信口雌黄，直呼陈省身、杨振宁先生之名而有并驾齐驱、共赴绝域之概。陈省身先生高举左手作狮子吼："打住！我们老年人就是要少说话！"以上是我见到的陈翁三怒，这三怒非"神圣之自尊"而何？而尼采论天才的中间五点，亦皆陈先生穷奥溯源时的状态，这不只是陈省身先生所专属，古往今来之有大创造者，概莫能外都有着这种天才的赤子之心、赤子之情、赤子之态。

记得陈省身先生七十五岁生日那天，陈先生彼时步履稳健，独邀我与叶嘉莹先生做一次小庆，听叶先生谈诗，当然是人生之至乐，我和陈省身先生都为之击节。我说："今日不可无诗，陈先生您先来"，陈省身先生不假思索，一句诗脱口而出："百年已过四之三"，我说："妙！妙！数学家片刻不忘数学，此其验矣"。叶嘉莹先生以诗评的口气说："的确好，宋人有'问向前犹有几多春，——三之一'。自有词以来，我以为用分数而入词者，可谓千年一遇，而又出于陈先生之口，简直妙得很。"于是我倡议每人作一首诗，第一句必用"百年已过四之三"以为庆贺，第二天交稿，因为陈先生点的珍馐尚未动箸，所以不作即席之吟，第二天写出后，叶先生对陈省身的诗一字不改，对我出韵的毛病提出了意见。后来这三首诗发表在《天津日报》，这是极有趣的人生诗篇。

佛家有云："以逆境为园林。"人生道路不会一马平川，不蹶于山者蹶于丘，不蹶于丘者蹶于石。重要的是自己如何对待坎坷，人们如何看待你的坎坷。我当然不例外地遇到了这样的逆境，同时我却能如此生活于逆境之快乐中，陈省身先生和杨振宁先生显然是伸出了援手、带给我无上快乐的两位科学大师。于是有了一场史所未见的"陈省身范曾教授谈美"的讲座，由物理学家葛墨林兄主持。这场讲座有着一个大的背景：

先是，有一位物理学家谈到科学和艺术是一个硬币的两面。且不谈这比喻的不伦，而其所举之例证，实在有悖科学之精神。杜甫有"细推物理"便是第一个提出了物理学之名词；屈赋有"南北顺椭"字，屈原便发现了地球是椭圆形，"天问"成了世界上最早的天文学著作；渐江运用了数学，创对称之山水等等诡言诵说不一而足。而画家们一夜间都深刻了起来，画出了一批十分费解的作品，而每张作品的背后都有着科学伟力的支撑。我断定是这位科学家使一向持重的恩师李可染先生勉为其难地画了生平一张最荒诞的题为"弦"的画，那是一根混乱而驳杂的粗细不匀的线，纠缠着。据说这"弦"已超过了多维空间，而和深奥的数学玄想联袂。陈省身先生请我去宁园看一本这位科学家的著述，他说这种科学与艺术的结合显得荒诞。他简捷地一语破的："屈原大概不会知道地球是椭圆的"。他告诉我，一会儿有两位天津科技馆的人来，你替我接待一下吧。果然有二位来了，显得有些深刻。我说，这位著书的科学家大概是出于科学上的寂寞，折腾出这样的学说，牵强、荒诞而无聊，我和陈省身先生都不会支持你们要举办的展览。然而，奇怪的是展览会上偏偏展示了杨振宁的油画像和陈省身的雕像，意思是他们支持这荒唐的游戏。这样的欺世手段，也许为的是蒙蔽群众，也许根本上别有用心。我以为由真正懂得科学和艺术是两片水域的人来谈美，是一件十分有意味的事了。于是"陈省身范曾教授谈美"在南开园里拉开帷幕，陈省身先生站在数学家的立场开始了他有趣而深入浅出的论述。他谈到数字是那么的美妙，不可言说。一个神妙的故事以为滔滔讲说的开端：18世纪，在德国的一所学校，数学老师叫学生们回答1+2+3+4……一直加到100等于多少，少顷，一位年甫弱冠的少年站起来说："5050"，这就是后来微分几何的奠基人高斯。接着我似乎听出"数"竟有"无理""有理"之别，有延伸于一轴自东而西的有理数与无理数，还有驻足于一个平面上的复数。有永远纠缠着你的开方不尽的数，譬如2，还有−1开方之后生出一个符号i，这就是虚数。接着陈省身先生谈几何，妙趣横生。理科学生们的兴高采烈和笑声，使我知道先生讲得精彩，也跟着不甚了了地傻笑。他说：数学是一个至美的境域，数是一个奇妙的精灵。演讲既毕，有一个好问的学生站起来问："你相信上帝的存在吗？"陈省身先生说："这也是我想向你提的问题。"在暴风雨般的掌声中，陈省身先生退出了会场。接着我在朗诵了一段我的长诗：《庄子显灵记》中《智者——爱因斯坦》之后，谈到陈省身在普林斯顿大学与爱因斯坦的友情，告诉同学们今天这样的科学家已硕果仅存，只有陈省身先生和爱因斯坦的邻居能如此了解爱因斯坦。我的讲演着重谈科学和艺术是两片水域，科学重理性而艺术重感悟，同时对甚嚣尘上的科学与艺术的"一币两面说"渐有披靡国中之势抱着忧虑之心，我以为这正是打着科学的旗号，为后现代主义艺术张目和鸣锣开道。一个怪力乱神的艺术乱世将会来到人间，而当这样的魔鬼一旦从魔瓶之中蹿出，那艺术的灾难便永远不可收拾，我们需要的是筑起水火不能入、虎豹不能侵的铁的长城。因为一种荒诞信念的侵蚀对民族精神的动摇，比火和剑具有更大的危害。和谐的追逐从古代的孔子、老庄到苏格拉底、毕达哥拉斯一直绵延至今，使我们生活于有序的地球和人间，而后现代的所有失序，都在危及人类的平静，其中充满着斗争和矛盾、噩梦和呓语，甚至戕害生命和残暴酷虐。后现代不是美妙的信仰，不是诗意的裁判，它带给人类官能的反感和心灵的损伤。呼喊和谐，回归古典主义，与大美不言的天地相往还、相对话，是陈省身先生和我谈美的宗旨。葛墨林兄做了精彩的总结，他要同学们记着这一天，这将是人生难再的幸福的回忆。

前文谈到的纤维丛，必有奇美在焉，了解纤维丛的机会终于来临。在一次研讨陈省身数学成果的大会上，吴文俊先生用他的南方口音讲，那是陈先生从宇宙取下了"一小块块"如何如何，整个会议除听清这四字外，其他的公式都与我无关。参之杨振宁先生赞陈省身先生的诗："天衣本无缝，妙手剪掇成。"我想，宇宙的天衣无缝、自然本在那里，是陈省身先生理论的依据，也是他与宇宙对话的核心。这"妙手"应是冥冥中的目的，那是谁的手？是西方的上帝？还是中国的道、天、诸天？无法说，那妙手必凭借陈省身先生这样的数学家解析而后再行剪掇，剪掇出"一小块块"，重新把他略无缝隙地送回天宇。

有着童稚之气且好谐谑的陈省身有一次告诉我："范曾，我有钱了，以后请客不用你出钱，全部我来付"。

"你从哪儿弄来的钱？弄来多少？"我挑战式地询问。

"一百万美金，绝对够我们吃饭之用。"陈省身先生告诉我，第一届邵逸夫奖决定授予他。

"哈，一言为定，你的这笔奖金，我们必须吃完之后，才允许你离开人间，一年我们吃它一万元美金，你还得活上一百年"，我大为兴奋了。

陈省身说："一百九十三岁，嗯，可以的，一万元美金太奢侈，人民币吧"。态度有些认真。

"哈哈，那吃它八百年，你比上古传说中的活了八百岁的彭祖还高寿。"两人相与大笑。

数学家和哲学家有着不解的因缘，至高至尊的数学与哲学的邂逅，使两者相得益彰。从毕达哥拉斯到莱布尼兹都是大哲，同时他们更是伟大的数学家。大数学家所向无敌的武器是逻辑，他们距逻辑越近则距具体的数字越远，那位能心算10位数28次方的印度妇女，是卓越的算术家，而不是实际意义上的数学家。计算机，能在比数学家快一万倍的速度下计算数字，但它不是数学家。陈省身先生平生不会使用计算机，也没有一次有求于计算机，他的玄想用不着它。南开大学要从数学经费中拨款购置一个硕大无朋的计算机，先生颇为不满。有司前来询探先生的意见道："你是我们的旗帜，只需要你表一个态就可购买了。"先生说："好吧，那就在旗帜上写'陈省身不要计算机'。"不只对计算机不感兴趣，在日常生活中，陈先生也很少数字之计算，陈省身先生有一次在天津凯悦饭店请客，付款时，几百几十几元，他来回计算，最后的得数才和发票的相符。陈省身先生用实际行动教育了我们，不要以为数学家必须有前述印度妇女的本领。

有一天，陈省身先生与杨振宁先生来我家，夹杂着不少英语词汇在谈话，原来在商量这一百万美金的捐赠事宜，杨振宁先生提议的地方，陈先生都欣然同意。最后将一百万美金一元不剩地送光。我看到了两位伟大的科学家是如此平淡地对待这一百万美金，不仅平生所仅见，连我也不曾做到。所谓知识分子之"士节"，正在临财廉而取予义。大师风范，令人肃然起敬。以后所有的饭局，依旧在宁园的小餐厅进行，有时我从外边叫来淮扬系的"公馆菜"正合陈先生口味，可恨葛墨林竟吃不出好来，我和陈省身先生对葛墨林品菜水平的低劣，不免微词，陈省身先生准备请客八百年一事倒是忘得一干二净了。对于自己的寿数，陈省身先生怀着永年的信心，一百岁绝非上限。

更大的喜事临门了，国际小行星联盟批准了北京天文台的呈报，对陈省身先生授予殊荣，以"陈省身"命名一颗天外的小行星。陈省身先生说："有趣，很有趣的事"。似乎好玩之心胜于激动之情。因为在他的心目中，最关心的不是个人的荣辱，而是祖国的数学。他以为中国是可以成为数学大国的，为此，他竭尽精力，消磨了他生命的最后年月。

2004年夏，溽暑炎蒸，我内心有一种莫名的烦躁，有一件事十分紧迫地时时缠绕着心灵。这种感觉来得突兀，来得猝然，得快快动手，刻不容缓。我不相信神的启示，但很多事使我对冥不可知的天地抱着敬畏。这高天厚地究竟在发生着什么？它们之间那无形的业果，竟是那样不可思议。我立刻要画陈省身和杨振宁这幅大肖像画。这是陈省身先生2002年在一次偶然的谈话中提起的，当时我问是画肖像，还是画古人习用的行乐图格局，陈省身以为都可以，我答应了。此后，陈省身先生曾多次提醒我早动笔，也嘱葛墨林兄和裱画名师耿淑华催促，我总是告诉陈省身，叫他耐心等待。我相信真实的情感会使这幅画精美而生动，这是一幅世界科学巨人的对话，他们的友谊是科学史上的人文精神之典范：既有深邃博大、不可端倪的科学精神；又有温文尔雅、亲和诚信的东方风仪。

既开笔之后，我绝对是处于一种冷静的理智与奔突的热情交会状态。心往笔走，八龙蜿蜒，玉软并驰。那时，天地精神奔来腕底，一笔一画，无非生机。当陈省身先生双眸既出，我就断定了此画的必然大成，那莹莹而欲动的眼神，包含了他阅尽人间繁华归于淡泊寡欲之境的崇高，包含了他探究宇宙奥秘、深入不测之域的睿智，当头部画毕，陈省身先生已跃然入目，如闻馨咳，如坐春风。一个半小时过去，由于激情，也由于天热，汗涔涔而透衣矣。

然后画杨振宁先生，这时最是艰难，由于我从不打铅笔底稿，下笔乾坤已定，非有峻极的本领不可如此从事。杨振宁的眼神必须落在两米远的地方，必须与陈省身先生的眼神相碰撞。这不是寻常的一瞥，是世纪科学峰巅的晤谈，目遇而神授，堪称传神杰作。在此，我无意伪为谦揖，我想，是两位伟大的人物给了我灵感，即前文之所谓"灵"。

大画既毕，先请葛墨林兄欣赏，他当时的惊讶和快乐难以言表，不停地说："太妙了"，当晚他通知陈省身先生和杨振宁先生。第二天陈省身先生从天津赶到北京碧水庄园我的寓所，当轮椅推到这丈二匹的大画前时，先生大喜过望，几乎是高声地喊着说："伟大！伟大！"接着玩笑地补充说："我和振宁跟着这幅画不朽了！"我说："你正说反了，我跟着描画的伟大人物不朽了。"我从来没有看到过他如此的兴奋，比起那天上的小行星，这幅画似乎更"有趣"，"很有趣"。

第三天，杨振宁先生带着一个留美的物理学博士来看此画。杨振宁说："陈省身先生画得太像了，我自己看自己，不如别人看我。"于是他问博士："你看像不像我？"博士说："太传神了，太像了。"杨先生的兴奋不亚于陈省身先生，当晚他传来了 fax。

激赏此画，尤其对画上题字"奇文共欣赏，疑义相与析"和诗："纷繁造化赋玄黄，宇宙浑茫即大荒。递变时空皆有数，迁流物类总成场。天衣剪掇丛无缝，太极平衡律是纲。巨擘从来诗作魄，真情妙悟铸文章"备极赞赏，以为虽英之大诗人蒲柏（Alexander Pope）之作无以过。

然而，不幸的事从天而降，六合的大雾笼罩着，天地一片茫茫，真个茫茫！巨人因心脏病倒下了。飞机停航。我从济南乘火车直奔天津，直奔天津医学院总医院。先生正在昏迷之中。奇巧的事发生了，当我站到病床边的时候，先生霍然醒来，睁开着一双大眼，口中模糊地发出"范曾，范——曾——"的轻微声音，而且颤动着右手，似乎想抬起来握手，我紧紧地握着先生的手，他完全没有表情，一会儿又昏迷过去。他一生最后讲的两个字，就是"范曾，范——曾——"，这光辉生命最后的一抹余霞我见过了，那是平静的。天色渐暗，先生的心脏测仪上，由微波而划为一根线，一根绝对无情的线。

我和葛墨林、张伟平默默地将先生送进了太平间。时值隆冬，像地窟一样寒冷，人们相顾流着无言的泪，更无语言。何须语言，夫复何言！

陈省身先生的女婿，卓越的物理学家朱经武先生说："他是带着快乐走的，有三件事：小行星的命名，邵逸夫奖，还有他看到了您画的这幅画。"

从淌着血的心灵里流出了一首痛定思痛的诗："大雾茫茫掩九州，中天月色黯然收，何期执手成长别，不信遐龄有尽头。一夕宁园人去后，千秋寂境我悬愁，遥看亿万星辰转，能照荷塘旧日鸥。"

南开园的新开湖畔，深夜里一片烛光，上万的莘莘学子，举着闪动的蜡烛，向我心目中二十世纪最伟大的数学家告别。庄严肃穆，悄焉寂然，没有哭声，也没有抽泣。只有无法慰藉的哀思举起了崇高的无际光焰，象征着他智慧的光亮。这光亮曾照遍人类的几何学圣地。

告别大会隆重而悲哀，人们都记得杨振宁先生对陈省身先生的崇高评价，记得他诗中将欧几里得、高斯、黎曼、嘉当、陈省身列为人类几何学的五座丰碑。卓越的数学家邱成桐先生说："我们以毕生的精力，也做不到陈先生十分之一的工作。"我想，这不是谦虚之词。

人们在哀乐声中仰望长空，夜色已浓，那一颗闪烁的行星——陈省身，已渐行渐远。

历史的乡野

周同宾

一

　　一部二十四史，其实是城市的历史，特别是居住在国都的帝王一家及其文臣武将的历史。他们偶尔出城打仗田猎，或者被迫流亡，史家的笔才伸向乡野。史书里的乡野，只是统治者一时活动的简单布景，很难看见乡野的本来面貌。除非天灾肆虐，千千万万庄稼人陷于水火，死于非命，史官才吝啬地写下"大饥""大疫""流民如蚁""饿殍塞途"等若干冰冷的字。那些概括得近乎抽象的词语，怎能反映乡村生活的真实，乡野草民的生存状态？农民走不进官府修订的历史书，除非揭竿造反，撼动了皇帝的江山。芸芸众生似也不必都在史书里占几行文字，若那样，本已卷帙浩繁的古籍再扩充一百倍也容不下。历史书只记载制造了历史事件的人。

　　乡村似乎没有历史，农民对父辈祖辈以上的事情大都茫然。多少活生生的人和事都被岁月消解得几近于无。农民似乎永远生活在春耕、夏耘、秋收、冬藏的现在进行时中。

　　其实，乡村也有历史。人世间，先有乡村，后有城市。乡村的历史比城市的历史更长，农民的历史比官吏的历史更久远。何况，市民的老根都在乡村，即便显赫的官宦之家，若干代前的老祖宗也必定是乡巴佬。

乡村的历史没写在纸上，没印在书里，而是掩进了泥土，编进了祖先留下的传说里。黑土黄土下面，埋藏有大量往古的遗迹遗物，村夫村妇口中，保存了许多千百年前的人物和事件。只可惜，农民不知道那就是历史，起码是历史的碎片。乡野生活，只需要历书，不需要历史。农民更意识不到自己也生活在历史中，自己身边的很多事物紧紧地联系着遥远的过去。

二

邻家五爷给我说过一件半个多世纪前的旧事。

那年，邻家五爷种红薯多，长得也好，大的都有人头大。五爷说，只要放不坏，明年春上饿不了肚子。为了贮藏，在大门外挖窖，挖半间房子那么大。开始好挖，一铁耙下去，刨起斗大一块土。没想到，挖了二尺深，下面的土硬得铁板一般，铁耙的长齿都使弯了，仍刨不进。就借来了钢镢，一抡老高，狠劲下掘，每次只能揭掉巴掌大纸一样薄薄一层。五爷好生纳罕，地底下几百辈子不见天，不该像石夯砸过一样瓷实。不禁气得直骂，碰巧，七爷从一旁走过，听见五爷骂地，朝下看看，悠悠地说，这地方，古时候是直通京城的官马大道，人来车往牲口踏，前前后后两千年，怎能不坚硬。七爷是村里唯一有学问的人，八百年前的事情也知晓，对什么都能说出根根秧秧。他说得当然对。五爷再刨，震得手疼，累得腰疼，仍像刨在石头上。只能一层层揭，揭掉的土，不成块，不成粒，都是片状，隐隐地可以看出土层上留有车的辙印、人的脚印、牲口的蹄印。还刨出一片半月形的生了锈的铁，上有几个圆圆的窟窿。拾起仔细端详，说，是马蹄上钉的铁掌。又沉吟道，嗯嗯，是路，路上还跑马哩。还刨出一根四指多长的金属的东西，拿手里，搓掉土，原来是紫铜的，一头细而稍尖，一头扁而稍宽，想半天，明白了，这是一根铜簪。就自语道，要是金簪银簪，出这么大力也值。忽想到，好好的路怎么就压地底下啦？再想也想不透这个理儿。不禁又感叹道，世上的事儿真稀奇。

因为实在难刨，使断了枣木的钢镢把，只挖了不到三尺深。结果，红薯冻坏大半。那个荒春，五爷一家就挨饿了。想到红薯窖，五爷就骂，路嘛，哪儿不能走，偏偏走我家门口，几百年前的人欺负着我啦。其实，他不能怪路，只怪自己不该把宅子扎在几百年前的官马大道边。

如今我想，五爷掘出的那条古路，真像一部窄长开本的竖排的书，是千千万万古人用自己的双脚，用大车小车的轮子和骡马牛驴的蹄子，费千百年时间造就的书，一页页都印满人的经历、天的风雨、世界的变迁，还有无数个无意间遗落的往昔的故事。比如那片马掌，它一定随着那匹或当坐骑或拉车辆的高头大马，连同马的主人，踏着历史的烟尘，走过很远路程，很多地方。或许，这匹马牵扯到一个人的生死，一个家族的福祸荣辱，一个关系到社稷安危的机密行动。比如那铜簪，一定是千百年前一个媳妇丢掉的。姑娘梳发辫，不绾头发，用不上簪，老太婆头发稀疏，只扎纥鬏儿，插不上簪。那媳妇是新婚不久，还是已有了儿女，猜不透。但可以肯定，家境并不富裕；若嫁的是有几十亩土地的富户，她就有银簪，若婆家是骡马成群的财主，她的发髻上就插了明光耀眼的金簪。可能因为早起慌忙，头发没绾紧，簪插得松，亟亟回娘家，也许去赶会，快步走在大路上，簪就跌落了，落进四指厚的尘土里。当她摸摸脑后，发现没了簪，一定很伤心，如果再也买不起，就只能用竹簪甚至荆条了。丢了簪，恐怕是她一辈子都难忘怀的一件难受事。千百年无声无息过去，那村妇早已在地下化为朽壤，而铜簪仍存于世间，默默地证明着一个女人曾在这片土地上生活、劳作若干年。

那条通南彻北的大道，曾经行人如织，车辚辚，马萧萧，腾起红尘十丈。可不知何年何月，竟沉没了，带着路上的风景和故事沉没进黑土下面，被永久封存。原本熙熙攘攘热热闹闹的通衢大道，曾几何时，变成了平静的田野、平静的村庄，生长庄稼草木，建起农舍畜栏。再往远处想，路开通以前，它经过的地方原本就是平静的乡野，路只是历史偶然间在乡野插一根杠子，束一条绳子，都不会长久。长久的是乡野。乡野的广阔土地下，掩埋着无数条曾经人来车往的路。

路也有兴有废。没一条路能贯穿历史始终。

三

我小时候，家里有个没了嘴的瓦壶，里边装着一百多个铜钱，有大有小，有的已残缺，有的薄得将朽。都绿锈斑驳，渍了泥土。我常抓出来玩，在地上摆成行，摆一座有四个城门的城，或一条通向天边的路，也码成摞，有一次一下子摞十几个还不倒，很是高兴。还曾在地上纵横各画十道线，和小伙伴们用铜钱玩"狼背猪"。大钱当狼，小钱当猪（都没有见过狼，以为它一定比猪大，不然怎能把猪背走）。据说狼腰硬，不会拐陡弯，就只能直走，猪倒可以随意跑。到最后，要么狼把猪背了，要么猪把狼拱到死角，就有了输赢。对输者的惩罚是，赢者勾着食指在输者的鼻梁上刮一下。

我对那半壶铜钱十分熟悉，每一个都摸过多次，看过多遍。上学后，才认出铜钱上的字，记得有"绍兴通宝""洪武通宝""乾隆通宝""光绪通宝"等等，有一个"嘉靖通宝"，背面有"五钱"字样，有一个"咸丰通宝"背面有"当百"字样。

父亲的旱烟布袋上，缀两个又大又重的"康熙通宝"，据说是罗汉钱，铸造时熔化进一尊金罗汉，怪不得特别黄亮。邻家五爷的旱烟杆忒长，点火时须伸直胳膊才够着烟锅。平时，总把烟袋杆从脑后的领口插到背上，走起路烟布袋就在脊梁上摆动，系烟布袋的丝绳儿上，穿一个更大的铜钱，在日头下闪闪发光，上面的字是"大元国宝"。庄稼人家家都有钱，那钱却不能花。父亲看着我把铜钱抓到地上，放了一堆，曾感叹说："这钱要还当钱，能买几斤肉哩。"可惜算不得钱，只能当孩子们的玩具，拴在大人们的烟布袋上做装饰品，和钥匙穿一起避免钥匙丢失，或者绑上红线，挂在生辰八字不佳唯恐不能成人的娃娃胸前，据说可以压灾。

那些铜钱，都是田地里捡的。犁地，耙地，常常会犁耙出铜钱来，除草、割庄稼，也会一眼看见被雨水淋出晾在地皮的钱。那些铜钱都随手捡回。乡民认为，碰上前朝的钱，必须拾起带回家，这就主聚财，如果不拾，主破财。我记得耖红薯地时候——刨罢红薯再浅犁一遍，叫耖，为了把没刨出的红薯捡起——父亲在前边犁，我在后面提着小筐顺犁沟拾红薯，犁出铜钱，父亲总用鞭杆一指："钱，钱，拾起来。"

我家那些铜钱，想必是父亲多年来从我家的地里捡回的，或许还有爷爷捡回的。那块葬了爷爷的爷爷的祖茔地，是爷爷年轻时候分家分得的。

那些铜钱，想必是在铜钱还当钱使的年代，我的先辈祖宗不小心丢落的。别人的钱不可能掉我家地里。可庄稼人下地干活儿，从不带钱，田野里没有买卖。祖宗的钱怎么就到了地里，埋进土里了呢？大概是掉在屋里、院里，扫地时连同鸡毛、蒜皮、树叶、猪粪、柴草以及尘土一起扫进了粪坑，在种早秋或小麦前就拉地里了。又思忖，祖祖辈辈都贫寒，老爷爷老奶奶不会钱多得随处乱扔，但过日子还是离不了钱的。父亲听爷爷说过，爷爷年轻时候，二斗高粱能卖一串钱，一串钱一百个，买把扬场的木锨二十个钱，买个生铁铸的犁铧十八个钱，买一个火镰带一块火石五个钱，俩钱能买一个油酥烧饼。这么说，每年丢掉几个钱还是可能的。十年百年过去，失落的钱就为数不少了。

《家谱》上说，我们一族是清朝康熙年间从山西洪洞县大槐树下迁来的。那么，我家那些宋朝的钱、明朝的钱，五爷那个元朝的钱，一定是土地原先的主人丢掉的。

那年，六爷在院里挖坑栽枣树，挖到半尺深，一铁耙下去，刨烂一个带盖的陶罐，罐里装满铜钱，已锈成一块，用铁耙砸开，有外圆内方的钱，还有的像裤衩，像铁铲，像菜刀。这些钱就更古老了。它的主人可能生活在二十多个世纪之前。他是个守财奴？是怕贼偷走？是躲着家人存的私房钱？为什么埋下就忘记了？是不是埋下不久他就死了？反正埋了一个谜。六爷虽然挖出，而且砸开，却也破解不了埋藏两千多年的谜。他只说道："这人真是傻蛋，有钱不花，硬埋地下沤朽，当初买几根芝麻糖吃吃也甜半天。"六爷挖出的那些破钱，可能后来也扫进了粪坑。

从野地里捡回的铜钱，并不看重，还会丢掉。我玩的那些就常常撒地上不再全部拾起。最终还会扫进粪坑，拉到地里，再被父亲捡回。那块地，父亲每年都翻腾几遍，每一寸土都被他细看过几遍。

总有些古钱一次又一次从家里到地里，再从地里回家里，在岁月的剥蚀中反复辗转。

可惜的是，经过"大跃进"、大饥荒、"文化大革命"，乡亲们家中的古钱都没了，谁也不知道弄哪里去了。我家，"大跃进"开始不久就室内空空，只剩四堵墙，木家具、铁器具都填进了炼钢炉，父母常常十天半月不回来。五爷大饥荒中活活饿死，死后他的房子做了集体的牛屋。六爷因为当过一个多月伪保长，"文革"中先被抄家，后被游斗，不久，得噎食病死了。人已如此，怎能顾得了铜钱呢？

如今，在地里已很难再见到古钱。即使还有，新一代的庄稼人也不会注意到，他们干活大都马虎，远不如老一代细致，切切地盯着脚下的土地。

那日，闲翻最新评级、标价的《中国古钱目录》，赫然看见五爷烟布袋上的那枚"大元国宝"竟然价值八万元，我家的铸有"五钱"字样的"嘉靖通宝"也能卖八千元……

四

村东有几十亩地，特别高，远看如一道岗。人们说，那里原是一个村庄，百十户人家呢。

"大跃进"中，兴起很多新事物，其中一项是深翻土地。一般都翻二尺深，表现更为积极的村干部就让翻四尺五尺。牛犁不了那么深，也没拖拉机，只靠人力，用铁耙铁锨开挖。就把熟土下面的生土、礓石都翻出来了。翻乱了土层，地就更加瘠薄。庄稼人费了那么大劲，累死累活，田里的收成反而更少。村东那片高地，到二尺下还是熟土，暄腾腾的，土腥味很重。而且，还翻出了断砖碎瓦，沤朽了的屋梁，锅铁，草木灰，锈迹斑斑的锄钩，女人做针线用的顶针，破碗烂罐，白铜水烟袋，青色的捶布石，紫红色的石磨，仍旧完整的铁轱辘，蒜臼，秤砣，牛铃铛……还挖出一眼井，井沿的石头上有井绳磨的几道沟。

那里确是一个村庄。

谁也想不到，在荒唐的年代荒唐深翻中，竟翻出了远去的历史，翻出了许多以前的庄稼人的凡俗生活。

一个村庄，百十户人家的劳动生息，整个地沉入地下，长时间无影无踪，无声无响。一朝重见天日，一切都是死的。

那个颇大的村子，怎么就消失了呢？

有一个故事，父老世代传说。

当年，李闯王从这儿过，庄稼人都害怕，怕抢粮食，怕拉去入伙。各村都组织青壮男人，用土枪、三眼铳保卫家园。高地上那个村子，寨墙坚固，把守很严。李闯王的队伍刚到墙外，守寨的人用土炮向下猛轰，土炮装的火药里掺有犁铧锅铁砸成的颗粒，闯王的人马就死伤不少。村寨终于被攻破，造反者杀了全寨男女老幼，一把火烧了所有房屋。一个活生生的村庄顷刻间寂灭。于是，那里就成了废墟……

乡亲们说，在清明时节的阴雨里，在秋风的萧瑟中，远远地能听到高地上的鬼哭声。

后人挖出的，只是历史僵硬的残片。当时的凄惨恐怖、血迹泪水已渗透进泥土。大地收容了庄稼人的冤屈和苦难。

庄稼人的家园竟是那么容易被摧毁，庄稼人的生命竟是那么容易被戕害。哪朝哪代能够保证乡野草民长久安居乐业？

传说终归是传说。但史籍确也记载李自成的军队曾在南阳盆地活动，和张献忠的军队进行数月拉锯战。来自岁月深处的记忆可能变形，但总会有若干真实的影子。在我的故乡，没人知道"迎闯王，不纳粮"的谣谚，倒一直流传"李闯王杀人八百万"的说法。口头相传的历史未必准确，写在书里的历史也未必准确。埋进地下的历史才接近真实，遗憾的是，要解读它十分困难。

反正，那个村庄消失了，在土地上永远不复存在，留下的只是一丝悬念。再过不多久，那悬念也会消失，年轻一代的庄稼人对往昔的事情已毫无兴趣，先辈的传说怕是不会再传说下去了。

五

村西南有条小河。原来有桥，已坍塌多年，过河很不方便。村人重新修桥，竟在河底挖出一块墓碑。碑已断，且残缺，但碑文半数尚存。

我听说后，就去看，越看越觉着有意思，就抄写下来，部分较为完整的句子如下：

> 明季兵燹之酷，豫省首当其冲，而宛南尤甚……黎民死徙，十室九墟，积骸成丘，田畴荒芜，荡焉，烬焉……公于康熙二十年，携家跨涉千有余里，餐风宿露，劳瘁已极……斩荆披榛，开垦种植，宵衣旰食，殚厥心力……缔造经营于满目荒凉之际，狐兔出没之域……

　　碑文中说的"公"，即我们一族的老祖宗。是在那次朝廷部署的强行移民中，老祖宗从山西老家来到此地的，离乡背井之痛，一路颠踬之苦，可想而知。初来时，仅在草莽丛里搭一茅屋挡风雨，避野虫，仅靠官府发给的简单农具和几升种子，开荒地，种庄稼，筚路蓝缕，终身役役，创业之艰辛，可想而知。农民的吃苦耐劳，坚忍勤恳，举世无匹；只要有了土地，就能用顽强的毅力和不竭的汗水，把它变为良田，播下五谷，换来收成。正是由于和老祖宗一样的无数农民年复一年的劳作，荒凉已久的原野才渐渐阡陌纵横，禾稼飘香。他们用两只结满老茧的手，几件落后的生产工具，硬是改变了大地的面貌。庄稼人的开拓精神和创造力也是惊人的。多年来，我们只惯于称赞农民的勤劳质朴，却认识不到他们的开拓精神和创造力。历史给他们提供的机会太少。在很长很长的时期里，他们只能被固定在一小块土地上耕种，或者被组织进"大集体"和牛驴一样充当劳动力，即便有天大的能耐也没地方施展，也难有所作为。

　　据说，老祖爷和老祖奶是一起迁来的。两口子恩恩爱爱，耕田织布，生儿育女，光景过得红火。谁也想不到，尔来三百余年过去，一对老祖宗竟繁衍出如今的两千多后代子孙，当初只一间茅屋，如今是三个拥挤的大村庄。一条老根，一脉相传，生生不息，瓜瓞绵绵。只要能吃饱肚子，庄稼人的生殖能力之旺盛，同样是惊人的。

　　三百年来，在这三个村子活过又死去的十几代先人，怕是数以万计了。也就是说，在村子周围并不广大的地面上，埋葬了数以万计的先人的骨骸。可坟头仍在的并不多，人们都只看重父辈祖辈的墓园，远辈爷奶因没有直接感情，对他们的最后归宿地就常常忽视，任其变矮变平，最后又变成田地。在我们的老祖宗来此垦殖以前，几千年悠悠岁月里，这片地方更是生活过无数代农民。他们死后，也都埋骨田间，融入土地。可以说，每一颗谷粒中，都浸染有庄稼人的血肉，每一寸土地下，都安息着一个庄稼人的灵魂。生前，土地养活庄稼人。死后，土地收容庄稼人。平凡的黑土里，积淀了千千万万庄稼人的平凡人生。土地的历史，就是庄稼人的历史。土地的永恒，就是庄稼人的永恒。

有一次，父亲犁地，犁出一块朽了的灰白的骨头，拿起看看，认为是死人的脚脖子的一部分，却不知道是哪朝哪代庄稼人的遗骨。扔下骨头，父亲说了句颇有哲理的话："人吃地几十年，地吃人几千年。"一代又一代庄稼人在土地上耕种收获一辈子，都最终长眠地下，故土地渐渐消化，千百年过去，还没完全消化掉。庄稼人用自己最后的身躯滋养土地；土地肥沃，五谷丰登，后辈人想不到每一粒粮食中都有前人的精魂骨血。

六

蓦然想起"文革"中的一件事。

因为写了"毒草"文章，我成了"黑帮"。挨批挨斗后，发配农村，去窑场干活。窑前一片地高高隆起，似一只大龟趴在原野上。全是黄土，已挖掉三分之一，挖成一道陡崖。据说，砖窑的历史已有三十年；要把全部黄土烧成砖，还得六十年。窑匠刘冒对我很好，不叫我挖土、和泥、脱坯，只叫我看场，就是看着砖坯，不让猪、羊、小孩踩了。他的两个帮手，一个叫黑妮（是个小伙儿），一个叫来娃（是个老头儿），也都对我友善，常去大田偷来红薯，塞窑口烧熟，总把大的拿给我吃。他们都相信，我只是一时倒霉，要不多久，还是公家的人儿。那天，黑妮挖土，刨出一个人的头盖骨，好似长了绿醭儿的面瓢，骨碌碌滚他脚上。小伙子连说"晦气，晦气"，呸呸吐两口唾沫，骂一声一脚踢了几丈远。又狠刨两耙子，扑扑腾腾，陡崖上塌下一大堆土，同时露出很多物件儿，有碗、钵、盆、罐，也有一些器皿底部带三条腿，还有一些四条腿的兽类。全是陶制品，有的囫囵，有的已破，都黑黢黢的，沾满泥渍。黑妮一件件拿起，狠狠地摔地上，摔得稀碎，很是痛快，摔着骂道："奶奶的，人死了还带着吃饭的家伙！"来娃说："你不知道，到阴间，穷人还吃糠咽菜，富人还吃肉喝酒；土里埋的这些货可不是贫下中农啊。"我掂起一个陶罐观察，见上面有粗朴的花纹图案，内装变了灰的谷物；又掂起一个陶狗，见它又肥又壮，耸耳张口，做狂吠状，煞是生动。窑匠刘冒说："你拿回去当玩意儿吧。"来娃说："不好不好，阴世的东西进了阳宅，可是不吉利哟。"他们只知道，那是死人的东西，我心里明白，那是文物，应当放进博物馆的展厅里，玻璃罩着，下面铺金丝绒。但在那年头，自身难保，还管什么文物呢。我看罢，下意识地小心放地上。黑妮过来，拾起说道："你不要，就送它们上西天吧。"说着，啪啪摔成一堆碎片，摔得好高兴。又刨一会儿，又刨出很多物件儿。黑妮拾起就摔，可摔不烂。我一看，那是铜器，有鼎，有壶，有盂，有卣，还有些，我叫不出名字，俱是锈迹斑斑，纹饰古雅。黑妮说："奶奶的，这么多吃饭的家伙。"来娃说："富贵人家吃饭，顿顿都是七个盘子八个碗的。哪像咱，一碗稀汤，筷子扎两个红薯面馍，顶多捣个辣椒当菜，随便蹲个地方一吃就算了。"我一件件拿起，端详它的造型、花纹，觉着拿的都是宝贝。正看着，刘冒过来，笑道："嗨嗨，咱们有福了。这是铜，卖给废品站，一块多钱一斤哩。卖了买肉打酒，咱们改善生活。"当即吩咐黑妮去卖，并交代："这东西，不砸碎人家不收。我卖过，有经验。"黑妮可喜欢，马上抢起铁耙把完好无损的青铜器一一砸碎，累得出了汗。每砸一下，我就一颤，仿佛砸在我心上。正砸着，来娃捡出一个铜卣，说："我那便壶放墙头上，鸡蹬到地上，打了。正愁没便壶哩，这东西能用，用到我老死，也不会烂。"说着脱下破鞋，用鞋底擦上面的泥和锈，一会儿，擦得锃亮。我拿过来看，看见了上面的饕餮纹，还看见两行不好辨认的文字。

十几件珍贵的文物，就这样变成了烂铜。

十几件青铜器负载的文化和历史，顷刻间化为乌有。黑妮用盛土的荆条筐抚了碎铜片去街上卖。天晌午，买回一块肥肉，四瓶红薯干做的酒；路上，又顺手拔了邻村的几个萝卜。回来就骂收购站："奶奶的，明明十二斤半，只算十斤，收破烂还除杂，少卖几块钱……"炒一锅菜，盛瓦盆里，用粗瓷茶碗做酒杯，我们四个蹲在窑口边的草棚下吃喝。他们三个，划拳猜枚，咕咕咕咕喝酒，不一会儿，都醉了。来娃大笑，笑大队妇联主任被斗了，斗的时候脖子下挂一双破鞋，说她跟十六个男人睡。黑妮痛哭，哭自己二十多岁还说不来媳妇，都嫌穷，怕是要打一辈子光棍儿了。刘冒拉着我的手，很动感情地说："你再当了公家人儿，可别忘了咱一块儿玩过泥巴哟！"

我总想着那些已成废品的文物，心里沉重，有一种犯罪感。

我知道，此地离周宣王的母舅申伯的封地谢城不远，《诗经》中《嵩高》一篇写的就是申伯和谢城。那些文物有可能就牵连着近三千年前的故事……

光阴如白驹过隙。那时，我正年轻；如今，已入老境。我一直记住那三个农民，却再也没见过他们。我一直记住那些文物，心想，如果保存下来，或许能填补历史的一处空白，能纠正史书的若干舛错。然而，为我们换回一顿酒肉，那些宝贝永远魂断形销。忽想到，来娃的铜卣是否还在？它的价值实在要超过一万个便壶啊。

七

20世纪70年代后期，我在文化馆工作，曾下乡参与文物普查。和我一块儿的，是位老夫子。他一肚子老古董，对秦汉史颇有研究，拿起任何一件前朝留下的旧物，都能说出一番有意思的话，描绘出古人的生活情状。那些天，我好似回到张衡、张仲景的时代做了一趟旅游，处处引发思古之幽情。

我脚下的这块不大的盆地，在历史上曾经辉煌过，曾经衰落过。辉煌和衰落，小部分被文人用简略的笔墨写进书里，大部分化作残缺的碎片撒遍大地。我们在田间走，在村中串，几乎每一步都能踩到秦砖汉瓦，每一眼都能看到沾满历史风尘的东西。

那天，从一片红薯地边过，见地头的荒草丛中，有成堆断砖破瓦，显然是农民犁地、耙地时捡起摞出的。砖瓦都呈暗灰色，刚摔烂的断面仍然磁蓝。老夫子说，这些绝对是汉代的遗物。西汉置安众县，县城就在这一带。我俩在瓦砾堆中挑拣。他找到一块大体完好的砖，上面有七个突起的斑点，他说那是北斗七星的天象，又找到一块缺了个豁口的瓦当，上面有一棵树，枝头落一鸟，他说那是神鸟。我扒出一个钵状物的三分之一，灰褐色，涂粗釉，上面的花纹古朴生动，他说，那是汉陶，盛祭品的器皿……汉朝已经远去，城池变为农田，繁华变为荒寂，可断砖破瓦般般件件仍透出两千年前的消息。看我们又扒又拣，把砖块瓦片装入挎包，在一边放驴的一个老汉笑道："那东西垫墙根也没人要，带回去好干啥。俺这地里真邪，埋恁多砖头瓦块，犁深一点儿犁铧尖就碰断了，成年彻辈子往外捡，还捡不完。"

日高人渴，去一户农家讨茶。堂屋里出来一个半老不老的妇人，好热情，连说"稀客，稀客"，边让我俩坐当院的石榴树下，树下用石块支一扇废弃的石磨，边去灶屋，舀两碗淡黄的柳叶茶，双手端来，碗太满，从灶屋到树下，地上洒了两条线。茶味稍苦，却很清爽，我俩喝得舒服。正品茶味，老夫子扭头看见灶屋门前放一个样式奇特的物件儿，像瓢，却有四条腿，上面脏兮兮的，沾满麸皮、饭粒和泥垢，显然是喂鸡喂鸭用的。忙站起，忙据起看。沉甸甸的，是青铜器。内外审视一遍，老夫子说，底部好像有铭文，可看不清。我问是啥玩意儿，他说，这叫匜；古人洗手洗脸时用来舀水的。《左传》里说的"奉匜沃盥"，"奉"（捧）的就是这个东西。妇人说："那是喂鸡的盆，喂多年鸡了。鸡蹬不倒……"问她是从哪儿来的，她说，垒院墙时候挖阴沟挖出的。问她还挖出些啥。她说，都是破铜烂铁，都不囫囵，不知道扔哪儿去了。我们跟她商量，留十元钱，带走那个。她很高兴，连说："那算啥稀罕物儿，不嫌脏，拿去吧，十块钱能买几个搪瓷盆哩。"说着，从屋门后掂一把劈柴的刀，要把鸡盆上的污垢刮掉。我们只让她用水冲洗一下，千万不能刮。临出院门，妇人倒向我们千恩万谢，好似我们周济了她一大笔钱。

在一个只有十几户人家的小村里走，见一家大门外有好大一个猪圈，圈里扁着身子卧一头母猪，十来个猪崽趴成一排正吃奶。猪圈墙的底部，砌进几块长方体的石头。就引起了老夫子的注意，趋近一看，果然是汉代的画像石。只有三块画面朝外。揩去斑斑点点的泥土，见一块刻的是"铺兽衔环"，一块刻的是"执戟门吏"，另一块拦在猪圈门口，上边堵一扇拓刺条编的门，刻的是"河伯出游"。这幅画线条遒劲，构图简练，再现了远古神话的奇幻诡异。那浩渺无涯的水，硕大无朋的鱼，乘风破浪的舟车，神采飘逸衣袂飘举的乘者和驭者，使人不禁怦然心动。想起《楚辞》里的歌咏："与汝游兮九河，冲风起兮横波……"听见我们说话，从院里走出一个汉子，黑面黄牙，小眼大嘴，却一脸微笑看着我们。问他这些石头是哪儿来的，他说从河湾里拉回来的，一百年前就在河湾里堆着，没人要。问他还有没有，他说，都拉完了，他还有几块盖房子垫墙根了。听我们说到这是古墓里的石头，汉子猛一愣怔："呀，不好不好，得快扒出来扔远远的……"

　　一路走来，走在现实的土地上，却时时碰上历史。纵的历史，千百年的往事，星星点点地撒落在广袤的乡野。庄稼人耕耘土地，其实也在耕耘着历史，只不过他们认识不到罢了。

诸暨

一

清明前夕，到诸暨去玩了三天。承主人的好意，连日来安排我们看了五泄，访问了陈老莲的故居，游了小天竺，还参观了枫桥镇上供奉杨老相公的大庙，边村保存得相当完整的边氏宗祠。只是到了离开诸暨前一天的下午，才带我们去看了西施浣纱的遗址。诸暨是西施的故乡，地方上对她怀着美好的感情，城里新建的漂亮的商场大楼就命名为"西施商场，浦阳江上雄伟的大桥也叫作"浣纱大桥"。没有留心，可能还有别的商店、饭馆也使用着西施的名号，可是为什么他们把访问西施故里的日程安排在最后呢？

久雨初晴，我们走出城关，沿了江边缓缓南去，公路上扬起了一阵阵尘雾，没有多远，就能看见江上的浣纱大桥。再向前，遥遥望见公路边上有一座小小的亭子，那就是西施亭了。走近看时，并没有发现什么匾对，只是一座孤零零被挨挤得局促在江边的亭子。亭下就是临江的崖石，有两条逼窄的石径通往江畔，只容得一个人走过。石壁上有两个填了红的摩崖大字——"浣纱"。再下面的江水里横卧着的青石，自然就是当年西施浣纱的所在了。

这个地方小得很，连转身都困难。小亭子里已经有几个游人坐在那里，也挤不进去。好在站在这里也能眺望对江，望得见金鸡山下的村落，一色白墙黑瓦的民居，只是一侧新添了几幢新宿舍楼，却打破了整个布局的完整。从古代留下的地图上可以看出，芒萝山的石脉是一直蜿蜒到江边的，可是不知什么时候，也许比公路修成更早，就被拦腰截断了。今天的芒萝山已经被新建的厂房宿舍包围起来，简直就看不见山。山的前半掘起了一个大水池，开出的石料就用来叠起了山前的石壁，从下面只能望见山巅几棵孤零零的小树。

在山下、江边徘徊着的时候，不禁感到了无端的寂寞。

四十年前买到一部崇祯十年（1637）刻的八卷本《芒萝志》，"梦溪张央，荆溪路迈纂辑"，久已失去了；后来又得到康熙刻"暨阳赵弘基家山汇评"的《芒萝集》残本上卷，现在倒还在手边。赵书只是崇祯本的翻版，不过稍稍变动了一下次序，多少添加了一点晚明的诗文，但在自序中却夸说如何辛苦搜集，正是过去刻书家常见的伎俩。书前有武宣序，说到芒萝，"山不过一卷石之多，野蔓交加，只堪供樵苏、牧竖之往来……"，可以知道很久以来这里就一直是一片荒凉萧寂了。

翻看一下这样的地方名胜志，是颇有意思的，但也往往觉得无聊。我曾经说过，人们编这种书，就好像下帖子把古往今来的诗人墨客请来开座谈会，而这种座谈会却往往是乏味的。因为大家说的往往是一个模子倒出来的老话。这本《芒萝集》上卷，虽然收集了整整一册诗词，但还远远说不上完备。不过作为标本，也尽够了。

这一大堆诗词的主题，可以借钟嵘的《诗品》序里的两句话加以说明："或士有解佩出朝，一去忘返，女有扬蛾人宠，再盼倾国。凡斯种种，感荡心灵。"西施被越王勾践选中，当作礼品献给吴王夫差，不论她是否意识到自己负有怎样的使命，也不论她曾在吴宫怎样"扬蛾人宠"，她的心情总是寂寞而凄苦的，她明白自己不过是一宗美好的货物。而越大夫文种所献的破吴九术（或云七术）中，"遗之好美，以荧其志"只不过是其中之一。后来人们出于种种动机夸张得过了分，甚至把西施装点成女间谍的鼻祖，就不免是神话或简直是昏话了。能指出这一点来的，整本《芒萝集》中好像只有王安石的一首《嘲吴王》："谋臣本自系安危，贱妾何能作祸基。但愿君王诛宰嚭，不悉宫里有西施。"

王荆公到底是有眼光的，寥寥二十八字，就将喷在西施脸上"红颜祸水"的污蔑之词洗得干干净净。

"沼吴"以后西施的命运，也是聚讼了几千年不能解决的难题。四十年前我在一篇小文中说过："还有一说也近于情理。那是越王沼吴以后，想了一想，吴国全是这个女人弄糟了的，正是红颜祸水，留她不得，捉来淹死了吧！这一说的根据是《墨子》的'西施之沉，其美也'。"

这是见于史籍关于西施的最早记载，比后来东汉人的许多说法都更为可信。不过人们是不满意的，他们同情这个美丽的女人，不愿她落个如此悲惨的结局，这样就创造了她和范大夫泛舟五湖的传说。这是合于传统喜剧结尾的公式的，但也隐隐包含着对勾践的抗议或嘲讽，这才是《浣纱记》的结尾胜于一切"金榜乐，大团圆"的所在。

二

诸暨和绍兴是邻县。到枫桥去的那天，我们坐的车子就一直朝东向绍兴方向驶去。天色阴阴的，漫天遍野一片绿，远山淡淡的，大地上好像吸满了水雾。时而看到一片白墙黑瓦的房子，那就是一个村落了。浙东的民居都是这种格局，这种颜色。

白墙上开了大大小小的窗子，好像一对对盯着公路上来往车辆的眼睛。偶尔可以看见一棵大树，是白果树吧，有时候是一对，那说明这里曾经有过一座庙宇，树照例种在山门前面。庙宇早就没有了，只剩下两棵树寂寞地站在那里。

"就在那面，那个山脚下，是杨铁崖的家。"

听了这样的介绍，我只能"哦哦"地应着，其实我也认不准这是哪个山村。只是想，杨维桢写的字叉手叉脚的，一派奇气，可是又那么美，在同时代的书法家里，他好像完全不理会有赵孟𫖯的存在，这就值得佩服。这是一个怪人，流传着许多狂怪的故事。但也有使人不敢佩服的，他"创造"了"鞋杯"行酒的方法。我想，这可能是从"曲水流觞"得到的启示吧，那可是"雅"得有些"俗"起来了。

元末画梅花有名的王冕也住在这一带。提起王元章，人们总忘不了

《儒林外史》里的描写，那个骑在牛背上读书的小孩仿佛真的从烟雨迷蒙的田埂上走过来了。吴敬梓的描写是以宋濂、张辰两篇《王冕传》做蓝本的。宋传中说他"买白牛驾母车，自被古冠服随车后，乡里小儿竞遮道讪笑，冕亦笑"，就是被写入《儒林外史》的故事。又说他在北京对秘书卿泰不花说："不满十年，此中狐兔游矣。"回到越中以后，"复大言天下将乱。时海内无事，或斥冕为妄，冕曰：'妄人非我，谁当为妄哉？'"都说明他已经清楚地感到了动荡时代即将到来。不过不同的是宋濂说他希望能遇到明主，做一番事业，张辰则只是强调了他的归隐。至于王冕的结末，两传的说法也不相同。宋濂说朱元璋打下了举州，"将攻越，物色得冕，置幕府，授以治议参军。一夕，以病死"。张辰则说有一天闯进他家里来的是"外寇"，他和贼师大争辩，"明日，君疾遂不起，数日以卒"。其实两篇传说的是同一件事情，只是宋濂站在官方的立场上，不能不说得好听一些罢了。朱元璋起事以后，在浙江一带罗致了一些人才，成为他的得力助手，但这些人的结局都不大好。朱元璋先后花了几十年，才一个个都收拾了，王冕不过是死得最早的一个。吴敬梓的小说拿他的故事作为楔子，看来也不是没有微意。

县里的同志告诉我，诸暨这个地方过去出过不少人物。当兵的特别多，其他方面也有不少出色的人才，不过地方上留不住他们。至今诸暨的高考升学率在全省还是最高的，征兵任务的完成也是头等的。这些信息很能帮助我们理解生长在这个地方的人民。文化水平不低，在过去叫作"文风盛"；好勇，也是越人的传统。两者结合起来形成一种特异的素质，倔强、独特，散发着特异的光彩，表现在文学艺术作品上，就出现了一种不可替代的色泽。就在这枫桥路，既有元末的王冕，又有明末的陈洪绶，他们都是生活在天翻地覆时代的大画家。

车子从兰亭折回，到了枫桥镇上，穿进一条乡间小路，雨后一片泥泞，车子歪歪扭扭地开进去，停在一块场地上。眼前是一片水塘，有两只白鹅在水面上游动，两旁都是菜畦，场地上满地稻草屑和泥浆。走进一条小巷，踏进边门，是一座空落落的大厅，三开间，五根带石础的柱子，屋角放着一架破旧的打稻机。这是陈家的祠堂，据说是老莲祖父陈性学的"光裕堂"。除了颜色久已剥落的梁间彩画，已经寻不见任何旧时痕迹。几个木匠借了这地方做家具，在埋头做活。好寂寞的一个地方。

陈老莲的"宝纶堂"就在前面，走过去看时，就连房子也没有了。墙边有一口井，据说还是当年的旧物。地上留下一些残零的石条，是过去的屋基。房子在很久以前就烧毁了，还是在太平天国以前的一次农民起义中给官军烧掉的。这些"故事"都是从一个五六十岁的老乡那里听来的。他姓陈，这村里的人家都姓陈，不过他好像并不知道陈老莲的名字。

陈老莲也画梅花，可是画法和先辈王冕不是一路。他画的是工笔，古拙瘦劲，完全洗净了没骨画法的娴熟，和他笔下的人物、山石一样，都带有浓重的图案意味。

无论是《西厢记》里的双文，还是《娇红记》里的娇娘，都美艳、典重，古朴类唐画。

人物衣饰或花木山石衬景，落笔都极尽繁褥，但笔墨又非常简净，甚至是吝啬，摒除了一切多余的点染。这种风格在老莲的时代是一种创新，在以后则形成了一种流派。他的画风早在其十九岁为来风季作绣像《楚辞》时就已经形成了，这一画稿一直到二十二年后才刻成。其中《屈子行吟》一图已经成为人们心目中典型的屈原遗像，一个清瘦的古衣冠人物，有着说不出的忧思迟缓地在泽畔"行吟"，这只能是"三闾大夫"。书前有老莲手书上板的一篇序文，一直是我爱读的文字，序的上半是："丙辰，洪绶与来风季学骚于榕石居。高梧寒水，积雪霜风，拟李长吉体为长短歌行，烧灯相咏，风季辄取琴作激楚声。每相视，四目莹莹然，耳畔有寥天孤鹤之感。便戏为此图，两日便就。呜呼！时洪绶年十九，风季未四十，以为文章事业，前途之迈。岂知风季羁魂未招，洪绶破壁夜泣，天不可问，对此宁能作顾陆画师之赏哉！"

读了这序文，使我们仿佛看见了画家自己，连同他的举止、神态和心境。写这篇序文时，洪绶四十一岁，看样子已经在饱经人世忧患之后进入了他的晚年。在晚明那个时代，一个艺术家走的是怎样的道路，在这里反映得十分清晰。

他画《九歌》里的《国殇》，只画了一个手执弓刀、满怀激楚的寂寞的老兵，在他面前有一把丢弃了的斧，这是战友的遗物。寥寥数笔，就写尽了古战场的凄寂景色，抵得上一篇《吊古战场文》。

提起陈章侯，总是有着说不出的怀念与敬重。他是第一个为《楚辞》作插图的画家，稍后才是萧云从。晚明画家对楚骚的非凡兴趣，这事实本身就是值得思索的。

陈老莲的画本由晚明刻工高手制成图像，成为那个时代最好的木刻。这些印本都已流传稀少了，得到郑西谛的介绍，才先后复印行世。我最早见到的就是这些复印本，因此对老莲留下了深刻的印象。见到他的书画真迹，还是后来的事。论影响，他的木刻插图恐怕更大于绘画。这次到诸暨，可以说多半是为老莲而来的。能到他出生的故里来看看，即使没有看到什么值得驻足流连的遗迹，也觉得满意了。

三

到五泄去的那天，很早就起身，七时车子就开动了。原因是半路上有一个草塔镇，今天有集，晚了怕车子开不过去。

天阴阴的，看样子今天有雨。下雨也有集吗？

车子逐渐减速，很远就看到了集镇，也听到了喧嚣的市声。本来就不宽绰的街被摊子塞满了，摊上都张着塑料布，有的只是马虎地盖着，既挡不住大雨，也遮不住飘进来的雨脚，摊子上面撑着支架，挂满了时新款式五颜六色的服装，卡其夹克衫，女式的衬衫和牛仔裤，还有各式各样的日用百货，从收录机到打火机气罐，无所不有。照管摊子的多半是年轻的农家妇女，嬉笑忙碌地接待顾客。七点刚过就已经有那许多主顾光临了，他们大半推着脚踏车，簇拥着仔细别览摊上的货物。跟在他们后面的是几辆板车，车上装着新做成的家具，大橱、短柜，一式本色，不加漆水。我们的车子就跟在板车后面，好不容易穿过了草塔镇。

这个集有很长久的历史了，一年就这么三天，风雨不歇。昨天在小天竺就遇上了成群结队的农村妇女，都上了点年纪，穿得齐齐整整，鬓上插着红花，坐满了茶厅，桌上摆着香烛、食品，在那里品茶。打听下来，才知道她们都是赶着观音生日来上香的。为什么观音的生日正巧是春天呢？这个有来历的古老集市为什么年年安排在这几天呢？

这里有一个水库。

我们从大坝底下往上走，爬了好久才到了坝顶。我们要在这里等到五泄去的渡船。渡船有好几只，都停在坝底的角落里，一只大的，三四只小的。也许时间还早，而且总共也只有我们几个游客，司机还不知躲在哪里，我们就站在坝顶看着眼前的风景。天阴阴的，时或飘下点雨花，眼前是一片绿。两岸夹山是绿的，水也是绿的。

放眼望去，前面不远处，水路就给迎面而来的山峦切断了。湖水里有山崖的倒影，很清晰地分出好几个层次，浅绿、蟹壳青、墨绿，再仔细看，整个的湖水都是墨绿的。这地方很像桐庐的七里泷，只是布局较小一点，比三峡自然更小，不过风格是相近的，都那么曲折、幽深、森严而肃穆。在我们的祖国，凡是有水库的地方，都能看到这种奇丽的景致。

我们坐了一只小艇，向似乎没有路的山崖水角处驶去，两岸夹山渐向后退，眼前展开的是两排看不到头的碧绿屏障。再过一个月光景，这里将是满山的映山红。

远处水边出现了一个小白点，那是一座孤零零的小房子。路转峰回，眼前又是一番景色，水面更加开阔。一路上每个山峰好像都有一个名字，简直来不及听也来不及记，看看有点像，可是到底又不大像，大概这就是"似与不似之间"的意思。

听说不久前一座峰头飞来了一只鹤，常在那里踱步。有人看见了说："鹤正站在那里剔翎呢！"我尽力望去，到底没有能看见，也许山头的绿色太沉也太厚了。

远处临岸的水色简直就是黑的。没有人说话，留下的是一片静寂的天地。船尾的马达响声，并不曾打破反而更增添了静寂。这时，两三只水鸟从近岸水面上箭似的掠过，在十来丈外的地方停下，在水面留下了长长的水纹。水鸟不知道叫什么名字，大概是凫吧？颜色是深褐色的，不容易分辨，细看才知道栖息着一群，也许是听见艇子的马达声受了惊吧。不一会，就又有几只掠过去了。等我们的小艇靠岸时，这一群都已经转移了。

转过山脚就能遥遥望见山麓的一片白色屋宇。看样子应该是一座丛林，但又不大像。看看不远，可是也走了好半日，这就是改成林场的五泄禅寺。

这是一座古寺，志书上说是唐代元和年间灵默禅师始建。不过大殿和山门都早没有了，门外溪边还残留着一些残断的石梁、石础，是当日山门的旧址。几株古树槎桠地分布在一片荒芜的蔓草中间。进门处壁上嵌着一方石额，上面刻着陈洪绶手书的"三摩地"三个大字，是光绪中重镌的，但无疑是老莲的真迹。陈章侯少年时曾读书于浣纱溪上白阳山麓的西竺庵，曾题"三摩地"于主人赵氏之室，见县志。

那么，这里的石额应该是从西竺庵抚刻而来的了。

进门后是一座小院，铺地方砖，杂植花木。一株玉兰正在盛放，花白如雪，缀满枝头，地上则是一片落英。这座禅房静室，可能是古寺仅存的遗迹了。屋内有一块刘石庵写的旧匾，"双龙漱室"四个大字。据说十年动乱中这块匾已经被打落在地，几年以后才从柴房中找出，幸而没有烧掉，不过已经缺了一只角，经过修补重新挂在这里的。这块匾虽然算不得什么了不得的名物，但在五十二年前郁达夫写下的《杭江小历纪程》里已经提到，应该算得上是见于著录的旧迹了。

在林场新建的一排房子里小坐，吃茶。

五泄就是五个瀑布。五泄在浙江的许多著名风景区中虽然算不上最大、最著名的，但在很古的时候起就已受到关注。生活在六世纪初期的郦道元在他的名著《水经注》里就已加以详细的著录了："江水之导源乌伤县，又东经诸暨县，与泄溪合。溪广数丈，中道有两高山夹溪，造云壁立，凡有三泄。泄悬三十余丈，广十丈。中二泄不可得至，登山远望，乃得见之。下泄悬百余丈，水势高急，声震水外。上泄悬二百余丈，望若云垂。此是瀑布，土人号为泄也。"（王国维《水经注校》卷四十）可见在郦道元时，人们还只知道有三泄，后来在《舆地志》里，才出现了五泄溪的名字："五泄溪，在诸暨县西五十里。山峻而有五级，故以为名。下泄垂三十丈，广十丈。中三泄不可逾度，登他山望始见之。上泄垂百余丈，声如雷霆。"

离开五泄寺，右折，沿山脚走去。没有好久，就能隐隐听见闷雷似的吼声。一路上林木丛竹，漫山遍野，像张着一堂绝大绿色的舞台幕布，使人略略焦急，猜不透到底掩盖着怎样的奇妙光影。路转峰回，跨过又一条转折的山凹小径，这时大幕一下子拉开了，终于看到了第五泄。

重叠的山岩，嶙峋的石壁，上面生着灌木的短丛，像一位满脸皱纹的老人唇上的短须，口角张处，一条雪白的水柱悬空而下，喷珠溅玉，是大口吞下一口酒的余沥吧。瀑布落在一片水潭里，变成了一道溪流，中间有一串排列整齐的大青石块，从上面可以走到对岸。那里有一道崭新的金属围栏，蜿蜒着穿山而去，看不到尽头。

满山的绿，雨后空气里蕴含着太多的水分，这地方就像一块绿色的大海绵，随便碰一下就能溅出水来。

围了栏杆的小路是沿着山壁开出来的，走起来并不费力。不能不感到我们今天的好运气。从郦道元起，就少有人能完整地看到五泄，尤其是第四泄。他们只能站在另外的山头上遥望。我们缓缓地登山，每一步转折，都能看到崭新的光景，山石、树木、野花，随意布置，处处都是美的，好像落入了奇妙的万花筒里。

我们走得很慢。走到山腰时看见山脚闪出了一面红旗，是一支小学生春游的队伍，孩子们嬉笑着爬上来，他们哪里是爬，简直是在跑、一霎眼就到了眼前。我们停下来让他们过去，一片喧声过后，又一下子都不见了。

终于爬上了东龙潭顶，看到了难得一见的第四泄。涧水被束缚在仄仄的石槽中间，水花溅起，如雾如烟，在迎面而来的石壁上撞击，溅落，发出了巨大的响声。它是真的被激怒了。

第三泄和第二泄其实只在一转折之间。水面铺开了，一个大的转折以后，在一片石洞上曲折泄下，形成了散落的态势，飞舞、挨挤、追逐，组成了一片喧笑，快乐地奔泻而下了。

山角一座竹楼的基脚已经竖起，旁边是工人的工棚。这地方选得好，正是喝茶观瀑的好地方。五泄已经存在了多少万万年了，"逝者如斯夫"，从不停歇地流着流着，经过了多少曲折、束缚、弛放、磨炼，最后汇成了水库，给人们带来了光和热。坐在水阁上观瀑，是可以想得很多很多的。

还要爬好久呢？在就要到达顶峰之前，还是不能不闪过这样的念头。一泄到了，这是一条注入深潭的瀑布，从容，轻缓，显示了涧水入山以前的好性情。就在水流下注的地方，有两个水潭，是所谓大小脚桶潭。水深得很，应该就是长年累月的激流凿出来的吧。

又经过一段泥泞的山路，才是刘龙坪，这是万山背后一块小小的平地。我们走进一间小小的房子里吃茶。屋前有两棵树，遥望是一片寂静的山凹，听见了鸟声。

这座房子的原址是刘龙庙。刘龙子是个传说中的神话人物，是个吞了俪龙珠后化龙飞去的仙人，不过每年清明都要回来给母亲扫墓，来时必带来满天风雨。坐在小屋里吸着淡淡的山茶，听着这样荒唐而美丽的故事，不觉坐了许久。

　　从山背下山，满眼竹林，路边时时可见冒出的新笋，偶然可以从林木空隙处遥望远山，觉得这实在可以算得是一座伟大的盆景。又遥遥看到了郦道元所说的"登山远望，乃得见之"的"不可得至"的二泄，不能不佩服古地理学家认真踏勘然后下笔的求实精神。

　　回到五泄禅院午饭，饱吃了极鲜嫩的新笋和豆皮，喝了两瓶西施啤酒以后就又去游西龙潭。东、西龙潭之间夹着的就是那座峻削的山脊，山那面是五级悬崖飞瀑，这面则是曲折幽深的溪涧。山路依崖开辟，曲曲折折，路上有无数石板桥，随时可以度过踏上对面的山沿小径。悬崖上有时可以看到怪柏中间盛放的白色山桃，还有南方少见的榆木林，挺拔的树干上下错杂散布在一片山坡上。涧底淙淙的水声并不喧闹，有时还是只能听到水声的伏流。迎面而来的处处峰峦，奇削、幽峭，几乎都有一个美丽的名字。在五泄寺里曾看到过一块新雕的徐渭"七十二峰深处"小小石碣，说的就是这一路上奇幻无尽的峰峦。这地方的格局有点像杭州的九溪，但曲折幽深的气势却要好得远，夹山的逼窄更增添了几许森肃。我们没有走到一线天，看见燕尾瀑就折回了。从主人的介绍中可以想见，那应该是和四川的剑门有些相近的地方，虽然五泄更突出的是江南山水的秀特而非蜀山蜀水的雄奇。

　　我们提前赶到了渡口，小艇刚在靠岸下客，驾驶员拿拖把冲洗完坐垫就跑开了，大概是等候随后赶来的游客。这时天上的细雨密起来了，张了伞坐在舱里，就这样一直等到艇子向一片迷蒙的雨网中驶去。湖面上笼罩着一片冷雾，山峦的色调变得更暗，好像画家的墨笔在水盂里狠狠地蘸了一下就大胆地抹过去，很快变成了一片氤氲。

　　张了伞也遮不住横飘过来的雨脚，有点狼狈，可是我喜欢这雨，不怕它打湿了衣衫。这时，又有几只被惊起的水凫从面前划过，像箭似的一下子就钻入迷蒙的雨障里去了。

追怀冼星海

何满子

主张人生就是选择的存在主义大师萨特曾在某处说过：记忆也是一种选择，当人遇到某种情景，某种刺激，便会从现实选择既往，想起某些人，某些事（大意）。确实如此。面对当前文化市场的浮嚣，黄钟喑响瓦釜齐鸣的可悲现象，常令人兴起正不胜邪之慨。于是，我脑里每每闪亮出旧时交往中一些对艺术持虔敬态度的人物形象。在音乐家中有马思聪和冼星海。马思聪在日常细微处透露出来的对音乐的敬业精神所给我的启沃，前些年我曾几次撰文提到：这回，趁冼星海逝世六十周年之机，来追述一下这位人民音乐家。

我和星海的交往从 1937 年 8 月在上海初见至 1938 年 12 月延安分别止，前后只有一年多的时间，但他曾向我倾谈过他的生平，特别是巴黎留学时期的传奇性遭遇，以至我能就他的诉说以及与他交往中亲切的认知，在二十世纪五十年代写出电影文学本《冼星海传》——这剧本经过一番周折未能摄制，终于在"文革"中被抄没，下文我将叙及。

初次会见的日期很好记，那是"八一三"淞沪会战即抗日战争全面爆发的后三天。我于淞沪会战爆发的次日由杭州到达上海；第二天会见钱韵玲，即后来的星海夫人；次日是由她带我去访问星海的。钱韵玲是我姐姐晓梅烈士在杭州黄河桥小学教书时的同事，钱的父亲就是淞沪会战时期的战地服务团团长、著名的理论家钱亦石。不久我就参加了战地服务团的工作。

冼星海当时住在拉都路（今襄阳南路）一条弄堂里一栋石库门楼房的二楼。一间十五平方米大小的房间，没有什么陈设。我们去的时候房里有几位来客，是《大众歌声》杂志的编辑，向星海索取他前些日子谱写的《青年进行曲》去发表的。歌的开头几句是：

> 前进，中国的青年
> 挺进，中国的青年
> 中国恰像暴风雨中的破船
> 我们要认识今日的危险
> 将一切力量
> 争取胜利的明天……

这首歌曲在抗战前期十分风行。我们去的时候，星海正在将原来的五线谱改写成简谱。星海没有钢琴，写完后用小提琴来试音校订——这把小提琴是离开巴黎回国前他的一位老师送给他的，我在《冼星海传》中叙述了送琴的故事。

星海拉琴试曲的模样，因为后来也见过几次，所以印象十分深刻。他一面拉琴，一面侧着头轻声哼唱，有时高举着弓，作短暂的沉思，再拉，再哼，最后放下琴，双手握拳使劲向上一击，满意地喊："行了！"

可惜我和星海交往时，对音乐还是门外汉，不能像二十世纪四十年代接触马思聪时那样，我已"恶补"过音乐知识，认真地读过了旋律学、和声学、曲式学、配器法等几乎涵盖了音乐学说理论作曲系的全部课程，得以藉专业知识和对方作深一层的交流。因此，我对星海的音乐风格不能像对马思聪的作品那样把握得较深，好在那时星海创作的大都是声乐曲，一切都很显露，他要直到去延安后才写器乐曲，大型的交响乐之类我都没有见到过谱，更没有听过乐队演奏。

第一次会见后，我曾写了一篇《冼星海印象》的短文，在《大美晚报》上刊出。因为钱韵玲跟着我姊管我叫"小弟"，星海也跟钱韵玲喊我"小弟"，故而我那篇文章也署名"小弟"。文章刊出时我已参加战地服务团，在浦东南汇县的周浦镇工作。我曾带了报纸过江到上海再访星海。战时大家都很紧张，匆匆谈了片刻就握别，直到次年才在武汉重晤。

1938年3月，我从上海淞沪战地搬退，辗转流亡到了武汉。星海随着洪深带队的演剧二队，经苏州、南京、徐州、开封、洛阳，沿途进行抗日宣传，星海曾深入工厂农村，教群众唱救亡歌曲，不像我这样纯是逃难，他是如他所说的"一路战斗"地到了武汉。果然，他的本来不白净的面色更加黝黑了，可见一路风尘仆仆。他在郭沫若任厅长的军委会政治部第三厅，仍经常奔走于武汉周遭的厂矿、农村和部队驻址教歌，指挥群众演唱和做救亡宣传。我在汉口的《大汉晚报》当编辑兼跑新闻，只要星海在武汉，我便过江到武昌华林他的宿舍去串门。在战时流亡的特殊环境中，有如患难之交一样，人们的感情格外易于融洽，我们称得上是知交了。虽然他比我大十多岁，却无话不谈，连他在三厅和另一位音乐家张曙吵架的私事，也愤愤地向我诉说。他本来是个木讷寡言的人，但一喝点酒话就多起来了。他喜欢喝两盅，但没有瘾，酒量远不及我。两盅下肚，就絮叨地向我摆谈各种往事，倾诉他的经历：幼年家境如何贫困，他的做女佣的母亲如何茹苦含辛地抚育他；母亲在澳门那家做女佣的主人，葡萄牙籍乐师如何诱发他走上音乐之路；如何冒险到上海进入国立音专而又在一次学潮中被开除；如何在一艘外轮上做苦工而千难万险地到了法国；以及在巴黎学音乐的颠沛而又充满戏剧性的遭遇……我察觉他那时虽然热情昂扬地投入工作，但他是寂寞的，因此要找人诉说。他谈到音乐时便欢快起来，时不时夹哼着一段旋律。

一个令人万分激动的故事每使我一想起来就唏嘘不已，我在电影文学刷本《冼星海传》的八本戏中用了整整两本戏的篇幅写了这故事。

星海那时已经进了巴黎音乐学院，但必须靠打工为生。通常到旅法华人开的洗衣作之类的店家打工；有时找不到工打，就得去餐厅或酒吧卖艺赚几个法郎。他说，虽然巴黎街头也常有潦倒的乐师和画家卖艺乞讨，他总觉得很难为情。但迫于无奈，他说，他就集中精力拉曲子，不朝人看，别的什么也不想，只当作是正规的练琴。一天，他走进一家相当豪华的餐厅，前一天音乐学院的课正讲授马思南的音乐，他就向食客们演奏马思南的曲子。在餐厅用餐的有两个衣着时髦的中国留学生，显然是公费留学又有家庭汇款可供挥霍的纨绔子弟，认为中国人在饭店里卖艺乞讨丢了中国人的面子，一个大声叱骂，一个竟站起来要斥逐冼星海出去。这时，一位绅士模样的法国食客挺身而起，向那两个中国学生发话道："你们这是干什么！这位青年音乐家全神贯注地演奏曲子，他的马思南拉得多动听啊！你们却要捣乱！这样不尊重人，不尊重艺术！"一顿训把那两个华侨学生训得龟孙子般瘪了。这位绅士邀请冼星海为他演奏一曲自己认为演奏得最满意的曲子，冼星海聚精会神地拉了一曲克莱斯勒的《中国花鼓》，绅士十分赞赏，丰厚地给予酬金。

就这样一次遭逢，星海后来成为这位绅士的家庭教师，教他的女儿学提琴。他的姓氏是Mullier，名字我此刻记不真了，但他是巴黎第七大学的教授则不会记错。后来星海回国，也得到了教授的资助。直到在武汉时期，星海还和他通着信。

武汉当时热火朝天，星海成天忙于组织宣传抗日的群众歌咏活动，特别是那次庆祝台儿庄大捷的万人大合唱，星海兴奋地担任指挥，累得满头大汗。可没有人知道，那几天他正患着肩周炎，他是熬忍着臂疼上场的。钱韵玲告诉我，他老是嘀咕抱怨没时间作曲，一点静静的构思的时间也找不到。的确，在武汉他几乎没有创作过一支歌，直到去了延安，才爆发出积蓄已久的灵感。

这年的8月，我已决定赴延安。原定和星海夫妇商定一起走的，但我先办好手续，有伴当先走了，到延安是9月1日。星海和钱韵玲直到11月才到。而两个月后，我就读的陕北公学改组，校本部连同高级研究班一起并入陕甘宁边区关中分区的陕公分校，地址在旬邑县的看花宫。我所属的高研班随着成仿吾校长一起离开延安赴看花宫。我和星海夫妇在延安两个月的短暂聚会，也是最后的一次聚会。临别的前一天，钱韵玲煮了一只鸡，在桥儿沟鲁艺宿舍的窑洞里治餐为我送行。

此后的几年中，我在西南大后方，不断唱着从延安传出来的星海的歌曲。《生产大合唱》《黄河大合唱》在大后方也很风行。我为星海的合作成果感到高兴。当时在中国大后方没有管弦乐队的条件下，根本没有创作大型器乐曲的可能，交响曲、协奏曲什么的即使写出来也没处演奏。CanTaTa已是能尽情发挥的最大的曲式了，星海已发挥了最大的能量。

其时也听到一些从延安到大后方来的人传来的"小道消息"，说星海是"延安四大怪人"之一。"四大怪人"的其他三个是萧军、王实味、塞克。除了萧军之外，另两人我一无所知，猜想出星海何以会和他们并列而称"怪人"。星海为人憨直、粗犷，个性很鲜明，有时难免得罪人，但我怎么也想不到他能得"怪人"之名。幸亏他于1940年去苏联了，否则，我猜想不出在1942年"整风"和"抢救运动"时他将落入什么样的境地？我为他后怕。

他被派赴苏联的消息是我在1941年由成都赴湘桂途经重庆时听《新华日报》的熟人说的。苏联是音乐文化水平很高的国家，星海在那里必更能施展他的才能，我为他庆幸。

1945年8月15日，日本宣布无条件投降。在那段悲喜交加的日子里，我回顾这艰苦的八年抗战，想到自己战时的历程，想到开头的淞沪会战，自然想到和星海的初逢……心想，我们定能在战后的上海重晤。如再见面，我如今有点资本可以和他较内行地交谈音乐了。没想到，冬天得知了他病逝于莫斯科的噩耗。我不胜哀伤，写了一首《冼星海悼歌》追悼他，词曲都在当年12月的《新华日报》副刊上刊出。没有人为星海开追悼会，这样的歌是没有人会唱的，我只是表示一点哀思而已。但据当时在贵阳工作的好友叶帆告诉我，那里有一家文艺刊物转载了这首悼歌。马思聪当时任贵州省艺术馆馆长，估计是由于他的关系。

我经常起意要为纪念星海写点什么。1953年，几位朋友在上海电影剧本创作所工作，怂恿我写电影剧本，我决定写《冼星海传》。因为星海生涯中最富戏剧性的情节是在巴黎，而我不熟悉那里的风光，于是决定求助于马思聪。我写了一份颇为详细的提纲，并连同提出的一系列问题，写信给那时正任中央音乐学院院长的马思聪。马思聪很认真地回了我一封长信，逐条回答了我的提问，连巴黎街道原名、位置也写得很详细。又在剧本提纲上提注上许多意见，给我帮助很大。这个文学剧本于1953年底完稿，送交给上海电影剧本创作所审核。可是直拖到次年夏天，仍无回音。我很懊恼，便写了一封颇为发牢骚的信给电影剧本创作所的所长夏衍。夏公没有回信，但他显然干预了这事，剧本很快退回，附了一封简短的信。大意说，这剧本的许多情节发生在法国，没有条件出国去拍外景，云云。这话也是事实，当时是锁国政策，不像改革开放以后可以方便地出国摄制，我只得搁着。1955年，我莫名其妙地被株连入"胡风案"，凡是有文字的纸片全被当作罪证搜查了去。1956年出狱后，经过我向时任上海市委宣传部部长的石西民申诉（石西民1945年时任重庆《新华日报》的编辑主任，他对我在该报刊出的《冼星海悼歌》还保有印象），才由公安局发还。但逃得了初一逃不了月半，"文革"抄家，这本命运多舛的剧本就永不复返了。

星海去世后，我一直打听钱韵玲的下落，想从她那里得知星海最后一段生活情况。直到二十世纪八十年代，才从在浙江美术学院任教的老友卢鸿基那里得悉她已另组家庭，定居杭州。我想去访见她，但鸿基示意"不宜"，可是他大概将我寻访她的事告诉了钱韵玲，不久星海的女儿冼妮娜来上海探访过我一次。她是为了广州要给星海建立塑像来征求我的造型意见的。我总算见到了星海的后人，那长相酷肖其父的故人之女。我和星海交往的这段因缘就从此了结。

冼星海是我所认识的最勤奋的艺术家，他几乎全身心地生活在音乐里，随时在生活中捕捉乐思，从一切音响中捕捉旋律。给我印象极深的是，在武汉一次过江轮渡上，船快到码头了，我们要起身出舱的刹那，船舷上忽然传来了一个小女孩的叫卖声，他马上喊道："等一等。"掏出一个本子，拔出自来水笔记上了一些符号，肯定是他从那女孩的叫卖声中获得了灵感。这种不择时地的素材积储，使他作曲十分快捷，据说《黄河大合唱》的写成只用了三四天的时间，可谓神速。

星海出身穷苦，成长的道路中充满坎坷和挫折，且常和下层群众相伴，所以怀有平民情结，执着地将艺术献给苦难的群众。他非常佩服聂耳，我多次听见他对聂耳的赞扬，但也很率直地谈到聂耳的曲子在技巧上的不成熟甚至疏失。我记得很牢的是，他有次谈到《义勇军进行曲》，即现在的国歌，说有一处显然的败笔，就是"中华民族到了最危险的时候"一句，在"到了"之后，用了半拍休止，便把一个完整的句子切断了。星海并拿黄自的合唱曲《抗敌歌》做比较，说黄自的曲子多么严密工整，合唱之中有一句齐唱，棒极了。说黄自的曲子横看竖看（指旋律与和声）都精彩。但从倾向说，星海还是赞赏聂耳，给他们的定位是：黄自是爱国音乐家，聂耳是群众音乐家。我以为这见解极是。在星海眼里，"群众"更为可贵，是和他本人血肉相连的劳动大众。星海自己也正是劳动人民的儿子。

昭君的草原

庞天舒

第一次听到王昭君的名字，我还是军队歌舞团的一名小学员，刚刚十二岁，在每周一次的文化课上，听老师诵读杜甫的诗："群山万壑赴荆门，生长明妃尚有村。"老师诵罢，开始给我们讲述昭君的故事。

关于昭君，流传下来的史料实在不多，老师三言两语就讲完了，我们这些小兵却被深深地打动了。想想吧，一个两千年前的山村民女，竟有如此的胆量和气魄，主动要求去塞外和亲，熄灭了两族长达数百年的战火。下课后，我们围住老师，提出一个接一个的问题，譬如：昭君在匈奴都有些什么故事？她喜欢草原吗？她学会骑马射箭了吗？匈奴人对她好吗？……老师笑说，史书上可没写这么详细，但昭君在草原度过了整整一生，据说她十分高寿，七十多岁才去世。所以，有一点可以肯定：昭君是爱草原的，她肯定生活得很快乐，不然，就不会活这样长了。

后来，我读了很多书，并离开歌舞团成了专职作家，开始从事民族历史小说的创作。有天，接到上海古籍出版社王立翔先生的电话约稿，在两个古代女名人中，我毫不犹豫就选了王昭君。可是，在我忙完了手头的事情，面对这个题目时，禁不住又像十二岁那年，脑中涌出了一连串的问题。是啊，因为匈奴没有文字，昭君在匈奴的生活几乎是一片空白，只有《汉书》《后汉书》中记载了只言片语。因此，古今写王昭君的书虽然多，却大都写到出塞就完毕，把昭君漫长的后半生留给读者去想象。我觉着，真正的昭君的故事应该是从她走进草原时开始的，在大草原上，她完成了由一个年轻单纯的汉家女儿到一个情感饱满的女人、妻子和母亲的过渡。《汉书》的只言片语告诉我们，她，王昭君，先后嫁了父子两位君王，生了一男二女。从这几句言语中，我们似乎能够感受到一个女人丰满的人生。她是女人，而不是汉白玉雕刻的女神，或是古画上那个永远纤细苍白的汉代美人。真正的昭君在走进草原之后，必将会像所有的女人一样去爱与被爱，去融入草原那奶茶一般热滚浓醇的生活之中。

那么草原又是怎样的呢？记得我第一次到草原时，是在寒风萧瑟的冬季，跟随着军队大演习的兵车，望着满目荒凉的大草滩，我心想：如果命运从此把我投到这里，我该怎样去生活呢？天苍苍，野茫茫，何处是我的落脚点呢？尽管我的先祖是来自草原的马背民族，但这一代一代传下来的血液到我这里只能依稀触到草原的风声，面对大草原我无比绝望。

然而，你只要钻进蒙古人的毡包，喝上三大碗奶茶，干下三大盏马奶酒，撕嚼过三大片干牛肉，啃吃了三大块奶疙瘩，在春夜的草原上睡上它三天，你就会弄懂好些事，你面前并不是"天苍苍，野茫茫"，你觉得草原在执拗而缓慢地进入你的身体。草原的气息比山的气息、江的气息都更浓重，草原气息浓稠得好像刚挤出的没有掺水的牛奶。于是，你觉得天、地和你自己似乎全不对劲儿了，你觉得你的身子能够直接感应到月亮的亏盈和天体运行所带来的种种神秘感觉，并且这一切都作用于你的血液、你的肌肉和你的骨头，你的体内翻腾着一股强劲的气体，使你恨不能跨上一匹骏马向夜晚驰去。如果你这样做了，你就会强烈地感到生命实在是健壮而硬朗的生活，活着多好！你立在草原上，让风吹着你，那是真正的宇宙之风！正因为大草原的无遮无拦，风才完整地没有被切割地涌流飘荡。让这样的风吹掠肌体，怎能不突生战士的高亢情怀？怎能不想扬鞭跃马纵横驰骋？

草原的日出和日落优美得简直不可思议，重要的是它蕴涵着某种生物能读懂的信息。即使是在严寒的冬天，衰败的大地在寒风中冷冰冰毫无生气地瞧着你，只消一个轻盈的日出，一切都变了模样，草原在旭日升腾中新鲜而润泽。虽然风仍在野荡荡地吼，气温可能在继续下降，但旭日把一种巨大的生命感贯穿了千里草原，让人突然觉得草原是生长着的，在冻土层下，草原的血液滚滚流动着，像一道磅礴的大河。草原上的生物在早晨也格外活跃，那些野鹿和兔子也许明知道末日将近，秃鹫总是喜欢在这样一个无比新鲜的清晨扑向一只肥嫩的兔子；狼和偷猎者也欢喜在如此的好天气里袭击野鹿。可这些弱兽们不管，它们在雪原上放腿飞跑，将自己彻底暴露给敌手。这完全是日出的缘故，日出驱散了暗夜与死亡，如同长空的一束璀璨火把，引领着大地的生灵向上天迈去。

我也愿意在清晨凝看草原日出，上升的旭日仿佛在天空奏起恢宏的交响。那时，我想跨上一匹战马飞驰而去，我相信从这里有条上天的路，有道跨越草原和天空的桥。

落日给草原蒙上一层忧伤的情绪，整个草原陷入一种迷惘的绛红中，让人觉着所有的离别就是从这时开始的，落日的余晖在一点点地消失，似乎天空在与大地作别。蒙古人的勒勒车吱吱呀呀地行驶着，缓缓行了三千年。头裹彩巾的挤奶女人拧动宽大的身板，执着牛鞭走向新的草场，哪儿是她的宿地呢？今夜她将去哪一堆火旁呢？

总有一把马头琴在远方唱响，伴着蒙古老歌手粗粗嘎嘎的喉咙，我忽然醒悟到：我跌落到一个传说的夜晚，史诗金红的氛围浸透了大草原，我觉着所有逝去的英雄都复活了，或者，他们从没有逝去过。他们自日落的方向催马而来，摇撼马刀，双脚几乎站立马背，成吉思汗和他威震欧亚的铁骑把草原踏得歪歪斜斜。我引颈望去，其实夕阳是给大坛大坛的马奶酒泼晕的，那枚坠落的日头其实是被鹿皮鼓咚咚的声响击落的。一串难懂的我无法破译的异族语言热烈地喧闹着，当第一颗星闪现时，我闻到了近处帐幕里老祖母熬煮的奶茶飘散出浓郁的香气……

今天，我还在设法弄懂为什么草原种族比之其他地域的种族要强悍得多，那空空旷旷的大草滩拿什么滋养它的生灵呢？用狂烈吼叫的风吗？用夏夜空中横行的闪电吗？草原，本应只适合几个淳厚的牧人放牧几群淳厚的牛羊，而不该有草原狼，有火狐，有铁木真的孛儿只斤氏部族，有史诗。

但大草原有。草原狼的作战本领绝不逊于林中的猛虎。铁木真仅凭一个小部落就敢雄视世界。汉民族历史上那些伟大的帝王有谁能驱赶战马驰出国门？秦皇汉武，或是唐宗宋祖？始皇修筑长城将自己围在其中。到了武帝，只一个匈奴便将他忙得团团转。而太宗虽然很有点开疆拓土的意识，却在远征高句丽时得到平生最为丢脸的一次败仗。宋祖刚一建起自己的王朝就开始着手除掉忠心耿耿的部将，他不再需要他们了，他觉得拥有太平洋西岸的这块土地就足够了，尽管这块土地时而江河泛滥，时而飞蝗莅临，但这里就是世界的中心。

唯有草原的铁木真拉开弯弓，指向天外天。

成吉思汗的铁骑神奇得不可思议，他们的奔袭作战能力让今天操纵铁甲的机械化部队自愧弗如。他们每人拥双骑，日驰千里，夜行八百，所经之处，一座座城市化成废墟，一道道高墙壁垒倾覆崩塌，直至成吉思汗的孙子拔都汗驰到了"最后的海洋"。

读罢他们的战史，你有个强烈的印象，好像这些草原人不需要食物，疲惫伤痛的士兵只要天神腾格里汗的阳光照一照便立即恢复战斗力。欧洲人也一次次问询自己的上帝：他们是谁？他们来自哪一片天地？他们要什么？是啊，他们不要那些美丽的大城，不要陌生灿烂的文明，不要被征服的异族人。他们来到，他们烧光，然后他们离去。他们把遇到的森林统统伐毁，他们说，因为汗的目光要同马蹄驰得一样远。他们就这样驰骋、毁灭、再驰骋、再毁灭……

作为战士，他们无比卓越，他们认定蒙古人一出世，战神就附了他的体，所以他们不洗澡，带着与生俱来的那身猛士之风向前冲踏，就像人间的一片狂怒风暴。

我望着与匈奴人血统极近的草原人，望着他们的女人，忽然觉着，草原阴柔的母性全部展现在草原女人身上。草原女人生得高大丰满，像史前壁画中那些极具哺育感的女神形象。一座蒙古包里，若是没有草原女人，必定是阴湿凄冷的，女人在毡包内走动着，忙活着，一股又一股热烘烘的气流便在蒙古包蹿跃。女人似乎周身泛着蓝色的火苗。

草原女人有使不完的力气，牛们羊们被她调教得滴溜溜转。她麻利地挤满一桶桶牛奶，煮着大锅奶茶，熬制大块奶疙瘩，草原的天地也被女人手中的木铲渲染得红彤彤了。

走进草原，谛听着，深深地呼吸着，你能感到那强烈的母性生命所放射的气息。它融着阳光和野草的浓薰薰气味，以及芬芳的花香、浓郁的奶香。

大草原，绝对是把男人变得更男人，把女人变得更女人的一块地方。

草原女人是真正的地道的女人。

科学勘探发现，很多片草原的地层深处蕴藏着丰富的煤和石油，这说明在遥远的地质年代，这些草原曾是气候温润、森林密布的地方。由于地壳运动、海陆变迁以及那些我们尚未得知的地球大灾变，森林被深埋进地下，湿润的风在空旷少雨的土地上渐渐冷硬，那拱出土壤的绿色草苗再也长不成粗壮的树木……但是，这一望无际的草滩却并不荒寂，它成了人类的一个生息地，诞生了北中国最强悍的种族——匈奴。之后，又是成吉思汗的大蒙古帝国。

两千年前的那个汉家女儿走进的就是这个充满勃勃生机的草原，我感到我开始贴近昭君，透过历史的迷雾看到一个生动真实的女人，她在这片草原上走过从容而完满的一生。

然而，匈奴帝国最后仍是土崩瓦解了，连同这个种族亦从地球上消失了，因为战争，因为无休无止的杀伐，因为贪婪和仇恨……匈奴不存在了，仅仅保留一个族名被尘封在史书深处。我想，这是昭君绝没有想到的。但昭君毕竟用她的一生维持了汉匈六十年的和平局面，尽管也许六十年在历史的长河中只是短短一瞬，历史却因这一瞬而永远铭记这个女人。

结束演习那天，我在越野车里看见远处的岗子上蹲着一只草原狼。很多军人都看见了，很多人的狩猎兴致被唤起了，嚷着要拿枪打死它，但最终谁也没有这样做。这草原生物身上有种凛然不可侵犯的近乎于神的气质，或者说它就是草原之神。它一动不动雕像一般蹲坐在后腿上，注视着铁甲长阵。天啊，一只狼竟敢与兵车阵对视！这本身就具神奇的色彩，有股神的味道，以至于我们认为那狼是在一个虚幻的世界里凝视我们，是在同一片空间，可不是同一个时间。即便我们举枪射向它也是徒劳，我们不会放倒它，如同我们的导弹火炮怎样喧腾也奈何不得草原一样。草原被热兵器炸得坑坑洼洼，可要不了多久，春天来的时候，春风便会抚平创痕，新鲜的青草长出了，春雨汇聚在洼地里，形成大大小小的水泡子。这富含养分的水儿清澈温暖，野鸭们来戏水了，天鹅和细腿长颈的鹤们也降落水面，大草原充满澎湃的生机，生命在蔓延流窜，花在开，鹤在唱，草原以博大苗壮的母性生命力凝视着人类。

关于票证的记忆

周晓枫

　　我最初把幸福社会理解为：得到想要的东西不需要太多的条件或代价；苦难和贫穷反之，为一份果腹口粮，要付出的血汗里甚至包括命。当我在小学作文本里语气铿锵地表白为祖国 2000 年实现四个现代化努力学习的决心，却同时感到隐隐凄凉——太遥远了，我担心自己活不到 2000 年；即使有幸熬到那天，我是不是像神仙一样老，咬不动免费的硬糖？表面的高尚之下，涌动着私鄙的烦恼——作为孩子，我还体会不到信仰的感召，只想着物质的好处，想着按需所取，想着尽情吃肉。那个年代，爸爸梦想买辆永久牌的 28 型单车，全家为此省吃俭用、多年积攒，爸爸已一一备齐工业券，只盼着单位分配的宝贵的购车券能早日落在自己头上；今天的商场里，轻易可以看到初中生用自己的压岁钱挑选着花花绿绿的山地车，不需要什么票证；假设有足够的钱他可以买来任何物品——购物的简化过程比所有言辞都更能让我切实体会我们正向着幸福的方向前进。这个被童年迷人幻想过的 2000 年终于抵达，我庆幸自己健康，尚且年轻。穿着千里靴的时间一下子就从身边迈过去了，我像魔法中瞬间长大的孩子。某天，我突然意识到一件有意思的事——当服务质量令人不满时，我不知不觉学会以义正词严的态度表达意见，这不仅因为我已享有成人身份，更重要的是，我已淡忘，售货员曾是我眼中最有权力的职业。

　　售货员决定五分钱的醋到底能打到半瓶还是三分之二，心情好的时候能否多给你舀上一勺黄酱，篮子里的鸡蛋是大是小，猪肉是肥是瘦。70年代末80年代初的售货员大多态度恶劣，这在某种程度上是为了配合他们心理上的权威感。曾经的物质贫乏是件让大家丢脸的事，但这确实给售货员们长足了面子。我回忆起自己如何对卖菜的叔叔阿姨甜言蜜语，希望他们受到讨好语气的贿赂少给我点儿烂菜帮子——生活已在教导十岁的我学习屈辱的好处。一进入副食店的大门，大缸里的酱油、醋，花椒、大料和糖……它们混合在一起那种复杂又熟悉的气味让我兴奋。在攒动的人头后面，隐隐露出售货员深蓝的大褂，我立刻习惯性地乖巧起来。

我小时候比我现在更懂得后现代，因为我曾经把天堂设想成一个敞开供应、无人管理的副食店，并且，住在那里的天使从不付账，他们从货架上任意取走喜欢的零食。而人间正形成一个普及广大的美德：节俭。主妇精确计算晚餐的油量，她们控制着手腕的力量——熟能生巧的技术使她们确保瓶口悬挂的油滴顺利回流，不会浪费在瓶子外面。食用油每月限量供应，她们看得到标明在半透明的油瓶上那隐形的刻度。与油享有同等身份的，是鸡蛋、白糖、麻酱、粉丝……它们在副食本里榜上有名。许多东西必须凭票购买，粮票、油票、布票、副食本、工业券，一些基础之物经过国家的仔细计量才发放到每个家庭。难以区分我们是在被控制，还是被照顾。仅仅有钱，并不能使你得到额外的满足——贫困年代，票证制度力图维持某种平等。其实那时候也没谁真正富有，从这点来看，票证制度也在部分掩盖着社会的贫困事实。

磨损的纸边，油点儿，酱汁的污迹，格子里填写着售货员潦草的出了边框的蓝色圆珠笔字迹——副食本仿佛重要文件掌握着全家的命脉。我们的班主任姓吕，经常在班会上对我们进行思想教育，仿佛已预见若干年后什么样的美德和人物将日渐稀有，吕老师讲述的不外大公无私、舍己为人，从雷锋到张思德。当与她长期两地分居的爱人终于调回北京，他们没有把户口迁在一起。户口分开的策略使他家拥有两个副食本，可以更多一点占有。从吕老师的孩子小果那里，我得知另一个副食本的存在，马上开始询问小果多长时间能吃一个鸡蛋，我的心里涌动着妒意，没有联想到吕老师的做法与她的教育方针是否存在出入。

我们从小就明白副食本以及各种票据意义非凡。商场门口，一个等待妈妈的孩子摔倒在地上，打碎了油瓶，奔冲过来的母亲顾不得看看他的伤势，已经在气急败坏地痛打他的屁股和后背："教你好好待着，非在这儿淘！瞧瞧，油全洒了，炒菜吃什么?!"持续的拍击使孩子的哭声一颤一颤的，像洋娃娃的背部遭到拍打发出的声音，我有趣地听着。孩子的哭泣很少赢得同情，他犯下严重错误，损坏了票证特别予以限定的东西，因此而受到合情合理的惩罚。地上漫流开的金黄豆油，正缓慢地令人心疼而无可挽回地渗进土地——对于母子，这都是灾难性的一天。紧握手里的醋瓶，我望着那个挨打的孩子幸灾乐祸。东西比人更重要，副食本上的名字珍贵过户籍簿上的我们。当晚做梦，我弄丢了家里的副食本，吓得一身冷汗。身份是由白纸黑字、公章和数字证明的，离开了它们，我们无法说清自己是谁，无法让人相信本月尚未领取副食本上的特供品。是的，我们的声音无效，只能依靠外在的物质来证明自己——郑人买履的寓言要在生活中反复演绎，就此将我们的一生漫长覆盖。

踏板上下起落，蝴蝶牌缝纫机的针头嗒嗒作响，伴随着沈阿姨的絮叨。她埋怨着儿子的个头太大，做件衣裳这么费布——自卑的儿子一语不发，对着镜子一颗一颗愤懑地挤着脸上的青春痘。买缝纫机的时候沈阿姨管我们家借过工业券，所以对我格外热情。从她家出来的时候，我的口袋里多了两粒话梅糖。我含着，鼓起一边的腮帮，甜酸的味道让我微眯起眼睛。春天的杨絮漫天漫地飞舞，我想如果我有一张很大很大的网，把这些杨絮收集起来就可以做成冬天的棉袄，我们家就用不着棉花券了，把它们全让给别人，换回好多好多话梅糖，再有剩下的棉花券，就换果丹皮和动物饼干。这粒糖特别好吃，除了它本身的味道，还融合着盼望和等待它的味道；当这粒糖完全融化在口腔里，还会被赋予回忆的味道——回忆，那是美味在产生它的利息。为纪念那粒神奇的糖，我不惜长出两颗虫牙。

凭票购物意味着对欲望的限制。所以得到的部分所起的作用常常是更强烈地调动欲望，而不是使之满足。不足量的食物使你的胃口始终处于期待的折磨中。后来我才明白，我们劳动，我们努力，我们奋斗不息，其实全是为了争取那票证之外尚未许诺给我们的更大的部分。但是，当只拥有极少，我们只好运用变通的方法使之放大或增多——万花筒中的零星纸屑变成重瓣花朵，委屈的孩子从父母的一声责骂中猜测自己的抱养身份并开始幻想中的流离失所，一个慌乱的初吻让告别之后产生不倦的回忆……都是因为我们贫穷，因为我们小小的贪心，要把单调的"一"修改为庞大的复数。小心地揭开罐头瓶的盖子，我偷偷舔食瓶口的芝麻酱。芝麻酱又稠又干，麻了舌头。它需要被温水稀释后，才能拌进凉面里——稀释的美味，组成生活的营养。依靠稀释的方式使少的变成多的，这狡猾而实惠的生存技巧贯穿我的成长。也许说狡猾已是养尊处优的态度，有时稀释是必须的，甚至悲惨，比如空了的米缸旁一碗粒米可数的冷粥。见过爸爸的一个大学同学，我管他叫杜叔叔，也许由于他鼓凸的眼睛给我留下了深刻印象。他瘦，肚皮却圆胀，不知是不是长期喝粥的缘故。后来我才听说他的故事。十多年前，由于难以忍受的饥饿他偷了大队的粮食。他的名誉受到来自肠胃的伤害。杜叔叔四十二岁就病故了，似乎，他已经提前享用尽全部的配给。在他死去数年后，爸爸的另一个同学到我家做客，我听到一种替杜叔叔辩护的说法。这位阿姨说，杜叔叔并不是为了自己才去偷粮食的，他在乡下有个患痴呆症的母亲，每天除了吃还是吃，而杜叔叔是个著名的孝子，自己忍饥挨饿没什么，就怕老母亲受罪，所以才做了不耻之事。他的偷窃问题复杂起来，结合着亲情与孝义。我想起杜叔叔鼓凸的眼睛，无望乃至绝望的凝视使它们改变了形状。

在那本名为《苦菜花》的小说里，妈妈把种类繁多、票额不一的票证小心夹在里面。我能够区分各种票证。最喜欢北京粮票，喜欢它邮票一样精密的齿孔，颜色也漂亮，花花绿绿的，细分到两。我曾想把一张粮票收藏起来，妈妈断然拒绝了我，她认为这是浪费。作为一名尽职的家庭主妇，妈妈要保证每一张粮票都准确服务于嘴，绝不是眼睛。我萌芽的审美意识被现实条件所挫伤。其实，美，就是扩大在实用性之外那浪费的部分。浪费和节俭一样，首先呈现的是条件，然后才是态度。中华民族的公认美德是节俭，但我总认为这是一种环境迫使的选择，就像沙漠背景之于仙人掌对水分的珍惜。所以每当"勤俭节约"一词以充分肯定的姿态被书写，我体会的是里面暗含的凄凉而不能沾沾自喜。节俭的本质是利用最小的原材料，创造最大的功用价值。没有比那个赤脚的小女孩更懂得省俭，除夕之夜，她在柴梗上的火苗里建起天堂——省俭的起始和终点都含有悲剧内容，其间的过程，充满穷人的自欺与自我安慰。

　　当然，票证也的确使人得到一种隐蔽的安慰，它意味着某种优越资格的享有。凭票购物，说明持有者处于被管理的范围，说明他具有城市身份。数学课我曾做过一道小学应用题，算一算农场到底有几只鸡。没有副食本的管理，农民吃鸡蛋不必受到限制，如果他们舍得的话——那是一桩多么惬意、多么令人陶醉的事。但农民们却为此自卑。一个乡下人引以为傲的成就不在于他侍弄了多少庄稼，而在于，他的儿孙奋斗成了城里人——他滴落的血汗，终于使他的后人获得力量冲破泥土的黑暗。农村孩子在陋室残灯下苦读，他们的志向是争取一个受到制约的机会，一种需要凭票获得的身份。

　　而今，人们众口一词，感慨生活水平的提高，追忆着孩童时代的商品匮乏——除了一点遗憾，蜂拥的食品麻木了他们的味蕾，丰盛的筵席似乎不及多年前的一张香喷喷的葱花饼。作为往昔的痕迹，各种票证大多作废，成为收藏家们的新宠。票据就像一些细小缺钙的骨骼标本，它们在寂静的密室里，搭建着昨日虚像。票证一词，包含着对等物、价值、资格、有效性等多重因素，所以，虽然凭票购物的大时代已经过去，但是，票证制度依然存在，甚至是以更复杂、更内在化的形式隐身于现在。

　　凭票进入公园，象征着对景观的一次性消费。随着公园管理者的检票活动，宣告取消门票的有效性。手中捏着被粗鲁撕去一角的门票，你知道，如果看到旷世美景，一旦离去也就失去了再看一次的权利；如若遭遇猛兽，亦不能反悔。不知为什么，我会想起儿时买回家的大米，即使混有沙子或是被虫子蛀蚀也不能退换。一粒一粒耐着性子挑拣埋伏其中的小小暗器，或是趁着阳光晒晒，让那些肥腻的肉虫和身体坚硬的小黑虫自动爬出——只能自认倒霉，因为，你的粮票已交给了粮店售货员。

　　大多数人以婚姻来缔结生活上的同盟，有说它神圣的，有说它庸俗的，挤在一张床上或苦或乐地过着日子。其实婚姻就是凭票供应配偶的制度，一张结婚证换一个老婆。结婚证是短暂有效还是永久保持，要取决于双方的诚意和运气——所以，结婚证上没有限期一栏，为已婚男女留下一点儿弹性的自由，一条后退的路径，一个废除旧证、换领新证的机会。我们怎能离开票证，离开它们的统筹安排？钱包里有你的身份证，派出所有你的户口底，人事处有你的档案材料……但，岂止如此?!

上帝，我们的户籍管理员，他给父母偷偷发放一张准生证，我们才得以游历这个世界。虽然由于工作繁重，我们平日从未领受他老人家的面授，可是，在工作交接时，我们会看到上帝格外的责任心——千万年，他从未疏漏任何一张！他把我们的生命票证一一转交，死神将在上面加盖黑色的印章。从此作废，一个喧哗的人，一张曾经流通的票证。只有一些幸运儿能够暂时被保留，作为教科书里的肖像——那是被历史选中的，像收藏家们喜欢的旧日粮票。

当人们无动于衷地倒掉昨晚的剩饭，我知道，凭票购物的记忆已经模糊。语词消失，然而，它的制度被继承。

迁徙的跫音

熊育群

一

　　去年到龙川，今年到永定，一个粤东，一个闽西，不知是有意还是无意，走的都是纯客家人的地盘。自己很明白的一点是，客家人的迁徙一直是记挂着的。粤东，客家人从中原长达一千多年的大规模迁徙，最终于这片大地上止步；永定，是它的土楼———一个外来民系以一种独特的栖居方式在陌生土地上立下足来。

　　一路上我心里默诵着中原、中原，心里的那条路线渐渐地清晰起来。就像一条路，我踏上了它的路基，立刻，那个端点，那个原来是遥不可及的年代，变得不再只是一个抽象的时间术语，它有了某种气息。那是一千六百多年前的东晋。那群人，那群人怎样踏得西北土地上的沙尘滚滚，怎样弃下老弱病残，怎样在喧哗声中上路？

　　这是一条不归之路！"五胡乱华"，被赶下台的权贵官宦，惧怕株连的魏晋世家大族，还有躲避战乱的升斗小民和流窜图存的赤贫游民，他们结伴而行，出潼关，过新安，一路向着洛阳而来。陪伴他们的是烈日？大雪？泥泞路滑的雨天？他们肩挑手扛，千辛万苦到了洛阳，还来不及喘息，就又匆忙南下，沿着黄河向东，抵达巩县、河阴后，又转入汴河……

踏足永定县的公路，一些路段正在修补，红泥与石头经雨一淋，软硬分明，突出的石头刮到了小车底盘。几次下车，土楼其实早已在视线里。挨路边的一栋土楼塌得只余一角，什么年代的呢？只要脑子里一出现那群疲于奔命的队伍，就觉得自己走得奢侈。

秋天，南方的山岭依然绿得葱茏，阳光让漫山草木闪烁出无数的碧色。他们看不到这样的近乎肥硕的绿，他们的子孙抵达这片土地已是大迁徙后几百年。在这几百年的风貌里，他们找不到家园的感觉，他们随时准备着向南方逃避。

二

木梯吱吱声中走上四楼的卧室，时间已是半夜。望一眼深墙外的洪川溪，只有风摇古木声。白昼的阳光，阳光下的土楼，只在想象中了。静，让耳朵本能地寻找声音。不一会，鼾声升起来了，同行者已经入梦，心里叫苦，长时间的辗转反侧，不禁发出一声长叹，只得爬起床来。

土楼第一晚就失眠了。多年来，在南方的山水里行走，还从未曾失眠过。

虚掩木门，院内奇静。圆形的内环走廊在下面画出一个个同心圆。月光似有似无。但深的屋檐和挑廊的阴影却浓得化不开。觉得暗影里有一种久远的目光。视线从青瓦的屋脊望出去，一堵山崖，只有顶端的一小截呈现在土楼后，在望见它的刹那，发现它也在痴痴地望我，灰白相间的岩石突然间有了含糊的表情。心里一惊，低了头，暗影一样浓的静里，眼前的一切像是假寐。暗影有一种知觉，觉得几千年的岁月醒了，像飘忽的念头被我看见。非现实的感觉，奇异又安详。害怕弄出一点声响，害怕有什么事情发生。

最早生活在这里的土著是那些山都木客。他们身材矮小，皮肤黝黑多毛，披发裸身而行。"见人辄闭眼，张口如笑。好在深涧中翻石觅蟹啖之。"幻觉般的影像，灵魂似的在暗影里倏忽一闪，就不知去了哪里。

振成楼，围起一个巨大的空间，把自己身处的一片崇山峻岭圈在了外面，荒山野岭与匪盗、异族都在炊烟起居之外。院内，依然是耕读人家的生活，是仁义礼教的儒家信条。一百多年，林氏家族就在这封闭的空间繁衍生息。

月光先前是明亮的，也许疲惫了，像一个人失去了精神，它所普照的山川大地也跟着黯淡。村长，一个热血汉子，客家酿酒敬过一碗又一碗。半醒半醉间，手舞足蹈，找来村里的艺人来助兴。那个手脚并用，同时演奏扬琴、鼓钹和口琴的艺人，身板那样瘦，像风中苇秆。他在院子中央把阿炳的《二泉映月》拉得异样的凄美。唱客家山歌的老人，一开口，金牙就露在唇外，唱起情歌仍是那样冲动。他们在月华中来，又在月华中去。人一走，月华下的老屋，静得耳鼓生痛。

十年前也是这样的一个晚上，在湘西德夯那片木楼前，我喝醉了酒，躺在吊脚楼里。月光下，一群苗族女子跳着接龙舞，木叶、二胡声里，队伍像波浪一样起伏。只有我一人扶着木椅靠，呆呆地望……人想往事，总是感情最深之时。月光像退潮的海，黎明前的黑暗覆盖过了千山万壑，像时间那么深、那么神秘。

三

来土楼的意愿少有地坚决。相约的同伴，一个一个打了退堂鼓，犹豫只有片刻，我就不再动摇了。从厦门出发，渐渐靠近武夷山脉，云雨濡湿了山岭，阴郁的光线里，丛林绿得愈加鲜翠。空中气温节节降落……走遍长江以南的土地，似乎就只剩下这片山水了。从年少开始，就不知自己为何一次又一次地上路。是在找寻故乡的气息？童年的记忆？那个从前温馨、宁静和淳朴的乡村，不经意间就变了，觉得它势利，还有点冷漠。我进入一个又一个古老村庄，又觉得打动自己的远远不止这些，仅仅是桂黔边境那个侗家村寨呈现于夕阳中的暧昧意味，就让自己觉得人生奇异。

进入永定洪坑村时已是正午时分，洪川溪在绿树下流淌，带着山中泥色。秋天的阳光让山川草木耀目生辉。一个两千多人的山村，隐匿在一条山谷中，三十余座土楼沿溪而筑，大大小小，方方圆圆，随山势高低错落。这里是永定土楼最密集的地区了。客家的先民从宁化石壁逐渐南迁，到这里已靠近福佬人生活的南靖、平和。两大民系间的缓冲地带没有了，抢夺地盘的械斗时常发生。客家不得不聚族而居，于是，修建既可抵御外敌侵扰，又可起居的土楼成为最紧迫的事情。

与洪坑相邻的是高北村，开阔的谷地，上百座或方或圆的土楼散落于山坡与平畴交错处。爬上山顶俯瞰，圆形的土楼在山麓画出一组组黑圈，阳光下的土墙闪着杏黄色的光。它们是客家在大地上画出的一个句号，漫漫迁徙路到此终止？但是，还早有人迫于生存的重压，仍然没能停止迁徙的脚步，他们继续南行，甚至漂洋过海下了南洋。南溪边的振福楼就只有一个老人，她守着一座近百间房的空楼。老人坐在大门口给来人泡茶，她望人的眼睛是空洞的，她的眼望到的是遥远的南洋——当年那一群远走他乡的亲人。

近处的承启楼是最大最古老的建筑，建于康熙四十八年，高四层，直径达七十八米。它外墙的杏黄与里面环形木质走廊的深褐形成强烈对比。如同天外飞碟，它静静卧于绿树丛中，恍然间已是三百年。江姓人修建它的时候，把底层的土夯了一点五米之厚，下面一半的墙身看不到窗口。在那个年月，喊杀声不时掠过山谷，强人山贼相扰于村。但只要大门一闭，就能安稳地入梦，任他外人想怎样也攻不进如此坚固的堡垒。南溪的香楼为防火攻，甚至大门之上还装了水喉水箱。

下山，大门里老人们正在闲聊，一位佝偻着腰的老人见有人来参观，很是为自己的祖屋和祖屋里走出去的人才骄傲，主动带路，热心讲解，还领进自己的膳房，泡上茶。临别，不忘找出油印的介绍资料，签上自己的大名——江维辉，七十二岁。

站在院中的祖堂，可以看到每一户人家的木门，头上的天圆得像一口井。院子里，由里向外，一环套一环，建有三环平房，房里灶台、橱柜和餐桌收拾得整整齐齐。二楼大都上了锁，里面堆放的是谷物杂物；三楼四楼是卧室；楼内四个楼梯上下，串起了全楼四百间房屋。院内还掘有水井两口。在这栋楼内，江氏人共繁衍了十七代。

绕着承启楼走，几个挑担的妇女迎面走来，箩筐里装满了刚采的红柿子。门口一群孩子向我夸赞，一个男孩用拳头捣捣一处裂开的墙，说，你看它多坚固，里面还有竹筋。

随便问了一句：会不会唱客家山歌？男孩张口就唱了起来："客家祖地在中原，战乱何堪四处迁。开辟荆榛谋创业，后人可晓几辛艰。"曲调里有一份挥之不去的忧郁，淡淡的，像林中夹杂的风。那条路、那群在漫无边际土地上跋涉的人又让人思想起来了——他们到了汴河后，过陈留、雍丘、宋州、埇桥，在淮河北岸重镇泗州做短暂停留后，进入淮河，一路顺流直下扬州，一路则从埇桥走陆地，经和州，渡过大江到宣州，再由宣州西行，眼里出现的就是江州、饶州的地界了。鄂豫南部、皖赣长江两岸和以筷子巷为中心的鄱阳湖区，都是人烟稠密之地，大队人马抵达后，本想在这一带立足，但人多地少，一些人又不得不溯赣江而上，一程一程，抵达虔赣。大多数人在这里停下脚步，开始安营扎寨，仍有人不知缘由继续南下，直到进入闽粤。

我问男孩，知道祖居地在哪里，他答："石壁"。石壁的祖先呢？"中原。"

四

那条路我是见过的，洛阳、皖赣长江两岸、鄱阳湖、赣州，很多年前，因为种种原因我都到过。最后岭南的一道山脉，也在四年前爬了上去——沿着宋朝的黑卵石铺筑的古道，从广东这边走上高处的梅关。古梅关，张九龄唐开元四年开凿，一条自秦汉以来就为南北通衢的水路打通了。赣州因此吸引了大批开拓八荒的"北客"。山隘之上，一道石头的拱门，生满青苔杂树，一副已斑驳的对联："梅止行人渴，关防暴客来。"关北是江西的大庚，关南是广东的南雄，延绵而高耸的岭南山脉，这里是连通南北的唯一通道。我站在江西境内的关道上眺望，章江北去远入赣江。一条古老而漫长的水路，从这里北上，进入鄱阳湖，进入长江，由扬州再转京杭大运河，一路抵达京城。

古道上，红蜻蜓四处飞舞，路边草丛里，蚱蜢一次次弹起，射入空中。秋风吹过山岭，坡上万竿摇空，无尽的山头与谷地在阳光下呈现一派幽蓝。黑卵石的路上，没有行人，只有稀疏的游客走走停停。

唐僖宗乾符五年，黄巢起义，攻陷洪州，接着吉、虔等州陷落，数代居住虔赣的客家先民，又不得不溯章江、贡江而上，跨南岭，入武夷，进入闽粤。他们多数从武夷山南段的低平隘口东进，首先到达宁化石壁，以后再从宁化迁往汀江流域直至闽粤边区。此后，无论是北宋"靖康之乱"南迁的中原人，还是元明清因战乱南迁的汉人，都是沿着这条古代南北大动脉的水道南迁。当年客家人文天祥从梅关道走过，留下诗句"梅花南北路，风雨湿征衣。出岭谁同出，归乡如不归……"他被元兵从这条水路押解进京。跟随他抗元的八千客家子弟走过这道关后就再也没有回过头。

下山，踅进路边的珠玑巷，一条老街，赖、胡、周等姓氏的宗祠一栋紧挨一栋。宋代，客家人翻过梅关迁居到了这里，他们成了珠江流域许多广府系人的祖先。南雄修复了客家人的祖屋，不少来自珠三角的后人来这里祭祖认宗。鞭炮声不时响起，炸碎了天地间的宁静。

五

又是一个晴天，山中的太阳像溪水泻地。鸟的啁啾，唱着山之野趣。一夜恍惚，起床时，振成楼仍人影寥寥。大门口只有一个卖猪肉的小贩，两三个老人与一个壮年人在剁肉。想起昨天游街的情景：一群人赶着一头猪，从湖坑镇一户户门前走过，吹唢呐的、拉二胡的、敲锣拍钹的，一边吹打，一边跟着猪走，就这样走了五天。一问，才知是镇里李姓做大福的日子，三年一遇。五天的斋戒，今天是开斋的日子。家家户户请来客人正准备大摆宴席。

截住一辆摩托车，就去湖坑镇看热闹。

车沿着洪川溪飞跑，连绵青山两侧徐徐旋转，显得柔媚无比。风声呼呼，话语断断续续，嗓门比平常高了几倍，要贴近驾车人的肩，才能听明白：这一带人大都是靠卖烟丝发的财，然后砌土楼。客家男人有到外面闯世界的传统，最没本事的男人，即便在外游手好闲也不能待在家里，那样会被人看不起。女人承担了家里、田头的一切活计。所以客家妇女从没缠过足。

湖坑镇的十字街头已经人山人海，通往大福场的路口用树木松枝扎了高高的彩门，沿街飘扬着彩旗。十几个剽悍的男人，小跑穿过人群，在一片空地上对着天空放起了火铳。"轰——"，"轰——"，地动山摇。

一队人马走过来了——

大旗阵，碗口粗的旗杆，硕大无比的彩旗，几个人扛一面；乡间乐队，吹吹打打，呜呜咽咽；光鲜的童男童女，穿着戏装，个个浓妆涂抹，被高高绑在纸扎的车、船、马上，一个村一台车，装着这一堆艳丽缤纷的东西，在人群间缓缓往前开；抬神轿、匾牌的，舞狮的，提香蓝的……全着古装；一群扮作乞丐、神仙鬼怪的，边走边做各种滑稽动作……

一队旗帜由一群学生高举着，一面旗上写一个李姓历史上著名的人物：诗仙李白、女词人李清照、唐明皇李世民、大将军李广……最后，公王的神位一出现，早已摊开在地上的鞭炮一家接着一家炸响。

这一刻，那个远去的中原又被连接起来了。是在模拟当年的迁徙？做大福的仪式是一种有意的纪念还是无意的巧合呢？那群行走在漫漫长路上的人，他们哀愁的脸、茫然的眼，在时间的烟雾中似乎越来越清晰，又似乎越来越模糊了。

有半个足球场大的大福场，挤满了各家各户的方桌，桌上全鸡、全鸭、柚子、米糕、糖果……密密麻麻。嗡嗡的祷告、缭绕的香火，云层一样笼罩在人群之上。四面青山，晴朗的天穹，一片静默。祭奠先人——思念的情愫再次穿越岁月，罡风一样，悄然飘过了缈缈时空。

永定，这片客家扎根了数百年之久的土地，依然发出了历史的悠远回声。

缠绵悱恻属沈园

王本道

江南的春雨，淅淅沥沥，缠缠绵绵地飘洒着。撑着一把花雨伞，我在越中名园——沈园中徜徉。平心而论，沈园其实是个平平常常的园子，与江南的其他名园，诸如拙政园、留园、桑园、网师园是不可同日而语的。然而，由于八百多年前这里曾上演过一幕凄婉动人的爱情悲剧，致使园中的亭台阁榭、池塘翠竹乃至残垣断壁都着上了一层浓重的"情感附加值"，遂使沈园得以穿越时间的烟水，成为一道跨越时空的风景线。

沈园本是一座私家花园，它的主人是沈氏（历史上也曾两次易主），但是由于陆游与唐琬刻骨铭心的爱情故事流传得沸沸扬扬，致使八百多年来，人们竟习惯于把陆游与唐琬当成这里的男女主人了。烟雨迷蒙之中，我越过柳丝低垂的小径，走上连接葫芦池的石板小桥，于是，那水井、那假山、那水榭便尽收眼底。此时，雨线的交织也把我的思维浸染得漫漶淋漓起来。我遥想八百多年前，葫芦池的一泓碧水曾倒映着陆游与唐琬嬉笑的身影，风酥雨腻，水媚山妍，为这对恩爱夫妻装点了多么好的背景啊！然而好景不长，陆游的母亲陆老夫人最不能接受的是儿子对媳妇如胶似漆的倾心相爱，加上儿子应举不中，于是，便迁怒于唐琬，怒她相夫无功，怒她闺情过于温暖，使儿子贪恋安乐而误了功名。在陆老夫人看来，陆家是簪缨世家，自汉朝以来，史不绝书，在这个门庭里绝不能走出一个枉有万卷诗书而独步江东的白丁。尽管儿子一再申说他的不第是因为放言上皇，触怒秦桧，本与唐琬无关，但姑母兼婆母的陆老夫人对儿媳仍然怒不可遏，于是，新婚仅两年，一对伉俪被迫离异。

细细想来，最不幸的当是唐琬了。她与陆游结婚时的年龄我没有考证过，但当时陆游是二十岁，按当时的婚俗，唐琬的年龄应该在十六七岁，结果，婚后只过了两年好日子便被逐出家门。尽管几年后又转嫁赵士程，但旧梦已难重温。南宋绍兴二十五年，在一个春光明媚的日子，二十七岁的陆游来到沈园，正巧与唐琬夫妻不期而遇，两人不胜感慨。在征得夫君同意后，唐琬置酒肴款待陆游，两人回忆往事，悲喜交集，于是便有了《钗头凤》的悲剧。这对琴瑟知音的唱和，许多人都已耳熟能详，但我姑且还是抄录在此。陆游的一首是："红酥手，黄滕酒，满城春色宫墙柳。东风恶，欢情薄，一怀愁绪，几年离索。错！错！错！春如旧，人空瘦，泪痕红浥鲛绡透。桃花落，闲池阁，山盟虽在，锦书难托。莫！莫！莫！"唐琬的一首是："世情薄，人情恶，雨送黄昏花易落。晓风干，泪痕残，欲笺心事，独语斜阑。难！难！难！人成各，今非昨，病魂常似秋千索。角声寒，夜阑珊，怕人寻问，咽泪装欢。瞒！瞒！瞒！"由于内心压抑，郁郁不欢，致使唐琬英年早逝。估计唐琬去世时的年龄至多在三十岁左右。尽管只有六十字的《钗头凤》，尽管我们没有看到她更多的词作，但仅这一阕词，就足以显示出她的锦绣才情，使她在中国的词坛立于不朽。

与唐琬相比，陆游还算是幸运的。他一生活了八十六岁。尽管母亲斥走了唐琬，但是陆游并没有在母亲设计的路上有更大的长进。秦桧死后，他任州府通判，后被诬告免职。再赴川入幕，调沿海提举茶盐公事，不久又闲置在家。数年后到严州任知州，很快又丢了官。陆游毕竟不是政客，封建社会里，尽管崇尚的是"学而优则仕"，但陆游骨子里流淌的是诗人的血液，不求闻达，不期蹭蹬，又不事钻营，当然很难在仕途上随遇而安了。让人钦服的是陆游与唐琬这对鸳鸯虽被拆散，但是在陆游的有生之年，始终对唐琬一往情深，他的诗作便是佐证：二十七岁与唐氏在沈园邂逅时作《钗头凤》，四十六岁入蜀途中作《重阳》诗，六十三岁严州行上作《余年二十时》诗，六十八岁作《禹迹寺南有沈氏小园》诗，七十五岁作《沈园》诗，七十七岁作《禹寺》诗，八十二岁作《城南》诗，八十三岁作《禹词》诗，八十四岁作《春游》诗，都深深表达着对唐琬的眷恋。特别值得一提的是，陆游怀念唐琬的诗作，许多是以沈园为背景的，绍熙三年，陆游六十八岁时重游沈园，触景生情写道："枫叶如丹槲叶黄，河阳愁鬓怯新霜。林亭感旧空回首，泉路凭谁说断肠。坏壁醉题尘漠漠，断云幽梦事茫茫。年来妄念消除尽，回向禅龛一炷香。"庆元五年，陆游七十五岁时，正值唐琬逝世四十周年，陆游寻迹沈园，悲从哀来，作《沈园》二首："城上斜阳画角哀，沈园非复旧池台。伤心桥下春波绿，曾是惊鸿照影来。""梦断香消四十年，沈园柳老不吹绵，此身行作稽山土，犹吊遗踪一泫然。"陈衍在《宋诗精华录》中对此二首诗评道："无此绝等伤心事，亦无此绝等伤心诗。就百年论，谁愿有此事？就千秋论，不可无此诗。"陆游八十一岁那年十二月二日，又夜梦沈园，有诗为证，"路近城南已怕行，沈家园里更伤情。香穿客袖梅花在，绿蘸寺桥春水生。""城南小陌又逢春，只见梅花不见人。玉骨久成泉下土，墨痕犹锁壁间尘。"直到他死去的前一年，所赋《春游》诗还写道"沈家园里花如锦，半是当年识放翁。也信美人终作土，不堪幽梦太匆匆。"由此可见，沈园之中的一草一木、一砖一石，都深深浸透着陆游与唐琬沉挚深厚的情谊。

尽管陆游一生怀才不遇，官场失意，但是与陆氏家族的前贤相比，陆游在历史上的影响并不逊色。他一生留下九千三百多首诗，既有沉郁雄浑的一面，又有清新婉丽的一面，其中爱国诗就占一半以上。如《书叹》中"少年志欲扫胡尘"，《金错刀行》中"楚虽三户能亡秦，岂有堂堂中国空无人！"尤其是《示儿》绝笔诗"死去元知万事空，但悲不见九州同。王师北定中原日，家祭无忘告乃翁！"成为千古传诵的名句。此外，写祖国山河、自然景色的诗作也是格调清新俊逸，自然圆润。如《游山西村》中的"山重水复疑无路，柳暗花明又一村"，《临安春雨初霁》中的"小楼一夜听春雨，深巷明朝卖杏花"等都具有极高的艺术成就。纵观陆游的一生，可以得出这样一个结论，即他既是一位才气横溢的诗人，又是一位以天下为己任，愤世嫉俗的官员。为此他曾换上戎装，驰骋在当时的边防线上，有过铁马秋风、豪情飞纵的军旅生涯。后来在江西做官时，为百姓所急，亲自派遣小舟运粮赈灾，解救灾民。他为文字斟句酌、刻意求精，为官励精图治、勤政爱民，还乡后仍以农民为友，关心民间疾苦，最后终于成就了自己一生的辉煌。应当承认，陆游一生的成就是多方因素促成的，其中不乏因袭相承的家教的影响，但重要的还是他孜孜不倦的拼搏与奋斗，由于多方因素的交织化合，使得他形成了自己独特的思维与处事方式。这种方式的一个重要标志就是陆游属"性情中人"，他一生都深深眷恋着唐婉，身心之中充满了儿女情长，柔情蜜意。但这种儿女情长并没有使英雄气短，恰恰是这种儿女之情照耀着他，激励着他不断成就自己一生的伟业。事实上许多真正的英雄都是具有柔情的。春秋时期那个敢于刺杀秦王的荆轲临行前就有过"风萧萧兮易水寒，壮士一去兮不复还"的慨叹；汉高祖刘邦起事成功，衣锦还乡时亲自击筑，为诗高歌："大风起兮云飞扬，威加海内兮归故乡"，直唱得泪下沾衣；民族英雄岳飞虽然渴望"驾长车踏破贺兰山阙"，但也时而"欲将心事付瑶琴"；鲁迅更是直白地写道："无情未必真豪杰，怜子如何不丈夫？知否兴风狂啸者，回眸时看小於菟。"心理学家通过缜密的思索与论证后，把英雄所具有的这种柔情称作"情商"，并得出结论说，成就一番事业的人，除了要有高的智商外，更重要的是要有高的情商，情商高于智商。一个人的情商指数大抵是由人的宏观视野、形象思维、想象力和情感构成，陆游正是这种高情商的人。

江南的雨还在无声地飘落着，雨丝如线，思绪如网。在徜徉与思索之中，我终于走出了沈园的大门。虽然是在雨中，但是我看到游人仍如过江之鲫，许多青年男女都是相拥携手走进走出的。返程之前，我又一次回眸沈园，烟雨迷蒙之中，沈园已淹没在翠竹与垂柳编织成的一片绿海之中。我暗自思忖，八百多年来，沈园不正是一个爱与情的温床吗？随着沈园三期工程的开工，未来的沈园哟，将会有多少美丽动人的爱情故事汇入你绿海之中的波澜……

江河八卷

徐
刚

卷一　源　头

　　大地有万类万物，其中最普通、最神秘而又最忙碌的，大约就是江河流水，草木枯荣，四时更替。飞鸟也，走兽也，熙熙攘攘的人之大群，无不需要驻足、稍息，唯独江河东去，不舍昼夜。水到哪里去？水从哪里来？如此的行色匆匆而又源源不绝，不能不使人想起：在大自然中，江河是有使命的，非同一般的使命，游走于消逝和创生之间的使命。但江河不说，涛声而已！流动而已！假如追随一处流水，沿江而下，你就会知道，人永远不可能走在江河水的前面，但又总有波涛在你身后汹涌。所有的河流都会把我们带往一处边缘——海与陆的边缘，咸与淡的边缘，清与浊的边缘。

　　边缘是思想与物质的集散地，是"和实生味"处。

　　人在海边望海兴叹或者桴槎其上，江河源源涌入，海可以容纳多少水？江能够流出多少水？江河的吊诡在于：我们知道它流向海洋，却很难目睹它的初始流出、源头何处。几千年来，人们孜孜不倦地想象着、寻觅着江之源、河之源、水之源，是生命对源头的呼唤，也是人体中的生命之水与源头冰雪的同声相应：我们到哪里去？我们从哪里来？

江河隐散着源头，那是江河的秘密。

源头何处，已经成为中华民族的一个心结，因而那些探求源头的人，便是把一个民族的伟大猜想付之行动的人。在历史的荒原中，我们看见的是他们踽踽独行的背影，其中之一是徐霞客。很有可能是故乡江阴长江入海河道的宽阔的召唤，使徐霞客走上了一条行走毕生的寻山问水之路，其功阙伟者是他的《江源考》，指出长江上源绝非岷江而是金沙江，沿金沙江再溯流而上便是长江源头之所在了。

牵挂着江源的各色人中，还有一位皇帝，清朝的康熙帝为编制全国地图，曾多次派员深入青海高原腹地，直至江河源区。《皇舆全览图》上明确标示金沙江上源为"木鲁乌苏河"，蒙语"冰河"之意。这冰河所指的是哪一条河虽然不详，一个"冰"字的指向却明白无误，是冰的河，冰雪之河。再往前行却因为高寒而无可奈何。1720年，清廷使臣跋涉至江源地带，面对冰雪世界以及诸多河流，在奏章里写道："江源如帚，分散甚阔。"

探求的脚步已经深入源区，可是仍然说不清源头在哪里。直到1976年夏天，长江流域规划办公室的江源考察队，爬冰踏雪五十一天，到达了长江源头，根据"河源唯远"的原则，确定沱沱河为长江正源。唐古拉山海拔6621米的主峰各拉丹东雪山姜根迪如冰川为长江发源地。1978年1月13日，新华社消息称："长江究竟有多长？源头在哪里？经长江流域规划办公室组织勘查的结果表明：长江的源头不在巴颜喀拉山，而是在唐古拉山主峰各拉丹东雪山西南侧的沱沱河；长江全长不止5800公里，而是6300公里，比美国的密西西比河还要长，仅次于南美洲的亚马逊和非洲的尼罗河。"

江源是冰川雪野，高耸于世界屋脊之上，圣洁庄严。

江源地区是指长江上游通天河的楚玛尔河口以上的源流地区，东临黄河发源地巴颜喀拉山，西至祖尔肯乌尔山，北是绵延腾跃的昆仑山脉，南北宽约400公里，流域面积11万平方公里，相当于瑞士、荷兰、比利时三国面积之总和。江源地形自西向东倾斜，全程在海拔4500米以上，终年积雪，冰川高悬。而各拉丹东雪山周边有二十多座海拔6000米以上的雪山，组成了南北长50公里，东西宽20公里的雪山群落，冰雪覆盖面积800多平方公里，发现有100多条现代冰川，姜根迪如为其中之一。

现在，我们看见了，阳光照耀下的冰雪江源，圣洁到冰冷，庄严到沉重，那姜根迪如冰川融水的点点滴滴，便是长江的初始流出；或者说当冰川夏日消融坠落成流，一条大江诞生了。

源区是如此宽阔，流出是如此细小！

源区是如此荒凉，流动是如此安详！

源出姜根迪如冰川西南侧的东西两支溪流汇合后，名纳钦曲，这是长江的初始源流，是冰川融水汇聚而成的小溪流，水面宽三米，水深0.2米左右，由南向北在谷地中缓缓流淌30公里，与切苏美曲合流后始称沱沱河。30公里的长江开始的流程，已经不是纳钦曲这样的小溪流了，但依然很难使人想象这是奔腾激越的万里长江之初。沱沱河北流，流动的冰雪融水要初试锋芒了——切穿祖尔肯乌拉山形成几公里长的峡谷，河岸陡峭壁立，至葫芦湖东南，接纳江曲后东流沱沱河沿时，又是另一番景象：河床宽阔，江流缓慢，多散流、漫流、汊流，为宽谷流荡型河流，且因沙洲随起，汊道时分时合而被称为"辫状水系"。康熙帝的使臣，似乎到过这里，"江源如帚"也。沱沱河又东至囊极巴陇与当曲汇合，由此开始为浩浩荡荡的通天河。

回首长江之源，即便在1978年1月13日新华社发布权威消息之后，有关源头的歧见、争论从未停息。考虑到冰川或者泉眼乃至源区河流本身，都会随环境的变而变，是变量、变数，那么就让我们以千变万化观照源头的冰雪，变通说：各拉丹东雪山，那金字塔一般在阳光下闪烁的各拉丹东雪山，千真万确是长江的源头。

点点滴滴地流出，从小溪流到通天河……

源头是从无到有的创生、包容和隐喻，源头伏藏着从涓滴到大江的所有信息，刻在玛尼石上，飘扬在经幡上。当通天河的波涛凝固成厚厚的冰面，当地的藏民在虔诚地转经叩长头之后，便开始了他们神圣的在冰上刻画"六字真言"的作业，每个字有几十米大小，那是冰的奇观，水的真谛："唵嘛呢叭咪吽"，藏民称之为"架经桥"。这是世界上独一无二的没有桥的桥，冰之桥，水之桥，心之桥，从此岸到彼岸的桥。

从更加宽泛的意义上说，在地球巅峰分布着一条条蓝色的、温柔的、流动的、曲折的线条，那是河流，那是我们的长江、黄河、澜沧江以及它们的原初的分支水系。青海高原是它们的初始流出之地，亿万年的流动便是由这里出发，流向华夏大地，孕育着一个伟大民族古老而又新鲜的逶迤不绝的九转十八弯的咏叹！

卷二　坠　落

江河的生命是由江河水的流动体现的，而跨越中国地形三个台阶巨大落差的江河，堪称民族的伟大之河，其流动在高山叠起、群峰横断的上游，表现为惊险、浪漫的坠落中的跨越，再坠落，再跨越……

我们在江河源区就已经看见冰川的下移、流动、从容不迫的坠落了，也许后来的所有坠落与流动均已包含其中。

那是何其高远、伟岸的坠落啊！

作为固态的水，看似平静到冷峻的冰川其实并不平静，在冰川本身的重力作用及地势、气候等外力作用下，巨大的冰川也在流动中，甚至可以这样说，由冰川融水孕育的长江，在流出之前就已经流动着了。冰川的流动绝不追求速度，缓慢而踏实，每年以几米到数十米的速度向下滑动。到雪线以下，气温不断升高，冰川下缘开始融化，由固态水成为液态水，但总是昼融夜冻；冰川的流动会带来断裂，又因固态和液态的不断交替，便在冰川末尾长长的冰舌部分形成了冰塔林。这是自然的、神性的、随意的创造，似乎一切都是率性为之，而无不精雕细琢，却又不着痕迹。

冰塔高者几十米，低者几米，冰柱如一柱擎云，又如万笏朝天，白玉连绵；上尖下圆的则是冰笋，还有冰针、冰芽、冰蘑菇、冰钟乳、冰亭、冰桥、冰廊、冰壶；冰塔林之间有冰塔湖，湖边有冰树、冰灯……冰灯林中的一切状如某物的名字都是人取的，是人为这个冰雪造物留下的注解，并都能在人类文明史上找到相应的器物和景致。比如新石器时代的陶罐、玉器，以及针和纺锤等；人世间的小桥流水、湖光塔影、亭台楼阁，还有棉花和大米的雪白……冰雪的创造就是水的创造。当又一个夏天过去，大江源区的冰川在融冻交替之后，冰塔林又会有新的奇观，新的出生；无数次的融化之后再冻结，冻结之后的再融化，都是变化，如幻如影。在冰川初始流出和坠落的过程中，河道的深浅曲折实在不足为奇了，因为我们看到了水流过源区的荒野，被滋润的土地和野草，甚至联想到了"水的深刻的母性"（加斯东·巴什拉），江河就是不可抗拒的持续的生命的涌现和生长之处。

我们已经看见了，当源头确立，在坠落中流动、在流动中接纳，便成为江河生命的存在方式。

金沙江还在青藏高原的通天河段时，水流清澈而浩荡，宽阔而平缓，仿佛为伸手可及的蓝天白云所诱惑，不忍骤然急速离去，是高原上饱经沧桑、深谋远虑的漫步者。当金沙江进入川藏之间的山原地带时，面对横断山脉的阻隔，震怒于群山的桎梏而在所不惜地下切、寻觅、坠落、流动，并隐身于深切峡谷，自由于束放之间。峡谷深切几何？邓柯以下，峡谷的相对高度达1000米至1500米，金沙江主流的海拔在邓柯为3340米，到西藏与云南交界处时降为2280米。这一河段的沿江地貌陡峻破碎，支沟众多，呈羽毛状排列，就连支沟的下游也被深刻切割，所有这一切，都是金沙江水坠落、裂石、下切，并最终使之成为河道的过程残迹。在江畔听涛声拍岸，仰望巍巍雪山，仿佛有白须飘飘的老子的声音传来：你看到金沙江就知道了，什么叫以"天下之至柔，驰骋天下之至坚"。

从曲麻莱到宜宾，是中国地形第一至第二阶梯的过渡地带。地形的突变，使一江之水爆发出无法比拟的激情，激活了每一个水分子的想象力，飞跃，奔突，坠落，切割，面对重重叠叠的大山，如斧如锯如齿如刃，把山岩咬碎锯裂，然后嵌进深沉幽暗的峭崖峡谷，闪烁着流动的光。金沙江在这650公里的河段中下跌了1400米，平均每公里坠落2米多。金沙江的千钧之力便来自这落差，这巨大的落差又来自水的伟力。落差是美丽的，流动是神圣的。到云南丽江石鼓镇，金沙江突发奇想做了个一百多度的大转弯，这一长达370公里的大转弯，其直线距离只有36公里，便是"万里长江第一弯"。弯曲总是与力量和深刻度相辅相成。在玉龙雪山和哈巴雪山之间，是长江第一湾中最为著名的深切峡谷虎跳峡，峡长15公里，从江面到两岸山峰，相对高差为2500米至3000米，有断续的七处陡坎巨石。

《易经》称："曲则全。"江河无不多河曲，堪称典范。

假如说江河、流水亘古以来是世界的启发的话，那么我们迟早会面临这样的思考：人间的直道是不是太多了？对弯路、弯曲的拒绝与贬斥，把人类驱离了圆融、变通与柔和，只剩下刚猛坚硬、速生速朽。但江河的坠落与流动有疾有徐，"它的柔和就是瀑布之顶的滑动，它的持续存在即不断开始，每一种自然现象都是一种流出，其流出之源也是一种流出，每个源头都有新的流出……自然界处处都是由高处向低处坠落。"（爱默生）

一切都是坠落的啊！

夜观天象，那星光月色不正是从天穹坠落而下吗？"是故法象莫大乎天地，变通莫大乎四时，悬象莫著乎日月"，"天垂象，圣人则之"。

江河的坠落与流动，则是离开人类最近、最具体的可法之象。

雨点落下了，雨丝垂下了，雪花飘然而下了！

卷三　初　潮

冰川、流出与坠落，还有那绵长的深藏不露于横断山脉的峡谷河道，都会使人情不自禁地想起：原初的江河、海洋，原初的水，然后我们要告诉这个世界上所有亲水、爱水、问水的人——水从哪里来？答案似乎是现成的：平原上的农人说，水从河里来；山脚下的樵夫说，水从高处来；半山腰的和尚说，水从泉眼来。到过长江、黄河源头的人已经为我们指明：江源是唐古拉山的冰川，河源是巴颜喀拉山的涌泉，江源与河源之水都是冰雪融水，没有冰雪就没有源头。冰雪从何来？没错，天上来；江河之水天上来，怎么来？因何来？天上来的真正含义是什么？普普通通的水，我们须臾不能离开的水，其实是隐含着太多的神奇的水。

神奇始于地球上有水。

地球曾经如此荒凉干燥！

关于地球之初，我们或许可以这样说：在某一个无法形容、只有天才的大脑才可以想象的空空荡荡的太古时期——大约50亿年前，尽管宇宙已经形成，但地球的创生还在酝酿之中，太阳系形成的勾勒，最要者就是太阳星云分化为原始太阳与星云盘。当一个日益紧缩的、紧密的原始太阳出现时，星云盘便成了包围原始太阳的外环体，在这外环体的星云盘中，地球已经萌芽其间。最早在想象中指出这个图景的，是康德的"太阳系起源的星云假设"，时在1755年。1976年，法国人拉普拉斯认为，形成太阳系的物质，是团炽热的缓慢旋转的气体星云，因为冷却而收缩并加快旋转，形成与星云本体若即若离的气体环。如此反复收缩、分离，直到星云本体成为太阳，气体环凝聚成地球、月亮等太阳系诸天体。

地球创生之初的十多亿年中，风风火火，几无宁日，除了被大量的陨石轰击外，还有地球内部接二连三的火山爆发。荒凉铺陈着，铺陈的荒凉无边无际。但我们千万不要以为，彼时地球是无所作为的，自地球创生开始转动，便创造着自己的经历，坚持自己的方向。在难以数计的火山爆发及陨石轰击之后，地球物质按上轻下重的顺序，进一步完成密度分异作用，地壳的厚度增加趋于老练，如是观之，地球上巨大的荒凉却是巨大的"无"，很快就要无中生有了。频繁的火山喷薄及造山运动中，地球内部所含的大量气体释放出地表，进入天空，其中就有水蒸气。何来水蒸气？组成原始地球的固体尘埃，原本是衰绝而亡后爆炸的星球碎片，其中蕴含有大量水分子即结晶水，当它们再一次从地球岩石中被喷发、释放至空中后，便成为水汽弥漫。

大气的微粒飘举飘移，载浮载沉，来去匆匆，忽聚忽散，这些极大宇宙中的极小漂流者，后来成了云朵、雾霭、风雨的一部分。

天上要有云，没有云哪来雨？

仅仅是水分饱和的空气也不能生成雨云，还需要凝结核。如此看来，火山爆发有深意在，那些烟尘、微粒、火山灰，早已广大弥漫。有一则统计说，1983年克拉卡托火山爆发，为世界提供了足够一千年成云致雨的凝结核。水分子与凝结核相拥相抱成为云滴，当云滴的直径为至少达到200微米时，才能成为雨滴，形成降雨.多么好啊，下雨了！

有过一段并不短暂的时期，天上下雨了，地上留不住水，当然也不会有水的流动。地球温度太高，也许只能以炽热形容，所有的雨水，大雨、暴雨一经落地便成为蒸汽。这样的雨不知道下了多少年，以持续的清凉为地球降温，为地表岩石散热，也使大气中有了更加丰盈的水汽。

地壳从岩石凝结的温度538℃—1093℃降到了水的沸点100℃以下，接下来的降水，从天上密集坠落至地面的雨滴，不再"嘶嘶"地冒烟了。风风雨雨，雷鸣电闪，这一场书上称之为原始大雨的降雨，不知道落了多少年，也无法求证那时地球刮的是东南风还是西北风。到处是风，到处是雷霆万钧之力，到处是倾盆大雨。天地之间回荡着急迫与催促，闪电通道上拥挤着接连炸响的长达几公里、几十公里的滚雷。那时候没有人类时间，只有宇宙时间，对宇宙而言无所谓时间，闪电不停地划过天空，闪亮在暗夜，雨不停地下。

这是地球形成之后一个最重要的时刻，这是天上最为惊心动魄的一次坠落，大地之上有水了，大地血脉开始流动了，那是大地初潮时。

"喷到空气的水蒸气达到饱和时便冷却成云，变成雨，落到地面上，聚集在低洼处，逐渐累积成湖泊与河流，最后汇集到地表最低区域形成古海洋"（《水——生命的源泉》，江苏科技出版社）。从坠落而汇集的过程是流动，流动于地，在地的高处沿斜坡往低处流动；流动的水，下切形成小水沟，小水沟通常沿着最短的较为通畅的路径往下流，成为流速约为每秒三米的小河；除了下切之外，不仅能带走悬浮粒子，还能把碎石沿河道推滚，持续而从容地对地表进行改造，这是流动的水的一种特性。假以时日，地表被切割、腐蚀的程度日渐强烈。一般来说，江河大都源出山区，坠落至山岭间的水因为有高度、有大的坡度，湍急之水下切再下切，侵蚀谷底的岩石，使河谷加深，谷底狭窄，谷坡陡峭，甚至会出现瀑布，河谷的横割面呈V字形……

流动，流动，最初的小河流过最初的荒野，荒野的肌体中流动着清凉的感觉。初潮的浸淫和渗透，在地球上连单细胞植物生命还没有出现的遥远岁月里，小河，最早的流动的小河便是有光泽的、鲜嫩的生命，而且将要汇聚成海洋。那"原初的水"，正如法国人加斯东·巴什拉在《水与梦》中所言，是富有肉感的"肉质的水"。"肉质的水"是更加丰腴、甜美的水？哦，是的，那就是期待着吮吸和被吮吸的水。

想起了克洛代尔在《五大颂歌》中对水和本原的令人心悸的呼唤：

> 你的泉源不是泉源，是本原本身，
> 是原初物质！是母亲，我需要的是母亲！

卷四 道 路

　　每一条河流都是行色匆匆的远行者，即便是山涧小溪亦然。远古及今，河流的最迷人处始终在于：它是行者，也是道路。持续不断地流出和流动的启迪是：我就是道路。

　　这柔顺、光滑而载浮载沉流向远方的江河，也被称为水路。在刳木为舟之前的漫长岁月里，这个世界上根本没有路，人类的先祖逐水草而居，地穴四周，屋顶涂抹草筋泥，也就是中国沿用至今的土木建筑木骨涂泥传统。

　　这是半坡的两个陶罐。

　　一个陶罐中存有完好的粟粒；另一个陶罐中是白菜和芥菜的种子。

　　六千年前的家园，六千年前的种子，六千年前的陶器。

　　六千年前的半坡人始终不离开铲河，这是可以饮水可以灌溉的河，但半坡人为什么在高出铲河九米的阶地盖房、种植呢？铲河也有一年一度洪水暴涨的时候，半坡人刚刚来到铲河边上采集、捉鱼的日子里，肯定被泛滥的洪水追赶甚至淹没。在半坡人对洪水涨落做了观察和计算之后，他们得出了一个数字，在六千年前这个数字也许是铲河塬上的一个或几个刻画符号，这个符号用现代计算法得知：铲河洪水历年测得的最高水位不超过七米，而七米之上正好是铲河阶地，离开铲河九米。半坡人告诉我们：人不能离开一条河而生存，又要与河保持一定的距离；半坡家园的秘密在于：离河九米。

　　漫步在铲河阶地的一条小路上，拾级而下可以去河边汲水、打鱼；稍远处是陶器制作坊所、氏族公共墓地，这是半坡人聚居半坡时，从生到死来来回回走过的路，采集而行时，便找到了河；找到了河不仅找到了流水、流动的路，也在河边的漫游和走动间，留下了人类最早的脚印、最初的小路。

　　河边，水边。

　　总是在河边，总是在水边。

　　人类最早的生命故事都发生在边上，河边上、水边上，我们也可以称之为水陆边缘。边缘是奇妙的，它总是离不开水，使水和土与草木处于一种湿漉漉的状态，相互深入交融，并且在其中或其上走出一条小路。所谓路也就是脚印叠着脚印。为了水和草丛中的采集，总是离不开河；又因着流水的吸引，需要喝水，不能不常在河边走，无意中踩踏而成的河边小路的方向，是由河流决定的，也就是江河的方向。当方向仅仅是方向时，路与河一起向东、向东，从高地峡谷走向平原；当方向意含着文明的指向时，在路与河之间会有穴居、半穴居，其中有灰坑和盛水的陶器，闪烁着火光，这是人类最初的家园之地。

中国西安东郊，渭河支流、铲河之畔的半坡遗址，傍临铲河，背靠土塬，河与塬之间是一片高出铲河九米的平缓阶地，阶地上是半坡人的半地穴式居处：取土挖出竖穴，上部再以树木枝干构筑成顶，地穴中部有一根到四根立柱；居处旁边，是采集的路，渔猎的路，播种和收获的路。在一堆篝火旁，口耳相传着半坡人的前辈、前辈的前辈走过的路……黍，我们还知道黍吗？渭水流域、大西北黄土塬上的黍的种子，是比半坡更早的甘肃秦安大地湾遗存，同时发现的还有油菜籽和彩陶，时在八千三百年前。大地湾所在地，是渭水的另外一条支流清水河南岸的二三级阶地，及相连的低缓山坡。这里是典籍记载的"始作八卦""一画开天"的华夏民族"人祖爷"伏羲的出生之地。经由大地湾考古文化印证，八千三百年前，华夏初民的生存之路，沿着清水河、铲河、渭河，向黄河中下游跋涉、延展；这一条生存之路，也就是华夏民族的文明之路。

河流、水道的多样化，决定了文明的多元化。

长江下游杭州湾南岸的河姆渡，在南边的四明山与东北边的丘陵之间，源出四明山的姚江，沿着四明山北麓，在原野、山丘间奔流。河姆渡多湖泊、多沼泽、多水，湖泊和沼泽之间，有野生菱角、莲藕，还有野生稻。河姆渡遗址中最丰富的是稻谷遗存，甚至可以说这是一个史前的稻谷王国。在建筑遗迹、灰烬的废墟中，稻谷到处可见，甚至还发现了锅底残留的锅巴中已经炭化的米粒；遗址中的稻根、稻秆、谷糠、谷粒等堆积厚达四五十厘米，稻谷颗粒大小接近现代水稻，粒重远远超过了野生水稻。

水稻是水的杰作。

七千年前河姆渡的水稻，源自更久远年代的野生稻，姚江湖沼中的水稻野种又从何处来？也许我们只能说天生水，水生万物，人得而享之。

河姆渡遗址的第二文化层，还发现了一口水井，距今六千多年。这口水井的设计、营造，让人叹为观止。它有二百余根桩木，长圆木分列里层外圈。外圈是栅栏桩，直径约6米，面积为28平方米；里层是一口方形竖井，边长2米，面积约4平方米；井底距当时地面1.35米。其营造方式是在一水坑中打进四排桩木，组成柱木墙，然后清淤。有苇席残片出土，据此有人认为，水井上还曾盖有井亭。"井，清也，泉之清洁者也。"在姚江丰盈洁净的绝对不缺水的年代，已经有了河姆渡人对水的选择，井水比河水更清凉，在炎夏时为河姆渡人珍爱。可是这一口井的井水，河姆渡人能够人人得而饮之吗？

姚江的水啊，河姆渡的路。

在中国文字中，把"道"与"路"相连接成为"道路"，是形而上的道与形而下的路的完美结合。当伏羲做八卦、开天地、分阴阳，便有"一阴一阳之谓道"；而老子《道德五千言》说："道可道非常道"，又称道"几于水"，原来水与道是如此密不可分。

卷五　水　土

水的最爱是土，土的最爱是水。

江河流水在峡谷河道间以柔克刚地飞扬激越，到了丘陵、平原就会和缓、温顺，在泥土的河床中流动的河流，是优雅的河流。这时候，水就会尽情地滋润河两岸以及河底的泥土，会带走一些泥沙，相拥同行；会沉积一些泥沙，成为淤泥；再通过渠道，流进农田。农人对水土的感觉，还保留着原始与本真，洋溢着大智慧。春耕时节，当清水流进秧田发出一阵又一阵"吱吱"声时，农人说，这是土在吃水。土是怎么吃水的？土为什么要吃水？总而言之是水和土的结合，是相互之间的深入和融合，是这一方土地的生机初露，然后是潜心孕育，默默呵护地中的种子，无论是五谷杂粮的种子，还是青草野花的种子，那都是水土的精灵。

一直到20世纪70年代，每到冬天，中国南方农村的农人趁河流枯水时，都会疏浚河道，并且小心翼翼地把河沟底部的河泥挖出来，经过严冬的寒冷之后，这些湿漉漉的黑色的河泥便会冻结，在春天到来时，农人便把它们打碎成细小的土粒，铺撒到小麦地里，是上好的有机肥料。河泥，当它离开河底的黑色的幽暗，接受了一条河流的洗礼之后，成为水土结合的原初物质，便具有了一种再生和催生的神力，并且生养万物。无论在中国北方一片葱郁的小麦田里，还是在南方一块开花的油菜地中，远方归来的游子跪吻这片土地，并且在心中呼唤大地母亲时，实际上已经指出了水和土地以及农人的母性特征：包容，生育，不求回报的付出。水总是流向土地，农人在淤泥中劳作，但淤泥和农人的手却是洁净而芳香的，在大地之上，那沾满淤泥的手几乎就是象征造物的无中生有的手。

诗人是这样描述水土交融滋润万物之大地的：她如同一个怀抱孩子的女人，小河里流淌着源源不断的乳汁。江河流动，四季更替，水在，地在，树在，山也在，蚯蚓和麻雀还有草原上的狼与人同在，哪有比这更好更值得赞美的世界？

浸淫并敞开着水土之爱的是早春二月，水的劳作在整个大地上开始了，它软化着、溶解着、温暖着，你甚至可以感觉到水与土的相互拥吻以及咀嚼，然后是完全的交融，从植物的根部无微不至地向上输送，草木随之滋长繁荣，开花结果。也有农人的孩子，成群结队地追随着小河流水，玩水、玩土，把水和土捏成泥团，然后揉捏。孩子的天真与天性赋予这泥团的是鲜活和灵气。最初，造物的材料是土，但必须要由水滋润，水进入土中，我揉捏泥团，泥团揉捏我；当下一代、下几代的孩子们继续玩水、玩土的时候，我们揉捏的已经是岁月和关于水上的想象：有的泥团变老了，有的泥团新生了。

我们也许可以这样说，揉捏使我们感觉到了原初的水、原初的土与原始的劳作。最初的揉捏者是谁？从千百年来不同时代的幼儿们都喜水玩土的习性中，我们有理由认为，从人类童年时期起，水和土以及揉捏便成了人的天性之一，并相传相沿至今，水土的交融、泥团的揉捏，在上帝以尘土造人、女娲抟土造人的创生神话的观照下，便有了造物以及神圣的意念，通过十指传递并深入泥团，成为作品。一个为史学界和考古界颇费思量的话题是：最早的八九千年前的陶器是怎样开始制作的？

答案是：从揉捏泥团开始，从而有了灰陶、红陶、黑陶以及彩陶，成为先民的器皿之宗。

早期陶器中另一件被称为"陶祖"的，是一个男性生殖器的造型，硕大粗壮，是华夏民族生殖崇拜的经典之作。在揉捏、设计、绘彩、炼制的过程中，物质文化的进步，灵智和想象的飞跃，使华夏民族站在了历史起跑线的制高点上。

人类寄居的地球表面70%的面积为海洋覆盖，全球藏水总量约为13.7亿立方公里，淡水只占2.53%，在所有这些淡水中又有68.7%储存于南北极的冰川雪盖中。我们的水是如此之多，我们的淡水是如此之少。占地球面积29%的大陆地区中，江河湖泊与冰川的地表水断续分布，地表以下的土壤和岩层间，是地下水和地表水的互为连续。还有大气水，包括空气中的水蒸气、雨云和到达地表以前的降水，还有动植物体内的生活水，这就是地球上无处不在的水圈。而土石圈是人类活动、植物生长、动物及各种微生物栖息均离不开的地球固体表层，千姿百态。土石圈中最稀缺的是土，地球60多亿人口的衣食之源的可耕作土壤，其平均厚度只有18厘米。这珍贵的、稀薄的土壤，从古到今养育了多少生灵万物？谁能告诉我，为什么种子撒到土壤中就能开花结果？

这是地球上众生活跃的生物圈，是包括人类在内的所有万类万物生存环境的总体。水既是生物圈的基质、材料，又是生物圈的物质、能量转换、循环的载体、媒介。

生物圈的每一个环节都有水的存在，有赖水的维系。

水是大地的血。当水流经土石圈滋润、滋养着土壤耕作层时，我们看见了：什么叫"地势坤，君子以厚德载物"。

水污染是血污染。

水土流失是大出血。

现代人跨过河流和土地，或者用推土机以城市化的名义强占耕地，留下的是水污染与土壤的消失。

没有可持续的流水和土地，哪有可持续的未来？

卷六　支　流

在很大程度上，江河的魅力不仅在于它的源头，还因为江河有众多的支流。没有支流不可能组成河网系统，也就无所谓水系。在江河演变史上，很难求证有没有过没有支流的干流。倘有，也是短暂的，不成水系，无以为继。江河水系中的所有支流，无论大小，都有自己的源出之处，支流不为天下先。老子说，水"不自见故明，不自以故彰，不自伐故有功，不自矜故长。夫唯不争，天下莫能与之争"。细想起来，其灵感的发端应是支流之水。

在遥远的历史时期，人类不可能面对汹涌澎湃的干流而有所作为，只能以支流、阶地作为家园之地。支流，是生命故事的发生之地。

支流是优雅的。

支流是艺术的。

支流是隐退的。

这是黄河上游一条鲜为人知的支流——隆务河，就连这条全长144公里的河流的名字，也是平淡无奇，找不出多少神奇传说。它发源于青海泽库县若恰山区，从海拔3900米的高程由南向北流，进同仁县，地势突降，落差达2000米，经过泽库草原沼泽地带的麦秀原始林区。不知道是隆务河滋养了这一路流程的风景，还是草木精灵赋予了这条河的灵智闪烁？青海同仁的"热贡艺术"，就诞生在这条河畔，这块艺术的热土是由隆务河滋润的。在黄河上游，在草原、雪山、荒野的护卫下，同仁彰而不显，"艺术生存"这一哲学命题，成为一种明晰的存在。

热贡艺术是以绘画、雕塑为主的宗教艺术流派，它的成熟期在17世纪中叶，而隆务河畔尝试着以隆务河水调色，彩画、彩绘的更早的画者，可以追溯到14世纪初，隆务河流域出现了以隆务寺为代表的众多藏传佛教寺庙。先是简单的彩绘、彩塑开始出现，后来又有来自西藏的信徒，以手绘的佛像、佛教彩图解析教义，给当地藏民带来了最初的心灵颤动。到17世纪时，同仁（藏语热贡）的寺庙规定：所有出家男童一律学藏文、绘画和雕塑技艺，成人之后继续留在寺庙做喇嘛还是还俗，可自行选择。大规模的由寺庙传授彩绘、彩塑技艺从此开始。做喇嘛的，在寺院诵经、绘画的，离寺还俗的，纷纷把绘塑艺术带到了乡野村镇，一代又一代的积累摸索之后，成就为经久不衰、举世无双的热贡艺术。宗者拉杰主持创作的巨型唐卡——中国藏族文化艺术彩绘大观——1996年5月在热贡绘制成功。这幅唐卡长618米，参与绘制的画师300多人，每天平均有80至100名画者同时绘制，最多时200多个画师同时在一张唐卡的不同部分伏案绘制。唐卡上山形水胜，寺庙辉煌，但勾勒人物线条的那一根毛笔只有一根毫，所谓毫发之间万象生动，非形容也。

不仅是唐卡，还有堆绣、酥油花。酥油花的制作原料是酥油，凝脂如美玉，制作的时节正是青海的寒冬。为了不让酥油融化，制作时的温度必须在零摄氏度以下，这是又一种揉捏，冰冷的揉捏，雕塑者不时把双手放进冰水降温。

热贡是艺术生存的典范，村子里的男人90%以上都能画画，画唐卡、绘壁画、做雕塑都可以挣钱养家。在热贡，艺术是信念之道，也是生存之道，对拜金的芸芸众生而言，还是拯救之道。所谓拯救之道，在于信仰和艺术。

热贡的艺术，热贡的唐卡长卷像一条河。

热爱艺术的圣洁与梦幻是流动的……

隆务河是最初的、永远的画者。山上的风吹皱了流水，那粼粼波纹向着岸边扩散、消失，新的波纹又随即出现。在流动中，河流不仅是滋润者，也是播种者。它催生草木，也铺陈风景。当隆务河坠落2000米时，展现的是垂直自然带，从草甸到草地树木，使人想起画者下笔如有神的果断、简洁，有大块留白，然后是平缓的流动，从容精细的勾勒；当隆务河水流过沼泽草地、原始林区时，却是随意挥洒的泼墨，流露着大地荒野的野性。草丛中有玛尼石，玛尼石边有小野花，向着天空开放出"六字真言"的花朵。

小江，金沙江上游右岸支流，上段称响水河，中间称大白河，下游河段称小江，源出云南寻甸东湖，北流经东川市汇入金沙江，全长134.4公里。小江是长江数以千计的支流中一条小小的支流。小江东侧的东川市素有铜都之称，铜矿集中在牛牯寨山区，地处北纬26度的低纬度地带，相对高度大，十里不同天，一山有四季，有浓密苍郁的多种乔木生长，曾经是林深叶茂的山里洞天。清朝初年开采铜矿，牛牯寨有铜无煤，砍山上的树木为燃料炼铜，直至20世纪末年，有专家算过一笔账，以炼一斤粗铜需十斤干柴计，清雍正至民国二百年间共产粗铜91万吨，烧掉的木炭至少900万吨。民国至今，烧掉的又是多少树木？牛牯寨山区砍伐殆尽之后，代之而起的是一连串均以伐木烧炭相关的烟熏火燎的地名：炭棚、白炭山、薪炭窑、百马窑、大窑、中窑、小窑、官窑、公窑、严窑、凹窑、炼山坡等等。

这些伐木烧炭处，显示了深刻的名字的命名力，是人类创造性破坏的明证。当绿色毁灭，在这一背景下出现的这些地名也是丑陋的，中国文字特有的诗情画意荡然无存。生态灾难从来不是孤独的灾难，种种窑名之后，又出现了与之呼应、意味着灾难的地名：滑脚坡、光头坡、秃龙角、乱石岗、旱龙潭、乱山、荒村等。小江环境破坏后，惊心动魄的灾难是泥石流，有100多处泥石流冲沟。泥石流最频繁的一年爆发30多次，规模最大的泥石流一次总量达137万立方米，瞬间最大流量为每秒2400立方米，截断小江，堵塞河道，洪水泛滥，家园掩埋。

小江还在流。牛牯寨山区的新绿树长大了吗？土石稳固了吗？

每一条江河水系，各有自己的支流。

有时候它们分开很远，如黄河的支流隆务河，长江的支流小江；有时候它们离得很近，近到流水之声相闻，却又各进各的干流。秦岭，中国中部的高山，主峰太白山海拔3767米，山顶有终年不化的积雪。在我们的印象中，秦岭似乎只是一山一岭，跋涉其中，才知道它绵延800公里的博大，才稍稍明白秦岭为什么能包含中国古往今来如此之多的、人类已知的未解的神奇，以及千沟万壑、千山万水。秦岭是黄河支流渭河与长江支流嘉陵江、汉江的分水岭。我们无法猜想，黄河与长江迤逦而来，为什么都要沿秦岭而下？走进秦岭，似有所悟。秦岭的南坡与北坡，各有100多条支流分别注入汉江、渭河，那是秦岭的冰雪融水，汉江这条流淌在秦岭南麓的大江，在水污染已成为严重环境问题的今天，依然清澈洁净，是中国鲜见的至今仍可以直接饮用的河流。北京人等饮用的南水北调的水，就是汉江水。

渭河源出鸟鼠山的滴水山泉，在黄土高原与秦岭夹峙下，接引了秦岭北坡或者细小或者宽阔的支流，818公里的流程，却造就了华夏文明从新石器时代开始的几千年历史，以及陇西、天水、宝鸡、凤翔、岐山、咸阳、西安等璀璨于中国大地的文化古城。渭河，让人心潮激荡的河。关中平原啊，八百里秦川可以做证：一切都是因为有了渭河！渭河水，华夏文明的源流之水！可是又有谁能想到，今天的渭河是黄河流域污染最严重的一条河流，已经基本丧失生态功能。在中国文字中，江河水有时只以一滴示之，比如，方国的方，京华的京，家园的家，宗族的宗，庙堂的庙；如果没有这一滴水，方不成方，京不成京，家成为豕，户成为尸，也无宗族，也无庙堂。一滴水，江河水。南坡流，北坡流，总是江河向东流。江水绕水过，山里流出河，这就是江山，这就是山河！

卷七　秘　密

　　流动的水正把我们带进生命的深处，充满着玄机、美妙的深处。何其幸运啊，在这纷繁杂乱被技术劫持的时代，当我们谈到水和生命的话题时，才是真正回到了事物本身。一个人体内的水分含量与覆盖地球表面的水的面积一样，同为70%。母腹内的婴儿胚胎发育到三天时，其水的含量为97%，与海洋中海蜇所含水分差不多。发育到三个月时，为91%。随着年岁增长，衰老的过程也是水分不断减少的过程，一个垂垂老者所含水分很可能还不到50%。个体生命各个部分所含水量为：血液含90%，脑子含81%，肌肉含75%，就连骨骼也含有30%。由此我们完全可以这样说：生命是什么？生命就是水！水是什么？水就是生命！德国古生物学家艾米尔认为："生命乃朝气蓬勃的水。"而早在战国时代的《管子》便认为："水者，何也？万物之本源也，诸生之宗室也。"《管子》还有对水与人的极精妙的论述："人，水也，男女精气合而水流形。"人类是由个体的人组成的，人的所有生命活动无一可以离开水，其中当然包括了人类繁衍、两性交合的生殖活动。如果没有水的滋润，谈何两情相悦？回想、追溯自有人类以来的个体生命，其开始不都是男人的精子与女人的卵子组合的一个受精卵吗？这个受精卵的95%都是水。女人特有的卵子是人体中最大的细胞之一，人体中所有的细胞，男人和女人，伟人和普通人，"都是由这颗高雅的、原始的构造衍生而来"（[美]保罗·班德、杨腓力著《神的杰作》）。卵细胞恬静优美，而男人的精子细小灵敏，浑身鞭毛，大头细尾，争先恐后地急速游动，在这游动的数以10亿计的细小精子中，只有一个捷足先登者才能使卵子受精，从而享有创造生命的莫大的幸运和荣誉！

精子的疾速游动，不就是水的流动吗？但，毫无疑问，这样的流动因为直接关乎人的生命创造，因而是最惊魂动魄、最激越人心、最伟大的流动。

于是我们看见了生命的原初物质是细胞，是水，是更加精美的带有生命秘密的原初的水。

医学专家面对一系列人体细胞的标本说，从化学组织上来看，这些种类繁多的细胞几无分别——都是水——但它们的外形及功能却大不一样。红血球细胞呈圆盘状，像薄荷糖片，带着氧气在血液中游走，供应其他细胞所需的营养，充满着呵护者的激情。肌肉细胞则是光滑的、柔软的，从红血球中摄取的营养使它们总是处在一种发挥能力的期待中。成骨细胞的结构粗糙，这是一种将要形成坚定、坚固、强壮的细胞，是匪夷所思的水的另一种创造。表皮细胞的结构是上下起伏、凸凹有致，在弯曲与突出中造成人体的外形美。我们完全有理由认为：这是水形成的水波的起伏，对人而言是起伏的波浪、行走的喷泉。神经细胞是细胞之王，它像蜘蛛吐丝般分布出一种教人不思可议的网状系统，将一个人的身体连接起来。身体只是一个，却由许多细胞组成，细胞再多，依然只是一个身体。

让我们回到生命的奇迹、蛰伏着所有秘密开始的那个受精卵，世界因它而存在啊，伟大无比的至善至美的受精卵——那个细胞、那原初的水。在九个月的时间里，一个看似孤独的多少有点茫然的受精卵，在母亲的羊水中，这个95%都是水的受精卵以神奇的方式形成总计为100万亿个的细胞群，然后，一个光滑的湿漉漉的体内充满了水的婴儿，在羊水的护送下出生了。

原初的水是带点咸味的水。为什么是咸而不是辛、酸、苦、辣、甜？这一点咸味的盐度又是多少？假设我们在炎夏的某日因为脱水而委顿，严重的甚至危及生命，这个在所有的夏日不知道多少人都会遇到的危难时刻，只需将生理盐水通过静脉注入体内，人便会精神振作，活力如初。生理盐水就是水，就是救命之水，但它是含盐量0.9%的水。为什么生理盐水有如此神力？因为血浆中也含有0.9%的生理盐水——氯和钠。血浆喜欢不可或缺的0.9%的含盐量，红血球才能愉快自如地流动，维系人体细胞的新陈代谢。医学分析的一份普通的报告说：血浆的成分中除开氯和钠，还含有镁、钙、磷、钾等元素，这一报告对生命科学带来的震撼及想象，却是如此深远！因为红血球、血浆水的成分与海水、特别是原始海洋的海水惊人的一致。在这之前，已经有学者认定：诞生、孕育最早的生命的古海洋的水，是含有多种元素的盐含量为0.9%的盐水！有着一点咸味的水，是有地球以来的第一盆汤，原始汤，生命汤，无中生有的汤！

同是0.9%的含盐度，是巧合，还是渊源有自？

想象古海洋中的被称为"生命质点"的微小原核生物，它们连细胞核也没有，只有极薄的细胞壁和细胞膜，与古海洋中的水分、营养物进行直接交换，开始了光合作用。当古海洋中的生命活动逐渐加强，古海洋的内容越来越丰富，单细胞生物成为多细胞生物，并且把原初的海水、含盐度为0.9%的海水，多情而果断地封闭在自己体内，使自己的体内有一汪海水，成为一个小小的含盐度为0.9%的"迷你海洋"。后来的生命故事应是众所周知的了，当脊椎动物向两栖动物演化，包容在动物体内的"迷你海洋"便从海洋到了陆地，成为血液和组织液的主要成分，人们通常所说的血浆，即含盐度为0.9%的海水，原初的水，带点咸味的水。至于说人是猴变的还是鱼变的并不重要，重要的是我们要明白：人是动物，是动物的一种，说人是万物之灵也是人自己说的，说到底仍然是动物。所有的动物因而天生都有一种共同的特性：对盐、对那一点咸味的渴求。豪猪爱吃咸肉，人好吃咸菜，生命离不开盐，适量的加点盐，不仅是味觉的美好，而且是生命之水在静脉血管中自如流动的需要。

现在我们知道了，血液是一种特殊的水，特殊的负有崇高使命的水溶液。血液由血浆和血细胞组成。其中，所含水分超过90%。血流淌在血管里，动脉管、静脉管、毛细血管，都是圆形截面，是天生的长在人体中的"水流导管"，也称"生理水管"。那么被称为"生理水泵"的心脏呢？它的动力从何而来？1597年，英国人哈维在80多种动物身上实验得出的结论告诉我们，血液在一个人血管里的流动，一生昼夜不息、分秒无休的流动，全靠心脏的搏动，也就是心肌的收缩和舒张。当收缩时，血液由心脏进入动脉；当舒张时，血液进入静脉，所有的无论科技含量高到什么程度的水泵，其动力都是外力能量，只有心脏，天生的"生理水泵"的动力来自心脏本身。如果以每分钟平均心跳80次计，一个人搏出的血液有8—10升流遍全身，一昼夜是14000升，一年是400多万升。以活到70岁计，一个人从心脏搏动而流出的血可以装满600节、载重为500吨级的载水槽车；其容积相当于一个3米深、直径约350米的"小海湾"，那是真正壮观的"血流成河"啊！

从古海洋到生理盐水，到心脏、血管，到血管中极细小的1600亿根、相加总长为10万公里的毛细血管，到一个受精卵，也许我们只能说这一切都是秘密，这秘密流动着，是这个世界最后的秘密——生命的原初物质——水的秘密。我们绝对不能离开水，这个事实告诉我们：每一种生命，乃至每一个人、每一条蚯蚓、每一个微生物，都是一个秘密。

卷八　赞　美

亲爱的朋友，你想过没有：在人生的旅途上，我们为什么总是会与一条河不期而遇？无论大江小溪，流水如同岁月柔软地滔滔流去，但会有接踵而至的新的涌出。在不可抑止的流动与不可抑止的生长中，会有如梦如幻的感觉：那流去的水，那涌进大海的水，那眼看着飘逝的水又回来了，重归源源不断的流动，并且和我们身体中的水、血管中的血互为呼应。在阳光下，在土地上，我们渺小的生命因为江河的绵长而绵长，因为流水的荣耀而荣耀。

人啊，你要赞美水。

水是那样普通，普通到让人须臾不可离开，而又随时可以忘却。人只是在饥饿时想到吃饭，口渴时想到喝水，在生命的意义上，对于生长粮食的土地与江河本身，可以说思者寥寥。人类在这方面的基本知识大约都在同一层次上：粮食是地里长的，水是从自来水管里流出来的。假如我们多少了解一点水与生命、水与人类的关系之后，这普通的水，最普通的水，也是地球上最重要、最美好、最神圣的物质，从而可以得出这样的结论：在这个世界上，无论物质还是理念，普通的就是宝贵的，最普通的就是最宝贵的。

因为普通所以广泛，才能惠及所有的生灵万物。地球上，在与生物生存密切相关的5公里地壳深度之内，找不到不含水的物质或无水之处。从某种意义上说，从笼罩地球的含水的大气层，到海洋、江湖、土壤沙砾中的地下水，到南北极的万年冰山，到青藏高原的雪原冰川……这个如梦如幻、多彩多姿的水的天河，湿润着地球，滋养着人类以及万类万物。有相当于全球河流一半的水，流淌在人类和动物的血管里，流淌在植物的根茎、叶脉中，才有人类的灵智四射，美目流盼；才有狮虎的独步天下，王者风度；才有花木的挺拔苗壮，千姿百态。这个经纬万端的世界，一旦没有水，就将归于死寂，时光之箭也会黯然落地。当我们说土地是人类唯一的立足之地，森林是陆上最重要的生态中枢，万类万物是人类由始至终的至爱亲朋时，水是维系这一切的命脉所在。

人啊，你要赞美水。

水不仅普通而且细小，一个水分子的粒径只有千万分之四毫米，形象地比喻为少女的一根头发丝的七十亿分之一。或者换一种说法，把一杯茶水倒进大海，假定其中的水分子能够均匀分布于所有地表水域，那么无论在地球的何处，无论在天涯海角，随意舀起一杯水，其中必定含有原先那杯水的200个水分子。可是我们感叹海洋的浩瀚与宽阔时，看不见水分子；尽管我们看不见水分子，却真实无误地看见了海洋。这与海洋和水分子的吊诡无关，海洋坦荡着，水分子也坦荡着，问题只是水分子实在太小太小太小，它近在眼前却又无法看见。19世纪中叶，显微放大技术不甚发达，水分子差一点就成了迷：它是真实的存在？还是人们的想象？19世纪苏格兰植物学家布朗把几粒细小的花粉撒到容器中的水面上，再以放大镜观察，发现花粉在平静的水面上一点也不平静，花粉在跑，杂乱无章地跑，愈是小粒子的花粉跑得愈快。后来人们把此种现象称之为"布朗运动"，也是水分子存在的明证：花粉浮于水，每一花粉粒子均处在水分子的包围之中，花粉愈小包裹的水分子愈众，在瞬间受到的水分子的撞击力又不尽相同，是水分子携花粉而动。

1908年法国物理学家佩林计算出一个水分子的粒径为0.0000004mm，即 $4×10^{-7}$mm，其质量为0.000000000000000000000003g，即 $3×10^{-23}$g。至大无大，至小无小。假如不是如此之小、如此之众的水分子，何来奔驰的江河、汹涌的海洋？能不能说正是"布朗运动"这一细小而精美的水分子的运动，形成了我们这个地球上最伟大的水的流动？显现的是浩瀚伟大，退隐的是细小精美。

人啊，你要赞美水！

"国际波动之友会"会长江本胜，这个爱水、关心水的命运的日本人，因为"雪花结晶、绝无类同"而受启发，拍摄了一系列冰冻以后的水的结晶。"结晶体形成于温度上升、冰块开始融化的数十秒之间，就在这刹那之间，宇宙真理以肉眼可见的姿态出现，并随即消逝，我们窥见了前所未知的世界。"（江本胜语）拍摄和观察水结晶的结果是：东京的自来水几乎完全拍不到美丽的结晶，但只要是天然水，没有被污染的，无论是涌泉、地下水，还是冰河、河川上游之水，都会呈现非常美丽的结晶；而因生活废水排放不再洁净的河川下游的水，则无法看到结晶的踪影。接着是另一个实验：在两个喇叭之间放一瓶水，让水听音乐，听了贝多芬的"田园交响曲"之后，这瓶水呈现的结晶如"明朗爽快的曲调美丽而整齐"；聆听莫扎特《40号交响曲》之后，水的结晶体展现的是高雅、华贵的美感；最不可思议的是肖邦的《离别曲》，小而美的结晶呈现出分散、离别、依依不舍状。在江本胜的实验中，水爱听古典音乐，会根据不同古典音乐优美的旋律，形成不同个性的如诗如画的结晶；但在听了充斥愤怒与反抗之声的重金属音乐后，所有水结晶的形状一律毁损零乱！接下来的实验是让水读文字。江本胜把写有"谢谢"和"混蛋"文字的纸片，字面朝内贴在两个瓶子上，瓶子里装的是同样的水，结果是：读了"谢谢"的水的结晶是清晰优雅的六角形；看到"混蛋"的那一瓶水的结晶细碎零散，不堪入目。最令江本胜喜不自胜的是一张"爱与感谢"的水结晶图片，如此绚丽灿烂啊，那是水在愉快、喜乐地得知人的爱与感谢时绽放出花朵般的结晶。美丽的结晶是健康的生命之水的象征，有了美丽的水，还用担心没有美丽的人吗？

这个世界想要变得美丽、和谐，那就需要"爱与感谢"！

人啊，你要赞美水！

江河的流动是美与生命力的流动。在更大的范围内，彻上彻下的流动是大自然中最伟大的循环之——水循环。水始终按照形成初始给定的形式，由太阳将海洋和别的地表水蒸发，成为水汽；上升到天空凝结为云；云层厚积而成雨云；雨云怀抱尘粒而成雨滴；雨滴不堪重负坠落而为雨……如此等等，周而复始、往复无穷之谓循环也。这是宇宙间的规律，人称自然规律，它意味着：从始至终，始终如一。如果说水的"三态"即液态、气态、固态转化，是形成水循环的内因，那么太阳辐射和地心吸力则是外因。阳光之下，地面升温，冰消雪融，河海蒸发，地心吸力则使雨雪飘飘，坠落而下，水往低处流。水循环往复无穷，却又不是简单的重复，而是交叉发生却又有条不紊。比如水的蒸发除去江湖河海、雪山冰川，地表土壤与植物体的蒸发、蒸腾同时进行。蒸发是水循环的起点，却又伴随着循环的全过程。站在这个起点上、参与水循环全过程的还有人。一个成年人，每天平均要喝2200毫升水，加上体内物质代谢产生的内生水300毫升，有时还要补充一点含盐度为0.9%的生理盐水，在经由肾、肺、皮肤、大小便排出与此相等数量的水。因而我们可以说，生命从水中来到水中去，这来来去去的奥秘，无影无踪的灵魂的痕迹，便在这恍兮惚兮的水循环之中了。

　　人啊，你要赞美水！

　　想象我们身上的一个个细胞联结到宇宙，在水循环中往复无穷的生命故事，水啊水，你的神圣总能感觉而秘密永恒。比如冰，几乎所有物质都遇冷收缩，而水却是冷涨成冰，而且冰轻于水，漂浮在水面。如果不是这样，冰重于水而下沉，所有的水都会成冰，到那时，在一个严寒的季节，覆盖、包裹地球的是一层不含水蒸气的稀薄大气，于是生命绝迹，末日来临。冰成于水而轻于水的生命的细节是如此的妙不可言，只有这样的细节才能帮助我们去湿漉漉地体会：何谓上善若水？这个世界是干旱的，非洲的焦虑永远是因为没有水。在中国，东北落雪，西南干旱，不仅是土地，还有我们的肌肤乃至心灵的细胞，每一个细胞都是饥渴的，呼唤着水！水！水！黄河断流几成内陆河，长江枯水枯到形单影瘦。在梯级开发、高坝大库的层层堵截下，大地上的中国已成为大坝上的中国。我们还有那么多水吗？我们的水从哪里来？水，不是地球上固有的，追本溯源，1998年从天上落到摩洛哥的一块名为"ZAG"的陨石，解开了水从何来之谜。经科学家测定，在这陨石之中有45亿年前早期太阳系的构成元素，还有结晶水。宇宙空间的水如此这般进入物质内部，随太阳星云到了地球，然后在频繁而激烈的火山运动中运动到了天上。我们只能说，水从天上来，水带来了宇宙原初的信息；在无止无息的循环中，千秋万代之后，我们的水、我们血管中的血仍然是原初的水。

人啊，你要赞美水！

这个有阳光、有土地、有森林、有江河的世界，假如我们不珍惜，那么谁会眷顾到我们呢？没有可持续的流水，哪有可持续的未来？总是说涛声依旧啊，能不能说那是江河不厌其烦的启迪：我就是道路！

尾　声

2010年春天，中国西南大旱，水利部副部长刘宁称：北方地区旱情也已露头，一种最可怕的可能是"南北同旱"。通过电视画面，我们看见了西南因为缺水而龟裂的农田，干涸的河流，没有植被的荒山，焦渴的老人和孩子，倒毙的牛与狗，翻山越岭找水、挑水的沉重脚步……迄今为止，这一次大旱共有7000多万人受灾，贵州一省95%的土地为旱情折磨。云南宣威，一户农人的爷爷、奶奶以及孙子和一只小狗，同时面对着一碗仅有的泥浆水，爷爷、奶奶用手指蘸了一下水抹在嘴上，让孙子喝；孙子喝水的时候，小狗眼巴巴地望着这一碗泥浆水，不停地摇尾巴；孩子让小狗喝了一口，那碗又到了爷爷、奶奶手中；老人还是不喝让孙子喝……

这就是没有水的景象。这一种景象，很可能是中国未来更严重的水危机写照；而2010年的春旱不过是大自然的一次警讯。

仅仅以气候变化来解释天灾是远远不够的。

西南是中国的丰水区，云南水资源总量位居全国第三，何以缺水到如此程度？同是云南，楚雄州的一个名叫干海子村的村庄，却是另一番景象：一塘清水波光闪动，在几乎所有的村子所有的农民都去找水、挑水时，干海子村却有足够的人畜饮用水。其实并无奥秘，这个村多少年来由农民一元一元地集资兴修小水利，由14公里长的水渠引水至水塘，水塘周边建有100多个小水窖，当渠道里来水多、水塘容量不足时，水便会流进水窖；村民们便先喝水窖的水。在这个村的小水利的兴建中，政府提供的是水泥，所有其他支出都由并不富裕的村民分担。人们不禁感叹：假如西南有更多的村子如干海子村一样，有真正为民生造福的小水利，那该多好！可惜作为农业命脉的农田水利基本建设，在近三十年中基本荒芜，吃的是前三十年的老本。老本吃得差不多了，有的水渠填埋了，有的成了污水沟，命脉隔断了。"至二〇〇六年底，全国已建成水库8.58万座，这些水库的95%以上是一九七七年以前完成建设的"（《新京报》二〇一〇年三月二十七日蒋高明文）。需要补充的是，一九七七以前的水库，主要是以农村水利为主的中小型水库；而一九七七年以后兴建的水库，则以高坝大库、梯级开发为目标。继三峡工程之后，西南地区的水电站密集开工，正在修建将要修建的金沙江上游，有"一库八级"电站，类似的"一库多级"遍布中国大江大河的上游，而西南水电开发的总装机容量将达到几十个三峡大坝的水平。如此大容量的水电开发，如此大规模的水文改变，如此之多的大江大河的人为阻隔、不能自由流动，带来的生态影响不可估量！可是我们估量了吗？怎么估量土石圈、水圈被破坏之后地球的伤痛、江河的憋屈？

江河是有生命的，流动、自由流动则是江河生命鲜活的体现。我们正在残害江河的天性，把大地上的中国变成了有裂缝的、引发泥石流和地震的、多灾多难的大坝上的中国。

中国水环境的极其严峻，从根本上说是因为水利思路的长期僵化，在利益集团的劫持下，以僵化的思路大筑特筑坚硬的高坝大库。假如以建造三峡工程的资金改善中国农村的水利设施，有计划地变农业灌溉为滴灌，中国断不会如此缺水！还有奢侈，江河无欲无求，奢侈的是人，中国有多少桑拿、浴场？当西南农民连泥浆水也得不到时，北京、皇城根下正哗哗流淌着多少洁净水？

倘用另一种分类，我们的江河水概而言之，清洁的可以饮用的水资源已所剩无几，大部分是：被污染的水，被浪费的水，以及在高坝大库中被劫持的水！

我们的生命中总是会面对一条河，但这条河应是有水流动的河，而不是干涸的河。

　　鲁迅先生说："将来的一滴水，将和血液等价。"没有水了哪有血？哪有生灵？哪有家？哪有国？想起从繁华到消亡如此快速的古罗马帝国，还有维苏威火山下的那个庞贝古城，当那里的人们奢华地泡澡、在温柔乡中享受时，火山爆发了，一切皆掩埋了。水啊水，赞美水就是赞美天地，珍惜水就是珍惜生命；让江河流动，那流动的才是我们的未来。

唐朝，那朵自由之花

李木生

一

城市是否也有性别？仔细品品，好像真有呢。比如成都，我就明确地感受到了浓淡有致的女子的情怀。那总也不老的碧流青山，那常布常新的雨露，还有将整个城市调拌得有滋有味的语言——一种人间烟火的亲切和超脱凡尘的浪漫，就会杂陈融化成一种无处不在的氛围、空气，变成你的呼吸与视听，心也就柔软清明起来。

即便是外乡人，也会在这里得到无微不至的照拂。二王庙当然是为纪念在成都平原上留下都江堰的秦国人李冰父子，这是一种世代不忘的感恩与褒奖。还有那个智慧忠诚却又一生劬瘁不堪的山东人诸葛亮，那个没钱没势、处于流离失所之中的河南人杜甫，都在这里受到着亲人般的眷顾。

但是我却只去了锦江之畔的望江楼，那里"居住"着一个名唤薛涛的陕西女子。这个城市对她更是不薄，除了敬重，还将一种绵延不绝的爱，一种只有女人之间才会有的理解，赠予这位曾被人称为"尤物""妓女""文妖"的女子。不仅以她为自豪，还筑起了气派宏大的望江楼公园纪念她。园内的薛涛井、薛涛墓、吟诗楼、健美却又略带忧郁的薛涛雕像，以及满园薛涛喜爱的竹子，无不显示着成都人对于这个女子的疼爱与推崇。"少陵茅屋，诸葛祠堂，并此鼎足而三"（公园大门门联上的一句），在成都人的心目中，这个弱女子的地位，是不低于诸葛武侯与诗圣杜甫的。

郁勃的锦江就在巍峨的楼下亟亟地走过，就要归隐的夕阳还在努力地将它的慈爱轻轻地探进楼来，而满园的竹林里，早笼的暮色也就染着些深深浅浅的苍茫。这是这个喧闹的城市里最为寂静的地方吧？轻步屏息，真怕扰了这个一生寂寞独行的女子。

以一个乐伎的身份，生活于官场这个男人的世界里，却活出了一个比他们都要光彩超然的人来。以一个诗人的身份，侧足于唐朝诗歌这个男人抒情骋才的领地里，竟然也能够发出不同凡响的自己的声音来。虽然已是一千多年的时光过去，用心灵去体察她的生命、承沐她的诗歌，依然让我感到这岷山之雪的晶莹和锦江之水的丰沛与清澈。

这就是薛涛了，开在盛唐与晚唐之间的一朵自由之花。

二

是安史之乱将这个出生在长安的小女孩逼到了成都。她不管赫然的盛唐怎样地出露着腐朽的本相，只让自己的生命旺旺地生长着。就连离乡背井中父母的悲苦，也无法遮蔽她雨后春笋一样向上的日子，她的韶华正在诗歌的王国里长成一株快乐的修篁。

但是在一个专制的国度中，美好的事物，尤其是美丽的生命（而这美丽的生命中又以姣好聪慧的女性为最），总会有接踵的苦难煎之熬之。

虽然做着小官的父亲曾经告诫女儿要远离官场——因为那里是最黑暗最龌龊处，也是最险恶最能吞噬美好生命的地方——但是命途多舛的女儿却偏偏被卷入这样的地方。

父亲过早辞世，孤女寡母的现实把薛涛早早地抛进了自谋生路的境地。是迫于生计，还是官家的逼迫，或者兼而有之？正是豆蔻年华的薛涛加入了载入着官方编制的乐籍，成为西川节度府中一名在册的乐伎。当享乐从官方蔓延至民间的时候，乐伎也就成为唐朝一个普遍的时尚，庆典宴会，游乐节日，总会有乐伎助兴、歌舞奏乐、侍酒赋诗。乐伎中有男伎女伎，女伎亦可称"乐伎"，虽然如日本的艺伎歌舞伎一样卖艺不卖身，但其社会地位的低下却是明摆着的。

公元796年到808年，这样一个貌美而又有奇才的女子，在十二年的乐伎生涯里该有着怎样的酸甜苦辣、喜怒哀乐？虽然汗牛充栋的正史，不屑于注意到这样一个只是为着权势者侑酒陪乐的乐伎，但是有这样关于薛涛的两件事情，似乎透露出当年的真实。一件是被罚赴边关松州，一件是被安置于校书郎的岗位，这些都是将她收入乐籍的西川最高长官、节度使韦皋的"杰作"。

松州地处现在的黄龙，不仅是海拔三四千米的高寒荒蛮之地，更是唐与吐蕃频繁交战的前沿。将一个十八九岁的弱女子罚于这种边地的军营之中，危险与恐惧，至今想来还会让人感到她心上的战栗，那种褪鱼刮鳞时鱼儿浑身的瑟瑟蠕动。被罚的具体因由已经无法确切知道，但是有一点是肯定的：忤了韦大人的意，扫了韦大人的兴，甚至不排除男人心上特定场合下横生的醋意。好在有诗让她以歌当哭："闻道边城苦，而今到始知"（《罚赴边有怀上韦相公》），"按辔岭头寒复寒，微风细雨彻心肝"（《罚赴边上韦相公》）。我似乎能够看到韦皋读着这些诗句时嘴角浮起的得意之色，以及这种得意之中浸染着的那种猫玩鼠时的骄横。但是又能怎样？一个"罚"字，不是已经透露出了这个弱女子的独立不羁了吗？即便是薛涛好似自贬自损并遭到后人诟病的《十离诗》，我感到也是一个女子的血泪控诉与绵里藏针的抗争，"为遭无限尘蒙蔽，不得华堂上玉台"（《十离诗·镜离台》），"衔泥秽污珊瑚枕，不得梁间更垒巢"（《十离诗·燕离巢》）。

新异的诗篇，独立的人格，还有堪与男人匹敌的见地，又让男人世界里的当权者与诗人们无法小觑这个小女子。岂止是无法小觑，还有钦佩与敬畏。韦皋将一名乐伎而且是一名女乐伎的薛涛安置在节度府校书郎的岗位，这在中国历史上恐怕是绝无仅有的吧？在唐朝，校书郎虽是九品小官，但是任官的资历却要求很高，需要进士出身或相等的"学历"。有唐一代十一名从校书郎起家的诗人文士中，就有四人爬到了宰相的高位。

在这个男人的世界里，似乎已经无法忽视这个独立的存在。

元稹、白居易、张籍、杜牧、刘禹锡等二十多位著名诗人与其唱和；韦皋、高崇文、武元衡、段文昌、李德裕等十任西川节度使都对其以诗人相待。

她好像并不太看重这些，只让一个真正的女人在岁月里成熟。即便按照我们今人的想法，一个毫无背景的柔弱女子，不依靠（哪怕不用投靠这个词）一个权势者，是很难生存的。她当然不是不食人间烟火的神仙，也不是一个圣者，她只是一个女人、一个有着局限的女人。在西川的十一任节度使中，肯定有着她的知音，甚至在感情上有着某种牵扯的人，如那个与她年龄相仿、为她的死而悲哀并为其写下墓志铭的段文昌。但是她与他们毕竟井水河水一样地隔膜着，会有应酬，但终也无法形成真正平等的交流。这个内心高傲的女人，有着自己的原则与底线：高贵的人格与纯粹的情感。不媚俗，也不是殉道，只是一个好女子的内心诉求。

在灯红酒绿间，可能会有泥水溅上身来，还有笑容下强忍的泪水和失望，以及现实与心灵冲突下的自责与疲惫。不是有清冽的锦江吗？她总会将溅上的泥点濯洗干净，再在独处的时候将自个儿将养一新。透过时间的烟霭，我清楚地瞧见，一朵亭亭的玉荷正在使劲绽放，挺括的粉瓣上还挂着泪一样的水珠。闭上眼，嗅嗅，会有丝丝缕缕的清香在肺腑间游走。

就在挣得了尊严与尊重的时候，风华正茂的薛涛却毅然出钱脱离乐籍。为了脱离乐籍，她肯定是做了长期准备的，从物质到精神。

她知道，即使冠上"女校书"的称号，乐伎依然是别人的奴仆。

三

以一个乐伎的身份，在这样一个男人的世界里，尴尬、辛酸、压抑、无助、惊恐、孤独甚至屈辱，是会怎样在这样一颗高贵而又高傲的心上，留下血泪的记忆？

没有兄弟姊妹，又没有了父亲的薛涛，多么渴望有一个忠诚而又热忱的男人的胸怀，相托一生，安妥她的爱。还有比爱与被爱更让女人憧憬的吗？尤其对于这样一个孑然一身、无所傍依的女子。

她曾经以为已经找到，这个人就是元稹。公元809年，这是他们相遇相识相爱的一年。薛涛是美丽的，还有她的诗、她的出淤泥而不染的心地和她一往情深的痴情，都让元稹对于这样一个成熟而又出类拔萃的女人一见钟情。"曾经沧海难为水，除却巫山不是云"，刚刚为过世的妻子写下了如此名句的元稹，当然是一个情种，也是山盟海誓的高手。

薛涛肯定得到了爱的誓言，或者还得到了将被迎娶的承诺。相爱之时的两情相悦，令这个孤苦无依的女子第一次如花一样怒放了。元稹是幸运的，只有他领略到了这个罕见女子盛开时的美丽。只是他终究也没有明白（或者他根本就不想明白），这个恋爱的女人是以命相许的，是瀑布跳崖一样义无反顾地扑向自己的爱情。别人看来是粉身碎骨吗？她却觉得这是生命中最为享受的飞翔了。

但是元稹走了，走了就再也没有回来。事业，出身，舆论，家庭……他会有一千种理由。

薛涛却痴痴地等着，任如玉的年华在寂寥中消磨。一年，两年，十年……她最精彩的诗章就是在这种等待中为爱情的煎熬而写，"风花日将老，佳期犹渺渺。不结同心人，空结同心草"（《望春词》）。一首一首地誊写在自制的粉红笺上，再细心地装帧，寄向远方吧，连同锦江一样没有穷尽的思念。再做上一道曾经专门为爱人做的"开水白菜"，望着袅然舞动的热气，就有带着他体息的馨香沁人心脾间。她甚至看到了刚刚病过的爱人，喝了这种汤后脸上渐涸的红晕。这是用老母鸡、老母鸭、净瘦猪肉、净鸡脯，肉经过煮、扫、吊等多道工序做成的清澈透明的汤啊，那嫩嫩的白菜心也是经过了沸水断生、清水漂冷去腥一如玉瓷般剔透了。平常，素简，却又藏着醇厚无比的味道和滋养生命的营养，她心向往之的爱情不就如这道"开水白菜"一样吗？

但是走了的元稹到底是一去不返。虽然确曾有着爱，可他不能娶一个曾经是乐伎的女人，不能与一个苦寒出身的贫家女相伴终生。男人和女人就是不一样，爱情对于女人可说是雪天的炭，对于时刻惦记着"进步"的男人也就是个锦上添花吧。他要娶出身名门或位居显要的人家的女人，这是社会的潮流，也是自己"事业"发展的需要。他之所以"始乱终弃"，背叛崔莺莺而娶太子少保韦夏卿之女韦丛，是这样。他背叛薛涛，再娶高官裴坫之女裴淑，也是这样。其实就在他离开薛涛之后不久，便又纳妾安仙嫔，相好刘采春。难怪陈寅恪这样说他："综其一生行迹，巧宦固不待言，而巧婚尤为可恶也。岂其多情哉，实多诈而已。"

这不也是中国男人尤其是官场中男人的行止吗？孱弱，阴私，贪婪，残酷，堕落，虚伪，精神与身体的双重阳痿，心胸比针鼻儿小比茅厕脏，对下是霸，对女人是兽，对上则是摇尾示忠的走狗奴才——却还要打着一个"齐家治国平天下"的金字招牌自欺欺人。

只身站在这个庞大而又炫目的唐朝，一个薛涛就比出了那些个男人的小来。

好吧，那就深藏起这份情感，独自走路。绚丽过后的简约，谁能说不也是一种人生的至境？

人类的进步与解放，也许应当从男人向女人的忏悔与学习起步。

好在寂寞总是与自由相随，终生未嫁的薛涛，正独自向着人生的新的去处走去。不惮于深长的愁苦孤独地相伴，喜悦，那种因为掌握着自己的命运从而不为潮流裹挟所获得的喜悦，就会为她凄苦却又淡定的人生掺入暖暖的亮色。

四

挣脱罢节度府灯红酒绿的繁华，再收拾起那段不堪回眸的恋情，薛涛终于可以以一个解放了的自由的身心，去过自己的日子了。公元810年（也是她得知元稹纳妾安氏之后），脱离乐籍已经两年的薛涛在成都浣花溪下游的百花潭买下房子，雇工匠办起了造纸作坊。

当时，流行的纸张纸质粗糙，颜色单一，且尺幅大不便于书写。这个曾经以诗名世的女人，又要造出一种细腻华美而又适于书写诗句的纸笺，不仅为了生计，更为了让自己的情感自己的诗篇有一个安居之地。美的情感，美的诗章，美的书法，再落于美的纸笺，一生沦于不堪却不改追求完美本性的薛涛，真的为自己的梦想陶醉了。

这是一个不仅有眼光，还有着能够扛得起世事的肩膀的女人。遍尝了仰人鼻息的艰难、屈辱与痛苦，对于自立富足从而能够随心所欲地主宰生活的向往，怎能不焕发出踏出新途的力量呢？

浣花溪因其水质极好而成为蜀地造纸业的中心。浣花溪也因为这个名叫薛涛的女子而名传千古。是她更换造纸原料，首创涂刷加工色纸的方法，改造尺幅形制，一举创出风靡全国的薛涛笺。深红、粉红、杏红、明黄、鹅黄、深青、浅青、深绿、铜绿、浅云，十种颜色的薛涛笺以其美丽、典雅、经济、实用，迅速风行天下，从题写诗词、一般书信到官方文牍，一时成了人们的最佳选择。造纸行业得到了极大推动，并刺激了蜀地经济的繁荣，更在此后的千余年间，成为中华的文化瑰宝。

明代科学家宋应星的《天工开物》一书，对薛涛有这样的记载："四川薛涛笺，亦芙蓉皮为料煮糜，入芙蓉花末汁。或当时薛涛所指，遂留名至今。其美在色，不在质料也。"寥寥数语，就记下了这位女子为中国的科技与文化所做的贡献。中国造纸史上从此也就无法回避这样的事实：东汉蔡伦造出了第一批植物纤维纸，中唐薛涛造出了第一束彩笺。

不过在薛涛看来，她并没有那些士大夫以什么什么为己任的想法，更不屑于所谓的青史留名。这些桎梏般的劳什子不过是统治者拿人当猴耍的把戏罢了。自己的生命还是让自己享受吧，只要善与美的竹林还在心头挺拔着。这幅小小的薛涛笺好像让她生了翅膀一样，可以让她在艺术的美境中更加自如地高蹈了。时间是自己的时间，空间是自己的空间，天马行空的心胸里任凭情感与诗思的波涛翻卷。眼前的几上就铺着自己造的彩笺，这是多么漂亮的知音啊！让心上的波涛从毫间倾泻，这彩笺就如片片的云霞漫天飞舞了。

这让我想起了唐朝另外两个与她有着相同身世的女诗人，李冶与鱼玄机。李冶生于书香门第，因母亲是妾，在父亲过早去世之后而被李家赶出家门，并沦入娼门。曾与茶圣陆羽相恋无果，"人道海水深，不抵相思半……携琴上高楼，楼虚月华满。弹得相思曲，弦肠一时断"。后因诗才茶艺被唐德宗召入宫中，在朱泚政变中受辱后，旋被德宗以不忠之名捕杀。鱼玄机生于唐武宗会昌年间，富有诗才，"春去秋来相思在，秋去春来信息无"，与李子安相恋失败，遁入道观后反而与尘世的男人产生了更多的纠葛，在二十四岁时被抓入官衙毒打致死。同是专制社会里被侮辱与被损害的女子，薛涛却最终走上了一条别样的路途，一条与统治者划出一条界线、自己拯救自己的路途。想想看，单是这薛涛笺所赚得的许多的钱，就让如此无所依靠的薛涛获取了不用心慌的物质基础。没有这样的基础，她恐怕是无法在成都碧鸡坊建起那座吟诗楼，让晚年得到一个躲避风雨的栖所的。这个曾经那样喜欢红色的装束，就连所造的笺纸也以红色为主的女子，晚岁却让道服裹体一身的素洁，这岂止是对于这个肮脏的男人世界的蔑视与明志，更是对于这个不合理社会的失望与叫板。

五

不知道薛涛是不是古代中国唯一一位以诗歌为业的人？尤其是在唐朝那样一个诗人与诗歌多如繁星的时段里，一个女子，能够不为李白、杜甫等人的光焰所遮蔽，闪闪地发出着自己的光芒来，真的是太难了。薛涛沉着地开始了自己的诗歌之旅，从很小到终老，都将其当作终生唯一的主业。

尽管经过了那个不合理的社会的忽略、轻慢与屏蔽，她的诗还是顽强地活了下来。录有她八十九首诗歌的《全唐诗》，在她的诗前有一个小传，很短，全文转录如下——

> 薛涛，字洪度。本长安良家女。随父宦，流落蜀中，遂入乐籍。辩慧工诗，有林下风致。韦皋镇蜀，召令侍酒赋诗，称为女校书。出入幕府，历事十一镇，皆以诗受知。暮年屏居浣花溪，著女冠服。好制松花小笺，时号薛涛笺。有《洪度集》一卷。

北宋之前世上还有她的蜀刻本《锦江集》共五卷，载诗五百多首。其后这些诗多已佚失湮没。是现代学者张篷舟先生毕其一生的精力，从各种古籍中衰辑整理出薛涛的九十一首诗并加注释，成《薛涛诗笺》一书。

凄风苦雨的日子是那样的多。比这样的日子还要多的则是心上的悲痛与哀伤了。但是不要紧的，总会有诗走来，把这些悲痛与哀伤衔起，再把她的心暖热。可以哭，可以笑。可以恋，可以娇。可以怨，可以怒。可以凛然如山，也可以柔情似水。当然，一个敏感而又情深的女子，却要孤立无援地深陷在男人的包围里，更有欺侮甚至背叛不时袭来。绝望过吗？或者还有过沉沦？但是她却绝没有真正屈服过，因为她有诗歌这个忠贞不渝、白头偕老的恋人相伴相护。那个给她欢乐给她希望也最狠地伤了她的元稹，是不会怜惜她的伤痛她的怨懑的。但是让元稹没有想到的是，认真的薛涛竟然能够因为有了诗歌而让生命始终生动着。写于公元831年的《筹边楼》，则将她的忧国忧民的情怀和高人一筹的见解跃然纸上："平临云鸟八窗秋，状压西川四十州。诸将莫贪羌族马，最高层处见边头。"写下这首诗一年之后，薛涛就与世长辞了。明朝钟惺在《名媛诗归》中对这首诗的评说，至今读来还能让人感到作者落笔时的激赏："教戒诸将，何其心眼，洪度岂直女子哉？固一代之雄也！"

在一个专制制度太过久长的社会里，越是美好的女子越会得着无端的轻蔑与侮辱。"妓""乐伎""官妓""营妓""蜀妓""妓女""青楼人""尤物""文妖"等等，有无数的称谓落在薛涛的头上。但是有她的诗在，并有一个丰满美丽独立高洁的女子形象，都会一代又一代地感动着后人。"南天春雨时，那鉴雪霜姿。众类亦云茂，虚心宁自持。多留圣贤醉，早伴舜妃悲。晚岁君能赏，苍苍劲节奇。"（薛涛《酬人雨后玩竹》）——虚心自持，苍苍劲节，自由挺拔，独立不羁，这就是真正的薛涛了。

六

长眠在成都的薛涛是幸运的。锦江在思念她，望江楼在等待她，还有日夜守望着她的满园的竹子。当然，最要紧的是世代的成都人全都爱她。

真想变成一丛翠竹，留下来，陪她。

圆明园：魂兮归来

洪烛

　　圆明园是北京的一处伤口。一百多年了，伤口仍隐隐作痛。这份疼痛今天又传达到我的笔尖，我透过岁月的烟云看见那张忍受剧痛的脸、被火光照亮的脸——多灾多难的十九世纪之中国哟！泪流干了，血流尽了，只剩余饱经烟熏火燎的残垣断壁，作为往事的遗物，像记忆里的累累白骨。在人类文明的进程中，因为天灾人祸留下过许多废墟，圆明园无疑是最著名也惨烈的一座了。这是一座值得整个人类反思的废墟：无法重建，也不可能修复，就让它永久地保留着吧。它那空洞无物的瞳孔，固执地凝视着失血的天空以及失望的游客，以悲愤的表情无言地诉说。如果你要了解北京，了解中国近代史，又怎么能回避这处伤口呢？

　　北京诗人黑大春曾专门为圆明园写过一首《东方美妇人》，重温它那被战乱压榨的丰腴与繁华。诗人的感觉是逼真的，他想象出燃烧的庄园里的汉白玉石柱像披着开衩的火红旗袍的玉腿，有着令人心痛、心碎的美丽。读诗时我不禁感叹：这简直是一阕东方式的《天鹅之死》。我不再把它比喻为劫难中浴火的凤凰了，圆明园所承载的苦难要沉重得多、残酷得多。这是玉碎宫倾呀。黑大春拟人化地把圆明园形容为东方美妇人，以强调它是有生命的，有知觉的，因而也会有痛苦的。这也给了我启发：作为皇家园林的圆明园，天生就具有一种贵妇的美，而非少女的美、村姑的美。圆明园是清代皇帝避暑的行宫（又称夏宫），不仅集中国各地园林艺术之大成，而且吸纳了欧洲的建筑风格，中西合璧，被称为世界之最的"万园之园"。诸园之内还收藏有大量的文物、珠宝和典籍（其中文源阁实乃皇家藏书楼），使其拥有无价之美，因而这种美最后遭受的损失也是难以衡量的。圆明园被焚，是在人间上演的最惨痛的悲剧：美被丑毁灭了，文明被野蛮征服了，人类最富丽辉煌的建筑却被人类自己付之一炬了，这就是战争的罪恶。战争使人性被兽性统治了。天堂不会发生火灾，圆明园的火灾简直相当于人类文明的自焚，纵火者一点也没有对历史、对人类共同财富负责的态度，因而是世界的罪人。这场灾难也令人加倍地悲哀。

圆明园，构成中华民族历史上的第二个阿房宫，它比阿房宫更多了一种耻辱，而且离我们更近，离文明时代更近。

纵火者是谁呢？他的良心何在呢？额尔金这个名字，已被仇恨的铁钉钉在了圆明园的断垣残壁上，钉在了人类文明史的耻辱柱上。第二次鸦片战争中，英法联军于1860年撞破国门进入北京，在双方达成停战协议后仍不愿善罢甘休。英军首领额尔金下令焚毁圆明园，英法联军共出动三千五百多人，把园内的各种宝物席卷一空后，还意犹未尽地点起了一把野蛮之火，这简直属于强盗的品行。圆明园在被洗劫之后，还要面对火焰与灰烬，美反而使强盗的心肠更加残酷，进行毁灭性的打击。大火之中，玉石俱焚，举世瞩目的圆明园留给未来的只是一片焦土。那场该被永世诅咒的大火并非照亮人类愚昧的夜空，反而使黑暗更加黑暗。如果有上帝的话，上帝也会为人类痛心不已。

古希腊神话里的普罗米修斯，付出沉重代价为人类盗取天火。在刀耕火种的时代，火曾经帮助人类建立了辉煌的功勋。当人类历史进入十九世纪六十年代的文明社会，圆明园的一场大火却暴露了人性的弱点，造成无法弥补的损失，这是历史车轮的倒退。或许，火本身是无辜的，纵火者才是有罪的。最初的盗火者是光荣的，后来的纵火者却是可耻的。神话是轻松的，人类的历史却是沉重的。我徘徊在圆明园的废墟上，回顾着那场早已熄灭的大火，觉得周围的空气仍然是发热的，脚下残破的基石，余温尚存。这块悲伤的焦土时刻灼痛着中国人的记忆哟。

一代又一代中国人，都将面对废墟接受残酷的教育：美是需要建造的，又是需要保卫的，有时候保护美比建造美更难；但是，保护自己民族美丽的事物就等于捍卫尊严。圆明园，是对民族尊严的一次拷问。这里的断垣残柱，是那过去的时代里祖国破碎版图的象征，是永远在疼痛着的伤口、永远在提醒着的记忆。它使我回想起戴望舒的诗句："我用残损的手掌，摸索这广大的土地：这一角已变成灰烬，那一角只是血和泥……无形的手掌掠过无限的江山，手指沾了血和灰，手掌沾了阴暗……"圆明园，也是旧中国残损的手掌，掌心伤痕累累，而那排烟熏火燎的汉白玉石柱就像被烧灼过的手指直指苍天，这是一种悲痛的手势，也是一种愤怒的姿态。

圆明园不仅是北京的一处伤口，中国的一处伤口，更是人类文明永远的伤口。它以伤口流泪，它以伤口呐喊：千万不要忘记，千万不要忘记，忘记过去就意味着背叛。

所以，我们在日新月异地建设自己的城市和国家同时，还永久性地保留了这一块废墟，作为痛苦记忆的世袭领地。我们在享受幸福与和平同时，还需要不断地敲打伤口，在疼痛中保持警醒。这，就是对伤口最大的安慰了。

假如说西苑三海（中南海、北海）是皇家的金鱼池，圆明园乃至颐和园则绝对算大清帝国的后花园了。林语堂曾回忆其黄金时代："有一幅传世的画轴，是为庆贺康熙皇帝六十寿辰作的，节日中充满喜庆气氛的城市风光尽展在妙笔长卷之中。它引导观赏者的视线从内宫经过城西北的景致，再穿过西直门，进入西北郊，停在老颐和园外的几道门那儿。画面展现了那个重大日子的庆贺场面。"所谓的老颐和园即圆明园。可见从康熙开始，清朝的皇帝们就习惯去圆明园踏青、郊游乃至庆典了——带着车马仪仗、侍卫、乐工与舞伎。只是康熙大帝实在想不到：未来的某一天，自家的后院也会失火——并且成为国耻。"旧颐和园（圆明园）毁于1860年清军与英法联军之战。当人们参观它的残迹时，便会感触至深。在这有着极多亭榭和塔楼的大规模的皇家庭园中，在这堪称世界上最大的乐园中，唯一存留至今的便是'意大利残垣'或残存的意大利王宫，它是洛可可派建筑师们用石头建筑的。洛可可式石柱横陈在那儿，还有隐现于茂草之间的壁缘和三角顶。它们都是用石头建成的，所以会残留至今。可当年康熙皇帝和乾隆皇帝的奇妙乐园中修建的玩具大小的西方式庭园已烟消云散了，留下的只有池塘和芦苇。"林语堂想说明的是：只有石头不怕火，只有石头才能接近永恒——与之相比，盛世的繁华、祖传的荣誉，却实在不堪一击。最大的乐园，变成了最大的地狱。在这座喷火的地狱里，只有石头是唯一的幸存者。

当圆明园在火中战栗，尚很年轻的慈禧陪伴着自己的夫君咸丰皇帝逃难去了热河。这座悲剧式的园林折磨着她终生的记忆。于是，在晚年的时候，当上了太后的慈禧命令修建与圆明园废墟毗邻的颐和园，她想借此恢复一个王朝昔日的风采。所以颐和园又有新圆明园之称，它是慈禧太后为大清帝国重建的后花园。有人认为："这座颐和园，从建筑学的观点看，确实代表了中国关于地上天堂的幻想。"慈禧本人也很满意，她在昆明湖里泛舟，在万寿山下听戏。据说她在颐和园度过的时光比待在紫禁城里的还要多——贪图享受的老佛爷啊！她逐渐淡忘掉圆明园的残垣断壁了。或者说，她完全把挪用二千四百万两银子的海军军费筹建的颐和园，当成重现的圆明园了——就像南宋的君主与臣民在陶醉的暖风中误把杭州当作汴州一样。慈禧太后的颐和园，果然也成了第二个圆明园，成了大清帝国历史上的第二个滑铁卢。1900年，外虏的铁蹄再次踏进了吹弹得破的北京城，仿佛悲剧的重演。这次慈禧（属兔？）跑得更远了，逃到西安去了。八国联军本想部分毁掉颐和园的，可能是嫌麻烦而作罢，只是大肆劫掠了一番。当然，也可能出于别的原因：他们已把患了软骨症的整个大清帝国视为自己的囊中之物了，自然没必要焚之一炬了。况且他们也知道：凭清朝此时的国力，已再不可能修建第三个圆明园了。西方列强潜意识里已把颐和园乃至整个中国当作自家的后花园了，正筹划着该怎样瓜分这块堆满奶油的大蛋糕呢。所以说颐和园仍然是圆明园命运的延续———种奴隶般的宿命。

自从1860年以后，中国人就再也看不见那神话般完美的圆明园了，能够从焦土与灰烬里找到的，不过是几排倾圮的梁柱，和一对被熏黑的石狮（这对原圆明园长春园大东门的守护神，后移置北海文津街北京图书馆分馆门前）。随着神话的破灭，中国人的自尊心遭到了空前的打击。

再也找不到圆明园那曾经的国色天香了，它已憔悴如一个时代的弃妇。找不到了，那倾国倾城的东方美妇人！然而这一百多年来，还是不断地有人去这座著名的废墟上找啊找，找了一遍又一遍。正如梁小斌一首诗所说的："中国，我的钥匙丢了。"与其说他们在寻找一座失踪的园林，莫如说他们在寻找着丢失了的尊严，寻找着重振山河的药方。就像一群孤儿一样，在寻找着回家的钥匙。是的，他们再也找不回那象征着北京的一个黄金时代的圆明园了，可他们找到了抗争的勇气，和图腾的力量。至少，他们没有遗失惨痛的记忆——假如耻辱可以疏忘的话，无异于圆明园的第二次死亡、第二次灾难。

蔡元培来这里找过，陈独秀来这里找过，鲁迅来这里找过，毛泽东来这里找过……甚至连郁达夫这样的文弱书生，自上海来北京，在清华园找到梁实秋的第一件事，就是请他陪同去凭吊一墙之隔的圆明园遗址。梁实秋特意记录了参拜后的感受："除了那一堆石头什么也看不见了，所谓'万园之园'的四十美景只好参考后人画图于想象中得之。"而郁达夫没有失望——他肯定找到了别的一些什么。在抗战期间，这个文豪也能像烈士一样勇敢地牺牲在日军的屠刀之下。

我也喜欢寻找圆明园。记不清已多少次徘徊在斜阳衰草的废墟里了，每次都有同样的感受：不管寻找是否有结果，寻找这种行为本身，也是很有意义的——当然，这种寻找远远不止是为了考古……譬如今天，我从乱石的缝隙找到了这篇文章的灵感。我还找到了在日常的世俗生活里所缺乏的神圣与庄严。面对着圆明园的尸体——中国人啊，你怎么可能不愤怒？你怎么可能不觉醒？

也许你无法唤醒圆明园，可圆明园却能唤醒你，唤醒你内心沉睡的良知与自尊……

圆明园给人们提供了充分的想象空间，然而其具体形象，一直很模糊。据张恩荫介绍：二十世纪不断有专家、学者综合史料或根据遗址现状绘制出圆明园的复原图，但都难免存在着一定的局限性，尤其在景名标注上有诸多讹误……他们进行的是另一种意义上的寻找，寻找心目中的圆明园，寻找一个幻灭了的梦的原型。直到1990年前后，终于有人从故宫博物院藏图中找到了一幅被湮没多年的圆明园盛期平面全图（详称是《圆明、绮春、长春三园地盘河道全图》）——对圆明三园的河湖水系及所有景点均有细致的标绘。这相当于圆明园被毁前最真实的遗照。从此人们不仅可以通过废墟，还可以通过遗照来寻找圆明园了。纸上的圆明园，在呼唤着那座空中的花园：魂兮归来，魂兮归来！

读废墟、读地图、读遗物、读老照片，你尽可以用想象天堂的激情来想象圆明园。它也确实曾经是天堂的化身。可惜天堂照样会失火——而且表现为人间的悲剧。这座着火的天堂似乎离我们并不远——一墙之隔，一纸之隔。着火的天堂简直比地狱还要恐怖，还要令人痛苦：仿佛整个中国都被捆绑在火刑柱上，仿佛你和我也被捆绑在火刑柱上……从此圆明园只能以断墙残碑的形式存在。圆明园啊，火的遗孀，老北京的遗孀，旧中国的遗孀！

有一个人，说世界上有一个奇迹——堪以和希腊的巴特农神庙、埃及的金字塔、罗马的竞技场、巴黎的圣母院相提并论："这是一件史无前例的惊人杰作。然而这个奇迹已荡然无存。"

这个人叫雨果。他所赞美的这个奇迹即圆明园。

他是以描写巴黎圣母院而出名的。可是他又认定："我们使用（欧洲）教堂的宝库加起来也比不上这座辉煌奇异的东方博物馆。"

他以童话般的笔法（如同《一千零一夜》）讲述了关于奇迹消失的悲剧："有一天，两个强盗闯进了圆明园。一个强盗大肆劫掠，另一个强盗纵火焚烧……对圆明园进行了一场大规模的劫掠，赃物由两个战胜者平分……我们欧洲人一向自认为是文明人，把中国人当成野蛮人。这就是文明对野蛮的所作所为。这两个强盗一个叫法国，另一个叫英国。"可惜这并非天方夜谭式的传说，而是真实的。即使让阿里巴巴念叨"芝麻开门"的秘诀，也无法开启那曾经金碧辉煌的宝库。黄金变成了泥土，美玉变成了瓦砾，霓裳变成了灰烬……圆明园那最后的美、最后的形象，居然是投射在强盗眼中的。

雨果的伟大在于，他有勇气站在人类的角度主持并伸张正义，而丝毫不偏袒自己的祖国。他以公民的身份提出强烈抗议："法兰西帝国从这次胜利中获得了一半赃物……我希望法国有朝一日能摆脱重负、洗清罪恶，把这些赃物归还被劫掠的中国。"或许，在归还的同时，法兰西的良知才可能真正地得到恢复——这是在打劫的行动中所失去的。

雨果是在给英国上尉巴特勒的复信中这么说的。而巴特勒写信的目的，是请他对1860年英法联军的胜利谈谈感受。雨果谈论的却不是光荣，而是耻辱——所有的战利品将构成沉重的债务。圆明园的大火，也点燃了一个愤怒的雨果。他是对的。我觉得，凡是真正热爱巴黎圣母院的人，也会同样地热爱中国的圆明园。

我估计雨果并不曾访问过中国。假如雨果目睹了圆明园的青春以及衰竭，他的悲痛只会加重而不会减弱。不管怎么说，雨果是圆明园的一个著名的知音。我建议把雨果的言论镌刻成纪念碑，树立在圆明园遗址！这也是我——作为一个公民的建议。至少，我会把它引用进自己的书里。

当然，雨果所发出的仅仅是文人的呼吁。当时的政客、军阀或许并不赞同。甚至在1900年，八国联军侵占北京——强盗的数目又增强了，劫掠的气焰亦有变本加后之势。且不说紫禁城、颐和园等宫苑禁地的重大损失，连建于1442年的古观象台，仪器也被洗劫一空：法国抢走赤道经纬仪、象限仪、黄道经纬仪、地平经纬仪及简仪，运至大使馆（两年后迫于舆论而归还）；德国把天球仪、纪限仪、地平轻仪、环卫扶使仪及浑仪全装上军舰，打包运走（第一次世界大战战败后才归还）……最可笑的是，连景山吊死崇祯的那棵"罪槐"上的铁锁链也顺手"牵"走了（回去捆绑黑奴吗？）——其贪婪与嚣张可见一斑。简直像筛子一样。

中国有多少宝贝，就这样失落了。中国又有多少宝贝——经得起如此折腾？

圆明园文物的归还，至今仍遥遥无期——它们依旧陈列在英法两国的诸多博物馆里。不觉得烫手吗？

我只知道，北京的保利集团，几年前在一次国际拍卖会上，不惜重金购回了若干件圆明园遗物（好像有兽首铜雕之类）。这属于义举了。他们这么做的目的，就为了让这些离散的文物早日回到祖国的怀抱。

根据法国传教士王致诚《圆明园纪事书札》的记载："水滨复有无数禽笼鸟室，畜水禽者则半入水中、半居岸上。在陆则有兽圈猎场，沿途时遇此小建筑也。"可见圆明园原本设有动物园的。当战火燃起，这些珍禽异兽都往哪里去了？还有那些奇花异草呢？莫非皆已化为灰烬？

强盗的逻辑，有时比野兽的逻辑还要残酷，还要愚昧。谁把他们从笼子里放出来了？这一颗颗挣脱了缰绳的野蛮之心！

圆明园原本还有图书馆，即大名鼎鼎的文源阁。乾隆皇帝修集《四库全书》（共三千四百六十种、计七万五千八百五十四卷），曾缮写七份，建阁藏庋，先后置内庭四阁、江浙三阁——文源阁是其中之一。"大内曰文渊，圆明园曰文源，热河曰文津，盛京（沈阳）曰文溯，并于扬州大观堂之文汇阁，京口（镇江）金山寺之文宗阁，杭州圣因寺之文澜阁，亦各庋一份。"英法联军同样毫不留情地向这一流的图书馆投下一只火把。文源阁里的古籍、经卷、书画、金石文具，荡然无存。令天下书生无限神往的文源阁，变成了一小块文化沙漠。

圆明园曾有四十景。乾隆皇帝依照承德避暑山庄三十六景之例，将这四十景各题四字为额——他给这风格迥异的风景命名时，恐怕也煞费苦心。我联想到了《红楼梦》第十七回的"大观园试才题对额"——"宝玉系诸艳之冠，故大观园对额必得玉兄题跋"（脂砚斋点评）。乾隆确有贾宝玉之才情与风流，将一道道景致题写得花样百出，使亭台楼阁、山丘河渠各有所属。因万字轩南堂原有雍正御题"万方安和"匾额，包括十字亭、文昌阁和藏舟坞在内的这一组水景建筑，仍沿袭了"万方安和"之称谓。万方安和——可惜这世代清帝的祈愿，在1860年还是落空了。仿佛在劫难逃，圆明园——这清帝国的大观园，中华民族的红楼梦，最终还是破产了。星罗棋布的四十景，名存实亡。或者说只剩下了一景：残垣断柱。

这已是它最后的风景。

除了废墟，还是废墟。

圆明园由圆明、长春、绮春三园组成。鼎盛时还包括熙春园和春熙院。合称圆明"五春"——又据传是因咸丰宠幸的五位美女而起——在杏花春、海棠春、牡丹春、武陵春四位汉族佳丽之外，还有一位懿贵妃那拉氏（慈禧）。

圆明园始建于康熙四十八年（1709年）。即使在雍正王朝扩建成御园时，范围也仅限于西部三千亩。是乾隆使之向东邻、东南邻大幅度扩展。张恩荫先生查阅乾隆朝内务府造办处《治计档》和《清史稿·职官志》等史料后得出结论："直至嘉庆道光间春熙院、熙春园复赐皇亲之前的二三十年间，御园圆明园的范围实为五园，占地面积不小于七千亩。"而其拓建过程如下："乾隆十年至十六年，在该园紧东侧的水磨村北（康熙间明珠故园）大兴土木，建成长春园；乾隆三十二年，将皇亲赐园熙春园（今清华大学校园西部，为康熙间所建）并入圆明园；乾隆三十五年，在紧东南邻拓并大学士傅恒赐园（原为怡亲王赐邸），定名绮春园；乾隆四十五年，将皇亲赐园淑春园易名为春熙院（位于今北京大学校园北部），归入御园。"

我私下里甚至认为：曹雪芹是以圆明园为原型而臆造出大观园。贾府的繁荣期，如同乾隆盛世。（而家道衰落，荣国府被查抄，似乎无形中预兆了若干年后的火烧圆明园？）曹雪芹当年就住在香山脚下（卧佛寺一侧有其故居），抬头低头，皆可望见圆明园。

当然，圆明园可比大观园要阔绰多了。或者说，曹雪芹笔下的大观园，跟圆明园相比，顿时显得小家子气。唯一的相同之处在于结局：梦终究是要碎的。梦碎之后剩下的，只有荒凉与冷清。

圆明园布满了梦的碎片。圆明园：一个没有风景的风景区。

我又联想到雨果了。他是法兰西的曹雪芹。《巴黎圣母院》是他的《红楼梦》——或者说是他的"大观园"。而曹雪芹呢，则是中国的雨果，大观园是他的"巴黎圣母院"。从某种意义上来讲，贾宝玉即钟楼怪人卡西莫多——只不过一美一丑，但骨子里是一样的。贾宝玉爱林黛玉。卡西莫多爱艾丝梅娜达。他们各有自己爱情的庄园。

——这些，都是圆明园的题外话。

这些，都是我在圆明园遗址公园的意识流。

我认识一位搞美术的法国留学生，他来北京的第二天，即背上画夹去圆明园了。从日出转悠到日落，没找到什么可供写生的景物，感到有点失望。他很奇怪中国人为什么对大水法、方外观之类颇感兴趣，这种巴洛克风格的建筑，在欧洲触目即是；况且，圆明园内造的这些西洋景，并不正宗，显然是非专业人士草率设计的。他认为这不过是一群出现在东方土地上的"四不像"，非鹿非马，杂种而已。

他的看法本身没错。西洋景的总设计师是意大利传教士郎世宁。郎世宁为乾隆皇帝"打工"，有宫廷画家之称，绘有《弘历雪景行乐图》（情节为乾隆和子女在圆明园中欢度春节）等诸多作品，他的绘画顶多属于"业余"水平。至于在建筑设计方面，更是"半吊子"了。给他当助手的法国传教士蒋友仁，也不见得有多高明。但圆明园西洋楼的主要意义，在于它"是自元末明初欧洲建筑传播到中国以来的第一个具备群组规模的完整作品，也是首次将东西方两个建筑体系和园林体系加以结合的创造性的尝试"，属于中西文化的"混血"工程。张萍、柴火两位，对此颇有研究："西洋楼本身的价值并不在于它的造型如何，因为它们并不是地道的西方建筑，而是当时西方传教士为迎合中国皇帝口味而急就出来的作品，只是因为它真实记录了当时中西文化的交流才显得珍贵。"整个建筑群由中国的能工巧匠承包施工任务，历时十四年（1745—1759年）完成，可谓慢工出细活；加上材料本身无可挑剔，因而多多少少弥补了设计思路的僵化与做作。譬如海晏堂，"为安装欧洲喷泉机械设备而起造，是圆明园中最宏伟壮观的西式建筑。主要立面西向，两层11开间，中间设门，门外平台左右布置弧形石阶及扶手墙，可沿石阶下达地面水池。池两侧将西方惯用的裸体人物雕像改为铜铸十二生肖属相，代表十二时辰，每隔一时辰（相当于现在两个小时）依次喷水。"这喷泉居然带有报时之钟的性质，更有趣的，是以十二生肖属相取代裸体人物雕塑——可算作有中国特色的西洋建筑。莫非中国皇帝怕有伤风化？又如黄花阵（另有菊花迷宫或万花阵之称），系我国唯一的仿欧洲式迷宫："外砌长方形迷阵，中心筑高台圆基西式八方亭。阵墙高1.2米……乾隆皇帝每至中秋佳节都在这里观赏宫灯，宫女们手执黄绸扎制的莲花灯，在迷阵中东奔西驰，先至中心亭者可得到皇帝的赏赐。"看来乾隆威严的龙颜，掩饰不住一颗童心，居然跟嫔妃们玩起捉迷藏的游戏了。黄花阵1989年修复，我还去钻过呢（跟打地道战似的），颇动了些脑筋，才没有在错综复杂的坑道里迷失。待我终于走到头了，下意识地抬头，只看见亭子里空荡荡的，皇帝早就消失了。这么说，我只能自己奖赏自己了？

圆明园好玩的西洋景还有很多，远瀛观、谐奇趣、蓄水楼、线法山呀什么的，我就不一一列举了。况且，列举了也没用。因为大多数都只剩下摇摇欲坠的残局。连皇帝都不在了，谁还有耐心，陪你下这盘永远也下不完的棋呢？除了风。风在乱石断墙间迂回，百无聊赖地信手摆弄着这个"烂摊子"。摆弄来，摆弄去，也想不出什么好点子，以改变尴尬的局面。

正是在这凌乱的棋盘上，大清帝国输了。把自己的家底子全赔光了。隔着起伏的山峦、浩瀚的海洋，它输给了彼岸的对手。圆明园，记载着中国历史上最惨痛的一次失败。

贪玩的乾隆，若是能未卜先知，预料到百年后的耻辱，他老人家，还有心思跟宫女们打打闹闹吗？当他自以为是全世界最强悍的君主，而西洋的科技发明不过是雕虫小技时，大清帝国就输定了。或者说，注定会输得很惨的。康熙最初接触到欧几里得几何学及近代天文学原理，曾忧心忡忡，意识到东方的道高一尺而西方的魔高一丈："西洋诸国千百年后必为中国之患。"可乾隆一点也没继承其祖父的忧患意识，对"夷人之技"很瞧不起。他唯一引进的只是西洋的建筑艺术，在圆明园内盖了占地一百多亩的西洋楼，只不过是为了开开洋荤、闹着玩而已。他花高价进口了一批花哨的西洋自鸣钟，作为宫廷的摆设，却对天体运行仪、地球仪之类不屑一顾。他根本不相信地球是圆的。他固执地认定大清帝国是世界的中心，拱卫于周围的皆是些弱小的藩国。有一天，他心血来潮，将居京的"老外"（传教士）全部召集到圆明园，劝他们改信儒学。双方展开了辩论，公说公有理，婆说婆有理，毫无结果。乾隆认为这些外国"傻帽"是执迷不悟。"在他的头脑里，西方的科学技术已经完全沦为了他眼中的'淫技奇巧'，成了开心取乐的'玩意儿'。他的头脑中已构筑起传统文化的支撑的完整宇宙，在他的世界观中，没有给西方思想以一寸立足之地。这位性格坦率开朗的皇帝从来不掩饰他对科学的嘲弄态度。传教士在他眼中和那些侏儒一样，他们的作用只是用'戏法'来松弛他紧张工作后的神经，来装点他统治下盛世的升平。"（张宏杰语）

乾隆五十八年（1793年），由马戛尔尼勋爵率领的英国使团，驾驶着先进的炮舰访华："把我们最新的发明如蒸汽机、棉纺机、梳理机、织布机，介绍给中国人，准会让这个好奇而又灵巧的民族高兴的。"此时恰逢乾隆八十二岁大寿，宴会上的满汉全席自然使英国人大开眼界，而他们远渡重洋携带来的各类"土特产"，无形中成了给老寿星的生日礼物：除了工业机械、天文仪器之外，还有英国最大的装备，有最大口径火炮一百一十门的"君主号"战舰模型，乃至榴弹炮、迫击炮和卡宾枪等实物。英国使团甚至还配备了训练有素的卫队，想表演一番现代炮兵的装备与队列，供中国皇帝检阅。乾隆却不稀罕听西洋的礼炮声，觉得不会比鞭炮爆竹之类更能烘托喜庆的气氛。挥挥手，让太监们将这些怪模怪样的枪炮原封不动地运进圆明园的仓库并且傲慢地评价："这些可以给小孩子当玩具。"他只是浏览了一遍英国使团递交的乔治三世的国书及冗长的礼品单，告诉手下："单内所载物件，俱不免张大其词。

此盖夷性见小，自以为独得之秘，以夸炫其制造之精奇。著征瑞于无意之中向彼闲谈：尔国所贡之物，天朝原亦有之，庶该使臣不敢居奇自炫。"英国使团在乾隆眼中，仿佛一支远道而来的马戏团，靠耍一些洋把戏，来嘘弄看客。而且乾隆并不以为这些异域的杂技与魔术有什么新鲜，有多么神奇。

大清帝国的轻敌思想，正是乾隆开始的。他根本想不到，自己连看都懒得看的洋枪洋炮，在六十七年之后，将撞开闭锁的国门，直逼北京城下。而圆明园将在轰隆一声中成为炮灰。他呀，真是太迷信八旗军的强弓硬弩了——因为其祖上，正是靠这冷兵器打下江山的。可在下一个时代，要靠长矛与弓箭守江山，就显得力不从心了。

前人栽树，后人乘凉。偏偏乾隆栽下的是一棵骄傲自满的歪脖子树。他的龙子龙孙，从道光，到咸丰，直至光绪，都将深受被烈日暴晒之苦。而他留下的最昂贵的遗产——圆明园，将毫无招架之力地遭受一次打劫。打劫者，恰恰是他蔑视的那些洋人的后裔。

英法联军占领圆明园，讶异地发现：当年赠送给乾隆的礼物（枪炮），一直"藏在深宫人不识"，闲置在库房里，蒙满尘土。大半个世纪以来，仿佛被中国的帝王将相们遗忘了。他们二话不说，立即将其装船运回老家。或许还不无侥幸心理——幸亏中国人没把这些武器当回事，若是他们以此为模型仿制并装备军队，掌握了先进的军事技术；那么，要想打进北京城，就不太容易了。

我看电影《火烧圆明园》，难忘里面的一个镜头：僧格林沁王爷的蒙古骑兵，在开阔地上作集团式冲锋，遭遇英法联军的排枪排炮，纷纷滚鞍落马，血流成河；最后只剩下一杆快要被炮火撕碎的战旗，斜插在尸骨堆上，孤独地飘呀飘……马受惊了，人也受惊了。一向自以为是天之骄子、只识弯弓射大雕的八旗军，总算领教到了洋枪洋炮的厉害。可已经太迟了！毕竟，人家已经打到自己的家门口了。想挡也挡不住。

早干吗了呢？

乾隆时代获得的那批西洋火器样品，在圆明园的宫殿里睡大觉。这一觉睡得可真够长的。可帝国的士兵，在战场上，却要以血肉之躯抵抗凌厉的弹丸。这本身就是一场不平等的对弈。唉，圆明园不失火的话，昏睡百年的大清王朝，恐怕还不会醒来呢。从某种意义上来说，这把火又该烧！虽然烧得疼了点，但不疼，则无法惊醒。

纵火的强盗固然可恶，但失职（或渎职）的守护者，同样可恨。一个麻木的民族，终于被坚船利炮逼进了死胡同，再也没有退路，除了背水一战之外，似乎还应反思，检讨失败的原因。张宏杰在《回首爱新觉罗们》一文中说得好："人们大概都以为鸦片战争失败的责任应该算在乾隆的孙子道光帝头上，子孙的无能不应抹杀祖先的伟大，可是也许很少有人知道，乾隆皇帝和鸦片战争也有那么一点意味深长的关系。"鸦片战争原始的种子，在乾隆的脚下开始埋下了。乾隆在圆明园里盖西洋楼，仅仅实现了中西建筑文化的媾和（况且还是不伦不类的），但这两大文明，却呈现为格格不入的局面，终将产生悲剧性的冲突。所谓的鸦片，仅仅是一根导火索。但这足以使圆明园像火药桶一样爆破了。我把那带有烟熏痕迹的残砖碎瓦，视为冷却的弹片。

许多人都凭印象以为圆明园是一座"全盘西化"的皇家园林，而大水法、方外观、海晏堂等西洋景代表着其灵魂。其实并不是这样的。圆明三园占地五千二百亩以上，殿堂庙宇、亭台楼阁、桥梁轩榭、馆院廊庑等各类园林建筑加起来，总面积约十六万平方米（超了紫禁城的全部建筑面积）。而整个西洋楼建筑群位于长春园一隅，占地一百余亩，只相当于圆明园全局的五十分之一。有人说这不过是"乾隆皇帝的一时心血来潮之作"，纯属点缀性的小品。可见中国的帝王并不见得真住得惯洋房，亦非为了追求中西合璧，仅仅是在炫耀自家园地包罗万象、百花齐放。

然而在火灾中，以石料砌筑的西洋楼，比"土木工程"的中式建筑稍占点"便宜"，被烈焰吞噬之后，至少还能多剩下点"骨头"呀什么的，以证明那"最后的晚餐"。以至迟到的观众，面对着剩菜残羹，误认为圆明园原本就是一席"西式套餐"呢。并且，似乎还不够原汁原味……所以我前面提到的那位法国留学生，觉得圆明园被毁固然可惜，但充斥于其中的，原本就是模仿痕迹浓重的"赝品"，并不值得为之痛心疾首。

这种普遍存在的错觉，是应该及时纠正的。

《中国国家地理》杂志 2002 年 11 月号，刊登了一篇题为《"重现"圆明园》的重头稿件："10 月 18 日是一个比'9·11'更值得悼念的日子。142 年前的今天，在中国首都北京发生过一场人类文明的大劫难——火烧圆明园。这座中国清代康乾盛世修造的举世闻名的皇家园林，无论其艺术价值还是历史地位，都是美国纽约世贸大楼无法比拟的。遗憾的是，随着时间的流逝，历尽劫难的圆明园已被悲怆与荒凉掩盖，并逐渐从人们的记忆中消失，年轻一代甚至根本想象不出她的旷世盛景，以致将圆明园中的一个景点——西洋楼与整个圆明园画等号。"成语盲人摸象，形容的正是这种谬误：摸到头或脚或尾巴，就以为是大象的形状。摸到西洋楼，就以为是圆明园的核心或全部。

或许不能完全怪不知情的游客。空空荡荡的圆明园，除了西洋楼遗墟，似乎再没有别的什么可以摸了。

难道，我还能摸到更多的东西吗？

除非换一种方式。转而抚摸历史，抚摸在现实中已不复存在的海市蜃楼。

我的手头，就有乾隆年间宫廷画家沈源、唐岱实地写生的绢本彩色《圆明园四十景图》——当然是复印件，原作至今仍为巴黎国家图书馆占有。我在纸上摸来摸去，捕捉到圆明园真正的灵魂。我摸到了山，摸到了水（譬如福海），摸到了九孔桥，摸到了大宫门……甚至还差点摸到了乾隆的龙袍，和香妃的裙裾。

我摸到了"西湖"。还纳闷呢：西湖不是在杭州吗？原来福海"抄袭"了西湖。诸多水景，都与西湖的风景点同名：三潭印月、南屏晚钟、苏堤春晓、平湖秋月、柳浪闻莺……杭州有西施。好在北京也有香妃。都是大美人。

圆明园的西洋楼里，有海伦吗？拿那二十幅西洋楼铜版画（同样为巴黎国家图书馆所藏），与绢本《圆明园四十景画》一比，方知道什么叫小巫见大巫。西洋楼是用十四年时间修竣的。而整个圆明园却苦心经营了一百五十多年，不断地锦上添花，增筑新景。这所谓的四十景，皆是元老，集中国古典建筑之大成，都曾经乾隆逐一赐名并点评，堪称国色天香。兹录如下：正大光明、勤政亲贤、洞天深处、长春仙馆、茹古涵今、九洲清宴、镂月开云、山高水长、坦坦荡荡、天然图画、万方安和、杏花春馆、上下天光、慈云普护、碧桐书院、曲院风荷、澡身浴德、夹镜鸣琴、别有洞天、接秀山房、蓬岛瑶台、涵虚朗鉴、平湖秋月、方壶胜境、四宜书屋、廓然大公、西峰秀色、鱼跃鸢飞、北远山村、坐石临流、澹泊宁静、映水兰香、水木明瑟、武陵春色、月地云居、日天琳宇、鸿慈永祜、汇芳书院、多稼如云、濂溪乐处。风流皇帝乾隆的性情，全投映在他为这四十大景所起的名字里了。何其骄傲，何其虚荣，何其潇洒。

除"御批"的四十景外，圆明三园可圈可点的中式古典建筑还有许多：长春园的玉玲珑馆、长春桥、澹怀堂、思永斋、法慧寺、花神庙、绮春园的含辉楼、绿满轩、招凉树、迎晖殿、庄严法界、点景房、春泽斋、涵秋馆、凤麟洲、鉴碧亭、生冬室……

尤其值得提及的，有位于长春园西湖小岛（人造）的海岳开襟，不仅名字起得很有气势，而且高阁凌云，周围有配殿、方亭、圆廊及牌坊环绕；火烧圆明园时，此建筑因坐落于水中央而幸存，但逃得了初一逃不了十五，在四十年后，还是被八国联军的铁蹄摧毁。在长春园中心岛上，含经堂总面积近四万平方米，淳化轩是圆明园内最大建筑——乾隆仿照紫禁城宁寿宫，为自己营造了太上皇宫殿，供"退休"后使用；他真是一位会享清福的"离休老干部"。另外，在与西洋楼景区螺狮牌楼唇齿相依处，有带水门的狮子林，系乾隆根据苏州名园狮子林而照葫芦画瓢的；在荷花池里泛龙舟，他一定觉得不费吹灰之力就回到江南了……看来乾隆造景，不仅有西洋建筑之"赝品"，还爱模仿南方水乡的风韵。难怪有专家说圆明园"将古今、南北、中西建筑之类和谐地集于一身"呢。御用文人曾咏诗："人间天上诸景备，移天缩地入君怀。"圆明园浓缩了古今中外建筑艺术之精髓，相当于一座海纳百川的露天博物馆。恐怕只有康熙、乾隆这样的盛世之君（大手笔），才有泼墨谱写这史诗长卷的信心与实力。毕竟，康乾盛世时，中国的政治、经济、文化乃至军事，尚处于世界先进水平，大清的皇帝自然堪称"全球首富"，花点钱投资房地产——算什么？小菜一碟！

正是从乾隆晚期，中国这只曾经遥遥领先的兔子，见没人能赶得上自己，开始睡懒觉了。而欧洲诸国，则通过产业革命而获得了加速度，奋起直追。在东西方文明的"龟兔赛跑"中，名次将从此颠倒。西人迈着稳健的步伐，超越昏睡百年的中国而打破新的纪录。两者之间的差距将越来越大。等到中国人快成为亡国奴了，才如梦方醒。

从康熙到雍正，直至乾隆，大清帝国的黄金时代结束了。恰恰印证了一句俗话：富不过三代。"满洲人世代相传的进取心在乾隆这一代得到了空前的满足，像汹涌的潮水一样，达到顶点之后，开始逐渐消退了。因为前面不再有什么可激起他们竞争欲望的东西。自命不凡的乾隆，现在全部身心沉浸在自我欣赏的快感当中……他产生了一种错觉，即他没有继续努力的空间了。他不断奉行豪华的庆典、巡游，耗费了大量的财富，对此他有自己的解释：天地生财止有此数，不散于下，则聚于上。正是这种静态的中世纪的思维方式，使他看不到由于经济扩大带来的严重社会问题……正是繁荣压垮了乾隆盛世。"张宏杰以此论述"乾隆皇帝的自满，本质上是一种文化的自满：他的短视，也是一种文化的短视"。从乾隆对待圆明园的态度，我能看到秦始皇造阿房宫、隋炀帝挖大运河的影子。历史的琴弦被巨大的压力绷断之时，会发出撕云裂帛的绝响。

继乾隆之后，在中国，当皇帝，就不那么容易了。能苦苦撑持就算不错的了。尤其从咸丰开始，时时都面临破产的威胁。大清王朝的尴尬，被圆明园的大火映照得一览无余。皇帝的这张脸，该往哪里搁？所以，咸丰逃到承德避暑山庄，大病一场，一命呜呼。很有点无颜见江东父老的意思。他的灵柩，是由其遗孀慈禧押运回北京的。慈禧的脸皮，比咸丰要厚一些。她并没有从圆明园的损失中吸取什么教训。后来经她之手所丢掉的东西，可太多了。

跟西洋楼景群相比，圆明园的中式建筑，无论规模还是气势，原本都是占上风的。偏偏它们是以木结构为主体，最怕火的，因而更彻底地化作了灰烬，甚至无法像西洋楼遗墟那样表现出某种残缺美（犹如断臂的维纳斯）。浓缩着中华民族传统文化的圆明园四十景，挥手之间，就被从地图上抹去，只留下空洞的地名。大段大段的空白，无法填充。后人纵然有再强大的想象力，亦如缘木求鱼，找不到可供攀附的根据。唉，真正是空中楼阁呀！我只听老人说起：建于乾隆初年（1736年）的方壶胜境，由九座琉璃瓦覆顶、汉白玉基座的楼阁组成，供奉着两千两百多尊佛像，数十座佛塔。去原地一瞧，只找到一片没心没肺的荒林。至于"正大光明"殿（雍正的办公室）遗址，盖起了几间破破烂烂的农民房——幸好最近有关部门已将这些"违章建筑"全给拆了。据说当年英法联军的司令部，就设立在此殿，因而是"最后一个被点燃的建筑群"。九泉之下的雍正，若知道自己的"总统套房"后来被敌酋占领，肯定会愤怒的。

圆明园是多灾多难的。张萍、柴火两位，撰文加以细数："经过1860年那次闪电式的掠夺珍宝与焚毁全园建筑的'火劫'，之后又有1900年砍伐全园大小树木的'木伐'，1911年盗运园中石料的'石劫'，1940年后平山填湖、毁园还耕的'土蚀'，至20世纪60年代以后，生产大队的鸡、鸭、猪场，区政府的机械修造厂甚至部队的打靶场，都在这块'无政府'的土地上自由发展壮大，昔日的皇家园林已被改变得面目全非。据不完全统计，仅1967—1971年，就有216处土山和106处古建基址被挖掘破坏，24000余株树木被砍伐，一二百亩绿化地带被侵占。甚至还出现过一次私伐1300多株树、一次拆掉800多米长的围墙、一次运走582车石料等严重破坏事件。对照1964年的测绘地图，圆明三园当时尚保留有近3000米长的虎皮石围墙，在十几、二十年之后，其'幸存者'不过400米而已。"抚摸圆明园，我的手掌触及的都是大大小小的伤疤。圆明园的残缺，是发生在人间的最严重、最漫长的"月蚀"。我只能靠依稀的记忆，重温那圆满而皎洁的月光。圆明园，东方的月亮，古典的月亮，离我无比的近，又无限的远……它真的能够重现吗？它有必要重现吗？这本身就是一个悬念。或许破镜可以重圆，但圆明园的伤口，即使愈合了，也难以完好如初。

旧中国，曾经在圆明园摔了一个大跟头。爬起来，一跛一拐地走着。心有余悸。

我想，比恐惧、悲哀、愤怒更重要的，是应该弄懂自己——究竟被什么绊了一下？这样，才可能避免悲剧的重演。

直到今天也是如此。深刻地反思，是一项远比恢复圆明园更有意义，也更为艰难的工作。

在圆明园遭受致命的打击之后，中国人用了一百多年时间，才重新建立起自尊心与自信心。

假如时光可以倒流的话，圆明园的良辰美景、画栋雕梁或许会从空气中浮现，作惊鸿一瞥。哪怕仅仅是一瞥，足以迷倒想入非非的我。可惜，我只能在满目苍凉的废墟上刨根问底。

假如时光可以倒流的话，愈合的伤痕又将被重新撕开，流淌出殷红的鲜血。圆明园啊，我不知道你是否还能承受住第二次打击？别说让昔日重来了，即使是痛定思痛的回忆，都显得过于残忍。一根无法剔除的肉刺，使一个民族时常会下意识地呻吟。

时光不会对我的幻想持合作态度。我无法领略美的再生，却可以延长对它的死亡的哀悼。我无数次地缅怀圆明园的受难日。缅怀那火中的葬礼。我相信那也正是民族的受难日。

英法联军打到北京后，先派出小股部队在德胜门外架炮佯攻，以牵制守城者。大队人马则直扑西北郊的圆明园。虽然咸丰皇帝已于十几天前由此逃往热河，但跑得了和尚跑不了庙，圆明园成了牺牲品。

公元1860年10月6日傍晚7点钟，法军敲响御园的大宫门。总管内务府大臣文丰出面阻挡。敌兵暂退，找"领导"商量去了。文丰四处找不到帮手，自知势单力薄，只好投福海殉节。约过了一个小时，敌兵卷土重来，击杀两名门卫，强行冲进去了。在贤良门附近，与守园护军交火，圆明园技勇八品首领任亮等人拼命抵抗，直至战死。（今"园史陈列馆"内展览着任亮的墓碑："……遇难不恐，念食厚禄，必要作忠。奋力直前，寡弗敌众，殉难身故，忠勇可风。"系从近春园西南正蓝旗护军营房旧址发掘出来的。）

"鬼子进村"，到处搜寻"花姑娘"（宫女）加以奸淫，又杀害了数百名手无寸铁的太监。"鬼子"自己也承认：只是在另外四十位掌管花园的男人中，有二十人有武器（估计是护军）。

英法联军司令部正式下令：可以自由劫掠。入侵者的欲望无限制地膨胀起来，蜂拥而上，全变成了衣冠禽兽。

由于抢劫是在没有其他证人的情况下进行的，我们只能通过抢劫者自己的描述，来想象那一场光天化日之下的人性悲剧。郑曦原编《帝国的回忆》一书中，收录了《纽约时报》1860年10月9日的报道，系英军随营记者撰写的："最近这两天发生在那里的景象是任何笔杆子都无法恰当描述的。不分青红皂白的抢掠被认可。贵宾接待厅、国宾客房和私人卧室、招待室、女人化妆室，以及其他庭园的每个房间都被洗劫一空。清国制或外国制的艺术品有的被带走，有的体积太大无法搬走就把它们砸毁掉。还有装饰用的墙格、屏风、玉饰、瓷器、钟表、窗帘和家具，没有哪件东西能逃过劫难。数不清的衣橱里挂满了各式各样的服装、外套，每件都用华贵的丝绸和金线刺绣着大清皇室特有的龙图案，另外还有统靴、头饰、扇子等等。事实上，房间里面几乎都是这些东西。储藏室装满了成匹成匹的上等丝绸，一捆一捆地摆放着。这些丝绸在广州光买一匹就要花二三十美元。粗略估算，这些房间里的丝绸肯定有七八万匹之多。它们被扔在地上随意践踏，以至于地板上厚厚地铺满了一层。"光是抢运这些丝绸就使用了庞大的马车队，不是用绳子，而是直接用丝绸来捆绑车辆。甚至对皇家器皿（银钵、商周青铜器、明清官窑、瓷瓶、罐壶、象牙等），也一律用柔滑的丝绸包裹，塞入私囊。士兵们以昂贵的丝绸做被单、床铺、营帐乃至擦鼻涕的手帕。

圆明园的丝绸被席卷一空，海运欧洲。这是一条新的"丝绸之路"，血泪斑斑。它已非中国的荣誉，而是耻辱。丝绸啊丝绸，耻辱的旗帜。

除了一座装有大量金块与银锭的宝库，有联军的宪兵队守卫（将由英法两国瓜分），其余的一切，都是得不到任何保护的。

英军居然在喇嘛寺举行了一次"强盗的拍卖会"。下令把抢来的物品公开拍卖。"所有人都允许按他们自己估计的价钱占有他们已经拿走的物品，并且人们对这次拍卖的拍卖品拥有接受或拒绝的选择权。很多精美古董的纪念品就这样以一种纯象征性的价格归个人所有了。全场拍卖额有两万两千美元，而这笔财富的（实际）价值不可计量。拍卖得到的钱作为奖金当场分发了。"为表示公正，总司令及其他将军们未参与奖金分配。但部队把一只金盂（无价之宝）作为送给总司令的礼物。总司令没有拒绝。

因此我可以说：在这支部队里，没有谁是清白的！

英军随营记者在拍卖会现场大言不惭地说："如果当初大清国的皇帝陛下能把圆明园中的一切完美无缺地移交过来的话，那么它将会卖出一个天价，可惜有四分之三以上的东西被法国人毁坏或掠走了。"两个强盗，在互相推卸责任。然而，谁也未对受害者有丝毫同情。这位记者在另一篇报道中也拼命洗刷己方："法国人已经在圆明园舒适地扎下了营帐，并且大量最贵重的物品已经被拿走，留给英国人的尽是一些笨重的不那么值钱的东西，或至少是那些他们无法搬走的东西。"难道强盗也有冤屈可言？他甚至还无意间透露了（说漏了嘴）："所有抢掠来的物品数量之多让人们几乎不知道到底该把哪些东西带走。"

抢劫得手，形形色色的"拍卖会"应运而生。《纽约时报》1861年3月6日，又刊登了题为《香港卖奇珍，北京战利品令人炫目》的报道："这些从北京回来的部队，尤其是法国远征军，无不满载着抢劫到的赃物返回欧洲。来自北京皇宫的赃物在这儿（香港）卖得可不便宜。我手头就有一串用珍珠和玉石做成的项链，共有一百四十颗珍珠，并且每颗都大如樱桃。这是一位法国军官以两千英镑卖给我的。这个法国军官还有类似的几串项链，甚至还有一些明显属于大清皇帝本人所有的珍贵宝石。赃物中还包括有大量的西式钟表。有一名法国士兵就搞到了八十五只，它们都有世界上最奇特的造型和最精细的做工，外壳多用珍珠和钻石镶嵌而成，很多是瑞士制造的，也有些是伦敦制造的，都非常值钱。"这些曾经在圆明园内为中国帝王报时的西洋钟表（舶来品），又以一种特殊的方式"衣锦还乡"了。对于其生产地而言，是否算得上"出口转内销"？

该报道在介绍直接从清国皇家仓库内掠夺的战利品时，尤其提及了白貂皮和黑貂皮大衣，以及用黄金镶边的长袍——数量之多，"即使把它们装饰在纽约全城妇女美丽的肩膀上，也用不完"。这些"战利品"大部分将流向欧洲和美国，香港作为其中途的驿站，仅仅截留了一个零头，就耗费了至少一百万美元来购买。

英法联军占领圆明园的第一天，就纵火焚烧。十二天后，英军总司令下令再次纵火烧园，大火整整持续五昼夜，连毗邻的万寿、玉泉、香山三山皇室建筑也未能幸免。借助于火，对圆明园进行彻底的破坏，同时也是为了毁灭自己的罪证（带有"毁尸灭迹"的性质）。抢劫者希望曾拥有无数珍宝的圆明园，只留下一把模糊的骨灰。

美轮美奂的圆明园四十景，就这样灰飞烟灭。唯一能为后人的想象提供依据的圆明园四十景图，现存巴黎图书馆内。同时被窃的还有乾隆末年的西洋楼二十景铜版画。

我曾拿大水法昔日的画像与其遗墟加以对照，方知什么叫天壤之别。这处以石龛式建筑为背景的喷泉群，建于乾隆二十四年（1759年）。椭圆形菊花式喷水池内，有"猎狗逐鹿"喷泉，四面各有一座十三级喷水塔，流金泻玉，辉映彩虹，简直称得上是天堂的景观。而今呢，只剩下了几根镌刻有西洋花纹的石柱，孤零零地守望着野草残阳。

据我所知，这是当代游客摄影留念最多的地点。或许，大水法最传神地象征着圆明园的遗容。我也在这块空地上照过相，是面无表情的那种。我挺反感某些人在大水法合影时流露的笑容。只要是中国人，在这特殊的场景，都应该拒绝微笑的——哪怕摄影师在习惯地招呼你"笑一个"！

在圆明园，你能笑得出来吗？

除非你患有失忆症。

你健忘的微笑，是对悲哀的圆明园的污辱。

我从不允许那白痴般的笑容，出现在自己的脸上。走在圆明园内的每一寸土地，我都会保持沉默、保持严肃，我都希望对未来承诺点什么。有什么办法呢，看见圆明园，我就想起我们民族的受难日。于是，这座空旷的公园，在我眼中如同露天的殡仪馆。一座伤心的公园！

长春园内，和大水法一样，方外观也只剩下一把"老骨头"了：几根高低不一的石柱，摇摇欲坠，点缀着废荒的台基。如果无人提示的话，你简直猜测不出这些破石头是作什么用的。幸好石柱上皆有精雕细刻的纹路，使你能隐隐约约感受到残余的王气。

查阅乾隆末年的西洋楼二十景铜版画（影印件），才能一睹方外观的芳容：三间坐北朝南的两层小楼，左右各有环形石梯，而楼上的落地窗户和带栏杆的阳台，都显得洋味十足。假如此楼不是出现在圆明园里，我可能怀疑这是某位欧洲贵族的豪宅。庭院构筑得很整齐，用成行的绿树划分出不同的使用空间。西南桥外另有一座西式八角亭。方外观建于1759年（与大水法同时）。看来中国皇帝从那时起，喜欢住洋房了。

方外观是乾隆金屋藏娇的地方。他见到信仰伊斯兰教的香妃，一高兴，就将此楼赐予其作为礼拜堂。传说室内供奉着两块神圣的石碑，碑文可意译为："奥斯曼爱真主，真主爱奥斯曼"，"阿里爱真主，真主爱阿里"。可惜二碑今已不存。香妃来自新疆，这位体有异香的维吾尔族姑娘，在异乡的庄园里，守望着自己的神。她的灵魂肯定与其容貌一样美丽，散发出鲜花的芬芳。我估计，当时整个方外观，都笼罩着浪漫的气氛，如同洒满香水的天堂。但实际上，香妃已像笼中鸟一样失去了自由。假如说方外观是天底下最豪华的牢房，那么，香妃则是世界上最美丽的囚徒。一位冷艳且忧郁的女俘虏。

我还见过一幅记录方外观残迹的老照片，拍摄于1879年：小楼虽经烟熏火燎，主体建筑依然保留着，透过树丛，能清晰地观察到精致的屋顶、镂花的窗棂与阳台……此照足以证明，方外观是1860年那场大火的幸存者。它侥幸躲过了浩劫，最终却未能战胜时间，如今在其遗址，只有几根残柱为昔日的繁华作证。对于它来说，还有比烈火更为可怕的敌人。

圆明园福缘门前，有北洋军阀王怀庆修建的达园，当地人称之为"王怀庆花园"。此人利用职权，于民国八年圈占了这块风水宝地，营造私家园林。他把工程承包给海淀镇衙门协台鲍卫汉，由这位地方官出面，私下买通圆明园十三处守园太监，里应外合，偷拆圆明三园内残存的砖瓦木石，用车马运达达园工地。当时清室已垮台，树倒猢狲散，太监们也乐得睁只眼闭只眼，赚点零花钱。王怀庆就这样大大地占了圆明园的便宜，白捡回诸多名贵的建筑材料。甚至把圆明园九州清晏前湖东西两端的"金鳌""玉"桥，都拆卸后搬运到达园，然后重新砌筑在自家的溪流上。

至于"包工头"鲍卫汉，也不是一盏省油的灯。他以王怀庆造园的名义，搜罗圆明园的旧材料，而又中途扣留了其中的一部分，藏匿于海淀镇大坑沿西坡。算是吃的"回扣"。待达园的工程一结束，立马又替自己盖了座西园——离畅春园大宫门遗址只有一箭之地。据焦雄先生讲解："园中门口呈立面长方形，是用一块汉白玉石雕成，高约四米，框沿上左右三面起边线，线格中雕刻精致串珠花纹，上口两角雕卷云纹凸出，此物原为圆明园西洋楼之遗物移建于此……鲍协台从圆明园盗出石雕饰物多件，害怕官府发觉追究治罪，不敢全摆置园中，在建园时将部分石雕深埋地里。"这已非废物利用，而是在屯集文物——等着增值呢！

王怀庆建达园，花了四年时间，几乎每天都雇用民去圆明园"拾荒"，拆东墙补西墙。北京的权贵们见了，都很眼红，争相仿效："假借王怀庆的名义，纷纷进园盗运材料，抢拆之风势如潮水，弄得守护太监们无法阻拦，结果在几年内，把园内残存建筑全部抢光，圆明三园又遭到第二次抢劫。"（焦雄语）这一帮盗贼，就知道发国难财。甚至不惜往圆明园的伤口上撒盐、捅刀子。

真让人不敢相信啊：1860年的大火之后，圆明园的灾难并没有结束，反而在新世纪里愈演愈烈。被外寇的铁蹄蹂躏了一遍之后，又更为彻底地毁于我的同胞们之手！用俗话说，这叫作雪上加霜。

我欲替圆明园一哭。我欲替圆明园再哭。圆明园的泪水，简直流不尽的。是谁，在一次又一次地伤它的心呢？

我怀疑残存的方外观就是这样垮掉的。它的青砖碧瓦、玉柱石碑，被拿去盖了谁家的花园？

圆明园蒙受了双重耻辱。圆明园，成了不毛之地。

我为外敌的残暴感到愤怒。我又为国人的麻木感到脸红。我相信，那些给圆明园制造了额外的灾难的——绝对是一些"丑陋的中国人"，一些泯灭了良知的中国人，他们所犯下的罪过并不比外贼轻。我们的民族，出过太多的"败家子"。

1982年10月，北京举行纪念圆明园被毁123周年的活动。各行业人士自发地聚集到圆明园遗址，控诉那场罪恶的大火。在场的西德《明镜》周刊记者，说了一番"不合时宜"的言论："由于外国的侵略，如今圆明园一片废墟。但是古老的北京城连同它的城墙、宫殿、寺庙、公园这些文明的象征横遭破坏，则要中国人自己负责了……"

良药苦口，忠言逆耳。或许能促使我们进入更深层次的反思。

在控诉的同时，是否也应该检讨检讨自己呢？

难道我们跟圆明园一样的无辜？难道我们自己的手，就真的那么清白？

仇恨肯定是无法遗忘的。伤害过我们的敌人，肯定是不可原谅的。难道我们就有权利原谅自己吗？我们自己，也曾伤害过自己。

王安石之死

冯伟林

元祐元年（1086）四月六日，六十六岁的王安石在江宁府（南京）的半山园去世。

死亡是一道黑色门槛。王安石死了，这个王朝再也没有支柱，这个时代再也没有灵魂。不管怎样，王安石的生命持续一天，人们就仰望他一天，即使不再发号施令，可仍然是一面旗帜，一种标志，一个信号。

司马光闻讯，发出一声轻轻的叹息。政治家没有了对手，生命再也没有了激情和斗志。这位新上台的宰相，此时正在家养病，当即提笔给另一位宰相吕公著写了一封信。

在这封简短的书信中，司马光有些失落，有些恨意，也有一些宰相肚里好撑船的姿态。他对王安石的道德文章进行了肯定，而对作为政治家的王安石，进行了全盘否定。这也在人们的意料之中。肯定对手等于否定了自己，司马光没有这么傻。他甚至还把所有的变法派和王安石的门生故旧概括为两类：一类是"谗佞"；另一类是"反复之徒"。他曾对各个机构中的变法派人物和与王安石多少有些牵连的人，不断地加以斥逐和打击，迫使人们只能对王安石"疏远"，既不敢再对他加以赞扬，因为那就将被列入"谗佞"之列；也不敢再对他加以批评，因为那就将被认为是"反复之徒"了。他要把王安石晾在一边。

司马光对死了的王安石做了结论，接着又建议"朝廷宜优加厚礼"，要让天下人知道，我司马光是不计前嫌的，是宽容大度的。小皇帝赵煦就追赠王安石为太傅，并命中书舍人苏轼撰写《王安石赠太傅》的"制词"。苏轼是大文豪，他的制词当然冠冕堂皇，文采飞扬。

没有人到王家祭吊。只有王安石弟弟王安礼、王安上为他们的胞兄选了块山后的荒地做墓庐。一个死了的政治家，没有谁会去沾边，人家躲都来不及，趋炎附势和落井下石，本来就是小人的一种属性，"既明且哲，以保其身"。要知道，司马光的耳目在关注王家的动向呢！

低回的哀乐扰人心碎。在远远的角落里，王安石的几个老朋友一片忧伤、悲怆。这种绝望的痛苦还有谁能体会？是的，大宋王朝再也没有时代的强音，再也没有振兴的呐喊了。

按理，王安石生前位至宰相，死后追赠太傅，在墓前应建神道碑，应有墓志铭，可这一切礼法，全都废去。人都死了，再大的排场又有什么意义？

王安石死了，朝廷安静了许多。皇帝可以睡大觉了，满朝文武可以睡大觉了，再也不必担心凶猛的变法会排山倒海，卷土重来。

只有边陲虎视眈眈的契丹王和西夏王窃笑不已。王安石死了，主战派的旗帜倒了，谁也不会再说富国强兵。堡垒从内部攻破，过数十年，他们要占领北宋首都，要将宋徽宗、钦宗父子俘虏北去。

只有春雨淅淅，像是无声的啜泣，可它能洗去人间的浮躁，能使世界在迷茫中冷静下来吗？

我想，作为一个文化人，王安石本该有很多路可走。位极人臣，光宗耀祖，享不尽的荣华富贵；或是做朝廷的御笔，小心翼翼，写些歌功颂德的文章，他的诗文本来就是第一流的；如果"不为五斗米折腰"，那就到桃花源去，青山绿水，男耕女织，天伦之乐，也是一种选择。

人各有志，有人向往浅滩，有人向往大海，偏偏王安石是人中之龙，是热血男儿，是个有性格的文人，对政治的关注，对国家安危的关注，对朝廷命运的关注，一直贯穿到他生命的结束。他甚至耻以文士自名，其文学思想也表现出政治家的色彩，宗旨在于经世致用，重道崇经。的确，他作为政治家、思想家出现在北宋的历史舞台上，两任执政，倡导变法，权倾天下，在当时的地位及对后世的影响，都是历代文人难以望其项背的。

王安石生于宋真宗赵恒天禧五年（1021）冬天，字介甫，晚号半山，他的父亲王益，一生只在南北各地做了几任州县官吏。王益在各地做官，每次都是携带家眷同行。因此，王安石在二十岁以前，便已经到过很多地方，心里装下了茫茫九州。在长江流域，他曾在江西境内的好几个县住过，并曾到过下游的江宁和扬州等地；在粤江流域，他到过广东的韶州；在黄河流域，他到过京城开封。

父亲的官做得辛苦，勤勤恳恳，忙忙碌碌，换来的是频繁的调动。他不愿意像父亲。做官，就应该轰轰烈烈，出人头地；就应该山呼海啸，惊天动地。一个小小的县令只不过是一粒棋子罢了，能有什么作为？

王安石不读父亲为他准备的书，而是"自诸子百家之书，及于《难经》《素问》《本草》诸小说，无所不读"。在阅读儒家经典时，他决不拘守那些先儒所注，而是通过自己的思考去理解。他不想做俗儒和书呆子，抱定学以致用的目的，决意在政治上做一番大事业。

当然，通向成功的道路要靠自己去拼搏。他没有大背景，没有捷径可走。有的是智慧，是天赋，是勤奋。一步一个脚印，总能找到向上的台阶。

庆历二年（1042），王安石考中进士，被派往扬州，去做扬州地方行政长官韩琦的幕僚。

庆历七年（1047），王安石改任鄞县知县。三年光景，他留下了不少政绩。"起堤堰，决陂塘，为水陆之利。贷谷与民，立息以偿，俾新陈相易，资学校，严保伍，邑人便之"（《邵氏闻见录》）。随后，被派往舒州做了一任通判，通判期满又被调任开封做群牧司的判官。

进京了，王安石没有丝毫的喜悦。这不是他的目的。那时候，凡是取得高等科名的学士大夫，大都只愿在朝廷上的史馆或秘书省等号称储才之地的机构谋一职事，以期可以比较容易地爬进更高层的统治集团。王安石却相反，他总希望能"得因吏事之力，少施其所学"，极愿意到外地州郡做地方官。

宰相始于州府，王安石志存高远。

他先后十几次上书请求外任。嘉祐二年（1057），朝廷终于将他用为常州知州。从县官到州官，王安石总要对他所认为应兴之利和应除之害大力进行一番兴革。只要能造福百姓，他什么都不在乎，什么都敢干。

十六七年的地方官经历，在王安石看来是一种财富。这十多年，他锻炼了才干，赢得了声誉；这十多年，他韬光养晦，增加了人生积累；这十多年，他积蓄力量，等待机会。

嘉祐四年（1059），一场春雨之后，王安石再也坐不住了，他花了三天三夜，向宋仁宗赵祯写了长达万言的《言事书》。

这是关于改革的宣言。我想王安石在那个春光明媚的日子里奋笔疾书，三十八岁的年纪，肯定是踌躇满志，意气风发。是的，时不我待，他不能再等了，这个贫困的国家不能再等了！

王安石的《言事书》摆在宋仁宗赵祯的案头。这个在位三十多年的皇帝，经历过庆历新政的失败之后，已经不打算有什么作为，关注的仅仅是怎样及时行乐。但他还是懒洋洋地翻开了《言事书》，只因觉得新奇，只因王安石在朝野有些名气。

宋朝开国已近百年，好似一位多病的百岁老人，好比老牛拉着的破车。虽然结束了五代十国分裂割据的混乱局面，但北宋潜在的矛盾时刻在危及统治的根基。皇宫里没有一天不在争权夺利，当官的多了，腐败的多了，军队没有战斗力。没有人关注百姓疾苦，没有人正视契丹和西夏的侵扰。契丹和西夏打过来了，那就给他们送土地，送钱物，宁愿苟且偷生，也不愿洒血沙场，去争得寸土。

边关告急，奏报一道紧似一道。声声马蹄，踏碎了多少人的清梦！

皇帝似乎已经习惯，振作过，图谋过，但终究看不到曙光，找不到出路，干脆夜夜笙歌；面对内忧外患，许许多多的知识分子在寻找济世良药，以身许国，何事不可为？他们咬着牙，埋着头，艰难地跋涉。

王安石出现在艰难跋涉的人群里，怀着深深的忧患。

这种忧患意识，是我们民族特有的悲剧精神。这种悲剧精神作为对命运进行理性思考的结果，是超越，是突破，是变革，是前进的动力。而中国知识分子的忧患意识，一直熏陶着我们民族的性格，使中国人民能够正视人生和社会的负面，认识生活的严峻，以有备之心接受命运中的灾难和不幸，使民族性格变得完整而深刻。

王安石为生长的时代忧患，为自己的家国忧患。他在十多年仕宦为吏的政治实践历程中，体察到从北宋建国以来在政治、经济、社会、教育、军事等方面所积累和形成的一些现实问题，慢慢地，脑子里形成了一整套的政治改革方案。他要把这套改革方案送呈皇帝，他以为这是济世救民的灵丹妙药，他把改革的希望寄托在皇帝身上。

仁宗皇帝没有表示太大的兴趣。读书人总是高看自己，总觉得自己是个人物，总是不甘寂寞，总有一种表现的欲望。那好，就把《言事书》批给朝中大臣阅览，让他们去评判评判吧！

《言事书》引起了一个人的注意，这个人就是后来改变了王安石命运的宋神宗。宋神宗此时还是太子，他的老师韩维给他讲《言事书》，给他讲王安石的忧国忧民，讲王安石的才华横溢。这位王储开始留意王安石。一登上帝位，就求才若渴，一天连发几道急令，从开封到江宁，催王安石去与他见面，与他去谋划改革，去实现《言事书》中设计的所有变法图强的理想。

王安石在一个大雪天赴京。白雪覆盖的原野，云雾氤氲，一眼望去，但觉一片空灵纯净，使人尘虑全消。王安石踩着薄薄的雪，心情无比畅快，他以为遇上了明君，以为可以宏图大展，以为历史的春天就要来了。在驿站昏黄的油灯下，王安石泼墨挥毫：

自古驱民在信诚，一言为重百金轻。
今人未可非商鞅，商鞅能令政必行！
——《商鞅》

几行字，豪气冲天，顶天立地。王安石自比商鞅，当然想到了五马分尸，想到了要为改革付出的所有代价。他决心与神宗一道摆脱"内则不能无以社稷为忧，外则不能无惧于夷狄"的衰危困境，实现国家和民族的富强。他不在乎个人的命运，战国的吴起、商鞅作为政治家，谁不是把富国强兵作为施政的终极目标？

王安石没有让宋神宗失望，他献上《本朝百年无事札子》，表述自己的改革方略。作为大政治家，王安石不是进行单一的政治改革，而是力求农业、商业、军事、赋税、教育全方位整体配套，抑制豪强兼并，力求经济复苏而民生均富，从而强兵以雪国耻。北宋的科技当时位于世界前列，中国四大发明其时均已成熟到普及运用，如果改革成功，后来的中国可能就别是一番面貌了。

这个积贫积弱的时代，这个残缺不全的国家造就了王安石这样一位雄才大略的改革家。作为文化人，王安石应该是幸运的，应该是他所处的时代的无上骄傲，他周围的人应该小心地珍惜他，紧紧地跟随他，从而进行改天换地的变革，引领时代潮流。可王安石失败了，败得很惨。他的朝廷，从此更加衰落；他的祖国，失去了一次前进的机会。看来，越是超时代的政治家，由于他的深谋远虑，由于他的急进改革，由于他的不顾后果，由于他的独立特行，往往不能相容于他所处的具体时代。于是，悲剧就不可避免了。

这就是中国的国情。以至今日，我重新打量这段历史的时候，不禁长长叹息。

王安石的改革，是孤军奋战。保守派四面围攻，雷同一说，语意张皇，仿佛不把变法停止，仿佛不把王安石逮捕，就要出现天塌地陷的大劫了。

——第一个反对王安石的是司马光。本来，他与王安石是好朋友，他欣赏王安石的才华，他甚至在做大臣时，多次与吕公著等人一起向皇帝推荐王安石，宣传王安石的政绩，对他寄予厚望，没想到王安石过河拆桥，另搞一套。他反对王安石，不是针对其人品，而是反对他的政治主张。熙宁三年（1070）春，王安石对皇帝赵顼说："天变不足畏；祖宗不足法；人言不足恤。"这让司马光痛心疾首。王安石要变法了，司马光三次写信给他进行规劝，王安石很不高兴。司马光有势力，是副宰相，在朝中经营多年，门生故旧无数；王安石是新贵，后来居上，做了宰相，红得发紫，追随者众。于是两个政治对手很快就形成两大阵营，仇人相见，拔刀相向。可皇帝信任王安石，司马光带着失望，带着委屈，带着十多位当时最为杰出的历史学家，在洛阳一待十数年，编修《资治通鉴》去了，此事成为中国古代史学自司马迁的《史记》之后的又一高峰。时人称"洛阳有真宰相在"，可见司马光还是很得一部分人的支持。

王安石改革的规模宏阔，所涉及的范围既广且深，但其最为核心的问题却在于理财，"为天下理财，不为征利"，提出了"欲富天下则资之天地"的命题，他所要富的不只是国家，还包括了全国的民户。其见地卓越，是他同时的以及后代的多少政治家所无法设想的。司马光不赞成，他认为社会生产是无源可开的，政府财政的积贫之局是无法扭转的。不管皇帝怎样宠信王安石，司马光的愤怒仍然要表达。

王安石泰然处之，只对司马光的第一封来信做了答复，这就是有名的《答司马谏议书》，我中学时就读过。王安石在这封回信中首先指出，我们之间关于变法和反对变法的争论，是因为政治见解和路线的不同而引起的，既是如此，当然就没有调和的可能和商榷的余地，也就大可不必一一争辩了。看来，王安石是不在乎司马光的。

神宗去世了，哲宗当政，复拜司马光为相。司马光一上任，咬牙切齿，开始了反攻倒算。他将所有的新法全部废去，把所有的新党官员全部罢免。于是，刚刚起步的经济立即滑坡，贪官污吏与豪绅巨贾又沆瀣一气，国事已无可为，以后徽、钦二帝被掳北去也是气数已定，如同一座七宝楼台根基已经腐败，迟早必将轰然坍塌。

司马光才不管那么多呢。

——富弼是宰相，一个保守派头子，长年累月尸位素餐，一无施为，贻误国事。就这样一个昏庸的老人，熙宁二年十月被罢相，当他即将离开北宋政治舞台时，老泪纵横地对皇帝说，王安石绝对是个不安定分子，已经是天怒人怨，他"所进用者多小人"，以致天降责罚，"诸处地动、灾异"，所以"宜且安静"，也就不要搞什么变法革新了。富弼的临别赠言极为煽情。我要走了，要回家养老去了，什么都不在乎了，在乎的是朝廷，是社稷苍生啊！

比如富弼极力反对王安石的《将兵法》，劝诫宋神宗"愿陛下二十年口不言兵"。契丹打过来了，富弼和元老重臣韩琦对宋神宗说，要把有关战备的措施一律废黜，然后才可以把"衅端"消除，要自行解除武器，以释辽人之疑。真是糊涂到混账的地步。

王安石拍案而起。面对契丹和西夏，面对失败主义和忍辱求和的议论一直笼罩着的朝野，王安石提出了大举用兵，以"改变外则不能无惧于夷狄"的战略构想。他对契丹和西夏的政治军事局势进行了具体分析，认为是完全可以藐视的，他说要最终制服契丹，要恢复燕云十数州，要依照汉唐两代的幅员规模，由北宋王朝再一次实现统一全中国的大业。应当说，大宋建国百年，从皇帝到辅政大臣，真正有胆有识，能从理性上分析，敢于从战略上藐视敌人的，只有王安石一人！

富弼搬出了祖宗的话来反对。淳化三年（991），宋太宗发表过一段议论：国家若无内患，必有外忧；若无外忧，必有内患。外患不过边事，皆要预为之防；惟奸邪无状，若为内患，深为可惧。帝王合当用心于此。

富弼考虑的是对外敌如何屈服忍让，王安石考虑的是如何重振河山；一个冷漠，一个热血。他们当然就要尖锐对立，就要水火不容了。

——苏轼也充当了反对王安石的急先锋，只不过后来成了两边不讨好的尴尬人。苏轼与父亲苏洵、弟弟苏辙在当时极为有名，文学史上合称"三苏"。本来，他对前辈诗人学者王安石怀着真诚的仰慕情怀，王安石的改革一开始，"三苏"就觉得不对劲。王安石太孤傲，太倔强，太急进，苏轼表示了深深的失望。在他眼里，王安石是因缘聚会，一朝得势。他也希望变法图强，不过希望温和一些，平缓一些，甚至主张克己复礼，他的革新内容和革新方法与王安石政见不合。政见不一就走向了对立。

苏轼在《上神宗皇帝书》中说：惟商鞅变法，不顾人言，虽能骤至富强，亦召怨天下。……虽得天下，旋踵而亡。……夫国家之所以存亡者，在道德之浅深，而不在乎强与弱；历数之所以长短者，在风俗之厚薄，而不在乎富与贫。道德诚深，风俗诚厚，虽贫且弱，不害于长而存；道德诚浅，风俗诚薄，虽强且富，不救于短而亡。

我很难想象这是文学大师苏轼的逻辑。白纸黑字，清清楚楚，按苏轼的说法，一个国家越是富强，它便灭亡得越快；越是贫弱，它便越能存得长久。然而，当时的官僚士大夫们，却极少有人对这种逻辑感到奇怪。

苏轼是我最喜欢的文学家，他此文中的观点，让我感到失望和悲哀。我甚至怀疑是旁人嫁祸他的。可事实就是事实，太阳也有黑点，伟人也有污渍。

政治是残酷的，只有一种选择，没有回旋的余地。

王安石不能容忍苏轼的反对，决定先拿苏轼开刀。苏轼的名字太响亮，扳倒他，等于杀一儆百。于是，就捕风捉影，暗示几个追随者写告状信，搞了个"乌台诗案"，将苏轼逮捕发配。于是苏轼就成了王安石实施新政后第一个倒霉的大文人。

元丰七年（1084），苏轼去汝州路过江宁，专程去看望罢相后赋闲在家的王安石，两人心平气和了，游山赋诗，品酒弈棋，留下了一段千古佳话。毕竟文人的心总是相通的，惺惺相惜，高风亮节。后来，司马光复出废除新法，苏轼又坚决反对，提出该保留的新法应该保留，司马光又将苏轼当作活靶子。这是大师的悲剧。

——枢密使文彦博，书读得好，文章做得好，习惯了按部就班，习惯了晨钟暮鼓，习惯了三叩九拜。王安石的青苗法、农田水利法、募役法、市易法、方田钧税法、置将法、保甲法等一提出，就遭到了文彦博的激烈反对。文彦博之类的文人官吏，普遍存在着以道德代替法律的理念，泛道德政治往往使伪善大行其道，各级官僚口诵四书五经，却在道德的名义下争权夺利，即使少数较正直的官员力挽狂澜，也无法突破道德真诚的领域。熟读诗书的文人治理农民、治理国家，但很少去想改进法律制度。而王安石寻找的是法律代替道德的突破口，他深切地感到法律与道德的错位，这就有了一大帮文人与他的矛盾冲突，这种矛盾冲突不可调和。

——刘挚是监察御史，一个典型的小人。他接二连三地向皇帝写奏章，说天下人有喜于敢作敢为的（指变法派），有乐于安静无事的（指守旧派），前者以后者为流俗，后者以前者为乱常。他说，王安石自执政以来，不干正经事，摈弃忠厚老成之人，专用顽劣之人，对于"守道忧国者谓之为流俗"，对于"败常害民者谓之为通变"。在刘挚看来，王安石是大逆不道，是不可容忍的。

——御史中丞吕诲也发难。吕诲写了一道上疏，专为弹劾王安石。

——最糟糕的是，太皇太后曹氏过问了王安石变法，老太太明确向赵顼指出："祖宗法度，不应让王安石轻加改变。"而老太太是神宗最崇敬的。

——宦官天天围着皇帝转，一次竟在赵顼面前"伏地、叩头、流涕云：'今祖宗之法扫地无遗，安石所行，害民虐物，愿陛下罢黜王安石'。"

反对王安石变法的还有很多，改革派与保守派的阵营泾渭分明。王安石是宰相，又有皇帝的支持，他们中的任何一个人要单独搞倒王安石是很难的，他们聚集在一起，上下呼应，左右夹攻，明枪暗箭，还有那些被强制纳税的地主豪强，被整肃得战战兢兢的各级官员，被旁置被冷落对他侧目而视的同僚，都以仇恨的眼光在盯着他。一股强大的力量汇集起来，包围圈越来越紧，王安石拼死抵抗，独木难支，但他没有害怕，没有退缩，左冲右突，勇往直前。

倒是宋神宗有些招架不住。他宁愿得罪一个人，也不愿得罪一群人。熙宁七年（1074），神宗将王安石罢相，然而不出一年，神宗又想起王安石，恢复了他的相位。王安石再相一年九个月，终被罢免，皇帝给了他一个公爵和节度使的头衔，而实际的职位则是"判江宁府"。

王安石彻底退出了政治舞台，他有效的改革时间只有七八年。

一场多么短暂的改革！

在南京的时候，我寻访过王安石的遗迹。那是一个大雪纷飞的日子，我在中山门内徘徊。我喜欢在雪中漫步，那满天的雪花，多么纯净，多么美妙。二十多年前，我曾在这里踏雪寻梅，遐想无边；二十多年后人是物非，漫天雪花好像没有了昔时的古典和浪漫，有的是现代的气息。中国新时期的改革是在一场冬雪之后开始的，一晃二十多年了。

王安石一生和南京曾发生过几次密切的关系。少时曾随在江宁府做官的父亲在这里住过一个时期，后来就是在他的晚年，两度罢相后，都回到南京。巧得很的是，王安石第一次离开南京赴京城也是下雪的日子，第二次回南京也是在一个大雪天，雪花弥漫，一去一回，心境当然不一样。去时雄心壮志，满怀希望，回时垂头丧气，心如止水，等待他的是彻骨寒冰！

王安石的"半山园"坐落在宋时江宁府东门与钟山之间，恰好一半路程的地方，有东晋谢安的园池故址，正在上、下定林寺中间。谢安在这附近留下了一个土堆子，就是有名的"谢公墩"，它在"半山园"的后面。

王安石喜欢到谢公墩游憩。一花一世界，一沙一天国。在谢公墩，他想象谢安当年的事业，可那梧桐夜雨，那芳草斜阳，那断鸿声声，那烟波江上，给他无限悲情和忧患。正如钱锺书所说："奏乐以生悲为善音，听乐以能悲为知音。"

王安石写了两首"谢公墩"的绝句，其中一首曰：

谢公陈迹自难追，山月淮云只往时。
一去可怜终不返，暮年垂泪对桓伊。

我想，这王安石哪里是在说谢安？他正是在说他自己。罢相，也就是与政治生活告别，这在王安石是不能甘心的，曾经热血沸腾，曾经纵横捭阖，曾经以天下为己任，怎会自甘沉寂？

雪在舞蹈。我没有寻到"谢公墩"，满眼都是现代化的建筑，是灯红酒绿。但我也没有什么遗憾，知道这里曾经有过王安石的哪些遗迹，也就够了。

王安石在九百年前引领的那场政治改革，就这样撞击我的心扉。冥冥之中，我仿佛听到王安石的一声悲凉叹息："国人欲识公归去，杨柳萧萧白下门。"这位政治强人，知道自己的事业已经到了将近结束的时候了。不过他还是清醒地估计自己的生平事业在历史上留下的印迹，他将不会被人们所遗忘。

王安石没有猜错。当他死后，关于他事业的评价，就一直争论不休，千百年后也不曾停止。反对他的人还把他写进了小说剧本，"拗相公"也因此流传下来了。不过这绰号倒很能反映他在政治斗争中不屈不挠的姿态与风格。王安石不朽！几百年后，列宁兴奋地说他是"中国十一世纪的改革家"。列宁应算他的远年知音。

王安石终究失败了。为什么失败，史学家进行过很多分析。

有人说，王安石败在宋神宗赵顼手里。按理，没有宋神宗就没有王安石的变法，宋神宗是支持和协助王安石变法为期最长久的一人。以致另一位宰相曾公亮无限感慨地对苏轼说："上与安石如一人，此乃天也！"宋神宗与王安石的第一次会面，在听取了他的那些政治上、财政经济上、军事上的改革谋略之后，他真心实意地想使王安石那些治国安邦的理想能够全部变为现实。这江山，毕竟是赵家的。

但宋神宗毕竟不是一个大刀阔斧、大有作为的君主。他不肯认真对保守派的部分势力给以打击，甚至有意将保守派的部分势力保存在北宋朝廷之中。思想境界和战略设想的差距，使宋神宗与王安石日益疏离，王安石提出用兵契丹，收复西夏，宋神宗竟虚构了一道"熙河探报"，用以熄灭王安石要点燃的战火。王安石知道虚假的内幕后，流下了眼泪，痛感全盘战略的破灭。他感到应该与宋神宗告别了。应该与变法改革事业告别了，应该与他开创的一个奋发有为的新时代告别了。

有人说，王安石败在小人吕惠卿手里。王安石没有积聚一批改革的骨干力量就匆匆动手，重用了一批势利小人，最后纷纷反目，比如吕惠卿，在关键时刻出卖了他的恩师王安石。吕惠卿是福建人，善于投机钻营，王安石看重他，将他从一个小县官提携至宰辅的高位，作为自己的左右手，人们称吕是"护法善神"。但王安石罢相后，吕惠卿反戈一击，不论新法同僚或元老旧党，凡不合意的一概排斥打击，同时用人唯亲，重用自己的胞弟，以实施新法之后大肆搜刮聚敛。更阴险的是，吕惠卿向皇帝揭发，王安石当年给他写过两封私信，上面特地注上一笔："勿使上知。"也就是不要让皇帝知道他们之间的秘密。犯有"欺君""欺朝廷"之罪。结果自然可想而知，于是就有了王安石的第二次罢相。

在人类所有的所谓"忠诚"行为中，政治上的忠诚是最靠不住的，最易变的，因为玩政治就是在玩利益交换。王安石倒了，不得势了，吕惠卿还有什么必要去抱他的大腿？他当然不会记得当初的诺言。对于吕惠卿的背叛，王安石深深失望，是他心底永远的痛。在江宁闲居，天天要写"福建子"三字，以泄心头之恨。元丰初年，吕惠卿"除母丧，过金陵，以启与安石求和"，王安石写了一封极富哲理的回信给他，表示"不如相忘"。

吕惠卿也没有好下场，他遭到司马光的驱逐。

有人说，王安石的失败，在于"新法"在执行中间走了样。本来的良好意愿，最后变成为人民带来苦难的东西。

也有人说，王安石生不逢时，那样一种时代背景，那样一种文化氛围，怎么会允许他的改革走向成功？他可以做太平官，甚至可以做贪官，就是不能做有作为的官，一位同僚曾给他写信："这天下是皇上的，你急什么？"一个人，成不了救世主。

还有人说，王安石是败在自己手里。

王安石是一个勇敢的改革者，可他要走出个人的阴影，是多么艰难的事情啊！把改革仅仅理解为体制的改造是不够的，它也应是改革者的精神气质的改造。赞成自己的就是朋友，批评自己的就是敌对势力；不是东风压倒西风，就是西风压倒东风；一方是真理，一方是谬误——这种极端思维下划出的政治分界线明明白白地存在于北宋文武大臣的思想意识中。由于改革是在原有的制度框架内逐渐行进，只有改革者首先有新的精神气质，才会出现新的制度变化。这一新的精神气质就是容忍的精神，容忍对自己的种种约束，有来自法律的约束，也有来自对立观点的约束，不会把批评看成是敌对势力的捣乱和阴谋破坏，而是当作建设性的劝阻。

从一定程度上，王安石缺乏的恰恰就是这种精神气质！不管王安石怎样耻以文士自名，可他是唐宋八大家，文学成就彪炳千秋。小时候我就熟读他的诗文，比如"墙角数枝梅，凌寒独自开。遥知不是雪，为有暗香来"，现在的少年人谁不伴着这些诗长大？

文以载道的传统，培养和浇灌了中国知识分子的社会责任心和责任感。中国古代，很少有蜷曲于象牙之塔、不问现实的知识分子。知识分子关心现实，有兼济天下的理想和抱负，因此，他们对现实往往有清醒的认识和理性的思考，在对现实的批判中蕴藏着对人生的依恋、对祖国的热爱和对真善美的追求。屈原放逐而有《离骚》，尽管上天无路，入地无门，却又怀恋故国，不忍离去。王安石垂垂老矣，也没有安于投闲置散的生活。他波澜壮阔的诗章，愤激、悲凉的调子也时时可以听到，而且往往更为激越和撼人心弦。

文学家的激情和浪漫，丰富了王安石作为政治家、思想家的内涵。

寻找王安石生命的意义，我想起了黑格尔写在《历史哲学》导言中的一段话："他们之所以成为伟大的人物，正因为他们主持和完成了某种伟大的东西；不仅仅是一个单纯的幻想、一种单纯的意向，而是对症下药适应了时代需要的东西。"

王安石独具慧眼，按历史学家黄仁宇先生的说法，他可以把中国历史一口气提前一千年。因为变革是对以往的体制或法律的部分否定。最初是少数敏感的发现者觉察到了原有制度中不合理的地方，通过努力，更多人有了变革要求，这种要求不只是给朝廷方面造成必要压力促其革新，也提示朝廷顺应多数人的要求来进行改革。王安石的变革思想，在他之前和在他之后所有的改革家的思想，是人类思想反抗的文明成果，正是这些成果，使人类有了摆脱野蛮统治的可能和方向。

这是王安石生命的真谛。可是，这颗伟大的灵魂从来就是孤独的。众浊独清，众醉独醒，几乎没有人理解他。中国历史上几次改革，哪次不是阻力重重，哪次不是遭到激烈的反对？王安石后来甚至把窝住的半山园改作僧寺，并由宋神宗命名为报宁禅寺，那里有豪奢的安静与孤绝，生一盆火，烤几枚干果，燃一屋松脂的清香。这里，可是他生命最后的港湾？

超越是一种孤独。中国的知识分子特别是改革家，往往有一颗痛苦的灵魂。他们是孤独的，可他们的愤怒，他们的超脱，他们的忧愁，他们的无奈，他们的沦丧和沉重，他们的奉献和牺牲，使中国的改革有了它的独特价值，具有永恒性。

王安石在迷茫、凄凉中死去。死亡应该是另一种生存的延续。

庄子：永恒的乡愁

鲍鹏山

> 庄子……著书十余万言，大抵寓言，人物土地皆空无事实，而其文则汪洋辟阖，仪态万方，晚周诸子之作，莫能先也。
>
> ——鲁迅《汉文学史纲要》

> 庄子眼极冷，心肠极热。眼冷，故是非不管；心肠热，故感慨万端。虽知无用，而未能忘情，到底是热肠挂住；虽不能忘情，而终不下手，到底是冷眼看穿。
>
> ——吴文英《庄子独见·论略》

一

在先秦士人中，庄子是很独特的一位。我认为当时沸沸扬扬色彩斑斓的文士可分为三类：一类是像苏秦、张仪，唯利禄是求，无什么情操与价值标准，只要有官做，能富贵，既可悬头于梁刺股以锥，也可以朝秦暮楚，卖友求荣。而他们中的走运者最终也进入了实际的政治生活，成为统治者中的一员。合纵连横，权倾朝野，名满天下。《孟子》中载景春对孟子的话说："公孙衍、张仪难道不确实是大丈夫吗？他们一怒诸侯便恐惧，他们安居不动，天下也就安定无事"，可见他们的显赫与威风。纵约长苏秦"位尊而多金",风度翩翩地来往于六国之间,身兼六国相任,皮包中装着六国的相印,碰碰撞撞作着舒心的响声,连他的父母都洒扫而郊迎三十里了。一部《战国策》说尽这些人杠杆天下之势。这颇使第二类如孟子者满腹酸醋。孔墨孟荀等人,有自己的哲学,有自己的价值观,并坚持不放如同身家性命,且还负有一种"有道则出,无道则隐"的气节,故而也就只能常常不得志,常常对诸侯发牢骚,对第一类人吹冷风了。他们暗中羡慕第一类人,却又只能冷眼旁观,眼看着人家把天下闹得动荡不安、沸反盈天又一塌糊涂,而自己的呼声愈来愈被淹没了,愈来愈受诸侯的白眼了,便只好退回房里,把满腔不平和才气都写在竹简上,给后世留下一篇篇好文章。但以上两类人虽有大区别,亦有大相同,他们都热衷于都市生活,喜欢在人群中出风头、抢镜头。孔子在野外的时间不少,并且也颇受苦难磨炼,但他那辆常由他自己执鞭驾驶的在阡陌间奔驰扬尘的车马,其辙印是直通城市,且直通诸侯的官邸的;孟子一生足迹不出齐稷下、魏大梁和滕文公的衙门;韩非出身韩国贵公子,更是自小在闹市中厮混;墨子呢?他出身"贱人",但他也是城市中的手工业者,并且他的主要活动是以城市及诸侯这个背景展开的。另外,这些人还汲汲于从"治于人"变为"治人",并津津于研究如何"治人"。由此,以上两类人都是"城市文化"的代表,是热闹场中的人物。

而第三类,除了一些在历史典籍中忽隐忽现扑朔迷离的隐者外,有大著作大人格且以大背影遮挡后世的,就只有我现在要写的这位表情古怪的冷嘲大家庄周先生了。当别人在都市中热闹得沸反盈天争执得不可开交时,他独自远远地站在野外冷笑,而当有人注意他时,他又背过身去,直走到江湖的迷蒙中去了,让我们只有对着他消逝的方向发呆。他是乡野文化的代表,他的作品充满野味,且有一种湿漉漉的水的韵味,如遍地野花,在晨风中摇曳多姿,仪态万方,神韵天成。如果说孔孟荀韩的著作中多的是社会意象或概念,充斥着令人生厌的礼呀、仁呀、忠恕呀、战争呀、君臣呀的话,那么他的著作中却是令人心脾开张的新世界,一派自然的天籁。这里生活着的是令人无限景仰的大鹏,怒气冲冲的挡车的螳螂,自得其乐的斥鷃,以及在河中喝得肚皮溜圆的鼹鼠,这些自然意象构成了他著作中独特的魅力。他一生没有在大都市里混迹过，官也只做到漆园小吏，大概比现在的乡长还小——并且绝没有贪污索贿。所以他不但没有大宗遗产留给儿孙，便是他自己，也穷得向监河侯借粮。监河侯知道这位庄先生借得起还不起，就巧妙地拒绝了。后来他便只好以打草鞋为生。据他的一位穷同乡——不过后来发了迹——"一晤万乘之主而益车百乘"的曹商的话，当曹商从秦王那里得到一百辆车的赏赐，高尘飞扬地回乡炫耀于庄子时，他见到的庄子已穷得"槁项黄馘"——脖子干枯而皱，面皮消瘦而黄了。不过此时庄子的智慧与幽默还依旧焕发且锐利无比，使得这位曹商先生反显龌龊了。他含蓄而尖刻地讥刺曹商舔了秦王股沟中长脓的痔疮，这种讥刺后来成了中国民间讥嘲拍马者的成语。

庄子的乡野文化特征及其挨饿本色，都是先秦其他学子所没有的。比如孔子，假如他真的"自行束脩以上吾未尝无诲也"，他也有三千块腊肉了。所以他能"食不厌精，脍不厌细"，肉要切大小相同的正方形，再加上生姜细细炖烂，这才下箸。而且酒量特大，一般是喝不到失态的地步的。孟子呢？带着他的众多门徒在齐宣王那里一面大吃大喝，一面又发"君子远庖厨"以及"万物皆备于我"的既清高又潇洒的言论，齐宣王甚至要给他在国都正中盖别墅，再用万钟谷禄来养他的弟子哩。由此可见，庄子的独特，挨饿本色村夫家相是其一。

不过这里得交代一句，庄子并不是没有城市户口，不愿在城市里做盲流才住乡下的——他本来至少可以到城市开一个鞋店，干干个体经济，说不定还能暴发——庄子之住乡下，乃是他死心塌地的选择。楚王曾派人去请他，说愿意以天下相烦，客气得很，但此时庄子正专心致志地在濮水上钓鱼，眼神直盯着水面上的闲逸的浮子，没有理会这飞黄腾达的机遇，冷冷地把使者打发走了。而他自己像个真正自由的野田之龟，曳尾于涂，虽则不如孔孟煊赫与实惠，却其乐无穷。他的这种心境实在是人类心灵的花朵，永远在乡村野外幽芳独放，一尘不染，诱引着厌倦城市生活的人们。

庄子的第二个独特之处在于，他是先秦诸子中唯一不对帝王说话而对我们这些平常人说话的人。当别人都在对着诸侯不甚耐烦的耳朵喋喋不休地说着如何如何"治人"的时候，庄子转过身来，恳切而激动地告诉我们如何自救与解脱，如何在一片混乱中保持心灵的安宁与清净，如何在丑恶世界中保持住内心的自尊自爱，不为时势左右而无所适从，丧失本性，以及如何在"无逃乎天地之间"的险恶中"游刃有余"地养生，以尽天年。无疑，他是较为亲切的。吕思勉①《先秦学术概论》中说庄子哲学"专在破执"，可谓一语道破，很多我们执着不放孜孜以求的所谓价值，到底对我们心灵有什么好处呢？"破执"后来是佛教的特色，难怪《庄子》一书被后世的道教徒称为《南华真经》而与佛教抗衡呢。

二

庄子也寂寞。他和名声赫赫的孟轲是同时代人，并且两人还有共同的朋友（比如梁惠王），但孟子的著作中没有提到庄子，庄子也没有提到孟子，可见他与世隔绝得多么严重。我是常常为此感到遗憾的，老子与孔子据说是相见过的，并且有些抵牾，但这两人都不善辩论，没有留下太精彩的对话，一个朴拙深厚，长者风度，言简意赅；一个彬彬有礼，温良谦让，立论中庸。两个平和的人在一起，是不大能有趣味的。但庄子和孟子就不一样了，若他俩能相见，一样的傲慢与偏见，一样的激情浩荡，那该会出现什么样的结果？孟子是当时的辩论高手，这方面名满天下，以"好辩"著称；庄子呢？言语文章汪洋恣肆，一泻千里。况且这两人，一个执逻辑利器，无敌不摧，无坚不克；一个肆诗性智慧，浩浩荡荡，大气包容；一人力拒杨墨，一人终身剽剥孔子之道。这两人若能相见，会在历史的原野上战成甚番气候！会有多少好看的文章传世！

哲学乃是智慧的对话或碰撞。当时两位最了不起的哲学家却如此隔膜，实在叫人费解。梁惠王被李贽②贬讽，说其资质太差，我看真有这么回事，不然，他怎么不知道引见孟庄两位呢？

庄子一生中，唯一的朋友是惠施，这两人中间有不少争论。总的来说，惠施现实，讲实证，恪守物我界限；庄子玄想，讲悟性，力主物我

---

① 吕思勉（1884—1957），江苏常州人，史学家。
② 李贽（1527—1602），泉州晋江（现福建泉州）人，原名载贽，号卓吾、宏甫、笃吾，温凌居士、百泉居士。明代思想家、戏曲理论家。

贯通。因此，惠施讽刺说庄子的言论大而无当，所以为人所弃；庄子反唇相讥，说惠子被茅塞堵心，不知天外有天，固执无知。这两人生前有猜疑，并不十分友好，惠子疑心庄子要抢他相位，庄子则刻薄地说惠子是视腐鼠为美餐的鹓鹐。但惠子死后，庄子却十分悲伤，在惠子墓前唏嘘难禁，以"郢人失质"为喻，痛吊这位老对手。因为除惠子外，再无人与他辩论阐发了。这也可见他当时的寂寞心境。

另外，如果不怕别人指我为偏激的话，我还认为，在先秦诸子中，就其著作所讨论的范围和深度而言，真能称得上为哲学著作的，除了《老子》，也只有《庄子》了。试平心想一想，《孟子》中除了论"人性"的几节有哲学意味外，其他的不都是在谈政治甚至政策吗？

三

毫无疑问的，先秦诸子中，庄子最有魅力。当庄周先生对炙手可热的暴发户们——他当着梁惠王的面直指为"昏君乱相"——投以轻蔑的一哂，并把他的超人的智慧转向对人的生存状态的研究时，他就魅力无穷了。他给我们指出了人生中的无数尴尬，"无逃乎天地之间"的窘迫以及我们心智上的种种迷障，我们在他的嘲弄面前面红耳赤却又处处豁然。当他唱着："迷阳迷阳，无伤吾行，吾行郤曲，无伤吾足"①时，我们会马上想到自身常有的人生触觉——而这时，他简直就是我们的知心了！他知道我们的怨怒以及求和而不能的委屈，他的魅力真正动人肺腑。我总觉得，虽然《论语》中有孔子的形象，《孟子》中有孟轲的形象，但都不及《庄子》中庄子的形象来得有魅力——我坦率地承认，我最尊敬孔子，最同情韩非子，但我最热爱庄子。我曾说庄子是表情古怪的，这是因为我无法想象他的形象。孔子似乎是一贯严正而间或幽默的；孟子是气势汹汹咄咄逼人的；韩非子是怀才不遇冷峻孤单的；但庄子呢？他的表情太丰富了，一会儿是尖锐无比的人生解剖师；一会儿又是沉湎往事的诗人；一会儿是濮水上的泛舟者，闲钓者；一会儿又是土屋前闲坐

---

① 带刺的迷阳草啊迷阳草，不要挡住我的路，不要伤了我的脚，我已经在绕着弯儿走了！

无聊的穷汉；有时他去远游，有时他又安坐家中洋洋洒洒地记录着他的思想——我们确实无法界定他的形象，他太丰富，太浪漫，太抒情，太不拘一格，或者说，有时他太出格。同时他又行踪不定。我们可以对孔子的行踪了如指掌，孟子、韩非子也一样，我们知道他们在哪里求学，然后又在哪里求用，我们知道去什么地方找他们或等他们。但对庄子，我们只有张皇四顾，不知道他从哪里来，又到哪里去了。从江湖上传来的他的消息总是云遮雾障，且他是一个充满去意的人，谁知道他什么时候像老子一样一去渺然呢……

　　我寻求庄子魅力的秘密已有多年，现在我愈加坚定了自己的信念。我认为，庄子的魅力就在于他的激情与超脱，两者奇迹般地合在一起，大凡一般人在激情与超脱之间只能取其一，并已显难得，而庄子却能熔铸而兼之——从超脱上讲，没有人能像庄子那样藐视一切，漠视一切，高高在上地俯视一切并嗤之以鼻。当这种时候，他站在世界的对面打量着，打量着这个庞大丰富的对手，但他最终发现这个世界微不足道如草芥，虚张声势如小丑，于是他背身就走了，深愧来到这里。这时，他的灵魂确实已飘然远去，去了那"无何有之乡"，只有他憔悴的身影仍在人间伶仃而孤傲，如夏天的最后一朵玫瑰。但是，他又能在如此超脱与轻蔑时，表现出充沛的激情而无一丝的尖酸（试问谁能做到这一点？）——因此，同样的，没有谁能像他那样热爱一切，充满激情地对我们谈论一切！他使万物都具有了灵性，或者说具备了感动人心的诗性，他使鬼魂、神灵以及种种动物、植物甚至土偶桃梗都栩栩如生地对我们说话——他简直就是点化万物的巫卜！他在蔑视与摒弃这个世界时，又使这个世界如此地生机勃勃，意趣盎然，充满诗性光辉！于是我们感到，他与这个世界做了最长久的厮守，故而有了最绵绵的缠绵！这时，我们看到他对这个世界像对待一个已失去昔日风采的恋人，那种既恼又怜且遮掩的丰富神情简直使我无所适从。在极端的蔑视里有极端细致的体察与回忆，在极端的怜惜里有极端的失望与无奈。这当然归源于庄子超人的理智与心灵：他的理智时刻像哲人那样的清醒，如蛇行草上，不黏不滞，寒气渗透又敏锐无比；他的心灵却无时不像诗人那样沉醉，如鸽立檐间，不怨不怒，怜悯四溢而柔情万种。他当众把一切都掷在脚下，作践给我们看，并遏止不住地冷笑；而当众人散去，他又收拾起这一切，把它们拥在胸前，独自失声痛哭。他不就是这样恣肆怪诞、汪洋浪漫吗？一路挥洒着他的天才、激情与痛苦，在那个受了伤的时代，还有谁比他抚摸伤口的姿势更令人难以忘怀呢？还有谁的著作像他那样，纯是一片弥漫开去的天才、激情甚至热血呢？

所以，别人写文章是为了哲学，为了政治，为了争辩甚或为了富贵，庄子写文章似乎只为了打发他的天才，打发一个天才谪居混乱流血的人间时那种无聊漫长的时光。对人间苦难的深重怜悯压迫着他，使他不得不对人间有所作为、有所供奉。虽然他充满去意并且认定人间只是短暂的逆旅。才华是人生之累，它往往带给人双重压迫。首先，越趋近天才，便愈能感觉到天人之际的悲哀，这种形而上的悲哀是致命的毒液，并无人间的良药可解，"天乎！人乎！""人不胜天久矣！"庄子曾这样感喟，可见他曾如何挣扎解脱而又终于认命。同时，在险恶的人生中，才华还会引起像忌妒、排挤等等无聊至极的陷害。只要这个社会以平庸为平衡，那么这种厄运便永不可免。庄子是个体经营，又独居乡野，不与人争权夺利，用韩愈的话说，是属于"疏远又不与同其利者"，所以他倒不怕这些。但他身处乱世，深知"膏火自煎，山木自寇"的道理，况他木秀于林，总能预先感受到一些不祥的风声，所以他说他要处于"才与不才之间"，这是在险恶中生出的智慧。但也更需要能在刀丛中赤足跳舞的技巧。他于学无所不窥，但真正令人无法望其项背的是他的汪洋天才。我有时在陇海线上驰过河南商丘地段时，在车窗中望着这一片近乎贫瘠的土地，是常常讶然这片土地的内在生育力的。或许她贡献出一个庄周时已倾尽地力了，才显得如此的寒碜？但我相信，庄子已使这片土地神秘而神圣，无上光荣。

商丘的庄周把他得之于造化的天才及痛苦转化为汹涌而出的智慧，庄子的见解与其说是知识、哲理或逻辑，毋宁说是智慧，是层出不穷的智慧。这种真哲人的气质令我心仪不已。真的哲人，大智慧的人，在面对世界时是并不吃力的，相反，倒是轻松自如得心应手。谁能像他那样用微笑来面对丑恶？而这微笑，只是轻微的一丝，不易察觉地掠过他的脸，便如炎阳照雪，那些丑陋便悄然融化，而那些涂抹得完美厚实的凶恶，也就狼狈地原形毕露了。我仅举一例。我们知道他是反对战争的，这种兼并而致的统一往往不过是统治者的权欲而已，人民并不认为只要统一，宁愿生活在像嬴政那样的暴政之下。但庄子对此并不像墨子那样辛苦而急切，也不像孟子那样愤怒而失态，他只微微一笑，给人们说了一个故事，显出大智慧在面对丑恶世界时所能有的从容与最使人忍俊不禁的平淡。他说："你们知道那寸许长短的迟缓、丑陋、肮脏的蜗牛吗？别看它微不足道，它身上寄生着很认真的寸土不让的生灵呢，有一个在蜗牛左角立国的国家，叫触氏；一个在蜗牛右角立国的国家，叫蛮氏，这两国有一天为了争夺土地而发生了大规模的战争，战争的结果是伏尸百万，战胜的一方追逐失败的一方，竟旬又五日而后返，整整十五天才回来！"——还有比这更让人辛辣难忍的幽默吗？还有比这更高明的寸金杀人的技巧吗？他经常跑躏乡野，在田坎、水堤以及湿漉漉的树林里颇有兴趣地研究各种小东西，跳的、蹦的、爬的、蠕动的、有足的、无足的，观察仔细，极度耐心，孜孜不倦。欢欢喜喜如一个老顽童，而他研究这类小东西的执着认真煞有介事却不亚于孔孟之研究君王大臣。他当然知道什么是蜗牛，他更知道微观世界与宏观世界的辩证关系，他实际上是充满恶意地把人间的价值、利益等等掷到那黏糊糊的蜗牛角上了！然后，像所有导演恶作剧的孩子一样，得意扬扬地看着别人出丑卖乖，他不动声色地袖手旁观，有时又掩口而笑。——我由此领悟，真的高手击败对手不过是微微一笑！但这种挟泰山以超北海的雍容气度又岂是常人所能具有的呢？

四

织草鞋的庄周神情枯淡，不疾不徐。但我相信他此时的精神正在那九万里的高空，青天在背，人世在俯。他是江湖上人，他就从水中孕育出那超越尘埃的大鸟，横空绝世，惊世骇俗。逍遥而游的大鹏在九万里高空独来独往，那种俯视人生之态势，莫之夭阏之洒脱，那份孤独与骄傲，确实让儒家所蝇营狗苟的功名利禄黯然失色。我是常常能感受到儒家强作的严正在庄子略带滑稽的微笑面前的尴尬与不安的。儒家坐稳了国教的高椅，用铁的原则规范所有的行为甚至思想，煊赫威严，神圣难犯。但它难免芒刺在背：一个杀手在野外游荡着，并且以超常的智慧，使它束手无策。

我不能避开庄子的人格不谈。在先秦，我认为主要有五种人格理想：墨子的苦行侠人格，赴汤蹈火，摩顶放踵，利天下而为之；杨朱的贵我人格，绝对自我，拔一毛而利天下，不为也；孟子的大丈夫人格，锋芒毕露，正义在胸；荀子的君子式人格，平和公正，循规蹈矩；再一种便是庄子式的人格了：独来独往，不吝去留，若垂天之云，悠悠往来聚散，在一种远离的姿态中显出格外的美丽与洒脱。虽然后来荀子式的人格遍布天下，那种带有老人和妇人特征的思维方式及性格几成民族性格，我依然敬仰墨子尊重杨朱，佩服孟轲而心仪庄周。没有人愿意为天下自苦如墨子，也没有人敢于为个人自私如杨朱，更没有人敢在专制的社会里学孟夫子，学庄子的遁世无闻也极难。正因为这样，才显得凤毛麟角，才显出大勇气，大人格，大精神。这里不谈别人，只谈庄周，当庄子唱着"一而不党"的调子从我们身边掉臂而过时，我们不能不感到"于我心有戚戚焉"。他是在瓦解铁板一块举手措足都强求一律的政治。况且我们在人群之中感到多少孔子所津津乐道的"恕"了呢？孔孟都讲德、行，但这种建立在人群中的德行，不是往往"事修而谤兴，德高而毁来"吗？不是有很多人为他高尚的道德而付出代价，更有一些人又大获其卑鄙的好处吗？我倒并不是反对人群，但人群中如不给个人以选择自己行为与思想的自由，这人群就不值得留恋，还不如"一而不党"，没麻烦。孔子讲"己欲达而达人，己欲立而立人"，"己所不欲，勿施于人"，这里面包含着一个很重要的潜台词，那就是他认为人性是一致的，有共同的趋鹜与规避，因而也就可能有一种大家共同接受的标准原则来统一人们的追求和幸福感。于是"礼"就出现了，它既像它所许诺的那样，是对人群幸福的保障，也是对异端进行起诉和惩罚的根据。这便使得儒家文化有一种根深蒂固的专制意味。庄子？他对此冷笑：怎么能断定你厌恶的不正好是我希求的呢？怎么能断定你希求的不正好是我厌恶的呢？我与你既然是不同的个体，为什么不能有不同的个性与趣味呢？为什么不能有不同的思想与志向呢？凭什么一定要统一它们呢？统一它们到底是为了谁的利益呢？有足够的道德依据吗？天下有不易的人人喜爱的"正味""正色""正处"吗？在《齐物论》中，他证明的就是万物的差异性与不完美性，从而论证世间万物的平等并存关系，否定了儒家的"礼"。他真个是专制政治与专制思想的死对头，又是难以制服的对手。他游荡江湖，我行我素，独持偏见，一意孤行，在历史的擂台上飘然落定，使腐儒不寒而栗。

如果儒家坚持要求个人削平个性，适应社会，认为完美的个性就是无我地奉献给社会；那么庄子则要求社会适应个人，他坚定不移地认为，假如一个社会是道德的、合理的、正义的，是生机勃勃的而不是僵死的，那么这个社会就必须尽可能地为个体提供自由与发展的条件。同样，个体能否感到自由与幸福，能否有充分的权力表明自己的思想与意愿而不受到暴虐，是这个社会存在的最终道德历史依据。庄子就在他乡下的土屋中一厢情愿地充满理想主义色彩地炮制出这一套反对"城市规则"的纲领。他是自由个体经营者，当然反对井田制，未开阡陌之前的随意种植与收获很合他的心意。但他的这些天才的漫无王法的纲领，使得宣布"普天之下，莫非王土；率土之滨，莫非王臣"的专制君王大为气馁与不安，也使得儒家的卫道者们在历史的每一时期都对此劳神竭虑又无可奈何，甚至在开明的唐朝，不也有韩愈反对他吗？要求"文以载道"并且不惮为师以便"传道授业解惑"的韩老师，在排斥佛老时的专制面孔以及那种真理在握的自我感觉就很让人反感。

五

但是，庄子留恋的已经失去，他所向往的又迟迟不能到来。诺瓦利斯说，哲学就是怀着永恒的乡愁寻找家园。从庄子那里，我们知道了这种致命的乡愁与致命的寻找，他的哲学就是对失去的家园的怀念。而他自己，也在时时眺望着故乡，计算着回归的日子。人间的世界不过是逆旅，而这世界又是多么的贫乏、混乱，无诗意无色彩啊！所以，当他的老妻死后，他击缶而歌，送她回到"故乡"。现在，寄寓土屋的旅人只他一个了，他可能更加自由，但也更加无聊与落拓了。"而已反其真，而我犹为人猗。出自《庄子·大宗师》。"①——这孟子反、子琴张二人

---

① 你已返回故乡了，而我还要寄寓人形之内，在这人间羁旅啊！

在朋友子桑户灵前的悲歌，就是庄子对人间满怀倦意的流露。"予恶乎知说生之非惑邪！予恶乎知恶死之非弱丧而不知归者邪。"①

　　庄子疲倦了，他已经不胜乡愁了。对着永恒消失的故乡，他只能对着落日唱着永恒的恋歌，不再希冀安居；对着被眼泪和血充满的历史之河，他长歌当哭，这是怎样的忧伤绝伦的调子啊。他唱着，掉头不顾了。他一生都浪迹在帝王们找不到他的江湖上，在流浪结束的时候，他走向了永恒，走进了我们代代血脉相传的记忆。是的，他大树长青，永垂不朽，而他的思想则正如他自己的话所说："薪尽火传，不知其尽。"②

---

① 《庄子·齐物论》："我怎么能知道悦生不是一种迷惑呢？我怎么能知道恶死不是就像顽童离家不知归去一样呢！"
② 《庄子·养生主》："指穷于为薪，火传也，不知其尽也。"

北朝，北朝

朱以撒

　　品味魏晋南北朝人和南北朝之间截然不同的审美情调，一直是我乐而不疲的追求。我的精神延伸并栖息在他们遗留下来的或真迹或赝品、或纸本或刻石中，已经有二十多年了。随意抽取一方，倘不是太荒僻的话，我都能脱口说出作品的名字来。可是一千五百年前的南北中国毕竟是难以跨越的两个世界，我甚至会想象他们隔江眺望的情景：从此岸到彼岸，究竟有多远？

　　也许回答是：永远！

　　我沐浴魏晋人的书风在前，对于冠之以南朝的遗迹，由于是王羲之的余绪，自然也乐于效仿。我的观念里，可以说与封建文人的见识没有什么差别，总以为南朝为"正朔"，好东西多，而北朝只是"偏房"。加上我信从颜之推的评判："北朝丧乱之余，书迹鄙陋。"便益发疏离了北朝。那时我年轻些，魏晋人怪诞的生活情调比较迎合我的口味。尽管面对屠戮、流徙、离乱，还是有不少小情小调萦绕周遭，给他们的苦痛点缀一些花边，暂时获得一些乐趣，权且作乱中慰藉吧。我们现在谈起魏晋风度这个话题时，总是带着调侃的神情，十分艳羡名士风采，而把乱世的背景抛到一边。在我眼里，六朝人都是些地道的文人坯子，不仅清高自负，而且狂妄孤傲，芙蓉出水与镂金错采交映，留给后人许许多多谈资。他们喜欢一些清新的小玩意儿，爱鹅爱鹤爱琴爱林泉，得不到就寝食不宁。王子猷暂借他人空宅居住，好好住下就是了，偏不。一住下就令下人种竹，问他何必多此一举，"王啸咏良久，直指竹曰：何可一日无此君"。此话如果北朝人听到，真会神色鄙夷地连说："呸！酸腐。"至于南朝人施朱傅粉，熏衣剃面，手执麈尾，坐在蒲团上清谈玄远，在尚武民族看来，大概只有小女子才如此为了。有一次王献子谈玄不敌众名士，延请嫂嫂谢道蕴相帮，嫂嫂果然伶牙俐齿思理超群，不战自胜。倘北朝人得知，真会气破肚皮，骂道"是可忍孰不可忍"。平心而论，六朝人在这种不太平的局势里养成缺失性体验的怪诞之美，是令人同情的。他们标榜放达，轻形骸，重神明，让后人抚摸到一颗颗扭曲的心灵。退而求其次，竹林之游，兰亭褉集，不是成为后来文人雅集的典范，还因了这些雅集激发出不少诗文书画吗？

可是后来，我对六朝人，尤其是对晋人留下的墨迹的可靠性，疑虑是越来越大了。我很同意有的专家的考证，认为像"书圣"王羲之及王献之，几乎没有一件真迹存世。这当然有悖于我们的感情，使我们心里难过。那许许多多归于二王名下的行草书，钤满了帝王、官僚血红的收藏大印，说穿了不过是唐人的摹本或临本，如此而已。摹本临本再逼真，说到底还是赝品，就像唐摹本《兰亭序》这样的名迹，哪里品得出晋人的神韵和意象？即使放入晋人的作品群里，也察觉不出有丝毫瓜葛，这不由让人觉得蹊跷之至。当参照和被参照的作品双双存疑时，比较真伪还有什么意义可言呢！是什么使这些大家妍美委婉的墨迹如远影飞鸿永生呼唤不归呢？六朝人显然没有找到一种能使自己墨迹流传千古的载体，以至时过境迁，遂成渺茫。可可叹的是宋以后的各种翻刻本，如宋之《淳化阁帖》《大观帖》，明之《泉州帖》《戏鸿堂帖》，形变神销，一一离本真甚远，却少不了以"书圣"之名招引后人，以讹传讹还以为挺卫道的。有时候，我也指给外国留学生看："瞧，这就是王羲之的书法。"在他们啧啧称赞时，我的心益发不安起来。

山清水秀沃野千里的江南毕竟是比较富庶的，这就给了骚人墨客有了驰骋怀抱的环境和条件。此时禁碑，文人们便把满腔热情一股脑儿倾洒于纸上。造纸术在此时已突飞猛进，王羲之一次就慷慨地赠送给谢安九万张纸，足见纸的使用已替代了木简和竹简。纸的铺垫，使文人的挥洒酣畅淋漓，真有醍醐灌顶般痛快。王献之就是最大的受益者。只见他健笔如飞驰墨如剧驷，跃出了其父的樊篱。这种惊蛇走虺的表现，似乎纸的问世就是为他预备的。"情驰神纵，超逸优游，临事制宜，从意适便，有若风行雨散，润"，从中可以想见王献之纵笔时闳肆磅礴的风采。纸的襄助，推进了江南书风向飘逸遒媚发展，大踏步地走向前卫。可是，有利就有弊，再没有比纸更脆弱的了。"江南风流王谢家，尽携书画到天涯"，一路风尘必然厄运频频，或堕于水或焚于火或蛀于蠹，千年下来风流云散，已难觅只字片纸了。当我翻开宋齐梁陈书法史，有名姓者书家二百人，从记载上猜度均非等闲之辈，如殷钧，"善隶书，为当世楷法"；如沈约，"作草书亦工，下笔超绝"；如孔敬通，"婉约风流，特出天性，顷来莫有继者"。可是我在给研究生讲南朝书法史论时，却有一种空落落的感觉：他们一个个留下名姓却无一丁半点墨痕，我们依凭什么来评说呢？今人的联想和想象丰富极了，完全可以臆测出当时色彩斑斓令人晕眩的书法场景，可这能契合六朝人的本然状态吗？像我这般认死理的人，至多是大致把握一下晋人遗绪与承传的脉络，真正对于细部的梳理，则无从下手。

透过江左的风流潇洒，从此岸到彼岸，全然不同的情调立刻充塞了我的全身。北朝啊，你的质朴、粗犷、浑厚和阳刚，使我接受你是那么犹豫和艰难。这种障碍当然源于我内心深处的抵触。在我平时翻动的一些史书里，总觉得对北朝的描述不及南朝那么热烈和幽默。北中国原本就寥廓苍茫。这个匈奴、鲜卑、羯、氐、羌等部族混战厮杀的兵家之地，连年兵燹而致赤地千里。这种地域和气候熏陶了马背民族的尚武，随之也滋长起强悍、粗犷和野蛮、凶残。他们不像南朝人"竞一韵之奇，争一字之巧"，却在冲锋陷阵捕杀屠戮上大显身手。以北朝为例吧，史学家范文澜就这样不客气地评说："鲜卑拓跋部从来就是一个以掳掠为职业的落后集团"，这不能不在我心头投下阴影，一个部族素质如此低下，想来是没有什么文化品位可言了！事实不尽如此，历史覆盖在北朝身上的尘埃一拂去，有些地方就闪动出耀眼的光泽来了。我几度过往于中原，早先横亘于心坎上的冰川，随着我的步履，不知不觉融化得无影无踪了。我逐渐地对北朝人产生好感，也有了亲和的意向。北朝人的粗犷和剽悍，遮掩不住他们的细腻和固执。在一些欲求上，他们和南朝人如出一辙，贪婪地敛聚财物，畏惧人生的末日。他们同样大兴土木，与南朝四百八十寺相对应的是极一时之盛的洛阳伽蓝。可是，这些都在岁月的潮水冲刷下同归岑寂。南朝尚有一些风雅逸事窥见一斑，可是北朝，靠什么来展露他们的心迹呢？

一个明媚的春日里，我们观赏完国色天香的牡丹，从王城公园出来，整个心房都盛满了春色，禁不住手舞足蹈起来。当我们坐在龙门石窟对面的一家华丽酒楼里，品尝着丰盛的菜肴，从窗口隔着伊水远望这座石山，却不由自主地静默下来了。这座精美和厚实的石窟静静地矗立着，一脸的冷峻和硬朗，没有丝毫粉饰和张扬，与欢快奔流的伊水正好刚柔相济。经过千年的霜雪浸洗，石窟已经多处残破漫漶，显出一副沧桑之相，但是它的峥嵘气象和恢宏格局，分明储满了永恒。北朝，北朝，这就是你给后人的馈赠吗？

后来的思路就比较顺畅了。北朝人似乎对坚硬的石头有着天生的情缘，在魏文帝时，他们开始凿了云冈石窟，后来又在敦煌留下二十余石窟。迁都洛阳后，他们对于洛南的龙门山仍然兴趣酣足，技痒性发中敲凿声再度响起。同时麦积山、炳灵寺、巩县，都留下他们对石头的亲切问候。北朝人属意石头，并不是即兴而发随意而止，而是有总体构想和细密分工的。哪儿大写意，哪儿小精工，都条理清晰工写分明，大处重若崩云大刀阔斧，细处小至衣褶飘带都纹理可观。石头并不是那么好摆弄的啊，明摆着是与自己过不去。南朝文人对石头也有感情呀，吟咏石头的诗章作了不少，如梁朝朱超的"虽言近七岭，独高不成群"，陈朝高骊定的"独拔群山外，孤秀白石中"，都堪称佳句，只是不愿动手。赋诗之余，南朝文人对石头还有另一种嗜好，即采石炼丹化为腹中之物，企盼药石空肠过而得长生不朽。他们倾心于术士的智慧，看着石神乳、石硫黄、白石英、紫石英、赤石脂按比例分先后投入，熊熊大火起处洋溢起翩翩欲仙的狂喜。五石散服食后，果然面若桃花足下生风，岂不料生命也加速移向终结。北朝人少此无聊赖，对石头采取的是最实在的态度。在南朝人隔江清谈"般若""涅槃"时，北朝的偶像崇拜、向往净土的梦幻又一次地在石头上化为现实。仅以龙门石窟为例，北魏时的墓志、造像题记就数以千计，在北魏至唐一百五十年间的十万余尊造像中，北魏造像就不下三万尊。不消说南朝人见了瞠目结舌，就是今人走入这样的氛围，也会不可思议。康有为老夫子曾深情地说："魏碑无不佳者，虽穷乡儿女造像，而骨血峻宕，拙厚中皆有妍态。"当我凝神微观这些造像的细部，用手抚摸其中精美的线条时，手眼都有些发潮。我及时地翻了一下史书：仅在魏宣武帝初年，在龙门山凿百尺高的佛龛两个，魏孝明帝又凿一龛，前后凡二十四年，耗费八十余万工。

我顺理成章地联想到，北朝的刻石之风似乎又在当代盛行起来了，四处可见开山采石，碑林蜂起。我的老家要修一条古街，嘱我写一副对联，镌刻于石门两旁。流芳百世的念头使我十分乐意援笔挥洒。半年过后回老家度假，满怀喜悦前去观赏，方才傻了眼，殊不知当代刻手已不耐烦于叮叮当当的原始敲凿了，他们使用的是锋利的机械刻刀，一阵震耳欲聋过后，墨迹已深深嵌于石内。我仔细地看了看，刻痕两边、底部都难言精工，简直是粗粝草率，形神走失。更要命的是在迅疾的镌刻中，居然将一字中很重要的一点漏刻了，以至于书道中人友善地质疑于我："从古到今似乎还不见如此简省，有出处吗？"这不禁使我在解释不迭中陡生懊恼：究竟是什么使我们在温饱之余，丧失了细细打磨的从容呢？我欣赏过镌刻在龙门石窟古阳洞顶的北魏《广川王造像记》，康有为称："《广川王造像》如白门伎乐，装束美丽。"透过强力手电的光束，可以看到方朴之中的灵秀，缜密之中的疏朗。雍容锐利下，刀刀不爽，干脆利落，使人惊叹刻手刀工的简净。凿刻时的情景立时浮现出来了：高高的洞顶，凿刻者搭架登高，仰卧行事。他一手握钎一手执锤，先削出一方平整的空间，再通篇规划好逐一刻去。敲击中火花迸溅，乱石扑面，凿出这精致的五十个字，可不像南朝文人飞觞赋诗那么浪漫哟。北朝人确有超乎一般人的毅力和情怀，在冰天雪地里，在饥寒交迫中，剔除一方方顽石，磨秃一把把凿头，多少断臂折足，多少魂飞魄散，冬去春来雪化冰消，佛陀的容貌终于渐渐地露出了笑靥。我突然感到北朝人粗犷的外表下隐藏着过人的精明，在没有照相机、录像机的条件下，居然懂得借石头的坚固性为己代言以求不朽，而聪明透顶的南朝人却以"禁碑"作茧自缚，化为难以捉摸的邈远。

我又一次发现自己想错了。以文人这种雁过留声人过留名的思维看待北朝人，真是太可笑了。北朝人刻石根本没有想不朽、想永恒，所以他们面对坚硬的石山会充满喜悦，就像希腊神话中的西西弗斯那般，当他把推动巨石的苦役当作怡悦来进行时，就无艰辛可言。这众多的造像都流露着佛陀慈祥平和的神采，造像者也无不充盈着山野之人永绝苦因、速成正果的祈祷。身在北朝的人们，造石窟、建寺院，佞佛求福是主旨，单调极了。把石窟当作艺术殿堂来审美，那是后世文人的发挥而非北朝人的本意。都城洛阳的确有过繁华鼎盛，从宏观上看，"层楼对出，重门启扇，阁道交流，叠相临望"。从细处看，"门巷修整，阗阗填列，青槐荫陌，绿树垂庭。"只可惜好景不长，朗日晴明转为阴晦为衰颓，继而进入漫漫长夜。从被强留于北朝的南朝使臣庾子山笔下，不难品出无边的凄苦："疾风冲塞起，沙砾自飘扬。马毛缩如蝟（猬），角弓不可张。"地瘦天寒中，贵族豪门依然竞尚奢靡，以玛瑙为食器，以银槽饲骏马，奢靡的另一端是难以解脱的危殆与苦难。现实既已无望，只好求助神灵了。身心交付于石山，伴随着叮叮当当的敲凿声，无尽愁苦都随风飘散。有人对我说这太可笑了，我却一丁点儿也笑不出来。要笑他们太愚昧呢，还是笑他们太虚幻了呢？古往今来，人总是因着某种祈盼而生活着啊，这种祈盼说文雅一些称理想，俗气一些称欲望，却都因人而异形式不一。这里边也许有境界高下，虚实有别，却不会相因相袭。这不同的祈盼构成了声调清浊的交响，构成了每一尊造像形容的迥异：云冈的雄健可畏，龙门的温和可亲，麦积山的生趣动人，巩县石窟寺的仪态华贵。还有什么比这更能让我们领悟他们的悲欣交集呢？在我们惊叹北朝石窟的艺术性时，只好也为湮没的南朝四百八十寺唱一支挽歌了。历史的行程有时就是如此让你奇怪，"遂成竖子之名。"不过成名的并非魏宣武帝、孝明帝、长广帝之辈，而是一群群了无影踪的平民，身世无从考，名姓亦无从考。他们的肉身早已化作一缕清风，回旋在石窟的周遭，留给后人无尽的思索。

想不朽的反而腐朽，无意永恒的反得永恒，历史常常会使人发出会心的微笑。从此岸到彼岸，也许我有些看清楚了：南派的江左风流，疏放妍妙；北派的中原古法，厚重苍茫，真是春兰秋菊，各极一时之盛，难以论说彼此的高下。我只是想，在随着年龄的增长中，我要找寻的是与艺术心灵相契合的空间，使精神化的生命洞穿生活中浮华附丽的表层，真正对艺术前景寄予切实的期望。啊，还是北朝！还是北朝！

一个丢失历史的王朝

郭保林

一

这个王朝也太大大咧咧了，怎么好端端地把自己的历史弄丢了呢？一个那么雄悍、充满激情、燃烧着生命烈火的民族怎么一下子就无踪无影地消失了呢？李继迁、李德明、李元昊祖孙三代扯旗放炮与大宋朝斗了一百多年，怎么他们的子孙就稀里糊涂地被蒙元大军杀了个精光？太熊包了！

我对党项族还是很钦佩的，剽悍、顽强、坚忍，让北宋名臣范仲淹都大伤脑筋，无可奈何。可是他们的子孙却没有斗过成吉思汗，让人家来了个血洗中兴府，满街满巷滚动着被蒙古人用弯刀砍下的一颗颗鲜血淋漓的头颅。最后，又一把火把皇宫烧成灰烬！连李氏皇陵也破坏得一塌糊涂！

这是一个民族的大劫大难。

这是一场灭绝种族的大劫大难。

我来到贺兰山下，看到几座陵塔孤零零地矗立在戈壁滩上，没有松柏鲜花相伴，没有阙门殿庑相衬，一片苍凉，一片悲壮。初冬的阳光用冷色调涂抹在夯土陵塔上，颇带寒意的朔风扬起沙尘在陵前低吟徘徊，旋律忧郁而悲伤。陵园里很静，没有游人，连管理陵园的工作人员也不见身影。

我独自在陵园里走来走去。陵塔的背后是逶迤跌宕苍莽雄浑的贺兰山。冬天的贺兰山面色铁青，瘦骨嶙峋，赤裸裸的黑皴皴的岩石屹立着，突兀着，展示着一种坚韧和冷漠，和这陵塔倒也和谐，都有共同的性格——那种至刚至烈的不屈和顽强。风雨千年，沧桑千年，礁石般凸现在历史的海平面上，炫耀着一个王朝不死的灵魂，不灭的骨气。

西夏王朝，从建国到灭亡，历经一百八十九年的历史。它曾有自己的辉煌和梦幻，有着独特的生存方式和独特的文化，近两百年的历史最终只铸就了这几座用黄土堆砌的陵塔。

我去拜谒西夏王朝陵塔，是乘"摩的"去的。经过整修的柏油路，油汪汪的，很干净。路两旁是被那位文学大师礼赞过的白杨树，挺拔、高峻。这种大西北的树在干旱亢燥的土地上顽强地生长，真像大西北的汉子一样。

陵墓前的殿庑，门楼都荡然无存了，只留下柱础和八百多年前的方砖，还有四尊雕塑——浓眉、突眼、丰乳、双足踞地的力士像，驮着石碑或廊柱的石雕。那方砖花纹，别具一格，厚重、古拙，如果用石块敲一敲，那声音准是苍凉的、悲壮的。墓前的石羊、石马、石骆驼已荡然无存。

西夏王陵共有九座，陪葬墓两百余座。西夏王朝历经了九代帝王。皇家陵园建造于公元11世纪初至13世纪初，每座陵园大体坐北朝南，呈南北长方形，陵园从南到北依次为阙台、碑亭、月城、内城、外城、角台。内城中有献殿，鱼脊状墓道，陵台。陵台呈塔状，所以被称为"中国金字塔"，高度在十五米以上。

西夏王陵默默地矗立于贺兰山下的戈壁荒野中，默默地穿越时空，坚定地伫立在岁月的高深之处，荒败、残缺、断碑、颓壁、废垣是这里永恒的主题，命运成全了它的存在，也把它交给了命运和时间。只有夏天的烈日、冬天的朔风和漠漠雨雪相伴，孤独、寂寞、凄凉。

我用手触摸那坚实的黄土，像是触摸到历史的一个穴位。从那冰冷的夯土和被风剥雨蚀的纹沟里，我依然读到一个王朝奔腾的血脉，风操凛凛的气节。这陵塔仍然有一种宁静的力度、沉默的力量，虽然伤痕累累，仍不减傲视风云的雄气、霸气。

历史就是否定，就是淘汰。历史就像一张巨大的筛子，把一些血肉鲜活的细节筛去，留下一些有标题或无标题的硬邦邦的故事梗概，而西夏这个坚硬的与宋王朝抗争了一百多年，与金作过战，被横扫欧亚大陆、不可一世的成吉思汗六次才攻陷皇都的一代王朝，的确不应该"筛去"。偏偏一部浩浩荡荡的二十五史，就没有西夏王朝的专史。

一个丢失历史的王朝是可悲、可叹的，也是很尴尬的。

二

走进宁夏，晋谒西夏王陵，不能不想起另一个"大夏"——匈奴贵族最后一个单于赫连勃勃建立的王朝。在黄河流经的这片土地上，有着斑驳的色彩，既有稻花飘香的江南流韵，又有天苍苍野茫茫的塞北风光。这里最早是羌人的摇篮，浪漫而剽悍的羌人、鲜卑人、匈奴、突厥、党项族、蒙古族……鲜花和牧歌、骏马和烈酒伴随着这些游牧民族生生不息，从一个朝代走向另一个朝代。

匈奴末代单于赫连勃勃是成吉思汗式的军事家、扩张主义者。他凭着数十万铁骑，横征纵伐，东拼西杀，马蹄激起滚滚烟尘，杀声震悚山野。在血流如注、天崩地坼的征战中，他的疆域扩展到今陕西秦岭以北，内蒙古河套地区，山西太原、临汾，西南至甘肃南部，形成北方一个强大的帝国。它的首府是"统万城"——意思是统一天下，君临万邦。

游牧民族干什么都是大手笔、大气度、大襟怀，没有一点小家子气，成吉思汗就被称为"天可汗"，"一代天骄"，名副其实。他们历来以征服天下人为己任。在他们浩茫的大脑里，从来没有囿于一地为家园的概念，凡战马奔驰所至，都将囊括己怀。一道古墙难道能阻止他们膨胀的欲望、躁动的灵魂、狂妄的野心吗？赫连勃勃活跃的时期，正是华夏大地进入史称"五胡十六国"大分裂、大动荡的年代。这个时期属于赫赫连勃的时代，是烽火、狼烟、杀伐、呐喊、呼啸的时代，是乱世英雄、热血亢奋、激情如火的时代……农耕文明龟缩在江南，在垂杨细柳下瑟缩发抖，而游牧文化却趾高气扬，豪气干云。

赫连勃勃选择了黄土高原一隅，建立自己的都邑——统万城，这是一座显赫繁华了五百年的帝都。

《晋书》上曾生动地描绘了这位末代单于的形象：身高八尺五寸，腰带十围，性辩慧，美风仪，还说他雄略过人，而天性不仁，贪暴无亲。也就是说他是个体态魁伟、风流倜傥、聪慧而残暴的家伙。据说，赫连勃勃下令营建统万城，筑城的土都是用米汤和羊血搅拌而成。指挥造城的大臣、总工程师叫比干阿利，这小子既有建筑师的头脑，又有刽子手的狠毒。每筑一段城垣，必定命人用铁钉锥之，凡锥不进去者有奖，锥进一寸即杀工匠，而后拆掉重筑，连人筑进墙里。

公元418年，赫连勃勃发兵南下，一举夺下长安，正式即帝位。冬十月，委太子王贵为大将军镇守长安，自己则挥师北归刚刚竣工的京都统万城。风风雨雨，喊喊杀杀六百多年，历史一页页翻过去，翻过南北朝，翻过隋唐，翻过五代，到宋王朝这一章，这片骚动不安烽火狼烟弥漫的土地上，出现了一个西夏王朝。1038年党项族李继迁的孙子李元昊，在这里建国称帝，国号大夏，而历史却给命名为西夏。党项族李氏据夏州建西夏王朝，统万城又是西夏的发祥地。大夏而西夏也就终于有了宁夏。

<h1 style="text-align:center">三</h1>

西夏政权是党项族建的。居住在夏州（今陕西横山）的平夏部酋长拓拔思恭率军参加镇压黄巢起义，被唐僖宗封为夏国公，并赐姓李，据有河套以南夏、银、绥、宥、静五州。唐朝灭亡后，经过纷乱的五代时期，大宋王朝奠基中原，这时党项族的首领李继迁的割据势力对宋朝造成很大威胁，到了1032年，李继迁的儿子李德明病故，孙子李元昊继位，这时西夏已控制了"东尽黄河，西界玉门，前接萧关，北控大漠，地方万余里"。1038年，李元昊正式称帝，建都兴庆府。

党项族是一个强悍的民族，国内处处是战场，人人为士兵，年年沙场秋点兵。他们过着半农半牧的生活，人人善战，平时种田也身带弓箭，一旦战事爆发，男女老少全族人上战场，连妇女都是他们重要的武装力量。战争爆发后，她们不仅是后勤保障，而且人人能上战场，杀人、放火、抢掠，丝毫不亚于男人的疯狂。按照党项族的习俗，女人践踏焚烧过的地方再也不能旺盛、发达，所以，女兵成了重要的兵力。夏军出征，常常是男女老少，拔帐而起，驱赶着牛羊，声势浩大。他们作战勇猛，拔寨搴旗，所向披靡。

全民皆兵，各自为战，使党项族的男儿个个剽勇，和蒙古族一样，以杀戮为耕作，没有吃，没有穿，就到邻国去抢掠，个个打起仗来都是亡命之徒。李元昊的祖父李继迁二十岁起兵，与宋军作战长达二十二年，最后夺得军事要地宁夏的灵州（今灵武），河西走廊的凉州（今武威）。他们善射，男子汉骑马挎刀，纵横驰骋。大西北恶劣的生存环境，自幼磨砺了他们顽强的意志、剽悍的秉性，培育了他们艰苦卓绝的精神，形成一支能征惯战的雄师铁骑。而宋军指挥不灵，运动迟缓，战线过长，兵力分散，补给线常被他们切断。李继迁的孙子李元昊建立的西夏王朝，首府就设在今天的银川。党项族并不是憨拙鲁莽的民族。北宋朝廷对李元昊称帝很恼火，曾下令削去帝号，赐李元昊为赵姓，但李元昊很倔强，又很灵活，得势时称帝，不得势时称王，有利时就战，不利时就和，和战交替，最后决战决胜，一百多年，弄得大宋王朝边患丛生，不得安宁，最后出现了夏、辽、宋三国对立的局面。

公元1040至1043年，北宋王朝一代名臣范仲淹就任陕西经略副使，抵抗西夏侵略，驻扎在宋夏边境，对西夏军进行了大小几十次战役，但并没完全取胜，且付出很大代价，便写了那首著名的《渔家傲》："浊酒一杯家万里，燕然未勒归无计""人不寐，将军白发征夫泪"。

这首悲凉的词反映了戍边将士的苦闷心情。

读罢这首词，谁眼前不出现一幅凄凉的画面？

秋天的黄昏，边塞更显得荒凉萧瑟。南归的大雁列队向远方飞去，凄厉的雁唳洒落下来，高一声，低一声，给寂寥的边塞带来更凄凉的氛围。大雁都不愿留在这里，何况戍边将士呢？悲壮的军乐和杂乱的边声，更撩拨着人的情怀。落晖脉脉，晚风悚悚，荒草离离，黄叶飘飘，孤城早早关闭城门，长烟、落日、归雁、秋风，为这凄凉的画面更添一抹悲怆的色彩。将士们只能躲进营房，喝着闷酒，思念万里之外的亲人。狡猾的西夏军不时骚扰边境，神出鬼没，像个跳蚤，抓又抓不住，打又打不死，一不小心就咬你一口，折磨得宋军战也不是，和也不是，连将军也气得白发丛生！

范仲淹不仅是一个文人，而且是一个战略家、军事家，戍守边疆，招抚边民，为大宋朝建立了功勋，当时与韩琦并称"韩范"。

范仲淹为部队建设呕心沥血，他手下也确实出现了杨家将杨文广这样杰出的军事将领，但面对李元昊的西夏军一次次大规模的进击，而宋军却不能大获全胜，从根本上消除边患。这种持久战、拉锯战，也不免使范仲淹产生悲观情绪。

这首《渔家傲》实际上是范仲淹悲观厌战情绪的流露。

庆历元年（1041年），宋夏两军在好水川展开一场声势浩大的战役。李元昊并非是骄悍、凶猛的一介起起武夫，他机智多谋，他的国相张元也是狡黠多端之人。为取得这场战役的胜利，他们采取诱敌深入的战术，在六盘山好水川的两岸山崖埋伏十万大军。宋军部将轻敌麻痹，进入好水川峡谷，发现几只银泥盒，封闭严谨，便命士兵打开，从盒里突然飞出上百只带竹哨的鸽子，宋军莫名其妙，继续前进，而夏军却得悉了宋军的行程。鸽子本是和平、友谊、吉祥的象征，它们在《圣经》曾扮演过报悉平安的使者，当万劫不复的滔滔洪水退后，出现陆地，是鸽子衔一枚绿色的橄榄枝，飞到诺亚方舟上，告知人们洪水已退去。而此时，鸽子却充当了李元昊的间谍。

当宋军进入李元昊设计的陷阱中，峡谷两边的山崖上早已埋伏着李元昊十万大军，骤然间，矢镞如蝗，喊杀声如雷，宋军惊慌失措，进退两难，人马践踏，死伤过万，整个好水川血流成河，尸堆如山。

宋军彻底溃败。消息传到朝廷，满朝朱紫，一片惊骇，宋仁宗为之旰食。结果，范仲淹被贬知耀州，韩琦也被罢去陕西经略安抚副使之职，改知秦州。

好水川之战，李元昊大获全胜，也为未来宋、西夏、辽三国鼎立的局面奠定了基础。

四

从文化的角度看，党项文化是回鹘文化与汉文化的混合与杂糅，是一种生吞活剥顾不得消化的杂烩。

李元昊建国之初，雄心勃勃，争雄称霸之心很强盛。那时他才二十八岁，血气方刚，一登上帝位，便取消唐宋赐给他的李、赵姓氏，自号"嵬名氏"，以怀念祖先，并下令改变与本民族相异的风俗，第一道命令便是秃发。当时党项族也是模仿汉族蓄发、结发，他们长圆脸、大腮、高鼻、细眼、柳眉，身材魁伟，相貌凶悍；装束汉蕃混杂，腰间束带，佩短刀、挂包、火镰，一派"混合"品的风貌。李元昊下令"秃发"，"三日不从，许众共杀之"。一时间，犹如五百年后清王朝入主中原时的政令一样——"留发不留头"，西夏朝官民便出现了争相"秃发"的现象。——那现象现在看来很滑稽，有点像今天的日本"浪人"，但这项"秃发"工程的实施，反映出李元昊的心态，即摆脱宋王朝的制约，要独行天下，我元昊要和你老赵家分庭抗礼了！什么鸟"李"，鸟"赵"，那是你们汉族给我的姓，老子不听那一套。

李元昊绝非无所作为的皇帝，他取消汉语，汉字也不用，要自己创造西夏文字，推行民族语言。我在河西走廊武威——当年李继迁与宋王朝争夺了二十二年的军事要塞——看到全国唯一保存完美的"西夏碑"，远看像汉字，近看一个也不认识。他们在汉字的基础上东加一撇西加一捺，修修补补，非驴非马，比日本文字还复杂，还烦琐。西夏文字施行时间很长，前后达四百多年。由于西夏文的创造，推动了西夏文化的发展。

西夏王朝并不故步自封，见先进就学，有一种开放的气度。全国上下崇尚佛教，在宁夏大地上到处可见当年李元昊时代修建的佛塔、寺院，幽幽佛号，喃喃梵音，诵经声浪，翻腾在这片粗糙丑陋的土地上。据考古学家说，用西夏文字翻译的佛经，至今还大量地保存在国家图书馆内。

西夏王朝不仅崇尚佛教，而且还崇尚儒教。他们还翻译出大量的汉民族的经典，有《论语》《孟子》《老子》《庄子》《孙子兵法》，还开设汉学，建立孔庙，祭祀孔子，尊孔子为先师。

这个半游牧半农耕的民族还有高超的建筑艺术。目前银川存留的古建筑，有些就是西夏王朝的遗存。

李元昊登上帝位后，就在都城大兴土木，规模宏大的城墙、宫殿、宗社、寺庙、民居、陵园、承天寺塔、贺兰山拜寺口双塔、贺兰县浓佛塔、贺兰山拜寺沟方塔、青铜峡一百零八塔……依然尚存，从那高耸的塔林中可以看出西夏建筑史的杰作。

西夏文化的发展必然推动文学艺术的兴旺，在敦煌莫高窟壁画、榆林窟西夏洞窟壁画，那精美的绘画，菩萨的娴雅、雍容，大慈大悲的佛陀的肃穆，衣褶的飘逸，眉目的清秀，色彩的浓淡，雕刻的细腻，造型比例的适中，都展示了西夏艺术的精华。

没有文化的民族就是一具僵硬的木乃伊，是文化丰腴了一个民族健康的躯体、鲜活的生命，和富有创造力的勃勃生机。

李元昊坐上龙椅后，与宋军展开了一场场声势浩大的战役。那时黄土高原，黄河岸边，河西走廊的崇山峻岭间，羽檄飞驰，战马萧萧，刀光剑影，腥风血雨，残酷的战争频上演。

最大的战役是1040年的三川口之战，展示了李元昊的雄才大略。

三川口即延川、宜川、洛水三条河流会合处。当时镇守三川口的是宋将军李士彬。李士彬骄横，飞扬跋扈，藐视西夏军。知己知彼，百战百胜。李元昊知道李士彬的弱点，便来了个假投降，并称赞李士彬为"铁臂将军"。这顶高帽，弄得李士彬晕晕乎乎，忘乎所以。李元昊还到处散布："闻铁臂将军名，莫不兴旺。"这样李士彬更加骄横，放松了警戒。李元昊率大军乘隙而入，迅速包围了三川口，猛烈的弓矢、炮火打得宋军晕头转向：先来诈降的西夏兵来了个里应外合，一夜之间便攻破宋军的营寨，连李士彬也未逃脱，成了西夏兵的战俘。

接着西夏军乘胜进军延州，宋将范雍连忙牒令刘平、石元孙从庆州（今庆阳）赶来支援，援军来到三川口，已人困马乏，李元昊早就在这里设下埋伏，待援军一到，便来了一个铁壁合围，全歼了宋军万余人马，刘平、石元孙也被俘。

这一场战役结束后，李元昊喘了口气，便在兴庆府大兴土木，建造宫殿，"委迤数里，亭榭台池，并极其盛"。

然而，李元昊并没有逃脱悲剧的下场，竟死在宫帷的一场争风吃醋的争斗里。

李元昊本是骄悍之人，称孤之后，更加骄淫。他纳大臣没移皆山的女儿为妃，为她修宫造殿，日夜相伴，这下子却冷落了皇后野利氏。野利氏的兄弟愤愤然，不免发些牢骚，说李元昊如此贪图女色，焉能治理好国家？这话传到李元昊耳朵里，自然十分恼怒，便借机杀掉了他的大舅子。皇后遭冷遇，两个哥哥被杀掉，李元昊又同她的两个寡嫂私通，皇后真是悲恨交加，怒火填膺，忍无可忍，便大骂李元昊，李元昊又将她打入冷宫。

当时西夏王朝的宰相名叫没藏讹庞，他一心想将与李元昊私通的妹妹所生之子立为太子，以后好大权旁落于他的手中。这是个阴谋家，为此他付出很大心血，终于如愿以偿。

太子名叫宁哥。宰相对太子说，主上荒淫无度，大臣们敢怒而不敢言，都盼望你早日登基。于是两人密谋一番，决定行刺李元昊。时值公元1048年1月的一天，太子乘李元昊酒醉，一刀砍下李元昊的鼻子，李元昊由于伤势严重，流血不止，第二天便一命呜呼了。英雄一世的李元昊从1038年建国称帝到被刺身亡，短短的十年便结束了他的帝王之梦，死时四十六岁，正是大有作为的年纪。

阴险毒辣的宰相没藏讹庞见阴谋得逞，翻手为云，覆手为雨，立即把太子宁哥以弑君罪，连其母亲野利氏一块杀掉，接着将刚满周岁的李谅祚立为皇上，自此没藏讹庞大权独揽，权压朝廷。

恶有恶报，这是佛家的因果轮回。讹庞也没有逃脱这一轮回。李谅祚长大亲政，一举抄斩了讹庞全家。——西夏王朝绵延跌宕的历史，也有汉族朝廷祸起萧墙宫帏厮杀帝后党争的血腥画面。

五

13世纪初，黄河右岸，辽阔的蒙古草原上经过多年的厮杀、吞并，蒙古族各个部落被一个叫铁木真的年轻人统一了，于是天骄成吉思汗亮相世界战争史的舞台。这位蒙古族的天可汗叱咤风云，南征北战，东拼西杀，如飓风狂飙般横扫欧亚大陆，铁蹄践踏之处，人伏尸遍野，城化为一片废墟，这种可怕的焦土政策，使得中世纪的欧亚大陆都战栗觳觫：成吉思汗一生灭了四十多个国家。他是世界史上独一无二的战争巨人，而拿破仑比起成吉思汗也只是小巫见大巫，相形见绌了。

成吉思汗一登上汗位就盯上了这个眼皮底下的西夏王朝，一连四次用兵攻打西夏。谁知这粒酸枣核，又苦又涩又坚硬，成吉思汗的大军已兵临中兴府，却败北而归。逼得这好战好胜的"天可汗"暂时放下这块难啃的硬骨头，先西征阿拉伯的花剌子模国，后征俄罗斯的钦察草原，把西部和北部的大大小小四十多个国家——征服后，才回到蒙古草原，准备再度征讨西夏。

成吉思汗不愧一世豪杰，他凯旋后连口气也来不及喘息，便用兵西夏。

这是公元1224年冬天，成吉思汗回到首府和林。此时正是金蒙对峙状态。蒙古军在西征期间就知悉，曾一度向蒙古称臣的西夏王朝，转而与金和好，乘蒙古军西征后方军力薄弱之际，竟联合金兵，夹击蒙古，使蒙古兵腹背受敌。成吉思汗闻悉，不禁大怒，不想小小西夏如此猖獗，于是消灭了俄罗斯联军后，来不及占领那广阔的土地，便掉转马头，飞驰东归。

蒙古军先攻西夏，然后灭金。

1226年，成吉思汗率大军跨过黄河，突破秦汉长城，直扑西夏的领地六盘山，在六盘山上扎下营帐，坐镇指挥这场灭夏战役。

成吉思汗是个大老粗，没有文化，脾气易激动，又暴戾，但他聪明机智，作战时却相当冷静、沉着，是个天生的军事家、战略家。他四处征讨，所向披靡，攻无不克，战无不胜，对这个小小西夏曾四次用兵竟然没有取胜，怎能不怒火攻心？

此时西夏王朝的在位皇帝叫赵尊顼，闻蒙古大军直逼京畿，很是害怕，便传位给儿子赵德旺；赵德旺还是个孩子，很懦弱，实权由大将们把持。

成吉思汗先派使者到中兴府吓唬西夏王朝，西夏的大将阿沙敢钵却不吃那一套，对使者说，如果厮杀，我在贺兰山上立马恭候；要金银马匹，请你问我手里这把宝刀给不给；要我们的太子做人质，礼尚往来嘛！说完便把蒙古使者赶了出去。

成吉思汗听使者一回报，气得脸歪鼻斜，于是不顾身体有病，让人扶上战马，便率军直扑贺兰山而来。果然，西夏大军阿沙敢钵已在贺兰山做好了迎敌准备。

贺兰山缺，战马萧萧，旌旗猎猎，蒙夏两军杀声如雷，血肉迸溅，尸横山野。西夏军虽然强硬，但成吉思汗很狡猾，略使小计，竟然使西夏军损伤大半。

成吉思汗探得西夏军兵强将勇，只是国主孱弱，于是决定掉转马首，率大军先攻其他州郡，最后攻取其首府中兴府。蒙古军先后攻下了西凉府、灵州府等地，中兴府便成了一座孤城。

成吉思汗在出征西夏途中，烈马受惊，摔伤身子，本应该好好休养一阵，但西夏朝廷不投降，这位争强好胜的大汗抱病上马，率大军同西夏军展开一场场厮杀。毕竟是六十开外的人了，第二年夏天病重，不得不退到六盘山营地休养，谁知病情日益加重，这位杀人如麻的成吉思汗有一种死亡的预感，便通知他的儿子们赶来六盘山营帐做临终的嘱托。他躺在病榻上，上气不接下气地说："我死后，你们要秘不发丧，千万不要让西夏人知道……饭要一口一口地吃，仗要一场一场地打，敌人要一个一个地消灭。要先联宋灭金，然后再兴兵灭宋，万不可同时用兵。还有，我戎马一生，竟然在这个小小西夏丧了命，我死不瞑目……一旦赵蚬出城投降，你们便杀进城去，与我杀个鸡犬不留！"

这位战争巨人，不可一世的军事家，留下最后一道屠城令，便结束了他壮烈的一生。

他身边三个儿子中的窝阔台留守大营，察合台和拖雷各带一支大军，迅速包围了中兴府。

察合台和拖雷按照"既定方针"，兵临城下，西夏王朝最后一个小皇帝赵蚬身披白纱，手捧玉玺，开城门纳降。蒙古兵接过玉玺，便一刀削去其脑袋，接着如洪水猛兽般拥进城去。

一场血洗中兴府的浩劫上演了，城中不论皇胄贵戚、平民百姓，杀得血流成河，尸塞街巷，鸡犬不留，接着纵火焚烧皇宫、民居，烈焰腾腾，烟火弥漫，整个中兴府成了一片血海、火海。

《蒙古秘史》载：蒙古大军破灵州，屠众三十万；攻盐州时"免者百无一二；占领肃州，一概诛杀，无一幸免；进入中兴府，殄灭无遗"。这个以杀戮为耕作的民族，对西夏恨入骨髓，不仅灭其"形"，而且灭其"神"，对这个有过两百年辉煌的西夏王朝连一部专史都不修撰。所孑遗的党项族不是融入汉族，就是沦为蒙古族的奴隶，这个剽悍、"善骑射""月月不虚战"的党项族从此消失了，消失得无影无踪。

六

蒙古大军对中兴府实行了"三光"政策后，并不满足，对离中兴府几十公里外的西夏王朝的祖坟——陵塔也来个彻底毁灭。

在银川我访问了考古学家，这是位儒雅而敦厚的学者。他面目清瘦，戴着一副花镜，目光睿智，霜染两鬓，谈吐温文尔雅。老先生说：

你去过王陵，你看到的只是一些土堆型陵塔。其实，当初是很豪华很有气魄的。原来的陵塔是内土外砖，高者二十三米，直径六米，有九层。陵台四周用砖镶裹，外涂红泥，出檐覆瓦，檐角饰以套兽，顶为八角攒尖式的宏伟壮丽的建筑物。除陵台外，陵园还有中献门、门阙、碑亭、观台、角台等。如果能复原的话，一副恢宏的皇家陵园气派，雕梁画栋，红墙碧瓦，比中原皇陵并不逊色。

他吸了一口烟，语调冷静而又惋惜地说：

要破坏这皇家陵园，也是一个很大的工程。蒙古大军在陵区安营扎寨，先破坏群台，然后挖坑进行大规模盗掘，掠夺有实际价值和经济价值的东西，然后一把火又烧掉了地面上的建筑物，使这片宏丽的陵区变成一片废墟。

这是1227年7月的事。

然而，经过旷日持久的大规模的破坏工程后，用夯土筑的陵塔、陵台、墙基、神墙，历经八百多年风霜雨雪，依然屹立在那里，这莫不是展示了一个民族不屈的雄魂？

改朝换代，新的王朝开始后，总要对历史负责的，对前朝修史是他们责无旁贷的义务。蒙元帝国占据中原后，为宋、金、辽都修了史，秉笔直书，详略得当，但唯独不给西夏王朝修一卷史，可见这个马背上的民族，一代天骄成吉思汗的子孙对西夏的仇恨是多么深刻！这个自建国到灭亡共经历了九代皇帝，在中国西北角活跃了一百八十九年的西夏王朝，失去了自己的历史。他们创造的文字也成了今天的密码，要研究西夏王朝，只能从宋、辽、金、元的历史中剥离出星星点点斑斑驳驳的碎片，拼凑起来，才能模模糊糊看到西夏王朝的风貌。

浩浩华夏，一部多民族的历史录像带，在这里竟出现了一段空白。

这是历史的悲哀！

西夏王陵被誉为中国金字塔，但蒙古人灭掉西夏王朝，并非像马其顿亚历山大灭掉埃及时那样宽容，那样大度。马其顿在埃及建立了托勒密王朝（公元前304—前30年），却保留了埃及文化。包括法老们的坟墓——金字塔。如果，当年的马其顿像后来的成吉思汗子孙那样心胸狭隘，那么我们今天就不会看世界古代八大奇迹之一——金字塔了，那将是人类历史最悲惨的一页。

恰恰相反，年轻的希腊文化却成功地保护和吸收了有着四千年历史的繁荣的古埃及、古巴比伦文化的精华，从而丰富了自己，充实了自己，发展了自己，造就了世界文明史上最辉煌的篇章。而蒙古大军却将西夏王朝的文化破坏殆尽，以致留给今人的是一个又一个的谜。

这里有一个很有趣的文化现象，从公元前5世纪至亚历山大大帝东侵，希腊建立了横跨欧、亚、非三洲的大帝国，与其同时，它在科学、哲学、文学和艺术上的光辉成就也深深地影响了它所占领的地区，出现了史称"希腊化"的欧亚非地带。希腊民族的智慧的强烈闪光曾照亮了欧亚非广袤的土地。我国"五四"时期的学者也曾以"言必称希腊"为荣。因为希腊的民主政治体制赋予公民最大益处的创造自由，所以一时间，希腊在哲学、伦理学、修辞学、逻辑学、物理学、天文学、生物学、数学、文学都有飞跃性的发展，出现了亚里士多德、柏拉图、毕达哥拉斯、苏格拉底、欧几里得、盲诗人荷马等一大批闪烁着天才光芒的人类智慧的巨星。这些哲学家、数学家、科学家、艺术家、文学家，为人类古代文明史的发展，起着何等巨大的推动力。没有他们的出现，人类历史的进展将要拖延不知多少个世纪。希腊的雕塑、建筑、绘画、诗歌，也是前空千古、下垂百代的，是西方文明最宏丽最辉煌的丰碑。

而蒙元帝国这个马背上的民族，当他们的铁骑横扫欧亚大陆，建立了庞大的四大汗国，却没有给被占领地区的文化发展做出任何贡献。铁木真的后代忽必烈入主中原，虽然吸取了儒家文化的精要，也来了个祭孔、尊孔，但是他的胸襟远非马其顿那样博大宏阔，海纳百川，包括宇宙，总揽人物，仅仅是为了自己的统治。他们把中国各族人民分为四等：蒙古人、色目人、汉人、南人。而对灭亡的西夏王朝的子遗，是女

谁的赤壁

曾纪鑫

一

中国古代战争何止千万，后人津津乐道者，当数那些以少胜多的著名战例：牧野之战、巨鹿之战、昆阳之战、官渡之战、赤壁之战、彝陵之战、淝水之战、虎牢之战、郾城之战、鄱阳湖之战、萨尔浒之战……其中最为经典者，非赤壁之战莫属。

若论战争之规模、力量之悬殊、时间之久长、过程之惨烈、格局之改变，赤壁之战并非"全能冠军"，可其影响之深远，简直达到了家喻户晓、妇孺皆知的地步。经过千百年的渗透积淀，其过程、故事已凝聚为中国传统文化的特殊符号，比如仍活跃在当下语汇中的一批形象生动、内涵丰富的相关成语、俗语即是——单骑救主；舌战群儒；周瑜打黄盖，一个愿打一个愿挨；连环计；苦肉计；草船借箭；万事俱备，只欠东风；借东风……

赤壁之战何以能在这些以少胜多的著名战例中脱颖而出拔得头筹？除了战争本身的因素外，实与历代文学家、艺术家的"推波助澜"密不可分。

后人熟悉了解的赤壁之战，更多的是《三国演义》中的赤壁之战。

《三国演义》全称为《三国志通俗演义》，是明代文学家罗贯中以文言史书《三国志》为蓝本创作的长篇白话演义。《三国志》是历史，而《三国演义》则是小说，正所谓"三分史实，七分虚构"也。赤壁之战，更是《三国演义》描写得最生动最出色最绚烂的华彩乐章。因此，后人通过《三国演义》所认识的赤壁之战，是一场放大了的战争，其细节之鲜活、场景之惊险、情节之曲折、故事之感人、人物之浪漫、争斗之激烈、智谋之奇诡，远远超出历史本身，艺术的真实显然高于历史的真实。

如果没有罗贯中的《三国演义》，三国之争、赤壁之战那"如雷贯耳"的知名度将大打折扣。

与此同时，其他文学、艺术创作的功劳也不可忽略与埋没。"二龙争战决雌雄，赤壁楼船扫地空。烈火张天照云海，周瑜于此破曹公。"李白的这首《赤壁歌送别》为提高赤壁之战的声誉无疑起了相当重要的作用。杜牧的《悠悠赤壁》似乎更为脍炙人口："折戟沉沙铁未销，自将磨洗认前朝。东风不与周郎便，铜雀春深锁二乔。"苏东坡的《念奴娇·赤壁怀古》《赤壁赋》《后赤壁赋》则将诗词的文学赤壁推向一个划时代的高峰……而延及今天的多门类艺术创作，如八十四集大型电视连续剧《三国演义》，吴宇森导演的电影《赤壁》，利用无与伦比的现代传媒优势，更是为三国之争、赤壁之战的宣传与普及起到了无可替代的推动作用。

正因为三国历史长期存在于说书、戏曲、书籍、电视、电影、录像等多种传媒之中，也就使得赤壁之战笼罩着一层朦胧的氤氲，令人一时难以窥见其"庐山真面目"。

那么，真实的赤壁之战到底是怎么一回事呢？

其实，综合陈寿的《三国志》、范晔的《后汉书》、司马光的《资治通鉴》等古代史书记载，吕思勉的《三国史话》、黎东方的《细说三国》、翦伯赞的《中国史纲要》、白寿彝的《中国通史》，以及易中天先生执讲于中央电视台"百家讲坛"的《品三国》等研究成果，还原赤壁之战的本来面目并非难事。

二

　　要想厘清赤壁之战的事实真相，去除缭绕其上的历史迷雾，首先得明确赤壁之战的定义与范围。

　　就广义而言，赤壁之战起于建安十三年（208年）七月曹操进军荆州，止于第二年底曹仁奉命放弃江陵北撤襄阳。狭义的赤壁之战，仅指曹操在建安十三年十二月率军东进江夏，与周瑜所率东吴军队在乌林、赤壁遭遇，战败后逃回江陵。就赤壁之战的实际情形而言，曹操进军荆州的前奏不可忽略，赵子龙单骑救主、张飞喝断当阳桥的精彩故事便发生在这一阶段；等到火烧赤壁曹操退回荆州，三国鼎立的格局已成事实，赤壁之战即可画上句号，大可不必拖至曹仁退到襄阳为止；因此，赤壁之战既不是某一具体地理位置的战役，也不应将荆州战役的整个全局囊括其中，恰当而合理的界定，当指建安十三年七月曹操进军荆州，十二月率军东进，在赤壁遭到火攻，于当年底返回荆州为止。

　　东汉末年，面对风雨飘摇的局面，各路军阀无不拥兵自重，各据一方。当曹操于建安元年（196年）挟持汉献帝将都城从洛阳迁至自己割据、控制的地盘许昌之后，便在政治上获取了"挟天子以令诸侯"的政治优势。经过十多年苦心经营、东征西讨，建安十二年（207年），曹操终于剪灭北方群雄，统一了华北。其时，黄河流域乃中华民族的重心所在，"得中原者得天下"，素有结束混乱、一统天下之大志的曹操，更是踌躇满志，那鹰隼般的目光，自然而然地投向了南方的割据势力——占据荆州的刘表与安守江东的孙权。北方一马平川宜于车骑部队作战，南方河流纵横交错、湖泊星罗棋布，水军则显得尤为重要，因此，曹操从塞外追剿袁绍残部刚一回到许昌，就开始挖掘玄武池，以训练水军。

　　正在这时，一个不好的消息传来，建安十三年初，刘表染了重疾，命投靠依附于他的刘备，从驻守的新野北移樊城。刘备虽然兵微将寡，没有自己的地盘东奔西跑，但他常打着皇叔的正统旗号，做着恢复大汉江山登上皇帝宝座的美梦，颇具号召力。为求生存，刘备就曾依附过曹操，常韬光养晦地躲在后园浇水种菜。以曹操之智，于刘备心志，自然一眼就能窥破，故有读者熟知的三国典故"曹操煮酒论英雄"，还有曹操那句让刘备吓得心惊肉跳的试探性话语："今天下英雄，惟使君与操耳。"后刘备背叛曹操被击破，只好投靠远亲刘表。对虽懂时事，却不怎么会打仗的实干家刘表，曹操并不怎么担心，可刘备就不一样了。想想看，在曹操眼里，当今天下佩得上"英雄"这一称号的，只有他和刘备。所谓一天不容二日，一山不容二虎，刘备一天不亡，曹操就一天不得安宁。其实，即使胸无大志的刘表，对刘备这位远亲的胸怀与抱负，也看得一清二楚，不得不防着几分，让他远离当时的荆州治所襄阳，驻扎新野，帮着对付曹操，守卫荆州的北大门。只是刘表病重，担心曹操乘机南侵，大儿子刘琦常遭后母蔡氏陷害，主动领兵在外驻扎夏口，而幼子刘琮又不堪任事，刘表这才不得不抛开疑忌，命刘备率军前来樊城，帮着拱卫都城，同时也不乏"托孤"之意。樊城与襄阳仅一条汉水之隔，曹操闻讯大惊，要是刘表去世，襄阳乃至整个荆州落入刘备之手，事情可就麻烦了。时不我待，曹操当机立断，决定整军南下，亲自征讨荆州。

赤壁之战就此拉开帷幕。

严格说来，这是一场曹操准备得并不充分而提前打响的战役，他的战略目标十分明确，那就是占据荆州，消灭刘备。荆州不仅地理位置重要，正如《三国志·鲁肃传》中鲁肃所言："夫荆楚与国邻接，水流顺北，外带江汉，内阻山陵，有金城之固，沃野千里，士民殷富，若据而有之，此帝王之资也。"并且拥有近十万兵力，显然是一块难啃的骨头。

一口不能吃成胖子，仗只能一个接一个地打，当时的曹操，根本就没有想到要去吞并东吴。孙权与刘表是一对死对头，孙权父亲孙策就死于刘表部将黄祖之手，他们在江夏郡一带连年争战；而孙权与曹操则一直维持着一种特殊的"联姻"关系从未翻脸，他奉以曹操为丞相的汉献帝为正统，领有太守职位与将军头衔，还准备将儿子送到许都作为人质，只是周瑜劝告，才没有成行。孙权既隶属于曹操，至少名义上如此，在条件还没有成熟的情况下，曹操并不打算与他开战，他心中或许还想着征讨荆州，是在为东吴报仇雪恨呢。在长期的戎马生涯中，曹操十分重视谋士的建议，出征荆州前，他专门征求过荀彧的意见，荀彧认为此仗占领荆州足矣，东吴势力可暂不考虑，留待以后再说。其实，刘表在荆州经营多年，博得了普通民众的好感与大族豪强的支持，如果以襄阳、樊城、江陵、夷陵等几个坚固的城池做依托，进行殊死抵抗，曹操能否拿下荆州，什么时候才能拿下，尚是一个无法预料的未知数。因此，东吴在曹操的视野之外，也在情理之中。

刘表调遣刘备驻守樊城，显然是他生前犯下的一个重大错误。刘备离开新野，荆州北大门失去一支抵抗劲敌的有生力量，曹操正好乘虚长驱直入；刘备拱卫都城，于反抗外敌而言，自然是多了一分底气，可一有风吹草动，刘表将养虎遗患，等于将荆州拱手相送；本想拱卫襄阳更好地保护荆州地盘，不承想反而刺激曹操，加快了他南侵的速度，早已病瘫在床的刘表闻讯，不禁又气又急，忧惧交加，一命呜呼。

曹操没有想到此次南征竟然出奇顺利，如有神助似的，他率军上路不久，刘表就撒手归西；刘表长子刘琦长期遭受排挤，荆州牧的宝座自然传给了幼子刘琮；刘琮软弱无能，在蒯越、韩嵩、傅巽等一班大臣的劝说下，决意投降曹操。

投降并不是什么光彩的事情，又恐事情多变，刘琮不想，也不敢让刘备早早知道。刘备发觉情形不对，派人询问刘琮抵敌之事。刘琮支支吾吾，等到曹操大军进至南阳郡宛城（今南阳市），投降之事已成定局，刘琮才派属官宋忠向刘备"宣旨"。刘备依附刘表，刘表传位刘琮，如此推导，刘备当属刘琮部下，主公决策，臣子跟着执行就是了。刘备闻旨，不觉大惊失色，当即咆哮道，如此大事你们也不先跟我通报一声，等到大祸临头了才来宣旨，不是太过分了吗？说着，当即拔出佩刀，欲杀掉宋忠解恨，好不容易才压住怒火饶了他一命。其实，刘琮还是厚道的，总算给刘备留了一手，让他有足够的时间"自谋生路"。如果再晚一点"宣旨"，刘备将成曹操的"瓮中之鳖"，历史会完全改写，就不可能发生此后为人们津津乐道的三国故事了。

三十六计，走为上计。此时的刘备，除了逃跑一途，已别无选择。于是，他带着一干人马，匆匆渡过汉水，经襄阳向南撤退。据《三国志·先主传》所载："过襄阳，诸葛亮说先主攻琮，荆州可有。先主曰：'吾不忍也。'"诸葛亮建议刘备乘机夺取襄阳，与其说刘备"不忍也"，不如说他"不能也"。襄阳自古号称铁打的城墙易守难攻，城内拥有约三万名忠于刘表的陆军主力。而刘备的水陆军加在一起，也只有万人左右，何况还带着数万家属及大量辎重，要想在短时间内攻下襄阳，无异于痴人说梦。而这时，曹操按正常的行军速度，只需八天即可抵达襄阳，说不定还会受到刘琮与曹军的前后夹击。刘备即使攻下襄阳，面对曹操统率的北方劲旅，要想守住也是难之又难。因此，刘备最为明智的选择，就是加速南逃，稍稍延宕，便会面临全军覆没的危险。若《三国志·先主传》中这一记载属实，那么诸葛亮的建议显然并非上策，从隆中"出山"才一年的他，还得在不断的实践中锻铸打磨，才能变成神算孔明。对此，吕思勉则在《三国史话》中为诸葛亮辩护道："'诸葛一生唯谨慎'，怕不会出这种主意吧？"

如果说曹操面临重大的战略决策时慎之又慎，那么在具体战术上，他常常会出其不意，甚至冒险而行。当他听说刘备离开樊城向江陵南逃之后，马上亲点五千精锐骑兵，以每天三百里的速度，昼夜不舍地追将而去。江陵（今荆州市）为荆州重镇，有刘表最大的水军基地，水军主力二万五千人；此外，那里还存有大量的武器、粮草等后勤储备。曹操既不能让刘备抢先占领江陵，也不能让他再次逃脱自己的掌心。

刘备虽然闻风而逃，可南撤的速度却十分缓慢。沿途许多百姓、士人，还有刘琮那些不愿投降曹操的部下，都跟着他一同前行。十多万随行人员，数千辎重车辆，以每天十多里的速度蜗牛般缓缓南行。

三百里与十几里，两相对比，曹操很快就追上了刘备。两军在当阳长坂相遇，一方是南征北讨、斗志昂扬的骑兵精锐，一方是扶老携幼的民众、参差不齐的行伍，胜负立时可见，用"惨败"二字形容刘备一点也不为过。《三国志·先主传》对此次战役的记载虽只寥寥数语，却真实地再现了刘备当时的狼狈与窘迫："先主弃妻子，与诸葛亮、张飞、赵云等数十骑走，曹公大获其人众辎重。"

仗打到这份儿上，只有数十人追随的刘备被曹操擒获不过一件时间迟早的事情罢了，而曹操占据重镇江陵吞并整个荆州更是没有半点悬念。没想到的是，正在这个节骨眼上，东吴的鲁肃一杠子斜插了进来，使得似乎已成定局的天下大势，顿时变得波谲云诡。

三

  《三国演义》中的鲁肃，与历史上真实的鲁肃有着较大的差别。罗贯中笔下的鲁肃，是一个听凭他人摆布，没有多少主见的好好先生；而实际上，鲁肃相貌堂堂、学识广博、豪放不羁，有一股他人难以匹傲的大丈夫气概及战略家眼光。《三国志》说他"建独断之明，出众人之表，实奇才也"。他与周瑜交情颇深，两人一同投奔东吴，颇受孙权器重。东吴由最初的依附汉室转而鼎足江东，实与鲁肃的谋略密不可分。

  曹军南下，刘表去世，集战略家的雄才与外交家的胸怀于一身的鲁肃洞察秋毫，决定抓住这一稍纵即逝的机遇，于是，他主动向孙权"请缨"——"奉命吊表二子"。吊唁杀父仇人，走的显然是一步"政治棋"。唇亡则齿寒，鲁肃的目的，是以吊唁为名，"慰劳其军中用事者"，与荆州尽释前嫌，结成联盟，"同心一意，共治曹操。"

  等到鲁肃从东吴赶到夏口，又从夏口星夜兼程、风尘仆仆地赶到南郡之时，荆州的局势已如江河日下，变得不可收拾，刘琮听从部下的意见早已投降曹操。联络荆州势力共同抗击曹操的计划就此落空，可鲁肃并未打道回府，而是向襄阳方向继续前行，刘琮降曹，还有刘备呢。启程之前，鲁肃就考虑过刘备这支势力，他向孙权分析道："刘备天下枭雄，与操有隙，寄寓于表，表恶其能而不能用也。若备与彼协心，上下齐同，则宜抚安，与结盟好；如有离违，宜别图之，以济大事。"当他听说刘备"惶遽奔走，欲南渡江"后，就赶紧迎上前去。在当阳附近，鲁肃终于与刘备相遇，不过此时的刘备，刚刚遭到曹操五千轻骑的追剿袭击，狼狈衰疲已极。面对仅剩数十随从的刘备，鲁肃深知他的韧性与潜力，不仅没有轻视之意，反而给他鼓劲打气，"因宣权旨，论天下事势，致殷勤之意。"精明且不乏狡猾的鲁肃并不急于向刘备道出自己的意见，而是打听刘备下一步的行动计划。刘备回道："与苍梧太守吴巨有旧，欲往投之。"哦，原来是想投靠一个偏远小郡的太守，可见此时的刘备，也真的到了山穷水尽的地步。刘备的底牌一旦亮出，鲁肃的心里更加有底了，此时此刻，如果拉他投靠势力更加强大，前景更加可观的孙权，刘备会答应得更加爽快的。果不其然，当鲁肃将孙权的"聪明仁惠，敬贤礼士"，江东的"兵精粮多，足以立事"等情况对刘备一番陈说，并劝他"与权并力"，"共济世业"之后，刘备大喜，"即共定交"。

如果没有鲁肃的出现与游说，刘备的唯一选择，就是投靠苍梧太守。因为孙权与刘表互为仇敌，刘备作为刘表军事势力的一部分，与孙权自然也互相敌视。在孙权方面没有明确表态之前，刘备是不可能考虑投靠东吴的。因此，他只是一个劲地往南撤退，从不敢向东。如若东进，就得冒孙权与曹操两面夹击的可能与危险。

采纳鲁肃建议之后，刘备立时改变了行军方向，由南而东向东吴靠近。

缓过一口气之后，刘备开始集结残余部队，陆军所剩不到八百。走到汉津，与关羽的两千水军会合，势力稍大。继续向东到了夏口（今汉口），又与驻扎在那儿的刘表长子刘琦的万余人马合为一处。如此一来，刘备感觉着自己又有了一点底气，不仅有了一万三千人马，还有了一块不大不小的根据地——夏口及附近半个江夏郡。这时，刘备就想着不去投靠东吴的。这些年来，他几乎全在投靠他人中过活，屈指算来，先后就投靠过刘焉、公孙瓒、陶谦、曹操、袁绍、刘表等人。寄人篱下，就意味着失去自尊委曲求全，个中滋味，他实在是受够了。可为了保住性命，为了心中那个遥不可及的梦想，又不得不屈从现实。而今，不到走投无路之际，刘备再也不想走过去的老路了。然而，他的去与留又非个人意志所能左右。如果曹操继续追击，一万多人马是无法与之抗衡的。当曹操占据江陵之后，进攻的步伐停止了。突然间得到过去十多年拉锯战都没有得到的战略重地荆州，兴奋之余，曹操还得进行一些内部消化处理，比如收纳降众，安抚百姓，扩编整训等。这便给了刘备一定的喘息之机，同时，他也幻想着曹操就此停止进攻，那么他就可以凭借自己的威望及皇叔身份的影响，以夏口为基地，恢复元气，东山再起。

经过三个月休整，曹操并未停止前进的步伐，而是亲率大军，顺江东下。他看透了刘备，不能让他继续东奔西窜制造麻烦，一定要将他置之死地而后快。东进之前，曹操再次征求谋士意见，贾诩劝他不必急躁冒进，先稳定荆州已占地区为上策。表面看来，曹操此次并未听从贾诩建议，而是挥师东进；可实际上，他采纳了其中关键性的内容。从诸多史料与证据分析，曹操此次出兵，目标并非东吴，而是消灭退至夏口安营扎寨的刘备以及荆州的残余势力刘琦。夏口是荆州东面的战略门户，地位实在是太重要了，进可顺江而下威胁江东，退可据守拱卫荆州。这将是荆州战役的最后一仗，他要将夏口及江夏郡纳入自己麾下。控制整个荆州之后，在曹操眼里，东吴便成了他统一天下的最后一个障碍，只要灭了孙权，其余几个小规模割据势力全都不在话下了。作为一名出色的战略家，曹操虽在具体战术上常常大胆弄险，而于总体战略方针，特别是攻打据险而守的东吴，他会慎之又慎。战争一旦打响，战线会在数千里的长江中下游及其流域拉得很长，在运输供给、进军路线、军力协调等方面都得有一番总揽全局的通盘考虑。而从江陵发起的这次战役，曹操只部署了两路军力夹攻夏口。真要进占东吴，曹操至少会在扬州、合肥等地多方牵制、同时用兵，决不会连个最起码的多路出击、多方呼应都没有。对此，《三国志·武帝纪》明确写道："公自江陵征备。"

刘备停驻夏口，也给曹操造成了一定的错觉，要是他没有观望，而是迅速进入东吴境内投奔孙权，曹操的军事策略，肯定相应地会有所改变了。曹操的失误，在于没有认真考虑、对待孙权，忽略了孙、刘之间联手的可能性，更没想到东吴军队会像棋盘中的棋子"車"那样杀出自己地盘，越过界河，直入荆州之地与他决一死战。他很可能一厢情愿地认为，除掉刘备、刘琦，是为孙权报了不共戴天的杀父之仇，只要不进入东吴地盘"打草惊蛇"，奉汉献帝为正朔的孙权会按兵不动，甚至还幻想着孙权与他东西夹击，或是替他将刘备、刘琦除掉献上他们的首级呢。

曹操从江陵浩浩荡荡地率军东下，留在夏口观望犹豫的刘备再也沉不住气了，就连性格一向从容沉稳的诸葛亮也万分焦急地对刘备说："事急矣，请奉命求救于孙将军。"此时，鲁肃又不失时机地出现在刘备面前，劝他放弃夏口，进入东吴之地樊口（今鄂州西北）。鲁肃之所以一直待在夏口没有返回东吴复命，就是要将一件事情做到底，将刘备拉入孙权阵营，壮大反曹势力。鲁肃心头十分清楚，曹操灭掉荆州，下一个目标除了东吴，还是东吴。经过一番艰难斡旋，他终于取得了圆满成功，再次陷入绝境的刘备只好"从鲁肃计，进驻鄂县之樊口"。面对风云突变、形势复杂的艰难局面，鲁肃的个人智慧与外交才能得到了充分展示。

其时，孙权"拥军在柴桑（今九江西南），观望成败"。他曾说过"非豫州莫与当曹操也"之类的激赏之语，深知刘备势力之重要，因此，当鲁肃带着诸葛亮一同回到柴桑不久，孙权即予重奖，任命他为赞军校尉。

四

赤壁之战的具体经过，譬如诸葛亮劝说孙权抗曹，黄盖诈降火烧曹营，曹操败走华容等，读者大多耳熟能详，笔者在此不必赘述，仅就相关重要的历史真相予以澄清说明。

孙权将曹操的死敌刘备及荆州的残余势力刘琦纳入东吴的保护伞下，让他们躲入自己的地盘樊口避难，便意味着与曹操翻脸，面临不可预测的战争风险。也就是说，在诸葛亮还没有面见孙权之时，东吴早就做好了抗曹迎战的思想准备。孙权不是刚刚即位的刘琮，他虽然没有一统天下的野心，但有谋略，有主见，"能屈身忍辱，任才尚贤，有勾践之奇，英人之杰矣。"他心里十分清楚，凭借东吴的地理格局，以己之长"限江自保"应该没有多大问题，因此，哪怕部将畏怯、众臣怂恿，他也不会轻易言降。诸葛亮前来柴桑，主要任务并非劝说孙权抗曹，而是为刘备争取更多、更好的地位与待遇，并商定具体的出兵方略。事实证明，诸葛亮不辱使命，刘备本是投奔孙权寻求庇护，并未成为孙权部下，而是按刘备旨意，"结同盟誓"，争取到了平等抗曹的联盟地位。当然，这也是要付出代价的，那就是在战后利益的分配上做了重大让步，比如刘备、刘琦本是荆州主人，后来却不得不向孙权"借荆州"，就是一大明证。面对顺江东下、来势汹汹的曹军，孙权决定出其不意，于东吴境外主动迎敌，在荆州地盘展开决战。而这，又须刘备、刘琦让步方有可能做到，那就是放弃对夏口及荆州江夏郡的控制权，任凭东吴军队出入。当孙、刘结成同盟之后，周瑜便率东吴精锐水军逆流而上抵达樊口，正在那里"避风"的刘备有了东吴大军做后盾，也就随同周瑜一起返回夏口。然而，此后的夏口，就再也不是刘备、刘琦的地盘，而是高高飘扬着火红的"孙"字战旗了。自孙坚、孙策即开始梦寐以求，历经无数次血腥战争未能得到的战略要地夏口，就这样轻而易举地被孙权"收入囊中"。至于刘备、诸葛亮与东吴孙权到底有过什么样的秘密协议，是否形诸文字，今天已无从知晓，但从刘备做出的一系列重大让步可以得知，结盟双方有过一番反反复复的讨价还价，达成的协议于刘备方面来说，显然属于"不平等条约"。

曹操舳舻千里顺江而下，号称八十万大军，而实际兵力，综合各方面的历史资料，当为二十万左右。南征荆州时，曹操所率军队十五六万，在荆州收容降军七八万，加在一起约二十四万。二十四万军队，不可能随同曹操一同出征，至少要在襄阳、江陵、夷陵等荆州重镇驻扎一些守城部队。

我们再看抗击曹操的孙、刘联军。就现有史料而言，孙刘虽然结盟，但刘备、刘琦军队并未投入赤壁之战。并非刘备保存实力耍滑头作壁上观，而是心高气盛的周瑜不让刘备插手，他豪情满怀地对刘备说道："豫州但观瑜破之。"刘备曾任豫州刺史，故有刘豫州之称。此语不仅把曹操不放在眼里，对刘备也多少带点藐视的味道——您老人家尽管看我周瑜打败曹军，享受胜利果实得了，就不必前来凑热闹添乱了！《三国志·周瑜传》及《江表传》都明确记载，周瑜所率东吴精锐水军计三万人，而实际用于赤壁之战的兵力只有两万。据《三国志·吴主传》所载："瑜、普为左右督，各领万人，与备俱进，遇于赤壁，大破曹公军。"也就是说，周瑜、程普各率一万水军在赤壁大败曹操。另外一万水军上哪儿去了？极有可能留守夏口了。夏口不仅地理位置重要，且刚刚被东吴拿到手中，周瑜不敢有半点疏忽大意；又因为曹操分兵两路夹击夏口，所以不得不严防死守。

二十万对两万，十比一的比例，表面上看，曹军占据绝对优势。可只要我们稍加分析，就会觉得，曹操的军力并非那么强大。曹军千里奔袭，尚未充分休整又顺江东下，已是疲惫至极，正所谓"强弓末弩，势不能穿鲁缟也"。加之北方士兵水土不服，病疫流行，战斗力大打折扣。而赤壁之战，主要是双方的水军之战，曹操在邺城建造玄武湖训练的水军，是用于对付荆州水军的，尚未训练成功，就因情势所迫匆匆南下，因此不堪重用；刘琮望风而降，曹操收纳荆州军士七八万人，其中水军不到三万，据有记载的孙权与刘表的六次水军交战结果来看，东吴全部获胜，没有一次失手，可见荆州水军实力，也远远不及东吴。随曹操一同南下的水军没有实战经验，而荆州水军的作战能力又远逊于东吴，加之全是降卒，还来不及整训融入曹军，人心不齐、士气不振在所难免。两相比照，可见周瑜军队虽少，但在斗志、实力等方面，却具有相当的优势。

不少研究三国历史的专家认为，孙权之所以下定决心不惜一切地与曹军决一死战，是受到曹操对他的强烈刺激，其转折点与导火索就在于曹操写给他的一封不啻战书的信函。这封书信不见于《三国志》正文，而是收录在《三国志·吴主传》的裴松之注引《江表传》中："近者奉辞伐罪，旌麾南指，刘琮束手。今治水军八十万众，方与将军会猎于吴。"史料严谨的《三国志》为何不收录这封重要的书信？极有可能，曹操根本就没有写过这么一封信。即使写了，也不等于就是一封战书。曹操写得很明确，是与孙权一同"会猎"，而不是将孙权视为"猎物"；既与孙权一同打猎，自然就有捕猎对象，那么"猎物"到底是谁？当然是刘备了。刘备一听说曹操顺流东下，就在鲁肃的劝说下急速退至鄂州樊口，樊口属吴地，两人一同在吴地捕获他们的共同敌人，也就是猎物刘备，不是一件顺理成章的事情吗？如果将这封信视为战书，分量显然不够。当然，曹操号称水军八十万众，其虚夸得意之情溢于言表，这多少也体现了曹操骨子里的诗人情怀，可以看出，他既是一位头脑清醒、逻辑严谨的政治家与军事家，也是一位激情充沛、思维跳跃的文学家，一位性情中人。当然，这封信肯定会让孙权极不舒服，也许，这正是曹操所要达到的目的与本意，势头正旺、兴头正盛的曹操，有意恐吓、戏弄一下孙权，又何尝不可呢？说不定东吴也像荆州那样望风而降，也未可知呢！

当然，如果曹操真的写了这封信，从其内容可以看出，他对东吴与孙权并未真正"吃透"。刘备进驻鄂州樊口而孙权并未采取行动，明知东吴已经接纳刘备，也没有让他引起足够的重视。他一厢情愿的想法是，我只袭取全部荆州，不会向你东吴开刀，咱们井水不犯河水好啦。他没有想到，夏口于东吴来说，是一个多么敏感而关键的所在！一旦曹操占据，就意味着东吴将永远失去这一重要的战略宝地，况且唇亡齿寒，孙权岂能坐视不管?!

狭义的赤壁之战其实包括两次战役，一次是发生在赤壁江面的遭遇战，另一次便是人所共知的火烧赤壁。曹操大军顺流向东，周瑜水军逆流而西，两军在赤壁江面相遇。关于赤壁首战，《三国志·周瑜传》写道："时曹公军众有疾病，初一交战，公军败退。"东吴已经主动迎敌参战了，且打得先头部队落荒而逃，令人不可思议的是，这一严峻的事实仍未引起曹操注意，没让他清醒过来。如果说曹操被胜利冲昏了头脑仍陶醉其中，显然与实情不符。合理的解释是，此次遭遇战虽然打了个措手不及，但曹军的损失并不大，并且败在疾病，水土一旦适应，病情慢慢好转，就可以打个翻身仗了。曹军浩浩荡荡，在数量上占绝对优势，也确实没有必要草木皆兵地将两万东吴水军格外放在眼里，也许，曹操还想着孙权主动来犯，无险可依，无民可恃，正好可以消灭对方的有生力量，为下一步荡平东吴奠定基础呢。善于打仗的曹操初一交锋，马上看出己方水军不如东吴，便采取了稳扎稳打、步步为营的策略，将大军引向江北的乌林，转入防御态势。其时已是十二月了，曹操就想在此过冬休整，等待明年开春再行进攻。结果疏于防范，让周瑜钻了空子，以火攻方式使得曹操功亏一篑。

再就火烧赤壁的规模及结果来看，史书及《三国演义》等文艺作品多有夸大之嫌。两万水军，哪怕精锐无比，要想一口吃掉二十万大军，无异于痴人说梦，况且曹操所率南下之军，也是久经沙场的精锐。于是，周瑜审时度势，认为只有速战速决，赶跑曹军，方为上策。周瑜部将黄盖也曾说道："敌众我寡，难与持久。然观操军船舰首尾相接，可烧而走也。"所谓"烧而走也"，就是利用曹军的弱点火攻，将其赶跑。因此，火攻既是前奏，也是战役的主要内容。曹操千艘军舰沿长江北岸用铁锁连成一串，对前来诈降的黄盖没有任何防范，风助火势，冲天大火迅速蔓延开来，并延及岸上军营。各军舰一时间难以挣脱单独逃散，军士纷纷跳至岸上逃命。周瑜水军虽尾随黄盖擂鼓而进，也只是虚张声势、吓唬威胁而已，并未追到岸上与曹军展开大规模的殊死拼杀。火攻的主要作用与意义，不在于杀伤敌人，而是打乱敌人的阵脚，扰乱敌人的军心，动摇敌人的斗志。

敌我力量过于悬殊，孙权与刘备首先考虑的是保全实力，保证自己不被曹操吃掉，因此，在胜负未卜的情况下，他们就那么一点可以使用的兵力，实在无力考虑在曹操败退的路上预先设伏。实际情形是，曹操主动撤退，孙刘联军水陆并进，尾随曹军，紧追不舍。曹操如惊弓之鸟，匆匆败退，逃得不快的残部与散兵，自然为孙刘联军所擒杀。

曹操经华容退回江陵，清点部队，损失相当惨重，但死于赤壁的军士为数并不多，只有一部分烧死者与溺死者，其余主要死于败退途中的饥饿、疾病与瘟疫。

赤壁一战，曹操水军船只全部被焚，但有相当一部分却是他主动烧毁的。据《资治通鉴》记载，黄盖仅以十艘装满火药的快船为先锋闯入曹军水寨，哪怕风势再大火力再猛，一下子也难以烧尽排列江岸的千艘军舰。只是曹操受到冲击与惊吓，觉得此次东征，经此一战，已无再战之力，遂决意全军引退。停靠岸边的军舰无法一同撤走，可又不能将这些船只、装备留给敌军，于是，曹操索性下令士兵四处放火，将余下船只一并烧毁，一艘也不留存。曹军撤退途中，因仍保有较强的步骑作战能力，也并非史书记载、文艺作品描写、后人想象的那么仓皇狼狈。为此，曹操后来在给孙权的一封信中为自己辩解道："赤壁之役，值有疾病，孤烧船自退，横使周瑜虚获此名。"信中虽有粉饰自己之嫌，却也道出了火烧赤壁的部分事实，就连《三国志·吴主传》也说"公烧其余船引退"。

五.

历史的尘埃已经落定，赤壁之战的熊熊大火早就熄灭在遥远的岁月深处，无论我们怎么努力，也无法将这场发生在一千八百年前的战争还原到它的原始本真状态。我们所能做的，只是尽可能地逼近客观与真实而已。

英雄成败论三国，三国关键在赤壁。赤壁之战的深远影响，既在于充满华夏智慧与文化的战争本身，也在于那改变历史走向的结果。

赤壁一战，使得曹操、孙权、刘备三大军事集团重新"洗牌"：刘备绝处逢生，终于逃脱了曹操欲置之死地而后快的追杀，有了荆州南方四郡的地盘，从此不再寄人篱下像丧家狗似的东逃西窜；孙权的势力更加强大，不仅江东之地稳如磐石，版图还向西迅速扩张，本属刘备与刘琦的荆州，孙刘一场联盟之后，主人却名正言顺地换成了孙权。刘备暂时驻扎其上，那是孙权借给他的，东吴一旦索要，就得乖乖地"物归原主"；受到严重挫折的曹操不得不退回北方，水军的覆灭，使得他再也没有实力率军大举南下，要想攻克江南，没有强大的水军，显然只能停留于幻想与梦呓。赤壁之战搁他心头成了一个无法超越的隐疼与障碍，一把大火不仅烧毁了曹军的所有船只，也烧毁了他的勃勃雄心与冲天斗志，终其有生之年，曹操的势力再也没有达到江南，仅局限于中原及北部中国。善于吸取教训总结经验的曹操，清醒地认识到自己已无法完成统一大业，便在内部采取休养生息、开源固本、富兵强国的策略，使魏国长期处于有利的战略地位，为后继者征服蜀吴奠定坚实的基础。

赤壁之战不论其范围、规模、时间、经过、细节如何，总之是给中国历史大局，突然间来了个关键性的停顿与转折。东汉末年群雄角逐、分裂混乱的局面就此走向相对稳定的三国鼎立之势。

赤壁之战随着时间的推移如陈酿老酒般越香越醇，闪射着一股经久不衰的神奇魅力，还在于它本身所具有的丰富、多元而敞开的广阔空间，以及由此而生发出的无数诠释与可能。

赤壁之战因战争的发生之地而得名，颇有意味的是，就连赤壁之地到底在哪里，很长一段时间都是一笔"糊涂账"。

自赤壁之战结束以来的历朝史籍，特别是记载三国历史的权威性著作如《三国志》《后汉书》等，在论及赤壁的具体地址时皆语焉不详。其实，陈寿出生时，正值三国对峙、战争频仍之际，他于公元280年，也即晋灭东吴结束三国分裂这一年开始撰写《三国志》，那时离赤壁之战发生的时间只有七十多年，要想弄清详细地点并非难事，却被他有意无意间给忽略了。也许，在他眼里，以当时情形而言，战争的地点就在赤壁，不是写得清清楚楚明明白白么，还有什么必要画蛇添足地详加记载论述呢？然而，就是这看似不成问题的问题，在后世却引出许许多多的大问题，以至20世纪70年代后期，在学术界、旅游界引发了一场关于赤壁之战到底发生在何地的大论战，时间持续达二十多年之久，被人戏称"新赤壁大战"。

正因为没有详细记载，便为后世提供了发挥想象的广阔空间。时间一长，江河改道，人事变迁，沧海桑田，清晰的物事变得模糊，模糊的东西湮灭无迹。从唐朝开始，有关三国的各类文献里就出现了五个赤壁之说，后来又增加到七个、九个甚至十二个之多。这些赤壁之说，除开那些纯属子虚乌有，一看就是牵强附会、胡编乱造者外，有史料、传说、地形、地名等做依据，"有鼻子有眼睛"能够自圆其说的赤壁，还有七个：蒲圻赤壁（今赤壁市）、黄州赤壁、汉阳赤壁、汉川赤壁、嘉鱼赤壁、武昌赤壁、钟祥赤壁。这些赤壁有的在长江边，有的在汉水边，有的干脆远离江水深入内陆。古时江与水不分，加之江河改道，仅凭是否临水，已不足以辨析真伪，并且这些赤壁，都或远或近地与一个名叫乌林的地点相对应。

真理越辩越明，学术论争于赤壁之战遗址的明确与界定，无疑是一件大好事。当这场"新赤壁大战"的硝烟散尽，1998年经国务院批准，蒲圻市更名为赤壁市，尽管还有疑问，某些说法尚有待澄清或值得商榷，但赤壁之地的归属已成事实。

面对神奇得多少带点玄妙与迷幻色彩的赤壁之战，一直缠绕在我心头的一个重要问题，便是本篇文章的标题——谁的赤壁？

是的，赤壁到底是谁的呢？

这一疑问包括多重含义：赤壁之地由谁命名？赤壁之战的主角是谁？是谁将孙刘联军与曹操决战的地址不偏不倚地选在了赤壁？真正的，属于那场战争的唯一赤壁到底是谁？又是谁使得赤壁声名远播以至穿越时空？

答案无疑相当丰富。

赤壁之名的由来，有的说自古有之，有的说出自传说，还有的说是当年的大火烧红，或者说映红了江边山崖，才有赤壁之名……说法多多，难以考证，唯一可以确定的是，此名不会存在署名权之争。

就战争的当事人而言，引来曹操紧追不舍的主角是刘备，促成孙刘联盟的主角是鲁肃，使孙刘达成具体协议的是诸葛亮，决意迎战的主角是孙权，指挥战斗的主角是周瑜，火烧赤壁的主角是黄盖……当然还少不了曹操这一主角中的主角，没有他的失败相映衬，哪来各路英雄的豪气与伟岸？

那么，又是谁选择了赤壁之地，使其爆发一场大战，让古今中外的目光在此停留逡巡？是孙权的主动出击，是周瑜的具体决策，是曹操初战失利退得恰到好处……或许，最终还是那双看不见的冥冥之中的上帝之手在起作用，比如裴松之便将这场战争的结果归于天意与宿命："赤壁之败，盖有运数。实由疾疫大兴，以损凌厉之锋；凯风自南，用成焚如之势。天实为之，岂人事哉？"是的，没有暴发的瘟疫与突起的南风，孙刘联军怎么也奈何不了曹操。

战后涌出的多至十二处赤壁，严格而言，只有一处为真。然而，话也不能说得那么绝对。赤壁之战历经了几个阶段，时间与战线拉得那么长，其他几处赤壁，虽然没有火攻，但曹操与孙刘联军在当地有过规模或大或小的争斗，这样情形应该是存在的。也就是说，可能有好几处赤壁与赤壁大战有缘。如此一来，赤壁之地的归属又当如何界定？

如果强调仅有一处为真，则蒲圻赤壁已成定论。赤壁市正加大力度投入建设，围绕三国文化大做文章，以将其打造为中外闻名的旅游胜地。其他赤壁多有不服，还在论争不已，还在自话自说，真可谓余音袅袅，不绝如缕。

就赤壁之战的宣传与传播而言，陈寿、范晔、罗贯中、李白、杜牧、司马光功不可没，特别是苏轼，人们干脆将黄州赤壁以他的号东坡居士命名，称为东坡赤壁。

……

赤壁赤壁，到底谁的赤壁？

六

广为人知的赤壁之地，一是蒲圻赤壁，二为黄州赤壁。

这两处赤壁，我都去过，且黄州赤壁还去过两次，另一江夏赤壁也曾前往探访。综合诸多史料记载，结合实地寻访心得，我个人倾向于赤壁之战的发生地，当在蒲圻赤壁。

而黄州赤壁在某种程度上，名气还要超过蒲圻赤壁，这当然是苏东坡的功劳。

想当年，苏东坡因乌台诗案贬谪黄州，四年多的底层生活，使得他看淡功名利禄，超越自我，成为具有道风仙骨、闲适自在的一代文豪。

黄州赤壁，于苏东坡的脱胎换骨，起到了一定的酵母作用。他在《念奴娇·赤壁怀古》中写道："故垒西边，人道是，三国周郎赤壁。"一句"人道是"，可见他也不相信黄州赤壁就是赤壁之战的真正发生地。苏东坡不是考古学家，不以考据为凭，黄州赤壁只是他作品中的一个重要载体，借物以抒怀："故国神游，多情应笑我，早生华发。人生如梦，一樽还酹江月。"《赤壁赋》《后赤壁赋》也是写他游于赤壁之下，对天地人生的深刻感悟。

苏东坡于九百多年前为黄州赤壁挣得了赫赫名声，在被后人称为东坡赤壁时，黄州赤壁还享有文赤壁之称。

那么真正的赤壁——蒲圻赤壁，当是武赤壁了。

武赤壁名气不如文赤壁，开发相对较晚，直到去年十一月下旬，我才借出差之机前往。

不仅原蒲圻市改为赤壁市，就连武赤壁所在地也于1983年由原石头口更名为赤壁镇。有趣的是，赤壁镇的更名，比赤壁市还早了十五年，也就是说，当"新赤壁大战"正酣之时，赤壁镇就领到了"出生证"。

武赤壁遗址位于长江南岸，距赤壁市区约四十公里，它紧傍江边，与北岸的洪湖乌林镇，也就是曹操当年撤退后的水军营地隔江相望。

赤壁景区由金鸾山、南屏山、赤壁山组成。三座山头都不甚高，最高的赤壁山海拔高度仅六十米。三山一脉相连，由东南向西北迤逦绵延，构成一个相对完整的整体，整个赤壁园区占地面积一点二平方公里。

进入书有"赤壁古风"四个大字的山门，我们一行以金鸾山、南屏山、赤壁山为序，依次前行。

每座山头，似乎都有一个主题，围绕主题布置着相当丰富的人文景观。

金鸾山古时名西山，山上建有西山草庵，据说号称凤雏的庞统先生为避害战乱，由襄阳来到赤壁，在此隐居研读兵书。于是，金鸾山的景点便以庞统为中心展开了。这里有凤雏庵，庵内正殿供奉着庞统的全身塑像，两侧对联写道："造物多忌才，龙凤岂容归一室；先生如不死，江山未必许三分。"庵外不远处有一座庞统桥，一口庞统井，还有一棵据说是庞统亲手栽种的银杏树。庞统是否隐居此地，银杏是否凤雏先生手植，这些问题都不重要，重要的是那棵有着一千八百多年历史的银杏，长得高大硕壮，茂盛的枝叶撑出一片巨大的绿荫，那倒垂的树瘤（树龄超过千年才会长瘤），让我真切地感到了一股历史的悲凉与沧桑。

翻过金鸾山，是以诸葛亮为主题打造出来的南屏山。诸葛亮死后被刘禅封为忠武侯，南屏山的主体建筑便是一座二进殿式的武侯宫。武侯宫建于宋代，传说当年诸葛亮的祭风台就建在这里，所以后来又改名为拜风台，据说1936年赤壁道人重建时从地底掘出一块残碑，"祭风台"三字历历在目。走近宫门，但见书有"武宫侯"字样的横幅及"拜风台"字样的竖匾一下一上同时挂于门楣之上，于是，眼前便浮出了诸葛亮按四方八位、二十八宿、六十四卦筑就的七星坛，以及他沐浴斋戒后立于坛顶、步罡踏斗、披发仗剑，念念有词地祭拜东风的情景……当然，"借东风"是艺术加工虚构出来的，真实的赤壁大战中，诸葛亮基本隐居幕后，就连令人啧啧称道的"草船借箭"，本是孙权对付魏军的一次计谋，经罗贯中移花接木，便成了诸葛孔明的"专利"。

直到此时，我才明晰地感到，武赤壁景区的构建与打造，并非遵循严格的历史事实。比如刚刚走过的金鸾山，凤雏庵便以《三国演义》中的庞统给曹操献上连环计，为火烧赤壁建立功勋这一故事为基础而建。其实，历史上并无庞统献计之事，曹操与周瑜水军初战不利，他根据自己身边的谋士建议，下令连接战船。自然也无蒋干夜闻读书之声，前往庵中拜访凤雏，一同携归曹操之事了。《三国演义》中描写的赤壁大战，与真实的赤壁之战，出入甚多，比如蒋干盗书、曹操赋诗、关羽义释曹操等，历史本无其事，全是罗贯中那支生花妙笔舞动的结果。不过我们真得感谢罗贯中先生才是，经他鬼斧神工的创造，绘声绘色的描述，赤壁之战变得更加瑰丽神奇了：诸葛亮舌战群儒智激周瑜，蒋干盗书周瑜使出反间计，庞统渡江曹操再中连环计，黄盖受刑使出苦肉计，诸葛亮筑坛拜借东风，黄盖诈降火烧连营……一环扣着一环，环环相套，缺一不可，且高潮迭起，将中华传统谋略以及个体生命的潜能智慧发挥得淋漓尽致，非让你一口气读完不可。

可以毫不夸张地说，罗贯中笔下的赤壁之战，是真实的赤壁之战的延伸，是诗与史的结合。在这里，你分不清哪里是虚构哪里是真实，哪里是艺术哪里是历史，真真假假，虚虚实实，相互契合，融为一体。

我们无法更改赤壁之战的历史事实，同时也认可罗贯中的艺术创造，因此，我所面对的武赤壁景观，与心中的想象并无二致。

于是，与《三国演义》有关的景点便在期待中一一出现了：东风阁、八卦阵、子敬塘、望江亭，以及赤壁大战陈列馆中的"舌战群儒""苦打黄盖""连环计""蒋干盗书""草船借箭""二乔绣屏""诸葛祭风"七组蜡像……而赤壁山上的周瑜雕像，那睥睨的神情、飘动的战袍、英武的目光，则很好地再现了周瑜那气冲霄汉、勇冠三军的英雄气概与俯视孤傲、咄咄逼人的个性特征。面对这座八米多高的雕像，我不禁想起了苏轼《念奴娇·赤壁怀古》中的诗句："遥想公瑾当年，小乔初嫁了，雄姿英发，羽扇纶巾，谈笑间，樯橹灰飞烟灭。"作为孙刘联军的总指挥周瑜，当年只有三十三岁，真可谓"雄姿英发"啊！苏东坡不仅写活了周瑜，也写出了胸怀写出了气势写出了超迈千古的豪情。

望着周瑜的雕像，默念着苏东坡的词句，不知怎的，突然就想，要是当年的孙权，决计投降曹操，那么一切的一切，又会怎样呢？是否就没了赤壁大战？当然，也就不会有周瑜的"雄姿英发"，不会有三国鼎立的局面，不会有东坡笔下的"三国周郎赤壁"了。然而，以南方强悍奇崛的风气，以孙权不甘人下的个性，迎降之事的可能性极小。最为关键的是，专制集权统治下的中国，人人都有称王称霸的潜在欲望，都有称孤道寡的内在野心，一有机会，野心与欲望就会喷薄而出……

终于到了江边，长江正值枯水季节，低落的江水与陡峭得近乎直立的赤壁相映照，突然间就有了一种高耸的感觉，赤壁的雄伟气势，如诸葛亮呼风唤雨般，一下子就凸显而出。

时至正午，初冬的阳光暖暖地照着，越过江面眺望对岸，于隐隐的轮廓之中，想见当年驻扎着的曹操，在不费吹灰之力吞并荆州的喜悦与陶醉中，于月夜之下，推杯换盏，横槊赋诗，不仅可能，简直就是一种享受与必然。一千八百年前的长江，比今天更为宽阔，常为大雾所笼罩，江水滔滔，千里长流，不舍昼夜。微醺的酒意下，曹操雄心勃发，激情豪迈，在一统江山的期待中，望着壮阔雄美、神秘莫测的长江，作为一个本真意义的诗人，不知怎的，突然间就感到了个体的渺小与失落，人生的短暂与凄凉。于是，《短歌行》顿时奔涌而出："对酒当歌，人生几何？譬如朝露，去日苦多。慨当以慷，忧思难忘；何以解忧，唯有杜康……月明星稀，乌鹊南飞；绕树三匝，无枝可依。山不厌高，水不厌深；周公吐哺，天下归心。"

据古希腊历史学家希罗多德在其名著《历史》一书中所述，波斯国王薛西斯亲率号称二百万的水陆大军讨伐希腊人，并进而征服整个欧洲，当他将所有军队集中在赫伦斯坪准备检阅，看到海滨及平原上全部挤满士兵之时，"他很高兴，认为自己是幸福的。随后却哭起来。他叔父问他为什么会这样。他回答道：'我想到人生的短促，想到这百万雄兵，同样会化为尘土，我怎能不怆然动怀？'"曹操当年的情形，与波斯国王薛西斯多少有些相似。

遗憾的是曹操不是周公，天下无法归心。于是，"时机一去不复返，赤壁千载空悠悠"。

于是，我们一行人免不了一番嗟叹，拍了几张照片，又望了望陡峭的石壁，以及石壁上相传为周瑜大战后刻下的红色大字"赤壁"，还有"赤壁"二字之上传为八仙之一的唐代道人吕洞宾留下的类似"鸾"字的白色道教符号，也就结束了此次赤壁遗址的寻访。

赤壁市内与赤壁大战相关的遗址，除刚刚游览的赤壁园区外，还有陆口、陆城、吴城、周郎山、周郎桥、周郎嘴、晒骨台、司鼓台、太平城、黄盖湖、陆水湖、陆逊营寨、鲁肃粮城等，而在赤壁山周围出土的与"赤壁之战"有关的三国文物达两千余件，如弩机、刀、枪、剑、戟、箭镞等兵器，铜镜、碗、灶等生活器具，它们似乎都在证实着当年的一把大火，就烧在蒲圻赤壁。

尽管如此，"谁的赤壁"这一问题仍在我脑中回旋不已。

车从赤壁镇向赤壁市区返回时，公路右边不远处的一座山头，突然冒出股股青烟，紧接着就是团团滚动的火球，火球连成一片火海，吞噬着山坡上的茂密树林。

一直为我们担任向导的赤壁网站站长姜洪先生见状，马上掏出手机报了火警。

世上有些事情真是说不清楚道不明白，一场罕见的山林大火，竟不迟不早，如此巧合地进入我们视野，上演一出当代最新版本的"火烧赤壁"。

感慨之余，"谁的赤壁"似乎也找到了答案——

你可以说是东坡赤壁、周瑜赤壁、诸葛亮赤壁、刘备赤壁、孙权赤壁、曹操赤壁、鲁肃赤壁、黄盖赤壁、罗贯中赤壁、陈寿赤壁、陈晔赤壁、杜牧赤壁、李白赤壁，还可以说是蒲圻赤壁、黄州赤壁、汉阳赤壁、汉川赤壁、嘉鱼赤壁、武昌赤壁、钟祥赤壁……然而，赤壁又不是某一个人、某一群体的赤壁。今日之赤壁，是多重合力的产物，是参战的英雄豪杰、无名士卒以及后世无数史学家、文学家、艺术家，合谋、操纵、创造的结果。一句话，赤壁是中国的赤壁，是广大民众的赤壁！

天堂与坟墓

潘旭澜

看看近年有些暴发户，一掷万金无吝色。住总统套房，包三陪女，摆豪门宴，赌场豪赌，啥摆谱玩啥，钞票卷炮仗，就可以窥见一百多年前洪、杨的某些心理痼疾。

太平军占领江宁（南京），是他们造反的重大胜利。洪秀全、杨秀清迫不及待地在这里建立他们的"小天堂"，于是又成为走向失败的转折点。

"建都"南京，是个大错误。当时的罗大纲、英国人呤唎（A.F. Lindley），后来大多数的论著都这么看。然而，何以要"建都"南京，为什么是错误，大多没说到点子上。

一般都说，一是由于殿前右史何震川的建议；一是照《李秀成供词》所写，由于杨秀清座船的老水手向杨口头亲禀。有些论著，将两者结合起来，认为前者代表"参加革命的知识分子的意见"，后者代表水营意见。这两人意见为洪、杨所采纳，就"建都"南京了。

声名显赫的战将罗大纲力陈不可。无论从哪一个角度来说，他的力争远比何震川和老水手的建议应当受到充分的重视。为什么却得不到采纳呢？

照我看，罗大纲虽然位高功大，又恳切陈辞，但与洪、杨内心基本倾向南辕北辙，又其人不受这两个首领信任，自然不可能被采纳。何震川和老水手的建议，说到洪、杨心坎里去了。甚至可能是得到洪、杨示意而说的。因为何震川是洪秀全的笔杆子，老水手是杨亲近的驾驶员，容易了解洪、杨心思，甚至可能是洪、杨示意让他们这么讲。

洪是农村小知识者。多次考秀才名落孙山，在冯云山的极力鼓动、支持下，决心利用迷信造反。他的文化、视野、曲折，对后来的所作所为，有很大的关系。才造反不久，县城还没占到一个，就"登极"当了天王（即皇帝），这是古来成大事者所没有的。才打进一个小城永安（今蒙山县），就大封几个同谋为这王那王。迫不及待的心理，表现得淋漓尽致。固然，他在围攻长沙时，曾有"欲取河南为家"的想法，但在首次攻占武昌时，就想要在这第一个到手的省城"建都"了。这个事实，一则表明洪秀全急切要"建都"，二则表明他并非一定要"建都"河南。放弃被战争弄得残破不堪的武昌之后，顺流而下占领南京。"定都"问题再次提出来。洪秀全当然会想起几个月前"欲取河南"的主张，但他内心已经日益向南京倾斜，而且必然会在亲信之间表露出来。他当然明白，在这个由朱元璋再度经营几十年的古都，江南首屈一指的名城，足以尽情享受荣华富贵，实现他造反的期望值。即使北京、南京可以由他随意选择，他也更喜欢后者。这时他已四十岁，从准备造反至今已有十年，厌倦了奔波征战的动荡生活，要及时行乐了。从进入南京不久就大兴土木建造豪华壮丽的天王府，拥有一大群妻妾，深居不出，一切军务皆由杨秀清主裁，连杨要见他也要请旨定时日，都表现出他的心态。而且，他还想强化教主地位，对臣民进行君权与神权的双重统治，死了以后也让后代崇拜呢。作为秘书的何震川，在洪拍板之前当然看得清清楚楚。于是，迎合洪的心思或受洪示意，说些金陵定鼎完全依照天命之类的话，以"驳倒"反对者。他所写的《建天京于金陵论》，自然深为洪所满意，不几个月内连升三级；文章也被作为同类文章的第一篇。作为钦定文书广为流传。特别值得注意的是，1858年的戊午刻本，那时是内讧之后，杨秀清还戴着"东孽"的叛逆帽子，尚未恢复名誉。如果当年是杨说服洪而"定都"南京，则此书第一作者何震川即使不因此获罪，但也绝不可能再次刊印（有修订）。可见，何震川及其他作者，只是说了洪秀全想说的话而已。

杨秀清当然也想尽早安富尊荣，但他的犹豫可能会比洪多些。因为他实际指挥作战，从军事角度看，北上直捣北京，才是上策。但这个受过许多苦难和磨炼的九千岁，也急于安定下来，享用大权所带来的一切。在内心深处，个人欲望必然超过军事上的理智考虑。老水手（相当于现代首脑的专车驾驶员，可能还兼有部分警卫职能）作为身边人员，了解他的心思或得到示意，尽量说"定都"南京的好处，北上的不利。既要用杨内心基本倾向来消除他的些许犹豫，更是要讲给众人听的。不然，怎么敢又安用"大声扬言"？

在"定都"南京之前，杨的权势还远没有后来逼封万岁那样大。所以在是否"定都"南京的问题上，洪比杨的决策权要大一些。当杨准确无误地知道洪的真实倾向时，也乐于赞同。因为他还有及早发展自己权势的小九九呢。

以洪、杨这样的心态，只要反对的意见不到无法控制的程度，"定都"南京是唯一的结论。罗大纲等人怎么力陈其非、痛心疾首，都改变不了洪、杨的心态和基本倾向。看看近年有些暴发户，一掷万金无吝色。住总统套房，包三陪女，摆豪门宴，赌场豪赌，啥摆谱玩啥，钞票卷炮仗，就可以窥见一百多年前洪、杨的某些心理痼疾。

一些论著说，"定都"南京，使太平军失去极为有利的战机，给清政府以喘息的时间，有可能组织力量攻击太平军。这自然不错，但只是一望而知的后果。

从军事上来说。为了保住洪、杨的"小天堂"。不但没有足够的兵力北进，而且在清方南北大营的多次围攻下，只能从外地调兵解围。用最浅俗的说法，安乐窝就成了极其沉重的包袱，背上了就走不大动了。也就是，战略上从主动转为被动的根本性的错误。

而且，还有其他严重的后果。

首先是加速内讧。太平军内讧是迟早要发生的。但如果没有"定都"，在不断进军战斗中，没有相对安定的小环境，内部矛盾较可能掩盖起来。不会那么快发展到你死我活，自相残杀，任人唯亲，石达开出走。

其次是极端政策充分大暴露。比如，大肆屠杀清政府官员、满族人、知识者和商人，分男行女行强迫男女一概分居，将南京搞成一个大集中营大军营，军民不得有私有财产，城内基本上废止商业，强迫搞邪教仪式，毁坏文物古迹，禁止历代诸子百家书籍等等，在"天京"全面大暴露，从而在全国人心丧尽。

再次是急剧腐化。看看洪秀全建天王府，杨秀清的豪奢骄横，上行下效，愈演愈烈。到后来就亲嬖弄权，贿赂公行，卖官鬻爵，恣意敲诈，许多作为令人目瞪口呆。凡此种种，引起军心涣散，战斗力衰落。

还有是导致最后失败提早到来。洪秀全贪恋南京，不肯让城别走，一味信天，由欺人而自欺，无法可想时服毒自杀，失去了尽量保存太平军实力的唯一可能，并且导致全军精神上的瓦解。

军事上由主动变为被动，后果是直接的。其他方面虽不如军事上那么立竿见影，其危害之深重，绝不能低估。

照我看，"定都"南京，既是洪、杨为自己找到安乐窝，也是为自己建造了坟墓。

太平军的失败，绝不是中国的不幸。像"天京"那样的社会，当时中国百姓绝不羡慕、向往。不但绝大多数知识分子在其文字中视为一场深重灾难，而且过了很久，还有许多农夫市民说起"长毛反"，便谈虎色变，虽然他们是从祖辈那里听来的。在一百多年后的今天，撇开偏见，就能看出，很多体制、举措恰恰是文明进步的负面。

太平军"定都"南京，是古城的不幸，也是她的幸运。著名古都承受了最大最久的劫难，使其他地方得以减轻或幸免。作为一个重要的历史现象，是很值得研究的。萧孚泗因攫取金银财宝怕追究而纵火焚烧天王府，是个不可原谅的罪行。非但烧掉了南京百姓的多年血汗，还烧掉了一部极其难得的活教材。不然，今天和明天的人们，很可以从"十年壮丽天王府"，看到许多珍贵文物，看出洪、杨内讧和太平军"革命"的一个重要方面，那是一座摆在地面上的皇帝陵。

敬告作者

为了保护有关作者的合法权益，我社曾多方联系本套书所涉及作者的版权事宜。但遗憾的是，由于种种原因，仍未能与少数作者取得联系。现谨对尚未取得联系的作者深表歉意，并请有关作者或著作权人见书后，尽快致函作家出版社，以便及时奉寄样书和稿酬。

通讯单位：作家出版社

通讯地址：北京市朝阳区农展馆南里10号

邮政编码：100125

联系电话（传真）：010-65925260

图书在版编目（CIP）数据

历史文化散文 / 陈晓明主编． -- 北京：作家出版社，
2018.12

（改革开放40年文学丛书）

ISBN 978-7-5212-0315-8

Ⅰ．①历… Ⅱ．①陈… Ⅲ．①散文集 – 中国 – 当代
Ⅳ．①I267

中国版本图书馆CIP数据核字（2018）第296101号

历史文化散文

主　　编：陈晓明

统　　筹：兴　安　崔庆蕾

责任编辑：张　平

装帧设计：意匠文化·丁奔亮

出版发行：作家出版社有限公司

社　　址：北京农展馆南里10号　　邮　　编：100125

电话传真：86-10-65067186（发行中心及邮购部）
　　　　　86-10-65004079（总编室）

E-mail:zuojia@zuojia.net.cn

http://www.zuojiachubanshe.com

印　　刷：三河市兴博印务有限公司

成品尺寸：152×230

字　　数：370千

印　　张：24.5

版　　次：2018年12月第1版

印　　次：2018年12月第1次印刷

ISBN 978-7-5212-0315-8

定　　价：1200.00元（全20册）